文學研究叢書・華文文學叢刊

世界華文文學新學科論文選

古遠清　編著

目　次

凡例

一　本書編選對象爲有關世界華文文學的宏觀論述，以爲世界華文文學這門學科的誕生作見證以及做理論支撐。

二　作家作品評論一般不選。

三　本書所收以學術論文爲主，也酌情收入少量隨筆和訪談。

四　本書作者遍及海內外，但以大陸學者爲主。

五　本書編排原則上以齒爲序。

六　本書實行文責自負，**其觀點不代表編者**。

七　雖然本書大部分作者均有授權，但有少數作者未能聯繫上，編者的信箱爲：guyq2004@126.com

古遠清

港澳及東南亞漢語文學一瞥

（香港）曾敏之

XX：

《花城》出版，可喜可賀。承囑報導海外文情，現趕寫了第一篇，約四千字；並附香港作者阮朗的小說《愛情的俯衝》。

海外文談，以後還可以續寫；也許接觸面更廣些或更深些，我當盡力效勞。

敏之　七九年二月五日於香港

我曾經到威靈頓街一間大樓拜訪了《海洋文藝》的主編吳其敏。偌大的寫字樓裡，窗明几淨，四壁圖書；憑窗可以眺望碧藍碧藍的大海。他似一個哨臺的戰士，守望於南疆。有感吳氏和他的助手們對海外文藝拓荒的熱忱，我曾贈詩一首：

高樓縱目對汪洋，此是平安舊戰場；
一自文星輝大澤，伫看漢德代欃槍。

我說的文星，是指《海洋文藝》。它是香港的純文藝刊物，已出版了六卷。它有如荒原上的星星，以清新、充實的內容與編排精巧的形式，受到大專院校師生和文藝青年的歡迎。《海洋文藝》刊登的小說作品多反映海外的社會現實生活，散文、詩歌也令人感受到海洋的氣息；研究則遍及現代與當代的作家作品，特別是從「五四」新文學運動以來的老作家很受重視。對古典文學，也有研究專文，唐詩、宋詞頗爲海外人士所欣賞，研究專文也就偏多一些。

《海洋文藝》在寂寞中逐步走向喧囂的國際領域，已遠銷到東南亞各地去了。據吳其敏主編說：「香港是一個國際市場，一般人對新文藝無甚興趣，因此得先做普及工作，然後才談得上提高。《海洋文藝》想盡可能做到能適應香港讀者的水平。」

為了普及，《海洋文藝》社盡力所能及，出版了「海洋文藝叢書」，有翻譯的歐美作品，有阮朗的小說《愛情的俯衝》，王永楓的《都市人》；有吳羊壁的雜文《茶座文談》；有秦松的詩集。在香港這個地方，從事專業寫作謀生太不容易，為了應付生活，就迫得作者在產量上去「競爭」。因此老吳很有感慨地說：「『競爭』的結果，有的人也就放棄了嚴肅創作的念頭。」加上文化市場很小，版稅對作者的生活沒有什麼幫助，於是新文藝創作就走獨木橋了。這是香港新文藝的寫照。

在文藝出版物中，還有一份《當代文藝》。這個刊物適應中學生的水平，也可從中看到中學生投稿的水平。它出版了一百多期，已有十四個年頭的歷史了。歷時雖久，鋪路卻趨跌，而且有寂寞之感。也許是出於編者的手筆吧，在二月號的《當代文藝》上刊有一篇〈當文不老，只是有寂寞之感〉的卷頭語。它是這樣寫的：

當然，我們也有「氣餒」的地方，搞了這麼多年，依然是孤軍奮鬥，依然不能改變文壇的壞風氣，依然未能展開轟轟烈烈的文藝運動，我們只能堅持獨來獨往的風格……也許為了這種風格，我們深感寂寞，說不定我們就會這樣寂寞而死。

卷頭語說的文壇，有點含糊。因為香港有的多是武俠小說，愛情與色情交織的故事。這類東西大量散見於報紙副刊的連載中。至於什麼文藝運動，更不知從何說起。

但是從《當代文藝》發表的散文中，卻看到了懷念祖國的強烈感情。在一篇〈遲來的禮物〉的散文中，作者寫道：「V的興奮神情令我有些羨慕而且妒嫉……竟然高視闊步的走過羅湖橋，晴空萬里的飛越楚澤秦嶺，備受優容禮遇的欣賞古國山川。而我呢，我從那些地方來的，現在仍是一個思念故鄉的人。老實說，去過三十年，離鄉八千里……故土的泥土氣息仍然那麼強烈的縈繞在腦海裡。」

從行文的自敘看來，作者三十年來流落海外，也許正在臺灣，今天他像千千萬萬臺灣同胞一樣，已湧起無窮無盡的故國之思了。

值得欣慰的卻是書店中琳瑯滿目的情景。繼三十年代上海出版的「中國新文學大系」之後，香港出版了《中國新文學大系續編》，出版了「現代文藝叢書」，還有出版了一些作家的選集。從「五四」到三十年代的作家作品多選進去了。香港的大專院校也多選取從「五四」到三十年代的作品作教材，至於選材的標準，也許是根據溫和的內容和較好的藝術技巧吧。

現在說說東南亞。先說新加坡。它是海港，也是商業都市，但在文藝上卻並不落後。新加坡曾出版兩套新文學大系的書，令香港的作家十分感慨，他們感嘆香港沒有編這部書的勁頭。

新家坡的南洋大學是文藝的主要陣地，南大師生組織了中國語文學會，出版了《北斗文藝》、《新生》純文藝月刊。新加坡大學也組織了中文學會，出版《激風》月刊。此外還有《大眾知識》之類的刊物。這些刊物重視小說、散文的創作，文學研究則偏重於古典詩詞及對魯迅作品的研究。南大教授王叔珉以謝靈運的「池塘生春草」作爲專題講演，對謝靈運這位山水詩人作了全面的評價。對魯迅，研究者懷著崇敬的感情，分析了魯迅的小說和雜文的思想性和藝術性。從對魯迅作品的愛好，可以窺見新加坡文藝青年的思想動向。《激風》在創刊詞中曾以鮮明的態度指出：「七十年代是個大動盪的時代，一切舊的、腐朽的日漸沒落；新的、美好的迅速茁長」。「在歷史向前的進展中，自然規律顯示我們一個眞理：舊秩序被破壞了，就必須有新的秩序來適應。」創刊詞號召學習魯迅「從不向困難屈服，從不向劣境妥協」的精神，「有一分熱，發一分光」。

這些文藝刊物與香港的刊物有一個相異之點，《北斗文藝》、《激風》都是使用簡體字，橫排，香港的刊物則仍是繁體字，直排。

新加坡出版了作家谷雨的作品。他的作品帶有自傳的性質。我讀到的有《我的東家》、《博士與我》、《求生記》、《拜師記》等四部長篇小說。作者在題爲〈傻瓜的話〉的序中，敘述他從事長篇創作的經歷說，他是一個愛好文藝的青年，特別偏愛狄更斯的小說，也受狄更斯的影響。他曾走遍新馬各地，「《求生記》構想於檳城，起草於怡保，修正與金馬崙高原，眷抄於柔佛居鑾。一部書十多萬字，由北馬寫到南馬」，然後寫序文於新加坡蒙巴登區。他的作品是自籌印費而問世的，每部只印五百冊，他說這「是自拉自唱做獨腳戲」，有「孤軍作戰」的寂寞。長達六十萬字的長篇，似乎看不到批評、反應。我翻讀這些作品，覺得對話連篇，自然主義的痕跡十分顯露，這就難怪他感到寂寞了。

在海外，自費印書是一種風氣。新加坡有一位寫雜文的周穎南原來經商，卻雅好文藝，也與海內外的藝術家有翰墨因緣。他的《迎春夜話》是以新加坡聯合文學出版社名義出版的，周穎南一邊經商一邊寫作已有十多年的歷史了。《迎春夜話》是他的雜文集，內容記敘的是與詩人、畫家、書法家的交遊，娓娓清談，不拘一格，這也是新加坡文藝的一朵花吧。

新馬是毗鄰之區。馬來西亞的文藝發展史見於方修寫的《馬華新文學簡史》，敘述的卻是三十年前的舊事。只有《赤道詩刊》、《大學文藝》反映了當代馬來西亞文藝的動態。前者出版過《魯迅紀念專頁》，也闢了「中國詩選」一欄，選載了賀敬之、袁鷹、嚴辰、梁上泉的詩，要問這刊物及作者的水平如何，可以抄錄該刊〈合訂本編後隨想〉兩段，以見一斑：

本社成立於去年二月一日，出版過四期詩刊。第五期卻因爲曾驚文網史之大放光明，敢有歌吟動地哀?!（原文如此）

最後，引用詩刊第四期的一首詩〈四月的詩篇〉：

「我歌唱祖國，在戰鬥的赤道前線……

就讓這深情的赤道之歌響遍祖國馬來西亞，在壯麗的時代中飛翔吧！」

馬來西亞的文藝拓荒者認爲《赤道詩刊》「根植在生活土壤中，開始舒青長葉」、「是馬華新文學史上動人的詩章」、「從赤道瞭望東方，不落的太陽把世界照亮」。這就反映了他們戰鬥的目標、信心和勇氣。

《大學文藝》是馬來西亞大學華文學會編輯的，以發表馬大學生的創作爲主。研究方面側重於魯迅及「五四」時代的作家如朱自清、冰心等的作品。

最後，要談到泰國了。

我還未看到有關泰國的文藝作品，只看到《泰華文學》月刊，以泰華文友的名義發行，它發表小說、散文、詩歌創作，也發表舊的詩詞作品。當前泰華文藝思想，「在觀念上接受祖國的文學思潮所影響，但也把創作根植於客觀生活現實」。它號召僑居泰國的文藝作者要反映「泰國現實社會」、「泰華文學是泰國文學整體的一部分」，泰華文藝要「親切地體會泰國民族的風俗習慣……」

在過去漫長的時間中，「泰華文學在抱頭睡大覺」，如今正在「播種」，「是三月的桃樹——開花；是四月裡的楊梅——結果；是沙漠裡的仙人掌——常青。」這些獻詩很能說明泰華文藝的現狀。

東南亞的印尼、菲律賓……留待以後再談吧，我只能從近到遠，也不能多占篇幅，就此停住了。

——原刊於《花城》第一集，一九七九年四月第一版

——本篇取自中國世界華文文學學會編：《世界華文文學研究三十年論文集》

海外華文文學的突圍

（美國）王鼎鈞

哥倫比亞大學中國同學聯合會舉辦「聆聽中國、對話全球」論壇，有一個題目是「海外華文文學的突圍」，這個題目很好，一針見血，先獲我心。這是一個大題目，要大手筆來做大文章，我沒有這個能力。

我也覺得華文文學是在重重包圍之中——

首先是語言的包圍，也就是文化的包圍。文學是文化的花朵，我們在英語的環境裡用中文寫作。置身於文化的孤島。有人改用英語寫作，即使成功，還是華文作品嗎？我們堅守中文，畫地為牢。

其次是空間的包圍。用中文寫成的作品，應該送到中文的世界裡去，那地方在半個地球之外，我們隔那裡太遠，中間有一個遼闊的無人地帶。失去地利就失去人和，失去編者，失去讀者，或者讀者失去你。海外移民號稱失根的蘭花，海外的華文文學成了空谷幽蘭。

還有意識形態的包圍。海外的中國移民有五種立場，左、中、右、獨、統。許多年以來，中國人認為文學是工具，當年最響亮的口號，「一切藝術都是宣傳」。這個觀念至今沒能清除。作家多半不能超脫個人立場表現人生，讀者多半不能超越生活經驗和現實利害欣賞作品，作家用意識形包圍自己，讀者又用意識形態包圍作家。

還有文學流派的包圍。當年寫實主義獨霸文壇，至今許多作家沒能擺脫它的束縛。寫實主義給了作家一個高度，也給了作家一個限度，寫實主義久已過時，寫實主義的創作方法拿到國外來運用也非常困難，這些作家也就像蟬或者螃蟹，退不掉身上的硬殼，妨礙繼續生長。

還有時間的包圍。當年談文學的人喜歡說不朽，今天是一個速朽的時代，作品的壽命短促。這個現象是大眾傳播造成的，大眾傳播工具在理論上號稱一次、立即、送達所有的受眾，作品的流通快，磨損也快。古人說管領風騷五百年，今天的作家管領風騷五十天，你的文章發表以後，立刻有人貼在網頁上，你的警句立即被無數人占有，你的見解立即被無數人重複，五十天後一切變成陳腔濫調。我們都有速朽的焦慮，死亡號稱大限，也是一種包圍。

今天，在外國用中文寫文章，漸漸成爲個人的癖好，就像好酒好賭，票友唱戲，到北極照相。你有這個癮，你爲它花錢，千金散盡不復來，家爲它受苦，衣帶漸寬終不悔。玩意兒不怎麼樣，自我感覺良好，躲進小樓成一統。本能的反應，陷入重圍，向內收縮。

有學問的人說過，無論多麼堅固的堡壘，都不能永遠守住，特洛伊也只守了十年。有人說，文學死了，死了倒好，一了百了，可是沒那麼容易，堡壘陷落，你死不了，你去做俘虜，做奴隸。文學成了電視劇的臺詞、資本家的廣告、政客的口號、脫口秀的段子，沒有個性、沒有自尊，仰人鼻息，苟延殘喘。

所以文學要突圍。怎麼突圍，我不知道有學問的人怎麼說，如果問我，我見過兩種突圍的方法，有心人可以參考——

一種是陸軍突圍，也就是步兵突圍，他們是集中兵力，一點突破。莫言好像用這個方法，輪迴，人工流產，專制時代殘酷的刑罰，都是前人寫過的題材，到了莫言手裡才把它寫盡了、寫透了，好像前人都沒寫過，好像前人寫過的都不算，好像後人也很難再寫這個題材。這是量的增加、面的擴充，他很成功。

還有一種是空軍突圍，戰鬥機突圍，空戰的時候，駕駛員一看情勢不妙，他的辦法是爬高，用高度來擺脫敵人。海明威好像使用了這個方法，有一段時間，他寫作由高峰跌到低谷，一連十年，文壇認爲他不行了，江郎才盡了。就在此時他拿出《老人與海》，這篇小說並不長，他不求廣度，他求高度，他把這個老漁夫出海捕魚的故事處理成高級象徵，各民族把它當作自己的寓言。他超過了自己以往的成就，突破了包圍，他也成功了。

這是我們知道的方法，試試吧！一定還有我們不知道的方法，想想吧！我們的佼佼者，文壇有影響力的人，譜一首進行曲吧，吹起號角來合唱：起來，不願被包圍的作家！

——原刊於《世界新聞網・北美華文新聞》二〇一四年十一月五日；
另刊於《羊城晚報》二〇一四年十二月十日，原題被改爲〈起來，不願被包圍的作家！〉

海外華文文學理論建設與方法論問題

饒芃子

我國學者對海外華文文學的研究，起始於本世紀的八十年代，如果從一九八二年在暨南大學召開「臺灣香港文學討論會」算起，至今已有十五年的歷史。十五年來，我們經歷了海外華文文學的「命名」、對海外華文文學「空間」的界定、海外華文文學歷史狀態和區域性特色的探索、海外華文文學與中華文化關係探源，以及如何撰寫海外華文文學史等重要問題的研討，進而轉入到學科本身發展中各種理論問題的追問，已經有了許多的成果，在國內學術界、文學界，海外華文文學這個領域已經廣爲人知，有了相當的「知名度」和影響。但相對來說，如何在文學理論、文學史和文學批評上做出更多的成績，使其在學科建設上有更大的發展，依然是擺在我們面前的不可推卸的歷史任務。在這世紀之交，當人們紛紛在本學科領域作回顧與展望的時候，我們也應該回顧一下「自己」所走過的「路」，從歷史中總結經驗，聯合世界範圍的華文文學研究力量，彼此協調合作，在不同國家、地區人們的視野融合的基礎上，尋求新的起點，創造新的未來。

當八十年代初廣東、福建兩省學者首先關注臺港文學並在內地倡導此項研究時，「不少人是在毫無準備的情況下被推進這一研究領域的」（註一）。由於開始時資料缺乏，早期的開拓者都是從最原始的基本資料積累做起，而響應者則基本上是手頭有什麼資料就寫什麼，難免存在一些人所說的「瞎子摸象」、「失衡」、「誤讀」等現象。後來，隨著改革開放政策的推行，中外文化、文學交流多了，兼之兩岸直接交往的逐步實現和最初這批學者奠基性工作的擴展，研究者擁有較多的資料，能夠比較自由地選擇自己的研究對象，研究熱潮迅速展開，研究範圍不斷擴大。繼一九八二年、一九八四年在廣東、福建召開的兩屆「臺灣香港文學學術討論會」之後，一九八六年第三屆會議在深圳大學舉行就更名爲「臺港與海外華文文學學術討論會」，這一更名說明，大家已認識到「臺港文學」與「海外華文文學」的差異性。一九九一年在廣東中山市召開第五屆會議，又更名爲「臺港澳暨海外華文文學國際學術研討會」。至此，大陸以外的華文文學「空間」都被清晰地顯現出來，並進入了研究的操作層面，成爲這一學術領域的研究對象。在這之後召開的第六、七、八屆研討會，國內外與會作家、學者很多，每一屆的研討會都有新的學術成果。特別應該指出的是一九九三年在江西召開的第六屆研討會上，與會代表有感於世界範圍內的「華文熱」正在加溫，華文文學活動已成爲一種世界性的文學現象，華文文學同英語文學、法語文學、西班牙語文學、阿拉伯語文學一樣，在世界上形成一個體系，正贏得海內外越來越多的讀者和文化人的注意和重視。經過充分醞釀，發起並成立了「中國世界華文文學學會籌委會」。「籌委會」的成立，意味著一種新的學術觀念的出現，即：要建立華文文學的整體觀。也就是說，要從人類文化、世界文化的基點和總體背景上來考察中華文化與華文文學，無論是從事海外華文文學研究，還是從事本土華文文學研究，都應該有華文文學的整體觀念。因爲世界華文文學發展到今天，已到了一個新的階段，很應該加強這一「世界」的內部凝聚力，「把世界華文文學作爲一個有機的整體來推動」（註二）。只有這樣，才能聯合世界範圍華文文學的研究力量，進行華文文學的整合研究和分析研究，更好地「發揚東方群體主義的寶貴內核」，重建新時代的華文文學。

在過去十五年的時間裡，我們對海外華文文學的介紹和研究，做了大量的工作，這集中體現在已經發表和出版的許多論文和專著上。但是比之一些歷史較久的傳統學科，這一領域還很新，對研究對象的整體認識和把握還有若干局限，在研究上要踏上新一級臺階，困難仍然不少，必須在多方面努力，當中最重要的是應拓展和深化學科內部的理論研究，還要引進新的研究方法，重視方法論的改革和更新。

記得一九九三年六月暨南大學中文系和香港嶺南學院現代文學研究中心在廣州暨南大學舉辦「華文文學研究機構聯席會議」時，就有學者提出「建立學科觀念問題」，並且認爲「把這一領域的研究作爲一個『學科』提出來，是研究者的一種自覺」。與此同時，也認爲「如何加強學科建設，卻還存在許多盲點」（註三）。事實上「盲點」確實存在，如把臺港澳文學與海外華文文學「混同一起」是否科學？又如這一領域作家流動性大，在研究中如何避免對他們「文學人生」的「肢解」？……此類問題，既涉及到「學科」內涵的界定，也關係到文學史的撰寫，同這些問題相聯繫，還有如何確定作家「文化身分」等理論問題。當然，海外華文文學作爲華文文學整體中的一個分支「學科」，它的基點是這個領域的文學在當代的發展。由於不同的人文生成環境，海外華文文學表現出與大陸本土華文文學不同的模式和軌跡，具有自己獨特的進程和形態，因此，加強對其獨特性的研究是十分重要的。

從我們現在發表和出版的許多論文和著作看，大體可以分爲五類：一是作家論、作品論、作家傳略、作家評傳；二是「概論」、「導論」、「現狀」、「概觀」、「初探」；三是國別文論、文體論；四是論文集、辭書；五是文學史、文學理論批評史。早期的成果多是對某一作家的「個例」研究，「個例」研究可以是我們考察問題的基礎和起點，但隨著研究的發展，必然要進入整合性的研究、規律性的研究。學術史上許多事實說明，沒有終極的研究目標，很難顯示出眞正的意義，海外華文文學是一個新起的領域，但它的發展同樣要受到學科發展規律的制約。正如前面所說，我們研究的目的，是要在華文文學的整體觀照下，把握海外華文文學這一特殊領域的文學特性。對這個問題在過去的成果中已有過各種各樣的回答，有概念判斷式的，也有現象描述式的，前者是回答「它是什麼？」後者是回答「它是怎樣的？」但要在這一基礎上形成學科，還必須做好學科「底部」的理論奠基工作，那就是對它作進一步的學理式探究，要回答「它爲什麼是這樣的？」「它何以能成爲一個學科？」而這就離不開研究者的學科自覺性和整合性的研究。

華文文學的「根」是中華文化。但海外華文作家都是在雙重或多重文化背景中寫作，在他們的背後隱含著政治、歷史、種族、文化、經濟之間的種種糾葛，他們的作品承擔著各種關係的交織。所以在這個特殊的華文文學空間裡，充滿著異域感、流亡、放逐、陌生和對故土的回憶。他們在異域他鄉堅持用華文寫作，「這是一種『靈魂』的活動」（註四），是意味著自己的靈魂已回到了故鄉，也是對自己精神家園的尋找。他們自感不屬於或不完全屬於當今生存的地方，但他們也已不是故鄉的人。這是多麼複雜的一種精神活動！爲了深入探討他們的精神產品的特殊形態及其複雜性，就必須具有文化學的視野和跨文化的方法。海外華文作家在居住國生活，必然會受到居住國社會文化的影響，與此同時，也會把華族文化傳播到居住國，無論是哪一方，接受的過程必然有所選擇，也必然有基於不同歷史積澱、文化傳統、社會心態等等所作的解釋和誤解。華族文化傳播到另一國時，會遇到異質文化，有一個播遷、衝突、認同、溶攝、變化的過程，從而以多少改變的形態出現，並且浸透在作品所描寫的人物和藝術形式之中，我們應在文學作品中研究這種文化「變異」的現象，研究這種傳播與接受的發生過程，如這一傳播與接受是從何時開始的？發生在什麼歷史文化背景下？產生了怎樣的「變異」？同本土的華文文學作品比較，二者的反差有多大？這種研究將大大豐富作爲整體研究對象的華文文學，也是對海外華文文學特殊性認識深入的一個方面。

「方法不是別的，只是反思的知識。……好的方法在於提示我們如何指導心靈依照一個眞觀念的規範去進行認識」（註五）。比較方法在海外華文文學研究領域的提出和運用，是對傳統的社會歷史學研究方法的一個補充。從整體看，華文文學研究的著眼點是既要求「同」，也要明「異」，求「同」是有助於規律性問題的探索，明「異」是爲了出新。因爲「異」有助於豐富和整合世界華文文學的整體形象，因此更具有眞正的意義。求「同」和明「異」都必須借助比較方法的運用。我們可以在華文文學整體觀照下，將中國本土文學同其他國家的華文文學相比較，在比較中探索其發展的脈絡以及不同民族文化相遇時碰撞和認同的過程及其規律；也可以將本土以外的其他國家、地區的華文文學相比較，研究不同國家、地區華文文學特殊存在方式、美學模式、文學風格以及作爲語言藝術的衍變史；還可以將同一國家不同群體的華文文學作比較，探討它們在同居住國主流文化碰撞時所採取的不同態度以及作出怎樣的反應與選擇。這樣做不只是求「同」和明「異」，而是使我們對研究對象的存在的方式的認識更爲深刻和全面。

將海外華文學放入文化和文化的傳播與影響中去研究考察，用比較的方法，圍繞某一問題或某一種文學現象，在不同的文化背景中進行相互比照和闡釋，可以使我們的研究更具有開放性和豐富性。此外，由於海外華文文學文壇上女作家很多，而且不乏著名的女作家，在研究不同的作家群體的時候，如能注意到性別與文化的結合，以女性主義批評與文化研究相結合的方法，來考察這一領域的女作家及其文本，探索其「身分」的共同性、差異性、邊緣性對文學創作的影響，也是通往這個領域深處的一個重要方面。應該指出，女性主義批評和文化研究都是多元的概念，不是一種確定的話語體制和方法，都面臨著爲自己定義的問題，有如一幅尙未完成的「自畫像」。從廣義上說，女性主義文學批評是一種「身分」批評，它以性別和社會性別身分爲出發點，將歷史上被壓抑的婦女聲音、被埋藏的婦女經歷、被忽略的婦女所關心的問題，推向「中心」位置，對它們進行研究和言說，側重於對女作家獨特的文化經歷和身分的研究。因爲海外華文女作家是在一個全球化多元化大背景下通過文學創作，來對「性別」、「民族」、「國家」等等問題進行思考與追問，基於她們多重的文化身分及處在不同社會、文化中的「混雜性」等特點，我們從研究對象出發，要找到關於她們及其創作的研究理論基點，也可以嘗試運用女性主義批評與文化研究相結合的方法。海外華文女作家的創作是總體海外華文文學的一部分，同樣包含有海外華文文學的重要特徵和複雜性，具體到文學主題上，羈旅主題、鄉戀主題等海外華文文學常見的主題，在女作家筆下也時常出現，但在表現和藝術處理這些主題時，她們往往是站在女性的立場，從女性的視角切入，以女性的觀點表現女性的感受，具有與男性作家不同的女性獨特的意識。例如她們會更爲關注在文化碰撞衝突中女性的生存狀態，將羈旅、放逐、懷鄉等海外華人共同的處境及感受以女性的體驗加以表述；而海外女性的雙重邊緣性處境及在婚戀中困惑的自省，實際上也反映了海外華人生活的特殊處境和情感生活；男與女、本族與異族、祖居國與居住國等各種錯綜複雜的關係。所以運用女性主義批評和文化研究相結合的方法，來透視海外華文女作家及其文本，對海外華文文學的總體理論研究同樣是很有意義的。

把文學研究和文化研究緊密結合在一起，是當今世界上文學研究發展的一個特點。法國已取得顯著成就的形象學，主要就是研究在不同文化體系中，文學作品如何構造他種文化形象。在一般情況下，作家都是從自己民族文化出發，對異族文化的「他者」進行思考和解釋，創造出他（她）所理解的形象。這是兩種文化在文學上「對話」的結果，也是一種文學傳統、觀念對另一種文學傳統、觀念的過濾和選擇，當中不無「誤解」，但可以作爲一種「鏡像」，是異族文化在本民族文化中的折射。例如，海外華文文學作品中「他者」形象問題，就非常值得重視，因爲在不少海外華文作品裡，特別是那些表現愛情、婚姻和家庭主題的小說中，這種「他者」形象就更爲常見。「他者」即「異」、「異己」。但華文作品中的這些「他者」，並非是現實中眞正的「異」和「異己」，是經過華文作家的文化眼光、文化心理過濾過的，是作者按照符合本民族文化要求的道德標準、審美標準評判過的，是異族在華族文化中的「鏡像」和折射，他們雖是我們眼中的「他者」，是華文作家筆下的異族人，但已不再屬於他們自己。通過對海外華文文學作品中「他者」形象的考察、分析，一是可以反觀自己的文化，把握兩種文化在文學相遇時的反差；二是通過不同文化在人物形象中的結合和「變異」，給海外華文文學的研究帶來新的意義。

海外華文文學作爲一種世界性的文學現象，是其作者人生經驗和藝術思想的體現。生活在不同國家、地區的不同華文作家，各有他們創作的出發點和藝術切入點。研究者在對其進行考察的時候，有的努力從總體去把握這一文學現象，有的則只從一個方面以本文、結構、符號、敘述等，求闡明這種文化現象中的某些問題，故可能形成多種不同的理論形態、見解，但所有這些都可看作是激活自己思維的積極因素，有助於拓展學術視野和理論構架，做到互識互補，共同推進學科的理論建設。

——原刊於《文藝理論研究》一九九八年第一期

注釋

一　劉登翰：〈在華文文學研究機構聯席會議上發言〉，《華文文學研究機構聯席會議論文集》。

二　劉以鬯：〈一九九一年在香港世界華文文學研討會上的講話〉。
三　劉登翰：〈在華文文學研究機構聯席會議上發言〉，《華文文學研究機構聯席會議論文集》。
四　葉君健：〈我的外語生涯〉，《光明日報》，一九九七年四月二十三日。
五　斯賓諾莎：《知性改進論》，中譯本（臺北市：商務印書館，一九六〇年），頁三十一。

海外華文文學的命名意義

饒芃子、費勇

壹

一九七九年北京的《當代》雜誌發表白先勇的〈永遠的尹雪艷〉。這是大陸文學界首先注意到在新中國成立以後的三十年，還存在著另外一個複雜的文學空間。隨之而來的便是「臺灣文學」與「香港文學」的命名以及這種命名帶來的介紹與研究熱潮。一九八二年召開了全國首屆「臺灣香港文學學術討論會」，到一九八六年召開第三屆時，更名爲「臺港與海外華文文學學術討論會」，意味著大陸學術界對於臺港文學與海外華文文學之間差異性的認知，也意味著「海外華文文學」這樣一個特殊命名的確立。一九九〇年召開第五屆時，又更名爲「臺港澳暨海外華文文學學術研討會」，至此，大陸以外的漢語文學空間都被清晰地顯示出來，進入文化領域的操作層面並成爲學術領域的研究對象。

九十年初期，對於「臺港澳」文學或「海外華文文學」的界定顯得極爲迫切。《臺港文學導論》、《海外華文文學概觀》、《海外華文文學發展史》（註一）等著作相繼出現，這些研究者將「臺港文學」或「海外華文文學」視作新的學科或新的研究領域，所以，他們面臨的首要任務便是論證爲什麼在「中國現代文學」之外增添這樣的命名，意義何在？臺港澳屬於中國領土不可分割的一部分，其文學自然也是中國文學的組成部分。但因歷史上殖民地、政治分裂等因素，「三個地區出現三種社會，分屬三個政府」（註二），因而，有必要將它們特別從「中國文學」的概念中拈出，予以特別的關注。潘亞暾等這樣闡述他們的基本立場：「從中國當代文學總格局來考察，臺港澳文學無疑是『邊緣文學』，他們是母體文學的一種延伸、補充和擴展，在中國當代文學史上占有特殊的地位」（註三）。海外華文文學的情況卻正好相反，大陸論者極力澄清他們不是「中國文學」的組成部分或支流，他們的主要理由似乎以國界爲依據，只要在中國以外的另外國家發生的漢語寫作，均屬於「海外華文文學」。例如：

陳賢茂說：「在中國以外的國家或地區，凡是用華文作爲表達工具而創作的作品，都稱爲海外華文文學」（註四）。

王晉民說：「海外華文文學，是指中國本土之外，即中國大陸、香港、臺灣、澳門之外，散布在世界各地的華人與非華人的作家，用中文反映華人與非華人心態和生活的文學作品，它包括亞洲華文文學、美洲華文文學、歐洲華文文學、澳洲華文文學、非洲華文文學等中國本土以外的華文文學」（註五）。

許翼心說：「華文文學是一種國際性的文學現象，因此，華文文學不能等同於中國文學，也不可以將海外的華文文學稱之爲海外的中國文學」（註六）。

這些看法強調的是區域特徵與語言特徵，在論著自身看來均十分科學與嚴密。證之於東南亞地區，尤其是戰後的東南亞地區，應無絲毫異議。然而證之於戰前的東南亞地區，或六十～八十年代的美國地區，情形的複雜性恐怕非上述定義所能包含。

苗秀曾提到：

> 馬華文學在其開始時期，本質上也是一種移民文學。早期的馬華文藝寫作人，也和十九世紀初那些法國作家一樣，大多也是流亡者一類。他們都是不滿中國的黑暗政治，逃亡到星馬兩地來，他們有些是參加實際革命工作失敗後，在家鄉無法立足，亡命而來的；另外一些則是爲了生活，遠走異地謀生，寫作不過是他們一種業餘工作，但決不是毫無意義的工作。他們是有意識地把文藝當作宣傳武器，揭露中國的腐敗跟落後的社會封建性。……馬華文學由移民文學蛻變爲獨立發展的國民文學，是在第二次世界大戰結束後才告完成」（註七）。

人文學科所面對的研究對象往往不是通過定量化與邏輯化可以被完全界定的，人文學科中的命名也往往不能使所命名者變得簡單明瞭，實際情況是，可能將被命名者所具有的全部複雜性呈現無遺，從而使研究者在問題的質疑與追索中進入人性與思想的幽深地帶。以區域與語言爲標幟的「海外華文文學」在大陸文化界高頻率的運用中，日益成爲套語式的詞彙（註八），而很少有人去探究這一命名本身的複雜含義及其引起的一系列學術難題。

「海外華文文學」這一貌似簡潔清晰的概念，觸及到近百年中國的離亂歷史，其中蘊含的風風雨雨、離愁別緒、沉浮榮枯，引起種種難以言說的情緒。從臺灣、海外的某些作家、學者對「海外華文文學」命名的反應即可見一斑。一九八五年秋，美國紐約市立大學舉行了一個「海外作家的本土性」的座談會，參加者有陳若曦、張系國、張錯、唐德剛、楊牧等，均爲「海外華文文學」這一命名所指涉的對象。他們發言的基調反映了對於「海外華文文學」這一說法的牴觸、拒斥，他們均認爲自身的寫作充滿「中國意識」，不應被逐出「中國文學」的大家庭（註九）。命名者與被命名之間牴牾，耐人尋味，正好說明不能簡單地以語詞的邏輯性爲終點，而是要通過邏輯性，窺測到隱藏於其間的邏輯以外的許多複雜的背景，才有可能整體地感受、把握一種命名的意蘊。其實，早在一九八三年，由海外作家自己編輯的一套「海外文叢」由香港三聯書店出版，這套叢書的取材範圍完全是美國的華人，而且全是五十年代前後從臺灣、香港赴美的華人知識分子。通過這一套叢書，我們也能看到他們的心態與立場。

木令耆說：「在心理上，他們的感情寄託是在祖國，從他們的作品中常會看出他們的流浪心情，如果他們的作品爲了迎合中國廣大讀者，在詞彙、形式上努力去接近中國本土的作者，這將是他們對祖國懷念嚮往的結果。……現今的海外作家可能是最後一兩代的海外作家，除非日後不斷地有中國移民移居歐美，才有可能在他們之間產生繼續用漢語文學的作家。很可能現今的歐美華人作家是歷史上畸形發展現象，在中國歷史上從未有過海外華人作家的傳統，現今的海外華人作家很可能是『前不見古人，後不見來者』的時代的孤兒……」（註一〇）

李黎說：「二十世紀中期以後的海外華人，是中國有史以來最大規模的知識分子的海外移民。這在中國近代史上算是沒有大規模戰亂的一個時期，卻也是國家斷然分裂的時期。中國人到了海外，勢必深刻感受到作爲分裂國家的國民是怎樣的不便、困擾與痛苦。『認同』的危機不僅在母體文化與客體的對峙中，甚至產生在面對自己分裂的祖國的彷徨中！個人的失根、祖國的紛爭，使得海外的中國人背負著比任何一個其他國家作客異邦的『外國人』更深重的歷史重荷。因此，海外華人的文學作品，便有其先天上歷史感和時代感——是這樣特殊的歷史與時代成長了這些寫作，而這些寫作便將是一個眞正的作家不可殘缺的歷史感與時代感放進他們的作品中去」（註一一）。

顯然，他們的闡述滲進了他們自己的切身感受，是從他們的獨特處境出發的。我們之所以要引述他們的看法，只不過要說明，「海外華文文學」這個命名所指涉的對象，其實是由不同的多種聲音協調而成，既有歷史的痕跡，又有政治的衝擊，既有肉身的流徙，也有心靈的漂泊，在不同的時間與空間，漢字以層層疊疊的意象，記錄了相似或相異的渴盼與掙扎。當我們面對「區域」與「語言」這兩種似乎定量化的科學標準，一旦依附於具體的個人或具體的時空，會以千百種姿態變幻莫測。

臺灣、美國的一些華人作家、學者之所以對「海外華文文學」乃至「臺灣文學」這樣的概念有所疑慮，原因在於林燿德所言的：「八十年代以前，臺灣現代詩和中國現代詩在臺灣文學界的言談中是一對同義詞。另一方面，當大陸評論界將所有在臺灣成長的作家規範爲特定的『臺港澳暨海外華文文學』範疇之中，成爲邊陲化的課目；……五六十年代崛起的外省裔臺灣詩人可能在世紀末面臨的兩岸的『主流』中同時缺席的窘境」（註一二）。確實，像白先勇、歐陽子、葉維廉、鄭愁予、楊牧、陳若曦等，他們或從大陸或從香港漂泊到美國，他們的文學歷程從臺灣開始，參與了在臺灣的中國文學發展史，有的還寫下重要的篇章，如葉維廉從五十年代至今一直以他卓越的詩論與雋永的詩作參與了現代詩的成長。對於這樣的作家，儘管他們已經成爲美籍華人，定居在美國，「海外華文文學」的命名不但不能揭示他們的意義，反而會遮蔽許多意義；在此，「海外華文文學」的命名有它的局限性，必須與「中國文學」「臺灣文學」這兩個命名協商性地共存，才能說明上述作家的眞正風貌。當然，這在操作中會遇到這樣的困難，同一個作者被肢解得肢離破碎，他在海外寫作的作品被納入「海外華文文學」，而在臺灣或大陸的寫作被納入「臺灣文學」或「中國文學」。任何一個作家都是一個整體，都有他之所以爲他的基本心理架構，無論怎樣變化，基調仍會存在、延續，如果爲了「科學」而將他割裂，恐怕只會抹殺他的創作眞相。事實上，在目前一些臺港澳暨海外華文文學及中國當代文學著作中，相當一些作家交叉出現在不同的「命名」中，例如上面提到的葉維廉，既在《臺灣新詩發展史》（註一三）中占了一定的篇幅，也在《海外華文文學概觀》（註一四）中擁有一席之地，又在《中國當代新詩史》（註一五）、《中國當代十大詩人選》（註一六）中赫然具名。葉維廉就是葉維廉，是同一個人，卻浮移在不同的「命名」之中，這對於文學史或對於他個人的創作而言，到底意味著什麼？在這種情況下，我們不能不質疑命名的目的是爲了什麼？

如果我們堅持將「海外」與「漢語」作爲嚴格的標準，那麼，我們還會遇到另一類的「海外華文文學」。近代中國文學中的黃遵憲、梁啓超、康有爲等到現代中國文學中的胡適、魯迅、郭沫若、郁達夫、老舍、徐志摩、戴望舒、艾青、蕭紅等重要作家，都曾在海外留下大量的、優秀的創作作品，有些甚至爲文學史上的開拓之作，如郭沫若《女神》中的多數作品。我們是否應將這些作品歸入「海外華文文學」呢（註一七）？要是果眞如此，一部近現代中國文學史可能會出現四分之一的空白。一位作家的「海外生活」固然會影響到他創作的選材、視角，然而，只是因爲他在海外用漢語寫作過，即以「海外華文文學」的命名來規範他，恐怕值得商榷。涉及這個文學群體時，我們認爲「海外華文文學」的命名有它的限度，不應肆無忌憚地濫用。張愛玲等重要的現代中國作家中年或晚年移居美國，因而成了海外作家，相當令人困惑，在此，被肢解的不僅是作家本人，還有的是一部完整的中國現代文學史。

總之，我們認爲，「海外華文文學」的命名以「區域」與「語言」爲最基本的界定，自有它合理的依據，但在實際的運作中，所面對的是流動的、富有情感與思想的作家個體或族群，是不同時空的複雜背景，因而，它應當謹愼地被協商性地、有限度地使用。

貳

任何一種學術命名，不僅揭示某類特殊的現象以引起關注，更預示方法論與學術視角的更新，或者暗示著某種被忽略的隱蔽關係以引起探討。命名可能導致一門新學科的誕生，也可能只是帶來一些嶄新的學術問題而開拓原有學科的視野、思路。如果我們接受「海外華文文學」的命名，那麼，我們必須提出如下的質詢：它所指涉的對象之特殊性何在呢？爲什麼要將它們獨立地標示出來？這樣的命名會引起何種學術研究的新路向呢？它對於原有的學科如中國現當代文學、文學理論等會造成怎樣的衝擊呢？而最終，它是否能作爲一門學科存在呢，還是只能作爲一種課題性的命名遊走在其他學科之間？

該命名的語詞組合透露了某種不尋常的關係。「海外」指地域上的本土以外，「華文」指的漢語，「文學」指的是人類表情達意的共通形式之一。民族的語言離開本土以文學的形式生長，這種事實隱含著政治、歷史、種族、文化經濟之間的糾葛，也顯現了該命名以「邊緣性」的地位承擔著重重疊疊的「關係」諸如語言與生存、記憶與同化、漂流與國家、世界性與民族性、邊緣與中心等等。簡要說，該命名呈現了這樣一種特殊的文學寫作：在飄浮不定的異質環境中以漢語書寫情志。此類寫作被這樣的一些事物包圍：異域感、流亡、戰爭、不同的語言、陌生、幻覺般的回憶……這些事物令作家迷失，也可能會令作家意識到「人類的根是沒有邊界的，人類的心就在大地下面，就在世界之梯的底層跳動著」（註一八）。流動的分類法將此類寫作納入「邊緣文化」之中，因爲他們生存在兩種乃至多種文化的空隙間。此類寫作者也常常認可這樣的歸類，例如一位至今仍在海外漂泊並持漢語寫作的女作家說，「如今我是什麼？回到自己的家園，人家說你假洋鬼子；呆在外面又渾身不自在，既不是中國人，也不是外國人；不是華僑，不是自己；四不像?!」（註一九）即使成爲國籍意義上的「外國人」，又何嘗能夠一下子從身體到靈魂與「外國」融合？也許可用文學性的語言訴說：一旦遠涉他鄉，「家園」便永遠地成爲一種若隱若現的景象，在生活的顛簸中忽明忽暗的，永遠不會有確定的形狀與質地：他既不屬於他正生存著的地方，也不屬於他的故鄉。在海外，無論以怎樣的身分，卻在滿耳滿眼異國語言文學的環境裡固執地以遙遠的漢字表達情懷，無論如何，這是內在的「懷鄉」情結，同時也使自身置於兩個「世界」的交相輝映之中，成爲「邊緣性」的存在（註二〇）。換言之，「海外華文文學」的主旋律是由「流動性」形成的，而「流動」的原因總不外是戰爭、經濟、政治等，不外是財富或和平的夢想，甚或是逃避式的對於世外桃源的追尋，或者只是隨波逐流式的偶然因素，可能是被迫的，也可能是自願的。海外寫作的心態之異於本土，幾乎完全可從他們的「流動性」中找到原因。「流動性」包容了一系列關鍵的語詞如放逐、懷鄉、衝突等，成爲海外作家筆下或評論家評論海外作家時常用的詞彙。更爲重要的是，「流動」的特殊狀態，引申出一系列邊緣性學術話題，對於某些傳統的理論架構構成一定的挑戰意味。

一　文學與歷史

儘管事實上早期以華工身分離開中國的海外華人幾乎並沒有留下什麼文學作品（註二一），但絕大多數的研究者在談及海外華文文學的發展史時，都會提及「海外華人」的早期移民史。這是該命名中「海外」、「華」這些詞、字引起的聯想。或者說，海外華文文學的命名使華人的歷史與文學構成了某種聯繫，乃至相互印證的關係。一方面是作爲「華文文學」創造者「海外華人」的歷史，另一方面是華文文學中反映的一般海外華人的歷史。就前者而言，海外華文文學基本由「知識者」的流亡、留學或移民而形成（註二二），一部海外華文文學史可能是一部十九世紀末至二十世紀全部歲月的中國「知識者」的海外流動史；就後者而言，我們可能要重新審視黃遵憲的海外詩篇，據說他是最早使用「海外華人」這名詞的中國外交官（註二三），他將「海外華人」這一群體的存在帶進文學的視野，成爲以文學表現海外華人生活的先驅。時至今日，華人的第二、三代可能更多地以本地語言如英語創作尋根式的文學，而本人是第一代的華人仍偏於漢語寫作，如張錯的《黃金淚》，甚至也有本土——中國大陸的作家描寫海外華人的作品，更甚而還有異鄉作家如美國作家描寫的海外華人的作品。海外華人的歷史在這幾種不同語言、不同身分的寫作之中交錯，形成文學的歷史畫面。在相互的比較中，我們也許更能把握到海外華文文學的某些表現功能及其獨特角度、情意。

海外華文文學的命名，不僅將其自身歷史及相關的華人海外「流動」史從歷史的暗角推到前臺，而且作爲一種「中介物」，一種「旁觀者」，他們又爲中國及所居住國的歷史提供了另一類的詮釋。海外華文文學的整體性存在，本身隱喻著一部十九世紀以來的中國歷史，從另一角度說明著一個文明古國的式微以及在外力激蕩下的變遷。同時，他們身居異國書寫中國的歷史事件，必然與身居本土時的心情不同。對於居住國而言，他們是非主流性的居民，他們對於居住國已經發生或正在發生的「歷史」，採取的又必定是一種微妙的態度。

因而，海外華文文學的命名包含著四種歷史的影像，一是海外華人史，二是海外華文文學史，三是居住國的歷史，四是中國本土的歷史。這四種歷史以「海外華文文學」爲紐結產生關係，對於海外華文文學本身有著重大的制約作用，而海外華文文學又從文學的觀點補充一般通史的見解。由這樣的具體例證，我們又可引申出文學與歷史之間到底是怎樣一種關係的提問，從而達臻某種文學理論的形成。

二　文學與文化

一件物象，一種信仰，一個制度，當它們由一個部族或民族傳播到其他部族或民族時，如果單從外部的媒介去觀察，而不從內部的心態去體認，則文化的一切眞相不會暴露出來（註二四）。文學爲心靈的寫照，在文化學的領域，它常常充當生動的素材，去探測數字、歷史事件、習俗背後的深邃世界。「海外華文文學」的命名顯而易見地揭示了兩種文化的衝突或交流，也就是周策縱所言的「雙重傳統」（註二五）。但問題在於：從一戰前後開始，大多數東方國家都面臨著雙重傳統的處境，一方面是西方文明的衝擊，另一方面則是本民族傳統文化的瓦解危機，如何在調適中尋找到新的生機，這是中國本土當代文化的重要命題。所以，僅僅指出海外華文文學產生了「雙重傳統」是不夠的，還要指出它與本土處境的差異。在我們看來，這種差異也許表現在：由於海外華文作家處於活生生的異域，因而他們所負載的中華民族傳統文化的許多素質可能會變成精神上的「家園」；而在本土，出於變革的要求，異域的文化因子常常作爲革命的思想被廣大的知識分子接受，並藉以抨擊傳統文化的許多質素。海外作家、學者與本土學者、作家對於「傳統」的感受顯然不同，因而他們採取的立論也往往相異。

另一方面，由於海外華文文學的「中介性」位置，我們可以通過它更清晰地看到本土的文化傳統被置於異域環境時所發生的種種形象。一些中國傳統文化的基本觀念是以怎樣的方式在域外延續？它們對於「華人」生活造成了怎樣的影響？尤其是在異國人眼中，華人社區的文化到底是怎樣的一種狀況？另外，海外華文作家的文化活動如中外文學作品的互譯，在中外文化的交流中也起到了很大的作用，他們本身也是活的文化標本，外國人從他們身上瞭解感知中國文化的氣息。

世界各國的華文文學，雖然都出自同一源體，具有炎黃文化的基因，彼此有文化上的血緣關係，但是它們已經分別與各個國家的本土文化相融合，各自成爲所在國文化的組成部分。用文化的眼光對世界各國華文文學進行考察，探索它們同中有異、異中有同的文化意蘊，對於瞭解華文文學的傳播及其融入主流社會之後所產生的變化，認識和把握世界華文文學的總體狀況，不同民族文化的互相交融、借鑑、轉化、認同的規律，都會有所促進。

海外華文文學爲中外文化的比較研究，爲文化交流、衝突模式的研究，提供了新的素材與路向。

三　文學與語言

在某一個時刻，對於喪失了一切的人來說——而且無論這意味著喪失一種存在還是一個國家——語言就變成了國家。人進入了詞語的國度。當一個人「流動」至異域，他能夠與他的過去不斷相遇之途徑，惟有他的語言。對中國人來說，即是漢語。「漢語」中積澱了中華民族的集體意識，無形地塑造著中華民族的思維與生活方式。當一個人在海外使用漢語寫作，他相遇的不只是他個人的「過去」，同時也是一個種族的過去。因而，在海外的漢語寫作別具一種本土作家難以體會的意義。海外的漢語寫作也推動我們更深地認識漢語的文學表現功能，他如何表述異質文化圈中的形形色色等等。而海外的漢語寫作者因爲在一個陌生的情景中，可能會比國內的寫作者更熱衷於對漢語本身的體悟、沉思，也就是說，有更多的語言自覺。因爲他們的寫作，面對的是一個很少或完全沒有讀者（不懂漢語）的空間，他在靜默與孤寂中自己傾聽自己的漢語之聲。這樣，他們對於漢語有著一種血肉的關切，一種不得不的專注。當然，從總體而言，眞正具有語言自覺的海外作家並不多，至於思考如何以漢語寫作參與世界當代文學的意識，更是罕見。本來，他們在海外，應更容易思考並實踐這樣的問題：爲什麼在本土或海外，當代漢語寫作界都未能產生「世界性」的作家？如果是漢語的局限，它的局限又在哪裡？如果漢語本身並無局限，那麼它的尙未敞開的魅力又該怎樣發掘、拓展？也許，由於謀生的艱難，許多海外作家只是不自覺地「情之所至」，下意識地運用漢語寫作。然而，海外華文文學的命名者卻應思索上述問題，這種思索也許有助於漢語與文學關係的進一步研討。

四　文學與文學性

不管從文化的角度，還是從語言的角度最終都不是要抹殺「海外華文文學」的文學性，而是要從不同角度來說明它的「文學」性。「海外華文文學」的命名最根本的也只不過是要告知一種特殊的文學現象與族群。因而，站在文學的立場，這個命名提出的基本問題是：海外的生存經驗如何被轉化成一種「詩學」，從而造就成一種獨特的文學範式？在這裡，牽涉到文學與社會的關係、文學與個人際遇的關係等等。迄今爲止，我們使用的一些套語遠遠不能夠刻畫海外華文文學的美學品格。也許，必須找尋新的語彙、新的詮釋策略，才有可能描述這樣一種命名對於「文學」本身會造成怎樣的震動，例如對於中國現當代文學、比較文學等，是否會豐富它們的研究題材、視角等，從而引出一個至爲關鍵的問題：「女性文學」與「黑人文學」的命名導致了「女權主義文學理論」與「黑人文學理論」的產生，形成了「革命性」的文學思想，「海外華文文學」的命名是否有可能帶來一種新的文學理論或新的批評模式？

上述四個方面的分析，揭示了「海外華文文學」這個命名在學術或批評領域顯在的或潛在的意義所在。再回到本段開頭的問題：它能否作爲一門學科？一門學科的誕生需要它自己的哲學基礎，換言之，一門學科之所以被稱爲「學科」不單單其外在的如被開課、被研討之類，而是指它包含著人類認識世界的一種獨特方式，是人類與世界發生聯繫的一種獨特途徑。除此之外，它還應包含許多規律性的、別的學科無法涵蓋的東西。就目前的成果而言，「海外華文文學」是否已成爲一門學科，令人懷疑，因爲許多著作還停留在現象的「羅列」之上，給人印象是從「中國當代文學」、國別的「華文文學」中抽出一些作家，加上生平資料，組合而成。而對於一門學科而言，即使對於一般的學術研究而言，重要的是「解釋」。如果不能通過現象作出深刻的「解釋」，又談什麼學術或學科。那麼，換一種問法，海外華文文學本身是否具備被「解釋」廣闊空間，從而成爲一門「學科」呢？我們的回答是有這樣的可能性，但在現在，它更多的恐怕只是一種課題性的研究，在當代文學批評、比較文學、中國現代文學史乃至所居住國的文學批評及文學史，還有歷史學、文化學中尋找到用武之地。

叄

從中國當代文學到臺、港、澳文學、海外華文文學，整個「漢語文學的寫作」全部進入了當代文學研究、評論的視野；而且，這樣一些命名客觀上促成了像「世界華文文學」、「中華文學」、「漢語文學」之類的命名，使學者、作家把立足點定在「漢語」之上，或者，回到漢語本身。在二十世紀即將結束的時刻，海內外的華人寫作者終於能夠超越民族、國家等等的制約，以一種博大的心態來從事寫作，而文學研究者一旦將漢語寫作視作一個整體，必然會有助於「漢語詩學」的豐富創新。

在研究與創作界，近年來的許多會議都以「中華文學」或「華文詩」標榜（註二六），表現出整合的要求。王潤華更是明確提出：「世界華文文學的大同世界，也該要建設起來了。」（註二七）梁錫華則預言：「中國，無論如何，講歷史、講傳統、講民族氣質，講漢字在文學創作上的優勢和成就，可以自詡文學上邦而無愧。就說散文罷，它在歐美地區少見蹤跡已有好幾十年，但在中國人中間，今天仍然活得清健。不妨樂觀地說，中華文學受社會一時的商風狂飈痛襲之後，再經數十年，最遲不會超過一百年，應能唱出鳳凰再生的歡歌。凡鍾情文學、繫懷文化，並關心精神健康，樂於看社會發展平衡的炎黃子孫，對於中華文學的美好將來，馨香祝禱，不但待之，更該成之。」（註二八）而楊煉、高行健以〈流亡使我們獲得了什麼？〉爲名的對話，表明了與相當多的「海外作家」，尤其是與東南亞的華文作家或六十年代前後的美華作家很不相同的寫作取向，楊煉提到：「而我說的語言的吸收、凝聚、擴展，過去是由『母』這個概念，就是祖國、社會家庭等等大的群體來完成的，那麼現在，首先從意識上，應當由作家個人來完成。而如果這個作家又偏巧住在海外，這是不是一個契機——從內到外、從精神到現實恰恰獲得了這樣一個處境：『母語』僅僅依靠你自己繼續發展，而你亦借助於這一點，脫出『母語』（母體）的束縛達到個人而對語言的至境？（註二九）」高行健則以爲「當其他的外加因素都不在時，你只面對你的語言。……一個作家只對他的語言負責……我的中國意識在哪兒呢？就在我自己身上。這就是對漢語、漢語的背景、中國文化的態度——它自然就在於你身上。（註三〇）」這些關於「漢語文學」的思考也許預示著一個「漢語文學」新時代的到來。

綜觀當今世界，已有十一億以上的人使用華語。許多國家和地區的華族公民數量日增，華文文學創作既是各國、各地文化事業構成部分之一，還共同匯集成世界華文文學的龐大體系。作爲世界文化藝術寶庫中必不可少的組成部分，世界華文文學已自成體系，與英語文學、法語文學、西班牙語文學、阿拉伯語文學一樣，正贏得海內外越來越多的讀者與學者的關注和重視。華文文學交流的範圍，早已超越國界，要把華文文學研究擴大開去，很需要建立一種更爲博大的世界性文學觀念，即從世界文學的格局來審視、研究各國、各地的華文文學。正是在這樣的背景，「海外華文文學」的命名被賦予了強烈的學術生機。

——原刊於《文學評論》一九九六年第一期

注釋

一　潘亞暾、翁光宇、盧菁光著：《臺港文學導論》（北京市：高等教育出版社，一九九〇年）。賴伯疆：《海外華文文學概觀》（廣州市：花城出版社，一九九一年）。陳賢茂：《海外華文文學發展史》（廈門市：鷺江出版社，一九九四年）。

二　潘亞暾等著：《臺港文學導論》，頁四、八。

三　潘亞暾等著：《臺港文學導論》，頁四、八。

四　《海外奇葩——海外華文文學論文集》（廣州市：暨南大學出版社，一九九四年），頁三十五。

五　王晉民：〈論世界華文文學的主要特徵〉，一九九四年慥峰學會出版：《中華文學的現在和未來》。

六　許翼心：〈世界華文文學的歷史發展與多元格局〉，《臺灣香港澳門暨海外華文文學論文選》（福州市：海峽文藝出版社，一九九三年）。

七　苗秀：《馬華文學史話》（新加坡：青年書局，一九六八年），頁一～二。

八　例如有時它成為出版商招徠讀者的標幟。

九　《臺港文學選刊》，一九八六年十二月第六期。

一〇　《海外華人作家散文選》〈前記〉（香港：三聯書店，一九八三年）。

一一　《海外華人作家散文選》〈前記〉（香港：三聯書店，一九八三年）。

一二　林燿德：〈論洛夫〈杜甫草堂〉中「時間」與「空間」〉，《創世紀》一九九五年春季號。

一三　古繼堂：《臺灣新詩發展史》，北京市：人民文學出版社、賴伯疆：《海外華文文學概觀》、洪子誠、劉登翰：《中國當代新詩史》，北京市：人民文學出版社、《中國當代十大詩人選》（臺北市：源成出版，一九七九年）。

一四　古繼堂：《臺灣新詩發展史》，北京市：人民文學出版社、賴伯疆：《海外華文文學概觀》、洪子誠、劉登翰：《中國當代新詩史》，北京市：人民文學出版社、《中國當代十大詩人選》（臺北市：源成出版，一九七九年）。

一五　古繼堂：《臺灣新詩發展史》，北京市：人民文學出版社、賴伯疆：《海外華文文學概觀》、洪子誠、劉登翰：《中國當代新詩史》，北京市：人民文學出版社、《中國當代十大詩人選》（臺北市：源成出版，一九七九年）。

一六　古繼堂：《臺灣新詩發展史》，北京市：人民文學出版社、賴伯疆：《海外華文文學概觀》、洪子誠、劉登翰：《中國當代新詩史》，北京市：人民文學出版社、《中國當代十大詩人選》（臺北市：源成出版，一九七九年）。

一七　事實上花城出版社正在編輯中但尚未出版的《海外華文文學大系》即收入了這些作品。

一八　埃萊娜·西克蘇：〈從無意識的場景到歷史場景〉，《文學理論的未來》（北京市：中國社會科學出版社，一九九三年）。

一九　友友：〈四不像〉，《人景·鬼話》（北京市：中央編譯出版社，一九九四年）。

二〇　新加坡華文作家是例外，因爲那裡大多數人使用華語，而且華語文學已成爲國家文學。

二一　在美國天使島或在東南亞各地發現的早期華工「詩篇」更多地具有史料的價值，而非文學的價值。

二二　王賡武：〈「華僑」一詞起源詮釋〉，《東南亞與華人——王賡武教授論文選集》（北京市：中國友誼出版公司，一九八六年）。

二三　王賡武：〈「華僑」一詞起源詮釋〉，《東南亞與華人——王賡武教授論文選集》（北京市：中國友誼出版公司，一九八六年）。

二四　王賡武：〈「華僑」一詞起源詮釋〉，《東南亞與華人——王賡武教授論文選集》（北京市：中國友誼出版公司，一九八六年）。

二五　王潤華：〈從中國文學傳統到海外本土文學傳統——論世界華文文學的形成〉，《臺灣香港澳門暨海外華文文學論文選》，福州市：海峽文藝出版社，一九八三年。

二六　例如黃維樑編輯一九九四年《兩岸暨港澳文學交流研討會論文集》時即以《中華文學的現在與未來》命名；而「國際華文詩會」也已在廣東召開兩屆。

二七　王潤華：〈從中國文學傳統到海外本土文學傳統——論世界華文文學的形成〉，《臺灣香港澳門暨海外華文文學論文選》（福州市：海峽文藝出版社，一九八三年）。

二八　梁錫華：〈看古鏡——中華文學的前途〉，《中華文學的現在和未來》（香港：慬峰學會，一九九四年）。

二九　〈楊煉．高行健對話錄：漂泊使我們獲得了什麼？〉，《人景．鬼話》（北京市：中央編譯出版社，一九九四年）。

三〇　〈楊煉．高行健對話錄：漂泊使我們獲得了什麼？〉，《人景．鬼話》（北京市：中央編譯出版社，一九九四年）。

海外華文文學在中國學界的興起及其意義

饒芃子

海外華文文學，是指中國以外其他國家、地區用漢語進行寫作的文學，是中華文化外傳以後，在世界與各種民族文化相遇、交會開出的文學奇葩。它在大陸學界的興起和命名，始於二十世紀七十年代末、八十年代初，從臺港文學這一「引橋」引發出來的，後來作爲一個新的文學領域，進入學界的研究視野。

海外華文文學命名之初，人們只是把它看作一個與本土文學有區別的新的研究對象，並沒有認識到它的世界性和獨立學科價值，若干研究成果也未能突破對傳統中國文學的理解和詮釋。海外華文文學學科意識的萌發，是在二十世紀九十年代初，更具體地說，是在一九九三年六月，暨南大學中文系和香港嶺南學院現代文學研究中心聯合召開的「華文文學研究機構聯席會議」上提出來的。那次會議，在廣州暨南大學召開，共有大陸和臺港二十個研究機構的學術帶頭人參加，與會代表在總結、交流經驗的基礎上，一致認爲在新的歷史文化背景下，應積極努力，促使其成爲富有文學性獨立價值的學科之一。之後，才有了學科理念的萌生，有了學科建設的自覺。

海外華文文學作爲一種歷史的存在，它在世界各國的誕生和發展，都與我國「五四」新文學運動有不同程度的關係，已有近百年的歷史。但本文所講的不是海外華文文學的發生史，而是它在中國學壇被關注和對其進行研究的歷史和意義。

壹　海外華文文學在中國學界的興起

我國學者對海外華文文學的關注和研究，起始於上世紀七十年代末、八十年代初，是在我們國家實行改革開放政策之後。首先關注這一領域的是廣東、福建等沿海地區的學者，他們早期側重的是中國大陸以外的臺港文學，海外華文文學則是在臺港文學「熱」中引發出來的。之所以把海外華文文學在學界的興起定位在二十世紀七、八十年代之交，是以下列標誌性的事例爲依據。其中之一：一九七九年廣州《花城》雜誌創刊號，刊登了曾敏之先生撰寫的〈港澳與東南亞漢語文學一瞥〉，（註一）

這是中國大陸文學界發表的第一篇介紹、倡導關注本土以外漢語文學的文章。其中之二：一九七九年二月，北京大型文學雜誌《當代》刊登了白先勇的短篇小說〈永遠的尹雪豔〉，（註二）這是國內文學雜誌早期發表的美華作家寫的小說，被喻爲「一隻報春的燕子」，引起熱烈反響。該作品語言精煉、意蘊豐富，且運用了反諷、象徵、意象等多種藝術手法，成功塑造了一個從大陸到臺灣的名交際花尹雪豔，那是一個與歷史上的名妓、交際花完全不同的帶有魔性的美麗女人，通過她和她芬芳、雅致的「尹公館」，展現臺灣社會的「衆生相」——一群在歷史轉彎時墮落在人生泥沼中徒然打滾的人。通過他們圍繞著尹雪豔這個「總是不老」的「美麗死神」，自娛、掙扎、走向衰敗和死亡，展現出一個與中國內地完全不同的特殊的文學空間。

白先勇是臺灣旅美作家，小說〈永遠的尹雪豔〉的題材也是取自臺灣社會的生活，而且首先刊登在一九六五年臺灣的《現代文學》第二十四期上，雖然這篇小說寫於一九六五年，是白先勇到美國以後創作的（註三），應屬於美華文學，或旅美留學生文學，但因當時「海外華文文學」尚未命名，學界同人均把它當臺灣文學看，並由此發端引出了對「臺灣文學」、「香港文學」的關注，特別是從事中國現當代文學研究的學者，感到以往的中國現當代文學史中「臺港文學」的「缺席」，爲填補這一「空白」，很快就在學界掀起臺港文學的評介、研究熱潮，而且於一九八一年三月，中國當代文學學會就成立了分支機構「臺港文學研究會」。

爲推動此項研究，一九八二年六月，由中國當代文學學會臺港文學研究會、廈門大學臺灣研究所、福建社科院文學研究所、福建人民出版社和中山大學、華南師範大學、暨南大學中文系等多個單位，在暨南大學聯合舉辦首屆「臺灣香港文學學術討論會」。一九八四年，繼續在廈門大學舉辦第二屆「臺灣香港文學學術討論會」。這兩次會議的討論對象都是香港文學、臺灣文學，雖有個別海外的學者和作家參加，但未見有提交海外華文文學方面的論文，先後出版的兩本會議論文集，也都命名爲《臺灣香港文學論文集》。（註四）

一九八六年由深圳大學牽頭，聯合北京大學、中山大學、暨南大學、華南師範大學等國內多所大學，在深圳舉辦第三屆「臺港文學學術討論會」，海外與會作家較多，如美國的陳若曦、於梨華、非馬和東南亞的一些詩人和作家，還有少數學者，如當時在美國加州大學任教的陳幼石教授等，提交研討會的論文中有十五篇是研究海外華文作家作品的，（註五）因此陳幼石教授對研討會原來的名稱提出質疑，會議更名爲「臺港與海外華文文學學術討論會」，從此，「海外華文文學」得以在研討會上命名。但由於歷史原因和地區的特殊性，臺港文學與海外華文文學確有若干黏連和切不斷之處，因臺港兩地的作家經常進出國門，和各國華文作家關係密切；海外華文作家中有不少是從臺港移民出去的，與這兩個地區的文化、文學有割不斷的聯繫，文學形態也有許多相似之處。兼之原先會議的討論對象是臺港文學，所以更改後研討會的名稱依然是臺港文學為「主」，海外華文文學為「賓」。儘管如此，第三屆研討會名稱的變更，「海外華文文學」的正式命名，學術上的意義不可低估，其創意在於：學界的關注點已從臺港文學擴展到海外各國的華文文學；並且在思想上認識到臺港文學和海外華文文學的差異性。此後，海外華文文學逐步進入大陸文學研究者的視域。

一九八八年在上海復旦大學舉辦了同名的第四屆研討會。一九九一年七月，緊接著香港作聯、《香港文學》、香港聯合出版集團、嶺南學院等單位在香港召開的「世界華文文學研討會」之後，廣東省社會科學院在廣東中山市舉辦第五屆研討會。由於有澳門筆會理事長陶里先生帶領的五位澳門文學界的代表參加，並提交有關澳門文學的論文，於是會議又更名為「臺港澳暨海外華文文學國際學術研討會」。至此，大陸本土以外過去被忽略的華文文學「空間」都被清晰地顯現出來，成為大陸學者的研究對象。

從海外華文文學學科意識的萌發、孕育、形成歷史看，第五屆國際學術研討會有值得注意之處。一是該次研討會是緊接著香港「世界華文文學研討會」召開的，有多個國家、地區的海外華文作家、學者參加，在研討中，海外華文文學的問題成了討論的一個「熱點」，如東南亞各國華文文學的生存與發展、中華文化與海外華文文學的關係等問題，就備受關注；二是在第五屆會議所提交的論文中，出現了三篇以「世界華文文學」為題的論文，它們分別是廣東許翼心的〈世界華文文學的歷史發展與多元格局〉、賴伯疆的〈世界華文文學的同質性和異質性〉和新加坡王潤華的〈從中國文學傳統到海外本土文學傳統——論世界華文文學的形成〉。（註六）這三篇論文從不同的方面論述了如何從總體上認識、把握世界華文文學問題。

之後，一九九三年八月在江西廬山召開的第六屆研討會上，學者們有感於世界範圍內的「華文熱」正在升溫，漢語文學日益成為一種世界性的文學現象，它同英語文學、法語文學、西班牙語文學、阿拉伯語文學一樣，在世界上已形成一個體系，是一種跨國別的語種文學，許多國家也已先後成立了華文文學的機構。於是經過醞釀，大家一致同意將研討會名稱更改為「世界華文文學國際研討會」，並成立了「中國世界華文文學學會籌委會」。

研討會名字的更改和「籌委會」的成立，意味著一種新的學術觀念在漢語學界出現，即：人們認識到漢語文學不只是中國的文學，而是世界性的語種文學之一，應建立世界華文文學的整體觀。也就是說，無論是研究海外文學還是中國文學，都要從人類文化、世界文學的基點和世界漢語文學總體背景來考察。儘管此前在香港召開的「世界華文文學研討會」，就已啓用「世界華文文學」這一概念，研討會的主題就是「世界華文文學與華文文學世界」。會議主持人劉以鬯先生在會上還明確提出：華文文學發展到今天，已進入了一個新的階段，世界華文文學是一個有機的整體，很應該加強這一「世界」內部的凝聚力，把世界華文文學作爲一個整體來推動。但當時內地學界對此尚未有明確的認識。所以第六屆研討會的收穫和創意在於：通過討論，學者們已認識到在華文文學研究中應有一種更爲博大的世界華文文學整體觀，這是認識上的提升，也標誌著這一領域新的學術理念的形成。

在這之後，又分別在雲南玉溪、江蘇南京、北京、福建泉州、廣東汕頭、上海浦東、山東威海、吉林長春、廣西南寧召開了第七、八、九、十、十一、十二、十三、十四和十五屆國際研討會，有關學科建設的一些基本理論問題不斷被提出來加以討論。就大的學術論題而言，經歷了海外華文文學「空間」的界定，世界各個國家和地區海外華文文學歷史狀態與區域性特色的探索，從海外華文文學與中華文化關係探源，到海外華文文學的整合研究，從文學史的撰寫，到從文化上、美學上對這一領域各種特殊理論問題以及相關文學母題的研究，等等，成果豐碩，顯示出這一新興學科的學術生機和創造力。

除此以外，特別值得注意的是：經過八年的艱苦努力，二〇〇二年五月，作爲國家一級學術團體的「世界華文文學學會」，獲民政部批準，並在暨南大學召開成立大會，從此結束了學會的「史前史」階段。學會的成立，不僅有助於加強自身的凝聚力，吸引更多學人參與，特別是吸引對這方面有興趣的年輕學者進入這一領域，對促進世界範圍內華文文學的交流、互動，也有十分重要的意義。

學會成立以後，二〇〇三年十一月在江蘇徐州召開了「世界華文文學教學研討會」，是這一領域首次全國性的教學研討會，著重探討如何保證教學質量和加強教材建設問題，與此相聯繫的還討論了學科的命名、釋名問題。在會上，有學者提出海外華文文學與海外華人文學的聯繫和區別問題，與會代表普遍認爲：「海外華文文學」是指海外華人作家用漢語寫作的文學；「海外華人文學」應包括海外華人作家用漢語和非母語寫作的文學。此外，有個別學者提出：可否以「世界華文文學」來爲學科命名？與會代表就這個問題展開了討論，不少學者同意這樣一種看法：世界華文文學應包括中國文學和海外華文文學，而海外華文文學不等同於中國文學，是指中國以外世界其他國家的華文文學。以海外華文文學命名，雖然有只從地域上去認定這個學科的局限，未能顯現這一新興文學領域的內涵和精神特質，但在更富有歷史感和學術深度的命名沒有出現之前，現階段這樣認定有助於進入具體操作層面。而「世界華文文學」，如前所說，它是一種新的學術理念，是所有華文文學研究者都應有的一種世界性華文文學整體觀。這個會議的召開，一方面是引起這一領域的學界同人對各層次課堂教學、特別是本科教學問題的重視，另一方面是對學科命名內涵的進一步關注。

以上，是海外華文文學在中國學界興起的歷史進程。從中不難看出，學界同人在學科建設與方法論的選擇等問題的研討已有一種可貴的學術自覺，這種自覺正在逐步化爲系統的、有深度的學術成果，爲這一領域的學科建設奠基。

貳　海外華文文學興起的學科意義

學術史上許多學科在形成過程中的經驗說明，學術研究如沒有終極目標，就很難探得其本眞的意義。因此，把握海外華文文學這一特殊文學空間的根性和特性，探討這一領域的顯現給人們提供了何種新的學術思維，是關係到它是否能夠作爲一個學科存在的科學性問題。也就是說，從學科建設的角度，我們還要進一步追問：作爲一個新的文學學科，它從哪些方面表現了人類生存的獨特方式？有哪些是別的學科所不能取代的？它對原有各文學學科有何補充、推動和影響？

二十多年來的實踐證明，海外華文文學作爲一種具有世界性和民族性的漢語文學領域，其學術特色和學科意義已日益爲人們所認識：

一　海外華文文學的興起，爲我們展現了一個特殊的漢語文學空間

作爲一個漢語文學空間，海外華文文學的特殊性主要表現在它的世界性、邊緣性和跨文化性。

首先，海外華文文學作爲一種世界性的文學現象，迄今已有近百年的歷史。雖然引起人們關注和研究的歷史只有三十年，由於海外華文作家都是處在世界各地，在「他種」民族文化包圍下寫作，是在不同時空複雜背景下，流動的、富有情感與思想的作家群體或個體，其以華文爲文心的情緣、墨緣，以及文學作品中所表現的各個國家、地區華人獨特的生存方式，不同民族文化的重疊與交融，具有與中國本土文學不同的研究內涵和文學審美形態，是一個具有世界性和民族性的漢語文學領域，有它自身的活力和張力。

其次，海外華文文學作家是在本土以外用民族語言書寫情志，以文學的形式生長在異國他鄉，這無論是從居住國或祖居國的角度，都是處在邊緣的地位。在他們的作品裡，充滿異域感、陌生化、放逐和漂泊的無奈，「我是誰？我的根在哪裡？」成爲他們作品中的一個普遍的主題。因爲從文化上他們不屬於生存的地方，也不屬於故鄉故土，自身就是一種雙重邊緣性的存在，所以海外華文文學具有明顯的邊緣特徵。由於海外華文作家絕大多數是從中國移居海外的華人，而他們移居的國家、地區又是各不相同的，但他們都是生活在異族文化包圍的環境裡，所以在文學中的文化訴說和表現也就十分複雜和多樣，總是這樣或那樣地表現出中外文化複合的跨文化特色。這也是它區別於中國本土文學的最基本的特點。

二　海外華文文學的興起，直接間接地推動了中國文學現有各學科的發展

第一，整合了中國現當代文學，拓展了中國現當代文學的研究視野。二十世紀八十年代以前，臺港澳文學在中國現當代文學史中是「缺席」的，因而這個文學史的「版圖」是不完整的。近三十年來，作爲海外華文文學「引橋」的臺港澳文學的研究成果，已不同程度地被運用於中國現當代文學史的教學和教材之中，使中國現當代文學具有了完整的形態。另一方面，海外華文文學的早期發展，是受到中國「五四」新文學的影響和激發，有些國家海外華文文學的拓荒者，就是移居海外的中國現代作家，所以海外華文文學與中國現當代文學之間，常常有一些共同或相似的命題、話語和主題，在其早期，甚至有彼此呼應和同步的現象。二十世紀下半葉，隨著世界的發展和多元文化的崛起，在新的語境下，海外華文文學有著更加廣闊的空間，文學母題的演進、更新，藝術模式的多樣化，文學中文化內涵的豐富性等等，體現出自己鮮明的文學特點。這些年來，不少中國現當

代文學學者、特別是中青年學者，已通過有效的學術研究，探索中國現當代文學的外傳及其影響；同時，還吸取不同語境下不同國家華文文學創作與批評的經驗，互動互惠，拓展了自身的研究視野，爲營造該學科新的學術語境做出了突出的成績。

第二，爲文藝學提供一些新的命題，如語言與文化、文化與文學、中心與邊緣、世界性與民族性等理論問題的探索，以及這一領域文學作品中表現出來的無根意識、懷鄉情結和漂泊心態等帶有某種母題性質問題的闡釋。近幾年，海外詩學家、批評家也成爲理論界新的研究對象。學者們對他們著作中的一些新的文學觀念、文學研究方法已有所關注，並將其作爲更新本學科理論話語時的參照和借鑑。第三，間接地推動了中國古代文學學者對中外漢語文學關係史、世界漢語文學史以及域外漢學的研究。此外，由於海外華文文學在學界的興起與發展，對英美文學等專業也有一定的促進作用，主要是引起對世界華裔/亞裔英語文學的關注和研究，而且已經出現了不少的成果。

三　海外華文文學的比較文學意義已備受關注

由於海外華文文學和比較文學都是在改革開放之後才迅速發展起來的，它們發展的過程有相同與相似的背景和路徑，有一種不尋常的天生的學術聯繫，在研究的視野與方法上，有許多可以互通和相互跨越的學術空間與視點。

首先，海外華文文學的興起爲比較文學提供了一個極富創造性的探討對象和新的學術空間。開放交流、溝通對話，是比較文學作爲一門學科與生俱來、貫穿始終的本質所在。海外華文文學是中華文化在世界各國的傳播過程，與各種「異」文化接觸、對話之後，形成的一個各具特色、豐富多彩的「文學世界」。這中間有許多兩個文化圈之間的相互交叉點，這是海外華文作家從自身的體驗出發，以文學的形式，表現這些「家在別處」的華人，在雙重文化背景中的各種生存狀態和情感世界，是他們感受文化差異之後的藝術結晶，極具跨文化特色，對其作解讀和文化詮釋，是比較文學跨文化研究的一個新領域。

其次，海外華文文學的興起，還爲比較文學提供了一系列新的視閾、新的對話模式、新的融合和超越的機緣。海外華文文學在各國「旅行」、「居住」、開花結果，生成、發育、發展的條件和土壤很不一樣，對它在各國國家、地域的起點、傳播、中介、影響、融合、變形等等的追問，就極具比較文學的價值和意義。

再次，海外華文文學為比較文學的國別、地域比較，特別是理論研究和拓展學科「邊界」，提供了新的內容和視點。在傳統比較文學的跨文化、跨國別、跨學科和比較詩學研究範式中，未見有關海外華文文學或海內外華人文學的闡釋。海外華文文學的興起，海外華文文學作品中表現出來的縱橫交錯的文化「邊界」，有助於比較文學去發現、拓展新的學科「邊界」，使中國比較文學學者在本領域有可能獲得新的突破。

事實上，早在一九九六年，中國比較文學學會會長樂黛雲教授就在「中國比較文學學會第五屆年會暨國際研討會」的總結發言中就指出：「海外華文文學是比較文學即將要去拓展的領域。」一九九九、二〇〇二、二〇〇五和二〇〇八年，在中國比較文學第六、七、八、九屆年會暨國際研討會上，海外華人文學的研討均成為會議的一個「熱點」。二〇〇四年國際比較文學學會在中國（香港）召開的「第十七屆年會暨國際研討會」上，樂黛雲教授代表中國比較文學學會在大會上作題為《全球化時代的比較文學——中國視野》的學術報告中，談到中國比較文學二十年來的開拓和創獲時，也特別推介「海外華文文學與離散文學的研究」，她認為：「這種研究從理論上將海外華文文學視為不同文化相遇、碰撞和融合的文學想像，進一步展開異國文化的對話和不同文化的相互詮釋」，「已匯入世界性離散文學的研究潮流」。（註七）

以上是筆者個人的一些認識，希望能讓朋友們對海外華文文學這一新興領域產生興趣，有更多的人前來參與，通過學界同人的共同努力，使其成為一個有自己獨特研究內涵的學科。

——原刊於《華文文學》二〇〇八年第三期

注釋

一　曾敏之：〈港澳與東南亞漢語文學一瞥〉，《花城》一九七九年創刊號。

二　白先勇：〈永遠的尹雪艷〉，《當代》一九七九年第一期。另據資料統計，一九七九年最早發表海外華文作家作品的，除《當代》外，還有《上海文學》、《長江》、《清風》、《新苑》、《收穫》、《安徽文學》等雜誌，刊登了聶華苓、白先勇、於梨華、李黎共十四篇小說，一九七九年被稱為海外華文作品的「登陸年」。

三　白先勇於一九六三年赴美。

四　第一屆會議論文集《臺灣香港文學論文選》（福州市：福建人民出版社，一九八三年），第二屆會議論文集《臺灣香港文學論文選》（福州市：海峽文藝出版社，一九八五年）。

五　第三屆會議論文集《臺灣香港暨海外華文文學論文選》（福州市：海峽文藝出版社，一九九〇年）。

六　第五屆臺灣香港澳門暨海外華文文學國際學術研討會論文集《臺灣香港澳門暨海外華文文學論文選》（福州市：海峽文藝出版社，一九九三年）。

七　樂黛雲：〈全球化時代的比較文學——中國視野〉，《中國比較文學》二〇〇五年第一期。

海外華文文學的前世、今生與來世

陳賢茂

人生已進入暮年，隨時都有可能蒙主寵召。驀然回首，才發覺自己這一生，是過得多麼地平凡。然而，即使是這麼平凡的一生，卻也不乏一些亮點。亮點之一，就是我與海外華文文學的結緣。

一九八三年，我調到汕頭大學任教，開始倡導海外華文文學研究。「華文文學」一詞，不是我的發明。早在上世紀六十年代初的新馬華文報刊，就已頻繁出現這個詞，後來流行於東南亞各國。我只是在「華文文學」前面加上「海外」二字，構成一個新詞，特指這是中國（包括臺港澳）以外的華文文學。中國古人缺乏地理知識，認爲中國四面環海，因此，用四海之內稱呼國內，四海之外稱呼國外，簡稱海外。

一九八五年，我主編的《華文文學》雜誌創刊，在秦牧的〈代發刊詞〉和我執筆的〈編者的話〉中，都有關於「海外華文文學」的闡述，標誌著這個新詞已正式走進了中國的傳播媒介。

一九八八年，我在〈海外華文文學的定義、特點及發展前景〉一文（原刊於《香港文學》第四十二、四十三期）中，給海外華文文學下了一個定義：「在中國（包括臺港澳）以外的國家或地區，凡是用華文（即漢語）作爲表達工具而創作的文學作品，都稱爲海外華文文學」。一九九九年，由我主編的四卷本《海外華文文學史》（約二百萬字）正式出版，爲這門新學科奠定了基礎。

《海外華文文學史》記錄了海外華文文壇自一九一九年至一九九九年這八十年間的發展歷程。書中具體評述的作家二百六十位，簡要評述的作家也有近百位。其中絕大多數是華人作家，非華人作家只有兩位，即韓國的許世旭和澳大利亞的白傑明。

鴉片戰爭以後，中國屢受西方列強的侵略，國弱民窮，再加上水旱頻仍，天災人禍，民不聊生。東南沿海一帶的農民，被迫出洋謀生，形成巨大的移民潮。華人出國以後，大多聚族而居，於是仍能保留原來的生活習慣與文化傳統。此後，又逐漸產生了華文教育和華文報紙，華文文學創作也就應運而生。這八十年的海外華文文學，就是在這種特殊背景下誕生和發展的。

海外華文文學記錄了華人在海外謀生的辛酸與屈辱，也記錄了海外華人的開拓進取與奮發圖強。因此，一部海外華文文學史，既是海外華人的血淚史，也是海外華人的奮鬥史。

海外華文文學並不是一九一九年以後才產生的。早在一千多年前，就已有海外華文文學的存在。不過那時候不稱爲華文文學，而稱爲漢文學。創作主體不是華人作家，而是非華人作家。

漢唐盛世，使中國聲威遠播，中國文化也越出中國國界，澤被周圍國家。在中國文化影響所及，漢語也成爲所在國家的知識分子普遍學習和掌握的語言。海外漢文學就是在這個基礎上產生的。根據現有資料，日本、琉球、朝鮮、韓國、越南等國，是使用漢語進行創作最多的國家，作品包括詩、詞、賦、散文、筆記、小說等，數量十分巨大。

西元七五一年，日本第一本漢詩集《懷風藻》問世，收漢詩一百一十七首，是最早編纂成冊的日本漢詩集。據日本學術界統計，從奈良時期到明治時期出版的日本漢詩集共七百六十九種，收二十餘萬首詩。日本漢詩之盛，可見一斑。

朝鮮、韓國的漢文學也有著悠久的歷史。早在秦漢時期，漢字便已隨著中華文化傳入朝鮮半島，此後便出現了以漢語進行創作的漢文學作品。由朝鮮詩人、學者徐居正編選的詩文合集《東文選》，收錄了朝鮮半島自西元七世紀至十五世紀的漢文學作品。全書共一百三十卷，包括辭賦三卷，詩十九卷，文一〇八卷，是現今保存的古代朝鮮半島最重要的漢文學作品選集。

早在秦漢時期，越南便已納入中國版圖，因此，中國文化對越南影響深遠。西元十世紀，越南建立了獨立的封建王朝——李朝，但仍定漢文爲全國通用文字，提倡儒學、佛教。西元十三世紀陳朝時期，朝臣韓銓在漢字基礎上創造了越南國音字「字喃」，此後便開啓了漢文學創作與字喃文學創作並存的局面，但漢文學仍占居優勢地位。十九世紀末，法國占領越南，開始推廣由葡萄牙傳教士創造的拉丁化的越南國語，並逐步占居統治地位，漢文學創作遂逐步走向衰落。

近三十年來，中國大陸、臺灣陸續出版了一些海外漢文學作品集，比較系統的有上海古籍出版社出版的「域外漢文小說大系」（包括《越南漢文小說集成》、《朝鮮漢文小說集成》、《日本漢文小說集成》和《傳教士漢文小說及其他》）。與此同時，海峽兩岸又舉辦了一系列有關海外漢文學以及域外漢籍的學術研討會，標誌著海外漢文學已日漸得到中國學術界的研究和重視。

海外漢文學雖然受到中國文學的巨大影響，但是，「桔生淮南則爲桔，生於淮北則爲枳」。由於受到異國他鄉的陽光雨露的滋潤，這朵生長在異國文化土壤上的鮮花，也必然表現了不同的文化形態，展示出別樣的嬌艷，別樣的奼紫嫣紅。海外漢文學，既表現了異國人民的喜怒哀樂，也承載了異國人民的理想情操、審美追求和歷史浮沉。海外漢文學，既是中外文化交流的結晶，也是中國歷史上國力強盛時期的文化輝煌的見證。

鴉片戰爭以後，隨著中國國力的衰弱，漢語與漢文學在周邊國家的地位，一落千丈。到二十世紀，以非華人作家爲主體的海外漢文學已逐步趨於消失，代之而起的是以華人作家爲主體的海外華文文學。

上面談到的，是海外華文文學的過去與現在。如果爲海外華文文學算命，那麼，海外華文文學的未來命運又將如何呢？一九九三年，梁錫華教授在廣州暨南大學舉辦的一次座談會上發言，語驚四座。他說：「我認爲，海外華文文學必死無疑」。

我沒有他這麼悲觀，相反，我認爲在不太遠的將來，海外華文文學必將迎來一個比過去任何時代都更加輝煌的發展時期。漢語是海外華文文學的載體，如果海外華文文學要取得飛躍性的發展，首先漢語必須成爲一種能夠與英語並駕齊驅的國際性語言。

很多西方人都認爲，漢語難學，英語易學。這已成爲一種思維定勢。其實，難與易是相對而言的，不能絕對化。據統計，莎士比亞時代的英語單詞大約是三萬個，但在信息爆炸的現代，英語單詞已超過一百萬個。語言學家估計，英語使用者必須掌握五萬至二十萬個單詞，才能算是一個有學問的人。相比之下，漢語使用者只要掌握四千個漢字，就足夠用了。光憑這四千個漢字，就可以組合成無窮無盡的新詞，足夠應付不斷出現的新事物、新知識。一個已經掌握二千個漢字的英國人，如果在閱讀中碰到一些原來沒有學過的詞，比如電燈、電話、電視、電腦之類，也不一定非查詞典不可，因爲每個字的音和形是原來學過的，至於義嘛，通過觸類旁通，望文生義，也能猜個七七八八，不影響閱讀。至於中國人學英語，即使已經掌握了二萬個英語單詞，但如果碰到一些不同專業的新詞，因爲音、形、義都是新的，還得老老實實地學，背，最後還不一定能記得牢。因此，難和易也要辯證地看。

事實上，一種語言不論其先天稟賦如何優異，如果沒有使用這種語言的國家的強大實力（包括經濟、政治、軍事、科技、文化等）作爲後盾，是不可能成爲國際性語言的。正是由於英國在十九世紀攫取了大量殖民地，然後是美國在二十世紀成爲世界霸權，才使得英語能夠越出英倫三島成爲國際通用的強勢語言。

語言的強勢與否，與國家實力成正比，英語如此，漢語也是如此。當中國國力強盛時，漢語成爲周邊國家知識分子普遍學習、使用的語言，當中國國力衰弱時，連中國人自己都對漢語產生懷疑。五四時期，一些激進知識分子如錢玄同、魯迅、陳獨秀、胡適、傅斯年等人，強烈主張廢除漢字，走拼音化道路。上世紀二、三十年代，已有一些語言學家著手制訂拼音化新文字方案，其中比較有代表性的是「國語羅馬字」和「拉丁化新文字」。一九四九年以後，漢字拼音化的呼聲仍是此起彼伏，但終因漢字同音字太多，最後以失敗告終。一場持續數十年的漢字拼音化鬧劇，終於落下了帷幕。

一個民族的悲哀，莫過於文化自信心的喪失。所幸的是，這一切都已成爲過去。現在，一個強盛的中國，已經呼之欲出。隨著中國國家實力的增強，漢語也正在穩步地走向世界。在與語言有關的實力中，經濟實力是最主要的。試想，如果學習一種外語，不能帶來經濟效益，又有多少人願意去學呢？

根據經濟學家的預測，中國的經濟總量將在十年內超過美國。諾貝爾經濟學獎得主福格爾教授甚至預言，到二〇四〇年，中國經濟總量將是美國的三倍。也許經濟學家的預測過於樂觀，但是，回顧過去二千年歷史，其中有一千八百年時間都是中國在經濟上坐第一把交椅的，未來再重新回到世界老大的位置，也沒什麼好大驚小怪的。當然，其前提是中國國內不發生大規模動亂。

中國唐代預言書《推背圖》對現代中國的預言，可以作爲經濟學家預測的有力佐證。《推背圖》對一千多年來中國國運的預言，其驚人的準確性，已爲歷史所證實。目前正在運行的是《推背圖》第四十四象：「中國而今有聖人，雖非豪傑也周成。四夷重譯稱天子，否極泰來九國春」。清人金聖嘆對此象的解釋是：「此象乃聖人復生，四夷來朝之兆，一大治也」。

「否極泰來」源自《周易》的「否」卦和「泰」卦。《周易》是中國文化的源頭，其中所包含的樸素辯證法，展示了數千年前中國古人高超的哲學思維。太極圖的陰陽魚，象徵兩個對立面共處於一個統一體中，而《周易》卦爻辭所闡釋的，則是事物的發展變化和對立面的相互轉化。《周易》中的「日中則昃，月盈則食」、「貞下起元，時窮則變」，以及漢語成語中的「否極泰來」、「剝極必復」、「盛極必衰」、「物極必反」等等，所表述的都是對立面的相互轉化，其哲學內涵都源自《周易》。

《推背圖》用「否極泰來」概括了中國自鴉片戰爭到現在一百多年的歷史，十分精煉。鴉片戰爭以後，中國國力急劇下降，到抗日戰爭時期，大半國土淪喪，已降到了最低點，也就是「否極」。一九四五年抗戰勝利，則是「泰來」的起點。《推背圖》第三十九象用兩句話準確地描繪了中日兩國在一九四五年的國運浮沉：「一朝聽得金雞叫，大海沉沉日已過」。一九四五年正值雞年，「金雞叫」象徵黎明，象徵中國的轉運。此後，中國的發展道路雖然仍有曲折，但總的趨勢是向上的。「大海沉沉日已過」則是日本國運的寫照。早在一千多年前，《推背圖》就已預言了日本在一九四五年的沉淪。

《周易》的最重要成就，就是揭示了歷史發展的辯證規律。中國的歷代王朝都經歷了盛極必衰的命運，中國的國運也多次否極泰來。現在，世界的歷史又到了一個拐點，這就是：中國否極泰來，美國盛極必衰。中國的崛起將重塑世界格局。

在不太遠的將來，當中國崛起成爲世界經濟強國，漢語成爲世界通用語言，海外華文文學還會「必死無疑」嗎？

鴉片戰爭以前的海外華文文學，作家主體是非華人；鴉片戰爭以後的海外華文文學，作家主體是華人。展望未來的海外華文文學，將是由華人作家和非華人作家共同創造的。屆時，海外華文文學或將正名爲海外漢語文學。

——原刊於《華文文學》二〇一七年第二期

也談《海外華文文學史》主編的兩個基本觀點

——答何與懷先生

陳賢茂

壹 小引

記得是二〇〇〇年，澳大利亞的張奧列先生來汕頭參加第十一屆世界華文文學學術研討會，帶來了一篇何與懷先生的文章，是批評我在《海外華文文學史》（以下簡稱《文學史》）中提出的有關中國傳統文化的觀點的。好像是發表在澳大利亞的華文報上，記不清了。我讀後只是一笑置之，便還給張先生了。書出版了，有不同意見，是正常現象。

二〇〇一年，《海南師範學院學報》第五期發表了何與懷先生的文章〈關於華文文學的幾個問題〉（此文後被《新華文摘》轉載），其主要內容仍是針對我在《文學史》中的兩個基本觀點提出的批評。其時我已退休，且興趣已從文學研究轉向易學研究，正致力於破譯人生命運密碼，興致勃勃，便懶得理會，因此依然一笑置之。不料時隔數年，何先生又冷飯新炒，把過去的老觀點拼拼湊湊，又寫成一篇題爲〈評《海外華文文學史》主編的兩個基本觀點〉（原刊於《華文文學》二〇〇六年第五期）的文章。這種一而再，再而三的執著，引起了我的好奇：究竟是什麼原因使得何先生非要把我批倒不可呢？我與何先生素昧平生，更無個人恩怨，因此完全可以排除個人的意氣之爭。然而，何先生這樣不厭其煩地寫批判文章的意圖又是什麼呢？

自五四以來，在長期的「打倒孔家店」和「全盤西化」的薰陶中，許多人已經形成了這樣一種思維定勢：中國傳統文化——壞；西方文化——好。二〇〇四年，當曲阜首次舉辦由政府主導的大型祭孔活動時，網絡上出現了反對的聲浪，其中有一篇文章的標題是：「陽光下的殭屍亂舞」。讀著這些文章，你就能理解爲什麼何先生要懷著宗教徒般的狂熱對我的回歸中國傳統文化（哪怕只是部分地肯定傳統文化中一些優秀的東西）的觀點屢加撻伐了。

「打倒孔家店」在五四時期是起過積極作用的。但是，如果繼續沿著「打倒孔家店」和「全盤西化」的路子走下去，那麼，在不太遙遠的將來，一個已有五千年文明史的古老民族的民族特性將逐漸消失，一種已有兩千五百年歷史的古老文化也將逐漸消失。這決不是危言聳聽。

爲了找回作爲中國人的自信，也爲了使更多的像何先生這樣的人能夠迷途知返，我覺得我不能再沉默了，於是我拿起筆來寫下了這篇文章，針對何先生文中的幾個觀點談一些自己的看法。

貳　關鍵詞：背叛、否定、回歸

何先生文章的第一部分，是針對我在〈海外華文文學與中國傳統文化〉一文中的觀點進行批判的。我在該文中提到，在對待中國傳統文化問題上，大體上可以二十世紀七十年代爲界，七十年代以前，是全面否定中國傳統文化階段；七十年代以後，則是逐步回歸中國傳統文化階段。何先生則認爲：「從五四以後中國本土之外出現白話華文文學一直到今天八十多年的歷史來看，華文文學並沒有出現全域性背叛和脫離中國傳統文化，『回歸』無從談起。」

首先必須說明的是，我在文章中使用的詞是「否定」，如「完全否定中國傳統文化」（《文學史》，頁三十五），而不是「背叛」。何先生既然是批判我的觀點，就必須引用我的原話。

否定和背叛，雖然詞性相近，但意思相差很遠。「否定」體現了與傳統決裂的大無畏精神，充滿著對五四時期的文化鬥士的敬意；「背叛」則是一個貶義詞，包含有鄙視、蔑視的成分，這對那些文化鬥士來說是很不公平的。

五四運動前後，伴隨著「打倒孔家店」的吶喊聲，一場全面否定中國傳統文化的狂飆席捲整個中國，但在何先生的筆下，這一切彷彿都不曾發生過。當時一些激進知識分子，甚至主張廢除漢字，廢除中醫，主張全盤西化，在何先生的筆下，這一切彷彿也都不曾發生過。

> 五四以後，在中國文壇上，出現了眾多的以孔子和儒家思想作爲諷刺、抨擊對象的作品，口誅筆伐，一時成爲時尚。流風所及，當然也影響到海外華文創作。在相當長一段時間內，以儒家思想中的糟粕作爲批判對象的作品，比比皆是。批

判的範圍包括：封建專制、壓制民主、扼殺個性、男尊女卑、包辦婚姻、愚忠愚孝、迷信愚昧、僞道學、僞君子，等等。直到五十年代，這種作品仍不時出現。（《文學史》，頁三十四）

在何先生的筆下，這一切似乎也都不曾發生過。

七十年代，在海外華文文學中，率先出現了不少弘揚儒家文化，以儒家人物爲正面形象的文學作品。趙淑俠的長篇小說《塞納河畔》，是繼《塞納河之王》之後的又一部弘揚儒家思想的作品。

到了八十年代，西方社會經濟停滯不前，崇尚個人至上的西方文化也是日益凸顯其弊端。海外華文文學創作敏感地捕捉到這種變化的跡象，於是一改以前只是一味抨擊儒家文化的落伍，轉而揭露西方文化的局限性，反襯儒家文化的優越。泰華作家倪長游的小說《丁伯的喜訊》是最有代表性的一篇。（《文學史》，頁三十五～三十六）

在何先生的筆下，這一切似乎也都不曾發生過，既沒有全面否定（背叛）中國傳統文化，也沒有回歸中國傳統文化。時光彷彿停滯了，仍然停留在大清王朝末年那種死水一潭的局面。

何先生眞有點像桃花源裡的人，「乃不知有漢，無論魏晉」。

五四時期全面否定中國傳統文化，是從中國本土影響到海外；七十年代以後逐步回歸中國傳統文化，則是從海外影響到中國本土。當趙淑俠率先在其小說中塑造儒家文化的正面形象並弘揚儒家思想的時候，在中國大陸，仍在「批林批孔」，「蕩滌一切污泥濁水」。

與趙淑俠的小說出版的差不多同一時間，新加坡五月詩社的詩人們也開始了向中國傳統詩學的回歸：

以五月詩社爲主體的一批新加坡詩人，早在六十年代就已開始寫作現代詩。如果說，他們在六十年代還執迷於模仿西方現代派的「橫的移植」的話，到了七十年代，他們已回歸傳統，轉向「縱的繼承」了。在五月詩社詩人林方撰寫的〈斑蘭葉包扎的粽子——序《五月現代詩選》〉一文中，十分清楚地傳達出了這種信息。林方在文章中以大量的篇幅，闡述意象派創始人龐德等美國詩人如何從中國古典詩歌獲取靈感，吸取中國詩的「意象並置、疊加、脱體、化簡、省略、壓縮、切斷、割裂等技巧」，從而創立「意象派」並掀起了一場中國狂熱。同時，林方在該文的注釋中又直斥傅斯年、郭衣洞等主張中國象形文字「應該廢止」、「要徹底的崇洋」爲「甘於自我作賤」，認爲「中國詩人一方面繼續保持發展的規律，一方面對懷疑已久的傳統詩學進行尋根的回歸，積極發揮民族的光輝思想，則超越與影響，決非痴人説夢」。（《文學史》，頁四十一）

同樣也是在七十年代，海外新儒家的學者們在總結日本及四小龍在經濟上崛起的經驗時，發現這些國家和地區都具有共同的文化背景，都屬於儒家文化圈。「於是，人們終於認識到，儒家思想並不完全是阻礙社會前進的陳詞濫調，而是推動社會經濟現代化的因素之一。」（《文學史》，頁三十四）

在中國大陸實行改革開放之後，同時也開始了回歸中國傳統文化的進程。由於阻力重重，這個進程是緩慢的、漸進的。最近數年來，則出現了加速的跡象。

二〇〇四年九月，孔子故里曲阜首次舉辦了由政府出面主持的祭孔大典，有政府官員、社會各界代表等三千多人參加，場面非常壯觀。中央電視臺作了現場直播。

二〇〇五年九月，全球聯合祭孔。除曲阜舉行祭孔大典外，韓國首爾、日本足利、新加坡韭菜芭、美國舊金山、德國科隆以及香港、臺北等地，均舉行祭孔活動。

二〇〇五年，中國人民大學成立國學院，並招收本科生；中國社科院成立儒教研究中心；北京大學哲學系辦國學班；湖南岳麓書院建立國學研究基地。

二〇〇六年九月，聯合國教科文組織首屆「孔子教育獎」在曲阜頒獎。

中國政府在二〇〇四年提出，將在二〇一〇年前在全世界建立一百所孔子學院。截至二〇〇六年底，已建成孔子學院一百二十餘所，分布在五十多個國家。

新領導班子上臺之後，其執政理念也更多地是從中國傳統文化吸取政治智慧。例如：「以人爲本」，源自儒家文化的「民爲邦本」、「民爲貴」的思想；「和諧社會」、「和諧世界」，源自儒家文化的「和爲貴」、「和而不同」思想；「人與自然和諧相處」，源自儒家文化的「天人合一」思想。

上述事實，也許還不足以構成回歸中國傳統文化的熱潮，但卻標誌著從「五四」到「文革」的「打倒孔家店」、全面否定中國傳統文化的一個歷史時期的終結。

凡是認眞讀過我的文章的細心讀者都會瞭解到，我所說的「回歸」，並不是要回到五四以前的狀況，而是一種超越和創新。我在《文學史》中是這樣寫的：

> 上述正反兩方面的經驗和教訓，最終導致了儒學在七十年代以後的復興。當然，這種復興並不是對傳統的簡單復歸，而是經過篩選後的揚棄，經過融合異質文化後的創新，舊的儒學終於脱胎換骨而成爲現代新儒學。（《文學史》，頁三十四）

我所說的「回歸」，也就是辯證法三大規律中的否定之否定。五四新文化運動否定了舊的傳統，我們現在又否定五四時期的片面性和局限性，肯定舊傳統中一些優秀的東西。這不是要回到過去，而是對過去的超越。歐洲十五、十六世紀文藝復興時期，雖然打著復興古希臘、古羅馬文化的旗號，但並不是要回到古希臘、古羅馬時代，而是在繼承古希臘、古羅馬文化基礎上的創新，是對古希臘、古羅馬的超越。也正是這種創新意識，才使得當時的歐洲出現了一大批有成就的思想家、文學家、藝術家。回歸或是復興，其意義是相同的。

世界上萬事萬物，都是在否定及否定之否定中不斷運動發展的，而每一次的否定，都是一次飛躍，一次質變。

按照大批判文章的三段論寫法，除了批判錯誤觀點之外，還必須進一步深挖產生錯誤的思想根源。何先生顯然深諳此道。他在文章中寫道：「行文至此，還可以進一步討論（或者是猜測）一下《海外華文文學史》主編的指導思想」。經過何先生的一番討論、深挖之後，他斷言：

這種論調的理論基礎可能就是當今流行一時的以「中國文化優越論」爲基本特徵的新文化保守主義。

參　關鍵詞：辯證法、和而不同

熟悉大批判文章慣常寫法的人都知道，在深挖思想根源的同時，通常免不了還要扣帽子、打棍子。因此，何先生給我扣上一頂「新文化保守主義」的帽子，我並不感到意外。在文章中，何先生爲我量身定做的帽子除了這頂「新文化保守主義」之外，還有「東方救世論」者、「中國（精英）中心」論者，等等，應有盡有，而且都是免費贈送。

只要認眞讀過我的文章，都應該瞭解到，我對以儒家文化爲主體的中國傳統文化的看法，是辯證的，是一分爲二的。既看到其精華，也看到其糟粕；既看到其優秀的一面，也看到其消極的一面。我在《文學史》中是這樣闡述的：

儒家學說是一個龐大複雜的體系。歷代統治者爲了本身的利益，又加進了許多鞏固封建秩序的內容，這就使得這一體系顯得更加蕪雜。可以說，它既有精華，又有糟粕；既是中華民族自強不息的原動力，又是造成中國近幾百年來落後停滯的絆腳石。任何單純肯定或否定的態度，都是不科學的。

平心而論，儒家學說的消極因素確實阻礙了近幾百年來中國社會的進步，其負面影響是突出的，因此，五四新文化運動對儒家文化的消極面進行集中清理是完全必要的。所謂「不破不立」，不破除舊的，就無法確立新的。但是，如果持久不斷地進行批判，完全否定中國傳統文化，甚至主張「全盤西化」，卻是非常不恰當的，畢竟弊多利少。中華民族是一個以文化凝聚的民族，如果把中國傳統文化完全否定了，中華民族將變成一個毫無民族特性的民族，變成一個失去了自信心、失去了方向感的民族。對於海外華人來說，失去了維繫民族特色的文化紐帶，也就失去了華人的凝聚力和向心力。（《文學史》，頁三十三～三十四）

現在重讀我在上世紀九十年代初所寫的文章，我仍然認爲我的論斷是正確的，科學的。何先生把我的觀點說成是「以『中國文化優越論』爲基本特徵的新文化保守主義」，顯然沒有讀懂我的文章。因爲我既看到中國文化的優越的一面，也看到其消極的一面，同時我是充分肯定五四新文化運動的必要性和積極意義的。這種觀點並不保守，因此，何先生免費贈送給我的「新文化保守主義」的帽子對我並不合適。

退一萬步說，即使我在《文學史》中宣揚了「中國文化優越論」，也不是什麼大不了的罪過。歷史上，以儒家文化爲主體的中國文化，曾經對日本、韓國、越南等周邊國家產生巨大的影響，以至於現在仍有學者把這些國家稱爲「儒家文化圈」。日本曾屢次三番地派遣「遣隋使」、「遣唐使」，來中國學習中國文化和各種典章制度。試問，如果中國文化不優越，人家會這麼不畏艱難險阻、跨洋越海來中國取經嗎？

十八世紀法國《人權宣言》曾寫進孔子名言：「己所不欲，勿施於人」，如果中國文化不優越，法國人會把孔子的話寫進《人權宣言》嗎？

何先生現任澳大利亞中華民族文化促進會副會長，如果中國文化不優越，何先生會心甘情願地去促進嗎？

在《海外華文文學史》中，我舉了趙淑俠、倪長游和五月詩社的例子來論證我的「回歸」論。何先生對趙淑俠的小說還勉強表示贊同，雖然他的結論和我的結論是南轅北轍。我把趙淑俠的小說作爲回歸中國傳統文化的標誌，何先生則把趙淑俠的小說作爲從來沒有背叛中國傳統文化的明證。至於倪長游的短篇小說《丁伯的喜訊》，就沒有這樣幸運了。我在《文學史》中是這樣論述的：「到了八十年代，西方社會經濟停滯不前，崇尙個人至上的西方文化也是日益凸顯其弊端。海外華文文學創作敏感地捕捉到這種變化的跡象，於是一改以前只是一味抨擊儒家文化的落伍，轉而揭露西方文化的局限性，反襯儒家文化的優越。泰華作家倪長游的小說《丁伯的喜訊》是最有代表性的一篇。」也許是我對何先生鍾愛的西方文化態度輕慢，惹得何先生不快，也帶累倪長游的小說同時遭到冷落。何先生在鄭重地強調「筆者的答案是『否』」之後，又發了這樣一通宏論：

我們怎麼能夠將儒家文化與西方文化相互對立，特別在今天全球化已成不可逆轉的世界潮流？充分現代化之後的現代社會確實存在許多難題。如果我們在充分吸收西方人文主義文明精髓的基礎上，帶著現實的態度來建構以重視人倫情感、重視家庭和社會和睦、重視人與自然的和諧、重視人的精神境界與內心的安寧等價值爲中心的「後儒學」文化，以此參與解決現代社會的難題，那麼，這一文化在未來世界文化的多元格局中肯定占有重要的一席之地。但是，絕不能虛妄地幻想重建儒家文化的一統天下！

「怎麼能夠」四字可圈可點，表現了一種謙恭的精神和恭順的態度。在何先生看來，儒家文化怎麼有資格與西方文化平起平坐、分庭抗禮？而且據說在「全球化已成不可逆轉的世界潮流」的時候，就更是如此。在下已屆風燭殘年，何謂全球化，頗感茫然。所幸尚有高人解釋可資徵引。香港學者黃維樑博士學貫中西，也與何先生一樣喝過洋墨水，他的解釋應該具有可信度。他在〈序：讓雕龍成爲飛龍〉中說：所謂全球化，「往往就是西化」。有了黃維樑的解釋，回頭再來揣摩何先生的話，就可以豁然貫通了。何先生的意思是：在「往往就是西化」的全球化時代，儒家文化只能處於臣屬的地位，怎麼有資格與西方文化平起平坐、相互對立而存在？

何先生曾在中國大陸長期生活並上大學，對辯證法當不陌生。根據辯證法的對立統一規律，任何事物或現象的發展過程都包含著相互對立又相互依存的趨向。這種對立不一定是對抗性的。差異也是矛盾，也是對立。儒家文化如果與西方文化沒有差異，沒有矛盾，那麼，儒家文化也就不存在了。因此，儒家文化與西方文化本來就是相互對立的，不是我或倪長游人爲地讓它們對立的。

儒家文化強調集體利益高於個人利益，西方文化主張個人利益高於集體利益；儒家文化所孕育出來的觀念是「先天下之憂而憂，後天下之樂而樂」，西方文化所孕育出來的觀念是「人不爲己，天誅地滅」。這些難道不是差異，不是對立？

自鴉片戰爭以來的一百多年間，由於中國的積貧積弱，屢受西方列強的侵略和欺淩，使一部分中國人產生了民族自卑感，對西方和西方文化存在著只能仰望不敢平視的奴性和媚態。因此，在西方面前敢於挺直腰桿，仍然是擺在中國人面前的一個艱巨任務。

在上引的一段話中，何先生雖然反對「將儒家文化與西方文化相互對立」，但還是慷慨地讓「後儒學文化」在未來世界文化的多元格局中「占有重要的一席之地」。什麼是「後儒學文化」？據何先生解釋，就是「在充分吸收西方人文主義文明精髓」之後的儒家文化。這種「充分」西化之後的「後儒學文化」，充其量也就是西方文化的一個不倫不類的變種，這與孔子所創立的儒家文化就風馬牛不相及了。

在上引的一段話中，何先生還慷慨激昂地指出：「但是，絕不能虛妄地幻想重建儒家文化的一統天下！」究竟誰在「虛妄地幻想重建儒家文化的一統天下」？在何先生看來，當然非鄙人莫屬。雖然鄙人早已過了愛幻想的年齡。「文革」時期的造反派，將一幅油畫顚過來，倒過去，可以找到一條「反標」。但是，即使何先生請來當年的造反派，把我主編的四卷《文學史》顚過來，倒過去，也找不到「重建儒家文化一統天下」的字眼或是這一類的觀點。因爲這種觀點本身就是直接違反了儒家文化的思想理念的。

何先生使用「重建」一詞，那麼，在何先生看來，過去應該出現過「儒家文化一統天下」的局面。這顯然不符合歷史事實。事實是：從孔子創立儒家學派的兩千多年來，從來就沒有出現過「儒家文化一統天下」的局面。如果「天下」是指世界，則世界上除了儒家文化之外，還有希臘文化、羅馬文化、阿拉伯文化、印度文化等各個民族的文化，何曾是儒家文化一統天下？如果「天下」是指中國，則中國國內除了儒家文化之外，還有道家文化、佛教文化，以及諸子百家，等等，更不可能是儒家文化一統天下。佛教文化本是一種外來文化，但自傳入中土之後，卻與儒家文化、道家文化和平共處，相輔相成，且已成爲中國傳統文化的組成部分，可見儒家文化是一種最能夠與其他文化和諧相處的文化。

過去沒有出現過「儒家文化一統天下」的局面，現在、將來也不可能出現這樣的局面。因爲排斥其他文化，是不符合儒家文化的思想理念的。孔子有一句名言，叫「和而不同」。按辯證法的觀點來解釋，「不同」就是差異，就是相互對立；「和」就是統一，就是相互依存。也就是說，各種各樣的文化相互對立又相互依存地共存於這個世界上。溫家寶總理在哈佛大學演講中說：「『和而不同』，是中國古代思想家提出的偉大思想，和諧而不千篇一律，不同又不彼此衝突；和諧以共生共長，不同以相輔相成。」他表達的也是同樣的意思。

孔子還有另一名言，叫「己所不欲，勿施於人」。這一名言曾經影響了十七、十八世紀的歐洲啓蒙主義思想家，並被廣泛引用。一九九七年九月，由世界許多著名政治家、學者及宗教人士組成的「國際間行動理事會」曾發表了一個《世界人類責任宣言》。宣言的起草人一致同意將「己所不欲，勿施於人」寫進宣言中，認爲孔子的這一名言具有適用於全人類的普世價值，按照孔子的教導去做，將使世界更加和諧，更加太平。宣言起草人之一、德國前總理施密特甚至把孔子提出的這個「古老的規則」稱之爲「黃金規則」。如果用孔子的這一思想去理解不同文化間的相互關係，就是說，既然儒家文化不願意受到其他文化的排斥，當然也就不會去排斥其他文化。大家都按照這一原則去做，就不可能出現什麼「文明的衝突」。

像儒家文化這樣最講和諧、寬容的文化體系，怎麼可能去追求一種排斥其他文化的「一統天下」的局面？

當有人打著「人權高於主權」的旗號，對前南斯拉夫進行長達七十八天的狂轟濫炸的時候，當有人用金元在格魯吉亞、在烏克蘭搞「顏色革命」，許諾給當地人民帶去「自由」的時候，當有人用集束炸彈、巡航導彈在伊拉克扶植一個所謂民主政權的時候，何先生應該能夠認識到，究竟是儒家文化還是西方文化在追求一種「一統天下」的局面。

細心的讀者如果對何先生的文章進行認眞考察，會發現：他的文章有許多前後不一致的地方。他一方面舉了許多海外華文作家的例子，說明「對傳統的態度不是毀，而是繼承」，認爲「生活在另一種文化環境中的華人作家其實是最強烈地感受到中國優秀傳統文化的可貴」；另一方面卻又對儒家文化冷嘲熱諷，指責「某些人」「幻想中華儒家文化成爲當今世界獨此一家的『救世良方』」，是「以『中國文化優越論』爲基本特徵的新文化保守主義」，是「東方救世論」，等等。讀完何先生的文章，給人的印象就是邏輯混亂，前後矛盾。

肆　關鍵詞：中心、邊緣

何先生文章的第二部分，著重批判我的另一個觀點，即關於多元文學中心問題的觀點。「多元文學中心」的觀念最早是由周策縱教授提出來的，並得到他的學生王潤華的大力支持。現在，何先生又加入進來，成了這一觀念的忠實信徒。

一九九一年七月，在中山市舉行的第五屆臺港澳暨海外華文文學學術研討會上，王潤華提交了一篇論文，其中有一段是闡發周策縱的「多元文學中心」觀點的。這一觀點在研討會上引起了爭論，出現了支持和反對的兩種截然相反的意見。我在《文學史》中，承接那次會議上的爭論，也談了一些自己的看法。何先生對我的批判，就是衝著這些看法來的。由於《文學史》印數不多，許多讀者已經買不到也讀不到了，爲了使讀者對此一問題的來龍去脈有一個清晰的瞭解，首先必須不厭其煩地把我的有關論述抄錄如下：

對於這個問題，我們認爲應從下述兩方面進行考察：一是在華文文學世界中，是否可以存在多個文學中心？二是目前是否已形成多個文學中心？就前者來説，我們認爲王潤華的觀點無疑是正確的。這是因爲，當某一語種文學越出了母國的國境之後，由於各所在國的政治、經濟、制度、歷史、文化、風俗習慣等等的不同，使同一語種的文學在不同的時空中有可能向著不同的方向發展；由於本族與他族文化的碰撞、衝突、融合因而產生新的文化質素，使文學的文化內涵有可能產生新的質變；由於某一語言在異國的土壤上生根，並吸收了其他民族的詞彙、俗語等語言因素之後，就有可能使同一種語言具有了新的表現力……這種種因素的協同作用，便使得某一語種的文學在新的國土上扎根之後，有可能產生不同於母國的新的文學思潮、文學流派、文學運動以至於不朽的文學作品，從而影響周邊國家，成爲一個文學的影響源、輻射源，於是便形成了一個新的文學中心。以英語文學爲例，當盎格魯——撒克遜人在全世界各地攫取了許多殖民地之後，英語便越出英國的國境，成爲全球通用的語言。如今，英語已在許多國家落地生根，英語文學也在各地開花結果，並在美國、加拿大、澳大利亞等國形成了新的英語文學中心。如果現在還有人認爲英語文學中心只有一個，就是英國，那是閉眼不看事實。事實上，美國的英語文學早已越過了接受英國文學影響的階段，以強大的經濟實力爲後盾，因融合了各族文化精英而勃發了生機，其成就早已超過英國的英語文學，並反過來影響了英國文學的發展，尤其在電影、戲劇、舞蹈等藝術門類，其情況更是如此。

華文文學也與英語文學一樣，是一種世界性的語種文學，在許多國家都存在著、發展著，因此，華文文學也像英語文學一樣，在理論上應有可能存在多個文學中心。但是，華文文學世界有可能存在多個文學中心，並不等於實際上已形成多個文學中心，這是兩碼事。如果對海外英語文學和海外華文文學的歷史稍加考察的話，可以看到，這兩者是在截然不同的歷史背景下形成和發展起來的。首先，英語文學之越出英國國境，是由於英國人在全球奪取了許多殖民地，在政治上占居統治地位，英語也成爲這些殖民地通用的語言；而海外華文文學之形成，卻是由於鴉片戰爭之後，中國積弱積貧，民不聊生，沿海農民不得不離鄉背井，遠涉重洋謀生，這才在異國他鄉扎根，作爲弱國子民，其語言文學當然不可能占居主流地位。其次，英國在近代一個多世紀的時間裡，是全世界最強大的國家，經濟、科技、軍事都處於領先地位，隨後美國又接替了英國的地位，從而使英語成爲一種強勢語言，一種最富有經濟價值的語言；中國在近代則是一個貧窮落後的國家，屢遭侵略淩辱，國弱民窮，華文的實用經濟價值當然要大打折扣。由於這種歷史背景的不同，因此，到目前爲止，在中國以外的任何國家，華語、華文均沒有成爲人民群眾通用的語言，華人發展華文教育的權利，也屢受限制，在這樣的情況下，要形成新的華文文學中心，也就非常困難了。

現在重讀我在上世紀九十年代所寫的這兩段話，我仍然認爲我的看法是正確的。但何先生不這樣看。他指責我「無視並否定華文文學多元文學中心的存在和發展」，是「『中國（精英）中心』的過時觀念」。經過一番論證，何先生下了這樣一個結論：「在華文文學世界中已經形成多元文學中心。有新加坡華文文學中心、有馬來西亞華文文學中心、有法國華文文學中心、有美國華文文學中心……等等。」

在何先生冊封的這些華文文學中心中，有名有姓的共四個，比王潤華列舉的多出兩個（即法國和美國），後面還有省略號，說明還有許多許多的中心。

要談論這個問題，首先必須弄清楚「中心」的涵義。我退休以前服務的機構，叫做「臺港及海外華文文學研究中心」，其實所謂「中心」，只是機構、單位的代名詞，相當於研究所。一九八五年，我第一次到香港，見滿街的招牌，琳琅滿目，其中就有「麻雀中心」、「按摩中心」、「娛樂中心」等等。後來經詢問當地朋友，才知道這些「中心」其實就是麻雀館、按摩院、娛樂廳的意思，都是機構的代名詞。如果是這個意義的中心，我完全贊成何先生的看法，全世界凡有華文文學存在的國家，都可稱爲華文文學中心。不過，周策縱、王潤華所提到的「多元文學中心」，顯然不是這種意義的中心，不是機構的代名詞。他們所說的中心，是相對於邊緣而言的。

凡是對辯證法稍有涉獵的人都知道，對立雙方是互爲存在條件的，都不能孤立地存在。例如，沒有上，就沒有下；沒有前，就沒有後；沒有善，就沒有惡；沒有光明，就沒有黑暗。同樣的，沒有中心，就沒有邊緣，沒有邊緣，也就沒有中心。

何先生在論證「多元文學中心」的時候，主要以馬來西亞爲例。他闡述了馬來西亞華文學的歷史和現狀，認爲馬華文學誕生、發展、壯大的過程，也就是「華文文學世界又一文學中心成型的過程」，並質問我：「對此歷史和現狀，爲什麼視而不見、不予承認呢？」

下面，我們先考察一下何先生對馬華文學的歷史和現狀，是如何又視又見的。先看歷史。何先生寫道：

一九四七年十一月，星華文藝協會又專門舉行了一次關於「馬華文藝獨特性」問題座談會。之後，爆發一場「馬華文藝獨特性」與「僑民文藝」的論戰，這場論戰廣泛宣傳「馬華文藝獨特性」的方向。一九五六年一月，馬來亞當局宣布將在翌年八月三十一日獨立。在此形勢下，全星文化協會籌備委員會於一九五六年三月十八日發表「當前文化工作者的任務」的宣言，提出「愛國主義文化」的概念。此概念後來又具體化爲「愛國主義的大眾文學」的口號。顯然，這是「馬華文藝獨特性」的新發展。從此之後，馬華文學終於脱離了中國文學的軌道，從「僑民文學」走上多元性的獨立發展的道路。

我初看這一段話的時候，就覺得有點面熟，後來一查，原來在我的文章中，也有這樣大體相同的一段話。原文是：

一九四七年十一月，星華文藝協會又專門就「馬華文藝獨特性」問題舉行了一次座談會……由於看法不同，終至於爆發了一場「馬華文藝獨特性」與「僑民文藝」的論爭。

一九五六年一月，英國政府和以拉赫曼爲首的民選聯盟政府在倫敦舉行談判，決定馬來亞於一九五七年八月三十一日獨立。這一信息對新馬華文學的發展產生了重大的影響。三月十八日，全星文化協會籌備委員會召開文化工作者響應獨立運動大會，發表《當前文化工作者的任務》的宣言，號召「以愛國主義文化壓倒殖民地文化」。此一「愛國主義文化」的提法，後經文藝界的討論醞釀，又具體化爲「愛國主義的大眾文學」的口號。這一口號的提出，可以看作是「馬華文藝獨特性」在新形勢下的新發展。從此後，馬華文學終於脱離了中國文學的軌道，走上了獨立發展的道路。（《文學史》，頁六十一）

我的這一段話，是從一大堆文學史料中濃縮出來的。何先生大概也是從一大堆文學史料中濃縮出來的。但令人不解的是，大體相同的一段話，在何先生那裡是又視又見，在我這裡卻變成了「視而不見」，眞令人哭笑不得。

再看現狀。何先生對馬華文學的現狀的描述，主要是引述了三位名人的話。某某名人提出要「斷奶」，某某名人又如何響應，並嚐到甜頭，如此等等。下面再看看我在《文學史》中對馬華文學的現狀是如何描述的：

馬來西亞華人生活在一個馬來人占主導地位的國度，華文教育處處受到限制，但這反而培養了馬來西亞華人爲維護民族特性而進行頑強鬥爭的不屈精神。「董教總」是維護華文教育的堅強堡壘，這些年來做了不少有益的工作。在馬來西亞華人的共同努力下，華文教育不僅沒有被擠垮，反而更加蓬勃發展，全國現有華文獨立中學六十所，新近又創辦了一所以華語爲教學媒介的高等院校——南方學院。大部分華人家長都把子女送往華校學習，而且隨著馬來西亞與中國經濟交往的增加，隨著臺灣在馬來西亞投資設廠的增多，許多馬來族父母也把子女送往華校學習華文。華文教育的發展又刺激了華文文學的繁榮，雖然馬來西亞目前還不具備成爲文學中心的條件，但展望二十一世紀，馬來西亞是極有可能成爲中國以外的另一個華文文學中心的。

何先生眼裡看到的只有名人以及「斷奶」，而我看到的是群眾，是大批的華文讀者群和華文作者群。因爲只要有了配套的大、中、小學華文教育，就能夠源源不斷地培養出大批的華文讀者和作者，這是華文文學興旺發達的基礎，也是能否成爲「中心」的首要的前提條件。

上世紀六、七十年代，新加坡的華文文學非常繁榮。據統計，從一九六五年至一九八一年的十六年間，新加坡出版的單行本，超過了以前四十多年新馬兩地出版的總和。除了詩歌、散文、小說以外，還出版了方修編寫的三卷本《馬華新文學史稿》和十六巨冊《馬華新文學大系》，以及新社編的《新馬華文文學大系》。正是由於這三套書的出版，使過去默默無聞的新馬華文文學，一躍而引起國際矚目。可以毫不誇張地說，上世紀六、七十年代的新加坡，是名副其實的東南亞的華文文學中心。東南亞的華文文學界，都唯新加坡馬首是瞻，就連我們現在習用的華文、華語、華族、華文文學等新詞，也都是當年的新加坡人創造的。新加坡之所以能夠成為東南亞的華文文學中心，主要原因就是因為新加坡的華文教育非常發達，不僅有多所華文中小學，還有一所南洋大學。現在仍活躍在新華文壇的作家，很多就是南洋大學培養出來的。

上世紀八十年代以後，新加坡關閉了南洋大學，同時，從一九八四年起，在學校教育中（包括英校和華校），英文成為第一語文，華文降為第二語文。十年以後，新加坡文藝協會會長駱明在一篇題為〈新華文學的過去、現狀及其方向〉（註一）的文章中寫道：現在「有許多人在閱讀上已經多少有些困難，在寫作上及表達上更是困難重重了」，因此，「華文文藝的生存發展普遍不被看好」。在這種情況下，新加坡在東南亞華文文學界的地位，已逐漸被馬來西亞所取代。

新加坡華文文學從邊緣成為中心，又從中心淪為邊緣，其中起關鍵性作用的是華文教育。

何先生在論述「多元文學中心」時，重視的並不是華文教育，而是名人。他在文章中，三次提到法國有一位諾貝爾文學獎獲得者（以下簡稱諾獎得主），因而讚不絕口。在他看來，只要有一位諾獎得主，法國理所當然地成為「華文文學中心」了。我們首先假定，諾貝爾文學獎的評獎確實非常公平，絲毫沒有政治因素的考量，再假定這位諾獎得主的作品也確實非常優秀。但是，即使這兩個前提條件得到滿足，人們也還是要問：僅憑一位諾獎得主，法國就能成為「華文文學中心」嗎？據我所知，法國並沒有配套的大中小學華文教育，沒有華文出版社，較具規模的華文報紙只有三家，能夠稱為作家的不足十人。像這樣冷冷清清的華文文壇，根本不可能形成華文文學的文學運動、文學思潮、文學流派，試問，法國拿什麼去影響周邊的國家？就連那位諾獎得主的作品，對歐洲其他國家的華文作家的創作又有多少影響？把法國稱為「華文文學中心」，這不是自欺欺人嗎？

「多元文學中心」是周策縱、王潤華提出來的，這只是他們的一家之言。我認為，在華文文學研究中，還是少用這種提法為好。因為一提中心，就必然要提邊緣，一提邊緣，就給人一種屈辱的感覺，一種從屬的感覺，一種被擠壓的感覺，一種被忽視的感覺。誰都想成爲中心，但如果全部都是中心，也就無所謂中心了。在我主編的《文學史》中，除了承接王潤華的觀點，對所謂「中心」發幾句議論外，在其他地方，是從不涉及中心與邊緣的話題的。我認爲，世界上凡是有華文文學存在的國家，都是華文文學大家庭中的一員，無所謂中心或邊緣。就連中國，也只是這個大家庭中平等的一員，並不是什麼中心。

伍　關鍵詞：馬華文學、斷奶

在文章中，何先生忽然又從「中心」扯到「斷奶」上去。文章寫道：「他在二〇〇二年一篇文章中談到馬華文壇『斷奶』之爭時，竟然斷言：所謂『斷奶』，就是『主張馬華文學必須與中國文學、中華文化割斷聯繫，獨立發展』！眾所周知，『斷奶』是一種形象比喻。雖然所有的比喻，正因爲只是比喻，都不是百分之百準確的，筆者還是要問，難道小孩斷奶後就意味著要與母親『割斷聯繫』嗎？究竟哪一個提出或同意『斷奶』的人主張馬華文學必須與中國文學、中華文化『割斷聯繫』?!」。氣勢洶洶的質問，大有烏雲壓頂之勢。幸好當柏楊提出「斷奶」妙論，會上發生爭論的時候，我剛好在場；會後報紙上的論爭，我也收集了一些，因此還不至於被何先生問倒。

一九九七年十一月，馬來西亞留臺校友會聯合總會主辦了一次馬華文學國際研討會。在會上，臺灣作家柏楊作了一個主題演講，呼籲馬華作家應該與母體「斷奶」，引發了爭議。支持他的「斷奶」論的主要是一些留臺的青年學者，如黃錦樹、林建國等。黃錦樹認爲，「馬華文學一定要『斷奶』，要獨立，擺脫中國文學的陰影」。林建國則說：「我的『斷奶』回答是一石三鳥之計，是用來反奴役、反收編、反大漢沙文主義。我們必須能對中國說不」。（註二）

他們把話說得如此決絕，這哪裡是對待母親的態度？又是「擺脫中國文學的陰影」，又是「反奴役、反收編、反大漢沙文主義」，「對中國說不」，不是要「割斷聯繫」又是什麼？如果他們的話還不夠清楚的話，那麼，馬來西亞著名評論家陳雪風的話就更加直截了當。他說：「現在有人提出馬華文學要『斷奶』，意思是主張馬華文學或是馬華文化必須和中國文學割斷關係，劃清界限。」（註三）可見「割斷聯繫」云云，並不只是我的一家之言。

如果能採取更寬容的態度，就可以開拓出另外一種思路。你會認識到：其實不管是母奶，還是牛奶、羊奶、馬奶、驢奶、駱駝奶，只要有營養，沒有污染，都可以大喝而特喝。不論是中國文學、西方文學，還是其他國家的文學，都可以借鑑，從其中吸取養分，爲什麼要拒絕呢？而且喝奶也不只是嬰幼兒的事，青年人、中年人、老年人都應該天天喝奶。年輕人喝奶可以長身體，老年人喝奶可以防治骨質疏鬆。把奶水比喻爲知識，也就是活到老，學到老的意思。我已年逾古稀，至今仍未斷奶，仍在惡補各種知識。老年人尚且如此，何況年輕人呢？鼓吹「斷奶」，有誤導之嫌。

在何先生筆下，「斷奶」眞是妙用無窮，威力無比。馬來西亞自一九九七年底提出「斷奶」，到何先生寫成這篇文章的二〇〇六年，不足十年時間，馬華文學便已形成「獨立完整個體」了。而「作爲新一代馬華作家中的佼佼者」的黎紫書，自從斷奶之後，其作品「每每淩駕自命正統的大陸及臺灣文學」。眞是立竿見影。人們不禁要問：馬華文學能夠取得驕人的成績，是因爲「斷奶」的緣故嗎？在英語文學世界中，美國、加拿大、澳大利亞等國，曾經提出過「斷奶」嗎？美國文學能夠超越英國文學，也是因爲他們曾經「斷奶」，曾經擺脫英國文學的陰影嗎？而且黃錦樹、林建國等人提出「斷奶」，爲什麼唯獨針對中國大陸，卻不針對臺灣？如果也針對臺灣，那麼，黃、林二人曾在臺灣上大學，讀碩士、博士，畢業後又在臺灣就業，卻又如何與臺灣文學「斷奶」？如何擺脫臺灣文學的「陰影」？說穿了，所謂「斷奶」，不過是一場政治鬧劇。何先生摻和其間，實屬不智。

陸　結束語

何先生文章的結尾，有一段話頗值得玩味。文章寫道：「據筆者瞭解，該書主編也未能在成書和出版前與中國大陸更多的同行交換意見，以把書寫得更好。考慮到這是一部長達兩百萬字、分爲四卷本的巨著（當然國家也耗資巨大），這是非常可惜的。」

中國傳統詩學強調吟詩作文必須「言有盡而意無窮」，何先生顯然受到這股回歸中國傳統文化的潮流影響。他的言外之意是：因爲主編沒有與大陸同行交換意見，因此書寫得不好（或不很好，不那麼好）；而且因爲國家耗資巨大，書又寫得不好，所以他感到非常可惜。

我不知道何先生是向誰瞭解的，但我可以負責任地說，何先生的「瞭解」純屬道聽途說。目前中國大陸的海外華文文學專業研究者（偶爾客串的票友不算），即使誇大點說，也不會超過百人，而參加這套書編寫工作的，前後共有十七人之多。這就是說，主編「在成書和出版前」已經與百分之十七的大陸同行交換過意見，怎能說沒有交換意見？在撰寫此書的數年時間中，主編通過參加各種學術會議的機會當面向同行請益，或是通過書信往還與同行探討有關問題，更是不計其數，怎能說沒有交換意見？一九九六年，主編和另一副主編走訪新、馬、泰三國，與當地華文作家協會聯合召開多次座談會，徵求當地文友對撰寫《文學史》的意見，得到文友們的熱誠幫助和支持，怎能說沒有交換意見？

退一萬步說，即使主編「在成書和出版前」沒有與同行交換意見，那又算得了什麼罪過呢？怎麼能據此作爲書寫得好不好的衡量標準？學術論著作爲文責自負且又體現言論自由的個人化精神產品，有誰規定過「在成書和出版前」一定要與同行交換意見的？是何先生規定的，還是聯合國教科文組織規定的？何先生寫這篇文章的時候，與我這個「大陸同行」交換過意見嗎？

至於國家「耗資巨大」云云，更是何先生想像的產物。一九九五年，《文學史》被批準立項的時候，廣東省高教局曾提供二萬元的研究經費，出版社爲出版這套書，大約花費三十萬元（書售出後，可收回三分之一的成本）。至於筆墨紙張、茶葉、咖啡、補腦品等的花費，則是各人自掏腰包。出版社是自負盈虧的企業，他們從這一部分出版物中獲得經濟效益，從另一部分出版物中獲得社會效益，純屬企業的商業行爲，與國家撥款無關。因此眞正屬於國家撥款的，就是高教局提供的二萬元。

二萬元是否「耗資巨大」呢？按辯證法的觀點來看，「巨大」與否，是一個相對的概念。對一個窮人來說，二萬元確屬「耗資巨大」，但對於外匯儲備已達一萬億美元的國家來說，這二萬元實在是「濕濕碎」，談不上「耗資巨大」。何先生顯然用詞不當！

僅僅花了二萬元，卻寫出雖不是絕後但也算空前「長達兩百萬字、分爲四卷本的巨著」（何與懷語），成功地論證回歸中國傳統文化已成爲一股潮流，論證中心與邊緣的辯證關係，因此，「陳賢茂教授的貢獻是不容否定的」（何與懷語）。

花了區區二萬元，卻取得了大大的成績，我想，何先生就不必再可惜了。

——原刊於《華文文學》二〇〇七年第一期

注釋

一　駱明：〈新華文學的過去、現狀及其方向〉，《華文文學》，一九九五年第二期。

二　林建國在一九九七年於馬華文學國際學術研討會的發言，見一九九八年三月一日《星洲日報》。

三　林建國在一九九七年於馬華文學國際學術研討會的發言，見一九九八年三月一日《星洲日報》。

作為一門新學科的世界華文文學

許翼心、陳　實

世界華文文學研究，在我國已有十多年歷史。在這十多年中，參與世界華文文學研究的各種團體、機構和人員，在極其困難的條件下，進行了艱苦的努力，逐漸將世界華文文學由一種課題性的研究發展爲一門獨立的文學新學科。隨著當代人文科學各學科的相互滲透，這一學科的研究範圍正在不斷拓寬，從早期比較單一的作家作品研究，向著文學史、文化史、民族史、國際關係史等方向縱深發展，使這一學科結束了「興趣研究」和「秩序分散」的狀態，初步建立起比較規範的研究體系。重視這一學科的建設，對於中國文學的發展、對於中國文學與世界文學的交流，以及中國海外文化戰略的制定，都有著積極的現實意義。

壹　學科產生的背景

進入八十年代以來，受傳播主義、功能主義、文化模式論、結構主義、多元化主義等世界文化觀念影響，我國的世界文學研究領域出現了許多令人注目的新傾向：

一　對語種文學的重視，觀察範圍不限於某一語種的母語國家或民族的文學，而是關心使用同一語種的所有國家或民族的文學，如英語文學、法語文學、德語文學、西班牙語文學、阿拉伯語文學，還包括其後興起的華文文學。

二　有意「擱置」文學的通史研究，轉而關心文學斷代史或地域文學史，通過文學史發展的某一時期、某一階段或某一地域的文學、綜合考察世界文學的整體面貌和時代風尚，如對當代拉丁美洲各國文學的熱心推介與評價。

三　恢復三、四十年代後曾一度中斷的比較文學研究，重視各國各民族文學的「關係」和「影響」，在世界文學發展的脈絡裡，通過橫向比較，重新觀察評價中國文學。

四　文學的邊緣性和跨學科研究，即超越學科的界限，以文學爲中心，探討文學與其他學科的相互關係，從而發展出某些新的學科，如文學心理學、文學人類學等。

五　不以某種文學爲尊，更不以某種文學的標準來判定另一種文學的價值，強調各種文學的平等，重視每一種文學的個性功能及對世界文學的積極貢獻。

總的來說，二十世紀，尤其是二十世紀的後半期，雖然在地球局部地區仍有激烈的民族與文化糾紛（如巴以、印巴、波黑），但從整體上來說，人類社會是朝著和平與民主、進步與發展、對話與合作的方向，順應著人類社會發展的大趨勢，二十世紀的世界文學，在創作上越來越尊重個性和獨創，在研究上越來越提倡寬容和交融。八十年代以後我國在世界文學領域出現的一系列新的研究傾向，不僅是「中國」的，也是「世界性」的。它一方面反映了中國社會「面向世界、面向未來」的內在要求；另一方面，也反映了對兩次世界大戰災難記憶猶新的人類，渴望更深刻地認識宇宙、認識社會、認識人類、認識自己。人們說地球越來越小，只是因爲我們對地球的認識越來越深，越來越細。世界華文文學研究的開展與發展，正是產生在這樣的時代大背景中，而改革開放的中國。爲這一新學科的成長提供了濕潤的氣候和土壤。

華文文學作爲一種客觀存在，實際上是古已有之。上世紀之前，受中國文化強烈影響，在日本、朝鮮、越南等屬於「中國文化圈」或「漢文化圈」的國家和地區，不僅有大量經、史、子、集等漢語文獻流傳，而且有大量的漢語詩文、劇本、筆記、歷史演義和小說創作出現，形成古代海外漢語文學。十九世紀以降，隨著早期華僑和華工的流出，中國文學進一步傳到海外。中經中國社會的歷次變動和革命運動，如太平天國、維新變法、辛亥革命、五四運動，以及國共兩黨長期的政治鬥爭和國際性的反法西斯戰爭，其中還包括自一八七二年清朝派遣留美幼童以來的多次留學熱潮，如清末民初的留日熱、五四時期的留法熱、二十年代的留蘇熱、四十年代的留美熱等等，至第二次世界大戰後，形成強大的中國海外文學，並進一步發展爲國際性的語種文學——世界華文文學。

「華文文學」的概念，最早出現在東南亞。第二次世界大戰之前，受中國「五四」新文學影響，華文文學在新加坡、馬來西亞、菲律賓、泰國、印度尼西亞等國家蓬勃發展起來，形成了以新加坡、馬來西亞爲中心的東南亞華文文學。第二次世界大戰之後，在新馬兩地，先有周容、苗秀，後有趙戎、方修、方北方等人，總結了華文文學在新馬兩地發展的歷史經驗，積極倡導了「馬華文學」。從一九四八年周容掀起的「馬華文學獨特性」的討論到一九六二年方修《馬華新文學史稿》的完成，標誌著「華文文學」在東南亞已發展成熟爲一種國際性的語種文學。此後，華文文學在亞洲、美洲、歐洲、澳洲不斷蔓延滋長，形成了我們今天所見到的亞華文學、美華文學、歐華文學、澳華文學。到六十～七十年代，華文文學已引起世界文壇的關注，美國、英國、法國、德國、日本、澳洲等主要西方國家的許多著名大學（如耶魯、哈佛、牛津、墨爾本、魯爾、神戶、九洲等大學）與研究機構（如巴黎國立科學研究中心）都相繼開展了華文文學研究。八十年代以來，中國大陸學界積極參與了這一學科的發展與建設，遂使這一學科成爲世界文學研究中一支不可忽視的力量。

貳　學科發展過程

我國華文文學研究始於一九七九年。這一年五月，曾敏之在《花城》雜誌創刊號上撰文〈港澳與東南亞漢語文學一瞥〉，向國內學界介紹了香港、澳門的文學，特別是東南亞的華文文學。其時，「華文文學」概念對國內學界來說仍十分陌生，文章謹慎地使用了「漢語文學」這一概念，反映出我國世界華文文學研究發端之初的探索心理和狀況。

早期的世界華文文學研究（一九七九～一九八二）是從「臺港文學」起步的。從一九八〇年三月的中國當代文學首屆年會（廣州）到一九八二年六月首屆全國港臺文學學術研討會（暨南大學），討論的話題集中於臺灣文學，尤其是小說領域。香港文學研究只限於個別專題，「華文文學」仍是一個模糊的概念。在國內被大力推介的美華作家如白先勇、於梨華、聶華苓等人的小說，被視爲臺灣文學中的留學生文學，此時「臺灣文學」被視爲中國現當代文學的組成部分。這一階段的世界華文文學研究適應了我國思想解放運動的潮流。中國結束了十年文革動亂，長期封閉的國門被迅速打開。一向「站在中國、放眼世界」的人們轉而「面向世界，面對中國」，當外來的文學觀念如泥沙俱下，潮湧而入，我們既來不及「拿來」，也來不及「反芻」而只能「照搬」的時候，通過「臺港文學」來認識世界進入世界，可以說是一種積極而符合實際的選擇。

一九八三～一九八六年，世界華文文學的重要收穫，是建立了「臺港澳暨海外華文文學」的研究體系，區別了「臺港澳文學」與「海外華文文學」的不同性質，並提出了「世界華文文學」的概念。

一九八三年，改革開放的大潮使我國學術界呈現出一片生機，隨著對外交流的不斷擴大，在秦牧、曾敏之、楊越、蕭乾、畢朔望、馮牧等人的倡導和帶動下，「海外華文文學」的概念被廣泛使用起來。一九八三年，廣東省社科院文學所報告中，提議要設立「海外華文文學研究室」，建設「海外華文文學」新學科。一九八四年，汕頭大學本著同一目的，著手籌建「海外華文文學研究中心」，並著手創辦《華文文學》雜誌，作爲海外華文文學的學術研究陣地。

一九八五年四月，秦牧在《華文文學》試刊號的〈代發刊詞〉中，明確提出：「華文文學、是一個比中國文學內涵要豐富得多的概念」，並將華文文學與英語文學、西班牙語文學作爲一種語種文學相提並論，同期〈編者的話〉，對「華文文學」進行了明確的界定：（一）凡是用華文作爲表達工具而創作的作品，都可稱爲華文文學。（二）華文文學和中國文學是兩個不同的概念。中國文學包括中國大陸的社會主義文學，以及作爲中國領土一部分的臺灣和香港文學。而華文文學除了中國文學之外，還包括海外華文文學。（三）華文文學和華人文學也是兩個不同的概念。華人用華文以外的其他文字創作的作品，不能稱爲華文文學，也非華裔的外國人用華文創作的作品可稱爲華文文學。

到了一九八六年二月中國文聯出版公司出版的《四海》雜誌第一期，秦牧以〈打開世界華文文學之窗〉一文，正式提出「世界華文文學」的概念。文中指出，以中國爲中堅，華文文學流行範圍及於世界，我們應該打開窗口，關心世界華文文學的動向，在世界範圍內加強華文文學交流。同年十二月在深圳召開的第三屆全國臺港與海外華文文學學術研討會，大會籌委會所作的論文綜述中，繼續重申了「世界華文文學」概念，強調要「吸收世界華文文學研究的經驗，加強對各國的華文文學研究。」

中國的世界華文文學研究雖然起步較遲，但發展的速度卻很快。在第三屆全國臺港與海外華文文學學術研討會後，「世界華文文學」新學科的建設已成爲歷次會議的中心議題。一九八九年四月第四屆全國臺港暨海外華文文學研討會在復旦大學召開，大會在工作彙報〈臺灣香港與海外華文文學研究的回顧與前瞻〉中，積極評價了十年的華文文學研究。指出世界華文文學的觀念已初步明確，並且建立較完整的方法，即運用歷史比較的方法，從世界文學的整體格局中考察華文文學，從世界華文文學的整體格局中考察各個國家和地區的華文文學。尤其是中國文學；從中國文學的整體格局中考察大陸、臺灣和香港文學。

到了一九九一年七月在香港召開的「世界華文文學研討會」和在中山市召開的第五屆「臺港澳暨海外華文文學國際學術研

討會上，「世界華文文學」已成爲人們的共識。香港會議的主旨，是以香港爲橋樑，溝通海峽兩岸，溝通東南亞和歐美，凝聚海內外的力量，促進世界華文文學交流，推進世界華文文學的發展，並產生了「世界華文文學協進會」的籌備組織。中山會議的主旨，則是探討中國文學在臺灣、香港、澳門以及各國華文文學中的演變和傳承，尋找華文文學在世界範圍的發展規律，探討華文文學在世界範圍的發展趨勢，總結華文文學發展的世界經驗，促進華文文學以新的姿態走向世界。會後並決定將原中國當代文學學會屬下的「臺港暨海外華文文學研究會」改名爲「世界華文文學研究會」。香港會議和中山會議是世界華文文學研究的歷史轉折點，一方面，兩會總結了十年的世界華文文學研究成果和經驗，另一方面，兩會結束了「港臺文學——臺港澳暨海外華文文學」的研究局面，開創了「世界華文文學」研究的新格局。從這時候起，「世界華文文學」的觀念已被國內外學術界廣泛接受，「世界華文文學」，研究體系已呈成熟。「世界華文文學」新學科已基本成型。隨著世紀的交替，中經一九九三年廬山的「第六屆世界華文文學國際研討會」和一九九四年昆明的「第七屆世界華文文學國際研討會」，「世界華文文學」新學科以更堅實、更寬闊的步伐，向著新世紀邁進。

世界華文文學研究，從一九七九～一九八五年的產生期、一九八六～一九九一年的成長期到一九九一年以來的擴展期，其興起與成熟，發展與壯大，是與中國社會的改革開放緊密相關的。改革開放擴大了中國文學的眼界，加強了中國文學與世界文學的溝通往來，使一向處於封閉狀態的中國文學進入世界學術文化發展的主流，從而使世界華文文學研究的開展成爲可能。十多年來，古今中外幾乎所有曾對世界發生重要影響的思想文化和學術理論，尤其是西方現當代社會、哲學、文化思想理論，都在改革開放的氣氛下集聚於中國學術論壇，這種多元開放的局面，從各方面爲中國文學的創新，也爲世界華文文學的研究打開了思路，提供了理論依據和價值參考體系。改革開放是中國社會發展的內在要求，是中國文化發展的內在要求，它不同於中國近代史上西學東漸時對西方文化衝擊所採取的防禦姿態、也努力避免「五四」時代鑒於西方列強侵略和民族矛盾激化而對西方文化所採取的斷然排斥或全盤肯定的偏激情緒，以一種主動的、積極的、世界性的眼光看待世界先進文化和文學遺產，對內重審傳統，將傳統進行創造性轉化，對外放開襟懷，將世界先進文化民族化、本土化，從而形成新的傳統，使中國走向世界。世界華文文學研究已成爲中國文學世界化的一條重要途徑，這是這一學科能得以迅速發展的內在原因。

參　學科的條件及性質

按照國際學術慣例，作為一門獨立的文學學科，世界華文文學已完全具備學科成立的必要條件：

一　在世界各地存在著大量的華文文學作品，可以廣泛地對其進行藝術總結；

二　十多年來的世界華文文學研究已為這一學科積累了豐富的資料、文獻和研究成果；

三　在世界各地有一批為華文文學創作和研究提供陣地的專業雜誌和各種報紙副刊，其中國內的《華文文學》（汕頭大學）、《四海》（中國文聯出版公司）、《臺港文學選刊》（福建省文聯）、《臺港與海外華文文學評論和研究》（江蘇省社科院）等，在組織世界華文文學研討、開展世界華文文學交流方面，起著重要的推動作用；

四　在世界各地如新加坡、馬來西亞、菲律賓、泰國、澳洲、美國、加拿大、瑞士、德國、法國、荷蘭、日本等國以及香港、臺灣、澳門都有一定規模的華文文學組織，國內的各地如廣東、福建、北京、上海、江蘇等省市都先後設立了世界華文文學專業研究機構，並發展為全國性的學術團體世界華文文學學會；

五　世界華文文學研究已成為一項重要的國際學術活動，僅在國內，全國性和國際性的學術會已進行八次，歷時十四年，在國際學術界產生了巨大影響；

六　華文文學已在世界六十多所大學、國內二十多所大學進入大學課程，其中包括北京大學、中國人民大學、復旦大學、廈門大學、中山大學、暨南大學等著名學府。

作為一門獨立的文學學科，世界華文文學與其他文學學科有著明確的區別和界定。

首先我們看到，華文文學與英語文學、法語文學、德語文學、西班牙語文學不同，英、法、德、西等語種文學是伴隨著這些帝國主義列強的侵略，以殖民文化甚至暴力征服的方式強行向世界各地推行而發展起來的。而華文文學與世界性的東方文學，比如阿拉伯文學，是以一種內在生命力，和平地向世界各地蔓延的。當然，這中間又有區別。像阿拉伯文化，主要是依靠宗教和民族（或種族）的力量來完成傳播的過程，華文文學卻是以一種民主文化的力量，首先自發地產生在華人移民內部，作爲一種生活方式，作爲一種生存手段，在歷程的演變（時間）和關係的更替（空間）中，以一種平康正直、從容以和的精神，道並行而不悖的態度，與當地各民族文化和文學平等交融，「諸夏用夷禮則夷之；夷狄用諸夏禮則諸夏之」，從而超越國家和種族的界線，使自己能百物皆化，達於四海。

其次，英、法、德、西等語種文學，在許多國家和地區，或成爲一種國家文學（如英語文學中的美國文學、西班牙語中的拉美國家文學等等），或成爲一種被國家認可的民族文學（如法語文學中的魁北克文學），它們獨立於母語國家的文學之外，是與母語國家文學有著完全不同性質的「本土文學」。而華文文學，除在新加坡和馬來西亞成爲國家文學的組成部分外，其他各國各地的華文文學或多或少都與中國文學保持著難以分割的聯繫，是以中國文學爲母體的一種語種文學，與中國文學存在不可改變的血緣。

同時，英、法、德、西等語種文學，由於完全「本土化」，其生存與發展，是創造該語種文學的各國家各民族內部「自己的」事，而華文文學由於以中國文學爲母體，其生存與發展，受著中國與其他國家和地區國際政治關係的影響，也受到各國家地區華人與當地關係的制約。中國與當地關係正常，華人與當地關係正常，當地華文文學就能正常發展。反之，則受到阻礙或破壞。因此，華文文學在各國家各地區的發展是不平衡的，並且常常出現起起伏伏的局面。這一點，尤其在東南亞地區表現得特別明顯。

此外，受儒教文化影響較深的華文文學，在與儒教文化比較接近或比較相通的地區，例如佛教文化地區、基督教文化地區，其發展比之在其他宗教文化地區，相對而言，要容易一些順利一些。文學與宗教文化這種輔承關係，以及如何溝通這些關係，是我們在世界華文文學研究中不能不重視的一個課題。

上述諸種因素，決定了世界華文文學的性質：

1　世界性

凡是有水的地方就有華人，有華的人地方就有華文文學生長的環境。除了南極洲以外，世界各大洲都無法忽視華文文學存在的現實。華文文學已成爲本世紀世界性的文學現象而引人矚目，相信在下一世紀或更遠的將來，它會有更深更大的發展，成爲世界文學中一支強勁的力量。

2　本土性

華文文學隨華人的足跡而流動，也隨華人與當地社會、民族、語言、文化等諸多關係的變化而變化。離開土厚水深的母親國度，移居到異國他鄉，華人走進了新的時空之中，要生存、要發展，必須適應腳下的土地，必須適應那片土地上的風風水水，落鄉隨俗也罷，落葉歸根也罷，落地生根也罷，他必須與異國他鄉的文化取得認同。「本土性」、「本土化」乃是華人生存和發展的一種選擇，也是華文文學生存發展的一種選擇。

3　延續性

自發生長，自生自滅，生生滅滅，永不止息，這是目前我們所見到的世界各地華文文學的生命形態，也是華文文學生命頑強和創造力量旺盛的表現。生存的渴望，培植著生命的張力，養育著華文文學的創造性和創造力。不管氣候多麼惡劣，土壤多麼貧瘠，只要生命的情感需要表達，華文文學就會破土而生。然而華人走到哪裡都是華人，時空變了，身分變了，膚色和血緣不會改變，華人根深柢固的文化傳統被頑強地延續著。「文化的中國」心態和「中國文學傳統」在世界各國華文文學中隨處可見。對傳統的繼承，正是華文文學個性發展最深厚的基礎。

4　交融性

人類相鄰而居，人在眾生中生存，不可能只跟上帝和自己說話，也不可能「雞犬之聲相聞，老死不相往來」。文化的交流、情感的融匯，不僅僅是一種溝通的手段，說到底要服從生存和發展的目的。作爲華人心靈的產物和現實生活的反映。華文文學也必須具有這種交融的品格，它既需要別人以多元的眼光看自己，也需要自己以多元的眼光看別人，才能在互相交融的過程中創造生存與發展的良好條件，才能與別種文化、別種文學共同進步。

世界華文文學的特性，也決定了世界華文文學學科的性質：

1 世界華文文學學科是一種考察語種文學的學科

「世界華文文學」不是「世界華人文學」。「華人文學」是從「種族」、「族裔」方向規範的一種文學。「華文文學」則是從「語言」、「語種」、「文字」方向規範的一種文學。兩種概念的內涵顯然有著本體性質的差別。「世界華文文學」也不是「中國文學」。「中國學」是「中國」地域範圍內的一種語言文學（主要的是以漢民族語言爲代表的漢語文學，中國的少數民族文學在此不論），「世界華文文學」是「世界」範圍內的一種語言文學（亦可稱「漢語文學」、「華語文學」，約定俗成稱之爲「華文文學」）。兩種概念在範圍上有著大小的區別。世界華文文學包括中國文學，也包括非中國的卻使用同一漢語語言的文學，因而是一種語種文學。世界華文文學學科就是對世界各地用華文作爲表達工具的文學。事實進行觀察和分類，在發現其一般規律、掌握其一般規律的領域中，將這一語種文學的歷史情狀和規律系統化、條理化的一個學科。

2 世界華文文學學科是一種探討民族文學的學科

首先「世界華文文學」不同於「外國文學」。「外國文學」學科是研究與中國和中華民族（包括中國的各少數民族）不同的其他各國家各民族的文學的學科，「世界華文文學」則是研究有著共同語言、共同血緣、共同文化和傳統，我們通常稱之爲「華人」或「華族」即廣義的「中華民族」文學的學科。數千年共同的歷史和共同的起源（例如黃帝、黃河、龍，以及中國偉大的過去）成爲這一民族文學集體認同的重要基礎。其次，「世界華文文學」也不以中國文學（包括臺、港、澳文學）爲本位，把世界各地華文文學只視爲中國文學支流，而是從世界範圍內整體地描述、分析、考察、研究各國、各地區華文文學一般的、普遍的共同規律。在這一過程中，同時考慮各地華文文學所包含的一種或多種文化背景，也考慮在不同的環境或情境的壓力下，這一語種文學所產生的可變性和選擇性。

3 世界華文文學是一種研究文學關係的學科

這種文學必須會與其他文學發生各種各樣的關係，世界華文文學便是研究世界華文文學與中國文學關係、華文文學與世界文學關系、各國各地區華文文學相互關係的學科。世界華文文學研究當然也包括中國文學研究，但主要研究的不是中國文學本身。中國文學本身的研究主要由中國文學（包括中國古代文學、中國近代文學、中國現當代文學等）學科來承擔。世界華文文學研究的主要是世界華文文學與中國文學的「關係」，研究中國文學如何在世界各地傳播和演變，研究世界各地華文文學與中國文學的共同性與差異性，研究中國文學對世界各地華文文學的影響及兩者之間的相互影響。世界華文文學雖然要倚重文學的關係和比較，卻又不是「比較文學」。「比較文學」是研究不同國家、不同民族、不同語言、不同文化之間的相互關係和影響，所以法國比較文學理論和方針的主要制定者馬法基亞說：「比較文學實際只是一種被誤稱了的科學方法，正確的定義應該是：國際文學關係史。」（基亞《比較文學》前言）「世界華文文學」則是研究同一民族語言、同一文化傳統的文學之間的關係和影響。比較，只是研究中的一種重要方法。

在明確世界華文文學學科的基本性質的時候，我們還必須注意這樣兩點：

第一點，由於信息的發達、傳播的先進，由於多元文化對世界的影響，也由於世界華文文學所依據的複雜的文化背景和環境，世界華文文學的研究，在方法上，既可以是歷史的，也可以是比較的；既可以是地域的、社會的，也可以是文化的、民族的、語言的。多種人文學科的研究方法，甚至包括某些自然學科的研究方法，都可以綜合運用其中。從這一點來說，世界華文文學學科可以是一種綜合性、跨學科、多方法的學科。

第二點，世界華文文學研究，不僅是「考據之學」、「義理之學」、「詞章之學」，也是一種「經世之學」。也就是說，它有著某種意義上的現實「功用性」。比如印度尼西亞華文文學的繁榮枯敗，明顯地受著印尼國內政治、民族關係、宗教文化及其政府所推行的種族文化策略的深刻影響。有些地方，比如菲律賓，華文文學的發展不僅受著菲律賓本地各種關係的影響，還受到中國海峽兩岸關係的巨大影響。臺灣國民黨勢力在菲律賓華人社會各界一直相當深厚，直到大陸改革開放後，這種情況才有較大鬆動和改變。又如臺灣地區文學界統獨傾向問題，十分複雜。除了臺灣筆會等少數有著明顯臺獨傾向的團體和機構外，大多數團體機構（包括許多所謂的官方機構）並不參與臺獨。即使像笠詩社這樣由清一色臺灣省籍詩人組成並且臺獨傾向十分強烈的團體，也並不是所有的人都沆瀣一氣。如許達然、非馬、杜國清等美華笠社詩人的反應就相對冷淡，不可一概而論。在世界華文文學研究中出現的這些問題，可以作爲兩岸制定外交政策和海外文化發展策略提供參考和依據，也可以對世界各地的政情、民情、社情提供諮詢。

肆　宣示世界華文文學學科建設

綜上所述，世界華文文學研究經過十多年努力，已經奠定了學科的基礎，但作爲一門年輕的學科，它還不夠成熟，也不夠完整，重視這一門學科的建設，不僅十分必要，而且應該加大步伐。爲此，我們建議：

（一）我國學術領導部門在規畫學術研究計畫的時候，應該考慮將這門學科獨立出來。過去那種把華文文學研究附設於中國現當代文學學科的方法，可以作爲權宜之計，如今已不能適應這一學科發展的需要，也不符合這一學科的特殊性質。獨立的世界華文文學學科，不僅擴大了文學學科的研究領域，而且對中國文學與世界文學的交流，對中國文化的建設有著直接的促進作用。

（二）各級學術管理機構應對這一學科給予積極的支持，扶植資助各種華文文學學術活動，改進各級華文文學研究組織，同時積極開展對外交流，加強與世界各地華文文學界的聯繫，爲發展和壯大這一學科提供便利的條件。

（三）應該盡快成立一個全國性的統一的學術組織，加強對這一學科的引導。這樣一個學術組織，不僅有利於凝聚海內外的力量，深化世界華文文學的研究，也有利於擴大中國文學和中國文化在海外各地的影響。

（四）參與世界華文文學研究的各級學者，應該努力更新知識結構，提高學術水平，努力開創世界華文文學研究的新局面，爲本學科的建設作出積極貢獻。

世界華文文學的學科基礎已經奠定，研究局面已經打開，研究成果正不斷豐富。我們相信，在一種建設性的氛圍之中，只要我們認認眞眞抓緊時間做我們應該做的實實際際的事情，這一學科的發展必將擁有無限光明的前景。

——原刊於《世界華文文學論壇》一九九六年第二期

華文文學的大同世界

劉登翰

壹

「華文文學」——這樣一個整合性的概念，是從什麼時候，在一種怎樣的思考背景上，被提出來的？相信對於關心華文文學學術發展的研究者，這是一個尚未被充分重視的有價值的問題。

在中國大陸，一般都認爲，「華文文學」的正式命名，始於一九九六年在江西廬山舉行的第六屆學術研討會上。這裡有一個曲折的過程。中國近代以來特殊的歷史遭遇，使中國南部濱海的疆域——臺灣、香港、澳門，在東西方殖民者的侵占下，處於一種政治上與母土的「碎裂」狀態。「第二次世界大戰」以後的兩大陣營對壘和新中國成立，加深了這些地方與大陸的政治對峙和文化的「盲視」。因此，當二十世紀七、八十年代以來，無論世界還是中國大陸政治格局的變化，都使對峙的雙方首先從文化上（文學是其中重要的一環）有一種彼此重新「發現」的喜悅與驚詫。最初是少數有條件接觸到香港、臺灣文學資料的研究者，「探險」似的進入這一領域。但到一九八二年於廣州暨南大學召開的第一屆香港臺灣文學研討會，標誌著這一研究逐漸從零散的個人的學術行爲，轉化成爲有計畫、有組織的學科性建設的開始。但很快人們就意識到，最初被作爲「臺灣作家」研究的諸如聶華苓、於梨華、白先勇等，他們更確切的身分是從臺灣移居美國的美籍華人作家；而與此同時，正在復甦的東南亞華文文學，也進入與東南亞諸國交往密切的廣東、福建學者的視野。於是，在一九八六年於深圳大學召開的第三屆學術研討會，便在「臺灣香港」（第五屆的中山會議增加了澳門）之後，添了一個「暨海外華文文學」，以示研究視野的拓展。然而，「臺港澳文學」是中國文學，而「海外」則是別國的文學，二者並置不僅拗口，也引起一些爭議。於是，便有了廬山第六屆會議以「世界華文文學」的易名。易名本應是對對象的一種重新定位和詮釋，然而「華文文學」在中國大陸的命名，有著這樣一個長達十餘年的學術背景，重新命名之後的「世界華文文學研究」，實際上並未脫離原先的「臺港澳暨海外華文文學」的研究框架和軌跡，無論觀察與分析的對象、視角或方法，並沒有產生具有結構性意義的改變。

在海外，對漂離母土的華人及其族裔文學的關注和討論，從很早就開始。但大都是對於具體作家創作的批評和介紹，還不是我們今日所說的帶有整合性意義的「華文文學」研究。手頭沒有詳細資料進行更深入的探討，不過我以爲，一九八九年在新加坡舉行的「華文文學大同世界國際會議」，是較早的重要一次。「大同世界」的會議主題，和包括來自中國（大陸、臺灣、香港）在內的會議參與者的廣泛性，使它具有了整合性的視野和意圖。在這次會議上，提出了一系列有關華文文學整合性建構的論題，諸如「多元文學中心」、「雙重經驗書寫」等等，對後來華文文學的研究實踐，產生深遠影響。稍後，美國柏克萊大學的亞裔系，連續兩屆以「開花結果在海外」爲主題，舉辦了有眾多國家和地區作家和研究者參加的華人文學國際學術研討會。雖然如會議主題所標示的，關注的重心是「開花結果在海外」的華人文學書寫，但參與者的廣泛性和論題的深入是前所未有的。最近的一次在二〇〇六年春天，由王德威主導的美國哈佛大學東亞系，邀請了來自美國、臺灣、香港、馬來西亞的華文作家以及留學美國的中國學生，舉行了一場人數雖不多但題意深遠的「華語語系文學研討會」，從另外一個視角，與中國大陸的海外華文文學研究展開對話。其論題包括中國經驗與中國想像在地域、族裔、社會、文化、性別的移動與轉化，華裔子民移徙經驗和典籍跨越，翻譯與文化生產，多元跨國的現代經驗的世界想像等等，對「華語語系文學」這一概念內涵，提出了新的理論闡釋。

回顧從國內到海外的華文文學研究，有幾點印象值得提出：

一、華文文學是一個發展著的概念。從對其命名到詮釋的游移不定，歧義互見，都說明它尚不成熟。這一點從國內到海外，基本一樣。不同的論者，不同的視角，常會有不同的詮釋。即使同一論者的前後表述，也常有不一致，甚至相左的地方。這是一個新的學科必然經歷卻又急需走出的過程。

二、國內和海外的華文文學研究，存在著認識層面和操作層面上的某些差異。就其對象而言，國內的研究往往把中國大陸的文學摒除在外。這自然有著「世界華文文學」這一概念緣自「臺港澳暨海外華文文學」而來的學科形成的背景。然而，中國大陸本土文學的「缺席」，不僅使號稱「世界」的華文文學研究成爲一種「不完全」的研究，更重要的是它意味著在世界華文文學格局中，中國大陸本土文學與其他地區和國家的華文寫作「對話」的缺席。而在海外的華文文學研究者的視野中，這種

「對話」十分重要，是華文文學研究必須具備的條件。王德威在他的「華語語系文學」觀念中，就十分強調這種「對話」，他說：在全球化的時代，「華語文學提供了不同華人地區互動對話的場域」，「華語語系文學所呈現的是個變動的網絡，充滿對話也充滿誤解，可能彼此唱和也可能毫無交集，但無論如何，原先以國家文學爲重點的文學史研究，應該因此產生重新思考的必要」。（註二）實際上，由「對話」所呈現出的不同國家和地區的華文創作的差異，正是它們獲得獨立生命和價值所在。

三、國內的研究往往不將華裔的非華文寫作包含在內。在國內的學科譜系中，華裔的非華文寫作，主要是外文系的學者關注的對象，因此，便有了「華文文學」還是「華人文學」的命名之爭。儘管這種現象在近年來已有所改變，但它仍然說明，國內的華文文學研究，是以華文書寫爲界定的。其關注的中心，是語言所承載的文化傳統，在文學書寫中的回歸與變異。而華裔的非華文書寫，其核心不在語言而在創作主體的族性，更多關注的是華人族屬身分所包容的文化，在異文化土壤中的隔代生存與變化，以及如何將華族的文化身分轉化爲一種文化資源，從而在所居國多元文化的網絡中構建華族的文化地位。

四、無論國內還是海外，文化都是華文文學研究者關注的重心，只不過其側重面各有不同。中國大陸的學者最初更多的是關心海外華文書寫的中華文化傳承，對中華文化在異文化時空環境中的融合與變化，是近年才逐步得到重視的主題。而海外「新移民」作家，如其主要的理論發言人陳瑞琳所表述的，是在生命的「移植」中對母體文化的「放棄」和「尋找」，在擺脫「家國文化」的心理重負中，「重新審視和清算自己與生俱來文化母體，從而在新的層面上進行中西文化的對話」。（註二）而在王德威的「華語語系文學」觀念裡，是在中文書寫的越界和回歸中，作爲一個辯證的起點，探討「中文書寫如何承載歷史中本土或域外書寫或經驗，多元跨國的現代經驗如何在歧異的語言環境中想像中國—華人—歷史」。（註三）簡言之，中國大陸學者更多注意的是文化傳承與變異中的異中之「同」，而海外學者的觀察，更多的是集中在文化延播與變異中的同中之「異」。

五、方法論的問題越來越受到華文文學研究者的重視，特別是比較文學方法的引人。最先將這一研究方法引入華文文學研究，同時將華文文學導入比較文學研究範疇的，是兼有著文藝學和比較文學學術背景的饒芃子教授。她的不遺餘力的倡導，使華文文學研究者在視野的不斷擴大中，借鑑比較文學的方法獲益良多。隨著年輕一代學者的不斷加入，受到關注的方法論問題對華文文學研究學術質量的提升，有著重要意義。

中國大陸與世界其他地區和國家華文文學研究的某些認識上的不同，是一種客觀存在。有人建議將這種認識差異稱爲「中國學派」。我想「派」則不必，因爲中國大陸學者的認識並不一致，也在變化之中，這是一個有待豐富和完善的學科，稱「派」爲時尚早。但是，差異是對對象不同側面和層面的認識，差異可能是一種「片面」，但卻由此產生互補的需要，提供對話的空間，從而使對對象的認識立體化起來。

華文文學是一種「離散」的文學。這裡所說的「離散」，是指華文文學散落在世界不同空間的存在狀態。它根源於華人離開母土的世界性遷徙和生存，這是華文文學重要的發生學基礎。

貳

有一個我們習以爲常的觀念需要深入辨析。我們常說，華文文學是與英語文學、法語文學、德語文學、西班牙語文學、阿拉伯語文學等相同的一種語系文學。這是就語言的世界性存在現象而言。然而有學者尖銳地指出，這種語言的世界性存在有兩種情況，在諸如英語文學、法語文學等這些在「語言宗主國」之外，「世界其他地區以宗主國語言寫作的文學……帶有強烈的殖民和後殖民辯證色彩，都反映了十九世紀以來帝國主義和資本主義力量占據某一海外地區後，所形成的語言霸權及後果。因爲外來勢力的強力介入，在地的文化必然產生絕大的變動，而語言以及語言的精粹表現——文學——的高下異位，往往是最明顯的表徵。多少年後，即使殖民勢力撤退，這些地區所承受的宗主國語言影響已經根深柢固。由此產生的文學成爲異國文化的遺銳。」（註四）華文在世界不同國家和地區的流播與存在，不是「殖民宗主國」的「文化遺蛻」，其性質與此完全不同。

華文是伴隨著十九世紀以來華人的海外遷徙，而大量播散世界的。其時中國正面臨著世界殖民主義的侵擾，迫於生計而無奈謀生異邦的華人，無論是在經濟發達的國家，還是到同樣處於殖民壓迫下的欠發達國家，都是弱勢族群，華文在華人所居國的語言和環境中，也都是弱勢語言和弱勢文化。即使由於華人的刻苦奮鬥，在經濟發展取得成功，甚至在某些國家，華人經濟成爲具有影響力的強勢經濟，但仍無法改變華人在所居國中語言和文化的弱勢地位。這一狀況無論在華人政治、經濟都處於弱勢的歐美諸國，或者在經濟略居強勢的某些東南亞國家，都是一樣的。華文首先是作爲移居海外的華人族群保留母語的一種生存方式而存在的；其次才通過華人的文學書寫，成爲他們銘刻自己幾近衰亡的族群記憶，再現從國內到海外的雙重生存經驗而獲得精粹體現的。華人的華文書寫，是一種母語書寫，而其他受到西方殖民的國家對宗主國語言的書寫，則是一種被迫的非母語的書寫。即使在殖民勢力潰退之後，依然無法擺脫這一後殖民的文化遺蛻。前者是伴隨移民的語言移入，是移民主體對於母語的語言行爲，在所居國的語言環境中，是一種弱勢語言；後者則是伴隨殖民而來的語言「殖民」，是殖民者強加於被殖民者的語言霸權。二者有著性質上的根本不同。

華人在海外的生存，經歷了從華僑到華人再到華裔的身分變化（註五）。華人身分的每一變化，同時也反映在華文文學與其文化母體的錯綜文化關係之中。二十世紀中葉以前的中國海外移民，保留著「雙重國籍」的政治認同，不論其是否加入移居國國籍，也不論其數代不歸，都被視爲中華子民，即爲華僑。此時他們的文學書寫，是一種華僑文學，是中國文學的海外支脈，其政治認同與文化認同是一致的。二十世紀中葉以後，中國政府取消了「雙重國籍」的政治認同，海外華人爲了生存和發展需要，大多選擇加入所居國國籍，他們的身分由華僑變爲海外華人，成爲所居國多民族構成的一個成分——華族。在政治認同的國籍改變之後，在文化認同上卻無法完全改變，實際上存在著華人對自己母體文化與對所居國本土文化的雙重認同，或者不同程度地在自己族裔文化基礎上融吸所居國的本土文化，從而形成了具有所居國文化特色的華族文化。政治認同與文化認同的不完全一致，是這一階段華族文化的特點。而到他們數代之後的華裔，已經融入在所居國的社會文化環境之中，政治認同與文化認同已趨於一致。在許多情況下，緣自他們父祖而來的無法改變的族裔文化身分，正逐漸變爲一種身分文化，成爲他們參與所居國多元文化建構的一種資源。無論他們用華文寫作或非華文寫作，他們是通過自己已經認同的所居國文化，來重新辨識和書寫自身的華族文化——儘管這種「辨識」和「書寫」，充滿了誤讀和重構，卻成爲華裔文學書寫普遍性的特徵。

正是在這個意義上，中國的海外移民，成爲散居於世界不同政治空間中各自獨立存在的中華族裔，而反映他們生存經驗的文學書寫，卻難以完全割斷母體文化的精神脈絡，在雙重文化的認同、融吸和重構中，既相聯繫又各自獨立地呈現爲所居國少數族裔（華族）的文學存在。華文文學客觀的這種「散存」狀態，是我們觀察和思考並重新進行對話、比較和整合的無可迴避的事實。

參

然而，華文文學這一概念的提出，是一種整合性的視野，是面對「離散」的一種想像的整合建構。

其實，所有後設的文學概念，都是一種想像的建構。從本質上說，文學書寫是一種個人化的行爲，每個作家都根據他獨特的人生經歷和審美體驗，進行個人化的創造。但每個作家的個人化創造，同時又被納入一個系統之中，不但他生活在這個社會文化的網絡系統之中，從書寫的語言方式，到感受的情感結構和傳達的文學形態，都不能不受到這一文化網絡的制約，從而使個人化的寫作深烙著這一群體性的文化印記。正是作家個人化的文學書寫，同時成爲一種社會化的行爲，才使文學研究更爲普適性的想像的建構成爲可能。

國家的或者區域的文學史書寫，是在政治疆域的邊界之內，對文學發展進行跨時間的建構。這種建構雖然有著歷史書寫者各自的性格和特徵，但總的說來，他並不能擺脫家國敘事的背景，或者竟就是家國敘事的一個部分，一個側面。

然而華文文學，是超越政治空間的想像，它打破疆域，是一種超地理和超時空的整合性的想像。

中國的海外移民，使華人成爲一個世界性的「散居」的族群。事實上，並非每個移居到世界任何地方的華人，都「單個」地生活著，不管他願意或不願意，他都生活在、或被視爲生活在某個族裔的網絡之中。他的膚色、他的語言，以及他的文化——從心理到行爲，是一種無形的紐帶，將他們「歸納」在一起；更何況還有一個有形的「唐人街」，成爲他們族裔和文化存在的象徵。海外華人的「散居」，實際上是一種「離散的聚合」。「離散」是相對於他們的母土，而「聚合」則是相對於他們在海外的生存方式。中華文化隨著移民的攜帶而傳播世界，也成爲一種「散存」的形態。「散」，是指其流播，而「存」，則是一種文化延續的存在狀態。海外華人是通過自己一系列的文化行爲，從華文教育、華文報刊到華人社團等等，不斷地實現這種族裔和文化的整合，以保存和抵禦異文化環境對自己族群和文化的壓迫與侵蝕。在這個意義上，華文文學書寫也成爲一種文化政治行爲，是華人對自己族裔的歷史記憶與生存狀態的銘刻與建構。在這種記錄自己獨特生存歷史與經驗的文學書寫中，不同國家和地區的華文文學，不僅有了自己迥異於母體的獨特的性格與色彩，也有了自己自立於母體的文化與文學的價值與生命。

華文文學這一跨域建構的概念提出，包含著一個理想，那就是一九八九年在新加坡會議上所提出的「華文文學的大同世界」。因爲它是「華文」的（或華人的），便有著共同的文化脈絡與淵源；又因爲它是「跨域」的，便凝聚著不同國家和地區華人生存的歷史與經驗，凝聚著不同國家和地區華文書寫的美學特徵和創造。它們之間共同擁有的語言、文化背景和屬於各自不同的經驗和生命，成爲一個可以比對的差異的空間。有差異便有對話，而對話將使我們更深刻地認清自己，不僅是自己的特殊性，還有彼此的共同性。華文文學的跨域建構，就是在共同語言、文化的背景上肯定差異和變化的建構、多元的建構。每個國家和地區的華文創造，既是「他自己」，但也是「我們大家」。這就是我們所指認的「華文文學的大同世界」。

——原刊於《文藝報》二〇〇七年十二月十三日，原題《華文文學：跨域的建構》

注釋

一　王德威：〈華語語系文學：邊界想像與越界建構〉，載《中山大學學報》（社會科學版）二〇〇六年第五期。

二　陳瑞琳：〈「迷失」和「突圍」——論海外新移民作家的文化「移植」〉，載饒芃子主編：《思想文綜》第十輯（廣州市：暨南大學出版社，二〇〇七年五月），頁二三六。

三　王德威：〈華語語系文學：邊界想像與越界建構〉，載《中山大學學報》（社會科學版）二〇〇六年第五期。

四　王德威：〈華語語系文學：邊界想像與越界建構〉，載《中山大學學報》（社會科學版）二〇〇六年第五期。

五　劉登翰、劉小新：〈華人文化詩學：華文文學研究範式的轉移〉，載《東南學術》二〇〇四年第六期。

雙重經驗的跨域書寫

——美華文學研究的幾個關鍵詞

劉登翰

在世界華文文學中，美國華文文學是具有代表性的一個豐富的分支。一方面，美華文學有著超過百年的漫長歷史。我們現在雖還無法知道，當十九世紀中葉，一艘艘遠航的「豬仔船」將中國勞工運往美洲時，在他們之中是否已經產生了相關的文學？但可以確定的是，一九〇五年在上海、廣州、廈門、青島等地掀起的「反美華工禁約運動」中，又經出現了諸如《苦社會》（註一）那樣由旅美華人創作，「書既成，航海遞華」的小說，從而爲美國華文文學開篇；另一方面，在美華文學長達百年的發展中，幾乎都交錯在現代以來中國的歷史發展之中，不僅中國赴美移民的遷出動因，交織著不同時代中國社會的諸種問題，而且移民中的文學書寫，也呼應著不同時代中國社會的歷史命題和文化命題，在域外的人生經驗和文化語境觀照中，做出自己的思考和回答，從而使美國華文文學與中國文學有著十分密切和特殊的關係；再一方面，百年美華文學每個時期都有著堪稱傑出的作品，不僅建構了美華自己的文學歷史，而且豐富了世界華文文學的歷史。美華文學備受研究者的關注，勢所必然。

美華文學既然作爲中國移民者的文學，在進入討論之前必須對「移民」的概念有所界定。世界各國對於這一國際人口遷移的定義各不相同，在中國的移民研究中也是歧義紛出。《中國大百科全書》認爲：一定時期人口在地區之間永久或半永久的居住地的變化，人口遷移成爲移民。這個定義有很大的模糊空間，什麼叫「半永久」的居住地變化？是三年、五年，還是八年、十年？沒有確定的量化指標是很難把握的。《中國移民史》的作者之一葛劍雄也認爲：「移民是指遷離了原來的居住地而在其他地方定居或居住了較長時間的人口。」這裡在時間的量化上同樣也是含糊的。若把「定居」視爲永久性的遷移，那麼「居長了較長時間」是多長，同樣也無法說清楚。因此又有了「永久性移民」和「暫時性移民」之分，但無論「永久」還是「暫時」，都屬移民。倒是《美國大百科全書》對移民有了明確的時間規定，它認爲「在接收國居留至少一年的人被列爲移民」。這給了我們一個討論的前提。本文雖不是對移民的專門研究，但美華文學的創作主體不能不涉及到移民身分。我們選擇比較寬泛的「移民」定義，即將並未獲得永久居留權的留學生及其他居停一年以上的移居者，在居美期間的文學活動和創作實踐，都納入美華文學的討論範疇。這不僅符合《美國大百科全書》的移民定義，也適合中國移民研究中的「暫時性移民」概念。

由於美華文學在世界華文文學中所具有的典型意義和代表性，本文所討論的美華文學研究的幾個關鍵性概念，實際上也將涉及到整個華文文學領域。

壹　世華文學／美華文學

世界華文文學，顧名思義，是指在世界上運用華文創作的文學。中國是個有五十六個民族的國家，許多民族都有自己的語言和文字，但都以漢語作爲自己國家的通用語和通用文字。漢語成爲「華文」的代表性語種。因此「華文」在這裡，只是狹義地指稱漢語。世界華文文學，實際上是與世界英語文學、法語文學、德語文學、西班牙語文學、阿拉伯語文學等等並列的一種世界性的漢語文學。

美華文學，指的是在美國運用漢語（華文）創作的文學。

這個定義在近年引起一些不同意見的討論。百年來中國的海外移民經歷了三次身分的變化。最初他們是中國的海外子民，稱爲華僑，無論在血統、文化還是國家認同上，他們都是中國人。其次是上世紀中葉中國政府宣布取消雙重國籍，許多長居海外的華人爲了生存和發展的需要，選擇加入所在國的國籍，成了外籍華人，他們在國家認同的政治身分上脫離了中國，但在血緣關係和文化認同上則並未脫離中華民族和中華文化，或許說是將自己的文化身分變爲身分文化，參與所在國多元民族和文化的建構，從而形成既源於中華文化又融攝了所在國土著文化的海外華族文化。第三是作爲移民後代在海外傳延的華裔，其中也包括了部分華人與所在國其他民族通婚的混血後代。他們在族屬關係上雖然仍被視爲華族，但在政治認同和文化認同上卻已融入了所在國社會。他們已大多不用漢語書寫，而以所在國的主流語言思考和表達，從而形成了另外一脈非漢語書寫的華裔文學，並作爲一種民族交融的文化現象，引起包括文學界在內的學術界越來越多的關注。因此有人以「華文」文學難以包容華裔的非華文書寫爲由，而主張改稱爲「華人」文學。

這一爭論持續多年，於是又有學者以世界華文文學簡稱「世華文學」，利用漢字的多義性，認為「世華文學」的「華」字，應包括三個層次。其一，是外在層次的語言方式，即用漢語（華文）作爲書寫的媒介工具；其二，是內在層次的中華文化，這是世華文學的精神內質；其三，是指創作主體的「華人」或「華裔」，這是對世華文學的族屬性規定。這一解釋，雖然有些牽強，但它確實能包容性地回答我們曾經爭論不已的一些問題。（註一）

在這三個層次中，核心是中華文化。語言是文化的一種形式，包容在廣義的文化之中，同時又承載和傳達著更爲深廣的文化。在這個意義上我們也可以說，語言是文化的家。世華文學如果不把這個「華」字，既理解爲華文，更理解爲中華文化，顯然會有所欠缺。這是兩個相互關聯的層次。如果說第一個層次的「華文」，還兼指著並非華人的華文作品，如同樣洋溢中華文化精神的韓國作家許世旭的華文詩歌，它在另一個意義上顯示了華文廣泛的世界性；那麼第三個層次關於創作主體的華人或華裔，則從族屬性的規定上對世華文學作了限制。這個族屬性的限定，事實上已經包括了華人或華裔的非漢語寫作。大量在異國文化環境中成長起來，並在政治身分上已經歸屬於所居國的華人，尤其是移民後代的華裔作家，他們的書寫方式大都必然轉向所居國語言，已成事實。如現在已引起廣泛關注和研究的美國華裔作家的創作，他們寫作的主要語言是英語。但儘管如此，他們用英語或其他語種表現的，還是來自父祖輩的原鄉文化，即便是對原鄉文化的解構和重構。這是他們的根，是他們進入異國文化的環境中自己族裔的文化身分。隨著華人在海外定居的時間越長，海外華人或華裔的非漢語文學書寫，將越普遍，其所表現的文化衝突與文化交融現象，也將更具有普遍意義。將世華文學的「華」字，理解爲「華文」、「中華文化」和「華族」，把華人或華裔的非漢語文學書寫納入世華文學的視野，不僅包容了一直爭論不休的「華文文學」還是「華人文學」的問題，也是對客觀現實及其未來發展可能性的尊重。我們傾向於這一觀點，但鑒於目前的爭議尚無結論，本文仍約定俗成地以「華文文學」稱之。

隨著中國海外移民的越來越廣泛，華人實際上已成爲一個散居於世界各地的龐大族群。華文文學也隨著華人足跡遍布世界，而成爲一種世界性的文學存在。可以將它的存在劃分爲中國本土和海外兩大部分。由於近代以來中國特殊的歷史遭遇，香港和臺灣先後淪爲英國和日本的殖民地，澳門更自十六世紀中葉就遭到葡萄牙殖民者的強行占據。在一個多世紀甚至更長時間裡，臺灣、香港、澳門迥異於祖國內地的歷史發展所形成的不同社會形態，使同屬於中華文化的臺、港、澳文學，也有著與祖國大陸文學不盡相同的歷史進程和存在形態。因此，在中國本土的華文文學，又有著由大陸、臺、港、澳四個同中有異、異中有同的板塊所構成。而在海外，即中國本土以外的華文文學，一般可以劃分爲三大板塊：一是亞洲板塊，不僅包括歷來爲我們所關注的東南亞華文文學，如新、馬、泰、菲、印尼、緬甸、越南等的華文文學，還應包括東北亞的日本、韓國、朝鮮和蒙古等的華文文學。二是美洲板塊，主要是北美，尤其是接納中國移民最多，歷史也最長的美國華文文學，近年加拿大的華文文學也呈蓬勃之勢，自然也在熱切的關注之中；但已有了眾多中國移民的南美諸國，情況如何，則也應當進入我們的視野。三是歐洲和大洋洲板塊。歐洲是傳統的中國移民和留學生聚集之地，華文文學也有較長的歷史；而大洋洲，尤以澳大利亞爲中心，自上世紀末出現的華人移民潮，使不僅來自中國大陸，也來自臺灣和香港的移民，擁有較高的文化程度和相對寬適的生存環境，成爲澳洲華文文學迅速崛起的基礎和背景。

在世界華文文學的全球格局中，美國華文文學一個世紀以來持續不斷的豐富創造，呼應歷史與時代的文化主題變遷，多元的藝術經驗，以及對中國社會和文學現代性探索的推動，都格外引人注目，自然成爲華文文學研究者所特別關切的對象。

貳　移民和移民者文學

海外華文文學，實質上是移民者的文學。

中國的海外移民，可遠溯到唐宋甚至更早。不過，眞正形成移民浪潮，並對中國和世界發生影響的，則在十九世紀中葉以後。鴉片戰爭之前，中國的海外移民人口，約在百萬，主要的移入地區在亞洲；到二戰前夕，已超過千萬，足跡也越出亞洲，遠及歐洲、美洲、澳洲和非洲。時至今日，遍及世界各地的華僑和華人人口，在三千萬以上。

「有人類活動的地方就有華人。」這句略顯誇張的話說明中國的海外移民，使華僑和華人成爲一種世界性的存在。這種存在的世界性，在文化意義上，首先是使中華文化隨著華僑和華人的足跡而遠播海外，成爲華僑和華人在海外生存中建構自己身分的文化基礎，也成爲他們參與所居國多元社會建構的文化資源，使中華文化成爲傳播於世界的最廣泛也最重要的古文明之一。其次，華僑和華人在進入所居國社會的文化碰撞與融攝中，形成了華僑和華人既源自於母國文化，又一定程度迥異於母國文化的獨特性，即所謂華族文化；同時又將這種文化的世界性融入和體驗，回饋原鄉，成爲推動中華文化和中國人感悟世界的現代性進程。華僑和華人的這種世界性的生存和體驗，是海外華文文學的發生學基礎。因此，研究海外華文文學不能不追溯中國的海外移民史，追尋他們——華僑和華人在海外的生存境況與體驗。

中國對美國的移民，始自十九世紀中葉，最初主要的移民方式是「勞務」。其時美國西部發現金礦，亟待開發。中國的勞工經歷了十九世紀五十年代的舊金山淘金、六十年代橫貫東西部的太平洋鐵路修築和七十年代的加利福尼亞農業墾殖，出現過三次移民浪潮，最多時移民人口達二十餘萬人。這是史學界所謂的「自由移民」時期。華工對美國西部的開發作出巨大貢獻，在美國參院的一份檔案中寫道：「沒有華工就沒有西部的墾殖。華工使荒土變爲良田，使整個加利福尼亞變成一座花園，一座果木園。」然而就在華工致力於美國西部開發的同時，卻遭到種族主義者從政治、經濟到文化極不公正的待遇，一些地方還不斷出現有組織的排華浪潮。一八八二年美國總統簽署《執行有關華人某些條約的規定》，一八八八年國會通過《禁止華工來合眾國法案》，美國便進入了長達六十一年的「絕對排華時期」。華工，連帶正當經營的商人、學生和旅遊者，受到迫害、驅逐，使此時在美國的華僑、華人人口降至七萬餘人。華工作爲早期中國移民的主體，已成爲一種歷史。這是中國早期海外移民的一份來自底層的美國生存經驗，它曾經誘發了一九〇五年上海、廣州、福州、廈門、天津、南京、漢口、青島、煙臺等城市以「抵制美貨」爲核心的「反美華工禁約運動」，並以「反美華工禁約文學」爲美華文學開篇，成爲美華文學最早關注的一個移民群體。赴美華工的艱難生存體驗和早期華人形象，成爲此後一個世紀美國華文文學、華裔文學和西方作家不斷開掘、形塑、詮釋，從歪曲到辯正，從而進一步反思和深化的文學母題。（註二）

大批華工赴美同時，中國也開始有留學生赴美就讀。一八四七年抵美、一八五四年畢業於耶魯大學的容閎，被公認是中國第一位留美學生。此後半個世紀，赴美就讀的留學生雖還繼續，但不成氣候。其中以容閎歸國後於一八七二年向清政府倡議選派學童留洋的計畫最具規模。此計畫原定每年選送十二～十五歲的學童三十名，分四批共一百二十名，由容閎親任留學事務所監督帶往美國，學制十五年，先學語言後習專科。此議雖已成局，一百二十名學童亦陸續到美，卻因清政府視新學如洪水猛獸和美國的排華政策所牽及，終於一八八一年解散留學事務所，撤回全部學生，使這一宏大計畫流產。有資料表明，從一八五〇～一九〇〇年中國赴美留學生共一百七十人，扣除容閎帶領的一百二十名學童，平均每年赴美留學人數僅一人。直到一九〇九年，美國以在「庚子事變」所獲的不義賠款，用作教育，開辦清華留美預科學堂，中國赴美留學的人數才驟然增多。此時正是中國社會轉型的激烈變革前夕。鴉片戰爭的歷史教訓，使中國知識分子意識到向西方學習先進科學文化以強國富民的重要，於是出國留學形成熱潮。最初是到明治維新以後一衣帶水的日本，繼而轉向西方英、法、德、義、比、奧等國，但以赴美留學的人數最多。據一九一七年統計，中國在美的留學生已達一一七〇人，其中庚款生三百七十人，公費生二百餘人，自費生六百餘人。從一九二一～一九二五年中國派往西方的一一八九名公費生中，留學美國占了百分之七十八點五十五。（註四）

留學生中的相當一部分，因種種原因陸續轉爲移民身分，實際上已成爲中國向美國移民的主體。與早期的華工不同，留學生的移出地已不再局限在中國南方的閩粵等省，移民的成分也不再是破產的農民和城市貧民，而包括了有著較高教育背景的全國各大、中城市的青年知識者。他們出國的目的，大多也不出於經濟的考慮，而是文化的原因，即西方科學文化對於希圖救亡圖存和社會發展的青年知識分子的吸引力。因此在某種意義上說，他們是屬於「知識移民」或「文化移民」。當然在這個「文化」背後，不同程度潛隱著他們各自時代的政治誘因和經濟背景。不管他們學成歸來還是長期滯留，都對中國社會發生重要影響。他們構成了美國華人群體中迥異於早期華工的「知識移民」群體和知識分子的生存方式與介入美國社會的生存經驗。

在二十世紀持續不斷的留美浪潮中，大致可以分爲四個時期。第一個時期是二十世紀初期至二戰爆發。資料顯示，二十世紀的頭一個十年，只有留美學生三百五十三人，平均每年三十五人；到第二個十年，留學生數增至一六六一人，平均每年一百六十六人；而到第三個十年，即一九二〇年至一九三一年上海「一二八」事變爆發前，留美人數達到四一七五人，十一年間平均每年三七八點六人。二戰爆發以後，大批留學生回國，赴美留學人數也大爲減少。二十世紀以來的這三、四十年間，正是中國國難當頭、社會轉型、文化運動風起雲湧的時期，背負救亡圖存沉重使命遠赴大洋彼岸的莘莘學子，在遙遠的新大陸對中國社會和文化的思考，引發爲一場影響深遠的新文化運動和新文學革命。以胡適爲代表的留美學生，成爲這一嚴峻歷史時期中國文化舞臺上不可或缺的主角。胡適的人生和學術生命，無不烙印著這一時期的歷史痕跡；而三十年代以後進入美國的林語堂，則以自己大量的英文著作，在溝通中西文化的同時，迴響著中國抗戰的呼聲；到了抗日戰爭期間，雖然移民人口減少，但繼續居留在美國的華僑和華人，曾掀起一個以抗戰爲主題的華僑文藝運動，尤爲引人注目。

第二個時期應自戰後到新中國政權成立。雖只短短四年多時間（一九四五～一九四九），赴美留學生數卻達四六七五人。

平均每年在千人以上。究其原因，從「推力」看，有抗戰八年中國人才的積累和對知識的渴求，也有對戰後國共分野的政治和戰亂的厭倦和規避；而從「引力」看，二戰的勝利大大提高了美國的國際影響及其科學文化的領先地位。這一時期赴美的學生，大都轉爲移民身分而在美國長期居留下來。二十世紀後半葉幾位華人諾貝爾獲獎者，大多是這一時期來自大陸的留學生。塡補四十年代末五十年代初美華文學空白的「白馬文藝社」，則秉持胡適的自由主義文學主張，帶有這一時期迴旋在中國對立政治空間的典型特徵。

第三個時期在五十年代至七十年代。此時在冷戰格局中的中國大陸已經關閉了赴美留學的大門，中國留學生主要來自臺灣和香港。而在臺灣，最初是隨同父輩裹挾在政治渦漩中由大陸來到臺灣的青年，失望於臺灣的政治和經濟，而大陸又是回不去的「政治」異鄉，所以選擇留學以實現出走的目的。他們是繼父輩「政治放逐」之後的「自我放逐」。後來逐漸延伸到本省籍青年。這一時期的留學生，大都成了「留」下不走的「學生」。這種糾葛在中國複雜政治歷史之中的留學文化心態，成爲這一時期移民美國的特殊生存體驗，和美華文學的特殊主題。他們描寫去國之前的坎坷，去國後在學業、婚姻、謀生等的困惑，傾訴裹挾在政治對峙中漂泊的孤獨和無根的痛苦，噴發愛國的民族情緒……這種帶有鮮明時代特徵的文學書寫，流播在整個華人世界，不僅成爲五、六十年代臺灣文學最具華彩的一章，而且影響到八十年代走向開放的中國大陸。其中一些優秀之作，爲這一特定時代型塑而成爲世華文學的經典。

第四個時期在中國大陸改革開放以後，自上世紀八十年代延續至今。據統計，在二十世紀最後的二十年間，中國大陸公派和自費及以其他身分出國後轉爲留學生者（含訪問學者），達四十萬人以上，其中二十萬人在美國。這是中國在中斷三十年海外移民之後最大的一波留學浪潮。他們學成的歸國率初期只在百分之十五～二十，與八十年代之前的臺灣、香港差不多。他們留學之後大部分轉爲移民身分，構成了我們俗稱的「新移民」的主體。所謂「新」移民雖是相對於「老」移民而言，卻是這一時期移民的特定概念。不僅是一個「新」或「老」的時間區分，而有自己獨特的文化內涵。就「新移民」的對象而言，其身分雖然複雜，卻以「留學生」爲主體，一般具有較高的教育背景，因而在就業和介入美國社會的程度，也有較好的選擇和深入；他們處於中國歷經波折的現代化進程中，希望從西方的先進科學和文明發展中尋求借鑑和反思，成爲這一特定時期「新移民」的文化標記。因此，他們從國內到海外雙重生存經驗互相映照的審思和文學書寫，成爲這一時期美國華文文學具有時代特徵的發展。

不同時代、不同類型的移民，帶著他們各自時代的歷史跡印和文化記憶，影響著他們進入美國之後的生存方式和書寫方式。從他們去國的那天起，他們在國內或許順暢或許坎坷的人生經歷，都將成爲他們不斷咀嚼的溫馨回憶；而曾經對他們充滿誘惑的新土嚮往，或將成爲他們重嚐艱辛的現實人生，這一切都化爲他們思考的背景和書寫的源泉。對海外華文文學的尋根究柢，不能不從這一複雜背景和身分的移民歷史開始。

參　唐人街寫作和知識分子寫作

華人進入美國的目的和方式，雖然各種各樣，但基本上以謀生和創業的經濟型移民和由留學或講學轉爲長期定居的知識性移民爲兩大類型。由此帶來了他們進入美國之後不同的生存方式、文化方式和介入美國社會的方式，從而構成了美國華人族群的不同區分。

早期以華工爲主體通過契約方式進入美國的移民，大多是懷著「黃金夢」隻身漂洋過海來的。他們有家和妻眷留在國內，並不一定都尋求在美國長期居留。然而客觀形勢的發展，使他們之中一部分人轉爲移民身分，並吸引了子女親屬前來投靠，形成移民潮的後續波。他們普遍較低的教育背景，使他們在語言能力等方面較難融入美國社會。逼於種族歧視和排斥的現實壓力，他們必須互相聚集在一起，以抵禦外來惡劣環境的壓迫，而這也更符合他們精神傳統中對民族文化：從語言、習俗到觀念的堅守。於是「唐人街」（或稱「中國城」）便作爲對付這些陌生而充滿敵意的生存環境而採取的一種特殊的生存方式，伴隨赴美華工及商人的日益增多而誕生。美國路易斯安那州立大學著名的社會學家周敏教授指出：「唐人街是法律上的排斥華人、制度上的種族主義和社會偏見，這三者綜合的產物。」（註五）由於種族歧視的無法化解，早期移民的華人被排斥出美國社會生活的各個方面，促使他們別無選擇地逐步形成一個與外界保持一定距離的華人族群聚居區，以互相依靠和彼此提攜。

這由歷史形成的多重複雜原因，使唐人街成爲世界移民史上一道獨特的景觀。唐人街提供了一種延續於移民母國的生存方式，在這裡，從語言、服飾、飲食、習俗，乃至宗教信仰，大致保留著母國的狀態，即使數代以後，乃基本未有改變。大量的華人社團，諸如同鄉會、宗親會、兄弟會等在這裡建立，發揮著華人移民族群的分類整合和社區自律的作用，意味著華人移民族群的一種自我建構的方式。而在唐人街社區中發展與傳播的華文教育和華文報刊，則又成爲移民抵抗文化失憶和建構身分的一種重要手段。因此，唐人街同時也作爲華人移民文化保存的一種精神方式。雖然華人及其文化，對於移入國是一個少數族群的弱勢文化，但在唐人街這類特定的地區，則成爲一個主導的族群和強勢文化。在某種意義上甚至可以說，唐人街是中華文化在海外的一塊「飛地」。

唐人街的這種存在形態，使一代代以投親靠友爲主要方式進入美國的移民，在他們缺乏融入美國社會的各種條件和背景（尤其是經濟能力和語言隔閡）時，唐人街是他們最初的最好擇居地；它同時也使唐人街這一移民社區的聚居方式持續保存下來。儘管隨著時間的發展，亦有一批批事業有成的人士，爲了改善自己的生存環境，更好地融入美國社會而遷出唐人街，但唐人街在他們心中留下的文化記憶是永難磨滅的。這是移民對於母國的追念，無論他們是否遷出，他們精神上都有一條永遠存在的「唐人街」。因此，唐人街實際上積澱著一整部中國海外移民史。

近百年來，以唐人街爲書寫對象的文學創作數不勝數，其作者不僅有華人，還是其他旅裔。外裔的作家且不說，華人作家中也有在唐人街裡和唐人街外之別。在唐人街外的多爲一種帶有研究和觀察形態的文學想像；而在唐人街裡寫唐人街的華人作家，則帶著他們自身經歷的生存體驗，是由自己的生存方式轉化爲文學書寫。近年舊金山的一群華人作家，呼籲關注世界華文文學中的「草根寫作」。所謂「草根寫作」者，是指來自社會底層的書寫和聲音，在很大程度上可以將之視爲是一種「唐人街寫作」。其作者大都出身於社會底層，感受著社會底層的各種不平和坎坷，他們本身或許就是社會底層的一個務工者，或者曾經有過一段底層務工的人生經歷；他們較難融入美國社會，特別是美國的中上層社會；他們大致都在華人聚居的唐人街生存，以自己的底層生存體驗，傳遞著底層的生存狀態和聲音，呼籲對現實的關注。「唐人街寫作」或所謂「草根寫作」，是以往華文文學研究較少關注的一種寫作狀態，值得我們重視。

與「唐人街寫作」相對應的另一種寫作狀態，或許可以稱爲「知識分子寫作」。他們區別於「唐人街寫作」的，首先是這一群作家移民美國的方式，不同於早期華工及其親屬子裔進入美國的方式。他們移民的動機不是出於簡單的謀生的經濟目的。他們大都懷抱理想，以留學的方式——官派或者自費而進入美國，隨後由於種種機緣滯居下來。因此，他們在國內往往有著較好的經濟背景，也受過較好的基礎教育，且大多來自大、中城市；其次，他們學成居留美國之後由於擁有一定的學歷，而有了選擇較好職業的可能，因此也有了較好的生存保障，其中不少人在經濟上大抵已達到美國中產階級的水平；第三，他們大多並不選擇在唐人街居住，或者在唐人街居住一個短暫時期後，經濟條件有所改善便遷離唐人街。他們不是拒絕而是主動地力圖融入美國的社會生活之中，以自己的知識參與，活躍在美國諸多的經濟和文化領域，成爲美國華人族群的知識精英和代表。第四，他們的文學書寫，有著比較從容淡定的姿態。他們善於從自己由故國到異邦的雙重人生經歷中進行對比和總結，使自己跨域的文學書寫，具有比較開闊的視野和豐富的參照。他們或者從社會的歷史變遷和文化差異，融入個人的人生經歷和感悟，重新體認和反思故國的歷史和文化，做出帶有批判性和前瞻性的認知和期待；或者從藝術的多元發展，進行前衛性的探索和嘗試。他們這些以文學形式表達出來的思想成果和藝術成果，反饋於母國，往往成爲母國文學現代性進程上新變的契機和推力。上述種種，對於這一群體來說，他們是「知識移民」，不僅知識是他們進入美國的動機，知識也是他們在美國的生存方式，是他們謀生美國並力圖融入美國社會的生存手段；同時，知識還是他們反觀母國文化，提出批判性反思的基礎。他們的寫作，大抵是在這樣的背景上進行的。因此，將這一群體的文學書寫，稱爲「知識分子寫作」，雖不能說十分貼切，但基本能體現出他們最根本的特點。

其實，所謂「唐人街寫作」和「知識分子寫作」都是後設的理論概括。理論的無力和無能，也表現在這裡。這種分類是由華人移民的移入動機、方式、生存狀態、對美國社會參與的程度以及文學主題關注的中心和文學傳達的藝術方式等等的不同，所作的大致區別。而往往，兩種寫作狀態是互相滲透或不時互相置換的。尤其落實到每一個具體的作家，情況就更千差萬別。他可能先由投親移民而後轉爲留學生移民；他也可能先以留學方式進入美國而後落腳唐人街從事一般底層的職業；他可能先從唐人街居住，親歷父輩或先人謀生唐人街的艱難生活，而後遷離唐人街，感受知識分子移民相對寬餘的人生；也可能爲了寫作或其他目的而從唐人街以外的人生進入唐人街，體認另一種生存狀態……凡此種種，許多美華作家往往擁有唐人街生存方式和知識分子生存方式的雙重經驗，爲他們開拓了更廣闊的思考和書寫空間。

肆　雙重經驗和跨域書寫

如果說，文學創作是作家人生經驗的一種藝術呈現，那麼，相對於國內作家，海外華文作家彌足珍貴的是他們擁有自己人生經歷中從國內到國外的雙重人生經驗。這是海外華文作家獨具的文化優勢。

一方面，海外華文作家——尤其是第一代的移民作家，都有一段難忘的國內人生經歷和文化體驗，這對於他們後來在異域的文學書寫，有著不可低估的重要意義。儘管這些經歷人各不同，或者通達順暢，或者坎坷磨難，甚或只是平淡無奇，但在去國之後，都將成為他們不可磨滅的故國記憶。這是他們進入異邦的人生背景和重新出發的基礎與起點，不僅證見著他們的族性血緣和文化身分，而且也是他們跨域的文學書寫的素材和進入異邦社會的重要文化資源。他們往往是通過自己曾經擁有的這份人生經歷和文化意識，來觀察、辨識、體認、區分、比較和臧否異邦的人生和文化，從而一定程度地左右著他們融入異邦社會的心態和深度。另一方面，他們又擁有另一份異邦的人生經歷，不是那種由參觀訪問得來的浮光掠影的印象，而是真正融入自己血肉和心靈的眞實人生的體驗。儘管這份人生也各有不同，順利或者坎坷，也不管他們是投入還是抗拒，喜悅還是怨艾，這都構成他們新的人生內容和新的文化體驗。國內的人生經驗和海外的人生經驗在移民作家那裡，形成了一個既互相衝突又互相包容，既互相對視又互相解讀的具有互文性的矛盾統一體。由此也構成了他們觀察、思考和創作的一種「復眼」式的雙重視域。在海外華文作家的文學文本中，不斷提供了互相交錯的國內/海外的文學場景，使具有獨特色彩的異國情調和有著特殊命運和性格的人物撲面而來，成為我們認識的新的典型。而他們從中國文化的視角對異國的觀察，既迥異於異國作家的描述；他們從自己切身感受到的異國文化，重新回味故國的人生經歷和文化體驗，帶有著文化反思性質的對故國人生的描述和對故國文化的解構或重認，也不盡相同於國內作家的書寫。雙重人生經驗構成了一個互相交叉的文化視角，形成一個互有比較的新的思考空間和書寫空間。不管書及國內還是寫及海外，都顯示出海外華文作家居於雙重文化交錯之間的獨特性。其思想價值，在於從差異的文化中進行觀察和反思，而其文化意義，既表明了人類文化的多元性，也尋求著不同文化的理解和共存。

值得提出的是，海外華文作家的書寫，是一種跨域的書寫。「跨域」在這裡不僅是一種地理上的「跨域」，還是國家的

「跨域」、民族的「跨域」和文化的「跨域」，因而也是一種心理上的「跨域」。「跨域」是一種飄離，從母體向外的離散。從根本上說，中國的海外移民，遠離自己的母土，飄散在世界各地，本質上是一個離散的族群，或者說是一個「跨域」的族群。離散或者「跨域」，是歷史形成的，其中既有政治的原因，但更多恐怕還是經濟和文化的原因。但將一個跨越全球的離散的族群整合起來，成爲所謂「離散的聚合」，其聯結的紐帶主要是文化，是漂離故國而植根於全球的中華子民共同信仰的源遠流長的中華文化——或在海外稱爲華族文化。因而對於跨域的離散族群，最爲敏感的文學命題，不僅只是一個政治的命題，更有中華民族世界性生存的歷史和文化的命題。這是跨域書寫的一個重要方面。

「跨域」是一種距離，而朱光潛說，距離產生美。毫無疑問，海外華文作家在國內的人生經驗，是他們不斷咀嚼的愈久彌珍的創作資源。人生經驗的貯存，隨著空間和時間距離的不斷增大，該深發的深發、該衰減的衰減，逐漸昇華成爲在更加理性的思考下的敘說。這種思考既有經過時間的汰洗，還有著不同文化的觀照。許多海外華文作家的優秀文本，都表現出與他們去國初期的情緒宣洩相異的，更居高一層的哲理思索和文化眼光。這可能要拜賜於他們書寫位置和思考角度的「跨域」狀態。

「跨域」產生差異，也產生衝突，然而「跨域」還帶來融通和共存。中國海外移民的世界性生存，其作爲文化使者的意義，本身就是一種對於所居國本土文化說來是異質文化的進入。對於華人移民來說，他們必須使自己的族性文化逐漸適應所居國的異文化環境，由此在歷經了不適和衝突之後，也帶來自己族性文化與所居國文化的共存和融變；而所居國的文化也必須從對移民所攜入的文化中，培養一種接納不同文化襟懷和氣度。二者在這種彼此適應和磨合的過程中，既產生衝突（甚至是很激烈的民族主義的文化衝突），也走向和諧，其過程是互相包容與融攝。因此，「跨域」既帶來差異，也帶來互相融攝的多元整合。海外華文作家的文學主題，就常常表現出這種不同文化從衝突、排斥到包容和融攝的轉換。早期華文作家大量存在的對故國文化和人生境遇的懷思，即所謂懷鄉思歸的主題，它從另一側面反映出移民對異國文化和生存環境的不適應和難以被接納的困囿；而近年海外華文學的文化主題更多地轉向對所居國生存環境和本土文化的融入和認同，正是華人在海外生存這一歷史變化的文學體現。

作爲華文學創作主體的中國海外移民，第一代移民作家的生存經驗和跨域書寫與第二、三代華裔作家尙有很大區別。對於第一代移民作家來說，國內的人生經驗是他們親身的經歷，而對於移民後代的華裔作家，他們對故國母土的體驗和認知，基本上是來自他們對自己父祖輩經驗的間接接受，既有對父祖輩親身接觸的體驗，更多地是來自父祖輩本人的口頭轉述。因此他們對於故國母土的體驗和認知，常常帶有他們個人經歷所限制的局部性或片面性。然而對於文學創作來說，這個被局部放大了的片面感受，則往往更容易激發豐富的想像力和衝激力；再者，第一代移民作家對移入國的文化常常是通過自身的文化印記來認識，處於一種既想融入又予排拒的猶豫狀態，他們更爲適應和珍惜的是來自故國母土的原鄉文化。因此他們的文學書寫常常傾訴著對於故國母土及其文化的懷戀，和對於所居國文化的既迎且拒的徘徊心態。然而對於完全在異邦文化環境中生長起來的華裔作家，他們不僅在國籍的政治認同上，從屬於所居國，而且在文化上也認同於所居國文化，然後才來追尋自己的華族身分和華族文化。美國黑人文化研究者杜波伏依曾經指出，美國黑人是將自己的美國身分意識內化之後，「又通過它來認識自己的黑人身分，捕捉非洲的舊景殘跡」。（註六）對於美國的華裔作家，又何嘗不是如此。他們也是首先將自己的美國身分意識內化之後，才來追尋自己的華族身分和華族文化。他們首先確認自己是美國人，美國作家，而後才補充說明自己是美國少數族裔的華族，是以美國正式官方語言——英語書寫的華裔作家；他們的文學首先是美國文學，其次才是美國少數民族的華裔文學。他們站在美國文化的立場上，「捕捉」從自己父祖輩身上和口述中瞭解到的片斷、破碎的中國故事和中國文化——許多就是他們先人漂洋過海來到美國的故事，並且以美國文化觀念和視角，對作爲自己創作資源的故國母土文化，進行解構和重構。他們並不都用自己民族的母語——漢語（華文）寫作，而較多用所居國的主流語言——英語寫作。語言的轉換也是一種文化的轉換。經過英語重述的「中國故事」，已經不是完全的純粹的「中國故事」，而是經過美國文化視野重新選擇和編碼了的「美國的」中國故事。他們由此不僅區別於美國本土作家，也區別於中國作家和第一代的移民作家，在這個特殊的空間中，以自己特殊的書寫獲得了特殊的價值。不妨把這一書寫，也視爲一個「跨域」的文化重構。

伍　文化主題和文學互動

二十世紀的美華文學是在一波又一波的移民浪潮基礎上發生和發展的。文化傳播學認爲，人口的流動是文化傳播最重要的載體，特別是這種跨地域、跨國家和跨文化的跳躍性傳播。移民不僅是文化的承載者，還是文化的傳送者，同時又是不同文化交融的媒介點。不同時期進入美國的華人移民，不僅承載著歷史悠遠的中華文化，而且背負著各自時代的歷史命題和文化命題。他們進入美國之後各自不同的人生經歷，便也帶著不同的歷史與文化印記，這便使在這一基礎上發生的不同時期的華文文學，展現出不同的形貌。一方面，華人移民共同的民族屬性和中華文化背景，規制了美國華文文學的族屬性，使之不僅區別於美國的主流文學，也不同於美國其他少數族裔的文學，如非裔黑人文學、猶太裔文學、亞裔的其他族裔文學等；另一方面不同時代華人移民的歷史際遇、文化背景、生存方式和人生經歷，以及介入美國社會的方式與深度，在和西方文化的交會、衝突和融攝中，也發展出不同時期美華文學的不同形態和不同文化關注點，回應著他們對於故國母土的歷史焦灼和自身生存的文化困惑。因此，美華文學文化主題的演化，既歸根於移民在故國生存的歷史文化背景和移出動因中的時代和環境因素，同時又是移民在所居國生存狀態和文化適應的反映。唯有緊扣這兩個方面，對文化主題探詢的深刻意義，才能凸顯出來。

如果我們循著百餘年來移民的足跡，將美華文學劃分為相應的幾個時期，便可發現，文化主題一直是不同時期美華文學最具特徵性的標誌，而對文化主題變遷的追蹤，實際上也是對美華文學歷史進程的發現。我們注意到在百年美華文學的發展中，以二十世紀二十年代前後、五、六十年代和九十年代以後，為三個最為活躍的時期，其文化主題也存在著明顯的不同。

二十世紀初期是中國社會變動最為激烈的時期。此時以留美學生為代表的知識移民，雖大多只是短暫居留的「暫時性移民」，但他們作為中國第一代走向西方的知識分子，在救亡圖存的風雨關頭，懷抱理想，向西方尋求救國妙方，這一移居的性質本身就帶有鮮明的時代特徵。如胡適在〈非留學篇〉中所說的：「乘風而來，張帆而渡，及於彼岸。乃采三山之神藥，醫國之金丹……以他人之所長，補我所不足。庶令吾國古文明，得新生機而益發揚光大，為神州造一新舊泯合之太陽。」他們以投身西方社會所體驗的新的文化視野，回眸和反思古老中國包袱沉重的傳統文化，提出新的文化選擇，成為這一時期留美學人文學研討和實踐的共同文化主題。他們不僅扮演了文化「盜火者」的角色，而且成為一場影響深遠的文學革命的最早倡導者和實踐者，從而為中國文學的浴火重重掀開了新的一頁。

上世紀五、六十年代的美華文學，以來自臺灣（少量來自港澳）的留學生為主體。這是中國大陸赴冷戰格局中被迫關閉了西方求學之路，而臺灣恰在以美國為代表的西方文化籠罩之下所形成的一個特殊契機。這些以大陸赴臺人員的第二代（而後因社會風氣延及本省籍青年）的留學生，他們裹挾在中國政局變動的巨大波折之中，是繼他們父輩「政治放逐」之後的第二次

「自我放逐」。他們不滿於彼時臺灣政治、經濟前景而以「留學」爲名實現出走的目的，大多成了「留」下不走的「學生」。這群以「流浪的中國人」自居的文學書寫，便不能不交織著那個時代風雨淒厲的政治記憶，即如他們在美國的生存體驗，從升學、就業、戀愛、婚姻到定居，雖然面臨著重重的經濟壓力和複雜、微妙的東西方文化衝突，但在這些書寫的背後，都潛隱著一個揮之不去的政治陰影。如白先勇在《謫仙記》和於梨華在《傳家的兒女們》所寫的，他們去國的所有動機和背景，他們的曾經絢麗和輝煌，以及他們無可奈何的失落和頹敗，背後都有一個自己無法掌控的政治大手在左右。潛隱的政治命題實際上是這一世代留學生無論喜劇還是悲劇的最大製造者。排遣不去的故土記憶和中國人情結，使他們作品的情調顯得沉重，也使他們的人物典型獲得意義。他們與國內的文學一樣，都在側寫一個時代。當留學生文學從五、六十年代進入到七十年代，他們從關心自身生存困境轉向關心國家和民族的未來，於是有了叢甦的《中國人》和張系國的《昨日之怒》，從「浪子」到「赤子」，展示的是一個期待國家和民族崛起的時代主題。

美華文學的第三個高潮出現在上世紀九十年代以後。中斷了三十年的赴美留學隨著國門的開放而掀起大潮。自大陸而來的「新移民」——其中仍然以留美學人爲主體，成了這一波美華文學新潮的推動者。他們在國內坎坷的人生經歷，以及他們從一個有著嚴密組織系統和行爲規範、重理想和道德教化，視集體高於個人的東方社會，來到一個如尼克森在就職演說中所說的：「自由的精髓在於我們每個人都參加決定自己命運」的開放、自由和張揚個性的西方社會，不同文化的落差和他們人生經歷的劇變，使對歷史坎坷所引發的憂思和反省，成爲「新移民文學」最初的普遍主題。他們從自己由國內到國外的雙重人生經驗和文化鑒照中，企圖通過文學書寫給以描述和回答。從而使「新移民文學」的文化主題，不僅是多元文化觀照，還是多元文化批判的主題，這是一個尚在發展中的文學進程，應引起我們的重視。

時至今日，美華文學就其整體而言，尚還難於進入美國的主流文化圈。它的描寫對象和閱讀群體，主要還在華人之中。因此它們大多必須回到祖國大陸、臺灣或香港尋求出版。這就使他們的文學書寫不能不關注母國社會的時代氛圍、文化心態和審美習慣。文化主題的變遷既是他們人生經驗的提煉，還受母國社會、時代和讀者的牽制，而使美華文學與中國文學有著深刻的雙重互動關係。一方面，不僅是中華文化和中國文學傳統，賦予美華作家族性的文化身分和文學出發點，而且來自母國不同時代的歷史命題和文化命題，又常常是他們文學書寫思索和回應的對象。另一方面，以故國母土和海外華人作爲自己讀者對象的美華作家，對故國歷史、文化的反思和回饋，也影響著中國社會和中國文學的發展。事實證明，美華文學最爲活躍的時期，也是美華文學對於中國社會和文學影響最爲深刻的時期。因此，關注美華文學文化主題的變遷，希望通過美華文學中文化關注點的發展和變化，揭示出其背後潛隱的歷史、社會、政治、經濟、文化的諸種因素，便不能不關注其與中國社會和中國文學互相影響的雙重互動關係。這其實是一個問題的兩面，是美華文學研究者值得選擇的一石二鳥的研究路向和策略。

——原刊於《文學評論》二〇〇七年第三期

注釋

一　《苦社會》，光緒三十一年（一九〇五年）七月由上海圖書集成局活字排印，申報館發行，有六萬餘言，未署名，書前有石生敘，稱「是書作於旅美之人，敘旅美之事」、「書既成，航海遞華」。見阿英編：《反美華工禁約文學集》（北京市：中華書局，一九六〇年二月）。

二　二〇〇二年十月在上海復旦大學舉行的第十二屆世界華文文學國際學術研討會上，來自美國的華文作家杜國清在發言中就提出這一觀點。

三　有關華工赴美和反美華工禁約運動情況，請參閱鄧蜀生著：《世代悲歡「美國夢」》第六章〈華工血淚寫春秋〉（北京市：中國社會科學出版社，二〇〇四年六月）。

四　本文有關中國留學生的情況及相關數字，均採自黃潤龍編著：《海外移民和美籍華人》（南京市：南京大學出版社，二〇〇三年）。

五　周敏著，鮑靄斌譯：《唐人街——深具社會經濟潛質的華人社區》（北京市：商務印書館，一九九五年一月）。

六　杜波伏依：《黑人的靈魂》，轉引自陶家俊：〈身分認同導論〉，載《外國文學》二〇〇四年第二期。

華文文學理論建設的幾個問題

劉登翰

如果把一九七九年四月《花城》創刊號刊登的曾敏之先生〈港澳與東南亞漢語文學一瞥〉，以及同在這一年，大陸九家文學刊物：北京的《當代》（第一、二期）、《十月》（第三期）、上海的《上海文學》（三月號、四月號）、《收穫》（第五期、第六期）、湖北的《長江》（第二期）、安徽的《清明》（第二期）、《安徽文學》（十一月號）、吉林的《新苑》（第三期）、廣東的《作品》（九月號），率先向大陸讀者介紹了五位臺灣及臺灣旅美作家的十六篇作品，作為大陸對臺港澳暨海外華文文學研究的起步，那麼迄今，這一領域的研究，已經走過了四十年歷程。

作為一門新學科的興起，它是為改革開放的偉大歷史變革所催生和推動，也是改革開放四十年在文學學科研究上的一個重要收穫。

四十年的時間雖然不長，但它在兩個方面的意義深長，值得我們重視：

其一，帶來了中國現當代文學研究，特別是文學史書寫的結構性變化。

當我們開始進入臺港澳文學的研究之後，臺港澳文學迥異於大陸文學的歷史進程和存在形態，讓我們意識到，中國當代文學，乃至整個二十世紀的中國文學，並非只有大陸一種發展模式和表現形態，還有同樣屬於處於特殊狀態下的臺灣、香港、澳門不盡相同於大陸文學的存在。我們此前的現當代文學研究，特別是文學史的書寫，基本上只是對大陸文學發展的歷史描述和經驗總結，這對於應當包括臺港澳文學在內的中國現當代文學整體，當然是不完全的。總結二十世紀中國文學的歷史進程和藝術經驗，包括經典作家和經典著作，不能缺失共同源於中華文化和中國歷史大背景下的臺灣、香港、澳門部分，這是越來越為學界認同的一個共識。

但隨之而來的問題是，如何把處於不同社會文化環境中發展的大陸、臺灣、香港、澳門的文學，融入在一個以中國歷史和中華文化為大背景的共同文學發展脈胳或框架中來予以論述，這是一個具有挑戰性的問題。此前研究者的大致做法是，在傳統的大陸現當代文學的論述之後，增加一章或數章來分別論述臺灣、香港、澳門文學；但這種「納入式」的增補只是一個臨時措施，難以體現中國文學進入二十世紀以後在不同歷史社會背景下秉承共同文化的不同進程和發展，以及不同歷史經驗的互相豐富。我們需要有一個能夠涵納二十世紀全部中國文學發展的新的概括高度和敘述框架，這就必然帶來固有的現當代文學史書寫方式的結構性變化。

其二，推動了華文文學作爲一個新學科的建設。

當我們最初把臺灣旅外作家（例如白先勇、聶華苓、於梨華等）放在臺灣文學中論述時——無論稱它爲「臺灣留學生文學」還是「臺灣旅外作家文學」，我們不安地感到，已經獲得了移居國國籍身分的臺灣旅外作家，其與臺灣作家的身分已經不同，放在一起作爲同一類型作家討論，顯然不妥。這個問題對於香港、澳門的旅外作家，也同樣存在。於是有了「臺港澳暨海外華文文學」的稱謂。但「臺港澳」是中國文學，「海外華文文學」除了尚未獲得移居國身分的華僑外，應當歸屬移居國文學中的少數族裔文學。二者在國籍身分認同上有著根本的不同，用一個「暨」字將它們並聯在一起，顯然有些勉強。而且「海外」相對於「海內」，是一種帶有地域性的視野，並非準確的科學命名。於是有了一九九三年廬山第六屆研討會上的「世界華文文學」的重新命名。但在此後的研究實踐中，這一命名仍然充滿歧解和爭議。其一是世界華文文學包不包括大陸的華文創作，還是專指中國大陸以外包括「臺港澳」和「海外」的華文創作？由此便有了廣義的華文文學和狹義的華文文學之分：前者認爲應當包括中國大陸的華文創作，這是世界華文創作最爲龐大的中國本土的創作群體，包括進來以利於和世界不同語種文學的比較和對話；後者從目前的研究實踐出發，認爲大陸的華文文學不僅創作數量龐大，且已形成了一個包括古代、近代、現代和當代的完整系統的研究體系，而「臺港澳」暨「海外」是在不同程度地迴異於大陸的歷史背景和文化環境下產生的華文創作，目前的研究尚待深入，單獨列出來有利於對這一領域學術特殊性的認識和相關理論建設的加強。因此就目前情況，「臺港澳暨海外華文文學」作爲「世界華文文學」的狹義概念，仍普遍爲學者所用。但在我看來，爲使論述對象更明確，我主張把臺港澳文學放在中國文學的大脈絡中來討論，而「海外」其他國家和地區的華文創作，作爲世界華文學的狹義概念，更適合目前學界研究的實際。儘管有人認爲，「海外」這一概念的不確定性，中國視世界其他國家和地區爲「海外」，而站在其他國家和地區的立場，中國是他們的「海外」。但這樣不就更突現了世界華文文學研究的中國立場、中國視野和中國流派？

對這一概念的另一爭議是，應該叫「華文文學」還是「華人文學」？提出這一質疑的學者基於一個事實，當第一代的海外移民逐漸融入移居國的社會和文化，特別他們的後裔，認同了移居國的身分，逐漸使用移居國語言進行創作將成爲越來越普遍的現象。但國籍身分的改變並不等同於族裔身分、文化身分的改變；作爲移居國的華裔族群仍然保持著來自母國的族裔文化，包括他們的非華文創作，仍然充分地運用這種來自父祖之邦的文化資源，表現出對於族裔文化的堅守。這從湯婷婷等一批華人後裔的非華文創作，可以看得很清楚。儘管其中可能會有些「文化誤讀」，但「誤讀」也是文化堅守中的一種交雜現象。這是已被歷史證明並還將證明下去的客觀事實。因此主張用「世界華人文學」這一稱謂的學者，認爲這將有利於把華人及其後裔的非華文創作也包括進來。雖然這一爭議同樣沒有結論，華文文學包含著一部分華裔作家的非華文寫作，仍約定俗成地成爲較常使用的概念。

在這場論爭中，有學者提出，利用漢字的多義性，以「世華文學」來整合兩個概念：世華的「華」字，既代表華文也代表華人。不過無論稱謂如何，重要的是對命名內涵的界定。我以爲這個概念應該包含三個層次：一、外在的語言形態：華文；二、內在的文化精神：中華文化或吸收了移居國在地文化的華族文化；三、創作主體的族性歸屬：華族。這三個層次實際上存在一種邏輯關係和互文關係，既包括了語言形態的華文，也包括了作品內涵的文化精神，更強調了創作主體的華族。稱之「世界華文文學」，有利於闡明華文應用的世界性，因爲這一概念也包括了非華族的華文創作；相對卻忽略了華文文學創作主體的族屬性，而我覺得創作主體的族屬身分，是個關鍵。即使以「華文文學」名之，也不能忽略「華人」這一身分，因爲語言和文化都融入在「人」這一創作主體之中。華人的華文創作和非華人的華文創作，在文化的呈現和解讀上，有很大的不同。何況非華人的華文創作，數量本就不多，在龐大的華文文學體系中，當屬於非主流部分。對它們的評說，更多應該屬於創作者本國文學的外國語創作，除非創作者已經認同了中國的國籍身分和文化身分。

命名的遲疑不定，兩個甚至多個概念的同時並用，說明這一學科還不成熟，留有許多理論空白尙待深入的青蔥狀態。

在華文文學研究中另一個有待澄清的看法是，把海外華文文學視爲中國現當代文學的一部分。這種提法在研究初期已經出現，但至今仍時有所聞或在論文中時有所見，便不可忽視。一百多年來中國海外移民的身分，已有許多變化，由華僑而華人而華裔而華族。特別二十世紀五十年代中期以後，中國取消了雙重國籍，移居海外並取得了所在國國籍的中華子民，其身分已不再是中國人，而成爲所在國的公民。將他們的華文創作放在與中國文學的比較和對話中進行討論是可以的，但將他們的創作再視爲「中國文學的一部分」，不僅不妥，還可能引起某些不必要的政治糾葛（此類事情曾經發生過）。這種說法較多出現在新移民文學的討論中。確實，上世紀八十年代以來十分活躍的新移民文學，其作者雖移居海外並大多取得了移居國的國籍身分，但其文化認同並未改變。他們最初的文化養成是在母國獲得的，其跨越兩地的人生經歷使其創作題材往往是從海外回眸母國的社會人生，是一份雙重經驗的跨域寫作；由於海外的華文閱讀市場相對狹窄，其大多數作品都尋求回到母國（大陸、臺灣、香港）發表和出版，主要的讀者群也在母國。他們作品進入中國當代文學研究者的視野並對中國當代文學產生影響，並不奇怪。但能否因此就將其稱爲「中國當代文學的一個組成部分」或者稱爲「中國現當代文學的一個分支」而被寫入中國現當代文學史呢？文學史是一種區域性的國別敘述，創作主體的國籍身分是界定的首要標準。今天許多所謂的「新」移民，不少已有了三、四十年甚至更長的移居歷史，許多也都取得了移居國的公民身分，宣誓效忠於移居國，嚴格地說，他們是移居國的華裔文學；他們是世界華文文學的一部分，但不是中國文學的一部分，這是必須分清的。新移民文學如此，其他有著更漫長移居歷史的第二代、第三代的華裔文學，更是如此。

造成這一錯解有一個歷史背景。直到今天，在教育部的學科分類中，並沒有「華文文學」這一學科，許多大學普遍將它放在二級學科中國現當代文學之下，或將它劃歸於文藝學之下。這是一種並不恰當的學科分類，目前照此執行，並不等於它就是正確的。早期從事華文文學研究的學者，許多也是從中國現當代文學的教學與研究領域轉過來的，他們帶來中國現當代文學研究的歷史經驗，也帶來中國現當代文學研究的習慣性思維和相似性的論題與方法，在某種程度上造成華文文學研究對於中國現當代文學研究的依附。走出對中國現當代文學研究的依附性，確立華文文學作爲一個獨立學科的特殊性質的價值存在，已成爲華文文學研究建構自己理論和突破當下研究瓶頸的關鍵之一。

這是一個系統性工程，許多相互關聯的問題有待於我們解決。但我以爲有兩個方面的工作特別重要：

一、確立華文文學（或稱華人文學，下同）研究的學科特殊性和不可替代性。華文文學研究是文學研究，有文學研究的許多共同性問題需要討論。但華文文學之所以是華文文學，而不是中國現當代文學或其他什麼文學，是因爲它作爲研究「對象」自身的特殊性，有一系列伴隨華人移民歷史和生存實踐而來的學術命題需要面對。正是這些特殊命題，構成了華文文學學科的特殊性質和價值存在，爲其他文學研究所不可代替。粗略梳理一下，這些問題諸如：

關於華僑、華人、華裔、華族等概念的形成和差異及其對文學創作與研究的影響；

關於從中國「移民」到移居地「公民」的身分轉變；

關於身分認同、國家認同和文化認同的一致性和差異性；

關於華人的跨國離散生存和中華文化全球性的網狀散存結構；

關於落葉歸根、落地生根和靈根自植的華人生存方式的多元選擇和變化；

關於華人爲何文學和文學如何是華人文學；

關於華人的世界性生存體驗和母國人生回眸；

關於華人移民雙重經驗的跨域書寫；

關於作爲華人文化政治行爲的華文文學與華人族群建構；

關於華文文學與「華人性」的文化表徵；

關於華文文學的文本價值、歷史價值、政治價值和審美價值……等等。

這些產生於華人世界性移居歷史進程中的問題，既是華人學研究的命題，也是華文文學創作和批評必須面對的問題，其獨特性是其他文學所不可替代的。正是在對這些問題深入探討的學術基礎上，才存在建立華文文學作爲一個獨立學科的可能。

二、建設華文文學研究具有自洽性的理論、方法和詮釋體系。這裡所說的「自洽性」，指的不僅是理論的完整性、系統性，更重要的是指這一理論與作爲理論「對象」的華文文學自身的相洽性；亦即華文文學的理論和方法，是從華文文學自身的創作實踐提升起來，用以詮釋自身創作現象和問題，並對相關其他文學研究具有一定的啓示意義。

二〇〇四年我和劉小新在聯名發表的一篇文章（註一）中，曾提出「華人文化詩學」的概念，企望以此作爲探索華文文學研究的一種理論範式和批評實踐。華文文學的特殊性使我們意識到，從形式詩學批評走向文化詩學的批評，是內在於華人歷史變遷和華文文學發生、發展進程中的必然。「華人文化詩學」的概念核心，是突出華文文學創作和研究中的華人主體性地位。華人既是華文文學的創作主體，又是這一文學被描繪的主要客體，還是這一文學傳播重要的受體。華人散居世界的歷史波折、身分變移、文化遷易、生存籲求、族群建構、多元共存的衝突與融合，等等，共同構成了華文文學的主要內涵，也成爲華文文學研究必然的題中之義。這就意味著華文文學批評的重心將出現兩個轉移，一是從以重視中華文化和中國文學對海外華文文學的影響研究，向突出華文文學中的華人主體性的轉移；二是從以中國視域爲主導的批評範式，向以華人爲中心的「共同詩學」與「地方知識」雙重視域整合的轉移。

兩個轉移都聚焦於華文文學創作和研究如何凸顯「華人性」的問題。「華人性」既是對華人主體性的強調，同時又是對華文文華如何區別於其他族裔文學的文化性徵的表現。華人的世界性生存，使其與黑人族裔和猶太族裔共同成爲全球三個最大的散居族裔。戰後半個多世紀相續興起的黑人學、猶太人學、華人學，都以他們強烈的族性文化，爲自己在這個多元和多極的世界定位。在討論美國非裔黑人文學和猶太裔文學的諸多著作中，「黑人性」和「猶太性」，成爲人們辨識他們文化行爲和文學書寫的重要特徵，把對他們的行爲和書寫，提升到文化詩學的境界。同樣，「華人性」作爲華人表現文化的一種族屬性表徵，一方面深深植根於中華民族漫長歷史的文化積澱之中，是溶解在民族共同生活、共同語言、信仰、習俗與行爲習慣之中的共同文化心理、文化性格、文化精神；另一方面，「華人性」又是華人離散的獨特命運和生存現實所釀造。華人的離散與聚合，導致中華文化的世界性「散存結構」。分布於異邦文化夾縫之中的華人文化，必須通過對自己族性文化的建構和播散，表現出強烈鮮明的「華人性」，才能在異邦文化夾縫中建構自我，並以獨特的族裔文化，參與到所居國多元文化的共建之中。

華人在從原鄉到異邦的身分變移和文化遷易中形成的文化心理、性格和精神，以及表現文化和行爲方式的特殊性體現，成爲區隔不同族裔之間族屬性特徵的標誌。反映在文學書寫上，是對華人生命歷程和精神歷程一系列特殊命題的表達。除前文曾經提及的一些問題，還有諸如：

華人對文化原鄉和異邦生存的想像；

華文文學現代化建構中的中華性、本土性和世界性的關係；

華人原鄉文化傳統與文化資源的繼承、借用和轉化；

華人文學母題中的漂泊／尋根與中華文學遊子／鄉愁母題的聯繫和變異；

華文文學意象系統與華人族群生存的文化地理詩學的關係……等等。

這些特殊命題所呈現的「華人性」特徵，爲「華人文化詩學」拓展了廣闊的創作和批評空間。對這些問題的詮釋，不是單純的審美分析所能夠完成的，必須打通文本內外，將文本分析放在具體歷史語境的權力話語結構之中，即通過文化詩學的路徑，才能抵達這些特殊問題詮釋的深層。

「華人性」是內在於華人歷史遷移的生存實踐之中。它以中華文化爲底色，卻又融攝著世界多元文化而呈現爲華人的一種獨特的文化形態。因此，「華人文化詩學」強調「共同詩學」、「地方知識」以及「個人經驗」的整合，既重視研究華文文學作爲文學的共同詩學規律，從散居世界各地的華人及其後裔的文學創作中抽象出海外華文文學共同的美學和普遍的特徵，又關注不同地域、國別，不同階層、性別和個體的文化差異，即華文文學在不同生存境遇和歷史文化空間中所形成的特殊性。在「華人文化詩學」的視域中，「華人性」是一個普遍與特殊統一的概念，既是結構性的，也是建構性的。一方面「華人性」包含了普遍的「中華性」，也蘊含看「本土性」、「個人性」等具體的特殊內涵。另一方面，「華人性」又是不斷建構的歷史範疇。對「華人性」的認識與闡釋，必須返回到華人海外生存的具體性之中，返回到華文文學所置身其中的文化政治場域之中。這正是「華人文化詩學」的詮釋路徑。

華文文學的理論建設是多元的。中國古代文論、現代文論、西方文論等等都可能被吸收用來詮釋華文文學的諸多問題。但理論和理論對象的相洽，是我們追尋的目標。「華人文化詩學」只是我們對於華文文學理論自洽性的一種以爲可行的理論策略和批評嘗試。對於華文文學的理論建設，是個尚未引起足夠重視問題；華文文學研究期待走出瓶頸，更上層樓，理論是不可缺少的一級臺階。拋磚引玉，希望更多有志者共同努力。

——原刊於《文藝報》二〇一九年七月二十七日

注釋

一　劉登翰、劉小新：〈華人文化詩學：華文文學研究的範式轉移〉，載《東南學術》二〇〇四年第六期；劉小新、劉登翰：〈文化詩學與華文文學批評——關於「華人文化詩學」的構想〉，載《江蘇大學學報》二〇〇五年第五期。本文有關華人文化詩學的有關論述，引申自這兩篇文章。

華人文化詩學

——華文文學研究的範式轉移

劉登翰、劉小新

壹　關於「華人」——壹個概念的重新辨識

「華人文化詩學」是我們對世界華文文學研究的一種理論期待。我們在一篇討論華文文學研究的文章（註一）中曾經提出：世界華文文學要成爲一門新的學科，當前必須解決兩個問題：其一，要確立華文文學作爲學科對象的自身獨立性，也即是必須讓華文文學從目前對於中國現當代文學依附性的學術狀態中解脫出來，確立自己獨立的學術價值和學科身分。其二，必須進行華文文學的理論建構，也即是要建構具有自洽性的華文文學理論詮釋體系。這裡所謂的「自洽性」，指的不僅是華文文學批評理論的完整性、系統性，更重要的是指這一理論必須和作爲「理論對象」的華文文學自身相契合。批評是一種詮釋，成功的批評要求能夠提出周延的描述和充分的後設說明來闡釋對象的本質、特徵和規律。華文文學的理論建構，應當是從華文文學自身實踐中提升出能夠詮釋自身特殊性問題的理論話語體系。那麼，什麼是華文文學自身的特殊性呢？這便又回到了對華文文學自身的認識上來。

華文文學是一個語種文學的概念。語言作爲一種公器，任何民族、任何國家和地區都可以使用，因而華文文學的涵括範圍是十分寬泛的。不過，華文作爲華人的母語，華人應是華文文學的主體，這也是不容置疑的。只是對於「華人」這一概念，其所指爲何？從語詞的源起、詞義的演變，以及當下約定俗成的專指，則有必要作一番辨析和說明。

「華人」一詞的出現，據《漢語大詞典》「華人」條所引〔南朝宋〕謝靈運《辯宗論．問答附》云：「良由華人悟理無漸而誣道無學，夷人悟理有學而誣道有漸，是故權實雖同，其用各異。」可見，在一千五百多年以前的南北朝時期就已使用。不過，這裡所說的華、夷，指的是漢族和漢族周邊的其他民族。因爲，漢族構成的核心是古代居住於中原一帶的華夏族，簡稱爲

「華」，「華人」便也是漢人的稱謂。此後歷朝，基本上延續這一用法。唐許渾〈破北虜太和公主歸宮闕〉詩有云：「恩沾殘類從歸去，莫使華人雜犬戎。」〔明〕沈德符《野獲編》〈佞幸·滇南異產〉亦稱：「夷人珍之，不令華人得售。」都是例證。直到晚清，華、夷對舉才變爲華、洋對舉，指稱亦有所變化。吳研人《恨海》第七回有言：「定睛看時，五個是洋人，兩個是華人。」這裡不稱夷而稱洋，一方面是在漫長歷史的民族融合中，原來的夷、戎等早期部族或融人漢族或發展成爲獨立的民族，成爲中華民族的一部分。這裡的「華」，已不單指漢族，而有了中華民族的涵義。另一方面則因爲西方異族的入侵中國，矛盾尖銳。習慣用法上的華夷對舉，已由漢族與境內兄弟民族的對應，轉爲與境外異族的對應。在這裡「華人」實際上指的是「國人」。辛亥革命以後，具有現代意義的民族國家——中華民國建立。資料顯示，此後「華人」的稱謂，已更多爲「中國人」的稱謂取代。一八八三年，鄭觀應在呈交李鴻章的〈稟北洋通商大臣李傅相爲招商局與怡和、太古訂合同〉一文中，首用「華僑」一詞，係由「華人」脫穎而來，用以專指海外的中國僑民。由此，華僑和華人便成爲這一與中國有著千絲萬縷關係的特殊移民群體的指稱了。（註二）

從理論上講，華人或華族，是一個民族性的概念。然而民族這個概念可以有多重的規定性。人類學從種族、血緣和文化來界定民族。華人或華族在古代指漢族，但在今天這個概念的外延則泛指包括諸多民族的多元一體的中華民族。不管你是居住在中國本土的中國人，還是居住在中國本土以外並加人了所在地國籍的非中國人，只要你是中華民族的子裔，你就是華人。國家認同可以改變，但種族、血緣不可更易。在這個意義上，華人或華族是跨越國家界限的。然而，政治學卻從國家形態的政治屬性來規範民族。這時候，民族和國族、國家是重疊的，其成員是國民。也就是說，儘管你在種族和血緣的關係上是華人或華族，但只要你在政治上認同和歸屬了這個國家，你便是這個國家的國民，你的華人或華族身分便是這個國家多元民族構成的一個部分。在這個意義上，華人或華族的種族身分，又是從屬在國家政治身分之下的。這是一條「遊戲規則」，無論你從事的是政經實務還是學術研究，都不容混淆。

中國有著漫長的海外移民史。隨著時代的發展，移居海外的中國人，其身分也經歷著不同的變化。華僑華人學的研究將這個變化概括爲從華僑到華人的兩個階段。所謂「華僑」，是指保留中國國籍的海外僑民。歷史上中國都把僑居海外的中國人，視爲自己的子民。無論一九〇九年頒布的《大清國籍條例》，一九一四年北洋軍閥政府的《修正國籍法》，還是一九二九年國民政府的《國籍法》，都持同一政策，即使他們「數世不歸」，仍爲他們保留中國國籍。而海外的僑民，也把中國視爲他們應當首先效忠的祖國。這就是華僑。這一狀況到了二戰以後發生變化。首先是戰後民族獨立運動的興起，在中國移民最多的東南亞，紛紛擺脫殖民宗主國的控制，建立獨立的民族國家。其所推行的本土化的民族政策，促使華僑必須從政治上作出是效忠於移居地的國家還是效忠於移出地的祖國的選擇。一九五五年中國總理周恩來在印尼萬隆會議宣布中國放棄「雙重國籍」政策，尊重華僑關於國籍的政治選擇。於是絕大多數長居海外的華僑改變了自己的國籍身分，不再是華僑；而成爲分屬於不同國家的華人，如新加坡華人、泰國華人、菲律賓華人等。這一詞語組合的前半表明其國籍屬性，後半則強調其民族屬性。因此，所謂「華人」這一概念，在詞義上發生了重要的變化，約定俗成地是指具有中華民族血緣並一定程度保留了中國文化，居住在中國本土以外並認同了所在地國家的非中國人。他們散居在世界各地，以血緣和文化爲紐帶形成的族群，便是華族，而他們的後裔，便稱爲華裔。

從本質上說，中國人是華人，這是從民族認同的意義上來說；但從政治上講，華人並不都是中國人，這又是從國家認同的意義上來區別。在戰後的語言應用實踐中，「華人」一詞已經逐漸脫離對中國人的指稱，約定俗成地成爲散居世界各地保有中華民族血統和文化的非中國人的專指。「華人」這一概念從古義到今義的演變，反映了歷史的發展。在華僑華人學的研究中，已成爲一種公識。

釐清華人與中國人、華族與中華民族這兩組概念的聯繫與區別，對於明晰華文文學的對象、特徵和規律，有著特別的意義。以語種命名的華文文學，實際上包含了兩大序列：一是發生在中國本土（大陸、臺灣、香港、澳門）的中國文學；二是發生在中國本土以外散居世界各地的華人（以及少數非華人）以華文創作的文學。二者在文化上有著密切的聯繫，但在國家屬性上卻有著根本的區別。將二者從語言形態上整合爲一個想像的總體——世界華文文學，在當下全球化的語境中，有利於抗衡西方的語言和文化霸權，提升中文和中華文化參與全球化進程的地位與作用。它們之間的文化同質與文化差異以及文化互動，形成一個充滿張力的整合與分離的巨大學術空間，是華文文學研究具有學術生長力的出發點之一。然而不必諱言，這是一個過於龐大的「總體」，它也給我們的研究帶來某些困難和缺失。其一，由於學科形成的特殊背景，號稱華文文學研究的學者關注的重心，往往只在中國大陸以外的臺、港、澳文學和海外華文文學，客觀上造成了中國大陸文學的缺席，使華文文學預設的整合構想名實難符，許多重要的學術命題便也落空。其二，由於中國本土以外的華文文學，伴隨著文學主體從華僑到華人的身分轉變，也經歷了從中國的僑民文學到非中國的華人文學的變化。在海外華文文學的早期發展中，曾經以華僑文學的身分納入在中國文學的軌跡之中，接受中國文學傳統的影響和五四新文學的推動，無論在文學的母題、形象、話語和範式上，都與中國文學有許多直接相承與相同之處。在這一時期，把華僑文學看作是中國文學的一個特殊部分，應無疑義。然而當戰後半個多世紀來，海外華文文學跨過了華僑文學的階段，完成自己的身分轉換，獲得了較為充分的「本土化」發展，逐漸成為華人所在國多元文學的一個構成成分時，再將這樣的華文文學納入在中國文學的發展範疇之中，無論從政治上還是學理上講，都是錯誤和不當的。這也是我們為什麼強烈呼籲將華文文學從對中國現當代文學研究的依附狀態中解脫出來的原因。

有鑒於上述種種，在對「華人」這一概念有了重新的界定之後，我們傾向於將海外華文文學以華人文學重新命名。華人文學當然包括華人以華文創作的文學，這是大量的，主要的；但也應包括華人用華文以外的其他語種創作的文學，這是華人從其生存現實與文化處境出發必然出現的一種發展。目前雖然數量相對要少，但卻更深刻地反映出當下華人特定文化處境和應對策略，預示著文學可能的前景。華文文學與華人文學這兩個概念，既互相疊合又互相區別。前者以語言形態作為整合前提，包括了中國文學和非中國文學；後者以文學主體——華人作為想像的依據，則包括了華文創作和非華文創作，是世界華文文學中的非中國部分。但無論是以「語言」整合還是由「主體」認定，背後凸顯的都是文化，是中華文化或華族文化在不同歷史條件和文化語境中的遷延發展、矛盾衝突、融合吸收和傳通轉化。這正是華文文學研究最具廣闊空間和最需深入的課題。

華人在世界的生存狀態是一種跨國性的散居。這是伴隨著華人移民的血淚歷史進程而形成的。一方面，華人在漂離自己母土以後，流散世界各地，分屬於不同的國家和地區。這種跨國性，使華人和黑人、猶太人一樣，成為世界上最大的散居的族群。另一方面，這種散居不是個人生命隨意的單獨遊離，受自己文化傳統的影響，華人在一個國家或地區，又常以血緣和文化為紐帶，形成一種「離散的聚合」。經濟、文化、信仰、習俗、家庭、社會等無形的網絡，內化於一種精神的認同，外現為「唐人街」的聚居方式，不僅維繫著族群生存的社會場景，而且在流動和再度遷徙中，形成跨國的社會場景。正是這種跨國性的社會網絡的存在，使離散華人的想像總體，成為可能。

華人族群的離散和聚合，同時也形成了華族文化的「散存結構」，如劉洪一在討論猶太文化時所說的：「它不是聚合式地集中於某一文化空間，而是散離式地分布於各種異族文化的夾縫之中，這種文化散存首先意味著一種衝突性的文化氛圍。」（註三）它既呈現出移民文化對傳統固守的價值取向，也意味著對異質文化的交融，從而使對立與融合成爲與散存共生的一種文化關係模式和文化屬性。散存的華人族裔，作爲一個少數、弱勢的族群，面臨著所居國的政治「歸化」和文化「同化」。這一過程存在著十分複雜、微妙的政治與文化、文化與文化的多重關係。其一，政治認同與文化認同的不一致性，使華人族群在「歸化」所居國之後，仍保留對自己故國母土的文化認同，並以之作爲所在國多元民族和文化的一元，建構自己的族群。特別當自己作爲次主體的「散居族裔」受到主體社會的排斥，在可能導致自己族裔文化的衰滅時，還可能出現族裔文化的強烈反彈。正是在這種文化主體的社會包圍和逼迫之下，產生了華人強烈的文化表現主義。其二，散居的華人族裔在無可避免的逐漸「本土化」過程中，會出現一種文化混合現象。杜波伏依在分析美國的黑人文化時曾提出一個深具意味的「雙重意識」概念，認爲：「他們既將美國身分意識內化，又通過它來辨認自己的黑人身分，捕捉非洲的舊影殘跡」。（註四）隨著華人移居的民族國家的建立和成熟，「歸化」後的華人通過本土身分來確認自己華人身分的意識，也越來越鮮明。它也說明來自中華的華人族裔文化，不可能長期保存自己文化的純粹性，而成爲混合著所居國本土文化的一種新的「華族文化」。這是「華族文化」既源自中華文化又迴異於中華文化的特殊性之所在。在這裡，散居族裔的文化身分認同，是一種混合著本土的文化身分認同。

這一切構成了海外華文文學（或稱華人文學）想像總體的背景，是我們分析這一文學特殊性的現實基礎與認識起點。顯然，散居族裔的文學具有離散美學的特徵。它不僅表現在不同文化地理和生存際遇所形成的異質性上，還表現在文化的混合性和藝術的雜交性上。正如新加坡著名學者杜南發所曾經指出的：離散族群的特質，就是移民觀念加上其他觀念的融合。移民文學的發展經過「北望神州」的延續時期，經過辯論的掙扎，分離母體而自立。至於未來，則有分化和同化這兩大衝擊與影響。資訊時代的到來，則又沖淡了身分的認同，離散的定義不在地理位置上，而更多地托附於文學精神上。（註五）

這是一個深具意味的廣闊學術空間，有待我們深入去開發。

貳　關於「文化詩學」——範式轉移的必須

文化詩學是近年學界關注的理論焦點之一。把文化詩學引入中國現當代文學的批評，是一些學者追求的目標；同樣，把文化詩學引入華文文學研究，也是我們的期待。作爲一種理論資源，文化詩學將在何種程度和哪些方面給予華文文學的理論建構以啓發和豐富，這是我們所關切的。爲此，有必要對文化詩學也作一番理論上的考察。

文化詩學這一概念最早由美國加州大學柏克萊分校的斯蒂芬·葛林柏雷教授在《通向一種文化詩學》的演講中提出，其前身則是一九八二年葛林柏雷在《文類》雜誌一期專刊的前言中提出的新歷史主義。新歷史主義和文化詩學的提出並非偶然，它實際上是當代文學理論發展的邏輯產物。只有把它們放在文學理論發展的脈絡中，才能理解其深刻內涵。

文學理論的核心問題是文學和社會文化的關係。對此一問題的認識，構成了西方文論史的基本脈絡。從近代到現代再到當代，西方文論大體經歷了由外到內再到內外結合的幾度範式轉移。一般而言，最早在理論上較爲系統地探討文學與社會關係的，應推德國批評家J·G·赫爾德。他的自然的歷史主義的方法，把每部作品都看作是社會環境的組成部分。他常常論及氣候、風景、種族、地理、習俗、歷史事件乃至像雅典民主政體之類的政治條件對文學的深刻影響，主張文學的生產和繁榮有賴於這些社會生活條件的總和。從赫爾德、斯達爾夫人到泰納，都十分重視社會因素對文學的決定性影響。這就是韋勒克和沃倫所說的文學的「外部研究」。這一學術典範是以所謂的「歷史主義」爲核心的。

但是，當以「歷史主義」爲核心的「外部研究」企圖把某個思想家放回他自己的時代或把他的文本置放在過去時，這一「簡單化的歷史理解的抽象歸類」（拉卡普勒語），受到了現代結構主義和新批評的嘲笑和挑戰。這一挑戰使現代文論的注意重心從文本外部轉向文本內部。結構主義和新批評認爲文學是獨立自主的有機體，是一種語言結構，一個抽象的結構系統。這一研究典範一般被視爲形式主義理論。極端的形式主義理論甚至企圖把意識形態，以及其他一切內容從文學藝術的領域驅逐出去。現代形式主義對文本內部語言結構的研究達到了前所未有的深入和細緻，爲形式詩學研究奠立了基礎。但他們對文學性的極端強調，以致完全割裂文學內部與外部之間的關聯，又使文學理論變成某種貧血的純形式美學。因此形式主義在當代受到西方馬克思主義和後結構主義等各種理論的批評與顛覆，也就十分自然了。

西方馬克思主義的文論重新建構了文學形式與社會意識形態的隱密關聯，打通了文學內部與外部的關係。著名的西馬文論的代表人物伊格爾頓和詹姆遜都用「形式的意識形態」的概念來解釋文學與政治的關係。他們認爲：「審美只不過是政治無意識的代名詞：它只不過是社會和諧在我們的感覺上記錄自己、在我們的情感裡留下印記的方式而已。」（註六）生產藝術品的物質歷史幾乎就刻寫在作品的肌質和結構、句子的樣式或敘事角度的作用、韻律的選擇或修辭手法裡。」（註七）後結構主義則打破了結構主義和新批評那種穩定而靜態的文本結構，瓦解了二元對立原則所構成的穩定系統，封閉的文本被文本間性和意義的播放所取代。在福科看來，任何社會話語的生產，都會按照一定的程序而被控制、選擇、組織和再傳播，其中隱藏著複雜的權力關係。因而任何話語都是權力運作的產物。

新歷史主義和文化詩學事實上接受了西馬和後結構主義的理論遺產，既是對舊歷史主義的超越，也是對形式主義的反抗。它一方面反對舊歷史主義對歷史確定性毫不懷疑和眞實歷史語境的盲目自信，反對那種忽視文本形式的純粹的「外部研究」；另一方面又反對極端形式主義對社會政治意識形態等外部因素的敵視。但是當它在接受西馬「意識形態美學」的遺產時，又將之建立在文本分析的形式詩學的基礎之上，企圖在歷史與形式之間尋找某種結合的可能以協調二者的關係。在這一脈絡上新歷史主義或文化詩學的提出可以說是文學理論從外到內再走向內外結合的必然的邏輯發展。

作爲一種理論典範，文化詩學對於華文文學研究尤具啓發意義的是：

一、重新認識文學的文化政治功能。文學是文化的構成要素與記憶方式之一。在複雜的文化網絡中，文學通過作者具體行爲的體現，以文學自身對於構成行爲規範的密碼的表現，和對這些密碼的觀照與反省，發揮作用。文學承擔著話語的傳播、論辯與文化塑造的功能，這種塑造是雙向的政治性的活動。文學是一種建構活動，即格林布拉所謂的「自我塑造」，而自我的建構是主體與社會文化網絡之間的鬥爭與協商。一方面，文化網絡以「整套攝控機制」對個體進行攝控；另一方面，文學以一種特殊的感性形式瓦解或鞏固這一「攝控機制」，這就是文化話語的文化政治功能和意識形態性。

二、重新建立文學的歷史緯度。在文化詩學看來，本源的即過去發生的眞實的歷史，是不存在的。歷史只是各種話語敘述，是今天與昨天的對話。歷史是各種闡釋，是主觀建構起來的文本，是修辭與想像的產物。歷史學的目的是「爲歷史事件序列提供一個情節結構」，並揭示出歷史是一個「可被理解的過程的本質」（海登·懷特語）。這樣，歷史與文學便是相通的。文學與歷史、詩學與史學、詩學與政治之間的橋樑建立起來，便也重新確立了文學的歷史緯度。

三、文化詩學的文學批評方法學。首先是文本的開放意識與文本互涉的研究方法。文化詩學的文本概念不再局限於純文學範圍，人類一切的表現文化都是文本。文化詩學的文本不是封閉自足的，而是朝向社會和歷史開放。與文本開放意識相一致的是文本互涉，即「互文性」的研究方法。文化詩學用「互文性」取代形式主義的文本自律性，企圖建立文學文本與非文學文本的互文關係。如同路易·孟酬士所言：文化詩學「力圖重新確定互文性的重心，以一種文化系統中的共時性去替代那種自主的文學歷史中的歷史性文本。」（註八）其次，文學闡釋語境的重構。文化詩學認爲歷史語境是無法復原的。歷史語境的重構，必須仰賴科林伍德所說「建構的想像力」。張京媛在其主編的《新歷史主義與文學批評》（註九）一書的前言中，把文化詩學的闡釋語境概括爲創作語境、接受語境和批評語境。文學闡釋是三重語境的融合。這種融合有可能使歷史語境的建構，保持在客觀與主觀的張力之間。結合歷史語境、作品分析與政治參與去解釋文化文本與社會相互作用的過程，是文化詩學的重要方法。第三，福科的知識考古學、吉爾茨的文化闡釋學與新馬克思主義的意識形態學批評的結合。對看似奇怪而離題的材料的引用，對文本中幽暗深邃的歷史底層，獲得歷史話語中的「潛文本」，發現文學文本中隱藏的「政治無意識」等等，都一再表明文化詩學事實上大量吸收了福科的知識考古學和吉爾茨的文化人類學以及西馬的遺產。第四，文化詩學不是一種形而上的知識體系，而是一系列批評實踐。在批評的理論與方法上，不是純實證的，也不是純演繹的。它不獨尊某種理論，而主張打破學科的界限和理論的疆界。當代人文學術科際整合與視域融合的發展趨勢，在文化詩學的闡釋實踐中得到了充分的體現。

文化詩學提供給華文文學思考的理論資源是十分豐富的。當我們對文化詩學作了如上的敘述，並嘗試用它來觀照華文文學時，我們發現，這正是我們期待的批評理論與方法。雖然不能說是唯一的，但文化詩學的一些重要觀念，確實爲深入剖析華文文學的一些幽秘、深邃的命題，提供了相洽的理論話語和有效的批評方法，既開闊我們的學術視野，也深化我們的研究思路。

如果說文化詩學是文論發展上範式轉移的一種必然，那麼對於華文文學研究，這種範式的建立和轉移，同樣是必須和急切的。檢視二十多年來的華文文學研究，我們基本上停留在歷史主義的階段上。只要翻閱一下自一九八二年在廣州召開的第一屆香港臺灣文學研討會以來至二〇〇二年在上海召開的第十二屆世界華文文學國際學術研討會出版的十二部論文集，洋洋大觀的數百篇論文近千萬言文字，便可以發現，在研究對象的擴展上，由臺港而臺港澳而臺港澳暨海外，進而形成一個世界華文文學的學科概念，我們有了充足的發展；但在理論與方法上，卻大多停滯不前。大量的文章基本上還沿襲著早期中國現當代文學研究的「歷史與審美」的批評方法。甚至連嚴格意義的形式主義批評，也不多見。不能說這一在上世紀五、六十年代政治文化背景上形成的研究方法已經過時，但它確實帶有太多過去時代的痕跡而難以適應當前文學實踐和學術思潮發展的新局面。退一步說，即使這樣的研究仍不失爲華文文學的一種範式，但眞正能夠達到歷史和審美高度統一的有建樹的文章，也屬鳳毛麟角。它反映了一個學科草創時期的粗疏與幼稚，本無可責備。作爲圈裡的一員，我們也存在這樣的弊端。但長期拒絕新的學術思潮和理論方法的介入，自我封閉和缺乏自覺，卻是不能容忍。在文論發展的脈絡上，這一領域的研究有著太多的欠缺。儘管近十年來，一批經過學院訓練的碩士、博士研究生介入華文文學研究，他們對於各種批評理論和學術思潮的敏感，並努力實踐，著實給這一領域帶來新的風氣，別開一個新生面。這是這一領域研究的希望之所在。但整體來說，尚未根本改變這一領域在理論敏感上的遲鈍狀態。缺乏理論和方法，是海內外學界對中國華文文學研究批評的一種通俗說法，也是窒礙華文文學研究登堂人室獲得社會認可的一個關鍵。誰都意識到華文文學所將涉及的一些重要命題的新鮮、深刻、尖銳和具有挑戰性，但我們卻彷彿躊躇在一座豐富寶藏面前而久久不得其門，這不能不使我們深感痛切。文化詩學當然不是華文文學研究的唯一的方法，但從文化詩學提出的理論觀念和方法論命題，在深刻觸及華文文學的深層意義與價值上，啓示我們理論的必須！當然我們不必機械地去重複文論發展的各個階段，但從當下文論發展的前沿，建構華文文學的理論卻是十分迫切的。文化詩學是我們期待建構的一種批評範式，還有其他各種批評和研究的範式，諸如比較文學的範式、後殖民批評的範式、女性主義的範式，乃至形式主義的範式等等，它們從不同的側面來形塑（或解剖）華文文學的多維形象。如果說「歷史與審美相統一」的批評，也是一種範式，但從舊歷史主義走向新歷史主義的文化詩學，對於華文文學來說，既是一種範式的建立，也是一種範式的轉移。在這樣的知識背景和思考基礎上，我們提出了一個「華人文化詩學」的概念，以期能對華文文學的自洽性理論建構，作出某一方面的回答。

參　華人文化詩學——凸顯華人主體性的詩學批評

華人文化詩學是由「文化詩學」派生的一個子概念。當我們嘗試以文化詩學的觀念和方法進入華文文學的批評實踐時，我們首先遇到兩個問題：一、華文文學何爲？作爲少數、弱勢的華人族群，爲何執著於自己母語或非母語的文學？二、華文文學書寫如何迥異於其他族裔文學的「華人性」問題。對這兩個問題答案的尋索，把我們導向華人文化詩學。在這個意義上，華人文化詩學不是論者主觀的附加，而是內在於華人歷史變遷和華文文學的發生與發展之中的。

環顧當今世界，華人和黑人、猶太人，都是影響最大的「散居族裔」。戰後半個多世紀來，黑人學、猶太學和華人學的相繼興起，是後殖民時代重要的文化現象。它們各有自己族裔形成的特定歷史和命運遭遇。在以白人爲中心的權力話語結構中，後崛起的這些少數族裔，都以他們強烈的族性文化，爲自己在這個多元和多極的世界中定位。因此，對他們歷史的研究，也是對他們文化和文化行爲的研究。美國的非裔黑人文學研究者，曾經引入懷特、詹姆遜、福科的理論，分析非裔美國黑人文學的敘述文本。在《藍調、意識形態和非裔美國文學》、《非裔美國文學》等著作中，成功地揭示出非裔美國文學中的「潛文本／潛文化」，從而以對「黑人性」和黑人文化行爲的分析，把黑人文學批評提升到黑人文化詩學的境界。同樣，猶太文學以其享譽世界的崇高成就日益獲得學界的廣泛關注。研究者從猶太族裔流散的歷史、文化淵源、身分變移、母題轉換以及文化融合和文化超越等方面，來揭示猶太文學中的文化政治行爲和族性表現，從而走向猶太文化詩學。這些研究都啓示我們，作爲少數族裔的文學書寫，不僅只是單純的審美活動，而包含著更複雜的文化政治意蘊。在研究華人族裔文學時，分析和認識其表現文化中的「華人性」和文化行爲的政治意義，以及「華人性」的詩學呈現方式，是華人文化詩學研究不可迴避的題中之義。

華人文化詩學的提出，首先意味著華人文學批評重心的轉移——從以往較多重視海外華文（華人）文學對中國文化／文學傳承的影響的研究，向突出以華人爲主體的詩學建構的轉移，從以中國視域爲主導的批評範式，向以華人爲中心的「共同詩學」與「地方知識」雙重視域整合的批評範式轉移。誠然，海外華文文學與中國文學的關係，其所包孕的中華文化因素是海外華文文學——尤其是早期發展的一個至關重要的方面，但僅此一端不能代替華人主體性詩學的全面建構。歷史的發展，提出了許多同等重要的問題，諸如華人世界性的離散生存，其身分變移、文化遷易、族群建構與多元共存的衝突與融合等等，都應成爲華文（華人）文學研究關注的前提。華人在文學書寫中的主體性地位，既是這一文學書寫的創造主體，又是這一文學書寫的描繪客體，它從文學創造的精神層面和表現層面體現著華人生存的坎坷和命運，構成了華人文學的主體性內容。華人文學研究必須十分切近和深入這一主體，才能觸及它的本質。

其次，華人文化詩學的提出，把「華人性」作爲自身建構的一個核心命題，使對「華人性」的研究得到前所未有的強調。「華人性」是伴隨華人身分建構問題而提出的。研究新敘事理論的英國學者馬克·柯里在《後現代敘事理論》中談到「身分的製造」這一隱含著文化政治的命題時，對於身分的建構持有兩個基本觀點：一、身分由差異造成；二、身分存在於敘事之中。他說：「我們解釋自身的唯一方法，就是講述我們自己的故事」，或者「從外部、從別的故事，尤其是通過與別的人物融爲一體的過程進行自我敘述」。（註一〇）華人文學（尤其是美國華裔英語文學）中存在著大量的家族史和自傳書寫文本，這一現象說明家族母題的選擇與偏愛，有其內在的文化動力——通過敘事實現族群建構的自我認同。根據馬克·柯里的這一理論，敘事建構身分，而身分由差異構成。在這個意義上，能夠建構身分的敘事，應是一種「差異敘事」。對於不同的族群，「差異敘事」是族性的表現。華人文學正是通過差異的族性敘事，呈現出華人族裔迥異於其他族裔的「華人性」特徵。這裡所謂的「華人性」，首先是一個文化的概念，是華人表現文化的一種族屬性特徵。這是從原鄉到異邦在身分變移和文化遷異中所形成的一種共同的文化心理、文化性格和文化精神，既深深植根於中華文化漫長的歷史積澱之中，又孕育於華人離散的獨特命運和生存現實。華人的離散與聚合，導致華人文化的「散存結構」，使分布於異邦文化夾縫之中的華人文化，必須通過對自己族性文化的建構和散播，表現出強烈鮮明的「華人性」，才能在異邦文化的夾縫之中建構自我和獲得存在的位置。華人文學作爲散居華人播遷歷史和生存狀態的心靈記錄和精神依託，成爲「華人性」最重要的文化表徵和載體之一。因此「華人性」不僅是單純的文化命題，還有著豐富的文化政治蘊含。對華人文學「華人性」的形成、變遷、結構形態及其美學呈現形式等等，應成爲華人文化詩學的核心命題，這是不容置疑的。

第三，華人文化詩學建構中的華人主體性和「華人性」問題，還具體地轉化爲與華人生存經驗和文化經驗相關聯的一系列特殊的文學命題。如華人對文化原鄉（文化中國）的審美想像問題，華人的族性文化建構問題，華人文學與所居國本土文化的衝突和融合問題，華人文學「文化政治」行爲所潛在的意識形態問題，華人對原鄉文化傳統的文化資源的繼承、借用與轉化問題，華人家族史和自傳體書寫的潛在文化意義問題，華人文學母題中的離散/尋根與中華文學中遊子/鄉愁母題的聯繫與變化問題，華人文學中父子形象與母子形象中的文化衝突與文化融合的符號象徵問題，華人文學意象系統（例如東南亞華人文學中的植物意象、歐美文學中的都市意象）與華人族群生存的文化地理詩學的關係問題，等等。這些特殊命題所呈現的華人主體性和「華人性」特徵，爲華人文化詩學拓展了批評空間。對這些問題的充分詮釋，不是單純的審美分析所能完成的，而必須打通文本內外，將文本分析放諸具體歷史語境的權力話語結構之中，即通過文化詩學的路徑，才能抵達這些特殊命題的深層，突現出華人文學研究中華人主體性和「華人性」的特色來。

長期以來，對華文文學政治緯度的忽視，一直是這一領域研究的一大缺陷。成功的黑人文學和猶太文學批評，其重要的突破是打通形式詩學分析與意識形態批評的門閾，實現新批評的文本分析與社會學批評的對話、辯證和統合。這個被有些學者稱爲「形式的意識形態批評」或「意識形態形式詩學」，成爲文化詩學最基本的批評理論和方法。誠如美國著名的黑人文學研究者裴克所言：作爲一種分析方法，福科的知識考古學認爲，知識存在於話語之中。人們可以在這種形式本身中追尋其形式的譜系和發現其形式的規則。因此，對於裴克的研究來說，如果沒有形式主義和新批評的修練，就不可能精妙地分析黑人敘事文本中的內面形式結構；如果沒有後結構主義的視域，也就難以穿透文本的盔甲，抵達幽暗的「政治無意識」。相同的道理，從華人文學的印象批評到華人美學的建構再到華人文化學的形塑，「形式的意識形態批評」無疑是必經之路。它直接開啓了研究華人文學書寫與華人政治的關係之門，有助於我們理解「華人文學何爲」這一關鍵性問題。

把華人文學書寫不僅視爲單純的審美創作活動，而看作是一種文化政治行爲，有兩個方面：其一，從記憶政治層面看，華人文學作爲一種少數族裔的話語，一種邊緣的聲音，其意義在於對抗沉默、遺忘、遮蔽與隱藏，爭取華族和華族文化的地位從臣屬進入正統，使華人離散的經驗，進入歷史的記憶。如果沒有「天使島詩歌」的銘刻與再現，那麼美國華人移民的一段悲慘歷史，將可能被遺忘或遮蔽。恰如單德興所言：「天使島及《埃崙詩集》一方面印記了『當時典型的華裔美國經驗』，另一方面也成爲『記憶場域』。」（註一二）《埃崙詩集》整理、出版和寫入歷史無疑是美國華裔經驗被歷史記載的標誌。對於美國華人而言，天使島書寫顯然具有記憶政治的意義。其二，從認同政治的角度看，華人作爲離散的族裔，面臨認同的重新建構，華人文學既作爲華人歷史文化的產物，又參與華人歷史/文化的建構，華人文學書寫便具有認同政治和身分政治的意義。

華人文學詩學提倡「形式的意識形態批評」，並非是倒退回舊歷史主義的闡釋框架中去；而是主張從文本到政治和從政治到文化的雙向互通：「形式的意識形態批評」無疑是以形式詩學爲分析基礎的，但與傳統的形式詩學研究不同，「形式的意識形態批評」尋求如詹姆遜所說的「揭示文本內部一些斷續的和異質的形式的功能存在。」（註一二）即華人文學在文類、美學修辭、形式結構、情節、意象、母題，以及各種文化符碼的選擇模式中，隱含著的華族意識形態和政治無意識。美國華裔文學書寫中的雜碎文化符碼（雜碎食物、雜種人、雜碎語言、雜碎神話和傳說等等），便隱含著建構華裔文化屬性，重寫美國歷史的華裔意識形態內容。菲華文學中父與子的主題（典型如柯清淡的小說），呈現著菲華社會的文化衝突。而馬華文學中的漫遊書寫（如李永平的小說）以及「失蹤與尋找」的情節模式（如黃錦樹的小說），所隱含的潛文本則是「離心與隱匿」的華人身分；馬華文學文本中大面積呈現的民族文化符碼，正如許文榮所分析的，具有抵抗官方同質文化霸權的政治意味。而在泰華文學的大家族中，湄南河的書寫占據著舉足輕重的位置，「湄南河形象」是泰華文學的一個典型的標識；它是泰華文學情感與想像的發源地，也是構成泰華文學寫實主義傳統的重要的歷史風俗畫的背景，更是形塑泰華文學獨特的地緣美學的人文地理要素，與潮汕文化共同構成泰華文學的精神原鄉。至於新加坡華人文學文本中常見的魚尾獅意象的文化政治意味，更是人所共知的了。形式本身所潛隱的意識形態，使華人文學書寫同時具有著複雜的文化政治意味。

爲此，華人文化詩學還應選擇自己詮釋的策略。格林布拉特指出：「辦法是不斷返回個別人的經驗和特殊環境中去，回到當時的男女每天都要面對的物質必需與社會壓力上去，以及沉降到一部分共鳴性的文本上。」（註一三）這段話提出文化詩學兩個互相關聯的闡釋策略：其一是歷史語境的重建；其二是文本互涉的闡釋方法，這也是華人文化詩學的基本方法。所謂「不斷地返回個別人的經驗和特殊環境中去，回到當時的男女每天都要面對的物質必需與社會壓力上去」，強調的是文本生產的歷史語境。這裡，格林布拉特顯然吸取了克利福德．吉爾茲在《文化的闡釋》和《地方知識》中提出的文化人類學的闡釋策略，即以「文化特有者的內部眼界」重建文本生產的歷史語境——在不同的研究個案中，使用原材料來創設一種與其文化特有者文化狀況相吻合的確切詮釋是必須的，但不能完全沉湎於文化特有者的心境和理解，而是「文化特有者的內部眼界」與批評闡釋語境的交疊、對話與論辯。的確，華人文化詩學對華人文學的闡釋，也需這種交疊語境的建構。一方面努力獲取各種社會歷史材料，不斷返回到文化生產的具體歷史語境中；另一方面不斷反思闡釋者自身所處的現實語境，反省批評的位置。在中國從事華人文學研究，無疑具有基於自身歷史文化和學術背景而產生的獨特立場與視域，從而形成迥異於域外華人文學研究的中國學派。這樣的立場和視域，可能產生對華人文學深刻的洞見，也可能出現某種盲視。正如域外的華人文學研究學派所同樣也可能在優勢與劣勢並具的情況下，產生洞見和存在盲視。反省這種因位置而產生的洞見與盲視，對於華人文學研究是十分重要的。

所謂「沉降到一部分共鳴性文本上」指的是文本互涉的批評方法。這一互文性的分析，包括文學文本之間的文本間性的建立，也包括文學文本與其他非文學性的社會文本間關係的建立。將華人文學文本放置／「還原」到其生產與傳播的歷史場景之中，闡釋諸文本之間的相互對話、呼應、質疑與解構關係，或許正是分析華人意識形態的形成與變遷以及「流動的華人性」的一個有效方法。以華裔美國文學爲例，美華女作家創造了一系列「共鳴性文本」——如湯婷婷的《女勇士》、譚恩美的《喜福會》、伍慧明的《骨》，以及任璧蓮的《夢娜在應許之鄉》等等——這些文本顯然構成某種呼應與對話關係：這一系列的以母與女之間的世代衝突與文化糾葛爲核心的「家庭敘事」之間，具有或顯或隱的「共鳴」關係，是可以彼此參讀的。「沉降到這些共鳴性的文本上」，是闡釋美華女性文學自我屬性建構和族裔屬性重建主題的一個有效方法。許多時候，闡釋諸文本之間的質疑與解構關係更是饒有興味的——它更能突現不同世代、階層、性別乃至不同背景的個體對「華人性」的認知差異。趙健秀與湯婷婷之間的論爭，以及文本中所顯示出的中國性認知與想像的巨大差異，已經人所共知。在馬華文學史上，新世代尤其是九十年代旅臺作家群的文本與溫瑞安、溫任平兄弟作品之間的質疑與解構關係，以及以小黑爲代表的馬來本土作家與旅臺文學的南洋歷史敘事之間的共鳴與分歧，或許可以成爲我們認識當代馬華文學史的一條重要線索，而在新世代的文本中（如黃錦樹的小說與林幸謙的詩文之間）這種彼此質疑的關係同樣存在。華人文本之間的相互質疑與解構關係，表明「華人屬性」是多元複雜的沒有終點的歷史建構，它是流動的、複調的，我們不能把它理解成某種同質化的靜態的一個概念。

建構以「華人性」爲研究核心，以「形式詩學」與「意識形態批評」統合爲基本研究方法的「華人文化詩學」，在更加開放的社會科學視域中審視與詮釋華人文學書寫的族裔屬性建構意義及其美學呈現形式，應是我們拓展華文文學批評空間的一個有效途徑。

——原刊於《東南學術》二〇〇四年第六期

注釋

一　劉登翰、劉小新：〈對象．理論．學術平臺——關於華文文學研究「學術升級」的思考〉，載《廣東社會科學》二〇〇四年第一期，頁十七～二十三。

二　參閱新加坡華人學者張從興的〈華人是誰？誰是華人？〉，該文對「華人」一詞的產生、詞義演變作了詳細、深入的考辨和論析。

三　劉洪一：《走向文化詩學——美國猶太小說研究》（北京市：北京大學出版社，二〇〇二年十一月），頁四十二。

四　杜波伏依：《黑人的靈魂》，參見陶家俊：〈身分認同導論〉，見《外國文學》二〇〇四年第二期，頁四十二。

五　轉引自莊永康：〈離而不散的華文文學〉，載新加坡《聯合早報》二〇〇一年九月九日。

六　特里．伊格爾頓著，王杰譯：《美學意識形態》（桂林市：廣西師範大學出版社，一九九七年），頁二十七。

七　特里．伊格爾頓著，馬海良譯：《歷史中的政治、哲學、愛欲》（北京市：中國社會科學出版社，一九九九年），頁一一四。

八　轉引自海登．懷特：《評新歷史主義》〈導論〉，載《新歷史主義與文學批評》（北京市：北京大學出版社，一九九三年），頁九十五。

九　張京媛主編：《新歷史主義與文學批評》〈前言〉（北京市：北京大學出版社，一九九三年），頁一～八。

一〇　馬克．柯里：《後現代敘事理論》（北京市：北京大學出版社，二〇〇三年），頁二十一。

一一　何文敬、單德興主編：《再現政治與華裔美國文學》（臺北市：中研院歐美所，一九九六年），頁六。

一二　詹姆遜：《政治無意識》（北京市：中國社會科學出版社，一九九九年），頁八十六。

一三　格林布拉特：〈文藝復興的自我塑造〉，載《文藝學與新歷史主義》（北京市：社會科學文獻出版社，一九九三年）。

全球史觀視域中的海外華文文學

楊匡漢

世界文學視野中的「百年中國文學」，既包括中國本土文學，也包括產生於海外的漢語文學。文學史的學術研究證明，「文學」的客觀對應物和意向性客體，具有不可予以歷史斷裂和地區切割的世界性，一如錢鍾書先生所言，「東海西海，心理攸同；南學北學，道術未裂」。史實表明，海外華文文學作爲中國文學和中國精神的延伸與流播起始於百年以前，它同時又以特殊的文化風貌，反哺著中國文學從傳統至現代的走勢。

關於海外華文文學的歷史生成，目前學界因視點相異而出現各種意見。有的認爲，雖然各區域先後不同，但大致「從晚清起始」；有的認爲，起點是一九一〇年美國華工刻寫在加州天使島木壁上的漢語詩歌（後輯成《埃侖詩集一九一〇～一九四〇》）；有的認爲，是源於中國「五四」文學革命的影響。這些意見都有合理性，但總體上體現了條塊化的「全球視野」，而且地域、國別等因素往往大於時間因素。

壹　海外華文文學起步緩慢複雜

考察海外華文文學的起點，需要有「全球史觀」的介入。它將空間因素和時間因素結合起來，既考慮到「全球」，又有「歷史」的目光。全球史觀有助於跳出單一的區域、國別、種族的框架，尋找跨界——跨文化、跨地區、跨族裔、跨語言的文學交流的歷史進程，破除「西方中心論」或「東方主體論」的偏狹觀念，實現在文化互動與交流中對於差異性、特殊性的把握。華文文學早在「五四」之前，就躋身於多元的全球文學之林，並以獨特的方式、不同的層次，顯示了其歷史存在的價值。

作爲全球史上繞不過去的重大事件，鴉片戰爭暴露了中國社會內部深處的危機。朝野中的精英，無論地域、階層和思想學術有何歧異，都開始尋求有關世界各國的新知。在此背景下，一批民間文化使者走出國門別求新聲，一批使外人員書寫異邦見聞，成爲「開眼看世界」、墾殖海外華文文學的先行者。

第一位赴英倫訪問的中國作家和學者是王韜。一八六七年，他以個人身分，先後遊歷了英、法、俄等十餘國，寫了著名的《漫遊隨錄》（一八七三），並編譯了《普法戰紀》（一八七九）。通過在歐洲的所見所聞，他痛切地領悟到必須善用他者之「器藝」、「人心」，「聚之於一中國之中，此固古今之創事，天地之變局」，以迎來中華文化的新發展。隨他之後，在中西文化交流中作出貢獻的有陳季同和辜鴻銘。前者從一八七五年起，在異域生活了近二十載，通數國語言，寫有《中國故事》、《中國戲劇》、《中國人自畫像》、《中國人的快樂》，並創作了長篇小說《黃衫客傳奇》（一八九〇），將中國文化介紹給外國讀者，連法國小說大家羅曼·羅蘭在日記中也稱讚陳季同「非常之法國化，卻更具中國味」；後者在歐洲遊歷十一年，精通多種語言，將中國儒家經典《論語》、《中庸》譯成英文，並和俄羅斯文學大師列夫·托爾斯泰建立了深厚友誼。

十九世紀七十年代後，使外人員與羈旅者大幅增多。黃遵憲所著的《日本國志》、《人境廬詩草》，薛福成的《觀巴黎油畫記》，黎庶昌的《西洋雜誌》等，爲華文中的新體散文、新體詩歌的產生增添了海外新元素。值得一提的，還有康有爲和單士釐。康氏一八九八年起流亡海外十餘年，足跡遍及亞、歐、非、美四大洲，「風俗名勝，托爲詠歌」，大量的海外華文詩作，滲透著新的審美理想；單氏可謂走出國門的第一位女性作家，她隨外交官夫君先後到過日本和歐洲，寫下了近代華文文學史上兩部著名的海外遊記：《癸卯遊行記》（一九〇三）和《歸潛記》（一九一〇）。此外，梁啓超的《夏威夷遊記》（一八九九）、馬建忠的《馬氏文通》（一八九八）和容閎的《西學東漸記》（一九〇九）等華文文學創作，不僅記錄了羈旅的心路歷程和學理思考，也留下了寶貴的中西文化交流印跡。

從全球文學史觀的視點出發，大致可以將十九世紀七十年代至九十年代視爲海外華文文學發生的第一波。上述文人雅士在異域他鄉的書寫，形成了最初在海面上浮動的「文學島嶼」。海外華文文學的起步，不必落實到某一地區、某一國度、某一作品甚至某一年，它發生的歷史過程往往緩慢且複雜。它的歷史成因固然受時代變更影響，但最終還是以文化和文學的延續性與特異性爲根基。

貳　文本的歷史性與歷史的文本性並重

考察海外華文文學的起步，不可避免地會遇到兩個問題：文本的歷史性和歷史的文本性。前者所關注的，是文學文本生產、傳播、流通和接受的過程，是文學實踐與社會環境、文化氛圍之間的相互影響，從而可以察見「文中之史」，即文本史、接受史、經典作品在歷史演變中的構成史；後者所關注的，是歷史如何在文本中生靈活現地展示，是海外華僑華人的悲歡離合如何得以成文，從而可以呈現「史中之文」，即移民史、生存史、奮鬥史、與異族文化的碰撞史的文學記錄。這兩者既有區別又有聯繫。大凡在兩者的綰結上有審美的提升，有別出心裁的藝術處理，當可列爲典藏文本。

陳季同的長篇小說《黃衫客傳奇》，以唐代傳奇《霍小玉傳》爲藍本，經改寫加工由四千字擴展至八萬字，以光昌流麗的筆墨和出色的心理描寫，敘述了李益和小玉生死相戀的愛情悲劇。這是中國人第一部用西方語言創作的反對門當戶對、包辦婚姻的小說。陳季同本人有很好的中國古典文學功底，但義憤於西方作家看不起中華文學，故而用法文寫了這部作品，以介紹和推廣中華文化。小說甫一出版，當時的法國《圖書年鑑》一八九〇年號曾如此評價：「這是一本既充滿想像力，又具有獨特文學色彩的小說。通過閱讀這本書，我們會以爲自己來到了中國。作者以一種清晰而富於想像力的方式描繪了他的同胞的生活習俗。」小說先後被譯成義大利文和中文，流傳至今。陳季同作爲外交官，試圖爲西方讀者提供具有東方情調的「文化中國」的形象，也傳達了對於傳統中國的濃郁的文化鄉愁。「文中之史」和「史中之文」以浪漫主義的筆法得以呈現，對於文化資源的捕捉與審美價值的闡釋，可謂既古典又現代，是海外華文文學起步階段不可多得的佳構。

從人類各種文明、諸多群體之間交流的全球史視野去觀察、梳理歷史經驗，我們看到了早期海外華文文學的第一張「文學地圖」。自此以後，第一次世界大戰引發的五四運動及其文學思潮，波及和催生了新一波的海外華文文學，尤其是東南亞華文文學；第二次世界大戰及其後的「冷戰」，又爲海外華文文學的「內史」與「外史」建立了複雜多變、交往互動的關係；「冷戰」結束後，後殖民文學和新移民文學的興起，更豐富與充實了海外華文文學的時代內容、跨界敘事、雙語寫作以及多元藝術取向。正是靠著幾代人的奮起和接力，才使海外華文文學由早期展露的新綠成長爲今日鬱蔥的樹林。

——原刊於《中國社會科學報》二〇一六年二月十五日

世界華文文學學科的生成及特徵

古遠清

本文著眼於二十世紀至當下華文文學的整體，以華文文學的發生、發展和轉型為貫穿線索，在時間維度上跨越一個多世紀，將世界華文文學置於語種文學整體中，探討世界華文文學學科發生的背景、學科發展的歷程、學科研究的對象，世界華文文學的幾種話語體系的辨析，世界華文文學學科品格和特徵的闡釋，另文論述。

壹　一門新興學科的崛起

在中國大陸實行改革開放前，臺港澳文學一直無法接觸，當然談不上研究。自一九七九年元旦葉劍英的〈告臺灣同胞書〉發表後，「老死不相往來」的兩地血緣文化，由此得到交流。大陸的臺灣文學乃至後來的港澳文學研究，正是在這種背景下展開的。

八十年代以降，中國在世界事務中扮演了重要角色。隨著頻繁的經貿往來和文化交流，出現了留學熱和「洋插隊」現象。中國學術界為適應新的時代要求，也在不斷擴大視野，由文學史走向民族史、移民史、文化史、國際關係史研究，由單一的作家作品論研究走向語種的文學研究。

貳　學科建立的依據

世界華文文學作為一門獨立學科，逐漸進入中國社會科學學界視線。二〇〇六年，「國家社科基金課題指南」將世界華文文學研究正式列入和中國現當代文學同屬三級學科進行課題申報，不像過去那樣視為中國現當代文學的子課題。這是世界華文文學學科崛起得到公認的一個重要標誌。

論做支撐。

當然，對這門學科能否獨立存在，仍有爭議。但不可否認的是，世界華文文學從中國現當代文學中獨立出來，有相應的理

二十世紀後半期，西方出現了一些如後現代、後殖民、全球化、跨文化、差異表達這些能指符號，尤其是源於希臘的「離散」一詞，成了世界華文文學應用文化研究方法探討身分問題的理論支持。此外，中國的海外移民史研究在身分認同上的界定，關係到海外華文文學的學科性質，也就是與中國文學不同的學科特徵以及文化變遷的母體上，提供了一種難得的參照系。據有關資料顯示，從中國遷到海外的移民，開始時有普遍的懷鄉心態，不願意註銷原來的國籍；或爲了適應現狀的需要，實行雙重國籍制。可自一九五五年萬隆會議後，中華人民共和國明確宣布取消雙重國籍，華僑便去掉了「僑」字而成了移居國的外籍華人。隨著從移居到定居，不再有過客心態的「華僑」從此變成「華人」，後來又有「華裔」（註一），即國外出生在「他鄉」受教育的下一代。他們與「華人」最大的不同是「文化中國」意識淡薄。不管是「華人」還是「華裔」作家，其書寫的文學從此不再是中國文學的支脈，而是成了地地道道居住國文學的一部分。

這種從「戰後初期的『華僑不變論』，到六十年代的『華人同化論』，走向八十年代王賡武的『華人多重認同論』」（註二）的移民史研究，是大陸學者研究海外華文作家身分轉型的一種重要理論資源。

至於臺港澳文學，大陸有關部門創造了原先在《辭海》、《現代漢語詞典》中所沒有的一個新詞「境外」。「境外」，並不等於自然的國土疆界之外，而是包括一國領域以內而尚未實施行政管轄的部分。如臺灣地區，從地理的自然界線來說是中國領土，但目前中華人民共和國政府還沒有對其實施管轄權。現在的中國領土香港、澳門地區，回歸後實行一國兩制和港人治港、澳人治澳，也仍屬於「境外」（註三）。臺灣是中國的領土，「臺灣文學」再有什麼不同於大陸文學的地方，也絕不能稱爲「海外華文文學」。「境外」一詞的出現，有助於我們進一步認識臺灣、香港、澳門文學的特質。

此外，還有極爲豐富、遠不同於中國大陸文學的作家作品資料，有素質較高的一批研究人員，有與學科相關較有影響的研究專著，有《華文文學》理論刊物和《世界華文文學研究年鑑》，這均是世界華文文學學科建立的另一重要依據。

面對全球化時代，不同文化的交流和跨文化的溝通已成爲一種常態。不能再以二元對立的思維設置專業，更不能以民族中心的方法去限制學科的生存和發展。隨著中國現當代文學回歸爲原先就是世界文學一部分的特點，北京大學甚至延邊大學等近

百所學校先後開設過華文文學課。二〇〇三年，南京大學成了大陸第一個華文文學博士學位授權的學科點。如今在陸臺港澳四地，至少有五分之一的碩士、博士論文在研究世界華文文學。

從中國現當文學脫穎出來的世界華文文學學科，其課程的開設及博士點的建立，經歷了選擇和接受、融合和發展，最後到闡釋和創新階段。至於全國性或國際性的華文文學研討會（註四），在中國大陸已舉辦過近二十屆，這也是世界華文文學學科建立的一個必要步驟。

世界華文文學學科的發展，得力於全球性的「中文熱」不斷升溫。不可否認，華文文學如今已成了一種世界性的文學現象。早在六十、七十年代，華文文學已引起美國、英國、法國、德國部分學者的關注。一九七九年九月，由安格爾和聶華苓共同主持的美國愛荷華大學「國際作家工作坊」，邀請了世界各地華文作家，舉行「中國文學創作前途座談會」。其中最引人矚目的是來自大陸、臺灣、香港以及從臺灣到美國定居的作家首次相聚在一起。在這個會上，聶華苓提出的「我們對整個中華民族的感情」（註五），爲建立以中文創作與民族想像文學共同體作了輿論準備。

文學交流本不分國界，也不分政治信仰，將不同性質的文學納入華夏文化和研究視域，是一種大趨勢。一九八六年七月，美國威斯康新大學和德國魯爾大學又在德國萊聖斯堡舉辦的「華文文學大同世界國際會議」（International Conference on the Commonwealth of Chinese Literature），這也是華文文學這門學科建立的「史前史」。這裡講的「華文文學的大同世界」，也可譯成「華人共和聯邦文學」（註六），和本文說的「世界華文文學」是一個意思。共同的血緣和語言，本是建立世界華文文學這門學科的情感紐帶。「大同世界」之所以能建立，一個重要原因是作家們使用的都是漢語，有著共同的中華文化淵源；此外，它是跨界的，這便集合了不同國家和不同區域炎黃子孫生存的歷史與經驗。這種跨界的建構，更集中體現在二〇一一年，由大陸「中國世界華文文學學會」與臺灣的「世界華文作家協會」聯合舉辦「共享文學時空」研討會，全球五大洲三十多個國家四百多位文友共同研討世界華文文學的發展現狀及未來前景，可見既有全球性，又有本土性；既有延續性，又有交融性（註七）的世界華文文學研究，已日漸成爲一門顯學。

參　學科發展的歷程

世界華文文學學科發展經歷了兩個階段：一是從中國境外文學向海外華文文學輻射；二是從著重政治功利向注重審美價值的轉換。

華文文學在中國大陸的出現，首當其衝的是臺灣文學。還在一九九七年，北京的《當代》雜誌率先發表了白先勇的〈永遠的尹雪艷〉。當時把白先勇當作旅美作家，但也有人視他爲臺灣作家，或兩者身分兼而有之。一九八二年在廣州召開的首屆臺灣香港文學學術研討會，討論的重點均是臺灣文學，而後來的香港文學研究，仍扮演著陪襯臺灣文學的角色。

過了一年之後，隨著中國對外交流的不斷擴大，研究者們越來越感到「臺港文學」乃至「臺港澳文學」難於適應形勢的需要，因而「海外華文文學」的概念開始流行起來。一九八四年汕頭大學「海外華文文學研究中心」的籌建及次年《華文文學》試刊號的問世，便是一個明顯的標誌。

到了一九八六年二月，在北京出版的一九八六年第一期《四海》上，中國大陸作家秦牧正式打出「世界華文文學」的旗號。但對「世界華文文學」這個概念，學術界並沒有馬上接受。一九九一年在廣東中山市召開的第五屆研討會上，仍沿用「臺港澳暨海外華文文學研討會」的名稱，所不同的比上一屆多了一個「澳」字。

不受意識形態束縛而強調學術研究的獨立性方面，臺灣、香港的學者有他們的經驗。由於沒有「大中原」心態的束縛，他們早就把世界華文文學作爲一個整體來推介。一九九一年七月，在香港召開了「世界華文文學研討會」；一九九二年十一月，臺北成立了「世界華文作家協會」。華文文學本已和英語文學、法語文學、西班牙語文學一樣，在全球形成了一種體系，因而該會將新華文學、馬華文學、菲華文學、泰華文學，甚至亞華文學、歐華文學、美華文學與作爲母體的中國文學溝通起來的做法，是一種有益的嘗試。

改革開放大潮在九十年洶湧澎湃，對外交流的窗口也越開越大，不受政治宰制的內地學者已開始注意到要擴大研究範圍，關注中國以外的華僑、華人、外籍人士用漢語爲表達工具，反映華人在其居住國生活或以母國生活作背景的作品。一九九三年在廬山召開的第六屆會議上，不再將本屬中國文學的臺港澳文學與屬外國文學的海外華文文學並置在一起。於是在這次會議上，正式使用了「世界華文文學國際研討會」的名稱。

「世界華文文學」的命名，不能片面地理解爲原先名稱的簡化，因爲這種命名提升了過去對臺港澳暨海外華文文學研究的品位：「它把臺港澳暨海外華文文學，作爲一種世界性的文化和文學現象，置諸於全球多極和多元的文化語境之中，使『臺港澳』暨『海外』的華文文學，不再只是地域的圈定，而同時是一種文化的圈定，作爲全球多元文化之一維，納入在世界華文文學一體的共同結構之中，使這一命名同時包含了文化的遷移、擴散、衝突、融合、新變、同構等更爲豐富的內容和發展的可能性。以這樣更爲開闊的立場和視野，重新審視臺港澳暨海外華文文學，便更適於發現和把握臺港澳暨海外華文文學置身複雜的文化衝突前沿的文學價值和文化意義。世界華文文學的命名，體現了鮮明的學科意識，和對這一學科本質特徵的認識。」（註八）

作爲一門學科的命名，不僅展示出長期被遮蔽的一種全球性的文學現象，而且啓示人們無論是學術視野還是研究方法，都應大幅度更新，尤其注重審美價值。世界華文文學研究的方法本應多種多樣：既可用社會的方法，也可用歷史學的方法；既可以是民族的，也可以是地域的；既可以是文學的，也可以從語言學角度入手。有不少人用文化視角去研究華文文學的「文化身分」，去探討華文文學的文化旨歸；或去研究華文文學作品中的漂泊者形象，把握華族文化與別族文化在文學相遇的反差。有的則用符號學或結構主義的方法，去闡述海外華文文學創作的一些問題。

從中國現當代文學到「港臺文學」、「臺港文學」、「臺港澳文學」，再到「海外華文文學」，直到「世界華文文學」名稱的使用，標誌著從課題性的命名到一門新興學科的崛起。

肆　學科研究的對象

特定的學科總是有特定的研究範圍，不同的研究範圍決定了不同學科的性質及其研究方向。世界華文文學的研究對象，創作是它建構及生成的主要條件，華族文化是其唯一根基。具體說來，華人的內在價值和精神表現，通過小說或散文、詩歌等形式去體現。外部的人文世界與移民後產生的精神焦慮，是互相支撐的。認識到這種特殊性，可更契合海外不同層面的華人心態，在東西方讀者中也會引發更多的共鳴和認同。

世界華文文學學科的研究對象，中國文學不能缺席。中國文學所包含的臺灣、香港、澳門地區的文學，雖與大陸文學同根同種同文，但從歷史演進的角度看，臺港澳文學依然呈現出與大陸當代文學很多「殊相」，有許多不同的創作特色和風貌。如臺灣有「眷村文學」、有「張（愛玲）腔胡（蘭成）調」，香港有「難民文學」和「南來作家」，澳門則有「土生」文學。

世界華文文學學科研究的另一重要對象是海外華文文學，首先是指東南亞華文文學，包括新加坡、馬來西亞、泰國、菲律賓、印度尼西亞、越南、老撾、柬埔寨、緬甸、汶萊和東帝汶等國家的漢語文學創作；蒙古、日本、朝鮮、韓國等東亞華文文學，也是世界華文文學的發展區域。海外華文文學其次是指歐洲各國、北美洲和南美洲各國、澳大利亞、紐西蘭及其他國家的華文文學。

具有自身特質、自身品格的海外華文文學，與中國文學不可能完全「斷奶」。對於許多海外作家來說，不管拿什麼護照，故鄉雖然仍在心中，但他鄉已成了第二故鄉。海外華文作家對所在國意識形態與生存方式主動或被動的認同、接受，對移居國文化的吸收與思考，特別是對中國傳統文化時有背離的情況，各自均可以自成一格。何況他們有著審美趣味不同的受眾，在某一範圍內還形成了別人不可取代的影響力。海外華文作家就這樣隨著公民身分的變化及其生活重心的轉換，表現出與中國文學不同的創作立場、價值取向、人生思考和藝術經驗。所有這些，都成爲對固有的中國文學研究觀念的挑戰。

還要說明的是，中華文化不能與地理概念的中國文化劃等號，因爲海外的中華文化，是中國文化的異化。「另外，不同的居住國、不同的社會環境，其表現出來的中華文化，也會有所不同，所以海外華文文學因環境因文化的影響，也帶有區域性，如東南亞的華文文學，與歐美的華文文學會有差異，這是環境、文化對人對寫作的影響使然。」（註九）

作爲重視研究文學關係的學科，世界華文文學要研究海外華文文學與中國的關係，臺港澳文學與大陸文學的關係；東南亞華文文學與世界華文文學的關係。這些研究，多半通過比較方法實現。但不能由此說世界華文文學與比較文學性質相同，或說世界華文文學是比較文學的一個分支。比較文學是研究不同國家、不同地區所使用的不同語言及其文化的相互關係和影響，一言以蔽之，比較文學的定義就是「國際文學關係史」。而世界華文文學「則是研究同一民族語言、同一文化傳統的文學之間的

關係和影響。比較，只是研究中的一個重要方法。」（註一〇）

關於世界華文文學的研究對象，有兩個問題值得討論：

一是華人文學到底應不應該成爲世界華文文學的研究範疇？華文文學是從語言角度立論，而華人文學其著重點不在語言而在族群。從血統上來講，中國人也是華人，但如果不在民族認同上入手而從外交方面著眼，華人的概念早已超越了中國人的範圍，通常是指中國以外有華族血統的世界公民。與華族血統相關聯，華人文學也有用母語寫作的情況。他們即使是用英文、馬來文、日文寫作，也不可能完全排除精神文化還鄉的可能。他們常常具有兩種心態，兩種情感，寫作時採用兩種視角。華人文學的形態，先天就帶有某種混合性。故世界華文文學不應固守「華文」的疆界。華人文學作品不管有無中譯本，都應作爲世界華文文學的一種研究對象。這不僅可以擴展世界華文文學研究的版圖，而且可以起到對照和互爲補充的作用。

二是中國大陸文學是不是世界華文文學的研究對象？由於「世界華文文學」一詞係從「臺港澳暨海外華文文學」概念演變過來，故不少大陸學者認爲，已有了「中國當代文學研究會」專門研究大陸文學，如果把大陸文學也當作世界華文文學的研究對象，不僅是實力而且精力上也不堪重負。其實，這不是「不堪重負」問題，而是因爲研究中國大陸文學乃是世界華文文學研究的題中之義。中國大陸文學是世界華文文學的發源地與大本營，它擁有數量最大的華文文學創作隊伍、編輯隊伍、出版隊伍和廣闊無邊的讀者群。五千年來光輝燦爛的歷史文化和文學傳統，無時無刻不在影響著海外華文文學的發展。如果完全不研究中國大陸文學，世界華文文學必然跛腳，而且大陸本土與海外境外作家的對話，就不可能實現。在全球化時代，中國大陸文學應加盟於華人地區作家的互相對話。這對話，有時可能是各唱各的調，不可能很快達到共識。但不管怎麼樣，均應突破國別文學研究的局限。「實際上，由『對話』所呈現出的不同國家和地區的華文創作的差異，正是它們獲得獨立生命和價值所在。」（註一一）

華文文學的「華」，兼指「華文」與「華人」。華文文學本是個多元文化、多重視角的多面體，有互不雷同的層面和維度。確認這種立體狀態，把華人文學和中國大陸文學涵蓋進去，才能認識世界華文文學學科的包容性、豐富性和複雜性。

學科研究對象還與學科定位緊密相連。有一種「文化的華文文學」的新概念（註一二），其倡導者認爲這種文學是附屬於文化研究的新學科。這種定位淡化乃至取消「語種的華文文學」。不錯，應引進文化的研究方法研究世界華文文學，但世界華文文學終歸是「文學」，文化研究不能完全取代文學研究。華文文學當然是一種文化現象，可關鍵詞是「文學」而非文化。

對世界華文文學研究對象的確定，就這樣前後經歷了「命名」的討論、對世界華文文學學科對象的界定、世界華文文學歷史狀況和區域性特色的探索、海外華文作家「文化身分」的確認，乃至如何編撰「二十世紀華文文學史」的研討，進而轉入對世界華文文學學科發展歷史的描述，尤其是對幾種常用的話語體系辨識。

伍　世界華文文學的幾種話語體系

概念是對歷史或當前現狀經驗的一種歸納，它用來總結歷史經驗和回答當前存在問題。由於華文文學是一種新興的跨區域的世界性現象，對它的研究時間不長，因而在進入研究前，必須對華文文學自身特殊性的話語體系做出辨析和說明。

1　中國文學．華文文學．華人文學

「華人」一詞最先出現在一千五百多年前的南北朝。（註一三）華文文學在十九世紀之前的日本、朝鮮、越南等「漢語文化圈」就零零星星出現過。後來華文文學不僅在亞洲，而且在世界各大洲遍地開花。到了二十世紀，東南亞地區出現了「華文文學」的稱謂。這個「華文文學」是指全球不論何種國籍的作家，用漢語創作表現華族或其他民族生活的作品。這是一種從語言、文字方面進行規範的語種文學，其內涵比中國文學廣泛，即中國文學除用維吾爾文、藏文等少數民族語言創作的作品外，它單指中國大陸及臺港澳作家用漢語創作的文學，而華文文學卻包括中國文學之外的海外華文文學。

中國文學當然是由中國陸臺港澳作家創作，而華文文學作者卻不一定是中國公民，也不一定是華人或華裔，因而華文文學並非像有的學者所定義的「華人作者爲華人讀者創作有關華人世界的華文作品」（註一四）。華文文學也有非華人作者，這主要是漢學家和政治家，如美國的葛浩文、韓國的許世旭、德國的馬漢茂，還有越南的胡志明和黃文歡、日本的山本哲也、蘇聯的費德林。儘管這些人寫的文章不一定反映華人的生活而是居住國的社會面貌、人文自然景觀和特有的生活習俗，但由於它以漢語作爲表達思想感情的工具，故其作品雖不是中國文學但卻是華文文學。也就是說，只要用漢語書寫，哪怕其內容並無中華

民族意識及其鄉土情結，當然也更談不上海外華人的歸屬感，仍應看作是華文文學。有人將華文文學的「華文」等同於中華文化，這就縮小了華文文學的版圖，勢必把上述葛浩文、許世旭等人用華文書寫的作品剔除出去。

作爲另一種概念的華人文學，在前面已作了初步論述，這裡再補充如下：華人在種族上係泛指炎黃子孫後代，文化上則是指享有相同的思想文化資源及其歷史記憶、文化風俗的族群，創作者的國籍及族別是界定它的標準。和華文文學比較，華人文學是一棵大樹，華文文學是它長出的枝葉，或者說華文文學是華人文學的一個分支。

具體來說，華人文學由兩大部分構成：一是海外華人用華語創作的作品；二是指海外的華人用英文、荷蘭文、法文、馬來文、印尼文、西班牙文、韓文、日文……書寫的文本。這類作品有前行代林語堂用英文創作的《京華煙雲》、《唐人街》。雖說作者不用華文，但仍在慣性的軌道上滑行，將海外生活套入海內故事，充斥著「月是故鄉明」的感嘆。這類作品表面上寫的是海外，其實表現的還是東方之子的情懷。後來者有美國湯婷婷的《女戰士》、譚恩美的《喜福會》、哈金的《等待》，加拿大李群英的《殘月樓》、鄭藹齡（Denise Chong）《妾的兒女》（*The Concubines Children*）、荷蘭王露露的《蓮花劇院》、英國張戎的《鴻》、法國戴思傑的《巴爾扎克與中國小裁縫》，等等。這些作者大多數不是第一代移民和受過系統華文教育的華僑後代，而是掌握了移民國語言的土生華裔人士。據美國華人學者王靈智的介紹，華人文學還有許多處女地有待開墾，如中國、秘魯混血作家佩特羅．S．朱倫的詩歌，菲律賓的知識分子作家們的「革命書寫」，還有歐亞混血作家「水仙花」（伊迪絲．伊頓）用輕快的筆觸書寫十九世紀華美移民滿含血淚的故事。（註一五）這些作品不能劃入中國文學的版圖，他們具有獨立自主的品格。

不可否認，華人文學與華文文學的關係時有交叉或重疊的地方，但兩者仍有楚河漢界。從文本角度來說，華文文學不需查戶口國籍，只要作家以漢語爲書寫工具就認可，這是從語種文學入手。而華人文學，是指散布在世界各地的華人，既用中文又用母國以外的不同語言文字書寫的篇章。它從作爲創作主體的華族血統的身分出發，其種族血緣關係是認同最重要的依據。

作爲一門新興學科，世界華文文學中的華文文學與華人文學，有互相滲透、互相聯結和綜合、交叉、分化的趨勢。這種趨勢造成對它的命名在世界各地出現的情況不甚相同，如華人文學，在美國稱爲「美國華裔文學」，還有的將Chinese American Literature譯爲「華裔美國人文學」、「華裔美國文學」和「美國華裔英語文學」等。較爲科學的說法應該是「美國華裔文學」，因爲在這一概念中它首先強調的是美國文學，然後才加以限定，即華裔文學是整個美國文學的一個組成部分。另方面，按照華語的表達習慣，應該是涵蓋面大的位於前列，首先強調的內容在前，因而Chinese American Literature的中文譯名應是「美國華裔文學」，這和廣泛流行的譯名「美國猶太文學」、「美國黑人文學」相一致，各屬於作爲一個整體的美國文學的組成部分。（註一六）

美國的華人文學，最著名的作家是第二代移民出身的湯婷婷與譚恩美。她們不生於中國，在美國接受系統的教育，用英文寫作可謂是輕車熟路。她們的作品多以家庭爲單位，從中表現不同人群的行爲舉止所折射的文化異同。其中常出現講中國神怪故事包括《西遊記》的母親形象。這類作者始終不忘記中華文化，但又不囿於中華文化，跳出了以中國人爲背景的世俗寫法。

作爲不是華文文學而是華人文學的作家，著名的不是很多，但也有新出現的任璧蓮。她於一九九一年出版了《典型美國人》（*Typical American*），用幽默詼諧的筆調，反映出中國移民在雙重文化身分的轉換下追求「美國夢」的艱難歷程，其中有美國族裔雙重價值標準的撞擊和折衷，對美國主流社會有關族裔的本質論重新作出了解構。

如果不擴大華文文學的文化研究內涵，或漠視華人文學的存在，或用一刀切的二分法，那就忽視了這些華裔文學所成長的中華文化土壤，也忽略海外華人的種族認同，漠視了他們的創作成績，這在客觀上會挫傷海外華人創作的積極性。（註一七）

2　作為「他者」的海外華文文學

海外華文文學的「海外」是指中國本土之外的地域，「華文」指漢語，「文學」則是表現現實生活的一種樣式。在第二次世界大戰後，殖民地國家紛紛獨立，與中國的聯繫不再像過去那樣緊密的「化外之民」，時刻關注旅居他鄉的華人的生存困境，寫的作品本土色彩在增強。然而，正如澳大利亞華文作家張奧列所說，他們「不是爲寫作去關注當地、關注身邊，而是爲生存而關注。寫作只是這種生存的衍生物、副產品。」（註一八）由此看出，海外華文作家與中國作家不同之處在於，具有「他者」的雙重身分。相對於中國作家來說，他們的作品是海外華人文化的載體，而不是母國文化在海外的單純移植。這種與中國文學的異質性或曰差異性，對母國文學而言，無疑是「他者」。而相對於居住國的主流文學而言，作家用異民族的文字即華文寫作，這種外在的、另類的「客體」，同樣屬「他者」。（註一九）他們寫的是具有異國特色的混合性作品，因而海外華文文學不能簡單地看作是中國文學的留洋和外放，而應視爲所在國也就是外國文學的一部分。

不可否認，海外華文文學的命名是從中國視角或曰從中國本位出發的。這種命名，內涵了內/外、中心/邊陲的二元對立。這不僅與地理因素有關，也與價值觀念相連。許多人看來，作爲海外的「他者」，永遠是綠葉，是中國文學這朵大紅花的陪襯。爲改變中國文學是主力軍、海外華文文學是同盟軍這種傳統觀念，有的東南亞學者提出「多元文化中心論」，認爲中國大陸文學固然是華文文學中心，東南亞也有自己的華文文學中心，如新加坡華文文學中心、馬來西亞華文文學中心。（註二〇）

海外華文文學創作有兩個文本：一是具有歷史文化價值的文本，它反映了華人在國外艱辛的奮鬥歷程，可作爲歷史教科書的補充。二是具有文化意義的文本。這類作品比前一種藝術性高。它不是一般的「紀錄片」，而是「藝術片」，作者用生動的情節講述了以移民爲主題的「海外中國故事」。

海外華文文學同時具有歷史文獻價值、文化價值和審美價值的作品不是很多。但無論哪種文本，海外華文作家所感受到的東西方兩種不同文化的交會，完全相異的價值觀的撞擊，炎黃子孫爲融入社會在陌生國度所產生的心靈落差及情感轉化，都是東方經驗在海外社會的一種反映。這反映來之不易，因作家的創作得不到居住國官方乃至財團的支持，出版社對他們也沒有興趣，娛樂機構對這些華人作家更無視其存在，故他們的作品只好出口轉內銷，返回中國大陸或臺港澳地區發表和出版。即使這樣，相對「海內」而言的這種外來文學，仍應將其和中國文學嚴格區分開來。

3 「離散」與新移民文學

在華文文學研究中，帶有悲涼意味的「離散」是一個關鍵詞。「離散」其詞源於希臘語Diasperien，其中前綴dia，表示跨越，speiro爲散播之意。在中國，離散也翻譯爲流散，以用來形容離開故土的華人。「離散」的文學描寫對象，多爲出於各種原因離開故土到異鄉生活卻仍然保有原有文化習慣的族群。在後殖民主義語境下，「離散」的語義還存在於跨民族關聯（transnational networks）的動態之中。也就是說，行爲「越界」（Cronus）的「離散」，意味著對當前生活及社會制度的嚴重不滿，文化邊界由此逐步消失而產生了融合以及矛盾現象的出現。

離散文學有一種屬個體的離散，流浪者或流亡作家創作的文學，均屬這一類。而以離經叛道著稱的流亡作家，在國外畢竟是一個異鄉人，他們最終逃不出被放逐的命運。濃厚的異國情調，是這類文學的特色。另一種是離散族群的寫作。這種寫作表現了移民們遷徙或被迫遷徙異國他鄉後，儘管想向主流文化看齊，但由於炎黃子孫的文化身分使他們始終無法忘懷長江黃河，從而形成母國文化與外來文化難於彌合的裂痕。作品中所表現的深沉哀傷，是永遠無法甩脫的。

正因爲華人不斷向世界離散，所以只要涉及到華人用華語所創作的作品，就有華文文學寫作的存在。在某種意義上，前述的海外華文文學，也可以看作離散式的移民文學。但移民文學的內涵大於海外華文文學，移民文學包含華裔移民用外語尤其是用英文寫的作品。他們使用的不是母國漢語，但與中華文化並沒有一刀兩斷。這種文學在上世紀二十年代就開始出現，如郭沫若在日本留學時寫的詩歌作品，郁達夫創作的小說，還有三十、四十年代老舍用英文寫的長篇小說《二馬》。這種現代作家在國外跨界雙語的寫作現象，一直被主流的文學史放逐，移民文學正好將他們涵蓋。

移民文學分舊移民文學、新移民文學兩種。舊移民文學是指自五十年代起，臺灣掀起出國留學的狂潮後，不少滯留不歸的海外作家以留學生生活爲素材，譜出了一曲曲海外遊子在異邦留學、成家立業的悲喜劇。代表作有於梨華的長篇小說《又見棕櫚，又見棕櫚》、聶華苓的《桑青與桃紅》、張系國的《香蕉船》、叢甦的小說。這類作品以失落感爲主旋律，在某種程度上說也是悲情文學，屬五十年代臺灣懷鄉文學的延伸和深化，同時是六十年代臺灣現代文學的一支勁旅。它拓寬了懷鄉文學的天地，增添了臺灣當代文學的品種。在溝通兩岸和海外華人的感情上，起到了橋樑作用。

二十世紀七十年代末，中國大陸停止以階級鬥爭爲綱的政治路線，國門由此向世界敞開。在這種情勢下，不同於於梨華的新移民文學應運而生。這類文學的許多作者是留洋深造的學生，因而又可稱爲新留學生文學。其作品不像舊移民文學寫國外求學時多有紀實傾向和充滿血淚的控訴。

新移民文學的題材離不開新遊牧時代移居者出洋後，爲生活所累出現的種種故事，其中滲透了中華傳統文化與時髦的外來文化交流後所呈現「剪不斷，理還亂」的心態。無論是華僑、華人或華裔，他們憑藉異國風情之「奇」、迎來送往之「離」，以及多元文化激蕩之「美」，才得到文壇和讀者的重視。這種新移民文學，是對中華文學的一種補充和豐富。

新移民文學也可以是非移民作家所寫，但更多的是新移民作家執筆，八十年代從大陸續出去或留學或打工或繼承遺產或嫁過去的盧新華、哈金、虹影、嚴歌苓、張翎、曹桂林、施瑋等人作品，表現了初出國門的新奇感，他們多半從抒情、抗爭走向進取、奮鬥。其作品雖有實際生活經驗的記述與宣洩，但更多的是對人生命運的關懷和思想的探求。還有劉荒田等人的散文，在思考哲理、展現人生時，透露出一種機智的幽默風格。

新移民文學的「新」，其時間維度具有不確定性，比如它是否會像中國當代文學的「當代」那樣無限延長，學術界對此有不同意見。不管如何爭議，下列兩點均爲共識：新移民文學上限爲文革結束後的一九七八年。此外，海外華文文學的作家無不與中國大陸的政治、經濟、文化保持著密切的聯繫。許多人還以在大陸主流媒體發表作品爲榮，但不能說新移民文學就是中國當代文學的組成部分。因爲新移民文學作家「出走」後所處的生活環境、文化背景及寫作方式，與中國大陸作家均有較大的差異。他們的選材對象、情感表達方式，以及使用的語言不純，還有跳脫了中國大陸意識形態的影響，所有這些都形成了新移民文學自己的個性，與中國當代文學雖相似，但又是「熟悉的陌生人」。

新移民文學一個重要特色是跨區域：從中國大陸來，然後輻射到海外。隨跨區域而來的跨文化，是指它不限於中華文學，而是受異質文化薰陶後和居住國文化交融，「它在文學寫作的純粹性和自我要求方面、在文學寫作的超然態度和大膽突破方面，在異質文化對文學觀念的滲透和體會方面，新移民文學都自有一種有別於大陸當代文學的文化特性。也就是說，新移民文學的文化特性，跨占/兼具了『大陸文化』與海外『異質文化』兩種文化內涵，並昇華出一種不同於兩種文化中的任何一種文化的新文化。」（註二二）如果將新移民文學的研究範圍從東方擴展到西方，那這種移民就不僅是民族的轉化，而且與「後民族主義」的興起有關。

這裡還應注意到第二代移民或土生華裔的中文書寫，「其藝術視角比起許多中國新移民作家，也明顯不同。而新移民作家本身也是有差異的。倘若你認同他鄉是故鄉，故鄉亦他鄉，這種時空置換，就是你從客居、漂泊中轉而找到歸屬感。有了這種歸屬感，你就會淡去『離散』的情結，注入『融入』的期待，筆下也就疏離中國敘事了。」（註二三）

新移民文學同樣存在於作爲中西文明近代交流第一迴廊的澳門，那裡不僅有葡萄牙文化，也有移民文化。澳門幾乎所有的文化遺產都打上了移民文化的烙印。一九四九年以後，一波又一波新移民從香港來，從內地來，從東南亞來，從澳洲、美洲來，這爲澳門帶來了多彩多姿的文學和繁盛的文化碩果，而且也開闢了移民文學新的生存和發展模式。

海外華人移民通常被形容爲「失根的蘭花」，但這不等於華文文學就是「空谷幽蘭」。研究這種並非「空谷幽蘭」的離散詩學及移民文學，必須借助全球化和現代性理論，剖析他們在講述「西方夢」的同時，如何向世界敘述「中國故事」，以揭示這些作家對世界華文文學史的獨特價值與貢獻。

4　「華語語系文學」的生成及局限

長期在臺灣受中文教育的史書美（Shu-mei Shih），其母語其實是韓語。在大學求學時則從事英語研究，此外她還有第二、第三外語如日語、法語。通曉各種語言的她，自然對語言的交會現象特別關注。她覺得生育她的土地海島臺灣，一直沒有受到大國學界的青睞。她不甘心讓臺灣成爲美國的附庸或作爲大陸的替身，這使史書美發生一種遠離中心的焦慮。

「華語語系」（Sinophone）便是在這種背景下，由時在美國加州大學洛杉磯分校東亞系任教的史書美，在二〇〇四年發表的用英文寫成的論文《全球文學與認同的技術》中提出來的。後來在二〇〇七年出版的英語世界第一本以專著形式將華語語系形諸文字的著作*Visuality and Identity: Sinophone Articulations Across the Pacific*（《視覺與認同：跨太平洋華語語系的表述與呈現》）中，作者提出作爲「華語語系」的主體，沒有必要永遠在「花果飄零」情結裡自沉，而應該從葉落歸根改爲落地生根。史書美不像某些人那樣言必稱「離散」，而是提倡「反離散」。正是在「反離散」框架上，她提出的「華語語系」這一理論範疇，這係專門指稱發生在中國大陸之外的華人用華語在文學乃至電影、美術等的創作實踐。用史書美的原話來說，是指「在中國之外以及處於中國邊緣、在數百年的歷史中被不斷改變並將中國大陸文化在地化的文化生產網絡」（註二三）。

乍看起來，史書美是在借鑑西方學界通用的Anglo-phone（英語語系）、Francophone（法語語系）、Hispanophone（西語語系）、Lusophone（葡語語系）而提出來的，但這並不純粹是語言和文學方面的探討，在學術詮釋裡面包含著「去中國化」的意識形態。這具體表現在史書美對所謂的「本質化」的「中國性」，及其派生出的「離散中國人」（Chinese diaspora）等概念的重新解釋和顛覆。本來，史書美一直把自己創造的「華語語系」概念看作是反叛這一本質化的「中國性」的重要理論支柱：「華語語系更多時候是一個強而有力的反中國中心論的場域。」（註二四）史書美以臺灣著名導演李安的《臥虎藏龍》等文藝作品爲例，說明「華語語系」是可以成功操作的。她還通過這些作品的分析去破除人們習以爲常的「指向一個『永恆的中國』或『本質中國性』（essential Chineseness）的幻象。」（註二五）

史書美的「華語語系文學」研究，是一種跨界研究，其中混雜有文學地理學的研究方法。她關注馬來西亞及中國臺灣等不居於中心地位的文學交流和匯合，擴大了漢語文學的研究空間，這的確有一定的新意。

自史書美提出「華語語系文學」一詞並在二〇〇六年進入中國大陸以後，引起一波未平一波又起的論爭。值得重視的是經過王德威等學者鼓吹和充實，美國主流學界也是以極大的熱情給了相當的關注，給人有向學科化方向發展趨勢之感。但無論是史書美還是王德威，其洞見中均有偏見。比如史書美自稱是臺裔美國人，或許「臺灣意識」還有「西方中心論」的影響，使她對中國充滿了誤讀，由誤讀、偏見還產生出一種敵意。她在臺灣地區和西方所認知的中國，顯然不是來自於自己的眞實感受，而是用一種意識形態所做的塑造。她號稱提出「華語語系」是爲了批判「中國中心論」，可她始終未能對自己淩駕在「中國意識」之上的「臺灣意識」進行反思。

排除政治偏見不談，來自於後現代主義、後結構主義、後殖民主義、文化研究等在內的西方當代批判理論組成的「華語語系文學」，至少概念不夠嚴謹。史書美以這種概念指稱中國之外的華語語言文化和群體，以及中國大陸的少數民族群體，可人們要問：「華語語系文學」到底是指華文作家的華語創作，還是華文作家的英語（日語、法語）創作？是指少數民族作家的華語創作，還是原住民作家的民族語言創作？是指華文作家的方言寫作，還是外國作家的華語創作？這是一筆糊塗賬。如果這些創作可通通算作「華語語系文學」，那豈不蛻化爲大家可以言說而大夥又不甚明確所指的概念？（註二六）當不同立場的研究者把自己認可的代表性的作品往「華語語系」這個大籮筐塞時，這個概念的科學性、規範性必然大幅縮水。王德威也十分清楚這樣做所造成的無所不包的混亂，但抵抗「中國性」，是史書美與王德威的共同目標。這與他們的海外生活經驗分不開，可正是這種經驗，使他們對中國做出曲解乃至反叛。而要反叛強大的中國及其繁榮昌盛的中國文學，要排除中國之外另立體系，另立山頭，談何容易。香港作者黃維樑就指出：「華語語系文學」的「語系」一詞是多餘的，只會引起不懂漢語或粗糙地說華語的人誤解（註二七）。至於史書美、王德威倡導的「華語語系文學」，其針對性是所謂中國大陸的「文化和政治霸權」，這已脫離了學術討論的範圍。

如果說史書美、王德威在「巧立名目」，也許會把複雜的問題簡單化。作爲美國中國文學研究中最有權威性的學者之一的王德威，對史書美有關Sinophone的定義，他沒有「照著講」，而是「接著講」，表示自己不同意將中國大陸文學排除在「華語語系」之外，他本人的學術研究範圍也一直將中國大陸文學視為華文文學的主體，但在立場與知識譜系上，王德威與史書美「心有靈犀一點通」，他所做的只是「補苴罅漏」的工作。認為「華語語系」即「華夏的聲音」的王德威，所看重的對象不是著眼在民族意義上的「現代中國」，而是由馬華作家溫瑞安在臺灣提出的有五千年光輝歷史的「文化中國」（註二八）。據此王德威將神州大地以外的華語文學詮釋為「花果飄零，靈根自植」（註二九）。在他看來，「道統外移」造成了臺港澳文學分流出去以及海外華文文學四處撒播的碎片化「中國」。他用「後學」觀點指出：「華語語系文學與以往海外華僑文學、華文文學最不同之處，就在於反對尋根、歸根這樣的單向運動軌道。」（註三〇）

「華語語系文學」研究給中國大陸學者的啓示，正在於不能夠把「中心」絕對化，以免忽略了離散華人的本土經驗，弱化了他們的主體意識。中國大陸學界與史書美、王德威的分歧，雖與政治有關，但更多的是學術爭鳴。他們充分肯定海外學界提出的「關注邊緣」的思考，當然也無法苟同從「抵抗中心」產生出的分離主義思潮。只有努力展開與海外學者的溝通與境外學者的對話，不全盤吸取別人的觀點，有所揚棄有所保留，才能為中國大陸的文學研究上升到一個新的層次。

——原刊於《漢學研究》二〇二〇年春秋卷

注釋

一　參看劉登翰、劉小新：〈華人文化詩學：華文文學研究的範式轉移〉，《東南學術》二〇〇四年第六期。

二　劉登翰：〈命名、依據和學科定位〉，《福建論壇》二〇〇二年第五期。本文吸收了他的研究成果。

三　陳賢茂：〈關於「海外華文文學」一詞的使用規範〉，《世界華文文學》二〇〇〇年第六期。

四　與世界華文文學同進同出的新興學科比較文學，其首屆的全國性大會，比華文文學會議遲了一年。但由於比較文學有三十年代眾多成果做基礎，故它的發展比世界華文文學學科步伐快。

五　也斯：〈愛荷華的中國文學座談會〉，《詩潮》第四集（一九八〇年十二月），頁二十八。

六　「大同世界」一詞，是借用劉紹銘的翻譯。他把「大英共和聯邦」加以漢化，因此成為「大同世界」。王潤華：〈從新華文文學到世界華文文學的大同世界〉，載《從新華文學到世界華文文學》，新加坡潮州八邑會館叢書一九九四年版。

七　許翼心、陳實：〈作爲一門新學科的世界華文文學〉，《臺港與海外華文文學評論和研究》一九九六年第二期。本文吸收了他們的研究成果。

八　劉登翰：〈命名、依據和學科定位〉，《福建論壇》二〇〇二年第五期。本文吸收了他的研究成果。

九　張奧列：〈海外華文文學該姓啥？〉，《文學報》（二〇一九年三月二十八日）。

一〇　許翼心、陳實：〈作爲一門新學科的世界華文文學〉，《臺港與海外華文文學評論和研究》一九九六年第二期。本文吸收了他們的研究成果。

一一　劉登翰：〈華文文學的大同世界〉（廣州市：花城出版社，二〇一二年），頁三。本文吸收了他的研究成果。

一二　吳奕錡、彭志恆、趙順宏、劉俊峰：〈華文文學是一種獨立自足的存在〉，《文藝報》二〇〇二年二月二十六日。

一三　見〔南朝宋〕謝靈運《辯宗論》〈問答附〉：「良由華人悟理無漸而誣道無學，夷人悟理有學而誣道有漸，是故權實雖同，其用各異。」

一四　杜國清：〈世界華文文學研究方法試論〉，載第八屆世界華文文學國際研討會論文選《世紀之交的世界華文文學》，《臺港與海外華文文學評論和研究》增刊，一九九六年版。

一五　蒲若茜譯：〈「開花結果在海外——海外華人文學國際研討會」綜述〉，《華文文學》二〇〇三年第一期。

一六　王理行、郭英劍：〈論Chinese American Literature的中文譯名及其界定〉，《外國文學》二〇〇一年第三期。

一七　參看梁麗芳：〈擴大視野：從海外華文文學到海外華人文學〉，《華文文學》二〇〇三年第一期。

一八　張奧列：〈海外華文文學該姓啥？〉，《文學報》（二〇一九年三月二十八日）。

一九　劉俊：《從臺灣到海外》（廣州市：花城出版社，二〇〇四年）。

二〇　「大同世界」一詞，是借用劉紹銘的翻譯。他把「大英共和聯邦」加以漢化，因此成爲「大同世界」。王潤華：〈從新華文文學到世界華文文學的大同世界〉，載《從新華文學到世界華文文學》（新加坡：新加坡潮州八邑會館文教委員會，一九九四年）。

二一　劉俊：《世界華文文學：歷史．記憶．語系》（廣州市：花城出版社，二〇一七年），頁一六三、一六四。

二二　SHU-MEI SHIH, *Visuality and identity: Sinophon earticulations across the Pacific* (Berkeley & Los Angeles: University of California Press, 2007), p.4。

二三　SHU-MEI SHIH, *Visuality and identity: Sinophon earticulations across the Pacific* (Berkeley & Los Angeles: University of California Press, 2007), p.31.

二四　SHU-MEI SHIH, *Visuality and identity: Sinophon earticulations across the Pacific* (Berkeley & Los Angeles: University of California Press, 2007), p.3.

二五　張奧列：〈海外華文文學該姓啥？〉，《文學報》（二〇一九年三月二十八日）。

二六　參看霍艷：〈另一種「傲慢與偏見」——對「華語語系文學」的觀察與反思〉，《文藝報》（二〇一七年五月三十一日）。

二七　黃維樑：〈學科正名論：「華語語系文學」與「漢語新文學」〉，香港：《文學評論》第二十七期（二〇一三年八月）。

二八　王德威：〈中文寫作的越界與回歸——談華語語系文學〉，《上海文學》二〇〇六年九月號。

二九　王德威：〈華語語系文學：花果飄零，靈根自植〉，《文藝報》（二〇一五年七月二十四日）。

三〇　王德威：〈中文寫作的越界與回歸——談華語語系文學〉，《上海文學》二〇〇六年九月號。

世界華文文學的學科品格

古遠清

八十年代以降，中國學術界爲適應新的時代要求，不斷擴大研究領域，由文學史走向民族史、移民史、文化史、國際關係史研究，由單一的作家作品論研究走向語種的文學研究。世界華文文學作爲一門獨立學科，也因此逐漸進入中國社會科學學界視線。二〇〇六年，國家社科基金課題指南，將世界華文文學研究正式列入和中國現當代文學同屬三級學科進行課題申報，不像過去那樣視爲中國現當代文學的子課題。這是世界華文文學學科崛起得到公認的一個重要標誌。

作爲一門逐步發展和日趨完善的新興學科，世界華文文學獨特學科品格的認定，與這門學科的研究範圍緊密相連。開放性、兼容性、多元化成立體狀態，這是世界華文文學這門學科的突出特點。具體說來，作爲新時代的文學高地，它具有國際性、移動性、本土性、邊緣性這四種品格和特徵。

當然，對這門學科能否獨立存在，仍有爭議。但不可否認的是，世界華文文學從中國現當代文學中獨立出來，有相應的理論做支撐：

二十世紀後半期，西方出現了一些如後現代、後殖民、全球華、跨文化、差異表達這些能指符號，尤其是源於希臘的「離散」一詞，成了世界華文文學應用文化研究方法探討身分問題的理論支持。此外，中國的海外移民史研究在身分認同上的界定，關係到海外華文文學的學科性質，也就是與中國文學不同的學科特徵以及文化變遷的母體上，提供了一種難得的參照系。據有關資料顯示，從中國遷到海外的移民，開始時有普遍的懷鄉心態，不願意注銷原來的國籍；或爲了適應現狀的需要，實行雙重國籍制。可自一九五五年萬隆會議後，中華人民共和國明確宣布取消雙重國籍，華僑便去掉了「僑」字而成了移居國的外籍華人。隨著從移居到定居，不再有過客心態的「華僑」從此變成「華人」，後來又有「華裔」（註一）即國外出生在「他鄉」受教育的下一代。他們與「華人」最大的不同是「文化中國」意識淡薄。不管是「華人」還是「華裔」作家，其書寫的文學從此不再是中國文學的支脈，而是成了地地道道居住國文學的一部分。

這種從「戰後初期的『華僑不變論』，到六十年代的『華人同化論』，走向八十年代王賡武的『華人多重認同論』」（註二）的移民史研究，是大陸學者研究海外華文作家身分轉型的一種重要理論資源。

壹　世界華文文學的國際性

國際性是世界華文文學本質特徵的重要體現和內在要求。世界華文文學的生產，本是一項國際性的事業，也是由其作品所體現的普世價值及涵蓋的廣闊性的精神氣質所決定。國際性，理所當然是世界華文文學所追求的一項重要價值體系。

決定國際性成爲世界華文文學本質特徵的因素，主要來自作家們的創作不局限於某國某地區。追求國際價值，原是世界華文文學產生和發展的內在驅動力。世界華文文學的本質是由華族文化的傳承及其變異所組成，而這傳承與變異均是無國界的。各國的華文作家，一直在致力於文化的發展與創造，促進世界各國讀者對中華文明的瞭解。華文作家原本關注的是整個世界。

國際化也體現在華文文學研究上。這種研究，是由於移民導致研究題材的變化和視野擴大的一種帶有國際性的表達。華文文學研究如果去掉了國際性，就沒有存在的價值。要使一個原本封閉的研究系統向外擴張，研究者就必須與散布在全球的華文作家作接觸。這接觸，可以是面對面，也可以是心靈的相通。正因爲相通，就可以保證華文文學研究能與研究對象交流，這也保證了高水平理論研究的存在和發展。

世界華文文學研究的國際性，既適應了以創作爲根基發展多元化的趨勢，也適應了學科建設本身的需要。另方面是研究人才的國際競爭需要。爲了更好地強化本國政治及文化利益，世界各國均想盡千方百計在各個研究領域展開競爭，包括華文文學創作領域和華文文學研究領域的競爭。這種競爭，是潛在的競爭，官方不會出面。這種競爭，也不是誰吃掉誰，而是廣泛地吸納別人的優勢，用以鞏固和發展自己文化的長處和創作、研究的地位，以便有力地推動世界華文文學學科向國際化邁進。

世界華文文學的發展離不開各國文化尤其是西方文化的哺育。這不僅表現在中國本土文學以西方爲榜樣，成功地實現了從古典到現代的轉型，而且表現在從中國向東南亞、北美、澳大利亞、加拿大等地移民作家，均希望創作出超越國界的高水平作品。這種高水平作品，集中體現在二〇一〇年由馬來西亞媒體《星洲日報》設立的「花蹤世界華文文學獎」。這個華語世界的「諾貝爾獎」，以世界華文作家爲對象。「海水到處有華人，華人到處有花蹤」，是此項文學獎的永恆主題。香港還創辦了

「紅樓夢獎：世界華文長篇小說獎」，獎勵優秀華文作家和出版社。這些得獎作品，同樣體現了世界華文文學的國際價值。

關於世界華文文學的國際性，還表現在傳播上，這可以金庸的作品爲例。林以亮曾說：「凡是有中國人，有唐人街的地方，就有金庸小說。」金庸的武俠小說在二十世紀五十年代就開始在中國港澳地區流行。到了七十年代，金庸的作品走向東南亞華人文化市場乃至歐美華人文化圈。這得力於作品深刻的中國文化內涵，及其寫作方式上對世界各地華人審美趣味的把握。這是金庸對強勢英語的一次成功「突圍」。金庸作品還突破了意識形態的「包圍」。不管什麼政治派別的人，都喜歡讀他的作品。金庸亦突破了雅俗對立的「包圍」，做到雅俗共賞，甚至把通常視爲通俗文學的武俠小說向高雅文化轉換。金庸作品傳播全球化，是世界華文文學的一大奇蹟。

總之，具有族群性、地域性的世界華文文學，更鮮明的色彩是國際性。這既是世界華文文學學科的內涵，也是其存在的根基和價值。

貳　世界華文文學的移動性

在國際視野下，多層面地闡釋世界華文文學的演變及其創造性成就，必須有一種文學整體觀。中國文學有懺悔意識、現代戰鬥意識、現代生存意識、惡魔性因素等命題，但不存在著在移動性這一特點。而世界華文文學在作家隊伍構成上，主要由中國移民及其華裔所組成。由於社會動盪不安，移民現象便不斷出現，且不說海外單說境外的香港作家，在面對「九七」回歸問題上心態異常複雜。出於各種原因，往加拿大等國流動的作家比較多。從五十年代開始，也有從世界各地流進香港來的。這種作家進進出出，出出進進的情況，體現了世界華文文學與國際性相連的移動性這一現象。

不斷地移動，就有不斷的鄉愁產生。所謂鄉愁，是永恆的人類感情。無論他是什麼政治信仰，鄉愁都會驅之不去，拂之不走。這是一種模糊的悵望，處於兩個世界之間的正常過渡期，也就是卡森·麥卡勒斯筆下混合著孤獨的懷舊。這種鄉愁文學，有不同的表現方式。一種鄉愁的「鄉」是專指某一地方，二是指精神的故鄉，並不特指作者出生的某地某鄉。于右任懷念的故鄉便是泛指。余光中的鄉愁詩，其鄉也是一種文化理想之鄉。他到臺灣後，最懷念的是祖國的大好山河、家鄉的人民及五千年光輝燦爛的歷史文化。

漂泊、流亡、奔走、流浪、往返、回歸所組成的移動性，是世界華文文學學科的一大品格，但作爲文學母體的移動與放逐，具體到各國作家的移動和書寫方式不完全相同。一般說來，作家離散式的移動書寫表現在拷問式的「你從什麼地方來？、」「你到何處去？」、「我是誰？」、「我爲何不停地移動？」、「我的家到底在哪裡？」；或「同是天涯淪落人」的漂泊式；還有是永遠做流浪漢，永遠無家可歸的「無根式」。

在這種移動中，心靈移動也不可忽視。所謂心靈移動，是「身在曹營心在漢」，雖然沒有離家出走，但早已心繫他鄉。這是一種靈魂放逐，其源於對母國生活方式的不滿或不認同。而身體移動，也就是移民，這是一種生活方式的選擇，與欲望的驅使有一定關係。以個案爲例，馬華作家李永平屬典型的流浪人，他從這個島移向另一個島，因而他的生活狀態及書寫方式，一個重要特徵正是移動和流離。他生前一直沒有重返故鄉，故他的小說或其他作品，都是移動式的漂泊書寫；而企圖尋覓人類永恆家園的詩人原甸，他的移動從新加坡開始，然後到中國內地，由內地到維多利亞海灣，最終從東方明珠的香港回歸新加坡。這種移動，是六十年代嚮往社會主義中國的東南亞左翼青年，實行現實主義創作路線的一種精神旅程，同時也在不斷移動的書寫中，體現了一種精神放逐及其「去國——漂泊——回歸」的文本範式。（註三）

隨著英美等國開始關注自己國民利益收縮簽證和移民政策，也因爲中國當年和一些國家沒有建交，這使得臺灣成爲第三世界國家留學生的重要流入地域。這就是爲什麼研究世界華文文學的移動性，不能單純局限在從中國移動出去的作家身上，還應注意從國外移民進中國作家的原因。如臺灣就有從南洋飄來的「旅臺」馬華文學。從二十世紀六十年代初開始，馬來西亞到臺灣定居或留學的馬華作家有李永平、陳慧樺、張貴興、溫瑞安、黃錦樹、鍾怡雯、陳大爲、林幸謙等。他們大部分能寫、能評、能編，尤其是以蕉風椰雨的異國情調成功地介入臺灣文場。到了九十年代，旅臺馬華作家在臺灣文壇大放異彩：他們或勇奪「兩大報」文學獎，或進入學院體制和占領文學講臺。他們還以自己的「臺灣經驗」審視馬華文學，在馬華文壇掀起陣陣波浪。

移動性也表現在世界華文文學這一學科概念上。作爲一門很有前途的新興學科，其研究內涵不可能完全固定。作家們生活上在不斷地移動，學科的研究對象也不斷地平面移動，不斷的發展，不斷的拓寬研究的範疇和時空。它不可能是一個永恆的實體，而是各種複雜的文學現象匯集。它不是被動地等待人們發現，而多半是指研究者自己去主動建構。無論是「離散文學」、「流散文學」、「臺（灣）美（國）人文學」、「流亡文學」、「新移民文學」、「新華人文學」、「新華僑文學」、「新華文文學」、「新海外文學」或「海外中國文學」、「海外漢語文學」、「華美族文學」、「唐人街文學」、「洋插隊文學」、「洋打工文學」直至使用頻率極高的「華語語系文學」，相對來說都缺乏鮮明的自律性，其學科歸類先後也不一致。交叉性和模糊性，正是所有新興學科的共同特徵。

移動性帶來了爭議性。比如世界華文文學有以下幾種爭議：

一是「漢語的」還是「華語的」？正如沈慶利所說：「『漢語』對應的是『漢人』、『漢族』之族群名稱，意指『漢人使用的語言』；『華語（文）』對應的是『華人』、『華族』之名稱，意指『華人使用的語言』。」（註四）顯然，「華語」的涵蓋面更寬廣，用「華語」比「漢語」好，而「華文」的使用比「華語」更普及。兩者當然可以並存，但在中國大陸普遍使用的是「華文文學」而非「華語文學」。就是臺灣地區，成立的團體也是「世界華文作家協會」而非「世界華語作家協會」。在香港，國學大師饒宗頤生前主編的大型國際性刊物也不叫「漢學」和「國學」，而叫「華學」。

二是「語種的」還是「語系的」？史書美、王德威提出「華語語系文學」，據說是爲了突破「以國家文學爲重點的文學史研究」格局，「語系」是相當於「系譜」的觀點，其實「語系」一詞純屬畫蛇添足，簡稱「華語文學」或「華文文學」豈不更簡單明瞭？總之，「語種的」比「語系的」更不易產生誤解和誤讀。

三是「海內的」還是「海外的」？陸臺港文學屬「海內文學」，而中國以外的文學即海外華文文學，屬外國文學。雖然兩者有交叉之處，陸臺港文學畢竟是從語種角度立論立名，不屬於國別文學，這是不容置疑的。

從歷史上看，學科疆界的移動不僅世界華文文學學科有，而且比較文學學科尤其是中國現當代文學學科也出現過「新文學」、「中國現代文學」、「中華現代文學」、「二十世紀中國文學」、「現代中文文學」、「民國文學」、「漢語新文學」各種概念百花齊放這種現象。學科的制度化，總是從闡釋和商榷的往返論辯，也就是由移動走向穩定，再由學術理念的穩定回歸移動。如此生生不息，世界華文文學才成爲有生命力的新興學科。

參　世界華文文學的本土性

本土性是指由時間累積的文化習俗，還有地域共同作用互相影響而體現出的思想意識、生活習慣等方面的地區性差異。比起文化習俗來，地域性更爲重要。簡言之，本土性就是指本土特質、本土視角、本土精神或本土意識。

本土性的典型個案是東南亞華文文學。若以第二次世界大戰爲分水嶺，可看出在此前後有明顯的變化。在戰前出現的華文文學爲中國文學的留洋和外放。

戰後隨著國際形勢的急劇變化，殖民地、半殖民地國家紛紛獨立。這時候的東南亞華文文學創作，不斷在突現南洋本土色彩，獨立成爲不同於中國的華族文學。在這方面，新馬華文學是最突出的例子，如金枝芒作品對馬來亞共產黨充滿感情，處處不忘歌頌「人民的子弟兵」，這點與中國的軍旅小說非常相似，但仍有不同之處，像故事背景爲熱帶雨林，還有「亞峇」、「蘆萁芭」這些詞彙中國小說是沒有的。再如泰華文學，也不再是僑居生活中的憶往昔文學。它經過八十年的移植，已從「落地生根」慢慢走向「根深葉茂」，而不再像過去那樣政治上太過傾向中國、藝術風格上過於接近中國。這好比「流經泰國就成爲湄公河，水源來自中國，河流屬於泰國。」（註五）

與華文文學本土化相適應的是東南亞華文文學作品愛國主義內涵的轉換。在第二次世界大戰前，新華文學的愛國主義精神主要體現爲愛中國。後來，新馬華人與僑居國人民一起並肩戰鬥，共同抵抗外來侵略者，用鮮血和生命保衛居住國作出巨大的貢獻，這時的新華作家，逐漸由對華夏故土的摯愛轉向爲對宗主國的認同。他們與其他居住國的民族一樣，強烈渴望鏟除殖民制度，建立民主、自由、獨立的國家。像原甸的〈青春的哭泣〉、杜紅的〈我不能離開我的母親土地〉、李販魚的〈我永遠站在祖國的土地上〉，這裡「哭泣」的對象和「母親」、「祖國」的含義，均不是中國而是居住國。當國家擺脫殖民統治後，新華作家便掉轉筆鋒，由呼喚民族解放轉爲歌頌年輕共和國的誕生，如李汝林的〈我愛新加坡〉、董農政的〈我們是新加坡人〉，就是洋溢著愛國主義豪情的作品。這些新華作家，都經歷了「從土地認同到國家意識的轉化」（註六）的過程。

東南亞華文文學除新（加坡）華文學已經成爲國家文學的一部分，與英文、馬來文和淡米爾文受到同等看待外，其他國家地區的華文文學大都屬於「在貧瘠的土壤上開放的野花」（註七）。由於當局不重視華文文學和推行種族歧視政策，再加上把文學視爲生命的華文作家占少數，發表園地稀少，讀者面局限於少數文化層次較高的華人。東南亞華文文學這種先天不足，使他們整體的文學成就比不上北美和中國臺灣。（註八）

臺港澳文學同樣存在著本土性問題。臺港澳文學的獨立發展，本是以自己的本土色彩爲祖國文學的大花園增添新株。人們常說劉以鬯是「南來作家」，可他在「石屎森林」即高樓大廈的香港生活了半個多世紀，從他發表和出版的作品看，「南來」的色彩在不斷褪化，本土色彩卻在直線上升，他已成了地道的香港作家。

肆　世界華文文學的邊緣性

華人離鄉背井到海外漂泊，相伴的是他們的精神支柱首先是華族文化，尤其是華文。

哪裡有華人，哪裡就有華文。不甘壓制只好遠走他鄉的華人，無論是漂泊在富得流油的西方國家，還是受英國殖民的馬來亞等經濟上還未飛騰上升的國家，他們在居住國均無法進入上層世界，其社會地位相當於「少數民族」。在強勢的西方文化面前，哪怕漢語和朝鮮語、越南語一樣是大語種，使用的人口也很多，但華族文化仍無法昂首挺胸。在各類語種中，英文總是在「執牛耳」。

走遍世界各地，很容易找到「唐人街」。在「唐人街」，有的作家做出「告別母語」的痛苦抉擇而用居住國語文書寫，許多情況下是被迫的，無奈的。這是爲了謀生，爲了取得主流社會的認可。這是二十一世紀「新華人」的一種退路，或曰出路。「出路」其實未必。作爲不易脫胎換骨、不易被同化的族群，即使在殖民者撤退後，華人文學不僅會留下後殖民的圖譜，更會打上中華文化的烙印。

邊緣地位源於政治地位和文化身分。如位於婆羅洲島西北部的汶萊，馬來語和英語是官方語言，而華語屬弱勢文化，故用華語創作的作品，在汶萊這個「和平之鄉」一直處於支流的地位。再以馬來西亞爲例：一九五七年馬來亞宣布獨立，其憲法規定馬來語是馬來西亞的國語，只有用馬來語創作的文學，才是國家文學，而用華語寫作的文學，只能是地方性文學，也就是邊緣文學。

在邊緣文學方面，林幸謙是一個不可複製的個案。以出生地而論，他雖然吃馬來米長大，但說的卻是漢語，寫的又是中文，其祖籍爲中國福建省，故大馬的膠園棕櫚並不是他眞正的故鄉。至於他生活過的臺灣，現在的工作地香港，並非是中國的主體，而是境外，這就使他的創作注定要被邊緣化。在這種「雙重邊緣」的情況下，林幸謙自然信仰「本體論的流放」：人類原本就沒有家鄉，鄉園只是一種無可理喻的幻影。不承認有實體的土地可指認的家鄉夢土，這夢土歷來比地理學上的鄉土更具有激動人心的魅力。正是林幸謙一類的華人在居住國屬外來者身分，以及華人難以與西方人競爭的情況，這就決定了華文文學在海外是一種邊緣存在。

邊緣文學不僅出現在海外，也產生在「海內」。如從地理位置上看，相對於內地，香港還算不上是政治中心；從文化上看，香港的中華文化來源於內地的中原文化。處於邊陲地位的香港，歷史上還是放逐文人的理想地方。在戰火連天時，香港則屬內地文人的「避風港」。如果不是懷著中原心態，認爲內地文學是天然的華文文學中心，相形之下說香港文學是「邊緣文學」，也說得過去，但不能小看這「邊緣文學」。在內地以階級鬥爭爲綱的年代，香港將華文文學輸入東南亞地區，這是號稱「中心」的內地做不到的。即使香港回歸後，處於邊陲地位的香港，其文學仍然是聯結世界華文文學紐帶和橋樑。

海外華文文學不僅在西方文學中經常處於邊緣狀態，某些帶有交叉特點的作品在中國文學排行榜中往往也排在後面。看似對邊緣文學不尊重，其實這個現象並不是人爲的，而是一種客觀存在。也正因爲不占主流地位，也就有可能發揮它的特殊作用：反映跟主流不同的價值觀，顯示出不隨大流的獨特品格，從而形塑出海外華文文學的主體性。儘管它不存在「驚濤裂岸」的壯觀局面，但涓涓細流自有其存在的意義。這種「存在是西方文學與中國文學的補充，有其不可取代的價值。」（註六）

總之，「邊緣文學」系和華文作家居住國的「國家文學」相對而言，另方面與他們始終生存在兩種乃至多種文化的夾縫有關。也可以說，華文文學的邊緣性與上面說的移動性是一對「難兄難弟」。移動的原因離不開戰亂、經濟滯後和政治壓迫。移動的特殊狀況，引伸出邊緣性問題。這是一種因果關係，是構成世界華文文學這門新興學科重要特徵的原因之一。

世界華文文學作爲從中國現當代文學、比較文學、世界文學「突圍」出來的新興學科，爲構建世界共通的華文文學意識的多維視野，有必要進一步強調超越不同文明的畛域和不同文化的視野，探討華文文學共同體的期許與想像，並在此基礎上構築一個具有國際性、整體性的世界華文文學的大同世界。

毫無疑問，從八十年代蹣跚起步到新世紀蓬勃發展的世界華文文學這門學科，在「突圍」中日益走向成熟，其發展前景日新月異，令人樂觀。

——原刊於《貴州社會科學》二〇二二年第三期

注釋

一　參看劉登翰、劉小新：〈華人文化詩學：華文文學研究的範式轉移〉，《東南學術》二〇〇四年第六期。

二　劉登翰：〈命名、依據和學科定位〉，《福建論壇》二〇〇二年第五期。本文吸收了他的研究成果。

三　許文榮：《馬華文學類型研究》〈前言〉（臺北市：里仁書局，二〇一四年）。

四　沈慶利：《必也正名乎？——評析華文（語）文學的幾個概念的論爭》（打印稿）。

五　司馬攻：〈泰華文學的定位〉，《世界華文文學》一九九九年第五期。

六　饒芃子主編：《中國文學在東南亞》（廣州市：暨南大學出版社，一九九九年），頁二十七。

七　陳賢茂主編：《海外華文文學史（第一卷）》（廈門市：鷺江出版社，一九九九年）。

八　張奧列：〈海外華文文學該姓啥？〉，《文學報》（二〇一九年三月二十八日）。

九　香港《亞洲周刊》於一九九九年評選《二十世紀中文小說百強》，東南亞華文小說榜上無名，就是一個明顯例證。而臺港小說的成就則不同。在「百強」中，臺灣小說共逾四分之一。僅前五十名，臺灣小說就占了十四部。香港小說也不甘落後，在一百本小說中占了十二部，超過十分之一。這次評選儘管在標準等方面有可質疑之處，也不否認有贋品混跡其中，但基本上反映了全球華文小說創作的面貌。

「世界華文文學」的分布及其走向

古遠清

中國大陸實行改革開放前，臺港澳文學一直無法接觸，當然談不上研究。自一九七九年元旦葉劍英《告臺灣同胞書》發表後，「老死不相往來」的兩地血緣文化由此得到交流。大陸的臺灣文學乃至後來的港澳文學研究，正是在這種背景下展開。隨著頻繁的經貿往來和文化交流，八十年代以降，中國出現了留學熱和「洋插隊」的現象。爲適應新的時代要求，中國學術界逐漸拓展研究視野，世界華文文學，也開始作爲一門獨立學科而受到矚目。

世界華文文學研究範圍廣泛，包括北美華文文學、東南亞華文文學、東北亞華文文學、歐洲華文文學、澳大利亞華文文學以及中國境外文學，即臺灣、香港、澳門三個地區文學。下面分述之。

北美華文文學

北美華文文學是世界華文文學版圖中的一座重鎮。

北美華文文學中的「北美」，係指北美大陸，包括美國和加拿大兩個國家。遠在十九世紀七十年代，就有華人到北美，另有中國學者到哈佛大學任教。作爲首位在北美高等學校教書的戈鯤化，在任教期間創作了不少舊體詩詞，華工們則創作有《埃侖詩集》，它不僅寫出謀生的艱難，也表達了華人對殖民者壓制他們的憤怒。這時嚴格意義上的華文文學很少，口頭流傳的華文文學則有許多。

第二次世界大戰期間，中美因爲同屬同盟國因而交流頻繁。這時的華人有法律做後盾，美國的華文文學便有了生存發展的條件。上世紀四十年代後期從廣東移民美國的黃運基，創作了長篇「異鄉三部曲」，反映了華人獨立自主的頑強精神。這時還出現了「美洲華僑青年文藝社」，創辦了《新苗》文藝月刊，當地的華文副刊也經常刊登華人用中文創作的作品。

到了二十世紀五六十年代，臺灣興起留學熱潮，又有一批華人來到西方世界。面臨兩種不同文化的碰撞，於梨華等人創作了「留學生文學」，白先勇則創作了以「流浪的中國人」做主人公的小說。這時的作家隊伍，重要的有圍繞在林語堂、林太乙父女周圍的《天風》月刊作者群，也有以胡適爲核心，另有唐德剛、周策縱、鹿橋、盧飛白、心笛等人參與的《白馬文藝》作者群。第三類則是從臺灣或香港到美國的留學生作者群，由他們組成了北美華文文學主力軍。由於這一波的移民受過良好的高等教育，有較深厚的中華文化根基，又精通雙語，因而先後出現了白先勇、聶華苓、叢甦、歐陽子、張系國、劉大任、楊牧、陳若曦、郭松棻、李渝、東方白、平路、李黎、王鼎鈞、琦君、黃娟、保眞、鄭愁予、葉維廉、周腓力、許達然、非馬、莊因、喻麗清、黃宗之、葉周、江嵐、張鳳、薛海翔等作家，新生代作家則有伍綺詩、二湘等。

如果說，二十世紀五、六十年代的移民作家主要來自臺灣，那八十年代以後出現的新移民作家，則大部分來自大陸。這類作家主要有嚴歌苓、曹桂林、張翎、查建英、施雨、蘇煒、李彥、冰凌、周勵、盧新華、宗鷹、劉荒田、少君、陳瑞琳、呂紅、王性初、易丹、融融、程寶林、王正君等人。他們的作品無論是小說和詩歌，從整體上與鄭愁予、白先勇、於梨華的影響力有差距，但其活躍程度大有後來居上之勢。

屬於大陸作家群的蘇煒，曾是著名的知青文學作家。他在國內創作了大量以上山下鄉爲題材的作品，後來出版過長篇小說《渡口，又一個早晨》、《迷谷》、《米調》。蘇煒又是文學批評家，現任美國耶魯大學東亞系中文部負責人，著有《天涯晚笛：聽張充和講故事》、《走進耶魯》等。他還是一位舊體詩人，出版過《衮雪廬詩稿》。

五十年代初生於上海的周勵，一九九二年發表自傳體小說《曼哈頓的中國女人》，描述了一個時代而影響了一代人，已成爲留學生文學的代表性作品。她另有《曼哈頓情商》和名爲「非虛構」寫作的探險紀實和文化散文系列。這些作品，不僅體現出雙重文化身份對其人生尤其是對其創作的深刻影響，還滲透著她對歷史與現實的獨特見解。

生於北京的查建英，先後就讀於美國南卡羅來納大學、哥倫比亞大學，後返回中國。已出版非小說類英文著作《China Pop》，雜文集《說東道西》，小說集《叢林下的冰河》，其中《China Pop》被美國Village Voice Literary Supplement 雜誌評選爲「一九九五年度二十五本最佳書籍之一」。她在北京出版的《八十年代》，選擇了十一位在八十年代的「文化熱」中具有代表性的人物進行訪談。八十年代，本是當代中國歷史上一個令人心動的時代。隨著歲月流逝，當年發生的那一切已逐漸被人淡忘。爲了不被忘卻，也爲了告別過去、瞄準未來、輕裝前進，查建英寫了這本頗有價值的書。

一九四八年生於台山，一九八〇年移居舊金山，退休後有一半時間在佛山的劉荒田，其「人生三山」使得他的文化情懷離不開萬里家山，內心深處總不忘中國知識分子的傳統抱負，用中文書寫他感時憂國的胸襟。這胸襟常常通過他獨具個性的小品文去實現，其作品離不開平民的生活，他描繪的都是芸芸眾生的心靈現狀。「如果說劉荒田是一棵樹，那麼他筆下凝練而雋永的小品文就是一片片葉子，勃發、茂密的葉子，有人、有物、有事、有情，葉子雖小，卻無所不包；既短小精悍，又海納百川。」（註一）

這時期的北美華文文學團體有不少，重要的有於一九九一年五月四日在紐約成立的北美洲華文作家協會。它是「世界華文作家協會」七大洲分會之一，首任會長陳裕清，第二任會長爲馬克任，最初以紐約、紐澤西、劉墉、韓秀等均爲會員。該會在美國與加拿大有二十五個分會，一千五百多名會員。趙俊邁爲第三、四屆會長，第五屆會長爲吳宗錦，第六屆會長爲呂紅。

中國人到加拿大，最早可追溯到一八五八年。加拿大當時實行種族歧視政策，於一八八五年起不許華人入境。第二次世界大戰後，當局改變了對華政策，華人還有了選舉權。正是在華人移民不斷增加、華文教育日益得到發展這種背景下，加拿大華文文學也應運而生。這時不僅有華文報刊、華文寫作團體，還有華文出版社。

不同於中國的文學團體，加拿大的華文寫作社團毫無官方色彩。民間性、鬆散性爲其特色。重要的文學團體有於一八五七年在溫哥華成立的「加拿大華裔寫作人協會」，九十年代初易名爲「加拿大華裔作家協會」。該會宗旨是推動加華作家的創作與研究，促進加拿大華裔作家與世界各國的文學交流。先後任會長的有盧因、梁麗芳、陳浩泉、劉慧琴，另有「加拿大中國筆會」等。

李彥是加拿大華文作家近年極其活躍的一位。她於一九八五年開始用雙語寫作，其中英文長篇小說《紅浮萍》獲一九九六年度加拿大全國新書提名獎。一九九七年起在滑鐵盧大學任教，她的《紅浮萍》直接向西方英文讀者介紹二十世紀眞實的中國社會和中國人。具體來說，這部小說通過一個家族三代人在百年歷史中浮沉及其變遷，反映了在歷史大潮下人們無法自主的漂泊，生動地表現出歷經滄桑的華人對理想堅定不移的追尋。後來她又用中文創作了長篇小說《嫁得西風》，另有第二部英文小說《雪百合》。李彥與別的移民作家不同的是，她的英語作品不是請別人翻譯，而是親自操刀「譯寫」。

學者梁麗芳的學術生涯從古典文學開始，著有《柳永及其詞之研究》，後用英語寫了《中國當代小說家：生平、作品、評價》，把八十個中國當代作家的成就，向世界讀者展示，讓更多人系統地認識他們，從而瞭解這四十年來中國文學的發展風貌和創作成就。

縱觀美國、加拿大兩地華文作家的創作，可以發現他們通過對文化、族群和性別等問題的思索，在國族認同和中西文化交會方面進行了有益的探索；他們承續原有「中國敘事」的同時，吸收異國文學的創作精華，逐步建構起華人敘事的全球性視野。他們號稱不談政治、種族、宗教，其實無法超越這些主題。他們盡管擁有跨文化的優勢，但卻無法擺脫邊緣化的困擾。

無論是學者還是作家，北美華文作家均意識到新移民作家所面對的挑戰。他們無不認為，文學創作上，要突破過去創作主題的局限；文化交往上，應積極展開與國內外主流文化的對話；創作心理上，要從既不屬於原鄉也不屬於異鄉的矛盾狀態中走出來，大踏步向融合的方向邁進。

東南亞華文文學

東南亞華文文學包括下列國家：新加坡、馬來西亞、泰國、菲律賓、印尼、文萊、越南、緬甸、寮國。這些國家的華文文學，與臺港澳文學，有許多相似之處，如從微觀上來說，新加坡文學與香港文學著重城市題材，作者多走文商結合的道路。從宏觀上說，這些區域的作者均爲華人，作品用中文寫成，和中原文化有割不斷的聯繫。也就是說，漢語所固有的文化底蘊，對這些不同區域的作家形成了共同性規範。但由于文化交流、傳播演變所形成的各種複雜原因，致使這些國家和地區的文學呈現出不同的風貌。

東南亞華文文學各國具體情況不盡相同。新加坡華人占多數，盡管華文教育在一九八四年後因政策的調整而發展緩慢，以至南洋大學被解散，華文成了第二語文，但華文文化並沒有走入絕境，仍在發展。到了近年來，新加坡當局對華文教育不再采取歧視態度，並推行雙語教育方針，使華文文學改變了在夾縫中生存的局面，以至成了國家文學的一種。馬來西亞華人由於生活在馬來人占主導地位的國度，華文文學因而沒有這樣幸運。有近八十年歷史的馬華文學，一直在步履蹣跚中前進。不錯，馬華作家做出了優異的成績，得到國際華文文壇的重視，但馬華文學仍不能與馬來語文學一樣，被納入國家文學的主流。泰華文學的命運也好不了多少。五十年代末至七十年代初期，泰國政府與中國關係惡化，導致限制華僑、華人活動。華校、華報面臨政治壓力和經濟困境，也只好紛紛停辦。在這種情況下，泰華文學無法得到蓬勃發展。進入八十年代後，由於國際形勢的影響和中泰關係的改變及中國大陸所推行的改革開放政策，使泰華文學的發展有了轉機，如各地華文報紙紛紛復刊，泰華作家也建立了自己的組織，並出版了一批優秀作品。印尼華文作家的遭遇較嚴峻。眾所周知，一九六五年印尼國內局勢的急劇變動帶來中印（尼）關係的全面惡化，華人社團、華校、華報遭取締，使印尼華文文學陷入空前的困境。對他們來說，不是能否成為國家主流文學的問題，而是爭取印華文學的合法地位問題。

東南亞華文文學若以第二次世界大戰為分水嶺，可看出在此前後有明顯的變化。僑居海外的中國人在戰前，大都把南洋看成謀生基地和避戰禍的世外桃源，一旦賺了大錢或戰爭過後，都想回中國，因而這時出現的華文作家——包括華僑作家和華人後裔作家，均是以旅居海外的中國人身份發表作品和從事文學活動。作家們情繫神州大地，時刻關心著中國政局的走向。他們的許多作品，所表現的是中國社會現實或與中國社會有密切聯繫的生活；就是反映本地生活的作品，異國情調也不突出。

後來的情況不同，出現了華文文學的「馬華化」，（註二）相適應的是東南亞華文文學作品愛國主義內涵的轉換。在第二次世界大戰前，新（加坡）華文學的愛國主義精神主要體現為愛中國。後來，新馬華人與僑居國人民一起並肩戰鬥，共同抵抗外來侵略者，用鮮血和生命保衛居住國作出巨大的貢獻。這時的新華作家，逐漸由對華夏故土的摯愛轉向為對宗主國的認同。他們與其他居住國的民族一樣，強烈渴望鏟除殖民制度，建立民主、自由、獨立的國家。當國家擺脫殖民統治後，新華作家便掉轉筆鋒，由呼喚民族解放轉為歌頌年輕共和國的誕生。這些新華作家，都經歷了「從土地認同到國家意識的轉化」（註三）的過程。

由於東南亞華文文學先天不足，文學發展舉步維艱，故他們那裏較難產生大師級的作家和不朽的傳世之作。香港《亞洲週刊》於一九九九年評選《二十世紀中文小說百強》，東南亞華文小說榜上無名，就是一個明顯例證。但這不等於說東南亞各國在小說文體方面毫無出色的表現。且不說馬華文學本土有李憶莙，移居臺灣的有李永平、黃錦樹、溫瑞安、張貴興，僅以微型小說而論，新加坡有黃孟文，泰國有司馬攻，馬來西亞有朵拉，印尼有袁霓。他們作品的水準，完全可以與臺港微型小說家爭一日之短長。

在作家隊伍構成上，東南亞華文作家隊伍主要由華裔及中國移民所組成。在語言運用上，東南亞作家在使用漢語普通話寫作時，夾雜用諸如羅里（貨車）、德士（出租車）、摩多西卡（摩托車）、五十巴仙（百分之五十）之類的英語詞彙及閩粵方言。但除此之外，他們還雜用馬來語、泰語這些當地民族語言。如馬來西亞作家喜歡用「峇峇」稱呼僑生男子，用「娘惹」稱呼僑生女子，用「沙爹」稱呼一種帶辣味的調味品，用「多隆」取代請求幫助，以增強南洋本土色彩，符合當代讀者的閱讀需要，這在臺港作家作品中是見不到的。

在文學團體方面，新加坡有「新加坡作家協會」，這是新加坡規模大和甚爲活躍的文學團體，另有駱明主持的「新加坡文藝協會」。此外，還有馬來西亞華文作家協會、泰國華文作家協會、印度尼西亞華文寫作者協會（簡稱印華作協）、文萊華文作家協會、緬華筆會以及亞細安文藝營。文藝刊物有《新華文學》《新加坡文藝》《蕉風》《馬華文學》《泰華文學》等。

目前，國際之間主張世界化、全球化，但這仍無法改變國家主義的路線。東南亞華文文學成了獨立於中國之外的文學，是因爲東南亞華文文學必然是在中華文化的價值體系上構建的具有南洋色彩的本土文學。當然，源遠流長的中華文化，一直是東南亞華文文學創作者的精神家園。

東北亞華文文學

東北亞華文文學主要指一直處於研究視野邊緣的蒙古國、日本和朝鮮、韓國的華文文學。鑒於目前對蒙古國、朝鮮的華文文學研究尚未開發，故本文只談日本和韓國華文文學。

作爲一座漂泊孤島的日華文學，按日本廖赤陽的說法，有「華僑（人）文學」、「日華文學」、「新華僑文學」之分。在與華僑文學有關的移民文化史的大背景中，可劃分出前史時期、留學生文學時期、土生作家時期、新華僑文學時期，繼而總結出邊緣、多緣和非主流兩個傳統，另有以中國本位出發的價值判斷和道德審判主題範式以及「私小說」範式。邱永漢的「金錢文學」可視爲周邊的小傳統，陳舜臣的歷史小說則爲居中心地位的大傳統。日華文學的重要特點是雙語寫作以及對日本文化的深度觀察，代表作有華純的散文《絲的誘惑》、楊逸的小說世界和環保小說《風雲沙漠》等。（註四）

日本華人新移民文學可分爲三個階段：一九八○年代爲第一階段，這一時期作家大多從個人的感受出發，書寫自己的留學經歷；一九九○年代爲第二階段，作家們側重於記錄新移民群體的生存奮鬥事蹟與精神求索的過程；二十一世紀以來是日本華人新移民文學發展的第三階段。就宏觀而言，日本新移民文學的特徵可歸納爲紀實性、邊緣性和道德性。（註五）這「三性」與「三新」即新文學、新體驗、新視野分不開。「新」體現在時間與空間上，不同於二十世紀初魯迅一代的時間之新；不同於「移民」於西方爲特點，而是「歸化」入日本國籍的空間之新。此外，新還新在日本新華僑華人作家的身體行走在中日之間，文風成長於風骨與物哀之間。（註六）

日華作家有蔣濮、林祁、陳永和、陳希我、楊逸、李長聲、華純等，研究他們離不開女性視角、留學生視角、身體敘事、跨文化視角。如果從「無性」到「性無」方面研究日本新華僑華人母女作家及其小說，林祁認爲可以戰爭遺孤的配偶及女兒的角度爲對象，從母親的「無性」敘述到女兒的「性無」遭遇，從切入女性生命經驗、浸透記憶和想像的日常生活出發，對國家的「他者」、歷史的女性、性愛之救贖去進行探討。當然，也可從「享虐」與「性越境」角度去分析當代留日作家陳希我、林祁的日本體驗及其性別話語。陳慶妃認爲，長期浸淫在日本獨特的性別文化中的留日作家，創作出呈現中日兩國複雜的社會與文化、歷史與現實的多向度思考的文學文本。（註七）日本新華僑女作家陳永和的長篇小說《一九七九年紀事》，便揭示了從「性虐」到「享虐」的女性悲劇。

日華文學的文學團體有二○一二年成立的「日本華文文學筆會」。在日本僑報社出版《爲什麼咬合不上？——日中相互認識的誤動作》的王敏擔任首屆會長，理事會成員有華純、荒井茂樹、王智新、藤田梨那、田原、林祁等，另有日本華文女作家協會。

總之，旅日華僑文學受到日本獨特的性別文化影響，又攜帶母國傳統文化的印記，這種雙重文化背景影響下的文學創作，有別於其他區域的華文文學。

韓國華文文學，是指長期生活在韓國的漢族，以及被漢族同化或在文化上具有一體性的群體即韓國華人用華文創作的作品。據梁楠的研究：韓國華人、華文文學以一九九二年爲分界線，劃分爲先遷韓華和後遷韓華。另外，先遷韓華中由韓國再遷往其他國家／地區的群體則稱爲再遷韓華。先遷韓華、後遷韓華、再遷韓華使用華文創作的文學，分別被稱爲先遷韓華華文文學、後遷韓華華文文學、再遷韓華華文文學。韓華華文文學的獨特性表現在其「混種性」上，他們自創屬於自己的語言——「韓華華語」。在媒體方面，有先遷韓國華人創辦的華文報紙《韓中日報》、華文月報《韓華通訊》；華文雜誌有《韓華天地》季刊、學術性雜誌《韓華學報》；華文單行本出版物有秦裕光的《旅韓六十年見聞錄——韓國華僑史話》、杜書溥編著的《仁川華僑教育百年史》；先遷韓國華人柳耀廣於一九六九年十月十日至十二日，在中國大使館（當時的「中華民國」駐韓大使館）中山堂舉辦的詩畫展中展出的華文詩集，以及作者提供的日記。再遷美國地區的韓國華人創辦的華文雜誌有《韓華世界》、《美國齊魯韓華雜誌》（二〇〇九年之前名爲《北美齊魯韓華通訊》）。華文單行本出版物有崔仁茂編著的《韓華在浴火中重生》，「美國南加州韓華聯誼會」網站中的「韓華文藝」專欄。再遷臺灣的韓國華人的文學創作，有初安民的詩集《愁心先醉》、《往南方的路》；郝明義的散文集《故事》。後遷韓國華人的華文創作有李文的長篇小說《蒲公英：文麒留韓記》。

《韓華春秋》係先遷韓國華人於一九六四年發行的第一本華文雜誌，它標誌著韓華華文文學創作的正式開始。韓華通過華文文學創作敘說韓華坎坷的人生經歷，抗訴不公的社會現實，反省韓華社會弊端，重新思考身份認同，尋找更美好生活的突破口。在文體上，《韓華春秋》雜誌的文藝板塊集散文、詩歌、小說等多種體裁於一體。一九七四年在首爾創辦了另一份華文月刊《韓中文化》，是韓華華文雜誌中發行時間最長的雜誌，爲韓華的長期創作提供了可能性。一九九〇年五月先遷韓華又創辦了華文雜誌——《韓華》月刊，一九九〇年五月至一九九一年二月停刊，前後發行了九期。到二〇一一年，每兩年發行一期，共發行三期後再度停刊。

梁楠認爲：韓華華文散文的創作分爲四個方面：雜文、哲理散文、遊記、隨筆。總體而言，韓華華文散文創作有自己發展的契絡：一九六〇年代，雜文是該時期的主要創作形式，多以詼諧幽默、譏笑嘲諷的手法解開韓華社會的傷疤，以求治愈良方。一九七〇~九〇年代，韓華散文的文風逐漸由詼諧嘲諷向寓意教化探索人生哲理的方向轉變。

韓國華人華文詩歌作品約一百八十八首，先遷韓華創作約有六十五首，創作時間大致在一九六〇年代至一九九〇年代間。再遷韓華分別於一九八〇年代與二〇〇〇年代出版的詩集中，收錄詩歌一百二十三首。從詩歌類型上看，主要包括抒情詩、敘事詩、擬古派詩與現代派詩四類。韓華小說方面有四部，包括先遷韓華的三部短篇小說，均出現在一九六〇年代：張嵐《別有一番滋味》、長峰《煙台風雲》、夏侯辰《外人部隊》。這三篇小說的寫作目的與作者的先遷韓華身份有重要的關聯，它體現了韓華華文文學自身所具有的特殊性。二〇一〇年代以後，出現了一部韓華華文長篇小說《蒲公英：文麒留韓記》，由後遷韓華李文所作。這部小說塑造了一群新型跨國移居者形象。（註八）

韓國文學最早是先用朝鮮語寫，然後再譯成漢語。其中許世旭是韓國華文文學的開拓者，其主要成就在詩歌。他的作品充滿著生命意識，富有鮮明的中國古典韻味。許世旭去世後，另有韓國外國語大學的朴宰雨成了中韓兩國的文化交流大使。他是第一個在中韓未建交時翻譯毛澤東《在延安文藝座會上的講話》的學者，另創辦有他任會長的「國際魯迅研究會」。韓國其他重要學術團體有韓國中國言語文化研究會、韓國臺灣香港文學海外華文文學研究會、韓國釜山大學現代中國文化研究室（現文室）等。

作為世界華文文學重要一部分的東北亞華文文學，是一塊尚待開掘的寶地。日本、韓國的華文寫作，可用「融入」和「包容」來描述他們面臨的時代主題，其中包含多元文化的相互包容和融合、本土與外來作家生命體驗的再反思等內容。日本、韓國華文作家的思考和創作，總體上處在蓄勢待發的轉折階段，顯示出內在的潛能和活力。在他們筆下，文化、族群和性別等議題受到特別關注。作家、學者、文化界三方正在共同努力構建良好的東北亞華文文學生態，促進文學創作、研究的持久發展。

歐洲華文文學

上世紀八十年代以降，世界出現了從未有過的華文文化凝聚現象，華文報刊雜誌遍布世界各個角落。用漢文創作的文學作品，與異域文明相交會，通過不同渠道流向了華語平臺，成為大中華文學的一個分支。華文文學發展到今日，已日益成為一種世界性的文學現象，歐洲華文文學，亦為多元文明比較提供了豐富的內容。

遠在十九世紀後半期，就有中國留學生到歐洲生活。在二十世紀三十年代，到歐洲留學和勤工儉學的青年才俊，有徐志摩、林徽因、蘇雪林、巴金、老舍、朱自清、鄭振鐸、戴望舒、宗白華、艾青、傅雷、許地山、馮至、季羨林等人。他們在這期間寫的作品，雖然有異國生活的描繪，但只能說是歐洲華文文學的「史前期」。

在第二次大戰結束前的歐洲，來自東方的移民接近二百萬，但知識分子畢竟占少數，從事創作的作家更是鳳毛麟角。二戰結束後，這時中斷多年的中國文人到歐洲的情況得到恢復。這時期重要的旅歐作家有程抱一、熊式一、熊秉明。一九四九年後，又有一批出於謀生需要的作家去歐洲。所不同的是，不是從中國大陸去，而是從臺灣地區來，如趙淑俠、呂大明、鄭寶娟。隨著六十年代臺灣出現留洋熱，留學歐洲的中國人一直有增無減，法、德、英、荷、俄五國已有超過十萬以上的華人在定居。二十世紀八十年代以降，隨著赴歐洲留學生人數以及華人移居者的日益增加，德語區的德國以母語創作的華文作家人數和作品在發展壯大。這些歐華作家無論在教育程度、文化素質還是文學修養方面，比過去高出不少，且不少人皆能用雙語進行創作，這與東南亞等國的華文文學創作有顯著的不同。但華文文學在歐洲各國的發展很不平衡。無論從人數，還是從作品的質與量上，法國和德國（含法語、德語區，如瑞士、奧地利、比利時等國在內）無疑已成爲當今歐洲華文文學的兩大重鎮。由於異國他鄉不適合華文文學的生長，故他們的作品不是在臺灣就是在香港發表和出版。

八十年代中國結束以階級鬥爭爲綱，門戶大開後中國大陸旅歐的作家多了起來，高行健、虹影、趙毅衡、北島，便是這方面的代表。這時期的旅歐華文作家遍及歐洲十九個國家，華文報刊也隨之跟上，不再像過去處於荒蕪狀態，到新世紀歐洲各種華文報刊已接近一百種，其中倫敦出版的《星島日報》歐洲版和香港《文匯報》歐洲版，以及巴黎出版的《歐洲日報》《歐洲時報》這四大報傳播最廣，這些華文媒體都重視刊登華文作品。其他由華人社團創辦的《德國僑報》及荷蘭出版的《華僑通訊》、奧地利出版的《歐華》、匈牙利出版的《歐洲之聲》、西班牙出版的《歐洲華聲報》，都有華文作品發表。二十世紀九十年代還出現了丹麥的《美人魚》、瑞典的《北極光》和荷蘭的《鬱金香》等華文電子期刊。雖然讀者不多，園地有限，但對歐華文學的發展起到了促進作家。

研究歐華文學的關鍵詞是「離散」。雖然在歐洲沒有像美國那樣聞名四海的唐人街，但作家們的創作仍離不開中華文化的滋潤，其特點可用「文化中和」四個字來概括，正如趙淑俠所言：「我們長居歐洲，多多少少都受到些歐洲文化的熏陶，然而我們本身都有完整的中華民族文化背景，以至於我們的思想和生活面，既不同於中國本土作家，也不同於眞正的歐洲作家，它可以說是糅合了中國儒家思想和西方基督教一種特殊的品質，這其中當然可能產生一些負面作用，比如說因徘徊在兩種迴異的文化間所引發的矛盾和衝突，但相對的，基於這種迴異，使兩種文化互容互諒，截長補短，去蕪存菁，產生一種新的精神的可能性更大。這種新的精神，正是我們居住在歐洲的華文作家們寫作靈感和題材的源泉。」（註九）

既然是離散寫作，這就決定了歐華作家不可能固守一地，流動性大是其重要特點。當然也有像程抱一、高行健等人從此在他國落地生根，不再具有漂流的特徵，但也有像劉索拉等人先來到歐洲後又見異思遷來到美國，連趙淑俠也不例外。至於在歐洲和中國大陸、香港之間游離的有熊式一、虹影、趙毅衡，其中後者葉落歸根定居於四川。也有在歐洲各地奔波，像候鳥一樣飛來飛去。這種流動性，使他們視野開闊，題材多樣，語言多變。

不管歐華作家定居在哪一國，是葉落歸根還是落地生根，都改變不了他們對華族文化的熱愛。如不定居在德國一度在北歐瑞士謀生的趙淑俠，先是在中國大陸生活，後到臺灣，再赴法國留學，角色變來變去，但她始終不會忘記自己是炎黃子孫：「我到底是個地地道道的中國人，一張國籍證明無法改變我的心，更不能稍減我對祖國的關懷……我流著中國人的血液，背負著中國幾十年的文化背景，腦子裏是中國的思想，臉上生著中國人的五官，除了做中國人外，我永遠無法做別的什麼人。」（註一〇）她的代表作《塞納河畔》，就充滿了祖國意識，臺灣的分離主義在她那裏不起任何作用。在散文創作上，趙淑俠的《文學女人的情關》也很有藝術魅力，其中有情有理——哲理的理，思中有詩——詩美的美。作者的女性視野和纖細的筆觸，給她的散文帶來一種溫馨和親和的力量。

另一位從臺灣到瑞士的余心樂，擅長推理小說，代表作有《松鶴樓》、《生死線上》、《異類的接觸》。這些作品有嚴密的邏輯分析，其獨特之處在於作爲破案的重要手段，凶手和偵探竟合爲一人。雙方在鬥智的同時鬥勇，諸多懸念的設置更增強了作品的吸引力。

來自瑞士、法國、德國、奧地利、英國、比利時等多個國家的歐華作家，有以傳統寫法著稱的，這主要是老一輩文人。年輕的作家受西方意識流影響，無論是作品的結構還是行文的風格，都有一股反叛傳統的意味，如義大利亞航的小說《走入歐洲》，在一波三折的情節中，表現的是華人自力更生不向生活屈服的頑強鬥爭精神。正如作品主人公所說：「走入歐洲本身就是個過程而已，它並不存什麼目的。」即使換了護照，華人也不能丟棄中華民族奮發圖強的精神。世上本沒有什麼救世主，全靠個人努力才能積累財富。

林湄，也是歐華作家中的佼佼者。而現居比利時的章平，則以長篇小說小說著稱，先後出版了《孑影游魂》、《桃源》、《女陰石》、《紅衣小矮人與樓蘭》、《水晶帝國魔靈石》，還有詩集問世。

畢業於臺灣後漂泊到德國的鄭寶娟，出版有長篇小說《望鄉》、《裸夜》、《綠色的心》以及短篇小說集《邊緣心情》、《短命桃花》等，其主題是表現中西文化觀念錯位的衝突。

歐洲華文作家協會每兩三年選擇歐洲各大城市舉辦年會，出版有會員文集《歐羅巴的編鐘協奏》、《歐洲華人作家文選》、《在歐洲的天空下》，微型小說專輯《對窗六百八十格》、人文旅遊專輯《歐洲不再是傳說》、兒童教育專輯《東張西望看歐洲家庭教育》，以及慶祝歐華作協二十週年專輯《迤邐文林二十年》等四本集子。林湄主持的歐華文學會，在二〇二一年解散前也很活躍。

總之，歐洲華人文學敘事除從海外視角講述華人故事開拓了題材的內涵和外延外，還加入了對社會對人生的思考。不管是小說家還是散文家，歐洲華文文學都在移民與流散、戰爭與災難、人性與靈性、時間與空間等議題上作深度挖掘。兩者關係密切，不可強行分割。

澳大利亞華文文學

澳大利亞華文文學有給人遲到之感。直到二十世紀九十年代，它才如火如荼的發展起來。這發展，雖然遠未有後來居上之勢，但畢竟極大地擴展了世界華文文學的版圖，也為大中華文學圈注入了一股清流。

作為南半球孤立存在的澳大利亞，直至一七六八年英國殖民探險家詹姆斯·庫克船長將其「發現」，才瞭解到澳大利亞的原住民，受到外來白人的侵害和壓迫。到了二十世紀，澳大利亞的經濟得到其他西方國家的支持而開始飛騰起來。也由於澳大利亞不是第二次世界大戰的主要戰場，這種避風港的環境使其成為全球資本主義體系的一個重要支柱。

一九〇一年成立的澳大利亞聯邦，為擺脫英國統治邁進了一大步。時間跨進二十世紀七十年代，澳大利亞實行「文化多元主義」。邁向九十年代時，當局提出「走向亞洲」的口號，甚至強調澳大利亞是一個被亞洲同化的國家，這和大批來自東方移民有關，中國留學生也得益於此融入亞洲的政策而大量湧進。其移民除來自大陸外，還有臺灣、香港地區和東南亞各國，這裏要特別提出的是來自上海的作家劉觀德創作的長篇小說《我的財富在澳大利亞》，道出了新移民爲求在歐洲發展所歷盡的艱辛，塑造了一代漂泊者舉債留洋有驚無險的歷程。這方面的作品還有海倫的《留澳日記》。這日記不是作家的起居注，不帶私密性。相反，它「公開」了在澳大利亞生存的新移民所經歷的甜酸苦辣的歷程。其中有眼淚，也有笑容；有失敗，也有成功。

在澳大利亞，英語爲第一語言，所幸中文與德、希（臘）、法、日爲第二語言。但由於使用中文的人口少，只有七十萬左右，故華文文學的讀者面不廣。到二十世紀末，移民逐漸增多，澳華文化的發展也水漲船高，並逐步形成自己的特色。在發表園地方面，有留學生創辦的《滿江紅》、《大世界》，兩者均爲月刊，影響廣大。華文周報雖然是民辦，但設有副刊乃至雜文專版，使詩歌和紀實作品還有中短篇小說創作繁榮起來。

澳大利亞華文文學的大本營爲悉尼、墨爾本，昆士蘭和南澳也不可忽視。澳華作家先後出版《澳大利亞華文文學叢書》、《澳大利亞華文文學方陣》、《大洋文叢·澳華文萃》、《第三類文化系列叢書·澳大利亞專輯》，這是澳大利亞華文文學異軍突起的標誌。這些作品生活背景離不開澳大利亞，作品所體現的價值觀也不是來自中國而是澳大利亞，其中五卷本《澳大利亞華文文學叢書》的文體豐富。詩歌方面有《大洋洲鷗緣》，散文方面有《渴望綠色》，報告文學有《男兒遠行》，雜文隨筆有《人生廊橋夢幾多》。小說方面最具地域色彩，因爲澳大利亞袋鼠多，故書名爲《與袋鼠搏擊》。作者不僅有老一輩的文人，也有後起之秀，共有一百零三位作者四百二十多篇作品。如要瞭解澳大利亞華文文學的新貌，這套書是難得的參考資料。

澳大利亞華文文學不以小說創作見長，但仍有沈志敏、心水、張奧列、劉奧、吳棣、李明晏、英歌、劉放、田地、陸揚烈等人在辛勤筆耕。他們的小說，在不同程度上具有一種澳大利亞風味，其中長篇小說有畢熙燕的《綠卡夢》。從澳大利亞重返母國的汪紅創作的長篇小說《極樂鸚鵡》，寫的是留學生外出打工的生活，夾雜有跨文化的婚戀內容。其特色是情節詭異，語言精緻，表現文化衝突時配之以心理圖景，顯得耐讀。這時出現的女性作者多用性別視角投向異國他鄉的現實生活，以細膩的筆觸刻畫人物內心世界。她們把自己與中國本土出現的私人化寫作區分開來，「下半身寫作」在那裏難以看到。甚至和九十年代澳大利亞本土的短篇小說也表現出一種異質性，這體現在注重澳大利亞社會所發生的劃時代變化，包括所謂「全球化」，或反映澳大利亞與東方國家的良性互動，在兩性關係問題上亦發出了自己的聲音。這方面的作家主要有林達、金杏、海曙紅、施國英、劉海鷗、王世彥、蕭蔚、畢熙燕等。

紀實文學與詩歌創作，在澳華文壇是一支勁旅。主要描寫商場的拼搏，帶有商業性和功利性。而詩歌創作較爲超脫，它主要出自詩人抒發內心感情的需要，所體現的是一種精神關照。突出的有詩人顧城在新西蘭激流島所「上演」的悲劇：詩人用斧頭砍向愛妻，然後自殺身亡。這一事件，連同顧城本人在中國出版的遺作《英兒》，在澳大利亞華人圈乃至中國大陸引起激烈迴響。故事中的另一主角後來又到悉尼定居並參加當地的文學活動，所造成的波浪持久未能平靜。這時期的主要詩人有黃雍廉、歐陽昱、冰夫、莊偉杰。雜文方面，有八個男留學生共同創作的《悉尼八怪》，這是跨越文化的產物，向世界展示了一個令人不解的微笑。盡管在逆境中生存，但來自中國的新移民無不抱著樂觀主義的態度用微笑看生活。這裏有玩世不恭，也有憤世嫉俗。桑曄的長篇紀實作品《龍來的這一年》，著重敘述「新華人」移民澳大利亞後所出現的嚴酷的生活狀態和複雜的心路歷程，獲得澳大利亞華文文學主流社會讀者的好評。

澳大利亞華文文學評論家有蕭虹、何以懷、歐陽昱、張奥列、錢超英、朱大可、莊偉傑。在文學團體方面，有澳大利亞華文作家協會，媒體有歐陽昱創辦的跨語種的文學雜誌《原鄉》，以及從廣州移民澳大利亞的何以懷主編的《澳大利亞新報・澳大利亞新文苑》。

在文化議題方面，澳大利亞華文作家以銳利的種族和性別反思，著眼於中西文化的交融和對話，建構起跨文化的身份和視角。在身份認同上，他們均在努力完成蛻變，成爲「亦東亦西」的異類。

總體說來，澳華文學的特色在於表現了身份的焦慮，擴展了文學母題，塑造了一小批有特色的文學形象。施國英、林達等人在語言革新上，則體現出中英語言的混雜性，另有一種自由變體。

漂洋過海的澳華作家，初衷是擺脫他人的宰製，找到眞正的自己。這種自我的尋找自然十分艱難，但他們不懼陷身於種族和性別造成的牢籠，一直致力於將澳大利亞華文文學與學術研究的實力聯結，以成爲整個華文文化圈的一道亮麗風景。

中國境外文學

中國大陸文學是不是世界華文文學的研究對象？由於「世界華文文學」一詞係從「臺港澳暨海外華文文學」概念演變過來，故不少大陸學者認爲，已有了「中國當代文學研究會」專門研究大陸文學，如果把大陸文學也當作世界華文文學的研究對象，不僅是實力而且精力上也不堪重負。其實，這不是「不堪重負」問題，而是因爲研究中國大陸文學乃是世界華文文學研究的題中之義。中國大陸文學是世界華文文學的發源地與大本營，它擁有數量最大的華文文學創作隊伍、編輯隊伍、出版隊伍和廣闊無邊的讀者群。五千年來光輝燦爛的歷史文化和文學傳統，無時無刻不在影響著海外華文文學的發展。如果完全不研究中國大陸文學，世界華文文學必然跛腳，而且大陸本土與海外境外作家的對話，就不可能實現。在全球化時代，中國大陸文學應加盟於華人地區作家的互相對話。這對話，有時可能是各唱各的調，不可能很快達到共識。但不管怎麼樣，均應突破國別文學研究的局限。把中國大陸文學納入世界華文文學的研究對象，並不是說世界華文文學要拿出巨大的篇幅來描繪中國大陸文學地圖，而只是在參照意義上，把它作爲與臺港澳暨海外華文文學比較的對象。因爲世界華文文學研究中國文學重點畢竟是中國境外文學，包括臺灣、香港、澳門三個地區的文學。

先說臺灣文學。如果將跨海而來的臺灣文學分成現當代兩大塊，那從一九二〇年代初《臺灣青年》創刊到一九四五年八月結束殖民統治，是爲現代文學期。光復後至當下爲當代文學發展期。鑒於光復後本土作家存在著從日語向中文轉換不熟練問題，故這一時期文學創作嚴重歉收。臺灣當代文學眞正開始是在一九四九年底大批外省文人踏入寶島後。屈指一算，恰好走過七十年的歷程。

臺灣文學的發展呈「竹節式」：一九五〇年代以「戰鬥文藝」爲主旋律，一九六〇年代以現代主義文學爲主潮，至一九七〇年代鄉土文學、一九八〇年代後現代文學，至一九九〇年代女性文學、後殖民、同志書寫多元發展，到了新世紀因出現政治鬥爭所帶來的各種文學亂象。

這裏要特別提到臺灣的女性作家，尤其是那些姐妹作家均受張愛玲的影響。朱天文的《世紀末的華麗》、朱天心的《想我眷村的兄弟們》，既有華麗的一面，更有張愛玲式的蒼涼手勢。本省籍的施叔青（施淑卿）、李昂（施淑端）姐妹，在受張愛玲影響方面各有不俗表現。無論是施叔青的《她名叫蝴蝶》還是李昂寫的《殺夫》及後來寫的《彩妝血祭》，均結合歷史和國族論述，勇闖禁區，創造了新的話題。

新世紀的臺灣文學，由於北部和南部不同政治板塊的形成，造成文學上南北分野的現象：一是以臺北為基地，在城市現代化的導引下，延續中華文學的傳統，創作具有中國意識的作品和色彩繽紛的都市文學；二是南部延續鄉土文學的傳統，用異議和在野文學特質與帶有泥土味的臺語創作小說、散文、新詩，書寫他們的所謂「獨立」的臺灣文學論。

與新的政治生態有關的是和「中國文學系」平行的「臺灣文學系」、「臺灣文學研究所」繼世紀末後在許多大學紛紛建立，「臺語文學」在南部廣泛推廣。在小說創作上，對臺灣的政治亂象反映最得力的是陳映真和黃凡。在政黨輪替、眷村圍牆瓦解後，新世紀還出現了一種承繼眷村文學精神的「後遺民寫作」。（註一一）所謂後遺民，從政治層面來說，是兩蔣時代的遺民；從意識形態來說，是信奉大中國主義，不甘心被「去中化」思潮俘虜的年輕一代。這群充斥身份認同焦慮與精神流亡的一群作者，在政治上雖然退居中心，但在小說界卻居於主流地位，代表作家有朱天文、朱天心、駱以軍。另有不屬於外省族群而專寫畸零者、殘餘者、幸存者的舞鶴。張大春勾劃二十世紀前半段民國時期現代史縮影的《聆聽父親》，也有廣泛的讀者。在文學獎遍地開花，書籍出版量驚人的當下，「無論是重返鄉土的寫實主義路線，還是延續後現代話語的敘事，新世紀的小說仍在似曾相識的回路上摸索徘徊。」（註一二）

總觀跨海而來的臺灣文學，從「戰鬥」走向現代後現代，從文化自覺走向身份認同的危機，文化焦慮與兩派惡鬥並存，七十年來這個曲折進程積累了不同於大陸文學的自身經驗。

再說分五個階段發展的香港文學：

1　「南來作家」包辦文壇

自一八四二年開埠至一九三〇年代，香港的文學乏善可陳。到了抗戰興起，「南來作家」（註一三）大批來港。當五星紅旗在天安門前高高升起的時候，另有大批不滿新政權的居民跨過羅浮橋。這時的香港文壇，成了「難民作家」或曰右翼文人的天下，難怪這裏的出版物絕大部分為港臺作家不滿內地新政權的作品。當然，這並不是香港文學的全部。尤其是散文和詩歌，像臺灣那樣還有不少懷鄉作品。

2 現代主義居主流地位

一九六〇年代的香港，港英政府沒有提倡作家用英語創作，對華文文學創作同樣不鼓勵任其自生自滅。這種無民主、但有高度自由的統治方式，形成了香港「公共空間」的特色，使年輕一代可以拋開左右兩種勢力的支配而追求自己的獨立發展。正是這種既不封閉也不保守的環境，加上資訊的先進和四通八達的運輸網，使香港接觸外來的新思潮比內地甚至比臺灣有更便利的條件，以至現代主義已位居詩壇的主流地位。

3 本土意識抬頭

一九七〇年代後，內地政局的變化和香港經濟的起飛，使那些抱過客心態的文人，逐漸認同了這個「既非異國，亦非故土」的香港。在文化上，一種將香港與海峽兩岸的文化加以明確區分的「香港意識」已經出現。和這種趨向相聯繫，許多作者努力反映香港社會的變貌，如西西的長篇小說《我城》。新移民作家陶然的《表錯情》，反映了人生的喜怒哀樂和世態炎涼。

4 過渡時期的文學

自一九八二年九月二十二日英國首相柴契爾夫人訪華，揭開香港前途會談的序幕以來，香港進入了一個歷史轉變期，香港文學從此也邁進了過渡時期的新階段。

香港的文學創作總體成就雖然難於跟臺灣、內地比肩，但在某些文體方面仍有「單打冠軍」，如金庸的武俠小說、董橋的散文。新詩也不甘落後，如本土詩人也斯經常出入於中西文化、現代與後現代之間。他在題材、形式和語言上作多種現代實驗，在涼物詩、頌詩及都市詩的探索方面取得驕人的成績。

5　香港文學的主體性仍存在

一九九七年香港回歸中國後，香港文學創作的勢頭不但沒有減弱，其香港特色不但沒有消逝，反而顯得更加豐富多元。綜觀一九九〇年代以來的香港文壇，並未因「九七」回歸導致「大中華文壇一體化」和香港文學主體性的消失以及創作自由的失落，反而由於有「藝術發展局」的資助，刊物、作品集的出版顯得更加豐富多元。

最後講澳門文學。

現代的澳門文學，應始於「九一八」事變之後。一九八〇年代以來，大陸實行改革、開放的政策，再加上中葡建交，影響到澳門社會從閉關自守走向開放。一九八七年四月，中葡有關澳門問題聯合聲明的草簽，使澳門的前途明亮起來，澳門文化由此也注入了新的活力。具體說來，澳門自一九八〇年代以來迎來了修建自己文壇的春天，以富有特色的創作邁進了世界華文文學之林。

內地通稱「臺港澳文學」，其實，澳門文學的背景不僅與臺灣不同，就是與香港也有巨大的差異。在受西方文化影響上，澳門比香港約早三百年，但由於其港口條件欠佳，再加上人口少，對外交通離開香港寸步難行，故在經濟發展和受歐風美雨沐浴的快捷和深廣方面，均比香港遜色。另一個不同點是澳門沒有出現像香港的武俠小說、言情小說乃至財經小說大家、名家。

廣義的澳門文學，不僅指澳門華文文學，還應包括澳門土生葡人創作的文學。土生文學所用的是葡語，其作品風格也非中國而是葡國式的。這方面的作品最重要的有飛歷奇的長篇小說《愛情與小腳趾》、《大辮子的誘惑》，後者還被改編成電影。飛歷奇寫的均是發生在澳門的愛情故事，作者用西方人的視角來觀察東方人的愛情婚姻，表現了中西文化衝突和交融的過程，具有較強的澳門地方特色。

最後，談談世界華文文學的發展前景。

學界有人質疑比較文學不能獨立存在並聲稱它會死亡，（註一四）同樣世界華文文學也有人如香港學者梁錫華認爲華文文學「必死無疑」（註一五）。華文文學眾多研究同仁不贊同這個觀點，他們認爲作爲一種精神和思維方式的世界華文文學，並不存在消亡的危機。相反，近年華文文學的發展呈生機勃勃氣象，說它消失或滅亡並不符合實際。

梁錫華說這番話的背景是：華人下一代普遍不學中文改學英文或居住國語言，可這只是問題的一方面。像以華人為主的新加坡，其華人下一代確實把英語看得比華語重要，但這並不等於說他們完全忽視華語的學習。華文學校、華文報紙、華文出版社在新加坡照樣在發展。不錯，新加坡的「南洋大學」雖然在一九八〇年被解散了，但還有「南洋理工大學」，雖然後者的規模和影響遠不能與前者比，但畢竟還存在。華人教育在新加坡以及在東南亞不少國家，仍在曲折中成長發展。

華文文學之所以不會「死亡」，是因為新移民作家一直有增無減。雖然也有像虹影等人回流，但畢竟移民作家進多於出。這些新移民作家，其下一代對於母語不可能像上一代那樣毫不動搖地堅守，但比起東南亞華人的下一代，他們對華族文化仍然嚮往，不可能與以華語為代表的華族文化徹底告別。

一個民族的興衰，在一定程度上取決於文化自信。可喜的是，中國越來越強大，特別是二〇二〇年發生的新冠肺炎疫情，中國政府所採取的措施是這樣及時和有力，病人治愈率是這麼高，重災區武漢通過「封城」很快變為低風險區，使世界人民看到中國社會主義制度的優越。由於中國國家實力在不斷增強，世界上學漢語的人只會越來越多。即使某些國家華人的下一代學漢語在減少，但使用非華語的外籍人士學中文的卻有增無減，有利於改變華文文學生長的貧瘠土壤。

有觀察家預告：二〇二〇年疫情過後，中國的經濟實力即使沒超過美國也會不相上下。在這種背景下，學習漢語會成為一股越來越強大的潮流。以漢語寫作為主的海外華文文學，不僅不會「死亡」，反而會一步步走向強盛。

當然，也應看到華文文學發展的瓶頸和困境。如華文文學的邊緣地位，在長時間內不可能改變。全球大概只有新加坡華文文學能成為國家文學的一部分，其他國家的華文文學包括馬華文學要成為國家文學，仍遙遙無期或根本不可能。

在不少人看來，華文文學創作是一門行業，而研究者則認為它是一門學科。如果說它是行業，這行業的組成不僅有作家，還包括研究者。鑒於世界華文文學出現跨時空和跨文化、跨地域現象，其成分不但包括中國陸臺港澳文學，也包括原則上屬於外國文學的海外華文文學，這便帶來文學定義的不確定性，這來源於臺港澳文學還有海外華文文學與中國大陸文學制度相悖逆。眾所周知，臺港澳文學不存在社會主義主旋律；海外華文作家既不在中國體制內，更不在居住國體制中，其成員也並非來自於作家行業的內部系統，而絕大部分是外來的，其中有企業家、醫生、軍人、教師、打工者、流浪者或自由職業者，研究隊伍也不像中國那樣有專職評論家，而多半來自學院、報刊和出版社、自由撰稿人。組成人員是如此包羅萬象，但無法否認這些來自不同崗位的作家和評論家，爲華文文學的發展繁榮，爲將世界華文文學從「研究方向」向一門「學科」轉化，做出了重要的貢獻。

華文文學的未來走向一大特徵是區域發展的不平衡性。像東南亞華文文學，本土性異常突出，而北美華文文學由於作家多是從外地遷來，故其漂流性遠比新華作家、泰華作家、菲華作家引人矚目。澳華作家、歐華文學與本土的聯繫也不像東南亞華文作家那樣緊密。無論是北美華文文學還是澳華文學、歐華文學，都不屬於中國文學，可在存在方式上，「卻常常『介入』到臺灣文學和中國大陸文學之中，與中國文學形成一種『交錯』和彼此『互滲』之勢——這是北美華文文學作爲中國文學『外國變體』的一個重要特點。」（註一六）

世界華文文學思維的一個重要內涵是「出位」之思，即不爲文化、語言所束縛的思考方式。哥倫比亞大學中國同學聯合會二〇一四年曾舉辦過「聆聽中國，對話全球」論壇。有一個題目是「海外華文文學的突圍。」（註一七）這「突圍」表現在：

一是意識形態的「突圍」。爲使華文文學獲得更大的市場，許多華文作家都不願意將自己的創作成爲政治的圖解或宣傳工具。當然，要完全脫離政治是不現實的，他們多半將意識形態隱藏在藝術形象之中，使自己的作品能得到更多讀者的關注。這裏要特別提到女性主義視角的流行，其中固然有反父權的內容，但畢竟離政治較遠，故這種作品的影響力比「政治小說」或政治抒情詩大許多。

二是文學流派的「突圍」。在不少國家和地區，先是流行現實主義，後流行現代主義，還有什麼後現代、後殖民等不同名目。可有的地區尤其在澳門作家，沒有趕時髦，堅守自己的寫作立場，這也是華文文學不被他人同化的一個重要原因。

三是語言的「突圍」。在強勢的英語面前，漢語寫作有如「置身於文化的孤島」。（註一八）爲擺脫「孤島」的局面，有的作家改用英語寫作，或在漢語寫作中夾雜許多外來語。這種「突圍」，有成功的，也有不理想的。不管怎麼樣，都體現了華文作家對文學信仰的堅守。

四是空間的「突圍」。用漢語寫成的作品，在使用漢語的地域最受歡迎。但也有作家不滿足於華文市場，將作品輸送到西方，輸送到非漢語的讀者群。這種追求華文文學在全球範圍傳播的「突圍」，也是世界華文文學的一種重要走向。

在光復前，臺灣作家用日語寫作，光復後改用中文寫作，九十年代後則出現了所謂「臺語寫作」，但仍無法取代一直占統治地位的北京話寫作。在七十年代前的香港文學，作家的主體是「南來作家」，而後來本土作家從邊緣走向了中心。華語寫作在澳門文壇一直占據主流地位，「九九」回歸後「土生文學」的成長，增添了澳門文學多元共生的局面。近年來隨著粵港澳大灣區的成立，港澳文學和內地的廣東文學互相交叉、滲透，成爲「大灣區文學」。至於海外華文文學，鴉片戰爭前的作家華人並不多；鴉片戰爭後，華人作家尤其是二十世紀後期出現的新移民作家成了海外華文文學的主力軍。這些變化都說明華文文學一直處於生生不息狀態。它不僅不會「死亡」，而且將蓬勃發展。屆時，世界華文文學作爲一門獨立學科，也會得到越來越多人的承認。

——原刊於《名作欣賞》二〇二一年第四至五期

注釋

一　張家鴻：〈劉荒田日常書寫中的新意〉，《羊城晚報》，二〇一九年十月二十一日。

二　〈馬來西亞〉一焦（姚寄鴻）一篇文章的用語。見方修編：《馬華新文學大系》第一卷（新加坡：世界書局，一九七一年），頁二七八。

三　饒芃子主編：《中國文學在東南亞》（廣州市：暨南大學出版社，一九九九年），頁二七七。

四　藤田莉那：〈日本華人文學的視野與發展空間〉，《華文文學》二〇一二年第三期。

五　林　祁：〈在「風骨」與「物哀」之間——日本新華僑華人文學三十年述評〉，《華文文學》二〇一八年第二期。

六　吳奕錡、陳涵平：〈論日本華人新移民文學的歷史發展與總體特徵〉，《江西社會科學》二〇一一年第五期。

七　陳慶妃：〈「享虐」與「性越境」〉，《湘潭大學學報》二〇一六年第四期。

八　梁　楠：〈韓國華文文學概覽〉，《世界華文文學論壇》二〇一八年第四期。

九　趙淑俠：〈一棵小樹——歐洲華文作家協會成立大會上的講話〉，《亞洲華文作家》總第二十九期。

一〇 趙淑俠：《紫楓園隨筆》（北京市：中國友誼出版公司，一九九四年），頁七十四。

一一 王德威：〈後遺民寫作〉，《INK印刻文學生活雜誌》第十三期，頁一一二。

一二 許秀禎：〈新聲回路〉，《文訊》二〇〇九年第二期。

一三 泛指從內地到香港的作家。

一四 張　叉：〈眞正的比較文學家是愛智者——龔剛教授訪談錄〉，《外國語文研究》二〇一九年第六期。

一五 一九九三年，梁錫華在暨南大學舉辦的華文文學機構負責人聯席會議上云：「我認爲，海外華文文學必死無疑。」見陳賢茂：〈海外華文文學的前世、今生與來世〉，《世界華文文學研究年鑑・二〇一四》（武漢市：武漢大學出版社，二〇一四年），頁十二。

一六 劉　俊：《從臺港到海外——跨區域華文文學的多元審視》（廣州市：花城出版社，二〇〇四年），頁一一八。

一七 王鼎鈞：〈海外華文文學的突圍〉，《羊城晚報》二〇一四年十二月十日。本文吸收了他的某些觀點。

一八 王鼎鈞：〈海外華文文學的突圍〉，《羊城晚報》二〇一四年十二月十日。

論海外華文文學對新中國文學的貢獻

古遠清

在探討這個問題上，首先要明確新中國文學與海外華文文學的定義。新中國文學是指一九四九年後的文學，又稱共和國文學、中國當代文學、中國大陸文學。為慶祝新中國七十週年，不少評論刊物均推出「新中國文學七十年」專輯。「中國文學」之前加上「新」的定語，主要是為了說明新中國文學和中國現代文學或民國文學的不同性質。通常認為，「新中國文學」的「新」是指它的社會主義性質；而海外華文文學，是指中國陸臺港澳以外的文學。有人認為這是中國新文學的延伸，可稱其為「華僑文學」或「僑民文學」，可當這些僑民落地生根加入了該國國籍時，他們寫的已不是「華僑文學」，如馬來西亞華文作家寫的是馬華文學，新加坡華文作家寫的是新華文學，泰國華文作家寫的是泰華文學，印度尼西亞華文作家寫的是印華文學，越南華文作家寫的是越華文學，因而不能再將這些華文文學看作是中國新文學尤其是「新中國文學」的一部分。如把這些「華人」再看作是「華僑」，把其寫的作品當成中國大陸文學的一個支流，這對他們不尊重，也不符合他們的寫作實際。

但海外華文文學與新中國文學的界線並不是如楚河漢界分明。遠的不說，像北美的嚴歌苓、加拿大的張翎寫的作品，究竟是海外華文文學，還是中國當代文學或新中國文學？過去以護照作為辨別作家身分的標準，是不夠的，還應該看他們是不是用母語還是用外語書寫，其作品內容是否與中國有關，其發表處主要是海外還是海內，其讀者是外國人還是黑頭髮、黃皮膚的受眾者？如果從嚴歌苓們出身於中國大陸，作品常在中國大陸發表或改編成影視的作品在祖國上映，其本人又參加了中國作家協會，還以中國作家的身分參加評獎——某些不出身於中國大陸的臺灣作家同樣參加過中國作家協會，或沒有參加但嚮往社會主義甚至認同新中國，故把他們看作是「雙棲」（而不是「雙重國籍作家」）作家，即既是海外華文作家，又是廣義的新中國作家，也是可以的。

至於東南亞華文作家，他們絕大部分在赤道線上出生，其身分是「華人」而非「中國人」，其作品當然不是中國文學的組成部分或屬新中國文學的支流。二〇〇〇年，重慶師範大學召開新加坡作家尤今作品研討會，時任中國作家協會副主席的鄧友梅和華東師範大學教授錢谷融，都異口同聲地說尤今是中國作家。在分組討論時，我當面向尤今驗明正身：「你真的是中國作家嗎？」她理直氣壯地回答：「我是新加坡公民，是華人作家而決不是中國作家。」

這裡要分清海外與海內、境內與境外的關係。臺港澳是中國領土，其文學屬中國文學。爲了和大陸文學區分開來，我們稱其爲「境外文學」。大陸有些知名度很高的文學評論刊物，把臺灣陳映眞的作品稱爲「海外華文文學」，這是用詞不規範、不科學的表現。因爲陳映眞這類作家是地道的臺灣作家，從未移民到國外，故可以稱其爲境外作家，但絕對不能稱其爲海外華文作家，因爲海外華文文學除上述嚴歌苓和下面要談到的陳若曦、劉大任等人作品與新中國文學時有交叉乃至關係如膠似漆外，一般屬外國文學。還因爲海外華文文學不存在有社會主義性質，他們也沒有按照新中國文學的主旋律去寫作。下面著重講講海外華文文學對新中國文學的貢獻。

壹　海外華文作家成為新中國文學與臺港文學交流的先行者

由於政治、歷史的原因，海外華文作家對中國文學分流成陸臺港澳四大板塊，均有一種焦慮感。他們希望這四大板塊從分流到整合，讓這些文學分而不離，合而不併。須知，在政治上統一中國，不是一蹴而就的事。這本是政治家考慮的問題，文學家的能量畢竟有限，一時無法改變這種局面，他們能做到的是建立華文文學的大同世界，讓「文化統一中國」成爲不同立場的中國作家的認同對象。如從大陸到臺灣再到美國如聶華苓等海外作家，就在這方面作了有益的嘗試。

如前所述，從一九四九年底起，兩岸作家互不往來，不通音訊。如往來，臺灣作家便會被人戴上「親共」帽子，不許回臺灣，聶華苓就有過這種「受傷」經歷，這種經歷從反面促使她下決心要把兩岸作家聚集在一起。經過艱難的努力，這種理想終於實現：一九七九年九月十五至十七日，由安格爾和聶華苓共同主持的愛荷華大學「國際寫作計畫」（又稱「國際作家工作坊」），邀請了世界各地華文作家，舉行「中國文學創作前途座談會」。其中最引人矚目的是來自大陸的蕭乾、畢朔望，臺灣的高準，香港的戴天、李怡，以及從臺灣到美國定居的作家葉維廉、陳若曦、於梨華、李歐梵、鄭愁予、劉紹銘、歐陽子等人。另有香港《明報》特派記者也斯、臺灣《中國時報》特派編輯金恆偉、香港三聯書店經理藍眞等。

主持人聶華苓的致詞沒有官腔，而是像聊家常似地說：

今天我們大夥兒在一起，這是中國文壇一件很有意義的事。我們這些人，分離了三十年、二十年、十年……不論多少年，在我們的感覺上，那是一段很長、很長的日子。太長了！在那一段日子裡，中國人可以說是歷盡滄桑。我們每個人的歷史不同，經歷不同。我們對各種問題，對「中國文學創作的前途」的看法和態度自然也會不同。但是，在目前這一刻，我們在一起，我們從不同的地區，有的千山萬水，從北京、從臺北、從香港、從新加坡、從美國各地，到愛荷華來。僅僅這一點就說明了：我們還是有相同的地方——那就是我們對整個中華民族的感情，我們對中國文學前途的關切。

現在，我們就從這份深厚的民族感作起點談談「中國文學創作的前途」，來表達多種意見，來聽聽多種意見。我們不是來交「鋒」，而是來交「流」，來互相瞭解，互相認識。我們今天不能得到任何具體結論。我們現在這一刻在一起，那就是結論！（註一）

這是一次純文學會議，會議的關鍵詞爲「在一起」，潛臺詞是「文化統一中國」。要讓具有不同政治背景的作家平等地「在一起」，談何容易。主辦方原邀請了瘂弦、王拓，但臺灣當局不放行。至於高準能準時赴會，是因爲他持的是早先辦好的旅遊護照。

一九四九年後的中國文學，各地區的文學走著自己的路，有著不同的經驗，需要通過交流，增加彼此瞭解。不管到會者如何表白，會議籌備過程如何曲折，聶華苓能把兩岸三地作家請去坐在一起開會，這就很不容易，也很了不起。這是打破兩岸及香港作家由於長期軍事對峙導致老死不相往來的破冰之旅，是突破禁錮的創舉。

在這個「中國週末」上，最值得重視的是海外作家的發言。葉維廉說：「今次中國作家能夠從世界各地聚合在這裡（愛荷華城），對中國文學的前途作開放的討論，無疑是一件極有意義的事。這次聚會也許可以成爲我們已經期待很久太久的文化統一的開端。我們——住在中國兩個區域的同胞——雖然被分隔和沉默了三十年，我們的交往交談雖然被一些我們的意志無法掌握的事件所切斷，雖然我們這次只是初會，可是，我們並非陌路人，我們不僅血緣相親，而且心的底層有著相同的憂慮和瞻望，憂慮中國在十九世紀以來在外族的強權侵擊下潰滅，瞻望我們共同的努力可以復活一個新的文化中國，尤其是可以和唐宋相提並論的強大的文藝新中國。」（註二）這裡說的「文藝新中國」雖然不等於新中國文學，但其精神確有相通之處。葉維廉這段發言，畢竟說出了東道主不便點明的話。

這次座談會結束後未發宣言，也沒有做出結論。作爲世界華文文化史上的標誌性的會議，這個「中國週末」不僅有政治意義，而且有重要的文化史、文學史意義。首先，「中國週末」讓兩岸及香港文學重新秩序化，推進了中華文化的接續與整合的雙向過程。在確定兩岸及香港文化同屬中華文化的前提下，通過打破政治的封鎖尋求歷史轉折的契機，以海外會議的形式，創造兩岸及香港作家交流的機會。其次，對「中國文學週」會議的定位，不能局限於美國，而必須放在更開闊的視野中：一方面考察它與早期尋求兩岸文學整合的關聯性，另一方面衡量它時，充分肯定政治統一文化先行的開拓的之功與歷史影響。

聶華苓另一貢獻是和其夫君共同創辦「國際寫作計畫」項目。截至二〇一八年，已有一百五十多個國家和地區的一千四百多名作家和詩人受邀參與，其中改革開放後來自中國大陸的有艾青、徐遲、王蒙、張賢亮、馮驥才等五十多人。

貳　海外華文作家鬆動了新中國作家隊伍的板塊式結構

新中國文學隊伍的結構一直呈現板塊狀態，這在五、六十年代是不可動搖的。在七十年代末國門大開後，「板塊」開始鬆動，大陸作家的成分有了很大的變化。文革前，它清一色由工農兵外加爲工農兵服務的知識分子所構成。後來一些大陸作家趁改革開放的東風，自我流放到境外乃至海外。隨著全球經濟一體化的趨勢，尤其是中國經濟實力一天天強大，海外華文作家也有「二次移民」或「回流」現象的出現。海外華文作家這種跨區域、跨族裔乃至跨語言的寫作狀況，對原有的新中國作家的寫作方式及其結構破天荒地重新作了洗牌，促使這一「板塊」不再成爲凝固和單一的狀態，並將其置入現代性的框架內。雖然這支出走的隊伍絕大部分是在新中國文學背景下成長起來的，他們仍植根於中華文化傳統，早年又受過五四新文化運動的薰陶和影響，但這不等於他們的創作是新中國文學的簡單複製。他們的作品既具有國際性，同時又有本土性，這本土性的「本土」不是新中國，而是加入了異國元素。也就是說，原先未出過國門的作家留洋後經過現代化、國際化的洗禮，把新中國文學的傳統在海外加以發揚光大。海外華文文學作家在寫其留學經歷及其掙扎的苦痛過程時，常用中外對照或中外互證的方法，以求其多元立體：不是新其內容，就是新其技巧；不是異其語言，就是異其觀念。總之，他們不甘於平庸守舊，不甘於原地踏步只寫中國的人和事，而對新中國文學常寫的題材加以改造，其策略是：把東方題材加入「離散」的因素，寫移民創業過程時與中國原有的生活作對比，在行文上突出異國情調，在語言上不純用中文而夾雜一些洋文。顯然，海外華文作家的跨區域寫作及其對新中國作家隊伍所做出的重構，其精神離不開中西文化的碰撞，離不開現實主體與新中國文學傳統之間所做出的自主性選擇。像從武漢移居北美的呂紅書寫中國經驗的作品〈患難兄弟〉，與她的其他小說相比，這不是純粹寫異國他鄉的故事，也不是與外國相關的北美題材，更不是與中國大陸相關的國外故事，而是純粹寫中國大陸問題的短篇小說，儘管如此，這篇作品仍和呂紅過去寫的「故國回望」的題材有點類似。作品中的主人公也就是患難兄弟老六和屬猴的另一位老五，都有「移民」的經歷。這「移民」不是從中國移至海外，而是從天津移至漢口，或從漢口移至南京再到北京。這兩位老舅都心繫故土，不願意放棄家園體驗。老五在北方生活了半個多世紀，但填寫履歷表時永遠填著「武漢人」。老五久離武漢市而產生的傷感情緒或濃得化不開的思鄉情感，使其產生強烈回歸故土和重訪家人的願望。

作爲「故園回望」的〈患難兄弟〉，顯然不同於呂紅別的小說所寫的「故國回望」。由於作者有不短的移民經歷，故作品比某些中國作家單一寫大陸故事不同，而是呈多元化的風貌，如姍姍是從中國內地移至香港大學深造，而那位表姐夫也是從武漢到南京，後因戰亂從南京移到臺灣，再從臺灣回歸大陸。這位表姐夫隨著政局變化不斷遷移，但家國認同始終沒有裂變。作品雖然沒有將表姐夫失卻家園在異鄉漂泊流散的境遇淋漓盡致展示出來，但仍表現了他對大陸的強烈思念，如他一回大陸就忙著去南京爲岳母大人和老五的姑姑上墳掃墓，足見他沒有數典忘祖，家園意識是無法被遺散。

海外華文作家對新中國作家所寫作品內容所做出的重組，體現在加入移民史書寫、宗教史書寫，甚至以「零度敘述」的寫作策略介入歷史現場，加入多元共存、中西文化衝突與融合的內容。這些新移民作家，係相對五、六十年代從臺灣到美國的白先勇、劉大任等人而言。新移民作家多半從中國大陸出去，有不同於白先勇、劉大任的人生經驗，乃至不同的創作方法。

還應指出的是，在海外華文作家跨區域、跨族裔、跨語言的創作，並沒有拋棄中華文化的優秀傳統，他們只不過是用開放性、包容性進行虛構或非虛構的寫作。原有的語言表層，均會有選擇地保留。在這個基礎上，海外華文作家爲中國大陸文學的系統結構和語言增添了來自異國的現代化因子，從而使新中國文藝的「新」更加絢麗奪目。盧新華的《傷魂》、周勵的《曼哈頓的中國女人》、嚴歌苓的《第九個寡婦》、張翎的《唐山大地震》，就是具有中國風味然而又有新質的佳作。

參　海外華文作家參與了新中國文學的經典建構

通常說來，文學經典之所以成爲典範，就在於它不受時空限制，其豐富的內涵像金礦那樣不斷被人開採，不斷有人做出新的闡釋。被命名爲經典的作品，不是一般的優秀之作，而是能傳世的傑出作品，在中外文壇上發生過廣泛影響的作品。從這個意義上來說，對文學經典的生成及其詮釋，是一個不斷開放和選擇的過程。

也許有人會認爲，新中國文學經典的建構主要靠大陸作家去完成，其實某些海外華文作家也就是廣義的新中國作家，也出過力。像「傷痕文學」，人們認爲開創者是時在復旦大學讀書的學生盧新華在牆報上發表的〈傷痕〉。其實，早在盧新華之前，當時在海外的陳若曦就在香港發表了〈尹縣長〉（註三）。這篇小說來源於生活，具體來說故事發生的地點在陝南某縣。作品有悲痛、有憤慨、有嘲諷，其中一腔憂國憂民的熱忱更使人感動，以致成爲「傷痕文學」的先驅，陳若曦本人也成爲文學界的一顆明星。

劉紹銘、白先勇十分讚賞〈尹縣長〉運用寫實主義手法時文字質樸而簡練，且善用白描。陳若曦不像有些人那樣特意加一些象徵手法和後現代之類的技巧，這在同時期的現代作家中是不多見的。作者從一個「海歸」知識分子的角度審視現實的殘酷。余光中最欣賞的是陳若曦作爲一位小說家不拙於營造象徵與感性：

> 山風吹來，倍感夜涼如水，只穿了毛衣的我，忍不住直打寒噤。鐮刀似的月亮掛在山巔，聳入雲霄的群峰，在朦朧的月色裡，顯得陰森森的，宛如窺視著的猛獸，伺機要圍撲過來。

大陸的「傷痕文學」所呈現的啓蒙並沒有超越政治啓蒙的層次，尤其在爲政治服務的文學觀念及主題先行方面，均顯得老套。而陳若曦的〈尹縣長〉，與大陸「十七年」的文學沒有關聯，與「幫派文藝」更是不沾邊。她這種海外視角，是大陸的傷痕文學所沒有的。在審美的選擇上，它沒有採取憶苦思甜的基調，更不是劉心武那種「服務型」的文藝。陳若曦對自己所經歷的大陸經驗，採用熱題冷寫的方式，是先旁觀後轉述的手法，顯得客觀冷靜，而不似〈班主任〉那樣主觀激昂，因而使人讀來耳目一新。

內地反映七十年代生活的文學創作之所以成爲弱項，是因爲人們對常態性的文學較重視，而對非常態的文學不夠關注，而陳若曦不但對內地而且對海外的文學創作現狀十分瞭解，能在自己的寫作實踐中上升到新的層次。尤其是她能比較海內與海外之間的異同，使其把「傷痕文學」創作帶進一個新境界。

某些海外華文作家也就是廣義的新中國作家參與新中國文學的經典建構，還表現在留學生文學的創作上。自五十年代起，臺灣掀起出國留學的狂潮，不少滯留不歸的海外作家以留學生生活爲素材，譜出了一曲曲海外遊子在異邦留學、成家立業的悲喜劇。代表作有於梨華的長篇小說《又見棕櫚，又見棕櫚》、聶華苓的《桑青與桃紅》、張系國的《香蕉船》。這類作品屬五十年代懷鄉文學的延伸和深化，同時是六十年代現代文學的一支勁旅。它拓寬了懷鄉文學的天地，增添了中國當代文學的品種。在溝通兩岸和海外華人的感情上，起到了橋樑作用。

這裡需要指出的是，於梨華並非新中國培養出來的作家，但她於一九七五年從美國回到闊別二十多年的故國大陸，一九七七年後又多次回國觀光、學習、探親，由此在創作中實現一次質的飛躍：貫穿著對美國幻滅、對臺灣失望而對新中國卻多有認同的線索。臺灣當局聞知後，便由七個單位聯合組成「書刊審查小組」，將於梨華的《新中國女性及其他》、《誰在西雙版納》列入禁書之列，而著者從此也被「冷凍」起來。於梨華於一九七九年參加了兩岸作家首次在美國愛荷華大學握手的會議，又被御用文人打成與新中國文學聯繫緊密的作家，故從這個意義上說，於梨華的作品也與新中國文學有剪不斷、理還亂的「親緣」關係，她這位廣義的新中國作家也就是以「新中國女性」自居的文人，亦爲新中國文學的經典建構即留學生文學的「創立」做過有益的工作。

肆　海外華文作家豐富了新中國文學的愛國主義內涵

對作家來說，愛國主義是指思想進步，愛國愛鄉，做人民的代言人。這類作家富有革命情操，多寫表現國家和民族的命運的題材，以用來激勵民心士氣。就主題而言，凡擁抱人民、歌詠山河、擔當歷史，都離不開愛國範疇。這裡說的是高標準，再退一步從低標準看，愛國主義作家也可以抒發個人的性情和一己的隱衷。如果只許「車轔轔馬嘯嘯」，不許「香霧雲鬟濕」，那就是把藝術局限在政治的範圍，否定它探討心理學、哲學，甚至宗教各方面的力量。余光中說得好：「一位中國作家只要眞能把中文寫好，寫美，就已經盡了他愛國之責了，因爲歷史和文化就在那語文之中。英國人寧失印度而不願失去莎士比亞，倒不是因爲他寫了英國史劇，而是因爲他把英文寫成了藝術。時到今天，印度果然已失去，但莎士比亞依然長存。」（註四）

劉大任的保釣小說，既有「大江東去」的豪放，也有「楊柳岸曉風殘月」的柔情，從多角度體現了愛國情懷。眾所周知，一九七〇年發生的保釣運動，又稱保釣愛國運動，即保衛釣魚列島愛國運動，它是指針對日本在美國所謂的「美日安保條約」框架下恣意侵占釣魚列島，兩岸三地及海外華人等民間力量自主發起的一系列愛國護島運動。他們除遊行示威外，另登船出海到釣魚島海域。這個運動引起日本嚴重不滿，在臺港亦未得到官方支持，有時甚至打壓保釣運動。二〇一三年一月二十四日，臺保釣船欲送媽祖神像上釣魚島，但因航程中一度遭日本公務船阻攔中途而返。

在保釣運動中，參與者十分不滿執政黨態度模稜兩可拿不定主意，造成這個運動一開始就包含有反政府的情緒。這場民間運動主要成員爲海外的華人留學生。儘管保釣運動沒有達到預想的效果，卻影響了許多年輕學子的人生走向。以劉大任而論，他的人生道路發生了巨大轉折。時隔近半個世紀後，他於二〇〇九年寫成五萬字的中篇小說《遠方有風雷》，擺脫了悲劇情境，以慷慨激昂的筆調敘述當年海外左派學生正義的愛國行徑。作品的重要人物爲美國西岸大學的年輕人雷霆。遠在少年時期，他在南京就參加過讀書會。移居臺灣後，在高等學府念書時受到情治單位的迫害，後來遠走美國深造，適逢開展保釣運動，他毫不猶豫參加，並成了激進派的一員。他在美國成家立業，育有兒子雷立工和女兒雷立農。雷霆和妻子因感情不和而離異，妻子帶著兒子返回臺灣。雷立工長大後，立志要弄清父親的人生軌跡，爲他所謂失敗的人生平反。這裡所說的平反，是針對右翼人士認為保釣是多此一舉的看法而言。據南方朔的觀察，劉大任參加保釣運動所扮演的是一個左翼角色，因而雷霆因參加政治運動中斷了學業的經歷有他自己的影子，（註五）如為了參加保釣運動，他曾放棄唾手可得的博士學位，在島內還成了異議分子，其小說由此被封殺。在劉大任看來，當年滿腔熱情參加示威遊行還有集體開會及自我批判，都是必要的，由此在個人利益方面作出犧牲並非浪費青春。這是一種愛國男兒的認眞行為，應為此感到自豪。

《遠方有風雷》出現的人物有雷霆及其兒子，還有母親。但「小組」才是作品眞正的主角。「小組」是中國共產黨的一大發明，它在《共產黨宣言》中找不到，就是與列寧所稱的職業革命小組也有所不同。中共一直發展著「小組」的形式，到延安後還形成「小組文化」。這是行動「單位」，也是思想統一的組織。劉大任將小說定名為《遠方有風雷》，其意義在於不管是在臺灣或是在海外，這種革命組織有如風雷威力強大，可以輻射到遠方。「小組」一旦運作起來，將會產生強大的社會衝擊力量。不在中國境內的「小組」，雖然仿照中國內的小組形式建成，但經過了改造。基於這種考慮，所以劉大任作品中的人物面目不是那麼清晰，只有雷霆除外。其中有一個人連名字都沒有，那就是「母親」。母親是人世間不分階級、不分種族的通稱。

《遠方有風雷》採用倒敘手法，由第二代回望父親所走過的道路，其中穿插了許多社會科學與歷史的分析。乍看起來，這會增加作品的說教味，其實，西方文化界早就對他們的文化狀況有所討論和批評，魯迅也曾試圖把社會科學引入文學創作的思想體系中。《遠方有風雷》如果有創新的話，或許就是嘗試做這樣的工作，其作用就是給讀者認識「小組」的作用。

劉大任是一位集浪漫、現代與激進於一身的海外華文作家，其作品有左派陳映眞的影子。還在上世紀六十年代中期，劉大任就與毛澤東文藝思想在臺灣的實踐者陳映眞來往密切。正因為如此，《遠方有風雷》所呈現的是發自內心的愛國愛鄉的感情。正如尉天驄所說：「劉大任作品中最大的特色就是『眞誠』。」（註六）當然還有建立在眞誠基礎上歷史思考的深度。

現在，當年的慘綠少年已經鑽進園林設計中，坐享養老金的劉大任卻退而不休，仍多次前往新中國考察，返美後把沿途見聞寫成文章。他給自己認定的道路是「兩周之間」，即周樹人（魯迅）與周作人之間。周作人只寫散文不寫小說，而劉大任左手寫散文右手寫小說。不管寫哪種文體，他都從周氏兄弟那裡學到許多東西，這是他作品成功的一個重要因素。

比起陳若曦來，劉大任屬「遲到的歸來者」。他已年過八十，可始終抱有對新中國有強烈的愛那種家國情懷。他分析自己身上的兩種情緒：對國家近代以來命運的屈辱感，對中華偉大文化的自豪感。其身分儘管多變：在臺灣他被當成「外省人」或另一類人。在海外，他又被當作華僑。「可在我的心目中，就認爲自己是中國人。」（註七）這位中國人於二〇一七年九月十日，在新中國的山東書城舉行《劉大任集》新書發布會。他用自己的系列作品，爲新中國文壇「樹立一個新的標竿，新的鏡子，新的視野，新的高度。」（註八）

在海外華文作家中將家國情懷發揚光大的人，自然不止劉大任一例，但劉大任的保釣小說，對新中國文學發揚愛國主義的價值與貢獻，畢竟提供了一個新的參照系。事實也正是如此，劉大任還有張系國等人的政治小說，充實了新中國文學愛國主義的內涵。一方面，它否定了文學可以不食人間煙火的說法；另一方面，它以開放的視野修復了新中國文學與海外敘事的斷裂，更重要的貢獻在於它改變了由於封閉的境界所造成中國當代文學過於單一化的線性格局。

總之，海外華文作家從異國他鄉給新中國文學帶來革新的火種。它點燃了新中國文學從一體化走出的創造熱情。海外華文文學像一把劈刀，無畏地在堅冰之上打開一條裂縫，讓新中國文學勁吹現代化之風。這是思想的解放，也是藝術的躍進。

——原刊於《文藝論壇》二〇〇九年第五期

注釋：

一　也斯：〈愛荷華的中國文學座談會〉，《詩潮》第四集（臺中市：藍燈文化事業公司，一九八〇年十二月）。

二　也斯：〈愛荷華的中國文學座談會〉，《詩潮》第四集（臺中市：藍燈文化事業公司，一九八〇年十二月）。

三　陳若曦：〈尹縣長〉，《明報月刊》（一九七四年十一月）。

四　余光中：〈紫荊與紅梅如何接枝？〉，載《香港文學節研討會講稿彙編》（香港：市政局公共圖書館，一九九七年）。

五　南方朔：〈「保釣」的新解釋——歷史沒有被浪費掉的熱情〉，《INK印刻文學生活誌》第六卷第二期（二〇〇九年），頁八十六、八十八。

六　劉思坊記錄、整理：〈知識分子的自我定位——尉天驄對談劉大任〉，《INK印刻文學生活誌》第六卷第二期（二〇〇九年），頁九十三、九十九。

七　吳永強：〈劉大任：遲到的歸來者〉，《齊魯周刊》二〇一七年三十七期（二〇一七年九月二十一日），頁六十五～六十七。

八　吳永強：〈劉大任：遲到的歸來者〉，《齊魯周刊》二〇一七年三十七期（二〇一七年九月二十一日），頁六十五～六十七。

新移民文學經典與經典化的思考

江少川

在當下媒介化、視覺化盛行的互聯網時代，大眾文化潮流強烈撞擊著文學經典的話題，「經典危機」、「去經典化」論一時似乎頗為流行。此時呼喚新移民文學經典合時宜嗎？新移民文學產生了經典嗎？現在討論文學經典為時過早吧？新移民文學經典與經典化研究要留給後人評說，面對如此等等疑惑詰問，我們如何回答？答案是不容置疑，新移民文學經典化的時代已經到來。

壹　移民文學，孕育經典的文化土壤

論及移民作家，會想起一串長長的傑出而響亮的名字：如康拉德、納博科夫、昆德拉、奈保爾、貢布羅維奇、布蘭迪斯等，他們留下的文學經典作品影響深遠，如《大河灣》、《洛麗塔》、《生命不能承受之輕》、《黑暗之心》、《費爾迪杜凱》等都堪稱經典之作。為什麼移民作家創作中會產生具有世界影響的文學經典？是因為從母國移民到異域，這樣一種獨特的雙重人生經歷，跨文化視野為作家創造出了一種特異而富潤的文化土壤。

一　邊緣化的跨界生存

移民文學是一種具有世界性的文學現象，它的跨地域、跨文化的特徵注定著它的邊緣狀態。移民作家從祖國移居他國，在移居國他們被視為少數族裔、「他」者身分。用華語創作的新移民更是屬於遠離主流文化系統的少數族裔的小語種文學。由於這種文化差異、語言障礙、陌生化的環境以及「他」者的身分，處於邊緣狀態的移民作家的寂寞、孤獨與痛楚等都在心靈中埋下了種子，較之本土作家尤勝之。移民作家，他們一生中的前後兩段，生活在完全不同的文化傳統、文化氛圍與語境之中。奈保爾處於跨界生存中的混雜化寫作，既依附又背離，形成英國文化養子的二難心態。昆德拉曾分析移民作家的藝術問題，指出移民生活的困難，認爲最糟糕的是陌生化的痛苦，「他不得不調動一切力量，一切藝術才華，把生存環境的不利因素改造成他手中的王牌。」（註二）嚴歌苓說：「移民，這是個最脆弱、敏感的生命方式，它能對殘酷的環境做出最逼眞的反應。」（註二）這種邊緣狀態、痛苦環境給作家造成「施壓」，成爲一種「驅動力」，所謂「造成王牌」、「逼眞反映」，恰恰是提供了滋生文學經典的土地與溫床。

二　雙重人生經驗與視野

新移民指的是第一代移民，他們的前半生在祖國度過，而後半生卻在移居國生活。他們經歷過原鄉與異鄉兩種不同的人生體驗，在創作中也就具有了雙重的人生經驗與視野。俄裔美國作家納博科夫在俄國生活了二十年，在西歐二十年，在美國二十年，後來移居法國與瑞士。他精通俄語、英語與法語，多重人生經歷與文化視野使他創作出被譽爲經典的《洛麗塔》，造就了他的文學成就。康拉德是波蘭人，移民後用英語創作，他的創作成爲「被迫的國際多聲部」。他小說中的人物有多種種族身分，文化內容多樣。旅加作家李彥指出：「我發覺，長期生活在海外的人與長期生活在海內的人，在看待東方、西方、歷史、現狀等諸多東西，都存在著不少差異。」（註三）這些作家都深刻地體味到：移民作家的人生經驗、思想意識、觀察視野是雙重或多重、或曰混血的，這一切對文學而言，又是異常寶貴的財富與礦藏，給作家的文學創作以多重眼光、體驗與思維方式。

三　文學創作的自由度

移民異域，他們在文學創作上，會擺脫許多非文學的東西的約束，新移民作家，他們在母國所受到的教育，其文學觀由於受到文學與政治、與意識形態複雜的牽制關係，有形無形地受到制約，影響到作家的創作。而移居到一個陌生的異域環境，這種制約、這種羈絆被剪斷了，擺脫了體制上的捆綁，文學回歸到文學本體上來。同時，作家的創作也擺脫了「稻粱謀」的依賴，「不為生存而寫作」，寫作不成為他們謀生的手段，他們的創作是為了抒發身處異域的複雜情感，如旅美作家呂紅所深刻感受的：「從原鄉到新鄉，是移地、移根、移文化，面對新的挑戰和挫折，過程有想融入主流社會而變不了，或欲保留原來的生活方式與思維不想變，卻由不得自己的許多掙扎、衝擊，所以說，入境是瞬間的行為，移民卻是一個漫長的過程。用文字記錄下在原鄉與異鄉之中的掙扎、衝突、挫折、修復，存活……這就誕生了移民文學。」（註四）黃宗之、朱雪梅也談到：「這些離鄉背井的新移民在經歷過顛簸流離，許許多多的坎坎坷坷後，內心積累起來在心理上、情感上、物質上、精神上很多鬱悶，需要發洩，需要傾吐，由於身處異鄉，遠離親朋舊友，與人群疏隔，很難找到傾訴的對象。用文字把自己的這些感受表達出來，成為了一種現實的精神需要，比麵包和牛奶更為重要。」（註五）移民作家從事創作擺脫了非文學元素的羈絆，不依賴創作謀生存，它是一種人的情感的傾瀉、思想的馳騁，是文學夢的回歸。

四　雙語思維與創作能力

移民作家接受過母國與移居國的雙重教育，具有良好的雙語能力，他們的外語修養，使得他們能比較順利地吸收與借鑑西方文化與文學的優良傳統，比如直接閱讀西方文學原著，吸收西方語言的長處，比較中西文學的優長等。西方學者提出「雙螺旋文化」基因結構的理論：認為猶太移民為什麼是世界級大才的孵化器？如愛因斯坦、弗洛伊德、馬克思等，是移民的「雙螺旋文化」基因鏈設計。這種「雙螺旋文化」理論也可以移植於移民作家創作。新移民作家接受了兩種不同的文化營養、東西方的複合結構，也必然會滲透到創作之中。嚴歌苓指出：「有多少移民作家在離開鄉土之後，在漂泊過程中變得更優秀了？康拉德、納博科夫、昆德拉、依莎貝拉·阿言德……。」（註六）新移民作家中許多都具有雙語思維與能力，無疑也成為助長其文學創作飛升的羽翼。

貳　呼喚新移民文學經典

上個世紀以來中國稱爲的留學生文學，自「五四」以來有過三次文學潮，準確地說，前兩次都應該稱爲留學生文學。第一次是五四以後，三十年代前後的留學生文學潮，如魯迅、林語堂、郭沫若、巴金、老舍、聞一多、徐志摩等。第二次是臺灣六十年代前後的留學生文學，如白先勇、於梨華、聶華苓、趙淑俠等。第三次是始於上個世紀八十年代中國大陸改革開放以後，隨著持續不斷的移民大潮而逐漸興起、蓬勃發展起來的新移民文學，就人數之眾、規模之大，地域之廣，都遠遠超過了前兩次留學生文學潮，這一次形成的洶湧澎湃的文學潮，不僅有作爲主體的留學生，也包括技術移民、經商移民、投親移民等，可謂名副其實的移民文學大潮，席捲到美洲、歐洲及澳洲等地域，不僅在中國爲史無前例，在世界範圍內也罕見，其勢頭可謂方興未艾。

經過三十多年的發展，新移民文學湧現出一批優秀的作家作品，它取得的成績有目共睹，受到海內外學者專家的高度評價與國內外學界的充分肯定與褒獎。

新移民文學這個概念，是指從中國大陸移民海外的作家群體而言，就時間而言，所謂「新」，只是一個對一定歷史時間的界定，主要指中國改革開放以後到現在，就空間而言，它輻射到五大洲。主要地域或曰重鎭在北美、歐洲與澳洲。

新移民文學走過了三十多年的歷程。如果從上個世紀八十年代初作爲起點，大體經歷了三個階段：早期爲八、九十年代之交，以蘇煒的《遠行人》，查建英的《叢林下的冰河》爲濫觴，到九十年代初的《北京人在紐約》、《曼哈頓的中國女人》風靡一時，新移民文學就給國人帶來過熱浪的衝擊與新奇之感。中期爲新舊世紀之交，二〇〇〇年高行健的小說獲諾貝爾文學獎，哈金的小說在美國獲兩項文學大獎，一批優秀作家脫穎而出，如陳瑞琳提出的「三駕馬車」中的幾位女作家的力作的問世等。近期爲新世紀十年，新移民作家隊伍更爲壯大，中年作家愈加成熟，作品沉甸、厚重，新生代作家佳作頻出，形成群星燦爛，交相輝映的文壇壯觀宏景。

就歐、美、澳三大塊地域而言，三十多年來湧現的作家群可以開出長長的名字。僅從選集、作品集、叢書看，二〇〇六年成都出版社出版了少君主編的海外新移民文學大系《北美經典五重奏》，二〇〇七年又推出按海外華文文學社團結集的七卷本《新移民文學社團交響曲》。北美新移民作家融融、陳瑞琳主編的《一代飛鴻》，就匯聚了美國、加拿大有代表性的移民作家四十四人的作品。莊偉傑主編的《澳洲華人文學系列叢書》五卷本，收錄的澳大利亞、紐西蘭作家有百人以上。孫博主編的加拿大作家作品選有中篇小說、短篇小說、散文集等。南開大學出版社出版有《南開二十一世紀華裔文學叢書》。特別值得一提的是《世界華人周刊》張輝總策畫的「世界華人文庫」系列叢書已出版到第三輯，共出版了包括小說、散文、詩歌、隨筆、作品評論等多種文類的作品集、選集共五十多本，是迄今爲止規模宏大、品類多樣、匯集作家最多的大型新移民文學叢書，可謂大氣魄、大手筆，爲新移民文學的發展做出了重要的貢獻。

而作品集的出版更是難以統計，僅海峽兩岸就有多家出版社都出版過哈金、高行健、嚴歌苓、張翎、虹影等多位作家的作品集。

海外重要的華文報刊此處不細數，僅就北美地區而言，《世界日報》、《星島日報》、《國際日報》、《僑報》，《紅杉林》、《中外論壇》、《美華文學》等刊物都是發表華文文學作品與評論的重要陣地。

如果從文學評獎而言，新移民作家在海內外獲得各類文學大獎，其中包括國際有重大影響的文學獎，以及國內權威文學刊物的獎項，產生了廣泛而深遠的影響。哈金曾獲一九九九年美國「國家書卷獎」、二千美國筆會/福克納基金會所頒發「美國筆會/福克納小說獎」，爲第一位同時獲此兩項美國主流文學大獎之中國移民作家。《等待》和《戰爭垃圾》曾在二〇〇〇年與二〇〇五年兩度入圍普利策獎小說類決賽名單。高行健的小說曾獲二〇〇〇年諾貝爾文學獎。嚴歌苓的短篇《少女小漁》獲一九九一年臺灣中央日報短篇小說一等獎，根據小說改編的電影獲亞太國際電影節六項大獎，《小姨多鶴》獲或全球首個華僑文學最佳作品獎，《天浴》英譯版獲哥倫比亞大學最佳實驗小說獎，由嚴歌苓本人改編的同名電影問鼎臺灣金馬獎七項大獎。張翎的小說曾獲加拿大袁惠松文學獎，第四屆人民文學獎、第八屆十月文學獎，《金山》獲得由中國出版集團、人民文學出版社主辦的二〇〇九年第六屆《當代》長篇小說獎。虹影曾獲紐約《特爾菲卡》雜誌「中國最佳短篇小說獎」，長篇《饑餓的女兒》獲臺灣一九九七年《聯合報》讀書人最佳書獎，二〇〇五年獲義大利「羅馬文學獎」。陳河曾獲首屆郁達夫小說獎，長篇小說《沙撈越戰事》獲第二屆中山杯華人華僑文學獎的最佳作品獎。陳謙獲《人民文學》茅台杯文學獎。李彥的《紅浮萍》曾獲加拿大一九九六年全國小說新書提名獎，同年獲加拿大滑鐵盧地區「文學藝術傑出女性獎」。劉荒田曾獲曾獲二〇〇九年首屆獲中山杯華人華僑文學獎散文類首獎。章平曾獲中山杯華人華僑文學獎詩歌獎。中國的著名文學期刊《人民文學》、《收獲》、《十月》、《當代》、《江南》等著名文學刊物的大獎，新移民作家都一一斬獲。在中國小說排行榜上，新移民小說的長中短篇，多次與中國當代著名作家「同臺競技」，榜上有名，並幾次奪冠。

以上統計並不完全，作品評獎也不等同於文學經典，但它也是評判一部作品的重要標尺與參照系。它從一個方面顯示：新移民文學已引起國際文壇的高度重視與關注，在海內外獲得廣泛地認可與很高的評價，影響日益深遠。

在當今資訊高度發達、文化多元的地球村時代，認定、評判文學經典沒有也很難有一個公認、固化、一成不變的標準。但是文學本體自身無疑是首要的標尺，而與之難以分離的是對它的闡釋與評價。黃曼君認爲：要從「實在本體論」與「關係本體論兩個維度來理解經典。「從實在本體論角度來看，經典是因內部固有的崇高特性而存在的實體」；「從關係本體論角度來看，經典是一個被確認的過程，一種在闡釋中獲得生命的存在。」（註七）而同時文學經典亦是屬於時代（即一定的歷史坐標系中）與特定地域的。雨果在談到文學與時代的關係時說：每個時代都與一個社會的時代相適應：抒情短歌、史詩、戲劇。弗克馬的一段話值得我們深思：他非常欣賞的一點就是，布魯姆把自己的著作叫作西方的經典，他認爲：「每個國家或許都有自己的經典，因爲他們有著不同的需求或者不同的問題。顯而易見，所有的經典都具有某些地方風味。」「我寧願相信一種根植於某種特定文化中的經典。然後，理所當然地，譬如說，有一種世界文學的中國版經典，一種世界文學的歐洲版經典，一種世界文學的尼日利亞版經典。」（註八）這些經典言論啓示我們對當今蓬勃發展、實績可觀的新移民文學新的思考。或許在這個文化多元的時代，「沒有經典」的聲音不絕於耳，正因爲如此，我們才更加理性地要高聲呼喚：新移民文學迫切地需要經典。

一　跨域性影響

眞正的文學經典可以超越民族與國界。美國著名學者尹曉煌在其《美國華裔文學史》中指出：「經濟與文化全球化是促進華語文學視野發展的另一個關鍵。隨著環太平洋各國在經濟文化和社會領域合作進一步加強，亞洲的華人世界與太平洋彼岸的美國之聯繫也更加密切。」（註九）前述哈金、高行健作品在西方獲文學大獎就足以見證這種影響巨大的輻射力。新移民文學的影響不限於一個國家或一種文化。他的影響是跨域跨文化的。這種跨域性影響還呈現爲雙向流動的特徵：從移居國流向母國，哈金的小說原著爲英語創作，後翻譯爲中文在海峽兩岸出版，《等待》已翻譯成二十多種文字在全球發行。或從母國流向移居國，一些新移民作家的作品在海峽兩岸出版，被譯爲外文後又流向移居國，並向其他地域輻射，虹影作品都是用中文創作後而被譯成三十多種文字在世界各國出版。李彥的小說也是先出英語本，後翻譯爲中文在國內出版。嚴歌苓等作家都用中英文雙語進行創作。

二 時代精神體現

如同每一個時代、每一個民族、每一個國家都會產生文學經典一樣，特定歷史時期的移民文學也會有其文學經典。新移民文學發生在地球上人口最多的國家社會轉型的特定時期。新移民文學雖然題材各異，風格多元，但就整體而言，其題材、人物形象塑造、文化蘊含，都表現出一個民族的變遷、漂泊、尋夢，以及對原鄉中國與異鄉西方的省思與想像。是書寫華人，從一百多年前移民先輩到美洲、澳洲淘金直至當下的海外中國人的命運沉浮、生存狀態與人性。它是世紀之交前後幾十年乃至百多年華裔族群生存狀態和生命意識的審美表現。這都是在中國當代文學中難以尋覓，而在移居國主流文學中也無從見到的。新移民文學具有強烈的時代感。在母土，被視爲中國當代文學的延伸，它從一個新的視野、新的窗口表現了中國社會三十多年巨大的變化、轉型與變遷。如表現移民先輩遠去異域淘金、做苦力的《扶桑》、《金山》、《淘金地》等長篇，表現海外新移民生活的艱辛、漂泊、尋夢、奮鬥的異域人生，表現地球村時代「海歸」與「海不歸」的雙向尋找與抉擇。新移民文學作品，風格不同，多姿多彩，打上了強烈的時代精神與文學審美的印記。

三　經典性評價

就當下而言，海內外學界對新移民文學的闡釋與評價，已逐漸擺脫了意識形態的束縛，不再依附於政治話語的約束而回歸到文學本體上來。文學經典因闡釋與再闡釋的循環而得以不朽。海內外學者與作家從文學本體、人性的深度及審美層面給予了優秀新移民作家獨到而精闢的評價。如美國老一輩的大作家厄普代克非常稱讚哈金的小說，余華評哈金的長篇《南京安魂曲》爲「偉大的小說」。劉再復稱高行健爲「全能冠軍孤獨才子」，認爲「《一個人的聖經》則是二十世紀下半葉中國最優秀的小說」。美國華裔文學史家尹曉煌、學者王德威、《紐約時報》、《洛杉磯時報》高度評價嚴歌苓的小說，陳思和教授從《扶桑》中讀到了「東方民族文化的眞正精魂所在」。莫言、李敬澤都極力肯定張翎的特色，陳瑞琳評《金山》是「中國人的海外秘史」，莫言認爲「在海外這些堅持著用漢語寫作的作家中，張翎終究會成爲其中的一個傑出人物。」美國學者葛浩文、瑞典BTG雜誌對《饑餓的女兒》評價極高，陳曉明說：「把虹影的書放在伍爾芙和瑪格麗特．拉拉同一書架上——這是迄今爲止任何一個中國內地作家都未享受過的殊榮。」法國巴黎大學教授章邂宇評價林湄的《天望》是「對人類精神家園給予終極關懷的鉅著」。劉再復認爲李彥的《紅浮萍》「是歐洲世紀交接時期的一份歷史見證」，海內外著名作家與學者的這些經典論述給我們深刻的啓迪與思考。

參　新移民文學經典化的建構

一　新移民文學經典化的困境

就當前中國文學界的研究狀況來看，新移民文學經典化存在以下三種傾向：

第一，厚古薄今：有人總是仰視古代，而對當下卻「視而不見」，見也冷淡。而且偏見地認爲，研究越古越有學問，當代文學研究，尤其是華文文學研究當然是最次之，是末流了。第二，重洋輕華：「洋」指的是外國文學研究，如同過去神化諾貝爾文學獎，等到中國人獲獎以後又有「不過如此」之說一樣。這裡的「華」包括中國當代文學，這裡特指是當代華文文學，尤其是新移民文學。第三，解構者多、建構者少：說到當代爲什麼不能產生文學經典振振有詞，對當代文學缺乏熱情與勇氣，而對新移民文學更是持困惑、質疑的態度，呼喚的聲音卻很微弱。

新移民文學研究與新移民文學一樣，也處於邊緣狀態。在學界亦處於「他」者地位。新移民華文文學研究，在異國重洋輕華，在母國，厚古薄今。以英語語系的國家爲例，文學研究者、高等院校無疑是把英語文學研究放在首位，研究華文文學者鳳毛麟角，人員稀少。而在中國，新移民文學自然是屬於當代的，而在中國的當代文學中它也只是處在延伸的地位。當代文學領域的學者早就指出了學界的厚古薄今傾向或偏見，而新移民文學研究更在當代文學的邊緣。對新移民作家作品的解讀、闡釋、評價與研究，與新移民文學的蓬勃發展、取得的實績比較起來，一是相對滯後、二是力量薄弱，三是隊伍分散。中國高校從古代到當代都有比較龐大的教學研究隊伍，而研究海外華文文學者少，這無疑影響到新移民文學經典化的研究與建構。爲此，我們的研究者更需要以極大的勇氣與氣魄去開拓，挑戰，執著勇往，披荊斬棘。

二　新移民文學經典化研究的建構

哈金就提出過創作「偉大的中國小說」，並解釋道：是「一部關於中國人經驗的長篇小說，其中對人物和生活的描述如此深刻、豐富、正確並富有同情心，使得每一個有感情、有文化的中國人都能在故事中找到認同感。」（註一〇）哈金呼籲的其實是中國小說的文學經典，而這也正是他小說創作的崇高追求與標高。二〇一〇年在武漢第十六屆中國世界華文文學國際研討會上，陳瑞琳提出了「三駕馬車」的著名理論。對這種提法，我的理解，從文學史的角度考察，每個時代的文學都會湧現出優秀而富有才情的作家。新移民作家群體是改革開放以後出現的，這是一個特定的歷史時期，海外新移民文學既與中國當代文學有血肉相連的血緣聯繫，同時又移植於異域的土壤生長。在移居國，華文不是母語，只是該國少數民族的族裔文學。海外華文文學跨地域，跨文化，以及它在中國及他國的雙重邊緣的特質，決定了它的發展的困境。嚴歌苓、張翎、虹影分別爲移居到美國、加拿大與英國的華文作家。「三駕馬車」的提法，首先是對嚴歌苓、張翎、虹影三位作家創作成就的充分肯定，是把她們作爲領軍人物的贊譽，同時更重要的是對三十多年來蓬勃發展的新移民文學的實績的充分肯定，以引起海內外文壇的高度重視與關注。我認爲這種提法是有見地而富有開創性的，對海外華文文學的發展有推波助瀾的積極意義。陳瑞琳「三駕馬車」的命題，是呼喚新移民文學經典的第一聲響亮的集結號，對新移民文學的經典化具有開先河的時代意義。

對新移民文學經典化的建構，我提出幾點思考：

第一，要勇於挑戰傳統觀念。

文學經典一定要隔代才能產生嗎？中外文學史上的所謂經典化有兩種情況：一種是經過較長或者很長時間的沉寂與冷落、遺忘，後來被挖掘、發現而經典化，聲名鵲起，爲人們奉爲經典；另一種是該作家作品在當代就影響很大，受到很高的評價，隨著時間的推移，這種闡釋與研究不斷深化，再評價，而成爲公認的經典之作。應當看見，文學史上優秀之作，在作家的當代時就受重視，獲得肯定與評價的例子並非少見。最爲典型的莫過於俄羅斯文學史上出現的那個黃金時代，一批傑出的作家如普希金、托爾斯泰、契科夫、果戈里等在當時就得到了同時代的著名文學批評家別林斯基、車爾尼雪夫斯基、杜普羅留博波夫等文學批評大師的高度肯定、認同與讚揚。就當代而言，臺灣留學生文學的優秀作家白先勇、於梨華、余光中、洛夫等作家離我們也不太遠，而他們的作品，在臺灣亦是公認的經典之作了。

在當下地球村時代，傳播、通訊、互聯網等高科技迅猛發展，文學作品的傳播、批評、反饋之速度是以往任何時代都無法比擬的。當今的時間的「同時性」也在向傳統的「時間觀」發出挑戰。

第二，同代學者要做文學經典的「發現者」、「拓荒人」。

文學經典不會從天而降，作家在世，其作品就被譽爲經典的，絕非個案。文學經典固然要經過時間的檢驗與淘洗，經過讀者與研究者的解讀與評價，也需要「發現者」、「拓荒者」。這或許需要幾代人更長時間來完成，然而它卻開始在第一代，或者說同代人，同代的學者、評論家承擔著這樣的重任。有學者指出：「當代文學經典化的滯後也是評價危機產生的重要原因。」「把經典的命名權推給時間和後人，這使得當代文學經典作品的確認成了被懸置的問題。」（註一一）我非常同這位學者的看法。特別要指出的是，新移民文學經典化較之中國當代文學存在的問題更加嚴重而有過之。福克納在獲諾獎前，名不見經傳，獲得諾貝爾文學獎後，他的小說讚揚備加，其代表作《喧囂與騷動》成爲公認的經典，海明威的《老人與海》、馬爾克斯的《百年孤獨》同樣是他們在世就被確認爲經典的。這些文學經典作品傳到中國，似乎無需再經典化就被接受了，被「移植」過來了，因爲他們在西方被公認爲經典了。其實許多外國文學經典都可以視爲「移植」的。由此觀之，新移民文學的經典化，其重擔落在了作家的移居國與母國的身上，由於作品用漢語創作，祖國的學界與批評界則更是重任在肩。

第三，要集結學術隊伍與兵力謀劃研究策略、路徑與方法。

第四，新移民文學的經典化需要海內外的學者、評論家攜手合作，同心協力。國內高校與研究機構要整合、集結學術力量，如有計畫地策畫出版大型海外研究評論叢書，包括宏觀的綜合性研究、作家個案研究與比較研究等。大力培養青年學者，壯大研究隊伍。聯合海內外作家、學者、批評家，加強學術交流活動，如召開國際研討會，以拓寬研究路徑，並重視方法論的研究與實踐等。

新移民文學經典的春天已經來臨。

——原刊於《南昌大學學報》二〇一五年第一期

注釋

一　昆德拉著，余中先譯：《被背叛的遺囑》（上海市：上海譯文出版社，二〇〇三年），頁一〇〇。
二　嚴歌苓：《主流與邊緣》〈扶桑（代序）〉（上海市：上海文藝出版社，二〇〇二年），頁四。
三　李　彥：《紅浮萍》〈後記〉（北京市：作家出版社，二〇一〇年），頁三二〇。
四　江少川：《海山蒼蒼——海外華裔作家訪談錄》（北京市：九州出版社，二〇〇四年），頁一八二。
五　江少川：《海山蒼蒼——海外華裔作家訪談錄》（北京市：九州出版社，二〇〇四年），頁二二三。
六　嚴歌苓：《主流與邊緣》〈扶桑（代序）〉（上海市：上海文藝出版社，二〇〇二年），頁三。

七　黃曼君：《中國現代文學經典的誕生與延傳》（北京市：中國社會科學出版社，二〇〇四年三月），頁一四九～一五九。

八　生安鋒：〈文學的重寫、經典重構與文化參與——杜威．佛克馬教授訪談錄〉，北京市：《文藝研究》二〇〇六年第五期，頁六十二～六十七。

九　尹曉煌：《美國華裔文學史》（天津市：南開大學出版社，二〇〇六年），頁一八四。

一〇　江少川：《海山蒼蒼——海外華裔作家訪談錄》（北京市：九州出版社，二〇〇四年），頁七。

一一　吳義勤：〈當代文學的評價出現危機〉，《長江日報》（二〇一四年五月九日）。

從新加坡華文文學到世界華文文學的大同世界

（新加坡）王潤華

新加坡的地理位置不但是東西方必經之地，而且也是中國、臺灣、香港通向東南亞各國的門戶。從新馬被開拓以來，新加坡一直成爲中國文化、文學與藝術輸送到東南亞各國的必經之地。同時新加坡也成爲東南亞的文學藝術推銷到中國的重要港口。以最近幾十年來說，新加坡在一九七〇年代開始，除了不斷與東南亞及香港文學交流，又特別注重與臺灣的現代文學交流。像新加坡作家協會，很有計畫性的，通過講演、座談等方式，與著名的臺灣作家交流，目前在臺灣有成就的作家中，恐怕很少未曾來新加坡。（註一）新加坡在過去舉辦過三次國際華文文藝營，廣邀世界各地的華文作家及研究當代華文文學的學者參加，主辦的宗旨是促進世界各地華文作家交流，增進對各地華文作品之認識。（註二）

一九八六年，德國漢學家馬漢茂和美國學者劉紹銘在德國的萊聖斯堡辦了一個稱爲「現代華文文學的大同世界」的國際性研討會，從世界各地，邀請了約六十位華文作家及學者，共同討論當代華文文學在世界各地區的發展與成就。很多西方學者，第一次認識到一個事實：華文文學在新加坡、馬來西亞、菲律賓也有長遠的歷史，二十年代以來就蓬勃的發展著。（註三）當時會議結束後，其中中國、臺灣、香港、新加坡、馬來西亞、菲律賓的代表，爲了再進一步交流與鼓勵文學發展，決定出版一本《世界中文小說選》，各地區委任一位編輯，負責選擇作品，這部選集已在一九八七年底由臺北的時報出版公司出版，原來決定中國大陸應該也同時出版發行，可是至今尚未有出版消息。（註四）爲了加強世界各國學者對東南亞華文文學的注意，新加坡的哥德學院與新加坡作家協會，決定在今年（一九八八）八月在新加坡舉辦第二屆華文文學大同世界國際會議：東南亞華文文學。把中國臺灣與香港、歐美、及東南亞學者作家邀請到新加坡，與本地區作家們一起討論，更容易拉近學者與他們所研究作家之距離，因而增進瞭解。（註五）

對世界各地區華文文學的大同世界之探討和建設，最早當然要算聶華苓在愛荷華的國際寫作計畫上的努力。她從很早開始，就讓每年來自不同地區的華文作家互相交流，也引起世人注意。像我參加的那一年（一九八四），來自大陸的馮驥才、張賢亮，來自臺灣的楊青矗和向陽，以及來自新加坡的我和淡瑩，便形成一個國際華文文學之陣容，每次到美國各大學演講，都一齊出動，無形中加強了外人對華文文學的大同世界之認識。由於世界華文文學觀念之形成，臺灣在一九八二年便組織了《亞洲華文作家協會，每兩年輪流在亞洲各地舉辦一次會議，而且出版《亞洲華文作家》季刊（註六）。香港出版的《香港文學》於一九八五年六月創刊，對世界各國的華文作品，提供了一個交流的園地。（註七）這些都是近十多年來，企圖建立一個華文文學的大同世界之理想的種種努力。

我這裡所用「大同世界」一詞，是借用劉紹銘的翻譯。他把「大英共和聯邦」（British Commonwealth）中的「共和聯邦」加以漢化，因此成爲「大同世界」。目前在許多曾爲殖民地的國家之中，一種用英文創作的英文文學已成長起來。這種文學目前稱爲「共和聯邦文學」。因此同樣的，世界各國共同使用華文創作的文學作品，譬如在新加坡、馬來西亞、香港、菲律賓、印尼、泰國以及歐美各地的，也可稱爲「華人共和聯邦文學」或「世界華文文學的大同世界」。

今天要研究華文文學創作的趨勢如何？當前華文文學創作有些什麼作品？在文學形式上之變化與題材之開拓，文學思潮有何新走向？單單拿臺灣或中國大陸的華文文學來說明這些現象恐怕是不足夠的，更完整的答案需要研究世界各國的華文文學才能得到。目前研究英文文學的人，他們除了要研究英國的文學，也研究加拿大。澳洲、紐西蘭及亞洲各國的英語文學。一九八六年非洲的尼日利亞的索因卡獲得諾貝爾文學獎，我個人認爲，這不等於諾貝爾文學獎委員會開始重視非歐洲文學傳統的文字，特別是亞非文學，相反的，跟當年印度詩人泰戈爾得獎一樣，只是表揚英文文學在歐洲以外的成長。

今天在這個世界上，只有華文文學才能跟英文文學比美。因此世界各國的華文文學雖然各有它的特性，把它放在一起研究，放在一塊欣賞，更能增加它的重要性。中國大陸從一九七六年門戶開放以後，新時期文學「走向世界」是中國文壇的一熱，另一方面世界文學也是紛紛走向中國，翻譯與介紹外國的作家和作品，還有理論思潮也成爲中國文壇一熱。隨著世界各國的文學走向中國，世界各地的華文文學也逐漸走向中國，開始的時候，臺灣的作品很受注意，接著香港、歐美、新加坡、馬來西亞、菲律賓、泰國、印尼、日本等地區的華文文學也逐漸引進。中國南方有好幾所大學像廈門大學、汕頭大學、和深圳大學都有專門研究所謂「港臺和海外華文文學」的機構與專家。目前中國大陸出版好幾種大型文學刊物，其中像《四海》、《華人世界》，其宗旨便是要結合中外華文文學界，爲廣大的未來華文文學創造新機。

世界華文文學大同世界的意識已很明顯的，在中國大陸生根成長著。目前中國的學者已完全肯定世界華文文學之重要性，樂黛雲教授最近在〈從世界文化交流看華文文學研究〉一文的看法，很有代表性。她說研究港臺和海外華文文學具有特殊意義，因爲海外華文文學體現著中外文化最直接的互相滲透作用，最先接受外國文化影響，因此有許多可借鑑的地方，同時也可從中瞭解文化移動的問題。更重要的，也可研究文學上種種異同與特色問題。（註八）

除了探索這個大同世界優秀作品特色之異同，研究華文文化之變遷，當前更重要的是如何把這個大同世界建設起來。在建設工作上，我覺得除了出版刊物和叢書，提供發表與發揚之機會，更實際的是，由臺灣或中國大陸或新馬的文學團體，設立一個國際性的世界華文文學獎，讓當前有成就的華文作家被提拔出來，讓全世界的讀者欣賞他們優秀作品的藝術特色。諾貝爾文學獎是爲西方文學而設，這個獎也許能成爲華文文學的諾貝爾文學獎，它不但替華文文學在世界文學中爭取一個重要的地位，世界各地的華文文學之重要性也因此而被提高。

我盼望世界華文文學的大同世界之建立與繁榮，在不久之後就能實現。

——《從新華文學到世界華文文學》（新加坡：潮州八邑會館，一九九四年），頁二五〇～二五五

注釋

一 關於新加坡作家協會（寫作人協會）之活動，見該會十週年紀念特刊部分，《文學半年刊》第十七期（一九八六年六月）。

二 第一屆由新加坡作家協會人民協會、星洲日報等團體合辦（一九八三年），第二及第三屆由《聯合早報》、《聯合晚報》合辦（一九八五年、一九八七年）。

三 見新加坡《海峽時報》雙語出版訪談錄：〈探討英文文學的大同世界〉。

四 《世界中文小說選》（臺北市：時報出版公司，一九八七年），各地區編者爲：大陸（李陀）、臺灣（王德威）、香港（黃維樑）、馬來西亞（姚拓）、泰國（施穎洲）、新加坡（王潤華）。

五　會議定在一九八八年八月十五日至十九日在新加坡哥德學院舉行。

六　《亞洲華文作家》於一九八四年創刊，至一九八七年，已出版了十四期。

七　《香港文學》至一九八八年一月，已出版三十七期。三週年紀念特輯（三十七期），發表了世界各地作家對這本刊物之意見。

八　樂黛雲之論文在深圳大學所舉辦第三屆全國臺港及海外華文文學學術討論會宣讀，發表在一九八六年二月三日之《深圳特區報》。

越界與跨國

——世界華文文學的詮釋模式

（新加坡）王潤華

壹　從邊緣到中心——文化中國與世華文學

自從二十世紀以來，中國知識分子永不中斷的移民外國，近三十年，臺灣、香港、大陸大量專業人士、留學生、移民，更大量移居世界各國，再加上東南亞的華人再移民，今天作爲華人的意義已大大改變。（註一）杜維明在〈文化中國：邊緣中心論〉（"Cultural China: The Periphery as the Center"）、〈文化中國與儒家傳統〉、〈文化中國精神資源的開發〉諸文章中（註二），提出「文化中國」的概念，因爲中國不只是一個政治結構、社會組織，也是一個文化理念。今日產生重大影響力的有關中國文化的關心、發展、研究、論述，主要在海外，而這些人包括在外國出生的華人或研究中國文化的非華人，這個文化中國的中心超越中國，而由中國、香港、臺灣與散居世界各地的以華人爲主的人所構成。其實正如《常青樹：今日改變中的華人》（*The Living Tree: The Changing Meaning of Being Chinese*）中其他文章所觀察（註三），華人的意義不斷在改變中，中國以外邊緣地帶華人建構了文化中國，同樣的，中國以外的華人及非華人，我所說的具有邊緣思考的華人，也建構了另一類華文文學。這類文學，就如文化中國，他超越語言、族群、宗教，而這種邊緣文學就是構成文化中國的一部分，爲文化中國創造新的精神資源。這種文學也成爲另一個華文文學中心，甚至散布世界各地的華人世界，自己也成爲一個中心，比如新加坡華文文學或馬華文學，其作品即有中國文學傳統也有土文學傳統。（註四）因此我們需要尋找種種理論思考來與詮釋模式來瞭解與解讀這種文學。

本文探討從漢文化圈（陳慶浩）、多元文化中心／雙重文學傳統（周策縱、王潤華）、邊緣中心論（賽依德、杜維明）、後殖民文學（Bill Ascroft等人）、文化中國（杜維明）等論說來思考世界華文文學，這些論說與詮釋模式給世界華文文學可能帶來的越界與跨國的新視野。而許多有關華人與文化的思考，上述杜維明的論說及其編著的《常青樹：邊緣中心論》中包括如王賡武、李歐梵等人的論述，王賡武的《進入現代世界：中國內外》（*Joining the Modern World: Inside and Outside China*），還有其他純理論性的如愛德華詩（Edward Shils）的《中心與邊緣：宏觀社會學》（*Center and Periphery: Essays in Macrosociology*）都是有助於發現、思考問題與瞭解現象的視野。（註五）

貳　從域外漢文學到世界華文文學

除了中國以外，古代的韓國、日本、越南等國家，皆長期使用漢字，創作了大量的作品，尤其在本國文字還沒有形成以前，形成一個漢字文化圈。即使在漢字基礎上，發展出本國文字以後，很多作家還是以漢字寫作。特別是漢詩，直到目前，還是文化教養的象徵。到了十九世紀，西方入侵，中國衰落，殖民主義與民主主義高漲，漢字逐漸被殖民國文字與本國文字取代，漢文寫作的傳統便逐漸消失。自第二次世界大戰以後，隨著老一輩知識分子的凋零，漢文作品就更少出現了。

在韓國、日本、和越南，今天還保存了大量的漢文作品，有價值的著作不少。研究中國文學的人都忽略這些作品。在第二次世界大戰後民族主義高漲時，中日韓越等國學者，還以爲這些作品皆非民族的文化產品，因此被認爲不值得研究。最後域外漢文學、漢文化被棄置在傳統的漢學、韓國學、日本學、越南學研究之外。

由於數百年來中國人不斷移民，世界華裔也不斷再移民，被移置海外的華文華語就在十九世紀末二十世紀初，漢字文化在中國鄰近國家衰落時，傳統文化圈少有人用漢字時，華文文學在世界興起，最早在東南亞，尤其新加坡、馬來西亞。自從高行健榮獲二〇〇〇年的諾貝爾文學獎，世界華文文學有了極大的突破，引發許多重視與肯定。世華作家把華文與華文文學的文化空間擴大了，它包涵又超越種族、地域，語言也多元化了。這些華文作家雖然主要是世界各國的華人，其他種族的華文作家也不少，如韓國的許世旭、澳洲的白傑明（Germienic Barme）、德國的馬漢茂（Hermet Martin）、美國的葛浩文（Horward Goldblatt）與韓秀。在日本與越南的今天，用華文創造的日本人與越南人則更多了。

傳統的域外漢文學與現代的世界華文文學是中華文化的延續與發展，是中華文化與世界文化對話所產生的多元文化的文學。湯一介在〈新軸心時代與中華文化定位〉說，經濟全球化、科技一體化，今後文化發展將會文化多元，華文文學就是中華文化大潮流的帶頭浪。杜維明說儒家傳統不單是中國的，它也是日本的、朝鮮的、越南的，將來也可能是歐美的。世界華文文學目前已發展出它的特點，它是世界性的。因此要瞭解中華文學的傳統的整體發展與變化，中國文學、域外漢文學、世界華文文學需要作一整體研究。王國良與陳慶浩在一九九八年臺北主辦的《中華文化與世界漢文學》研討會，正是對新舊漢字文化圈作整體研究的出發點。這種整體研究可以發現漢字的生命力，華人文化的動力。（註六）

參　重新認識華文文學的新地圖——多元的文學中心的肯定

目前英文文學（English literature）一詞的定義已起了變化，它不單單指屬於英國公民的以英文書寫的文學，而是形成一個多元文學中心的局面。除了英國本土是英文文學的一個中心之外，今天的美國、加拿大、澳洲、紐西蘭、印度，以及許多以前英國殖民地的亞洲與非洲國家都有英文文學，各自形成英文文學的中心，不是支流，各自在語言、技巧、文學觀都與英美大國不同。英文文學的發展，比華文文學更複雜，因爲他們的許多國家的作家都不但是非白人，而是其他民族，包括印度人、華人、黑人及混種人。過去一百年來，已有不少非英美作家，非白人的英文作家獲得諾貝爾文學獎。

研究共和聯邦英文如何在英國文學的傳統下，重建本土的文學傳統，重構本土幻想與語言系統，創作多元文化的文學等課題的論說，如《從共和聯邦到後殖民文學》（*From Commonwealth to Post-Colonial*）、《新興英文文學》（*New English Literatures*）及《世界英文文學》（*Literatures of the World in English*），都提供可供參考的透視世華文學的理論與批評方法。（註七）

英文文學已發展到這樣的一種新局面：每年最優秀的以英文創作的詩、最好的小說、最傑出的戲劇，不一定出自英國或美國的作家之手，它可能出自南美、非洲的非白人之手。同樣的，如果我們公平的評審一下，每年最佳的華文小說、詩歌、或戲劇也不見得一定出自中國大陸和臺灣，很可能是馬來西亞或住在歐美的華文作家。諾貝爾文學獎頒給許多非英美的非白人英文作家，尤其最近得獎的華文作家高行健（二〇〇〇）與印度後裔英文作家奈保爾（二〇〇一）便是代表這種承認。（註八）臺灣《聯合報》短篇小說獎也是最好的例子，首獎經常被海外華文作家所奪，如一九九六、二〇〇〇及二〇〇一年的首獎爲大馬女作家黎紫書所榮獲，她已是第三代的馬來西亞華裔。

黎紫書一九九四年（二十四歲）開始嘗試小說創作，一九九五年以〈把她寫進小說裡〉獲得第三屆花蹤文學獎馬華小說首獎，一九九六年以〈蛆魘〉獲得第十八屆聯合報文學短篇小說首獎，一九九七年又以〈推開閣樓之窗〉獲得花蹤小說首獎，二〇〇〇年再以〈山瘟〉獲得聯合報文學小說首獎。另外，黎紫書還榮獲國內外其他文學獎。

黎紫書的小說，以目前已出版成書的《天國之門》與《微型黎紫書》、《山瘟》爲代表（註九），是中華文化流落到馬來亞半島熱帶雨林，與後殖民文化雜混衍生，再與後現代文化的相遇擁抱之後，掙脫了中國文學的許多束縛，再以熱帶的雨水、黴濕陰沈的天氣、惡腥氣味的橡膠廠、白蟻、木瓜樹、騎樓舊街場等陰暗的意象，再滲透著歷史、現實、幻想、人性、宗教，巧妙的在大馬的鄉土上建構出魔幻現實小說。魔幻主義、現代意識流、後現代懷舊種種手法，另外散文、詩歌、小說、都輪流混雜的出現在她的小說中。但是由於她的幻想與本土文化，語言藝術與本土文化結合在一起，黎紫書的小說不像許多現代派小說，心理活動或語言遊戲太多，而顯得有氣無力。相反的，她的小說甚至能把通俗小說的讀者吸引回來看藝術小說，提高藝術小說的可讀性。

在黎紫書的短篇與微型小說中，散文、詩歌、小說、被揉成一體或混雜成一種特殊的語言文字作爲表現、敘事媒體。在〈天國之門〉中：我被阿爺在臉上打了一巴掌，受傷嘴角滴在白床上的血「綻放一朵小紅花」。在〈某個平常的四月天〉老李的女兒看見書記小姐與父親在作愛：「膠廠書記小姐的雙腿盤在他的腰上，像一隻枷鎖般緊緊扣住了男人」。黎紫書的小說敘述語言超越性別與年紀，像上面小孩的視角，直視、簡約，帶來新的視覺、詩的內涵。所以我們在她的小說中，發現智性的、感性的、生活的、神話的、幻想的，變幻無常。

黎紫書熱帶雨林的離散族群邊緣話語，後殖民寫作策略，給大馬小說，甚至世界華文小說的大敘述，帶來很大的挑戰。她在自己本土的傳統中，在藝術語言中再生。譬如〈推開樓閣之窗〉，黎紫書的魔幻寫實技巧，產生自怡保舊街場的榕樹、小旅店的魔幻文化傳統。「我小時候常常走過這些街道，大街小巷充滿了超現實主義的神話，」（註一〇）就如李天葆在吉隆坡半山笆監獄對面蓬萊旅店後的小巷，找到本土窮人的神話。他們身上都流著共同的神話血液。（註一一）

像黎紫書與及李永平、張貴興、李天葆、商晚筠（馬來西亞）、張揮、希尼爾（新加坡）這些新馬華裔華文作家的華文作品的小說給世界華文小說帶來極大的反省與挑戰。他們的新馬後殖民經驗開拓了華文小說的新境界，創造耳目一新的小說新品種。（註一二）

世界華文文學的版圖也不斷的擴大，目前學者已承認許多國家的華文文學作品具有它的獨特性，美國與加拿大的華文文學作品有它本土的文學傳統，亞洲東南亞各國更有其獨特的語言、思想與題材。這種發展的新趨勢，會使得華文文學的版圖與觀念大大改觀。要閱讀一流中文（華文）的作品，除了大陸、臺灣、香港、澳門的作品之外，其他國家的華文文學作品也一樣重要。由於這種新的華文文學的出現，從邊緣走向另一個中心，大陸、臺灣、香港出版的中國文學選集，如《二十世紀中國新詩辭典》（上海市：漢語大詞典，一九九七年）、《中華現代文學大系》（臺北市：九歌出版社，一九八九年）、《中國當代散文選》（香港：新亞洲出版社，一九八七年）都收錄大陸、臺灣、港澳以外世界各國的華文文學作品。這種文選，清楚的說明過去被漠視的邊緣作家已開始被承認與肯定。一九八六年劉紹銘、馬漢茂在德國萊森斯堡舉辦一個「中國文學的大同世界」世界華文作家會議，後來由臺灣（王德威）、大陸（李陀）、香港（黃維樑）、馬來西亞（姚拓）、菲律賓（施穎洲）與新加坡（王潤華）編了上下二冊《世界中文小說選》（臺北市：時報出版社，一九八七年），是重要一次承認華文文學是超越國界，多元文化的。雖然當時由於政治保守的環境，書名還用中文二字。（註一三）

肆　從「雙重傳統」，「多元文學中心」看世界華文文學

一九八九年在新加坡舉行的東南亞華文文學國際會議上，周策縱教授特地受邀前來作總評。在聽取了二十七篇論文的報告和討論後，他指出，中國本土以外的華文文學的發展，已經產生「雙重傳統」（Double Tradition）的特性，同時目前我們必須建立起「多元文學中心」（Multiple Literary Centers）的觀念，這樣才能認識中國本土以外的華文文學的重要性。我認爲世界各國的華文文學的作者與學者，都應該對這兩個觀念有所認識。（註一四）

任何有成就的文學都有它的歷史淵源，現代文學也必然有它的文學傳統。在中國本土上，自先秦以來，就有一個完整的大

文學傳統。東南亞的華文文學，自然不能拋棄從先秦發展下來的那個「中國文學傳統」，沒有這一個文學傳統的根，東南亞，甚至世界其他地區的華文文學，都不能成長。然而單靠這個根，是結不了果實的，因為海外華人多是生活在別的國家裡，自有他們的土地、人民、風俗、習慣、文化和歷史。這些作家，當他們把各地區的生活經驗及其他文學傳統吸收進去時，本身自然會形成一種「本土的文學傳統」（Native Literary Tradition）。新加坡和東南亞地區的華文文學，以我的觀察，都已融合了「中國文學傳統」和「本土文學傳統」而發展著。我們目前如果讀一本新加坡的小說集或詩集，雖然是以華文創作，但字裡行間的世界觀、取材、甚至文字之使用，對內行人來說，跟大陸的作品比較，是有差別的，因為它容納了「本土文學傳統」的元素。（註一五）

當一個地區的文學建立了本土文學傳統之後，這種文學便不能稱之為中國文學，更不能把它看作中國文學之支流。因此，周策縱教授認為我們應建立起多元文學中心的觀念。華文文學，本來只有一個中心，那就是中國。可是華人偏居海外，而且建立起自己的文化與文學，自然會形成另一個華文文學中心；目前我們已承認有新加坡華文文學中心、馬來西亞華文文學中心的存在。這已是一個既成的事實。因此，我們今天需要從多元文學中心的觀念來看詩集華文文學，需承認世界上有不少的華文文學中心。我們不能再把新加坡華文文學看作「邊緣文學」或中國文學的「支流文學」。

我在《從新華文學到世界華文文學》與《華文後殖民文學》二書中，反覆從各個角度與課題來討論多元文學中心的形成（註一六），又以新馬華文文學為例，說明本土文學傳統在語言、主題各方面如何形成。由於新馬華文在世華文學中歷史最長，新馬文學研究的許多論著如《東南亞華文文學》與楊松年（註一七）的《戰前新馬文學本地意識的形成與發展》對這方面的課題做了許多開墾性的思考。（註一八）

伍　放逐、邊緣詩學：流亡者、移民、難民建構了今日邊緣思想、文化與文學

這是一個全球作家自我放逐與流亡的大時代，多少作家移民到陌生與遙遠的土地。這些作家與鄉土，自我與真正家園的嚴重割裂，作家企圖擁抱本土文化傳統與域外文化或西方中心文化的衝擊，給今日世界文學製造了巨大的創造力。現代西方文化

主要是流亡者、移民、難民的著作所構成。美國今天的學術、知識與美學界的思想所以如此，因爲它是出自法西斯與共產主義的難民與其他政權異議分子。整個二十世紀的西方文學，簡直就是ＥＴ（extraterritorial）文學，這些邊緣文學作品的作家與主題都與流亡、難民、移民、放逐、邊緣人有關。這些外來人及其作品正象徵我們正處在一個難民的時代。今日的中文文學、華文文學或華人文學也多出自流亡者、自我放逐者、移民、難民之筆。（註一九）

所謂知識分子或作家之流亡，其流亡情境往往是隱喻性的。屬於一個國家社會的人，可以成爲局外人（outsider）或局內人（insider），前者屬於精神上的流亡，後者屬於地理／精神上的流亡。其實所有一流前衛的知識分子或作家，永遠都在流亡，不管身在國內或國外，因爲知識分子原本就位居社會邊緣，遠離政治權力，置身於正統文化之外，這樣知識分子／作家便可以誠實的捍衛與批評社會，擁有令人嘆爲觀止的觀察力，遠在他人發現之前，他已覺察出潮流與問題。古往今來，流亡者都有跨文化與跨國族的視野。（註二〇）流亡作家可分成五類：

一　從殖民或鄉下地流亡到文化中心去寫作；

二　遠離自己的國土，但沒有放棄自己的語言，目前在北美與歐洲的華文作家便是這一類（註二一）；

三　失去國土與語言的作家，世界各國的華人英文作家越來越多；

四　華人散居族群，原殖民地移民及其代華文作家，東南亞最多這類作家；

五　身體與地理上沒有離開國土，但精神上他是異鄉人。高行健離開中國前便是這種作家。（註二二）

無論出於自身願意還是強逼，思想上的流亡還是眞正流亡，不管是移民、華裔（離散族群）、流亡、難民、華僑，在政治或文化上有所不同，他們都是置身邊緣，拒絕被同化。在思想上流亡的作家，他們生存在中間地帶（media state），永遠處在漂移狀態中，他們即拒絕認同新環境，又沒有完全與舊的切斷開，尷尬的困擾在半參與、半游移狀態中。他們一方面懷舊傷感，另一方面又善於應變或成爲被放逐的人。游移於局內人與局外人之間，他們焦慮不安、孤獨、四處探索，無所置身。這種流亡與邊緣的作家，就像漂泊不定的旅人或客人，愛感受新奇的，當邊緣作家看世界，他以過去的與目前互相參考比較，因此他不但不把問題孤立起來看，他有雙重的透視力（double perspective）。每種出現在新國家的景物，都會引起故國同樣景物的思考。因此任何思想與經驗都會用另一套來平衡思考，使得新舊的都用另一種全新，難以意料的眼光來審視。（註二三）流亡作家/知識分子喜歡反語諷刺、懷疑、幽默有趣。老舍因爲在英國及其殖民地開始寫小說，身爲異鄉人，流亡知識分子的思考，就出現在倫敦創作的〈老張的哲學〉（一九二五）、〈趙子曰〉（一九二六）、〈二馬〉（一九二九）、及在新加坡寫的〈小坡的生日〉（一九三〇）等作品。老舍即使回中國以後，還是讓自己遠離權力中心，置身於邊緣地帶去思考，因此他以後的思考與語言仍然是邊緣的。那時老舍在一九四九年以前，不管在國內或國外，他是思想上的流亡者。（註二四）

在理論資源上，西方許多論述，如賽依德（Edward Said）的論述〈知識分子的放逐：外僑與邊緣人〉（*Intellectual Exile: Expatriates and Marginals*）、〈放逐思考〉（Reflection on Exile）及《在外面：邊緣化與當代文化》（*Out There: Marginalization and Cotemporary Cultures*）、《放逐的感覺》等論文集中的論文，都極有用處。（註二五）世華作家學者也已注意世界各地華文作品中流亡、放逐、邊緣的書寫，白先勇的〈新大陸流放者之歌〉、王潤華〈從浪子到魚尾獅：新加坡文學中華人困境意象〉、簡政珍〈放逐詩學：臺灣放逐詩學初探〉、林幸謙〈當代中國流亡詩人與詩的流亡〉等論文已思考過不少問題。（註二六）

陸　華文後殖民文學：重建本土文化、語言傳統：重新幻想與書寫本土歷史、地理與生活

《東方主義》（*Orientalism*）的作者愛德華．賽依德（Edward Said）在一篇論述大英共和聯邦（Commonwealth）的英文文學走向英文後殖民文學（Post-colonial Literature）時指出，幾十年來，爲了從歐洲控制之中爭取解除殖民與獨立，在重建民族文化遺產，重構本土文化與語言的特性，在重新幻想與書寫本土歷史、地理與社會生活上，大英共和聯邦的英文文學扮演著關鍵性的角色。在建構過去殖民地的各地區英文文學時，賽依德特別使用重新建構（configuration）與改變構型（transfiguration）二種轉變程序來說明如何進行消除文學中的殖民主義影響。因此文學經驗的重新建構（Configuration of literary experiences），新文化的重新建構（A new cultural configuration），對歷史與地理改變構型、重新幻想，都是創造新文學的一個重要過程。（註二七）

當我們的作家運用重新建構（configuration）與改變構型（transfiguration）去進行創作時，這便是新馬華文文學從傳統走向現代的開始。這個過程，在《逆寫帝國：後殖民文學的理論與實踐》一書中（註二八），這個程序被稱爲重置語言（Re-place language）與重置文本（Re-placing the text）。前者指本土作家要重新創造一套適合被殖民者的話語。語言本身是權力的媒體，只有在使用來自中國的語言時，加以重新塑造到完全能表達本土文化與經驗，本土文學才能產生。重置文本是指作者能把中國文學中沒有或不重視的邊緣性、交雜性的經驗與主題，跨越種族、文化、甚至地域的東西寫進作品中，不要被中國現代文學傳統所控制。

當我們討論後殖民文學時，注意力都落在以前被異族入侵的被侵略的殖民地（the invaded colonies），如印度，較少思考同族、同文化、同語言的移民者殖民地（settler colonies），像美國、澳大利亞、紐西蘭的白人便是另一種殖民地。美國、澳大利亞、紐西蘭的白人作家也在英國霸權文化與本土文化衝突中建構其本土性（indigeneity），創造既有獨立性又有自己特殊性的另一種文學傳統。（註二九）在這些殖民地中，英國的經典著作被大力推崇，結果被當成文學理念、品味、價值的最高標準。這些從英國文學得出的文學概念被殖民者當作放之四海而皆準的模式與典範，統治著殖民地的文化產品。這種文化霸權（cultural hegemony）通過它所設立的經典作家及其作品典範，從殖民時期到今天，繼續影響著本土文學。魯迅便是這樣的一種霸權文化。（註三〇）

新馬的華文文學，作爲一種後殖民文學，它具有入侵殖民地與移民殖民地的兩者後殖民文學的特性。在新馬，雖然政治、社會結構都是英國殖民文化的強迫性留下的遺產或孽種，但是在文學上，同樣是華人，卻由於受到英國文化霸權與中國文化極深嚴之不同模式與典範的統治與控制，卻產生二種截然不同的後殖民文學與文化。一種像侵略殖民地如印度的以英文書寫的後殖民文學，另一種像澳大利亞、紐西蘭的移民殖民地的以華文書寫的後殖民文學。（註三一）

當五四新文學作爲中心的文學觀成爲殖民文化的主導思潮，只有被來自中國中心的文學觀所認同的生活經驗或文學技巧形式，才能被人接受，因此不少新馬寫作人，從戰前到戰後，一直到今天，受困於模仿與學習某些五四新文學的經典作品。來自中心的眞確性（authenticity）拒絕本土作家去尋找新題材、新形式，因此不少被迫去寫遠離新馬殖民地的生活經驗。譬如在第二次大戰前後，郁達夫在一九三九年南渡新加坡後，批評新馬作家人人都學魯迅的雜文，因爲不學魯迅就不被認爲是好作家。抗戰時田間、艾青的詩被推崇模仿，這種主導性寫作潮流，就是來自中心的霸權話語的文化殖民。（註三二）

我在〈從戰後新馬華文報紙副刊看華文文學之發展〉一文中（註三三），曾指出從最早至戰前，來自中國文壇的影響力，完全左右了馬華文學之發展，副刊成了他們統治當地文壇的殖民地。林萬菁的《中國作家在新加坡及其影響，一九二七～一九四八》，就研究了洪靈菲、老舍、愛蕪、吳天、許傑、高雲覽、金山、王紀元、郁達夫、楊騷、巴人（王任叔）、沈滋九、陳殘雲、江金丁、杜運燮等人。他們在中國時已有名氣，移居新馬，不是擔任副刊編輯便是在學校教書，所以影響力極大。現在重讀這些副刊，便明白本地意識、本土作品沒法迅速成長的原因。但是本土意識的文學種子一直在壓抑下成長。譬如在戰前，二〇年代，一群編者開始注意到，新馬長大或出生的作者，要求關心本地生活與社會，改用本地題材來創作，於是副刊開始提倡把南洋色彩放進作品裡。到了一九三〇年代，由於新馬華人歸宿感日益增加，作家把南洋的觀念縮小成新馬兩地，通稱爲馬來亞，因此「南洋文藝」便開始發展成馬華文學。（註三四）

後殖民文學理論的論述，尤其在《逆寫帝國：後殖民文學的理論與實踐》（*The Empire Writes Back: Theory and Practice in Post-Colonial Literatures*）、《後殖民研究讀本》（*Post-Colonial Studies Reader*）、《從共和聯邦到後殖民》等書有極適合的批評理論供我們研究後殖民華文文學。（註三五）採用後殖民批評理論來審視華文文學，我的《華文後殖民文學》、許文榮的《極目南方：馬華文化與馬華文學話語》、張京媛編的《後殖民理論與文化認同》文章中，有很大的發揮，能透視很多問題。（註三六）

柒　結論——越境跨國尋找本土與全球視野的批評理論

我撰寫了《從新華文學到世界華文文學》（一九九四）與《華文後殖民文學》（二〇〇一）二書中的論文後，我開始明白世華文學的複雜性。世華文學是中華文化放逐到世界各地，與各地方本土文化互相影響、碰撞、排斥之下產生。它吸收他種文化，也自我更生。湯一介認爲，經濟全球化，資訊科技一體化，加上地球村的形成，世界文化必走向多元共存。（註三七）世界華文文學正是構成多元文化的一種前衛文化。詮釋這種複雜、越界跨國、多元文化的文學，挑戰性很高，深感我們批評理論資源的薄弱，除了像戈慈（Clifford Geetze）在《本土知識》所使用的本土知識，波狄奧（Pierre Bourdieu）所說的文化生產現場（field of cultural production）（註三八），也需要在全球視野發展出來的批評理論，不能只從地緣（即華人社會）來瞭解。正如《常青樹：今日改變中的華人》與王賡武的〈只有一種華人離散族群？〉（A Single Diaspora?）所指出，單單中國境外的華人，由於身分認同之不同，用英文時，Chinese overseas, overseas Chinese, ethnic Chinese, Huaqiao, huayi等等名詞都可以使用，各有其理由，各有需要。因此我要經常越境跨國去尋找各種理論來詮釋世華文學，而我上述所論述的，也只是許多可採用的其中一些例子而已。

——原刊於《越界跨國文學解讀》（臺北市：文史哲出版社，二〇〇四年），頁四〇五～四二六

注釋

一 Wang Gungwu, "A Single Chinese Diaspora?", *Joining the Modern World: Inside and Outside China*（Singapore: Singapore University Press, 2000）, pp. 37-70. Wang Gungwu, "Among the Non-Chinese", in Tu Wei-wei, ed., *The Living Tree: The Changing Meaning of Being Chinese Today*（Stanford: Stanford University Press, 1994）, pp.127-147。

二 Tu Wei-ming, "Cultural China: The Peripheryas the Center" in Tu Wei-ming, ed., *The Living Tree: The Changing Meaning of Being Chinese Today*, op. cit., pp. 1-34；杜維明：〈文化中國與儒家傳統〉，《一九九五吳德耀文化講座》（新加坡：國大藝術中心，一九九六年），頁三十一；杜維明：〈文化中國精神資源的開發〉，鄭文龍編：《杜維明學術文化隨筆》（北京市：中國青年出版社，一九九九年），頁六十三～七十三。

三 特別見杜維明、王賡武、李歐梵、Myron Cohen、Vera Schwarcz等人的論文。

四 王潤華：〈後殖民離散族群的華文文學：包涵又超越種族、地域、語言和宗教的文學空間〉，新世紀華文文學發展國

際學術研討會論文，（桃園市：臺灣元智大學，一九九一年五月十九日）。

五　Edward Shils, *Center and Periphery: Essays in Macrosociology*（Chicago: University of Chicago Press, 1975）.

六　王國良、陳慶浩編：《文學絲路：中華文化與世界漢文學論文集》（臺北市：世界華文作家協會，一九九八年），特別見於陳慶浩、金達凱、丁奎福、韋旭升、李進益、王三慶、黃文樓、鄭阿財、王潤華等人的論文。

七　Anna Rutherford, ed., *From Commonwealth to Post-Colonial*（Sydney: Dangaroo Press, 1992）; Bruce King, *The New English Literatures*（London: Macmillan Press, 1980）; Bruce Kinged., *Literatures of the World in English*（London: Routledge, 1972）. 有關這方面的參考書目，見Bill Ashcroft, Gareth Griffiths and Helen Tiffin, eds. *The Empire Writes Back: Theory and Practice in Post-Colonial Literatures*（London: Routleddge, 1991）, pp.198-216（Readers' Guide）.

八　關於非英美英作家獲頒諾貝爾文學獎，見*NobelLectures: Literature 1990-1995*（Singapore: World Scientific, 1993）; *Nobel Lectures: Literature1991-1995*（Singapore: World Scientific, 1997）。

九　黎紫書三本小說出版：《微型黎紫書》（吉隆坡：學而出版社，一九九九年）；《天國之門》（臺北市：麥田出版社，一九九九年）；《山瘟》（臺北市：麥田出版社，二〇〇〇年）。

一〇　關於黎紫書的小說，見王潤華：《華文後殖民文學》（上海市：學林出版社，二〇〇一年），頁一九七～一九八；王德威：〈黑暗之心的探索者〉，《山瘟》〈序〉，頁三～十二。

一一　關於李天保的代表作，見徐舒虹：〈牛山芭監獄與蓬萊旅店〉、《馬華文學的新解讀》（吉隆坡：馬來西亞留臺同學會，一九九九年），頁三〇六～三一二。

一二　這些作家的作品代表作，可見於黃錦樹等編：《馬華當代小說選》（臺北市：九歌出版社，一九九八年）；黃孟文編：《新加坡當代小說精選》（瀋陽市：瀋陽出版社，一九九九年）。

一三　這個研討會的論文收集於*The Commonwealth of Chinese Literature: Papers of the International Reisenburg Conference, West Germany*, July 1986. Bochum: Ruhr University,1986。

一四　周策縱：〈總評〉，《東南亞華文文學》（新加坡：作家協會與歌德學院，一九八九年），頁三五九～三六二。

一五　周策縱：〈總評〉，《東南亞華文文學》（新加坡：作家協會與歌德學院，一九八九年），頁三五九～三六二。

一六　王潤華：《從新華文學到世界華文文學》（新加坡：潮州八邑會館，一九九四年）。我至今的論文未收入這二本論文集的有〈後殖民離散族群的華文文學：包涵又超越種族、地域、語言和宗教的文學空間〉，新世紀華文文學發展國際學術研討會論文，（桃園市：臺灣元智大學，一九九一年五月十九日），頁十五；〈邊緣思考與邊緣文學〉，香港教育學院第二屆亞太區中文教學研討工作坊：新的文化視野下的中國文學研究論文，（香港：教育學院，二〇〇二年三月十三～十五日），頁十二。

一七　楊松年：《戰前新馬文學本地意識的形成與發展》（新加坡：八方文化公司，二〇〇〇年）。

一八　Edward Said, "Reflection on Exile," in Russell Ferguson and others, eds., *Out There : Marginalisation and Contemporary Cultures*（Cambridge, MA: MIT Press, 1990）, pp.357-366.

一九　Edward Said, "Intellectual Exile: Expatriates and Marginals," in Moustafa Bayoumi and Andrew Rubin, eds., *The Edward Said Reader*（New York: Vintage Books, 2000）, p.371.

二〇　林幸謙：〈當代中國流亡詩人與詩的流亡：海外流放詩體的一種閱讀〉，《中外文學》第三十卷第一期（二〇〇一年六月），頁三十三～六十四。

二一　這種分類見Meenakshi Mukherjee, "The Exile of the Mind" in Bruce Bennett and others, eds., A Sense of Exile（Nedlands, Australia: The Center for Studies in Australian Literature, University of Western Australia, 1988）, pp.7-14.

二二　Edward Said, "Intellectual Exile: Expatriates and Marginals," op cit, pp.378-379.

二三　我對老舍關於這方面的觀察，見王潤華：《老舍小說新論》（臺北市：東大圖書公司，一九九五年）。

二四　Edward Said, "Intellectual Exile: Expatriated and Marginals", Representation of the Intellectual（London: Vintage, 1994）, pp.35-48; Edward Said, "Reflection on Exile", in Russell Ferguson and others, eds., *Out There: Marginalization and Contemporary Culture*（Cambridge, Mass: MIT Press, 1990）, pp.357-366; Bruce Bennett and others, eds., *A Sense of Exile*（Nedlands, Australia: Centre for Studies in Australian Literature, University of Western Australia,1988）.

二五　白先勇：〈新大陸流浪之歌〉，《明星咖啡屋》（臺北市：皇冠出版社，一九八四年），頁三十三～三十七。其英文原文見Pai Hsian-yung, "The Wandering Chinese: The Theme of Exile in Taiwan Fiction," *The Iowa Review*, vol7, Nos 2-3（Spring-Summer, 1976）, pp.205-212；王潤華的論文見《從新華文學到世界華文文學》，頁三十四～五十一；簡政珍的是會議論文，頁十七；林幸謙的見前註二〇。

二六　Edward Said, "Figures, Configurations, Transfigurations," in Anna Rutherford, ed., *From Commonwealth to Post-Colonial*（Sydney: Dangaroo Press, 1992）, pp. 3-17.

二七　Bill Ascroft, et al., eds., *The Empire Writes Back: Theory and Practice in Post-Colonial Literatures*（London: Routledge, 1989）。此書中譯本有劉自荃譯：《逆寫帝國：後殖民文學的理論與實踐》（臺北市：駱駝出版社，一九九八年）。

二八　Bill Ascroft, et al., eds., *The Empire Writes Back: Theory and Practice in Post-Colonial Literatures*（London: Routledge, 1989），頁一～二，頁一一七～一四一。

二九　Bill Ascroft, et al., eds., *The Empire Writes Back: Theory and Practice in Post-Colonial Literatures*（London: Routledge, 1989），頁六～七。我曾以魯迅爲例子，探討過這個問題，見〈從反殖民到殖民者：魯迅與新馬後殖民文學〉，《華文後殖民文學》（臺北市：文史哲出版社，二〇〇一年），頁七十七～九十六，或上海市：學林出版社，二〇〇一年，後者有刪改。

三〇　Bill Ascroft, et al., eds., *The Empire Writes Back: Theory and Practice in Post-Colonial Literatures*（London: Routledge, 1989），頁一三三～一三九。我曾討論過新加坡曾受兩種霸權文化的影響而產生的後殖民文學，見〈魚尾獅與橡膠樹：新加坡後殖民文學解讀〉，《華文後殖民文學》，頁七十七～一〇〇。

三一　見郁達夫：〈幾個問題〉與〈我對你們卻沒有失望〉，《馬華新文學大系》（新加坡：星洲世界書局，一九七二年），第二集，頁四四四～四四八、頁四五二～四五三。參考楊松年：〈從郁達夫《幾個問題》引起的論爭看當時南洋知識分子的心態〉，《亞洲文化》第二十三期（一九九九年六月），頁一〇三～一一一。關於詩歌所受中國之影響，見原甸：《馬華新詩史初稿（一九二〇～一九六五）》（香港：三聯書店，一九八七年）。

三二 瘂弦、陳義芝編：《世界中文報紙副刊學縱論》（臺北市：文建會，一九九七年），頁四九四～五〇五。

三三 王潤華：〈論新加坡華文文學發展階段與方向〉，《從新華文學到世界華文文學》，頁一～二十三；林萬菁：《中國作家在新加坡及其影響——一九二七～一九四八》（新加坡：萬里書局，一九九四年），頁十二～一五三。

三四 Bill Ashcroft, et al., eds., *The Post-Colonial Studies Reader*（London: Routledge, 1995）。其他專論，*The Empire Writes Back*附有書目，頁一九八～二一六。

三五 許文榮的書由新山市：南方學院，二〇〇一年出版；張京媛的書由臺北市：麥田出版社，一九九五年出版。

三六 湯一介：〈新軸心時代與中華文化定位〉，《跨文化對話》第六期（二〇〇〇年四月），頁十八～三十。

三七 Clifford Geetz, The Local Knowledge: Further Essays in Interpretative Anthropology（New York: Basic Books, 1983）; Pierre Bourdieu, *The Field of Cultural Production: Essays on Art and Literature*（Cambridge: Polity Press,1993）.

三八 Wang Gungwu, "A Single Diaspora", *Joining the Modern World: Inside and Outside China*（Singapore: Singapore University Press,2000）, pp.37-70.

從「雙重傳統」、「多元文學中心」看世界華文文學

（新加坡）王潤華

壹　從英文文學的大同世界想起

我目前在倫敦大學做研究，前後共有二個月。每次到泰晤士河畔那一帶散步，看見西敏寺大教堂，就要買一張票進去瞻仰老半天。我不是喜歡看帝王將相、王親國戚的遺容，而是獨愛詩人角落（Poets Corner）的象徵意義。這裡的墳墓、雕像、紀念碑，不但代表英國重視詩人作家，把他們與帝王將相、上帝神權放在同等重要的地位，同時也代表英國文化包涵量之大方。正統的作家，反傳統的作家（如拜倫）通通都被接納，雖然拜倫一度被西敏寺的主持人禁止進入，可是最後拜倫還是大搖大擺的走進去了。描寫英國本土的作家固然受到重視，只關心外地的作家如吉卜林（Rudyard Kipling）也被一視同仁，受人供奉。一些原是外國英文作家，如澳洲的哥頓（Lindsay Gordon）、美國的艾略特（T. S. Eliot）、詹姆斯（Henry James）、朗費羅（H. W. Longfellow），都被英國搶過來，供奉在西敏寺大教堂內。

西敏寺的詩人角落，空間雖小，意義卻很大，它象徵一個沒有國家界限的英文文學大同世界。在英國人的文學認識中，只要用英文創作的作家，不管其國籍，只要他成爲偉大的作家，他將被接納進英國文學領域裡。譬如印度的泰戈爾，他的英文詩，都被選錄進《牛津英文詩選》中。目前世界各地的英文文學作品，特別是在英國以前殖民地的英文作家的作品，英國、加拿大、澳洲，爭先恐後的去研究。

從西敏寺的詩人角落到大英聯邦英文文學的研究，使我想起世界華文文學的大同世界，也是該要建設起來了。

貳　從新加坡華文文學建立的文學傳統談起

一個國家文學的成長，首先需要作家寫出好作品，建立起一個文學傳統，然後走向自己的國家，走進自己的社會，受到自己國家社會的承認，贏取了自己國家讀者的信心，這樣一個國家的文學才能算是成長，可以開始走向世界。

新加坡華文文學基本上已順利完成這一段歷史路程。作爲構成新加坡國家文學之一環的華文文學，它遠比東南亞地區及其他國家的華文文學來得幸運，自建國以來，華文文學就一直被納入國家文學裡，其地位與價値完全被接受和肯定。新加坡的華文文學作品，很早以來，就被列入中學課本與會考出題範圍，在大學中文系裡，新馬華文文學也成爲教學科目與研究對象。在新加坡全國性的文學獎，如公共服務勳章、文化獎（文學）、書籍理事會的書籍獎項中，華文文學作品之成就都受到應有之承認與表揚。

一些區域性或國際性的獎勵，如東南亞文學獎、亞細安文化獎（文學類）、愛荷華國際作家寫作計畫，華文作家都能共享這種榮譽與獎勵。比較有代表性的國家文學選集如《亞細安文學選集》（*Anthology of ASEAN Literatures*），華文文學作品所占的篇章之比例，比其他三種文還多，因爲歷史事實就是如此；在過去，華文文學遠比其他三種語文的文學來得蓬勃，作家、作品、讀者，都比馬來文、淡米爾文及英文文學多。

東南亞其他國家，像馬來西亞、菲律賓、泰國、甚至印尼，都有悠久的歷史，而且產生了許許多多値得閱讀和研究的作品。每個國家的華文文學各有其亞特性，各自反映其國家社會。因此，整個東南亞的華文文學，反映了這區的許多共同的特點和不同的地區色彩。因近十多年來，已引起廣大的注意和研究。

一九八八年八月，新加坡作家協會與德國哥德學院，聯合在新加坡主辦了以東南亞華文文學爲主題的國際會議，美國、西德、中國大陸、臺灣、香港、韓國、澳洲及東南亞各國，都有學者參加並提出研究論文；這一次的會議證明，東南亞華文文學的研究，已經開始在世界各地進行著，而且日漸專門化和深入化，世界著名大學的大門已爲東南亞本地區的文學打開。

參　從中國文學傳統到本土的文學傳統

在上述的東南亞華文文學國際會議上，周策縱教授特地被大會邀請前來作總評。他聽取了二十七篇論文的報告和討論後，他指出，中國本土以外的華文文學的發展，必然產生「雙重傳統」（DoubleT radition）的特性，同時目前我們必須建立起「多元文學中心」（Multiple Literary Centers）的觀念，這樣才能認識中國本土以外的華文文學的重要性。

我認爲世界各國的華文文學的作者與學者，都應該對這兩個觀念有點認識。

任何有成就的文學都有它的歷史淵源，現代文學也必然有它的文學傳統。在中國本土上，自先秦以來，就有一個完整的大文學傳統。東南亞的華文文學，自然不能拋棄從先秦發展下來的那個「中國文學傳統」，沒有這一個文學傳統的根，東南亞，甚至世界其他地區的華文文學，都不能成長。然而單靠這個根，是結不了果實的，因爲海外華人多是生活在別的國家裡，自有他們的土地、人民、風俗、習慣、文化和歷史，這些作家，當他把各地區的生活經驗及其他文學傳統吸收進去時，本身自然會形成一種「本地的文學傳統」（Native Literary Tradition）。新加坡和東南亞地區的華文文學，以我的觀察，都已融合了「中國文學傳統」和「本土文學傳統」而發展著。我們目前如果讀一本新加坡的小說集或詩集，雖然是有華文創作，但字裡行間的世界觀、取材、甚至文字之使用，對內行的人來說，跟中國大陸的作品比較，是有差別的，因爲它容納了「本土文學傳統」的元素，一個地區的文學建立了本土文學傳統之後，這種文學便不能稱之爲中國文學，更能把它看作中國文學之支流。因此，周策縱教授認爲我們應該建立起多元文學中心的觀念。

華文文學本來只有一個中心，那就是大陸。可是自從華人移居海外，建立出自己的文化與文學，自然形成另一個華文文學中心；目前我們已承認有新加坡華文文學中心、馬來西亞華文文學中心的存在。這已是一個既成的事實。因此，我們今天需要從多元文學中心的觀念看世界華文文學，承認世上有不少的華文文學中心。我們不能再把新加坡文學看作「邊緣文學」或中國文學的「支流文學」（周策縱〈總結辭〉，見王潤華等編《東南亞華文文學》論文集）。目前英文文學的發展，也是形成一個如此多元文學中心的局面。除了英國本土是英文文學的一個中心，美國、加拿大、澳洲、紐西蘭、印度及許多以前英國殖民地，也都各自形成一個英文文學中心。在他們的心目中，英國以外的英文文學不是英國文學的支流，而是另一個中心。英文文學的發展，比華文更複雜，因爲許多國家的作家甚至不是白人，而是其他民族，包括印度人、華人（在新馬）、非洲的黑人。

肆　歐美的留學生文學已成長成另壹種華文文學中心

我自去年以來，先後到加拿大、美國、英國等國訪問，前後生活了一年。在加拿大有加拿大華文作家協會，在英國有英國華文作家協會，在美國有海外女作家聯誼會。這些組織之成立，都是這幾年的事情，由此可知歐美各國作家對自己在當地生根成長，自成一個中心的認識與關心。

我在各國與作家接觸的結果，發現這些住在歐美的作家，已逐漸脫離早期留學文學、放逐文學，而形成加拿大華文文學、美國華文文學、英國華文文學的時期。原因很簡單，他們在歐美住了二、三十年，在心理和社會關係上，距離臺灣、香港愈來愈遠，而一方面，對僑居地卻擁抱得更緊，因此當地的社會生活經驗，就更多的進入他們的文學作品裡。我覺得在加拿大和美國，很多作家的作品成長起來，如上面所說的「本土的文學傳統」，因此，我們不應該把他們單純的看作「來自臺灣的作家」或「來自香港的作家」。今天美國、加拿大、英國，許多作家已建立起他們各自的華文文學傳統。

伍　從新認識我們的華文文學

英文文學已發展到這樣的一種局面：每年最好的詩、最好的小說、最好的戲劇，不一定出自英國作家或美國作家之手，它可能出自印度的或非洲的非白人作家之筆。同樣的，如果我們公平的評審一下，每年最好的華文小說或詩歌，很可能出自新加坡華文作家或馬來西亞作家之筆，不一定來自中國大陸和臺灣。這些現象都足以說明，華文文學已出現新的局面，我們需要重新認識我們的華文文學。

——原刊於《新華文學到世界華文文學》（新加坡：潮州八邑會館，一九九四年），頁二六七～二七二

華語文學的學科邊界與名稱再議

——兼與幾位同行對話

曹惠民

日前，接連讀到《當代作家評論》（二〇一三年第三期）陳思和教授（復旦大學）接受顏敏博士的訪談《有行有思，境界乃大》與香港《文學評論》（二〇一三年第四期）黃維樑教授（澳門大學）的論文〈學科正名論：「華語語系文學」與「漢語新文學」〉，談論的話題都涉及到世界華文文學（暫且用此名）這一「學科」及其「命名」問題。讀後頗有所感，很有些話想說，姑且直言陋見，寫在這裡，或許也算是與同行朋友的一種對話吧。

陳思和教授說，世界華文文學「可以成爲獨立的學科」，但「不要成爲孤立的學科」；在談到臺灣文學研究的時候，他還認爲：「你沒有到過臺灣，最好不要研究臺灣文學」。

黃維樑教授則對哈佛大學王德威教授提出的「華語語系文學」的概念提出明確的質疑，而力讚澳門大學朱壽桐教授提倡的命名：「漢語新文學」。

「世界華文文學」能不能、或可不可以成爲一門獨立的學科？如何獨立？倘若可以獨立，這一學科該怎樣命名？其實，這些都不是一個新問題。十數年來，論者甚夥，見解歧出，眾說紛紜，莫衷一是。似爲懸案，近乎無解。

本文不欲求解，更無關褒貶，只想就個人以爲「解題」的討論前提發表一點淺見，以期建構探討此一話題的基本理念，也對學科邊界問題和學科的命名，從「技術操作」的角度談點看法，以就正於方家。

壹　成為學科的具備條件

一種學問，能否成爲一門學科，是必須具備一些條件的。十幾年前，我曾在一篇文章中對這些必備條件，發表過這樣的看法：（一）有相當豐富的研究資源（作家、作品）；（二）有相應的理論支持；（三）有相對穩定的一批研究人員；（四）有相關的一批較爲成熟的研究成果；（五）有相當數量的高校開設相關的課程。今天，我仍然堅持原先的這些看法，現在看來，或許還要加上一條：相關學科學者的普遍認可？

從一九七九年至今，在中國大陸，世界華文文學（從一九八〇年代之交開始時稱「臺港文學」，後稱「臺港澳暨海外華文文學」，再到一九九〇年代稱「世界華文文學」）的研究已有了三十五年的歷史，已過了而立之年。是否成了一個獨立的學科，卻還是個爭論不休的話題，可見問題有其特殊的複雜性。在我看來，獨立不獨立，對於一門學問而言，其實並不是必須的，成不成爲一門獨立的學科，絕對與研究對象是否具有研究價值無關，大可不必把成爲一門獨立的學科看得很重。對於一個眞正將其作爲「志業」（而非職業）的「從業者」來說，還是要有點「只問耕耘，不問收穫」的心態才好，不管這收穫是關乎「名」，還是關乎「利」，均「不問」可也。雖云「名者實之賓」，名爲賓爲表，實爲主爲質，求名不如務實，務實無疑才是第一重要的；但先賢孔子早就說過：「必也，正名乎？」何況，「名不正則言不順，言不順則事不成」呢！爲了名正言順地討論問題，立名之舉，也眞是有其必要的。

貳　命名方式可多元共生、互補並存

命名固然是必需的，但方式、答案不必定於一尊，可以多元共生、互補並存。但某種在一定時代社會背景下或在一定地域內使用的概念，某種由意識形態派生或帶有特定價值判斷的概念（如新、舊、解放區、解放後、建國後、十七年、新時期乃至現代、當代、現當代……等等），須認識其暫時性與某種不規範性，注意其適用性，而應逐漸調適，採用在大的歷史時段和國際性的空間中具有學理性、普適性的確切的概念與語詞。

參　學科命名需審慎嚴謹

命名的衝動，新概念的提出，依然吸引著很多學者，這並不值得憂慮，甚至是可喜的現象，但需察其利弊得失，同時，應力避刻意對抗、故意標新乃至唯我獨尊的傾向。翻譯巨擘嚴復有言——「一名之立，旬月踟躕」（《天演論》〈譯例言〉），既道出了命名之不易，也表明了他對於立名一事的審慎與嚴謹。

二十多年來，學界（包括海外華人學界、漢學界）提出的與「世界華文文學」有關的新概念（且不說離散文學、流散文學、流亡文學之屬），就有新移民文學（潘凱雄）、新華僑文學（日本莫邦富）（註一）、新華人文學（錢超英）（註二）、新華文文學（陳涵平）（註三）、新海外文學（英國趙毅衡）（註四）、海外中國文學（趙毅衡）、海外漢語文學（朱大可）、跨區域華文文學（劉俊）、華美族文學（美國李友寧）（註五）、乃至唐人街文學（朱大可）（註六）、洋插隊文學、洋打工文學（這類命名似有某種調侃或自嘲的意味，不能算是規範嚴肅的學術研討吧？）等等，直至近年引起廣泛關注與討論的華語語系文學（美國史書美、王德威）；而近百年來，與「中國現代文學」相關的概念與提法，也有新文學（周作人、朱自清、王瑤）、中國現當代文學、中華現代文學（余光中）、二十世紀中國文學（黃子平、錢理群、陳平原）、現代中文文學（梁錫華）、民國文學（張福貴、湯溢澤）、漢語新文學（朱壽桐）等等，可謂林林總總，不勝枚舉。這些概念都需要進一步的闡釋說明和斟酌權衡，更需要具體的文學史操作實踐。

一個新的學術概念的出現，並不意味著研究範式的必然更新，但也往往能夠起到開啓新思維、引發新意念的作用。中外學術研究史告訴我們，正是在闡釋和質疑的往返論辯駁詰中，學術理念與構想方得以明確，學術研究方得以深入。

肆　學科之間互有聯繫

學科與學科之間的聯繫是客觀存在的，是歷史形成的；孤立的學科不可能存在，卻可能有或劃地自限、或以鄰爲壑、或孤芳自賞的學者，也可能有與相鄰學科（如中國現當代文學學科、世界文學與比較文學學科、文藝學學科等）「雞犬之聲相聞而老死不相往來」、關起門來稱老大的學者。筆者的理解，陳思和教授所謂「孤立的學科」，是否是批評某些學者劃地自限、以鄰爲壑的作派、學風？若是，則實與學科是獨立還是孤立無關。事實上，近年來由各級各類華文文學學會團體或院校研究機構召開的會議，就都有其他學科的學者參與，華文文學研究者也曾被邀參與其他學科的會議乃至組織專場（如二〇一一年八月在復旦大學舉行的中國比較文學學會第十屆年會暨國際研討會分設多個專場，其中就有海外華文文學專場，可稱佳例），彼此互動良好。華文文學學科並無孤立之虞。但陳思和先生的話不失爲一種警示，或可藉以自省。

伍　不同的學科本無高下優劣之分

「人類學」與「動物學」就都有互相無法替代的價值，「一流」的學科裡也未見得盡都是「一流」的學者。——如同小兒科未見得比腦外科低一檔次，二者的學術價值、學術地位是平等的，小兒科同樣能出名醫；同理，腦外科裡未必就個個都是良醫，也可能有不上檔次的庸醫。所謂「一流學者如何如何、二流學者如何如何、三流學者如何如何」的說法，只不過是此類話語的發明者和信奉者的偏見，而「偏見比無知離眞理更遠」。在學術問題上人人平等，妄自尊大與妄自菲薄都不必要、更不可取。去除學科的隔閡與偏見，鼓勵打破傳統的學科藩籬，褒揚跨學科意識及相關著述與學術交流、學術爭鳴、學術活動等等，對於我國各學科的發展，實具有其毋庸置疑的迫切性和現實意義。

陸　大陸的世界華文文學

中國大陸較爲正式、較爲廣泛地使用「世界華文文學」這一概念，始自一九九三年在廬山召開的第六屆有關學術會議。（無獨有偶，此前不久的一九九二年，臺北成立了「世界華文作家協會」——値得玩味的是，二者同用了「世界」和「華文」二語，似是互爲呼應？）但實際上，「世界華文文學」這一概念有相當含糊的地方，在大陸學界，不少學者在具體處理學術問題時，基本不把中國（大陸）文學歸於其名下（相似處是，臺北「世界華文作家協會」在全世界各大洲有幾十個分會，卻獨無大陸分會——當然這與兩岸分隔的政治現狀有關，此節當另論），另一些學者又執著地要求，既稱「世界」，就應包含中國大陸在內，不然何以成「世界」？筆者認爲，如若「世界華文文學」是指中國本土以外的國家和地區的華文寫作，那或許還是有成爲一門學科的可能的，畢竟它研究的範圍有其特定的對象，畢竟它有其越界跨國跨文化的內涵，還涉及移民、族裔、身分、國家認同、文化認同等問題，這些都是作爲國別文學的中國文學研究中所無（或並不突出）的，需要另外的新的理論支撐；但是，如果這個「世界華文文學」的概念裡包含著中國本土——指中國大陸、臺灣、香港、澳門，那麼，這個意義上的「世界華文文學」是斷斷不可能成爲一門獨立學科的。道理很簡單：臺港澳文學是中國文學這個學科的不可分割的組成部分。

這又涉及到高校有關課程的設置問題。據瞭解，大陸高校中所有的中文系都沒有像開「中國現（當）代文學」課那樣普遍開設「世界華文文學」（或臺港澳文學）的課程。事實上，那是絕不可能的：前者是中文系必修課，故高校凡有中文系者必開；後者本就位列選修課系列，故有條件的。特別是有教師自願開，才有開設，沒開的主要原因是師資，可能倒不是院、校、系管理方面的原因，學生方面肯定是很歡迎開此類課程（尤其是臺港澳文學）的，而倘若「世界華文文學」這一門課程還包括臺港澳文學的話，內容就未免太過龐雜，選修課的課時又有限制，故此，即使是作爲選修課來開，用「世界華文文學」這個名稱的也爲數很少，癥結正在於此。

柒　世界華文文學的定位

爲研究對象尋找並確定其適宜的位置，是學科成熟與否的最基本也是最重要的標誌之一。

有學者大力呼籲或企望「世界華文文學」學科「走向成熟」。筆者以爲，在還沒理清學科邊界的情況下，一味地把屬於中國文學的臺港澳文學與不屬於中國文學的海外華文文學扭結在一起作爲一個學科，這樣的焦慮難免會陷入一種誤區或迷思，勢必會陷入邏輯上無法說清的困境，這也正是一種不成熟的表徵。眞正要走向成熟，首先應做的是，就臺港澳文學與中國文學的關係來說，前者要歸位，要認眞去研究其如何與大陸文學整合的問題；就臺港澳文學與海外華語文學的關係來說，二者要區隔，要認眞去研究海外華語文學的獨特性，自洽地、周延地進行其作爲一門獨立學科應有的學科體系論述，那才是走向成熟！

捌　世界華文文學的命名

倘若我們現在所談論的這門學問，確乎可以成爲一個「獨立的學科」，那又該怎樣命名？

（一）首先必須達成這樣的共識：命名的概念既要精短，又要有充分的概括力；作爲一個名詞性詞組的概念，其中的語素所指要明確、要確定，且其內涵不可互相包含、交叉、重疊；態度應嚴謹，標準應嚴格，界定應嚴密。否則，雞同鴨講纏夾不清的情形將難以改觀。

（二）在這一概念中，其他並非必要或易生誤讀、誤解的修飾性與限定性的語詞（「新」、「語系」等）皆可省略，遑論不確切有爭議者。如「語系」一詞，論者在當下具體語境中賦予的含義，就和語言學通常的「語系」（family of languages）概念與用法有異，王德威教授接受李鳳亮教授訪談，解釋他所提概念中的「語系」時說：「我寧可把語系這個詞當成一個像『family tree』（系譜）這樣一個觀念。」（註七）

在這一概念中，用「漢」，還是「華」。「華」的涵蓋面較「漢」爲廣，且在東南亞和北美華人社會中，凡涉及華人之事物概以「華」冠稱，多年來一直沿用至今，已約定俗成，而用「漢」字，可能被誤讀爲只指漢族人氏，許多少數民族就沒被包括在內。史書美教授在論及她的「華語語系」這個概念時，就特別明確強調，「它包括嚴格意義上的中國地緣政治之外的華語群體……也包括中國域內的那些非漢族群體」，從而「構成一種跨越國族邊界的多語言的『華語語系』世界」。（註八）（順便提及，饒宗頤先生早在一九九五年主編過一種大型國際學術刊物，捨沿用已久的「漢學」、「國學」之名而選用的是《華學》，一九九五年八月廣州中山大學出版社出版創刊號；近時也有學者，或許是考慮到「漢學」一詞中的「漢」字可能有的拘限而在倡揚「中國學」之名，可作參證。）

在這一概念中，用「語」，還是「文」。通行的說法稱「英（法、德、俄、日、西班牙、葡萄牙、阿拉伯等）語文學」，而不稱或極少稱「英（法、德、俄、日、西班牙、葡萄牙、阿拉伯等）文文學」，故宜概稱「華語文學」，但「語」與「文」

此二者之間的差異不及前二者（「漢」與「華」）之大，故，續用「華文文學」的概念也無不可。

在這一概念中，用「世界」，還是「海外」。這涉及到此處之「世界」是否包含「中國大陸」在內，有論者認爲既用「世界」一詞，就理應包含「中國大陸」；而目前大陸學界使用「世界華文文學」這一概念時，卻是不包括的，因此頗遭詬病。這讓筆者想起兩個近似的情形：一九五二年始創，一九五九年定名，北京的重要研究機構（先是中國作協，後轉中國社科院外國文學研究所）就出版有名刊《世界文學》，這是一九八〇年代以前，大陸唯一一家介紹外國文學作品與理論的刊物，至今仍用此名出版。此處的「世界」也並不包括中國，而專指中國以外的「外國」文學；現在通用的「世界文學與比較文學」這個經由國家行政部門確定的學科名稱裡的「世界」，也是不包括中國而是指外國的文學——如此使用「世界」一語而把中國「包括在外」，卻並未遭非議，兩相對比，頗堪玩味。前已說明，若包括，則無法成爲獨立之學科，而不包括中國大陸及臺港澳的「海外華語文學」概念，倒足以有理由成爲一獨立學科。考慮雙方的見解，兼顧協商的原則，或許用「海外」比用「世界」來得明確，且可避免兩個概念在邏輯上互相包含之弊。

玖　世界華文文學應命名為「海外華語文學」

基於以上種種考慮，筆者主張稱用「海外華語文學」一詞，在稱用這一概念時，如約定俗成地省略「海外」一語，可逕稱「華語文學」。具體地說來，包括以下幾層意思：

（一）臺灣文學、香港文學、澳門文學必須歸位。還原其在中國文學史中的位置（一九二〇年以後的臺灣新文學歸入中國現代文學之中，之前的明清時期臺灣文學歸入中國古近代文學之中，港澳文學亦可作如是觀），而不應、也不宜再與海外華文文學放在一起組構一個學科。臺港澳文學屬於中國文學這一點，除了臺灣少數分離主義分子，已無學者否認或無視，問題只在如何進行兩岸四地文學的整合式的書寫。

（二）包含臺港澳文學（或如某些人主張的，進而包含中國大陸文學）在內的「世界華文文學」不能成爲獨立學科。

（三）海外華語（華文）文學可以、也能夠成爲一門獨立的學科，它的研究範疇應限於中國本土（含中國大陸、臺灣、香港、澳門四地）以外其他國家和地區的華語（華文）文學；它是從語種角度立論立名的一種可行的學術探索，並不在國別文學的名稱序列之內，自然也不意味著與國別文學的相提並論。

（四）海外華人華裔的非華語寫作，屬於所在國的少數族裔文學，不應與華語（華文）寫作在「華人文學」的名義下混為一談，應有所區隔，但在「世界文學與比較文學」學科的意義上，海外華人華裔的非華語寫作，可與海外華人的華語寫作互成參照甚至並置研究。

拾　研究方法

在與顏敏博士的訪談中，陳思和教授還有個這樣的看法：他認為：「你沒有到過臺灣，最好不要研究臺灣文學」。這個看法涉及到研究一門學問，研究者是否必須「在場」的問題。

筆者以為，研究一門學問，研究者能否人在現場，不是從事此類研究的必要條件或前提（更非充要條件或前提）。能到現場，自然更好，如一時條件不具備，無法到現場，也不能因此而剝奪其研究的自由和話語權。要不然，現在的人都不可以研究歷史了。因為現代人根本不可能回到古代（現場）。

被陳映真譽為大陸「研究臺灣文學第一人」的范泉，當年（一九四〇年代）人在上海，並沒到過臺灣，卻能寫出那樣讓臺灣作家認可的評論文章，就有力證明，沒有去過臺灣，並不一定寫不出好文章，並不一定就研究不了臺灣文學。「最好不要研究」這種導引，如果在學界成為一道門檻或一條不成文的規限，就很可能使原本有意研究臺灣文學的人望而卻步，孰知是否因此而埋沒了幾多可造之材！因此，即使是尚未涉足臺灣者，只要有心，應當一概受到鼓勵。在研究過程中再努力創造條件，親到臺灣現場，搜集資料乃至躬身田調，掌握在大陸無法得到的第一手材料，那無疑是研究環境的上佳之境！事實上，陳思和教授就身體力行，他曾幫助自己的博碩士生和青年學者多人赴臺訪學，為他們從事高水準的研究提供了有力的幫助。這樣的學者在國內華文文學學界也還有一些。

陳思和、黃維樑、王德威、朱壽桐諸教授在中國文學（主要是二十世紀文學）與海外華語文學的研究方面，建樹良多，成果豐碩，在兩岸四地乃至海外中國文學研究界有相當大的學術影響。黃、朱二位在臺、港、澳和大陸多所大學執過教，陳、王二位的研究評論筆涉中國兩岸三地、東南亞、北美多地的華語文學創作，都是具有國際視野的資深學者。他們對於華語文學研究發表的看法固有其一定的學理創意，也難免不帶有個人學術背景和當下語境的因素或可能有的某種偏頗。但不管從哪一個角度來說，爲了探尋一名之立更好更適切的方案，學界有不同的聲音，畢竟是件值得慶幸的好事。

我相信，一種論前不帶偏見、論中不爭輸贏、論後不存芥蒂、更絕對摒棄人身攻擊甚而聞異則喜、開闊兼容的學者氣度風範，必將日漸成爲學術界的主導傾向，因爲那是眞正意義上的現代學者所應具有的基本素養和可貴氣質。

——二〇一三年十二月完稿，後刊於香港《文學評論》雙月刊，二〇一四年六月

注釋

一　此稱謂見於移民日本的莫邦富一九九〇年代中期在東京創辦的《新華僑》雜誌、二〇〇二年出版的《這就是我愛的日本嗎——新華僑三十年的履歷書》，引自廖赤陽、王維：〈日華文學：一座漂泊中的孤島〉，見黃萬華主編：《多元文化語境中的華文文學》（濟南市：山東文藝出版社，二〇〇四年九月）。

二　此稱謂見於錢超英：〈澳大利亞：英語世界中的新華人文學〉，《華文文學》二〇〇一年第一期。

三　見陳涵平：〈北美新華文文學的研究價值〉，《中國比較文學》二〇〇六年第三期。

四　趙毅衡：〈新海外文學〉《羊城晚報》（一九九八年十一月二十日）。

五　此稱謂是美國聖約翰大學終身教授李又寧在一九九〇年代提出的，詳見李又寧：〈華美族文學的回顧與前瞻〉，《華文文學》二〇〇六年第一期。

六　朱大可：〈唐人街作家及其盲腸話語——關於海外漢語文學的歷史紀要〉，《花城》一九九六年第五期。

七　見李鳳亮：《彼岸的現代性》（桂林市：廣西師範大學出版社，二〇一一年十月），頁四十三。

八　史書美：〈反離散：華語語系作爲文化生產的場域〉，《華文文學》二〇一一年第六期。

學科正名論

——「華語語系文學」與「漢語新文學」

（香港）黃維樑

壹

對五四時期以來一直到現今的新文學，研究者有不同的稱謂；根據名稱出現的大概先後次序，包括「中國新文學」、「中國現代文學」、「中國當代文學」、「中國現當代文學」、「二十世紀中國文學」等，以及由此衍生的「中文文學」、「臺港文學」、「臺港澳文學」、「臺港澳暨海外華文文學」、「海外華文文學」、「華文文學」、「世界華文文學」等。這些稱謂所指的，都是用同一種語言所寫作的文學；但名稱不同，涉及的時間和空間也不相同，或不盡相同，或只有些微的不同。此外，最近幾年有學者隆重其事地提出新的名詞，用以指稱這同一種語言所寫作的文學：一是「華語語系文學」，另一是「漢語新文學」。二者或有正名的用意，或有「巧」立名目之弊，筆者認爲可加以議論，因而有本文的撰寫。

貳

二〇〇六年七月香港《明報月刊》發表〈華語語系文學檢視特輯〉，首篇文章是王德威的〈文學行旅與世界想像〉（以下簡稱〈行旅〉），其論述主題即爲「華語語系文學」。翌年十二月，美國的哈佛大學和耶魯大學合辦研討論會，以「全球化的中國現代文學：華語語系文學與離散寫「（Globalizing Modern Chinese Literature: Sinophone and Diasporic Writings）爲主題。會後李鳳亮訪問會議策畫人王德威，訪談的一項主要內容是「華語語系文學」，相關的訪談紀錄（以下簡稱《訪談》）長達二萬字（註一）。首先筆者要指出：「華語語系文學」的「語系」一詞不妥當。在語言學上，語系一詞相當於英文的family of languages。全球的語系，有漢藏語系、印歐語系、高加索語系等十多個。以印歐語系（Indo-Europe an Family）而言，這個語系下面分爲近十個語族；其一的日爾曼語族，又可分爲英語、德語、荷蘭語、瑞典語、丹麥語等十多種語言。語系、語族之外，還有語支、語種的名目。漢語（粗糙地說，則爲中文、華文、華語）屬漢藏語系（Sino Tibetan Family），僅是漢藏語系的一部分。漢語雖然有吳、湘、粵、閩南等不同方言，雖然也有稱它爲語族的，它只是一種語言，或可稱爲語種，卻不能稱爲語系。換言之，「華語語系文學」一詞弊在名不正，弊在不精確，容易引起誤會：誤會漢語（粗糙地說，則爲中文、華文、華語）是個巴別塔（Tower of Babel）般的語言大家庭，其中有多種語言。「華語語系文學」其實就是「華語文學」，就是「華文文學」。英文的language一詞，可指口頭的語言（spoken language），也可指該口頭語言的書寫形式，也就是文字（written language）。「華語語系文學」的「語系」一詞是多餘的，只會引起不懂漢語（粗糙地說，則爲中文、華文、華語）的人的誤會。王德威在〈行旅〉中說Sinophone literature「的對應面包括了Anglophone（英語語系）、Francophone（法語語系）……等文學」；在這裡他對「語系」一詞的誤用如出一轍。我們查閱Anglophone literature、Francophone literature的相關文獻，就知道研究它們的學者，雖然注意到不同地區、不同社群的英語或法語，有其語言的多種表達式樣（varieties of language），卻沒有把英語或法語當作語系，因爲它們只是語言，不是語系。（註二）漢語（粗糙地說，則爲中文、華文、華語）的情形也如此。跟著論「華語語系文學」涉及的思想意識。在此之前，先爲辨識幾個上面出現過的詞語。一般而言，大陸的學者和相當數量的大陸以外的學者，所用的「華文文學」或「世界華文文學」一詞，是不包括大陸文學的；換言之，「華文文學」等於「不包括大陸文學的華文文學」，「世界華文文學」等於「不包括大陸文學的世界華文文學」。有人認爲這樣用詞不準確，因而提出了「大陸外華文文學」和「大陸外世界華文文學」的新名目。用詞準確是好事，因此下面所論，如有需要，筆者參照了主張用詞準確者的意見，而有以下的名稱：用「大陸外華文文學」以指「不包括大陸文學的華文文學」；用「華文文學」以指「包括大陸文學的華文文學」。至於「世界華文文學」的「世界」一詞，實在可有可無；「華文文學」應該就是「世界華文文學」。

關於王德威的「華語語系文學」，爲了表示尊重他人言論，仍用其詞而不加刪改。上面筆者說，他的「華語語系文學」其實就是「華語文學」或者說「華文文學」。這裡略加補充說明。王氏在〈行旅〉中寫道：「華語語系文學……的版圖始自海外，卻理應延至大陸中國文學，並由此形成對話。」他的意思是目前「華語語系文學」指「大陸外華文文學」，日後「版圖」

延伸了，可成爲「包括大陸文學的華文文學」。換言之，王氏「華語語系文學」指涉的範圍，具有相當的彈性。「版圖」論之外，王氏在〈行旅〉中又說，「華語語系文學的理念可以顯露不同陣營的洞見和不見」。他所說的「不同陣營」意指中國大陸這一「陣營」和各個海外華文社群這另一「陣營」。王氏又認爲，近年大陸學者關注「世界華文文學」（即「大陸外華文文學」），「在羅列各色樣板人物作品之際，收編的意圖似乎大於其他」。我們都可意會的是，前引的「版圖」、此處的「陣營」、「收編」幾個詞語，都帶有政治或軍事的色彩。在《訪談》中，王德威解釋「華語語系」（Sinophone）一詞時說：「語言在不斷地改變和擴散」，「它絕對不可能被一個很清楚的文化或政治的霸權所壟斷。」（頁四十七）（註三）「文化或政治的霸權」一詞隱然指稱的，自然是中國大陸的「文化或政治的霸權」；這樣看來，王氏提倡的「華語語系文學」，其針對性不言而喻。

不過，王氏的說法還算含蓄；二〇〇七年十二月的哈佛·耶魯會議上，根據王氏和訪問者李鳳亮（他參加了是次會議）的轉述，出現了頗多關於中國大陸、中國大陸文化、中國大陸文學的明顯針對性、抗拒性言論，例如王氏介紹說：「有的學者認爲中國大陸已經是一個強大的文化政治霸權，有足夠的資源支持它的文化主體，所以沒有必要再拿Sinophone這個概念去附會原來這個霸權，錦上添花。」（頁四十）又說：「會議中有一位學者就覺得Sinophone這個批評概念的出現主要就是針對著『大中國主義』的，是一個超過對話甚而是對抗的聲音。」（頁四十四）美國西岸的一位學者史書美，有專著論Sinophone，王氏介紹其主張：「對於她（史書美）來講中國是應認被排除」在Sinophone之外的（頁四十六）。我們由此認識到，上面提到的「大陸外華文文學」，相對於「包括大陸文學的華文文學」而言，是學術研究範圍大小的劃定；「版圖」、「陣營」、「文化政治霸權」、「附會」、「錦上添花」、「應認被排除」、「對抗」云云，則是意識形態方面的劃清界線。文學強調創作自由，強調作者呈現個人風格。大陸、臺灣、香港、澳門、東南亞、歐洲、美洲、澳洲不同地域的漢語（粗糙地說，則爲中文、華文、華語）的文學，有不同的內容思想、藝術風格，是自明的事理；大陸外華文文學，自然有其時髦理論家所樂道的某些「後殖」、「離散」內容，而成爲其特色。

這裡說不同，是自其異者而觀之，自劉勰「文變染乎世情」、作者「才氣學習」影響作品表現之說而觀之。我們如果自其同者而觀之，則古今中外的文學，題材總離不開生老病死、戰爭愛情；藝術風格大而化之的說，不外是古典與浪漫、陽剛與陰柔。大陸文學與大陸外華文文學，如果精分細析、顯微示漸，自其異者而觀之，則複雜、多元，千人千面，萬篇萬式；如果自其同者而觀之，則都是上面說的生老病死、戰爭愛情，古典與浪漫、陽剛與陰柔。文學的派別，由來多矣；文人的相輕，由來盛矣；文壇之有版圖、陣營、霸權，文人之有附會、排斥、對抗，平常事而已。這些從曹丕、劉勰、趙翼到錢鍾書都論述過。提倡「華語語系文學」者談到的版圖、陣營、霸權、附會、除斥、對抗說，並非石破天驚的發現。

不過，我們可從另一個角度看問題。一九八六年在歐洲有中華文學的「大同世界」研討會，劉登翰二〇〇七年出版的專著中有「華文文學的大同世界」的總結性言說。假如這個世界眞有「大中國（主義）」出現，而它是以王道而非霸道的面貌出現，則「大同世界」或「華文文學的大同世界」應是全球華人人人所樂見的。不同國家地區的漢語（粗糙地說，則爲中文、華文、華語）文學，其相同是存在的，差異也是存在的。然而，我們有需要「巧」立名目，去強調劃清界線式的「陣營」、「霸權」、「對抗」嗎？當代傳播科技發達，一地所用的當地新創言詞，除了地方色彩極濃、且流行短暫如瞬間潮起潮落的「潮語」（註四），都很快就廣播四方，爲其他地方所吸收。近年出版的漢語（粗糙地說，則爲中文、華文、華語）詞典，兼收並蓄，兩岸四地以至全球五洲的漢語，更少地區歧異，而趨於大同。（註五）

另一方面，正由於交通和傳播科技發達，不同地域的漢語（粗糙地說，則爲中文、華文、華語）作家，其寫作從詞彙到題材，都往往糅雜了不同地域及其文化的各種元素，作者大概無心於「主義掛帥」地寫作後殖民文學，卻正有後殖民主義論者喜用的「混雜」（hybridity）特色——我們也可借用余光中「藝術的多妻主義」或王蒙的「雜色」來形容。當代頗有一些漢語作家（粗糙地說，則爲中文、華文、華語）下筆時中西逢源、南北兼收、新舊並蓄，極能說明這「混雜」的風貌。以下是香港作家黃國彬一篇散文的片段，記述二〇〇九年在莎士比亞故鄉做研究、觀莎劇的事。一位香港學者研究西方文學，這已有中西的關係，他的文章中更是中西新舊交會。他觀莎劇，發現有新風尚，乃議論如下：幾十年來，我一直贊成種族平等、種族融合，認爲黃種人、白種人、黑種人都是神的兒女，沒有誰高誰低之分；……可是，種族平等的崇高精神，不必在莎劇上演時「體現」。要黑人女子在斯特拉福劇院演凱撒妻子，就像要白人男子在北京或上海劇院演行吟澤畔的屈原。當然，在白人國度上演《屈原》時，讓白人演員與湘君、湘夫人在珠宮貝闕裡共飲桂酒蘭漿也無妨。……在莎劇發源地的英格蘭，在斯特拉福的皇家莎士比亞劇團內，出色的白人女子演員多的是；何必矯枉過正，找一位黑人女子演凱撒之妻呢？……超級大師的戲劇，需要周星馳效果來吸引觀眾嗎？……在《尤利烏斯・凱撒》中，主角是叱吒風雲的英雄，一舉手、一投足都要有王者風範，……凱撒像唐太宗和奧古斯都一樣，在舞臺上動作不宜太多，否則就顯得輕浮，有失王者形象。（註六）這裡黃氏「秀」（show）出中國的北京、英國的斯特拉福，中國古代的屈原、湘君、唐太宗，西方古代的凱撒、奧古斯都；當今的上海劇院和皇家莎士比亞劇團，以至香港的周星馳，也上場了。

研究「大陸外華文文學」的大陸學者，對「大陸外華文文學」的很多作家、作品，向來譽揚不遺餘力。高陽、林海音、王鼎鈞、余光中、白先勇、龍應台、金庸、聶華苓、嚴歌苓等等，在大陸出版著作，或成爲評論（包括學位論文和學術研討會）對象等方面，都受到隆重的對待。大陸學者對他們的態度，自然是親和而非排斥、對抗。提倡「華語語系文學」者，卻爲什麼要對抗大陸文學呢？在馬森和筆者看來，「大陸外華文文學」的作家，實在沒有對抗的需要，更無對抗的資本。馬森在〈海外華文與移民華文文學〉一文中稱：移民或海外的華裔作家，如果用華文寫作，發表與出版仍需仰賴國內的報章、雜誌與出版機構，過去如此，現在仍然如此。他們的讀者群主要在國內，因此他們時時需要回國充電，或與國內保持密切的聯繫。所謂國內，包括中國大陸、臺灣和香港。如沒有國內的支援，移民或海外的華文文學是不可能存在的。（註七）馬森出生於中國大陸，在臺灣、歐洲、南美洲、北美洲、香港居住過，本身是作家，對華文學的境況有深刻的體會，上面說的是實況實情。多年前，一個年輕學者應邀到美國講學，赴美前向他尊敬的前輩錢鍾書報告此事。常常扶掖晚輩的錢老，寫信鼓勵他，並美言此舉是在異邦「揚大漢之天聲」。

由上文提到的「大中國」，我們轉而談「大漢」。爲了避免沙文主義（chauvinism）之譏，這裡把「大漢」改爲「漢」。我們討論「漢語新文學」這個名目。

參

二○一○年四月十八～二十一日澳門大學中文系舉辦「漢語新文學史國際學術研討會」，會上發布由朱壽桐主編的新著《漢語新文學通史》上下卷兩大冊（註八），卷首是朱氏撰寫的〈緒論：漢語新文學概念建構的理論優勢與實踐價值〉，此文顯然是要爲一個學科正名。朱氏開宗明義寫道：漢語文學研究有著悠久的歷史和輝煌的積累，其中新文學的研究經過近百年的建構、開拓與發展，亦以其不斷擴大的規模與日益充實的內蘊，成爲當今世界文學研究的學術格局中頗爲活躍的部分以及頗具潛力的學科。令人遺憾的是，這樣的學科目前無法得到有力、有效乃至有準備、有意識的整合，而須以「中國現當代文學」、「中國新文學」、「二十世紀中國文學」、「臺港澳文學」、「海外華文文學」、「世界華文文學」等內涵齟齬且外延含混的臨時、零散的概念作紛亂、嘈雜的學術呈現。目前的稱謂「含混」、「嘈雜」、「紛亂」，朱壽桐要撥亂返正；他對「中國現當代文學」之名最感不正。〈緒論〉指出「中國現當代文學」一詞是個「臨時性學術概念」、「明顯拼湊型的學科名稱」（頁四），它顯露「某種稚拙與不嚴密」（頁五），而且很難用西方語言「作準確的翻譯與表述」（頁四）；這樣不妥切的一個「官方」學術概念，卻爲什麼爲學術界沿用呢，朱壽桐直率指陳原因：研究者「有意保持一種世故的緘默，或者刻意體現一種虔敬的服膺，當然還有粗略的疏忽」（頁七）。朱氏對「中國現當代文學」一名的劣評，筆者完全同意。對劣評的理由，尚可補充的是：「當代」意爲當前這個時代。杜甫〈奉簡高三十五使君〉詩句「當代論才子，如公復幾人」、梅堯臣〈太師杜公輓詞〉之四的「言爲當代法，行不古人慚」，即是此意；如把「當代」作爲contemporary的中譯，則contemporary意爲同屬於一個generation（世代），而一個generation約爲二十～三十年；因此，當代文學乃指最近二十～三十年的文學。林曼叔等著的《中國當代文學史稿》，巴黎第七大學東亞出版中心在一九七八年出版，論述的是一九四九～一九六四年的文學；其用當代來指稱，完全正確。陸士清主編的三卷本《中國當代文學史》在一九八〇年出版，論述的是一九四九年以來的文學；其用當代來指稱，完全正確。一九八〇年代中期以後出版或發表，論析一九四九年以來文學的著述，在名稱上如果仍用「當代文學」，就有「年代錯誤」了，至少有此嫌疑。

至於中國現代文學，學術界一般指一九一九～一九四九年的中國新文學或新舊兼容的文學，但現（modern）一詞的時間性涵義可廣可狹：一九一九～一九四九年這個時間範圍是屬於較狹窄的；要廣，則可擴大至「三數百年前至今」作爲現代時期。若取此廣義，或只取「一九一九年至今」這樣的廣義，則「現代」顯然包括了「當代」。無論如何，一如朱壽桐所說，「中國現當代文學」的稱謂確是「含混」、「拼湊」、「紛亂」的。「中國現當代文學」的語病不止於此。它和「中國新文學」、「中文文學」、「華文文學」、「華語文學」的一個共同語病是：中國或中華民族由多個種族構成，有多種語言，而學術界使用「中國新文學」、「中文文學」、「華文文學」、「華語文學」等詞的時候，絕大多數指的是用漢語書寫的文學；換言之，這稱謂名不副實。朱壽桐在〈緒論〉中這樣說：「正如人們早已質言過的，它（「中國現當代文學」）號爲『中國』現當代文學，卻約定俗成地放棄了對漢語文學以外的中國其他民族語言文學的涵蓋」；「中國現當代文學研究界長期以來以『中國』現當代文學研究之名行漢語新文學研究之實，自說自話地縮小了研究範圍，典型地屬於一種名不副實的學術操作。」（頁五）朱氏要爲相關的中國文學研究正名：不用「中國現當代文學」、「中國新文學」、「世界華文文學」等名不副實的稱謂，而用準確、正確的「漢語新文學」之名。上面筆者多次提到漢語或漢語文學時，用了「漢語（粗糙地說，則爲中文、華文、華語）文學」的表述方式；正因爲在相關的語境中，「中文文學」、「華文文學」、「華語文學」的提法不準確、名不副實。「漢語新文學」的提法還有其統合的意義。朱壽桐進一步指出：「沒有人懷疑海外漢語文學寫作與中國現代文學傳統之間的血肉聯繫，漢語新文學無論在中國本土還是在海外各地其實都是一個分割不開的整體。」（頁六）我們可補充說，海外漢語文學寫作與中國古代文學傳統之間，也有聯繫；因爲文學寫作有其傳承，有源有流，海外漢語文學只要用的是漢語來寫作，就必然有漢文化、漢語文學的元素在其中。如果截源斷流，海外漢語文學就不可能存在。只要看看移居美國的白先勇（例如其《遊園驚夢》）、嚴歌苓（例如其《除夕》〈甲魚〉）、移居澳洲的梁羽生、陳耀南（二位都寫作舊體詩詞），出生於馬來西亞的夫妻作家王潤華（例如其《內外集》）、淡瑩（例如其《楚霸王》），整體、聯繫、源流之說，可思過半。朱壽桐還從非政治化的角度看「漢語新文學」的整合性。他在〈緒論〉中指出，「漢語新文學」這個概念的最大優勢是「超越乃至克服了國家板塊、政治地域對於新文學的某種規定和制約，從而使得新文學研究能夠擺脫政治化的學術預期，在漢語審美表達的規律性探討方面建構起新的學術路徑」（頁八）。是的，朱氏這本《漢語新文學通史》不理「國家板塊」，把韓國許世旭的漢語詩文也述評了。我們還可順提一筆：「漢語」、「漢詩」的稱謂，在韓國是標準的說法。世間的事物，或分或合，可分可合，朱壽桐提出了可行的、統合的觀點，超越了國家板塊、政治制約的觀點。世間的事物，有時合既困難，分亦不易。在發布《漢語新文學通史》的「漢語新文學史國際學術研討會」上，朱氏宣讀他一篇題爲〈論漢語新文學的文化歸宿感〉的論文（註九）。

他在文中重申漢語新文學這個概念的「簡潔而明確、準確而清晰」；在圍繞歸宿感這主題的諸般論述中，他以白先勇爲例，說明在「高速流動性的世界」中，明確劃分作家歸屬的困難。白氏出生於大陸，曾短暫居於香港，在大陸、香港、臺灣、美國接受教育，在臺灣、美國創作，長期居於美國，在臺灣、香港、大陸出版其著作，著作擁有上述各地許多漢語讀者，他又在臺灣、香港、大陸、美國等地參與各種文學文化活動。他的創作地包括美國，他是美國公民；朱壽桐說，假如基於這兩個因素，就把他的作品「算作非中國文學或非臺灣文學顯然並不恰當」。小說家施叔青在臺灣、美國、香港、臺灣之間，流動性也很大，怎樣歸屬呢？類似的例子如馬森、陳若曦、韓牧，還可舉出很多。劃分作家的歸屬不是容易的事，但畢竟並非不可能；我們總可從地域、國籍、種族、政治立場、文學風格以至生活方式等角度，為作家分類。例如，漢語新文學或漢語文學可從地域來分，如大陸漢語新文學（或漢語文學）、臺灣漢語新文學（或漢語文學）、香港漢語新文學（或漢語文學）、臺港澳漢語新文學（或漢語文學）、亞洲漢語新文學（或漢語文學）、美洲漢語新文學（或漢語文學）、歐洲漢語新文學（或漢語文學）、澳洲漢語新文學（或漢語文學）等等。作家的地域分類可仿效圖書館編目的做法：既屬甲類，也屬乙類，甚至也屬丙類，用「互見」（cross reference）的方式。我們也可大而化之，不從地域等角度分類，而主要從朱壽桐說的「漢語審美表達的規律性」去分析、描述、評價作家作品的表現。文學語言講究錘煉，余光中有在「中國文字的風火爐中」煉丹的比喻；我們可以說，各種不同類型、「歸屬」的漢語作家，在漢語的風火爐中個別煉出漢語文學的丹。某些提倡「華語語系文學」的人，要另起爐灶，那是人們的創作和評論的自由；然而，即使另起爐灶，就有上面引述的「對抗」的需要嗎？朱壽桐論漢語新文學，所用的漢語一詞，王力的《古代漢語》、《漢語詩律學》等書已用過，之前之後用者也不乏（註一〇）。朱壽桐強調漢語一詞最為妥切而用之，並隆重說明其「學術張力」、「理論優勢」、「實踐價值」、「學術『預後』」而已，並不標新更非立異，是一種重新正名而已。筆者支持這個正名，不過中文、華文等詞沿用已久，要撥亂返正實在困難。

嚴復自道翻譯之苦，說「一名之立，旬月踟躕」；我們可以說，學術界要破「中國現當代文學」等舊名而立「漢語新文學」的新名，要改變建制，非經年（這個年字屬眾數）的呼籲宣傳遊說不為功，而呼籲宣傳遊說者必須具備相當的學術行政資源。這裡還要指出，「漢語新文學」自然是個應立的嘉名，但這個嘉名如要「預後」，仍須我們「踟躕」、斟酌一番。一九一七（或一九一九）年開始的中國新文學，至今已有近百年的歷史。我們常有「百年老字號」、「百年老店」的說法，到了二〇一七（或二〇一九）年及以後，學術界如果仍用「新文學」一詞來指稱逾百之年的文學，是否妥當呢？此外，既然名為「漢語新文學」，即不包括魯迅、郁達夫、錢鍾書以至上面提到的梁羽生、陳耀南等等所寫的舊體詩詞，則文學的兼容性足夠嗎？這樣說來，視乎性質和範圍，「漢語新文學」之外，「二十世紀漢語新文學」、「二十世紀漢語文學」、「漢語新文學（一九一九～?年）」、「漢語文學（?年～?年）」等，應是備選的名稱。

肆

若干學者在美國提倡的「華語語系文學」，其語系一詞在學術上不專業，在意識上有分拆、對抗的主張。朱壽桐倡議的「漢語新文學」正好相反：名稱正確且旨在包容。朱氏二〇一〇年的〈緒論〉和〈論漢語新文學的文化歸宿感〉兩篇論文，都沒有提及二〇〇六及二〇〇七年「華語語系文學」或其相關學者的相關觀點。巧的是，把相應於Anglophone literature（英語文學）和Francophone literature（法語文學）的Sinophonel iterature譯爲「華語語系文學」固然有語病，如果把它譯爲「漢語文學」卻是恰到好處的。字根與Sinophone相同的Sinology（兩者的字根都是Sino），標準的漢語翻譯是「漢學」；因此Sinophone大可翻譯爲「漢語」（當然我們知道Chinese也可翻譯爲「漢語」），而Sinophone literature當然就可譯爲「漢語文學」。「華語語系文學」和「漢語新文學」兩個概念在用詞和意識上有分歧，卻因爲Sinophone一詞而在名稱上可以合一。這大概就是前述世間事物或分或合、可分可合的道理了。

——原刊於《福建論壇》（人文社會科學版），二〇一三年第一期

注釋

一　李鳳亮著：《彼岸的現代性：美國華人批評家訪談錄》（桂林市：廣西師範大學出版社，二〇一一年）；李氏的各個批評家訪談錄，都經過各個受訪者的校閱，本文因此可更爲安心引用Francophone literature源於Francophone，而實際上Francophone一詞據《麥維辭典》（*Merriam-Webster Dictionary*）所述，在一九六二年甚或更早已出現了。*Merriam-Webster Dictionary*爲Francophone所下的定義是："of, having, or belonging to a population using French as its first or sometimes second language"意即與「以法語爲第一語言，或有時是第二語言的人口」有關的事物；法語這種語言（即language或可稱「語種」）並無「語系」（family of languages）之意。爲了說明Francophone、Anglophone不是語系，這裡再引兩條資料。一九八六年加拿大通過《法語服務法案》，保證個人可通過法語，從加拿大安大略二十五個指定地區的政府部門獲得各種服務。這是與法語人口（Francophone：以法語爲第一語言者，有時兼指以法語爲第二語言者）有關的行爲或事務。Francophone並無語系之意。歐洲的University of Duisburg-Essen有The Department of Anglophone Studies，在這個系中："All our programmes are designed to advance the students' knowledge about the linguistic, literary, cultural, social and/or political tendencies and developments in the Anglophone world.（……）Our fields of research and teaching in literary and cultural studies include all epochs of British and American literature and culture as well as most other English-speaking cultures; our linguists are working on varieties of English around the world as well as the history of the English language,.... Our research thus contributes to a deeper understanding of the role of Anglophone societies and cultures on a global scale."這裡的Anglophone並無語系之意。

三　所標頁碼爲李鳳亮著：《彼岸的現代性：美國華人批評家訪談錄》一書的頁碼，下同。又：李氏對「大中國主義」和「文化霸權」思想等問題縈迴於懷，拂之不去，研討會之後數日在紐約訪問夏志清時，再提出這個華語語系文學問題，並表示會議中的爭論，可能由於一些人「不瞭解中國的歷史和文化，或者故意希望通過提出一些概念去引起關注」（頁一二二～一二三）。

四　參看陳玉菁等著〈香港粵語潮語探源〉一文，刊於《粵語研究》第八期；二〇一〇年十二月由澳門粵方言學會出版。

五　新華社北京二〇一二年七月十五日專電（記者：白瀛）謂《現代漢語詞典》第六版日前由商務印書館出版，這一版增收了「限行」、「搖號」、「團購」、「微博」、「雲計算」、「情人節」、「北漂」、「潛規則」、「山寨」、「宅」、「PM2.5」、「捷運」、「壽司」、「粉絲」、「數獨」等三千多條詞語，這些詞語有源於大陸的，如「微博」；也有源於臺灣的，如「捷運」；也有源於香港的，如「山寨」。現在一冊共收，統合在一起，爲全球漢語作家所共同參照、採用。又：據新華社臺北二〇一二年八月十三日電，兩岸合編《兩岸常用詞典》臺灣版十三日在臺北正式發布。馬英九在新書發布會上表示，兩岸合編辭書有助於消除彼此隔閡，深化兩岸交流。據瞭解，《兩岸常用詞典》臺灣版由臺灣中華文化總會出版，全書一千六百餘頁，收錄兩岸常用字五千七百個，詞條二點七萬個，呈現了兩岸常用字詞的異同。

六　黃國彬著《第二頻度》（散文集；香港，當代文藝出版社，二〇一一年）中〈黑髮、金髮……灰髮、銀髮〉一文，頁三一五～三一七。

七　馬森文收於陳浩泉編《楓華正茂：加華文學評論集》（溫哥華：加拿大華裔作家協會，二〇〇九年）。二〇一一年十一月大陸在廣州等地有盛大的「共享文學時空」系列活動，包括出版大型精裝的《共享文學時空——世界華文文學研討會文集》。這系列活動正是馬森所說「充電」、「聯繫」、「支援」的一個例子。隨意再舉一例作爲馬森言說的注腳：由陳浩泉編輯、二〇〇九年由加拿大華裔作家協會出版的《楓華正茂：加華文學評論集》，其印刷、總代理、發行都在中國香港。

八　朱壽桐主編：《漢語新學通史》上下卷（廣州市：廣州市廣東人民出版社，二〇一〇年）。

九　此文收於朱壽桐編：《「漢語新文學」倡言》（北京市：中國社會科學出版社，二〇一一年）。

一〇　如江少川、朱文斌主編：《臺港澳暨海外華文文學教程》（武漢市：華中師範大學出版社，二〇〇七年）一書中余光中和黃維樑的序言中都用過漢語一詞。自古至今，正名在政治、倫理、學術、商業等各個領域，都是重大問題。在中國大陸，有普通話而無國話之名，有語文科而無國文科之目，都是爲了表示尊重少數民族及其語言。多年前，大陸選出了十七個牌子的酒，號稱「中國名酒」。其中貴州茅台酒自稱「國酒」，引起其他名酒不滿，乃於二〇一二年八月上旬針對茅台酒而提出「異議申請」，這將是個正名問題的官司。數年前，會址在香港的「世界華文文學聯會」會刊《文綜》出版在即，主辦者請我把《文綜》譯爲英文，我幾乎不假思索即譯爲*Literatue in Chinese*（因爲是物名，所以這裡的英文用斜體標示）。我認爲這個譯法準確且簡潔。如要古雅一些（從另一角度看則可說時髦一些）、洋化一些，則可譯爲*Sinophone Literature*。Sinophone的字根Sino與Sinae、Sin有淵源；Sin與China、Chinese的Chin爲一音之轉，Chin源自The Chin Dynasty即秦朝。Chin的拼法乃據Wade-Giles體系，如用漢語拼音，則爲Qin。

大師的評定

——試論華文文學研究的一個難題

（香港）黃維樑

華文文學依照約定俗成的解釋，指中國大陸以外全世界以華文（準確的詞語是「漢語」）書寫的文學。文學研究可分爲兩個方面：一是分析，一是評價。評價包括對作品和作家的評價，評價向來是難事。一個語種在一個時代到底有沒有文學大師？如果有，有多少位？成就有多大的作家才稱得上大師？都很難嚴肅、公允地回答。華文作家中有沒有大師？整體的中華作家（包括大陸的作家和本文說的華文作家）中有沒有大師？如果有，有多少位？都很難嚴肅、公允地回答。如果有，這些文學大師中，大陸的占多少？大陸以外的（即本文所說的華文作家）占多少？如果有人開列名單，則比例多寡之間，更可能會爲了謀求一種「平衡」、一種「政治正確」，而令人旬月踟躕、忐忑不安。

壹　「大師」的高帽滿天飛

研究華文文學者大可不理會「大師的評定」這個議題，只用種種當時得令的西方理論來從事研究工作——我則在不薄西方理論之際，「守舊」地愛用《文心雕龍》「六觀」說來從事分析和評論，眞是「不薄今人愛古人」！誠然，研究者大可不理會這個議題。不過，我們耳聞目睹：「金庸是文學大師」、「余光中是文學大師」、「王蒙是文學大師」、「高行健是文學大師」、「莫言是文學大師」，以至「木心是文學大師」、「張煒是文學大師」、「席慕蓉是文學大師」……等等標籤；「大師」的高帽滿天飛，飛到文學界，飛到各行各業。

到處都有大師：史學大師、國學大師、繪畫大師、音樂大師；佛教的高僧也稱爲大師。網上有一份西方繪畫大師的名單，是這樣的：有優雅深邃的大師達芬奇、有和諧典雅的大師拉斐爾、有高雅而奔放的十七世紀巴洛克繪畫大師魯本斯、有弘揚民主的現實主義繪畫大師杜米埃、有樸實無華地描繪農村田園的現實主義大師米勒、有不幸而執著的瘋子繪畫家梵谷，有追求原始生活的後印象畫派大師高更、有匯集現代藝術流派的繪畫大師畢加索……。文學研究者也有大師，如研究《紅樓夢》的專家中就有紅學大師；研究《金瓶梅》或金庸作品的，有金學大師。香港一個大學的網頁，介紹其中國文化課程，其中有一個這樣的欄目《來見見大師》，一頁裡就列出三十幾個大師。

什麼是大師？先說「師」。師可理解爲老師，在尊師重道的社會，爲人師者地位高人一等。師這個字，有長遠的歷史，在古籍裡面早就出現。師字加上一個大字，其地位更高了。香港的法律界對從業員向有律師和大律師之分。一九九七年香港回歸之前，有若干「正名」的考慮：當時輿論界有人建議，把原來稱爲「大律師」和「律師」的，分別改稱爲「訟務律師」和「事務律師」；可是眾位「大律師」不同意改稱，因爲「大」字太好了，不能去掉。（註一）由此可見，含有「大」字的「大師」一詞，有崇高尊貴之意。什麼是大師？大師是對某一種知識、某一種技能有深厚修養、有突出貢獻的精英人物，在這個行業、專業廣爲人尊崇。（註二）

貳　評定文學大師——標準和難題

跟著是本文的主題：文學大師的評定。運動比賽計算速度，可以精確到分秒不差，甚至〇點一秒都算得出來。文學藝術雖然也有比賽，如文學獎繪畫獎，卻難以精確計算表現的高下。文學藝術的評價有極多的主觀因素，《文心雕龍》〈知音〉早已嘆息：「慷慨者逆聲而擊節，醞藉者見密而高蹈，浮慧者觀綺而躍心，愛奇者聞詭而驚聽。會己則嗟諷，異我則沮棄。」二十世紀西方文論的「讀者反應論」（reader's response theory），其基本論述和〈知音〉篇相同。

文學的評價，不可能像運動比賽、像科學研究那樣精準。可是我們總要爲文學評價定一些標準，至少像《文心雕龍》一樣爲分析與評價訂定幾個觀察作品的角度——〈知音〉篇所列舉的「六觀」（註三）。在西方，十九世紀英國作家安諾德（Matthew Arnold）則有「試金石」（touchstone）的說法。安諾德在從事文學批評的時候，常常困惑不安。人們問他，當代某某作家的作品好不好？你對其評價爲何？他說我沒有天平，難以準確衡量。他認眞思考，想出了個「試金石」辦法：就是以古代西方的經典之作，或其片段，作爲比照當代作品優劣的「試金石」。對文學作品的評價，中外自然還有很多理論和標準。這裡不一一介紹，而直接提出我的一個看法：如同《文心雕龍》的「六觀」有多個角度，我認爲可從六個方面來衡量、評定文學的大師，是爲「六大」——大格局、大篇幅、大創意、大好評、大影響、大銷量。

1 大格局

指作品規模宏大，有大氣魄。《文心雕龍》形容的「壯麗」風格，就包括「壯大」的意思；朗介納斯的「雄渾」（sublimity），上面提及的安諾德的「氣度恢弘」（grand style），其意相近。作品寫國家民族戰爭存亡的大事，或其他題材而視野廣闊、歷時綿長、情思深厚，是謂有大格局。寫大時代大環境，有宏大敘事（grand narrative）的規模，以至大到驚天地動鬼神那種，則是大格局的極致。假如寫的是短小的詩，只要眾多詩篇題材不一，合起來成爲大局面，也能滿足這裡的要求。當然，大格局的篇章，乃由眾多具體的細節組成；作品成功與否，細節起了大作用。

2 大篇幅

意爲作品的篇幅綿長。古代西方的敘事詩如荷馬的史詩，有大篇幅；現代的長篇小說則動輒二、三十萬字。古代中國的《詩經》泰半篇幅短小，唐朝的絕句短的只有二十個字；現代寫短小詩篇的作者，就沒有機會成爲大師了？卻又不然。作品篇幅短小，但篇數多，全部合起來看，題材廣闊，技巧高超，創意豐盈，打動人心，影響深遠，作者當然可稱爲大詩人，是詩人中的大師。古代的杜甫，流傳下來的詩有一千四百多首，作品具備上述所說的特色，他因此有大詩人的令譽。要補充說明的是，作品篇幅多、產量大的作家，只是篇幅大，而達不到這裡說的其他標準，當然不可能稱爲大師。（註四）

3 大創意

創意這個詞是「潮語」，從此詞而來的文化創意產業，簡稱「文創」，是新興產業。世界各國都重視創意，例如英國政府有一個文創部門，出錢資助民間「搞創意」；韓國也重視，也肯花錢，據說十多年前大受歡迎的電視劇如《大長今》，就是政府大力資助下創造出來的。創意就是有創新的意念。在文學藝術方面，作者要繼承傳統，更要開拓創新，照抄是沒有前途的。《南齊書》〈文學傳論〉說「若無新變，不能代雄」，《文心雕龍》〈辯騷〉要求的「自鑄偉辭」，〈通變〉篇講的「通變」，都強調創新。艾略特（T. S. Eliot）認爲詩人除了吸收傳統的精華之外，還得有自己的才華，也就是創造力。（註五）可是要判斷作品創新與否，非常困難。讀者和批評家，面對的作品究竟在內容和技巧上有沒有創意，如果他們沒有博觀群書、胸羅萬卷，就沒有辦法在比較之後下結論。正如《文心雕龍》所說：「圓照之象，務先博觀。」

4 大好評

任何作家都不可能只得到好評，而沒有壞評。作家獲得的好評遠多於壞評，他成爲大師的可能性自然比較高。好評、壞評的數量是可以比較具體地、科學地統計出來的。評論有來自一般讀者的，有來自學院批評家的；後者大抵上比較理性，比較不會發表極端的好評或壞評。

5 大影響

影響的有無大小，也不容易講清楚。十多年前，香港一大學舉辦張愛玲作品研討會；兩岸三地有多位學者、小說家參加，其中有上海的小說家王安憶。很多與會者推崇張愛玲，說她是「張派」的祖師奶奶，其小說寫法影響了香港的鍾曉陽、臺灣的蘇偉貞、上海的王安憶等，她們都是張派的傳人。據說當時王安憶發言，表示她沒有受張愛玲的影響——她開始寫作時，大陸還沒有出版張愛玲的作品。所以說到誰影響誰，我們必須有具體的證據來支持。假如某個詩人說，他極爲喜歡杜甫的詩，讀了一遍又一遍，甚至從十八歲一直讀到八十歲，都愛讀杜甫的詩，學他的風格寫作，像清代的翁方綱所承認的，我們說杜甫影響了翁方綱，自然準確無誤。作家憑其傑出的作品，發揮影響力，力量巨大到形成一種風潮、一個流派，他就有很高的文學地位，有資格獲尊奉爲大師。影響可以在受影響者的寫作技巧、風格方面，也可以在讀者的行事爲人方面，在品行道德方面。文學應該有正能量：導人向善行仁，如《文心雕龍》說的「炳耀仁孝」。

6 大銷量

這指作品洛陽紙貴，大家爭相閱讀，成爲暢銷書，或者成爲有相當銷量的長銷書。不過我們要注意，銷量的大小，有見於作家在世時，也有見於作家既歿後。有作家在世時奠定大師地位的，也有去世不久後經過學者和批評家的「發掘」或「重估」才獲得好評的。一般而言，大師之稱，乃見於作家在世時，或剛離世時。文學史對作家的定位，如在西方，通常有重要作家（major writer）和次要作家（minor writer）的分別——當然，二者並沒有涇渭分明的界線，何況文學史是可以重寫的。文學史的重要作家以至最重要作家以至最最重要作家（如果可以這樣「最最」連用的話），不一定是暢銷作家，但應該是長銷作家：該作家的作品後來成爲經典（classic），文學系的師生會閱讀，喜愛經典文學的人會閱讀，其長期性銷量自然可觀。（註六）

從作品的銷量，其暢銷或長銷，我們說到文學史對作家的定位。文學通史（例如中華文學通史）上最傑出的作家，就不只稱爲某個時代的大師，而要稱爲「偉大作家」了。偉大作家這頂冠冕的戴上，茲事體大，這裡不繼續討論。

上面說過，評價文學是困難的事；評價文學大師可以說更難，其難處有如下列。第一，是文人相輕。你是作家，人家問你某一個作家是不是大師；文壇不稱我爲大師，他寫得跟我差不多，甚至比我差，爲什麼要稱他爲大師？這就是劉勰所說的「崇己抑人」，是文人相輕。曹丕認爲「文人相輕，自古而然」，從古到今的確都如此（當然也有文人相親的）。第二，是劉勰說的「貴古賤今」：古代的作品高雅，現代的低俗；古的出色，今的平庸。這種心理頗爲普遍，歷史上有很多例子。例如，司馬相如的作品，漢武帝很欣賞。「原來這個司馬相如是現代人，我以爲他是古人呢，寫得那麼好！」漢武帝知道他是當今的人，不值錢了。第三，是貴洋賤華。洋指西洋，我們一聽這個是諾貝爾文學獎的得主，這個是英國的著名詩人，這個是美國得普利策獎的小說家，就肅然起敬。二〇〇〇年前沒有漢語作家得過諾貝爾文學獎，後來有；因爲如此，崇洋者說：中華文學突然間有突破性的表現了，得獎者是最傑出的漢語作家了，是大師了。洋人的評價一定合理可靠嗎？絕對不能這樣以爲。（註七）

有評定大師的六個指標，評論作家是否稱得上大師的批評家，有嗎？有的話，有多少位？還是一句「真難說」。這位批評家必須博學卓識，必須力求客觀理性，力求沒有上述崇己抑人、貴古賤今、貴洋賤華的心態；還應該有研究助理，爲他收集關於好評數量、作品銷量等資料（單憑批評家的印象就立論並不「科學」）。我稱不上是這樣一個理想的、稱職的批評家，就算是半個（或三分之一個）吧，姑且就憑這半張身分證，加上一些不算得精確的數據來論說，舉例指出我認爲的華文文學大師：一是二〇一八年十月三十日辭世的金庸，一是二〇一七年十二月十四日辭世的余光中。請注意，只是舉例而非通論概說。

參　華文文學大師——金庸和余光中

金庸的十五部武俠小說，大多是每部數十萬字的長篇，內容涉及的時空極大，有國家民族的宏大敘事；在大格局、大篇幅兩方面都符合要求。他創造了眾多個性鮮明的人物，在其「粉絲」中留下極爲深刻的印象。他的武俠小說號稱「新派武俠小說」，名爲新派，自有其創意。有些人認爲武俠小說不登文學的大雅之堂，但好評其小說者極多，研究者眾，香港的倪匡——一位非學院批評家——甚至這樣浪漫主義地激情讚揚：「金庸小說，天下第一，古今中外，無出其右。」

金庸的小說常常是暢銷書，長時期有大銷量，加上據其小說改編的多個電臺廣播劇、電影、電視劇，其讀者、聽眾、觀眾之多，在當代小說家中，大概是冠軍。影響呢？對其他作者的影響如何，我沒有具體的資料；對讀者的影響，我且略舉兩三個新近的例子。金庸辭世後，香港文化博物館內的「金庸館」在十一月十二日起讓人們在此弔唁；記者採訪幾個金庸迷，其中一位姚先生說：他最喜歡《天龍八部》中的喬峰；喬峰武功高強，「硬橋硬馬」，令他學會「做人要企硬。」一位胡先生移民外國後最近回港，表示有時發夢「自己有喬峰的身手」；又說移民後曾失業因而氣餒，讀到金庸作品，如喬峰有情有義、不會放棄，令他重新振作。一位裴先生自深圳到香港弔唁，也說喜歡喬峰；喬峰「有大俠氣概」，影響到他「做人有誠心，情義都在，對兄弟、朋友都較好」。（註八）這幾個金庸迷，不約而同舉例的小說人物是喬峰，這事頗有值得研究的地方。

朱壽桐論文學家的成就，有「文學存在」說，意思是所論的作家，其人其文影響廣泛，在文學界內外都感受到其影響，其就「存在」。（註九）金庸是「文學存在」的一個極佳例子，我曾有一文〈金庸：雅俗廣泛的文學存在〉論述之。（註一〇）

另一位是余光中，我用「璀璨的五采筆」概括其文學成就：余光中有五色筆：用紫色筆來寫詩，用金色筆來寫散文，用黑色筆來寫評論，用紅色筆來編輯文學作品，用藍色筆來翻譯。

詩是他的最愛，從《舟子的悲歌》開始的二十本詩集，其詩篇融匯傳統與現代、中國與西方，題材廣闊，情思深邃，風格屢變，技巧多姿，明朗而耐讀，他可戴中國現代詩的高貴桂冠而無愧。他建立了半自由半格律的新詩體式，尤足稱道。紫色有高貴尊崇的象徵意涵，所以說他用紫色筆來寫詩。

余光中的散文集，從《左手的繆思》開始共十多本，享譽文苑，長銷不衰。中國內地出版他的散文集，一冊接一冊，更幾乎是「層出不窮」。他的散文別具風格，尤其是青壯年時期的作品，如《逍遙遊》等卷篇章，氣魄雄奇，色彩燦麗，白話、文言、西化體交融，號稱「餘體」。他因此建立了美名，也賺到了可觀的潤筆，所以說他用金色筆來寫散文。

文學評論出於余式的另一支筆。在《分水嶺上》等書裡面，他的評論出入古今，有古典主義的明晰說理，有浪漫主義的豐盈意象，解釋有度，褒貶有據，於剖情析采之際，力求公正，效黑面包公之判斷。他用黑色筆來寫評論。

余光中又是位資深的編輯。《文星》、《現代文學》諸雜誌以及《中華現代文學大系》等選集，其內容都由他的朱砂筆圈點而成。他選文時既有標準，又能有容乃大，結果是爲文壇建樹了一座座醒目的豐碑。他用紅色筆來從事編輯作業。

第五支，是余式的譯筆。這支健筆揮動了六十多年，成品豐富無比。其所譯的《梵谷傳》，有多個版本；長銷之際，感動、感化了不少文藝青年，如當年的黃春明。他「中譯英」過中國的現代詩；也「英譯中」過英美的詩歌、小說以至戲劇。他主張要譯原意，不一定要譯原文。他力陳惡性西化的翻譯體文字之弊，做清通多姿漢語的守護天使。在色彩的象徵中，藍色有信實和忠貞的寓意。他用藍色筆來翻譯。

五色之中，金、紫最爲輝煌。他上承中國文學傳統，旁採西洋藝術，於新詩、散文的貢獻，近於杜甫之博大與創新，有如韓潮蘇海的集成與開拓。

細讀以上所說的相關內容，我們知道舉凡大格局、大篇幅、大創意、大銷量諸項都具備了。大影響呢？內地的李元洛、何龍等等，香港的胡燕青、黃秀蓮、黃仲鳴和我等等，當然還有臺灣和其他地區的，都有文風或詩風受影響的「承認」（諸人自有其本人的創新之道）。李樹枝著的《由島至島：余光中對馬華作家的影響研究》（馬來西亞：蒼蒼出版社，二〇一八年）是說明余光中影響深遠的一本堅實報告書。大好評呢，略舉如下：

在美國的夏志清教授一九七四年寫道：「臺灣散文『創新』最有成績的要算余光中。」

在香港的胡菊人一九七六年寫道：「在臺港現代詩人中，余光中是最富儒家入世精神的一人。」

Julia C. Lin教授一九八五年在美國出版的*Essays on Contemporary Chinese Poetry*一書寫道：余光中的「作品極爲繁富」，「在詩藝上多創意」，「他的詩融匯古今中外；當代一些新詩，極端地扭曲文字，內容則晦澀難明，使一般讀者望而生畏。余式的詩，沒有這樣的弊病。」

臺灣大學外文系教授顏元叔一九八五年寫道：「余光中先生應爲中國現代詩壇的祭酒。」

大概在一九八〇年代中期，時在臺灣的梁實秋教授（一九〇三～一九八七）稱：「余光中右手寫詩，左手寫文，成就之高一時無兩」。

一九八五年菲律賓資深報人施穎洲以浪漫主義情懷寫道：「余光中如非新文學運動以來最偉大的作家，至少也是今日最偉大的作家。以作品成就而論，新文學運動至今，無人可望余光中之項背，無論是質是量。」

一九八八年四川詩人流沙河寫道：余光中在香港（一九七四～一九八五）「完成龍門一躍，成爲中國當代大詩人」。

一九九四年時在香港的梁錫華寫道：「看他（余光中）什麼時候朝瑞典發一箭，諾貝爾文學獎必中。」

武漢的古遠清教授二〇一六年說：「兩岸誰的文學成就高？團體賽大陸是冠軍，大陸作家多，大陸名家多，大陸的長篇小說氣勢磅礡，但是臺灣有很多單打冠軍。……余光中是兩岸詩文雙絕的單打冠軍。」

香港的陶傑在《明報月刊》二〇一七年二月號的文章〈拈花微探余光中〉中寫道：「中國文學史三千年，余光中是創作力最旺盛，世界足跡涉遊最廣、時期風格變化最繁豐，而詩作題材最闊、氣勢最宏大的一位」，他還稱余光中是「現代的詩聖」。（註一一）

余光中逝世後，各地悼念的文字湧現，以下摘錄若干評論。

臺灣的陳幸蕙稱余光中爲當代中華文學的大師，又說：「不論在臺灣、大陸、東南亞、海外地區、整個華人世界，余光中都是非常受尊崇的、極少數的文學巨頭之一。」

馬來西亞南方大學院資深副校長王潤華說「余光中詩歌影響力無遠弗屆」；南洋理工大學中文系主任游俊豪認爲「余光中對新馬詩人的影響十分深遠」。

湖南長沙的李元洛寫道：「這位罕見的全能型的文學天才，其成就大略有如宋代的蘇軾，其名字已經煌然鐫刻在中國當代文學史上，並且必將傳之久遠。」

文人相輕的多，詩人可能更甚。詩翁仙逝次日，臺灣《聯合報》報導：「同爲詩壇大家的鄭愁予昨受訪時指出，論全方位的文學表現，以及高潔之人格表現，余光中是『詩壇第一人』，在華文現代詩壇『沒人可超越他』。」

夏志清遺孀王洞在〈敬悼余光中，兼憶蔡思果〉一文說：「像余先生這樣學貫中西、精通繪畫音樂的大詩人、大散文家、大翻譯家，可謂前無古人後無來者。」

彥火（潘耀明）：「余光中是世界級大詩人、大作家。」

原香港中文大學校長金耀基的《人間有知音：金耀基師友書信集》（香港：中華書局，二〇一八年）中，作者對余光中有極高的評價，他說：「黃維樑以『壯麗』狀其文采，可謂余的詩、文之解人。……余光中沒有獲諾貝爾獎，很難說是余光中還是諾貝爾獎的遺恨，幾乎可以肯定的，余光中將與李白、杜甫……蘇東坡等中華詩壇驕子共在，中華的文學殿堂中不能不爲光中設一把座椅。」（註一二）

說是略舉，其實已引述了過千字。文友謬許我是「余學」專家，對余光中的評語我搜集多年，得來不易，這裡容許我不成比例地放縱引錄了。

肆　評定大師與編撰文學史的關係

余光中曾有「半票讀者」（即只有一半資格的讀者）的諷刺，我自認爲只有半張身分證的學院批評家，雖然努力從事，卻確實對嚴肅的、公允的大師評定深感困難。我所謂的大格局、大篇幅、大創意、大好評、大影響、大銷量，「大」到什麼程度才謂之「大」？種種的「大」，如何作量化處理？各種「大」在整體的大師評定中，所占分數是否相等，還是有比例上的差異？這大概需要稱職的學院批評家小組多番討論後，才可能有共識。其他的相關問題，例如華文文學每個世代一定都有大師嗎？如有，可以有多少位？整個中華文學界呢？

爲什麼評論家知其不容易而仍然爲之，因爲大師的評定，隱隱然與文學史所述作家所占的篇幅、文學大系所選作家作品所占的篇幅、文學館所展示作家所占的空間，密切相關。一九五〇年代出版的幾部中國現代文學史，爲作家排座次，有「魯郭茅巴」的序列：論述作家及其作品的篇幅，其多寡順序爲魯迅、郭沫若、茅盾、巴金；評價他們時涉及的用語，其讚揚程度的高低，也基本上依此順序。這樣的固定地位，這樣的「官樣文章」，自然不能得到所有文學研究者的認同；然而，任何文學史的個人作者或團隊作者，任何文學大系的個人編者或團隊編者，任何文學館的個人策畫者或團隊策畫者，都必然會考慮論述篇幅、選文篇幅、展示空間、論述或說明用語的高低層級種種因素。也因此，對作家評價的高低，對何者爲優秀，何者爲傑出，何者可謂大師，以至何者堪稱偉大（如果有偉大作家的話），必定隱隱然胸有成竹，胸有座次階梯。（註一三）

然則對大師的評定，乃是與作家成就大小的評定、與作家文學地位高低的序列相關的重要問題，是學院批評家難以迴避的，儘管它確是個大難題。在考慮上述問題的時候，如果還要加上廣義的「政治正確」（politicalcorrectness）因素，則處理起來就難上加難了。有「勇士」迎難而上嗎？有厚望焉。如果不幸沒有，那麼談藝之文士，就作詩話文話一類的月旦、作文藝沙龍一類的褒貶、作餐桌漫談（tabletalk）一類的喧議好了（註一四）。不需要嚴肅的評定、尊貴的稱許，只歡迎客氣的奉承、廉價的高帽；月旦褒貶喧議之中，你喜歡的資深作家都可以稱爲文學大師，甚至可以加上「偉大」（great）的冠冕——像美國人談話時，什麼好的對的東西（甚至不好不對的東西）都absolute（絕對）、都wonderful（美妙）、都great（偉大）一樣。如此這般，則讀者對本文所艱難論述的「大師的評定」，大可一笑置之。

——原刊於《華文文學》二〇一九年第一期

注釋

一　在香港，「大律師」可上法庭爲當事人辯護；「律師」則不上法庭，只爲客戶處理買賣房子、離婚、遺產等法律事務。

二　英文master一詞，中譯可以是「大師」。master有好幾個意義。古代的學徒學一門手藝，木匠也好，鐵匠也好，裁縫匠也好，不管是一年、兩年、三年，多少年，學到一個階段，他的老師說可以做一個結業的作品了；做出來之後，老師說行，有資格加入行業組織，這個人就稱爲master，也就是成爲師傅，以後可以教人了。他的結業作品稱爲masterpiece。masterpiece我們現在通常譯爲傑作，其實這個詞本來沒有傑出不傑出之意，只是及格的作品而已。英文裡面又有master-class（大師班）一詞。有個「大」字好像就高級了，其實也不怎麼樣。例如，有一個外國的著名鋼琴家來內地某城市演奏，演奏之外，他請當地一些學鋼琴有相當造詣的青年來表演一下，同時教他們一些技巧，就謂之大師班了。在中文裡，大師這兩個字頗令人肅然起敬，比起master這個詞，聽起來覺得要高階、高貴一些。又：在中文裡，意思和大師相近的詞彙有巨匠、巨擘、泰斗、宗師等。繼續說大師。大師總是有相當的年紀，往往是德高望重的人。「德高望重」的籃球足球球員，大概只能當教練，所以我們沒有用大師稱呼籃球足球健將的。好像也沒有革命大師。我們尊崇孫中山，可是不稱他爲革命大師。他逝世前說革命尚未成功。其實，革命一次成功就可以了，不要永遠地革命。如果革命一個接一個，這個社會、這個國家就只有長久的動亂。所以我們不要革命的大師，古代如此，現代也如此。在多種的大師中，還有算命大師、優化大師、極簡主義大師；還有蝴蝶椅大師、馴犬大師。有一年我看深圳衛視的新聞報導，該節目介紹一位先生——他被評爲中國唯一一位國家訓犬大師。大師之名滿天飛，說來煞是有趣。

三　可參考黃維樑著：《文心雕龍：體系與應用》（香港：文思出版社，二〇一六年）。

四　從前香港有位作家叫高雄（名字跟臺灣的高雄市一樣），也叫三蘇。他寫得極快，寫得極多，他寫作的方式是縫衣車的方式：他的左手拿著紙，右手拿著筆，寫的時候右手幾乎不動（在極小的範圍內動），他的稿紙則往上面拉動。爲什麼這樣寫呢？因爲寫稿的右手省力。他一個早上寫一萬幾千字，也不會很累。他非常高產、多產，可是高產、多產當然不見得就是這裡所說的大格局，就有可能成爲大師。

五　艾略特的理論見於他著名的文章〈傳統與個人才華〉"Tradition and the Individual Talent"，這篇文章有多個中譯本。

六　很多文學史上的重要作家，在世時作品沒有什麼銷量，甚至受到壞評。例如，十九世紀英國詩人濟慈（John Keats），他的書出版後賣不出去，也沒有什麼好評，甚至有壞評，就是今天說的不叫好也不叫座。可是他死了之後，沒有多少年，漸漸得到好評，受到重視，學院批評家把他高高地標舉，結果他成爲英國浪漫主義的一個重要詩人。又好像荷蘭畫家梵谷（Vincent van Gogh），他在世時只賣出一張畫，價格很低，買主是他的弟弟，他死後畫作愈來愈值錢。一九八〇年代他的一幅《向日葵》拍賣，賣了接近四千萬美金，換算成港幣是三億多元。有香港的專欄作家爲他算帳：這張《向日葵》大概有三十朵花吧，那末一朵花就值一百萬港幣了。所以說，大師在世時，其作品不一定有大銷量。

七　瑞典皇家學院中，負責評選諾貝爾文學獎的有十八位委員，其中只有一位馬悅然先生是懂中文的。他可以讀多少中華文學作品呢？他有超凡的鑑賞力嗎？關於諾貝爾文學獎的評選，可參看黃維樑著《迎接華年》（香港：文思出版社，二〇一一年）中〈瑞典的馬大爺和華文作家小蜜蜂：論華文文學和諾貝爾文學獎〉一文。

八　請參看二〇一八年十一月十三日香港《明報》第一版的〈金庸館吊唁處現人龍：最愛《天龍八部》〉一文。

九　請參看朱壽桐主編：《論王蒙的文學存在》（南京市：南京大學出版社，二〇一五年）。

一〇　此文收於黃維樑著：《活潑紛繁：香港文學評論集》（香港：匯智出版有限公司，二〇一八年）。

一一　余光中仙逝後，陶傑在報章撰文稱：「余先生本是當代應得諾貝爾文學獎第一華人之選」，更謂「余光中的詩教和文學，撥開政治的不成比例的爭議，成就獨步三千年中國文學史，詩歌才曠處高於太白，情深處齊比工部，不但散文與莊子司馬遷並勝，而產量之豐，風格之變，又俱猶有過之」。陶傑年輕時詩作得到余光中賞識，視詩翁爲恩師。爲此，陶傑的評論或有感情因素。請注意，我這裡用了「或」字。文學批評要完全沒有主觀因素，大概極不容易。說回我對余光中的評論，我對他確然推崇備至。

一二　臺灣高雄市中山大學在二〇一八年十月十二～十三日舉行「余光中國際學術研討會」，筆者與會，宣讀論文題爲〈早潮和晚霞：中大校園余光中詩析論〉；這裡引錄的評語，載於此論文的「附錄」。關於余光中的文學成就，請參看黃維樑著：《壯麗：余光中論》（香港：文思出版社，二〇一四年）和黃維樑著：《文化英雄拜會記：錢鍾書夏志清余光中的作品和生活》（香港：香港中文大學出版社，二〇一八年）。

一三　學生在校內校外參加各種考試，其結果一般都有排名；世界各地的大學，有多個機構爲之排名；全球的「宜居城市」有排名；二〇一八年十一月十五日《羊城晚報》頭版的一篇報導，說在《二〇一八年世界城市名冊》中，香港、北京、上海、臺北、廣州、深圳依序名列前茅，都屬於Alpha級，即所謂「世界一線城市」。

一四　英國詩人柯立芝（Samuel Coleridge）有著作名爲*Table-talks*，爲文藝閑談的書；鍾嶸〈詩品序〉有「喧議競起，準的無依」的嘆息。

百年海外華文文學的整體性研究

黃萬華

壹　海外華文文學研究回顧與分析

海外華文文學主要指中國本土之外作家用漢語創作的文學作品（包括雙語寫作的華人作家用非漢語寫作又被翻譯成漢語的作品）。其「海外」的稱謂只是就身處中國大陸的研究視野而言。百年海外華文文學則指上世紀初以來至今發生在海外各國的漢語文學，目前分布於五大洲數十多個國家，大致可分爲東南亞、東北亞、北美、歐洲、大洋洲等不同「板塊」，近年來南美華文文學也有所興起。面對疆域如此廣泛的文學存在，展開整體性研究顯得格外重要，即在二十世紀世界文學和中國文學的背景上，打通不同板塊、國別的華文文學，探尋其內在聯繫，展開海外華文文學的「經典化」研究，在百年海外華文文學史的寫作、海外華文文學的重要課題的研究上取得突破。

有文學創作就會有相應的文學研究，但有較自覺的學術意識的海外華文文學研究，則大致開始於上世紀七十年代。新加坡的方修等對馬華文學史的研究及相關文學史著述的出版，臺灣旅美學者對美國華文文學的研究及相關研究著作的問世，可以視作東、西方海外華文文學研究的自覺展開。四十年過去，世界各國的「華文文學研究」依舊構成海外華文文學研究的重要一翼。儘管其研究大多出於華文教育和華人社會生存的需要，注重本國華文文學的歷史和現實問題，但也不斷提出著整體性的問題。一是會從本國華文文學的現實境遇中產生出富有挑戰性的話題，這些話題往往事關海外華文文學發展的根本性問題，例如馬來西亞華文文學界提出的馬華文學「經典缺席」等問題，新加坡華文文學界提出的「雙重傳統」等問題，美國華文文學界提出的「流動」文學史觀、「華語語系文學」等問題，其實都涉及了海外華文文學發展中的根本性問題。二是在海外現代文學理論資源的直接影響下，會產生出一些文學的前沿性問題，這些問題的探討深化了海外華文文學的整體性研究，例如東南亞華文文學學者所作的「越界」研究，北美華文文學學者側重的「離散」研究以及近期提出的「華語語系文學」等，都有多維度、多層次的研究特色，深入到海外華文文學的特質、價值等層面，對海外華文文學的創作和研究都起了推動作用。

臺灣、香港與海外華人華僑的關係在一九五〇年代後顯得格外密切，從華僑華人史研究中逐步獨立出來的華文文學研究，其重點除了香港、臺灣移居海外的作家研究外，更多的是中華文化傳統在海外華文文學中的播傳等。香港在東西方冷戰意識形態對峙的年代扮演了在海外延續、傳播中華文化傳統的重要角色，而臺灣國民黨當局也以「文化中國」的正統代表來聚集人心，幾十年來臺灣的文化傳統軟實力積累豐厚。這種情況使得臺灣、香港的海外華文文學研究較多地從傳統在「離散」中的延續和豐富的角度關注海外華文文學的命運。尤其是香港，從上世紀五十年代起，就自覺打開了「海外華文文學」的窗口，充分發揮了其溝通東西方華文文學的橋樑作用，很多刊物、出版社在這方面扮演了重要角色。例如，創辦三十餘年、出版發行了四百餘期的《香港文學》是全世界刊出海外華文文學專欄和作品最多的刊物，涉及的國家、地區和作家也最多。

中國大陸的研究是由上世紀七、八十年代的臺港文學研究擴展到八、九十年代的海外華文文學研究，基本上是在「世界華文文學」的框架中進行。它的提出，與「大中國文學觀」、「文化中國」等觀念的倡導有密切關聯，與中國現當代文學研究的關係密切也就不言而喻，而海外華文文學強調的多重的、流動的文學史觀對中國現當代文學也產生了影響；由於其「跨文化性」和「世界性」，也被比較文學學科關注，甚至已成爲中國的比較文學研究的一個重要分支；同時它本身包含的「離散性」、「本土異質性」、「中心與邊緣」、「國家認同和文化認同」、「民族與世界」、「東方與西方」、「現代與傳統」、「本土與外來」、「身分」批評等課題等也爲文藝學所關注。這種研究「領域」的跨學科性如果得到深入溝通，海外華文文學的整體性研究也會得到深化。

一九八〇年代以來，中國大陸的海外華文文學研究就其成果而言，大致在以下幾個方面展開：一是海外國別、地區華文文學的研究，東南亞國家的華文文學史尤其較早得到研究，歐洲、北美等的國別、地區華文文學史研究相對顯得薄弱。倒是其中一些取專門的研究視角的國別、地區華文文學研究在海外華文文學的「內部」和「外部」研究上都有深入。二是海外華文文學的專題研究，關注了海外華文文學的特質，並展開了相關理論的探討，海外華文文學的「語種性」、「雙重傳統」、「越界視野」、「多重身分」、「離散寫作」等問題得到探討。形象學有深入的探討，「異」的形象尤爲受到關注，但也受視野所囿，問題的探討與文學史結合不夠。三是從中國文學與海外華文文學關係的角度展開的研究，或是將海外華文文學置於世界華文文學的歷史格局中予以考察的研究，這些研究溝通了中國現當代文學和海外華文文學的雙向內在聯繫，不過，這方面的探討還可以深入。近年來，學界在中華民族文學的背景上關注海外華文文學資源，並從「漢語文學」這一角度作了開掘的努力。但這種努力剛剛開始，無論是海外華文文學資源的開掘和提煉，還是相關文學史觀的調整和深化，或是中國文學和海外華文文學關係的把握等等，要解決的問題也很多。海外華文文學與中國古典文學關係的研究有深入，文化母題在異域環境中的嬗變尤爲受到關注。四是海外華文文學的現狀及發展趨勢方面的研究，其中二十世紀八十年代後的「新移民」作家的創作尤爲受到關注，新世紀以來的海外華文文學也得到相應研究，爲海外華文文學的健康發展提供了建設性意見，但還是顯得較爲零散，同時由於受到一些非文學因素的制約，一些重要作家、作品仍被遮蔽，影響了整體上對「新移民」創作的評價。五是關於海外華人學者的文學理論、批評建樹和海外漢學的相關研究，近年也有拓展，以往較被忽略的國家的漢學研究開始得到重視，當代海外華人學者文學批評理論由於對中國大陸的文學研究產生的「衝擊」而被關注，對其研究也隨之展開。這些研究大半正在進行中，也還不足以覆蓋海外華人學者的文學理論、批評建樹和海外漢學的相關重要內容，尤其是兩者的「連接」點，如海外華人學者文學批評理論和實踐對海外漢學的影響等尚未受到充分關注。海外華文詩學研究，即在海外華文文學的批評實踐中建立海外華文文學學科研究的詩學範疇和方法，雖已提出多年，但仍需要深入。所有這些研究基礎和發展方向其實都指向了海外華文文學的整體性研究。

貳　海外華文文學研究的整體觀

展開海外華文文學的整體性研究，理解歷史總體性的方法論和具有文學的生命整體意識是重要的。歷史總體性的方法論其實是馬克思主義的精髓，即人類社會最終走向自由，人自身最終實現解放，而社會發展的現實與總體趨勢有著辯證的聯繫和互動，總體化的歷史進程有著極其豐富的差異性，甚至以差異性作爲前提，從而呈現開放性的格局。「五・四」新文學運動開啓的現代意義上的「人的文學」表現出文學對於人的認識的深化和人性的全面解放的追求，反映了文學的歷史總體趨勢。現代中華民族的種種現象都是這一文學總體歷史進程中不同（特定）階段的表現，都會在「人的文學」的歷史進程中自我揚棄，直至走向「人的文學」的終極完善；而同時，文學的現實階段和眾多領域，在其複雜多樣的存在中，克服著理論與實踐、創作與現實之間的割裂，努力突圍出文學的異化、物化，使文學最終走向眞正合乎人性的境界。這成爲現代中華民族文學不同時期、不同區域文學之間的根本性貫通，也是海外華文文學和中國現當代文學的內在呼應。這裡，強調「歷史總體性」並非遮蔽差異性，而要接納、揭示差異性是重要的。文學的生命整體意識則是如十六世紀末英國玄學派詩人約翰·鄧恩所言：「沒有誰是個獨立的島嶼，每個人都是大陸的一片土，整體的一部分。大海如把一個土塊沖走，歐洲就小了一塊，就像海峽缺了一塊，就像你朋友或你自己的田莊缺了一塊一樣。每個人的死都等於減去我的一部分。因爲我是包括在人類之中。因此不必派人打聽喪鐘爲誰而敲，它是爲你敲的。」不同板塊、不同地區、不同層面的漢語文學尤其有著密不可分性，缺了任何一點點，民族新文學的血肉就少了一塊；對任何一種文學的傷害，都是對自己文學生命的致命傷害。而將各地區的漢語文學視爲一個生命整體，就把握到了不同時期民族新文學的血脈走向，自然也能更好地審視海外華文文學。

對包括東南亞、東亞、歐洲、北美、大洋洲、南美等地區各國在內的百年海外華文文學展開整體研究，其歷史整合就要打通「國界、洲別」。板塊、各國華文文學有差異，分地區梳理清楚其歷史是必要的，但避免現有「海外華文文學史」羅列各國華文文學歷史，缺乏整體把握和有機聯繫的情況。爲此，除了文學史料要翔實，要對其進行很好的學術梳理和提煉，尤其要對目前還被忽視的一些海外華文文學重要資源進行深入開掘，既避免重要遺漏，又防止龐雜瑣碎外，要在充分關注不同地區、國別海外文學的相異和不平衡性的基礎上把握百年海外華文文學的歷史一體性、文學整體性和豐富差異性，探討切合海外華文文學狀況的文學史框架。如何完成這種歷史的「整合」，有多個方面是需要關注的。

百年海外華文文學史的體例既要體現百年海外華文文學的整體觀，揭示百年海外華文文學在二十世紀人類進程和世界格局背景下的發生、發展過程及其基本線索、形態，又要充分關注不同地區、國度（尤其是東南亞地區和其他地區之間）由於歷史、政治、經濟、文化及對華政策不同影響下形成的華文文學豐富的差異性、不平衡性及其獨特價值。世界性背景及其影響是海外華文文學歷史性取向的重要因素，由此也催生海外華文文學的根本性價值。一次世界大戰、二次世界大戰、戰後冷戰意識形態陣營的形成和瓦解、世界多元格局的出現，這些大致構成百年東西方海外華文文學歷史發展及其分期的總體背景和重要主線，可以依循這種線索來探討不同國別、地區華文文學的內在聯繫，甚至由此確定百年海外華文文學史的歷史分期。但同時，我們必須自覺意識到，從上世紀初的一次世界大戰到九十年後世界多元格局開始形成，世界是處於「分裂」中的，海外華文文學所處國家起碼也有著種種「殖民」和「被殖民」的差異，即便同屬於民族獨立國家或西方發達國家，其對華政策也有很大不同，必然影響所在國華人華僑的境遇和命運。這同樣構成了海外華文文學的世界性背景。而文學有其「自治」性，並不一定與二十世紀世界性格局的變化發生「同構」性。所有這些，都提醒我們，當我們在二十世紀人類歷史進程中考察海外華文文學時，恰恰要充分關注各國的華文文學是如何以其獨特的存在、發展體現出其與人類命運、世界變化的息息相關。

百年海外華文文學的歷史孕成的是一種多重的、流動的文學史觀，它關注文學發生中的多源性、文學發展中的多種流脈和多種傳統，強調突破單一「中心」和「邊緣」的格局去考察文學之間的互滲互應，從不同的角度去考察文學歷史，從「活水源頭」的文學創作中去建構文學史。這樣的文學史觀才可能確實把握百年海外華文文學的整體性。

具體而言，百年海外華文文學史既要展示各國華文文學在諸如新文學運動、左翼文學、抗戰文學、「鄉土」文學、女性文學、新生代創作、都市文學等方面的互相呼應，又要揭示各國，尤其是東西方不同國度的華文文學在「離散」中不同的跨文化尋求（要有東西方華文文學的比較意識和視野），關注各國華人華僑與不同國度其他民族相處中產生的文學獨異性。「五・四」新文學運動實際上是在中國和海外的互動中發生的，之後的左翼文學是世界範圍內革命文學思潮和運動的產物，抗戰文學更是置身於世界反法西斯戰爭中才眞正顯示出其價值，其他文學狀態也往往如此。所有這些文學形態、運動在海外各國的華文文學中都有直接的激蕩、回應。從這一角度去把握百年海外華文文學，其整體性自然會得以呈現。但百年海外華文文學是在「離散」語境中發生發展的，其價值恰恰在於它使得原本發生於現代中國語境中的文學有了更開闊的參照和更豐富的形態，甚至使得在中國大陸語境中被遮蔽的得以浮現。例如，同是左翼文學，海外華文文學提供了更豐富的存在形態，啓發我們從左翼文學的「在野性」去思考其革命性；同是現實主義文學，海外華文文學有著民族性和公民性之間的複雜糾結；同是「鄉土」文學，海外華文文學在「鄉愁」美學的開掘上得天獨厚；同是都市文學，海外華文文學把世界資本性和人類人文性之間的矛盾衝突表現得淋漓盡致；同是女性文學，海外華文文學不僅挑戰、顚覆傳統男性權力話語，也對女性自身久被拘囿的藝術潛質有清醒的自審和不懈的開掘，更全面呈現其「浮出歷史地表」的含義；同是新生代創作，海外華文文學的「派」的終結、「代」的開始的含義更顯豁、鮮明……凡此種種，不一而足，都顯示出文學的拓展。這種種拓展，顯示出海外華文文學的整體性。

我在一九九九年出版的拙著《新馬百年華文小說史》的「內容提要」中寫過這樣一句話：「寫中國文學中沒有的，想中國文學中應有的。」「應有的」反映出中華民族新文學有其整體性，「沒有的」則表現出各國華人華僑與不同國度其他民族相處中產生的文學獨異性。這種情況揭示出百年中華民族新文學的重要特徵，即民族文學內部跨文化因素的產生、成長，它甚至是一個民族的文學現代性與其古典性之間的根本性區別。海外華文文學表現出來的跨文化意識、跨文化敏感等，使得中華文學內部的跨文化特徵更爲豐富、明顯，也提供了文學的民族性和世界性之間關係處理的豐富經驗。例如，海外華文文學對多元化和跨文化兩個不同的價值走向的駕馭、平衡就值得關注。多元化和跨文化都強調文化的豐富性，但多元化包含有多種文化並列展開求得生存的傾向，它在構成文化的豐富多樣形態的同時，也潛伏著形成文化隔絕的某種危險；跨文化強調不同文化間的溝通，它在形成一種共同文化（人類文化）的基礎上保存文化的豐富多樣性，這對化解不同文化的現實隔絕、衝突、對峙極爲有益，但一種共同文化的形成也潛伏著對原先多種文化制約、傷害的可能。所以，協調多元化和跨文化的關係，在溝通中保護自己民族文化的傳統，在跟他族平等對話中融入世界文化，才是文學追求的跨文化境界。而海外華文作家的存在，使這種跨文化境界的實現越來越有可能。從當年深諳基督教文化的林語堂旅居海外時的創作（其在小說中詮釋東方宗教，呈現異族形象，近乎完美地表現出一種跨文化境界，呈現了中國文化跟西方文化的差異無法消弭，但卻可以互補共處的奇妙魅力。其散文將中國傳統風範傳達給西方世界的努力更卓有功績，僅他在《生活的藝術》一書中將西方文化系統中難有對應的「韻、風、品、神、意、興、骨、境、勢、淡、蕭疏、幽、枯」等中國美學觀念介紹給西方世界，就很了不起；但他又時時關注著人類的、世界的更具根本性的問題。）開始，作家們在跨文化的追求中仍保持自己民族的根性，在文化溝通、交流中來求得文化的多元化，這種努力是越來越明顯了。

參　海外華文文學整體研究的內容和方法

展開百年海外華文文學的歷史整合，可以從經典「篩選」、文學傳統、母語寫作、漢學和文論等重要方面，縱橫結合展開全面開掘海外華文文學資源。

「經典化」始終是文學史的重要功能。海外華文文學的歷史已近百年，其研究也有數十年歷史，「經典化」已成爲海外華文文學及其研究深入發展的關鍵，也足以提供多國別、多地區華文文學的整體性空間。海外華文文學的經典處於動態的建構中，其研究要以「當代性」爲日後的經典化提供堅實基礎。要改變目前海外華文文學研究中的某些「泛而無當」、「入史」粗疏的情況，也需要加強「經典化」研究。各種現實因素使海外華文文學的經典性被遮蔽，更需要展開其「典律構建」。經典化主要是作家作品的沉澱，要放到整個中華民族文學大的背景下去呈現。要格外關注中外文化如何滲透和交融的問題，以及中國本土文學不多見的文學現象。要從海外華文文學經典性的生成、發展及其機制探討海外華文文學經典的價值生成、價值體系建構及其相關理論問題，從海外華文文學各個時期的重要思潮、流派的文學價值尺度等與文學經典形成的關係，揭示海外華文文學經典性作品所體現的人類性、世界性意識及其對於中華文化傳統的豐富和發展。充分關注海外華文文學經典性作品產生的跨文化語境，研究不同文化相遇、對話中文學想像的展開和文學形象的產生，例如「異」的形象就包含了極其豐富的文學話題。既要堅持海外華文文學和中國現當代文學相對統一的經典性價值尺度，嚴格經典性的標準，又要關注海外華文文學的獨特性，包括不同地區、國家華文文學的相異性；既要充分利用海外華文文學經典性作品的文學性經驗有效解釋漢語文學經典的獨創性，又要重視海外華文文學與所在國社會政治、經濟、文化的密切關係；既要繼續深入開展對已爲人們熟知的著名作家，如白先勇、嚴歌苓等的作品的解讀，也要充分關注至今尚未得到重視的重要作家，如程抱一、王鼎鈞等的作品的研究。要在文學的經典性閱讀中深化海外華文文學的批評實踐，關注海外華文文學經典性作品研究中的「雙重跨文化」閱讀，注重經典解碼的多種方法，展開海外華文文學經典性作品的比較研究，推動海外華文文學的健康發展。

「沒有本土，何來海外？」海外作家對自身創作的溯源，往往使得其將「海外華文文學」視爲「一個本土的延伸」，將「本土和海外」視爲「一個延伸和互動的關係」，由此來把握海外華文文學的「基本特性和傳統」（註一）。但另外一種似乎不同的聲音也產生於海外華文作家切身的創作體驗中，那就是或在居住國外部壓力下無奈「戒」「三皇五帝」、「二十四史」之「奶」（註二），或以「斷奶」之舉療救自身而決絕地「再見，中國」（註三）。這兩種看似相反的態度固然反映出東西方華文文學不同的處境和命運；它其實更反映出海外華文文學傳統的複雜，恰恰需要打通東西方華文文學來審視。

現在一些論文討論中國現代文學傳統和海外華文文學的關係，較多關注中國現代文學傳統對海外華文文學的單向單一影響，其實中國現代文學傳統在海外「離散」中不僅會在所在國各種因素「激活」下，彰顯原先在中國本土被遮蔽、中斷的流脈（這種影響非常有意義，但又非單向單一影響考察能辨別的），而且會「帶著自己的種子」在流徙中「落地生根」而生發出新的流脈，這些新的流脈與中國現代文學傳統在文學屬性、文學的生命形式認識、文學的審美範型等重要方面有著互補、對接、內在相通等。要突破以往研究泛泛考察影響、傳承關係的做法，深入展開百年中國文學與海外華文文學的對話。百年海外華文文學有其獨立性，也與包括中國大陸、臺灣和港澳在內的中國現當代文學形成現代中華民族文學複雜的「圈」、「層」圖譜，海外華文文學的三種形態在不同層面上反映了中華文化傳統（包括「五．四」文學傳統）在世界的傳播，也與百年中國文學構成密切的互動關係（包括中國現代文學傳統的「離散」等）。打通東西方華文文學來審視海外華文文學的傳統，重要的是抓住百年中華民族文學的根本性問題。傳統與現代、本土與外來、東方與西方、雅與俗等重大問題是百年中華民族文學發生、發展的基本線索，其經驗成爲民族文化傳統的重要資源。考察海外華文文學在這些重要問題上的實踐及其與百年中國文學的相關實踐、經驗的相通相異，突破以往只著眼於某一地區研究上述問題的局限，不僅能爲海外華文文學的歷史整合提供一種重要的整體性背景，而且會使這些重大問題的研究得以深化，由此充分揭示海外華文文學的價值。從主題學、形象學、敘事學、文化研究等方面展開海外華文文學和中國現當代文學的比較，考察在文學母題的變化、藝術形式的演進、文化內涵的豐富等方面，海外華文文學和中國現當代文學的異同及其雙向交流、影響；研究海外華文文學在「漂泊」、「尋根」中對中華文化傳統的延續，中國現代文學傳統的影響、離散與海外華文文學的關係。這些內容都具有前沿性，都會以各國、各地區華文文學的本土經驗豐富百年中華民族文學的傳統。

語言研究是整體把握海外華文文學的重要內容。海外華文文學發生在各地區、各國家，有其差異性，但都以母語漢語作爲載體，這也使得漢語文學成爲一種世界性語種文學，其意義重大。漢語既是華人華僑在居住國寫作的精神原鄉，也在海外華文文學中獲得了豐富發展。在二十世紀語言哲學的背景下研究海外華文文學中豐富的語言現象，考察漢語在中華文化海外傳播過程中的變化及其原因；從語言心靈視野的角度深入考察各國華文文學的創作，揭示作家在語言「雙棲」狀態（通過母語生活在民族傳統中，依靠居住國語言獲得現實生存）中的詩性尋求，探討他們在「靈魂的語言」和「工具的語言」之間的溝通；考察海外華文文學如何汲取兩千年文言傳統和「五．四」後現代白話演變中的營養，融入居住國多元文化的現實影響，表現出民族歷史文化的「積藏」和「延續」；探討地方性漢語等因素在海外華文文學中的作用，揭示語言在民族生存發展中的決定性作用。同時，海外華文文學的海外生存，使其十分關注對各種媒介（包括語言）的利用，需要考察其與華文報刊、其他紙質媒介、網絡、影視等媒介的互動關係，深入研究華文文學的海外生存狀態。只有這種海外生存狀態得到全面揭示，我們才會眞正進入海外華文文學的生命領域。

海外華文文論和漢學研究主要有兩部分內容，一是對百年海外華文文學中重要的文學理論家、文學史家、文學批評家的建樹展開研究，考察不同國度的歷史、文化語境中，其理論學術建構與海外華文文學創作的關係及對中國現當代文學的影響，其理論範式、詩學範疇、批評話語的變化及其與西方文論之間關係的變化，尤其關注其在海外研究中對中華民族文學提出的一些新的理論命題，包括中國傳統文論、「五·四」現代文論基本範疇在海外華文文學中的演化及其方式，並由此深化海外華文文學的詩學研究；二是展開對於海外漢學家關於百年中國文學和海外華文文學研究的考察，尤其關注不同國度、地區，不同社會、時期漢學家對百年中國文學和海外華文文學研究的異同及其與百年中華民族新文學的關系的整體研究，探討跨文化視野中的百年中國文學研究的經驗及其對中國本土文學創作、文學批評的影響。這兩部分的連接點，即中國旅外學者對各國漢學的影響應該得到充分研究。同時，這兩部分都關注海外語境中針對百年中華民族文學的理論和批評，由此可以探討不同文化衝撞中文學理論和批評的深化，並爲海外華文文學的理論建設拓展新的空間。

以上內容都具有海外華文文學存在的整體性。如果說，歷史的整體性是以包含豐富的差異性爲前提，呈現開放性的話，海外華文文學的整體性研究也恰恰在尊重差異、不連續性、相對自律和不平衡發展性中將各地區、各國別華文文學聯繫起來考察，既堅持隱含在總體性中的方法論，又關注對於種種「裂縫」、「異質」等分析，而當這兩者並無很大的不一致時，海外華文文學的整體性研究就會得以深入了。

——原刊於《山西大學學報》（哲學社會科學版）二〇一二年五月第三期（山西大學二〇週年校慶特刊）

注釋

一　梁華旭整理：〈詩情．眼識．理據——張錯訪談錄〉，《香港文學》第三一八期（二〇一一年六月）。

二　何乃健：〈戒奶〉，紫藤編輯工作室《動地吟》（馬來西亞：紫藤有限公司，一九八九年），頁七十三～七十四。

三　林建國：〈馬華文學「斷奶」的理由〉，張永修等：《辣味馬華文學——九十年馬華文學爭論性課題文選》（馬來西亞，二〇〇二年），頁三六五～三六六。

海外華文文學該姓啥？

（澳大利亞）張奧列

海外華文文學是個多面體，有不同的層面、不同的維度，領悟這種立體形態，才能把握海外華文文學的眞實面貌，也更契合海外不同層面的華人心態，在海外東西方讀者中引起更大的共鳴。

海外華文文學該姓什麼？這是學術界關注的話題之一。因爲學者總要搞清楚海外華文文學的屬性。而海外華文作家對於其創作姓啥並不十分介意，都是隨心走筆而已。不過，我在寫作實踐中，對於海外華文文學的屬性及其自身創作的定位，還是有所感觸的。因爲我的生活重心就在澳洲，也很少回中國，每天接觸的人和事就是澳洲這片天地。既然生活在澳洲，寫作於澳洲，自然就會更多地關注身邊的人和事，關注跟自己密切相關的社會，關注旅澳中國人的生存境況，想去表現自己眼中的澳洲生活，去把握這個過去不爲中國人所熟悉的西方社會，去感受這個適者生存的艱難過程，去寫新移民的選擇與追求。然而，我不是爲寫作去關注當地、關注身邊，而是爲生存而關注。寫作只是這種生存的衍生物、副產品。

我雖然寫的是澳洲故事，但其實也有很多中國元素。我是用以往的中國經驗來比照今天的澳洲生活，或者說，是用中國/海外兩種經驗來咀嚼生活。我所感受到的東西方文化的碰撞，東西方價值觀念的衝突，中國人異域生存的心理落差及情感轉變，都是中國經驗在西方社會的某種折射。如是，寫海外故事，不等同於新的思維、新的敘事；反之，中國故事，也不等同於中國敘事。故事只是表現的內容，敘事則是敘述的視點，表現的心態、觀察的方式，是一種藝術眼光。

敘事方式與寫作心態的變化也很有關係。我的公民身分變了，生活的重心變了，周圍的環境也逐漸熟悉了，在澳華文壇也活躍起來了，我的寫作心態和藝術視點隨之也有所改變。內容還是澳洲生活，但傾訴的對象主要不是中國讀者，而是澳洲本地及海外華人了。有道是「入鄉隨俗」，既然選擇在他鄉生活，就應該有融入他鄉的意識。融入他鄉，並不等於捨棄故鄉記憶、故鄉文化，而是讓故鄉的記憶，在他鄉生活中化爲一種前行的助力，讓故鄉的文化，在他鄉文化的吸納中產生新質，匯入多元文化的大家庭。世界因多元而豐富，藝術因多元而斑斕，海外華文文學也因多元而確立自己的品格。

我想說的是，海外作家寫海外生活，其實也是有區分的，即作家的心理視點不同，也會造成作品的品格秉性有異。你是以過客的身分，用中國人、中國心去表現海外生活呢，還是以定居者身分，以「融入」的姿態，以居住國的思維去表現新的生活，兩種心理視點所傳遞的信息效果是不一樣的。若以祖籍國中國人的心態去審視海外生活，往往著眼於對西方生活的疏離，對民族根性的眷戀。就像當年臺灣留學生文學、後來的中國大陸留學生文學，包括現在的一些新移民文學，都是這種心理視點，瀰漫著「離散」情緒。又或者，你回流中國、長居中國，經常返國「充電」，也很容易慣性地將海外生活套入中國故事，慨嘆「月是故鄉明」，寫的是他鄉，表現的還是故鄉情懷。

反之，若是以他鄉亦故鄉的心態來觀察生活，則會以居住國公民的價值尺度來看待多元社會，理解多元文化，去表現融入異域生活的心理歷程。另外，移民第二代、或土生華裔的中文書寫，其藝術視角比起許多中國新移民作家，也明顯不同。而新移民作家本身也是有差異的。倘若你認同他鄉是故鄉，故鄉亦他鄉，這種時空置換，就是你從客居、漂泊中轉而找到歸屬感。有了這種歸屬感，你就會淡去「離散」的情結，注入「融入」的期待，筆下也就疏離中國敘事了。

這麼說來，海外華文作家在表現海外生活或中國生活時，會有不同的生活態度和寫作視點。即使是寫他鄉，寫海外生活，心態的不同，也帶來藝術視點的不同，作品效果的不同。而這種不同效果，不僅海外讀者會有明顯的不同感受，對於中國出版界、學術界及讀者也會有所影響。用中國人的心態去寫中國敘事，比較適合中國出版的尺度，比較符合中國讀者的口味。所以海外作家的作品，都是有選擇性在中國發表，或在海外及中國港臺地區發表。從這點上說，中國出版物所刊發的海外華文文學，也只是海外華文文學整體面貌中的一個層面而已。

由此，也引出海外華文文學屬性的問題。

對於海外華文文學的屬性一直有爭議。中國大陸的學者，大多認爲海外華文文學是中國文學的一部分，因爲你是中國血統，你用中文書寫，用中文出版，主要給中國人，也包括海外和港臺的華人讀者閱讀，所以脫離不了中國文學的範疇。而海外包括港臺學者，卻大多認爲，這種觀點是「一個中心論」，把豐富多彩的海外華文文學簡單化了。海外華文文學，立足於不同的角度，吸收著不同的文化，各自都可以自成一體，有著各自的讀者群，在某一範圍形成影響力，也可成爲某個「中心」。

從自身的閱讀和寫作而言，我覺得海外華文文學不能一言以蔽之，有其複雜性。海外華文文學是個多面體，有不同的層面，不同的維度，領悟這種立體形態，才能把握海外華文文學的眞實面貌，也更契合海外不同層面的華人心態，在海外東西方讀者中引起更大的共鳴。這也許是中國學界的一個研究課題。

海外華文作家，大多數是移民作家，有著中國大陸或臺港居住地經驗與海外經驗的交集，所以很多人處於兩種心態的遊移、過渡或交織中，使海外華文文學品流複雜，有些作品可以歸入中國文學序列，有些作品具有兼容性，而有些作品卻具獨立自足的體系。兩種不同的心態，並不會影響作品的高下，只是眼光和角度不同、口味不同而已。但前者是中國文學的翻版，或中國文學的延伸，爲中國文學所兼容的海外華文文學。後者則是源於中國文學卻有別於中國文學、具有自身特質、自身品格的海外華文文學。

話說回來，海外華文文學也不全是截然分開的。對於許多海外作家來說，故鄉仍在心中，但他鄉已是第二故鄉，不管你拿什麼護照什麼國籍，常常具有兩種情感、兩種心態、兩種視角，遊走於他鄉、故鄉兩地，都有一種精神文化還鄉的感覺。所以，海外華文文學的形態也具有某種模糊性。

中國文學與海外華文文學有兼容也有異同。相同的是源於中華民族、中華文化。但中華民族的涵蓋範圍要比中國人廣，包括了海外土生華裔，包括了有中國血統的混血華裔。移民的後代可能不認爲自己是中國人，但必定認同自己身上有中國人的血脈，是中華民族一分子。而中華文化也不等同於地理概念的中國文化，它在異域扎根，與所在國文化互動、交流、滲透、並存，在多元文化中吸納新質。所以海外的中華文化，某種程度上也是中國文化的變異。另外，不同的居住國、不同的社會環境，其表現出來的中華文化，也會有所不同，所以海外華文文學因環境因文化的影響，也帶有區域性，如東南亞的華文文學，與歐美的華文文學會有差異，這是環境、文化對人對寫作的影響使然。

華文文學在西方文學或居住國文學中，常處於邊緣地位，在中國文學中也處於邊緣狀態。也許有人覺得，邊緣就是被忽視了，影響其價值地位。邊緣是一種客觀存在，但正因爲邊緣，也可能是它發揮的空間。在這個空間中，它顯示出與主流不同的價值觀，顯示出不隨大流而迸出自己浪花的獨特品格，從而塑造出海外華文文學的主體性。也許它很難輝煌，但也並非不能奪目，它的存在是西方文學與中國文學的補充，有其不可取代的價值。

——原刊於《文學報》二〇一九年三月二十八日

經典化或脈絡化？

——世界華文文學研究的兩種學術取徑

朱雙一

最近二十多年來，「經典」、「經典化」、「典律建構」等等，成爲中國文學研究界的熱門話題，甚至引發爭論，「這些看似舊調翻新的老生常談，實則多是令當下文學研究者深感焦慮的前沿問題」，甚至已從個別「事件之爭」和「概念之爭」發展到關乎文學全域的「思潮之爭」。（註一）世界華文文學研究界也很快加入此一熱潮中。對此爭議性話題，筆者以爲，如果「經典化」指的是作家努力提升創作水準以使自己作品躋身「經典」之列的目標和過程，本無可厚非；如果指的是非創作者——如評論家、文學史家、出版商、獎項評委等等——評判、選定「經典」乃至建構「經典」的作爲，則未免具有一定的可議性，其產生的問題包括：誰（包括個人和機構）擁有評判和選定「經典」的權力？評定「經典」有否舉世公認的統一標準？「經典」是固定、永恆的，還是隨著時代、語境的變遷而不斷變化的？問題甚至還可以是：眞的有評定「經典」的必要性嗎？

「經典化」的積極提倡者一般認定具有統一固定的評判標準和永世不變的「經典」，因此往往帶有割裂文學與時代、社會、道德、政治、意識形態關係的純審美傾向。與之相對的學術取徑則是「脈絡化」——努力將文學作品放置於其所由產生的社會現實語境和歷史文化網絡中加以考察並揭示其發展脈絡的學術路徑。這兩種學術取徑的取捨或融合可以見仁見智，但面對不同的具體對象還是有一定的區別。例如，中國固然已經產生了四書五經、李白杜甫、《紅樓》、《水滸》、《三國》、《西遊》等世所公認的文學文化經典，但這是經過數千年無數讀者的闡釋、篩選的結果；而嚴格意義的近代以降的「世界華文文學」，充其量僅有一兩百年歷史且處於急遽發展過程中，其意義和價值往往更多與具體的時代社會、歷史文化緊密相連，因此與其急匆匆地用所謂純審美標準進行經典的評判，導致眾多的研究者過度集中於諸如張愛玲、余光中等「經典作家」的身上，不如將更多的精力放在對更廣泛的華文作家作品——包括處於邊緣、角落的名不見經傳的作者——作全面的挖掘、發現、梳理、閱讀，考察其於社會歷史、文學文化脈絡中的價值和意義。因此對於華文文學研究而言，「脈絡化」顯然是比「經典化」

更為適合、有效的學術取徑，值得大力提倡。

壹　經典悲歌——「審美自主性」的實踐困境

「經典化」從一九九〇年代中後期起為國內文壇學界所熱議，應與一九九四年美國學者哈羅德·布魯姆出版《西方正典》以及在此前後荷蘭學者佛克馬、蟻布思和匈牙利學者斯蒂文·托托西在北大演講有密切關聯。很快地出現了謝冕、錢理群主編的《百年中國文學經典》（一九九六）、謝冕主編的《中國百年文學經典文庫》（一九九六）等實績，至二〇〇五年江寧康翻譯《西方正典》中譯本出版後（註二），形成持續的高潮，至今未輟。加入此一熱潮中的世界華文文學研究界，近二十年來探討或涉及華文文學經典化問題的論文已超過三十篇。其中包括黃萬華〈二十世紀視野中的文學典律構建〉（二〇〇〇）（註三），方忠〈論文學的經典化與中國現代文學史的重構〉（二〇〇五）（註四）、劉俊〈經典化的條件及可能——北美（新）移民華文文學的創作優勢分析〉（二〇〇六）（註五），顏敏〈中國大陸文學期刊與「臺港澳暨海外華文文學」的大眾化、經典化及學科化〉（二〇〇九）（註六），任茹文〈經典的意義與我們時代文學的病——從《西方正典：偉大作家和不朽作品》談起〉（二〇一二）（註七），黃萬華〈第三元：百年海外華文文學經典化的一種視角〉（二〇一三）（註八）、〈典律的生成：戰後中國文學轉型的基石〉（二〇一四）（註九），饒芃子〈百年海外華文文學經典研究之思〉（二〇一四）（註一〇）、陳涵平〈文學經典建構的文化關係與歷史語境——兼談《埃倫詩集》經典化的可能性〉（二〇一四）（註一一）、饒芃子〈海外華文文學經典研究之我見〉（二〇一五）（註一二）、莊偉傑〈論海外華文詩歌走向經典的可能性〉（二〇一五）（註一三）、方忠〈論臺灣文學的經典化及其意義——以「臺灣文學經典」評選為個案〉（二〇一五）（註一四），張晶〈中國淵源與本土訴求：從《新華文學大系》看當代新加坡華文文學的經典建構〉（二〇一七）（註一五）、朱巧雲〈論當代海外華人古體詩詞的經典特質與經典化研究〉（二〇一七）（註一六），等等。二〇一五年江蘇省臺港暨海外華文文學研究會的學術年會更直接以華文文學的經典化為主題。可以看出，在華文文學研究界最早提出經典化問題的是黃萬華，用心至殷、呼喚最切、深具號召力的是華文文學學科帶頭人饒芃子。劉俊和方忠，或論述了經典作品所應具備的品質，或試為「經典」下一準確的定義。顏敏的論文觸及了傳播媒體在「經典化」過程中的重要作用這一跨學科的問題。陳涵平聯繫《埃倫詩集》產生的歷史語境和文化關係來談其「經典化」的可能性，提供了一種新思路。

與大陸學界差不多同時，在中文文學創作和研究的重鎮：臺灣，文學「經典化」也一時成爲熱門話題。一九九七年正值爾雅出版社隱地等人創立「爾雅年度小說選」三十週年，遂由王德威選編了《典律的生成：「年度小說選」三十年精編》，乃三十年來二百五十位以上作者的三〇四篇作品的再精選集。像這樣篩選再篩選，當然也是一種經典化的過程，王德威表示：「當我們探勘現、當代臺灣小說史時，爾雅三十年的小說選因此提供了極有利的角度」。中國文學史上通過編選作品集而達到「經典化」效果的實例並不少見，僅新文學，早在二十世紀三十年代就有成功範例：良友公司出版之《中國新文學大系》；當代臺灣也先後有巨人版《中華現代文學大系》（一九七二），天視版《當代中國新文學大系》（一九八〇），九歌版《中華現代文學大系：臺灣一九七〇～一九八九》（一九八九）等。「爾雅年度小說選」與之不同之處在於：「它以一年爲期，將文壇佳作篩選歸納，重予推薦……這樣漸進積累的編選方式，在初期看似小本經營，但經過相當時期後，竟顯出另一種史觀：創作風貌的改變、批評標準的推移、閱讀團體的替換」，以及「文學創作、出版環境以外的種種歷史變遷力量」（註一七），可說是經典化的另一種有益嘗試，卻同時帶有了脈絡化的視角。更值得注意的卻是一兩年後在臺灣引起軒然大波的評選「臺灣文學經典」活動。儘管該活動由廣泛聯繫作家的「聯副」具體承辦，以「凝聚文學共識，建構文學傳統」爲宗旨，經過了初選、複選和決選三個階段，擔任評選人的臺灣作家、學者達數十人之多，選出三十本書作爲「臺灣文學經典」，作爲決選委員之一的王德威在決選會上也反省了經典評選中確實存在的神聖化、權力化意味和某種武斷性，以及今後經典不斷被改寫、顛覆的可能性（註一八），然而此事在部分臺灣作家中引起的激烈反應仍讓人始料未及，有六個文學團體聯合舉辦「搶救臺灣文學」記者會，四十幾位作家或文學界人士到場聯署，發表三點聲明表示不滿，甚至要求官方取消「臺灣文學經典」名稱。（註一九）在此巨大壓力下，文學經典評選活動在臺灣也就成爲絕響。這事件說明，所謂「經典化」的願望不可謂不好，卻面對著諸多難題，包括：「經典」是如何產生的？什麼人或機構有權決定「經典」？有沒有認定「經典」的客觀標準？如有，這標準是什麼？乃至有無評選經典的必要等等疑問，不一而足。

其實，國外學界圍繞著文學「經典」、「經典化」的相關爭論延綿不絕，幾達勢不兩立。像布魯姆的《西方正典》即明確樹立其對手——最近數十年興起的「文化研究」，以及馬克思主義、女性主義、新歷史主義、解構論者、非洲中心論者等等所謂「憎恨學派」——他的許多觀點，其實就在與對手的辯駁中表達出來的。如果說布魯姆代表著一個極端，所謂「憎恨學派」代表著另一極端，在二者中間則有廣闊的或折衷、或辯證的中間模糊地帶。中國（含臺灣）學界的情況與之相似。

布魯姆的觀點可用「審美自主性」來囊括，它包括幾層涵義。首先，它突出了「審美價值」，認定「美學尊嚴」是經典作品的一個清晰標誌，「只有審美的力量才能透入經典」。（註二〇）這是布魯姆立論的基點，也是他評判「經典」最高的也是唯一的準則。

其次，所謂「自主性」，主要指經典性取決於作品本身的內在特質，與外在的時代、環境因素沒有關係，具有長久性乃至永恆性。因此在經典的「本質論」和「建構論」之間，它明顯屬於「本質論」。

其三，布魯姆認爲文學特別是文學經典不受社會、道德、政治、意識形態的干預，既不爲了上述目的而產生和存在，也不爲它們所左右。他將「以各種社會正義的名義」寫出的作品稱爲「劣作」，宣稱：「東西方經典都不是道德的統一道具」；「莎劇的功能與公共道德和社會正義幾乎毫無關聯」；爲了形成社會的、政治的或個人的道德價值或爲了服膺某種意識形態而閱讀「根本不能算閱讀」；「文學研究無論怎樣進行也拯救不了任何人，也改善不了任何社會。」（註二一）即使有些經典作品也描寫了社會，但使其成爲經典的也還是其審美價值，與社會、道德描寫並無關係。

其四，那文學經典到底與什麼有關？或者說它應走向何方，落實在何處？布魯姆的答案是：走向個人、自我的獨孤中。他寫道：「我本人堅持認爲，個體的自我是理解審美價值的唯一方法和全部標準」，閱讀經典作品的眞正作用是「增進內在自我的成長」、「西方經典的全部意義在於使人善用自己的孤獨，這一孤獨的最終形式是一個人和自己死亡的相遇」。布魯姆強調個體、自我，賦予其理論強烈的精英色彩，甚至認爲「審美價值……無法傳達給那些無法抓住其感受和知覺的人」（註二二），這樣「經典」就被神秘化後成爲精英們的專利，而與社會大眾、普通讀者隔絕了。從他對「死亡」的強調中，或許可理解爲何《西方正典》開篇總論部分就題爲「經典悲歌」，最後又以「哀傷的結語」收尾的原因了。除了個體最終歸宿與「死亡」相連外，更主要的是連作者自己對其理論在當前「文化研究」蔚爲主流的情況下，到底能有多少知音，也不敢過於樂觀。

其五，是經典的認定標準問題，它顯然是「經典化」具有可操作性、能夠實質推進的前提和關鍵。如果說「審美自主性」

是一種原則性的表述，布魯姆還有稍微具體的技術性表述，這就是「嫻熟的形象語言、原創性、認知能力、知識及豐富的詞彙」等要素所形成的一種「混合力」（註二三）。這也就成爲人們評判「經典」的具有可操作性的標準。

最後，還有一個「經典化」是否有必要的問題。人生有涯，無法讀盡所有書籍，如何挑選最有價值的書來讀，是每個人都要面臨的問題。布魯姆顯然想用精當的篇幅，呈現他所認定的值得全體人類永久記憶的傳統和心靈。具體說來，「經典」對於作家而言，是可藉以認知前輩作家形成的傳統——所謂「影響的焦慮」——以便開闢新的「原創性」；對於讀者而言，並不是爲了獲得道德教化等目的，而是因爲「獲得審美力量能讓我們知道如何對自己說話和怎樣承受自己」（註二四）。在中國學界，「經典化」往往與文學史書寫聯繫在一起。如果說在布魯姆那裡，爲讀者挑選優秀作品是「經典化」的目的之一，我們或許還可追問：在撰寫文學史時，它是否也是一項必不可少的首要工作？是否還有其他同樣重要，甚至比它更爲重要的工作要做？「經典化」時，是否就只能是布魯姆式割斷與社會語境關係而專注於作品自身審美特質，還是可由其他更好的方式、路徑來進行經典化？在回答這些疑問的過程中，另一可取的學術路徑——脈絡化——也將得到凸顯。

貳 「脈絡化」在跨時空、跨文化研究中的優勢

與國際學術界有布魯姆與「文化研究」學派的對立一樣，中國國內在「經典」問題上同樣有兩種不同觀點的分野。其分歧的根本焦點，同樣在於注重文學的審美功能或是其社會功能。新時期以來的中國文學研究界，注重文學的審美本體和「文學性」、反對文學與政治意識形態產生關聯的觀點無疑占了上風，因此也就與布魯姆有了更多的契合，但仍有不少不同的意見，所謂「脈絡化」即其一。這些觀點對於與中國文學享有同一母語，又具備共同民族文化底蘊，只是政經文化環境有所不同的華文文學而言，同樣具有啓示意義。

《西方正典》中譯本出版後，中國大陸學界的反應雖然有褒有貶或力求中性、客觀，但總的來說，肯定之聲多於批評。《文藝研究》很快刊發了頗具分量的論文加以討論。該書譯者江寧康的〈文學經典的傳承與論爭——評哈羅德·布魯姆的《西方正典》與美國新審美批評〉一文，梳理了在重視社會批判功能的「文化研究」等學派蔚爲主流的背景下，作爲其反撥的、以

《西方正典》爲代表的、試圖恢復重視文學審美價值和語言特性之傳統方法的「新審美批評」的發展狀況，指出布魯姆等人要堅持西方文化傳統觀念，就必然要捍衛西方文學經典的偉大與不朽，並以超越具體時空的審美理想來傳承其正統譜系和血脈，堅持文學審美批評的自主性。（註二五）雙方分歧的焦點既在於以文學的審美藝術性還是社會批判性爲「經典」評判的標準，更在於如何對待千百年來被奉爲「經典」的作品的態度上。布魯姆捍衛經典，其實就是捍衛傳統。不過筆者覺得，如果略作逆向思維，這種「經典」和「傳統」的共生關係對於華文文學經典化的啓示意義反倒在於：延續傳承了千百年的西方文學，布魯姆也僅列出二十六個在他眼裡堪稱「經典」的作家；僅有百來年歷史的中國本土之外的華文文學，顯然未及形成深厚的傳統，因此，華文文學的經典化，或許不能操之過急，至少不必急於評定經典，而是要更注重於經典的尋找、發現、汰選、研究的「化」的過程。因爲缺乏傳統根基的被「經典」的作品，未必就能眞正的垂範後世，具有永久的生命力。同時也切忌以固定單一的標準來對作家作品進行孤立的研究，而是要在廣闊的歷史脈絡中，含括盡量多的作品加以閱讀、研究、篩選，才能眞正發現經典，爲經典定位。

同樣發表於《文藝研究》上的還有黃應全〈如何構想新審美批評？——評哈羅德．布魯姆的《西方正典》（修訂本）〉一文。作者坦承讀過《西方正典》中譯本後難以掩飾的喜悅心情，因爲書中觀點與他「希望文學批評從『文化研究』回歸『文學研究』」的期待頗相符合。文中對於布魯姆作爲「審美自主性」衛道士的反道德主義立場、強調「審美只是個人的而非社會的關切」以及「經典」取決於它本身內在素質的本質論觀點等，有深入到位的分析。但筆者以爲，該文對於華文文學研究的最大啓發，也許在於他讚許布魯姆的同時，也指出了他的一些「危險」之處，那就是把文學偶像化、神秘化的傾向。由於在衡量文學作品孰高孰低的標準問題上從來缺乏共識，「撇開公開或隱蔽的官方或商業操縱不談，那些最自然的、經過長期『考驗』的經典也是作品質量與集體幻覺相互交融的結果」，這就產生了「不是因爲作品質量高才成了經典，而是因爲作品成了經典它的質量才顯得高起來」的現象。這樣的經典化也就有可能同時也是一場「文學造神運動」（註二六）。這一點確實值得我們高度警惕。由於媒體炒作而成爲名家的現象可說屢見不鮮。此外，布魯姆所強調的原創性也並不必然與他所追求的審美藝術性相符合——原創性很可能日益演變爲普通讀者難以接受的怪異性，從而背離文學的初衷。部分現代主義作品也許就是這種邏輯發展到登峰造極的表現。它求新求異的結果是遠遠脫離了普通讀者，變成一種只爲作者和批評家存在的文學。與此同時，由於不能得到普通讀者自發的認可，爲了擁有經典的社會地位，不得不把自身神秘化爲高級文學、「眞正的文學」。（註二七）這也許可以解釋爲何二十世紀五十年代臺灣的現代詩有不少寫得那麼艱深晦澀。

值得注意的是，與上述對布魯姆的贊同態度相反，有學者並不看好布魯姆「審美自主性」理論運用和實現的前景。如郝嵐〈重申文學經典的審美自主性〉一文認爲，布魯姆堅持「經典」的不可動搖與統一性，但美國文化歷來有實用主義和世俗化傳統，這決定其當代人文選擇只能是現代需求而不是堅守傳統。當今流行的文化相對主義已經使得很多批評家不再敢大膽斷言哪些是眞正的文學經典；此時「布魯姆統一經典的雄心和對文學性的執著固守，無疑成爲空谷足音，也因此顯得彌足珍貴」（註二八）。表面上是讚揚，其實流露出對其前景的擔憂。劉悅笛則試圖改換一個提問方式：不去追問何爲經典，轉而追問到底由誰來確定經典。他認爲：確認經典並非當代人所能決定的事，而是有待於「後來人」，其中關鍵詞爲「時間」——留得住的就是經典，因此確定文學經典的時態一定是「將來過去完成時」！（註二九）這一觀點對於我們的啓示是：世界華文文學出現的時間尚短，其經典的確立還有待於「時間」和「讀者群」的選擇，而不必操之過急。另外還有鄭偉直接對布氏經典化理論加以犀利批評：「布魯姆試圖將文學領域的社會文化因素一筆勾銷。那麼，文學中剩下來的還有什麼呢？也許只有審美這個孤零零的東西了……在作者心目中，只有躲進書齋，『兩耳不聞窗外事』，仔細閱讀西方經典，並且獨自審美才是閱讀的理想狀態。但是，這種理想狀態只能是布魯姆作爲『學院派』的批評家美好的一廂情願了。」連布魯姆自己都無可奈何地承認：「我們正在經歷一個文字文化的顯著衰退期。我覺得這種衰退難以逆轉。」（註三〇）由此可知，雖然布氏理論在中國某一特定時空語境中廣受青睞，但它畢竟與國際社科界的主流背道而馳。這一點，值得華文文學研究者選擇學術路徑時細加斟酌。

在對相關議題發表意見的學者中，不乏造詣很深的著名文藝理論家。他們在經典是由作品內在本質或外在因素所決定的，經典與社會、道德、政治、意識形態有否關係等諸多問題上，與布魯姆「審美自主性」觀念也並非完全一致，有時甚至南轅北轍，同樣能給華文文學研究的路徑抉擇提供有益的啓示。

有文藝學理論泰斗之稱的童慶炳認爲應該在本質主義和建構主義二者之間保持一種張力，由此提出了文學經典建構的六個要素：一、文學作品的藝術價值；二、文學作品的可闡釋的空間；三、意識形態和文化權力變動；四、文學理論和批評的價值取向；五、特定時期讀者的期待視野；六、「發現人」（又可稱爲「贊助人」）的價值取向。他認爲，這六個要素的前兩項著眼於作品的內部因素，三、四項矚目於影響文學的外部因素，最後兩項「讀者」和「發現人（贊助人）」乃「內部和外部的連接者」。（註三一）如果考慮到所謂「贊助人」（如頒獎者、出版者）往往是代表著某種文化權力的機構；所謂「讀者」，如果在某一特定時空中形成了一種廣大讀者的集體思維，那就構成了「思潮」或曰集體性的「文學理論和批評的價值取向」。因此可以說，此經典建構的六大要素中，僅有前兩項屬於作品內部自身的審美品質，其餘四項全都指向了外部的政治、社會和文化因素。很顯然，在童慶炳看來，對於「經典」而言，與時代和社會的關聯不僅無法忽視，甚且具有舉足輕重的關鍵意義。「經典化六要素」說對於華文文學研究明顯具有啓示意義。顏敏〈中國大陸文學期刊與「臺港澳暨海外華文文學」的大眾化、經典化及學科化〉（註三二）一文考究文學期刊——相當於「發現人」、「贊助人」——在華文文學經典化中的作用，顯然與之有相似的思路。

比較文學學科領軍人物王寧則對傳統意義上的「經典化」加以質疑，指出：近年來興起的「文化研究」以非精英化和去經典化爲其重要特徵：一方面，它冷落那些過去被視爲經典的「精英文化產品」；另一方面，它又通過那些原本被精英文化學者所不屑的大眾文化甚或消費文化來挑戰經典的地位。文學經典的確立不是一成不變的，昨天的「經典」有可能經不起時間的考驗而在今天成了非經典；昨天被壓抑的「非主流」文學（後殖民文學和第三世界文學）也許在今天被卓有見識的理論批評家「重新發現」而躋身經典的行列。（註三三）很顯然，王寧也並非一概地反對「經典化」，而是希望通過去精英化、去經典化而「重寫文學史」，建構起具有新時代特徵的新的經典系統。爲此他提出了「中國現代經典」的概念，認爲中國現代文學通過翻譯等接受西方文學影響，「它既可以與中國古典文學進行對話，同時也可以與西方現代文學進行對話」，「所探討的大都是發生在中國土地上的事件和問題」，因此斷言：它「已經形成了一種既不同於自己的古代傳統同時又與西方現代主義和後現代主義文學有著一定差異的獨特的傳統」，亦即另一種「現代經典」。（註三四）在王寧看來，二十世紀中國文學史「在很大程度上說來就是（中國古典文學）經典的消解和（中國現代文學）經典的重構過程」，這一點得到了國際學術界的承認，例如，魯迅、茅盾、張愛玲和沈從文的創作已經進入了國際比較文學學者的現代經典研究視野；出版於三、四十年代解放區的一些「紅色經典」作品也引起西方比較文學左翼學者的重視，納入國際性「左派經典」研究範疇；而崛起於改革開放年代的中國文學也已被當作全球化時代的「當代經典」來研究。（註三五）

王寧觀點給我們的啓發在於：也許不能停留於闡述「經典化」的重要性和必要性，如何才能使華文文學作品也能夠進入被文壇和學界所公認的「經典」行列，應是一項更重要的工作。我們或許可從魯茅張沈、紅色經典、新時期文學等成爲「經典」中得到某種啓示。上述作品與政治意識形態的關聯度也許有強弱多寡的區別，但均非「告別革命」「沒有主義」這一點是絕無疑義的。即使是張愛玲的作品，也與當時中國社會現實緊密相連，用王寧的話來說，它們容或接受了西方的影響、產生了一些「現代」的轉化，但「所描寫的內容或所講述的故事卻是地地道道發生在中國的民族土壤裡並具有自己的民族特色的」（註三六）。很顯然，二十世紀以來中國文學處於舊經典消解和新經典重構的歷史階段，這對於與中國文學享有同一語言文字，又具有密切文化淵源的華文文學而言，可說是不可多得的良好時機。中國文學經典重構的思路和經驗，無疑可爲華文文學提供借鑑。像王寧所強調的「具有自己的民族特色」的經典評判標準，雖然未必完全適用於華文文學，但其基本精神，仍具有啓發意義，華文文學作品如果要成爲「經典」，恐怕也非走此路不可。華文作家在學習「西方」「現代」方面有其得天獨厚的優勢，但最終還得落實在描寫發生於自己「民族土壤」裡的中國人（華人）的故事。這裡「民族土壤」當然未必是物理意義上的中國土地，華文文學可以也必須更多地描寫發生在所在國土地上的「在地」故事，但它們必須植根於精神意義上的「民族土壤」中，寫出華人華僑在海外充滿酸甜苦辣的命運和奮鬥經歷，以更豐厚的民族性來獲得更多的來自全世界的肯定，這也許是華文文學經典化之正途。

國內外學術界對於「經典」、「經典化」問題觀點不盡一致的探討，筆者覺得最具借鑑意義是一種以「脈絡化」乃至「雙重脈絡化」作爲學術取徑的思路。它常出自翻譯家或比較文學學者。翻譯家往往是「天生」的經典問題關注者，因爲翻譯本身就是經典化的一種重要途徑，只要不是出於某種意識形態的強制要求——譬如冷戰時期張愛玲受美新處聘用而翻譯陳紀瀅反共小說《荻村傳》——翻譯家選擇的必然是他心目中的「經典」作品，因此翻譯實質上就是一個跨域傳播經典的過程。然而，翻譯家往往是經典建構論者而非本質論者，這也許緣於他們在翻譯實踐中的親身體驗。翻譯過程中原作被改得面目全非，或一個作品在原產地讀者反應平平，翻譯到另一國度後，卻大紅大紫，成爲譯入國文壇的「經典」之類情況，他們多有所見。這就讓他們相信「經典」未必完全取決於自身的內在素質，而是與外在諸種因素緊密相關。上述王寧雖未必直接採用「脈絡化」概念，但實際上否認了「審美自主性」觀點而肯定了「脈絡化」的思路。臺灣學者單德興具有比較文學學者和翻譯家的雙重身分，他的特殊貢獻也許就在於結合自己的翻譯實踐，明確闡述並倡導「脈絡化」乃至「雙重脈絡化」的學術路徑。他說明其《翻譯與脈絡》一書的取名，「主要目的之一就是強調翻譯並不局限於孤立的文本，更要帶入文化與脈絡」（註三七）；而強調「脈絡」的原因，在於「翻譯是一時一地的產物，必須落實於特定的時空脈絡來探討，方能顯現其歷史與文化特殊性」（註三八）。他並進一步提出「雙重脈絡化」的概念，指出翻譯作爲一種「跨／雙時空、跨／雙語言及跨／雙文化性質」的活動，在「把作者和文本置於源始文化和源始語言脈絡」的同時，也應將其「置於目標文化和目標語言的脈絡」中（註三九）。收入該書中的幾篇論文都可說是這種「雙重脈絡化」的實例。以《格列佛遊記》在中國的翻譯、傳播史爲例，該作被譯家選中當然是因爲它的某種經典性，然而翻譯到中國後卻面目全非，從一個英國／英文的經典諷刺敘事，變爲一個幾乎家喻戶曉的兒童、奇幻作品；其不同時代的翻譯又千差萬別，其「中譯史本身便是一部誤譯史」（註四〇）。這說明，所謂「經典」並非有什麼固定的「本質」，而是受不同時空語境的影響，根據不同讀者、受眾需求而有不同的意義和呈現。

與王寧有所不同的是，單德興不僅是比較文學學者和翻譯家，在華裔美國文學研究中也成績斐然，與華文文學研究有著更近的親緣關係，雖然他講的是翻譯，但所說的「跨時空、跨語言、跨文化」特點，華文作家所處環境與之頗爲相似，因此華文文學研究顯然也可採「脈絡化」、「雙重脈絡化」乃至「多重脈絡化」路徑。華文作家既然以中文爲創作語言，也就必然與中華文化有著千絲萬縷的聯繫，他們在異域環境下用中文創作，等於將中華文化「譯」入了新的語境中，讓中華文化與在地文化進行交會和融合；他們根據這種經歷加以創作，寫出他們在跨地域、跨文化環境中的特殊感受和情感，其作品不僅在當地流傳，也有可能再回到其文化母國「中國」來。這樣他們的創作活動和作品，必然處於多重的脈絡中。首先是其文化母國的社會歷史文化脈絡，包括中華民族的歷史記憶和文化根基；其次是他們當前所在地的現實社會和歷史文化脈絡，其創作必然帶有這雙重脈絡的印跡。據此創作出來的作品，仍舊處於雙重脈絡中，一方面是進入了諸如北美華文文學、東南亞華文文學的脈絡中，另一方面則是會回到整個中文文學的脈絡中。以北美華文文學爲例，研究者面對某一作品，既要將其放在它所由產生的北美在地現實社會和歷史文化脈絡中，考察它產生的背景和原因、所面對和試圖解決的問題；也要放在一兩百年來北美華文文學發展的脈絡中，考究其與之前和之後的華文文學的傳承、延續和創新、超越的關係；同樣也很重要的，還要將其放在整個中文文學的發展脈絡中。因此，對於這些作品而言，是不是「經典」，會不會被「經典化」，似乎並不是最重要的問題；即使想要將其「經典化」，也是要放到上述文學脈絡中來考察和篩選。因此脈絡化的重要性和可行性，遠遠超過經典化。這是我們注重脈絡化甚於經典化的主要原因之一。

參　經典化或脈絡化——華文文學研究的路徑抉擇

在對國內外學術界有關「經典化」和「脈絡化」理論略作梳理後，還要將討論落實到華文文學研究的實際中來。

前已述及，在新時期以來中國文壇、學界的現實語境下，中國大陸的華文文學研究者總體上傾向於布魯姆的觀點。布魯姆強調「經典」取決於其內在審美素質，並指稱「經典」所具備的審美要素包括「嫻熟的形象語言、原創性、認知能力、知識及豐富的詞彙」，這在華文文學研究者中，得到頗多呼應。如黃萬華、方忠、劉俊等，都十分強調作品自身的審美素質。確實，一部作品即使由於某種外部原因而成爲「經典」，如果自身沒有相應的內在審美品質，也無法獲得廣大讀者的共鳴和喜愛，其「經典」地位必然是無法長久維持的。布魯姆列舉的審美要素中包括了「原創性」，這幾乎爲相關學者們所共同認可，如方忠的「經典」定義爲：「文學經典指的是具有豐厚的人生意蘊和永恆的藝術價值，爲一代又一代讀者反覆閱讀、欣賞，體現民族審美風尙和美學精神，深具原創性的文學作品。」（註四一）這裡「原創性」被列爲「經典」必備的四大素質之一。劉俊則認爲經典作品在內容方面挖掘和表現人性的「深」和「廣」；在表達形式方面殫精竭慮地用心「創造」，將語言、結構、視角、敘事、形象、意象、意境等「元素」和手段加以藝術化、有機化運用，從而以自己眞正的「創作」改變既有文學「規範」，激發同行和讀者改變藝術口味和習性，轉換看取世界和藝術的思維和立場，在審美標準上體現出一種「美學的尊嚴」，即追求「美」並在作品中塑造了美（註四二）。這裡強調的「創造」、「轉換」以及「改變規範」等語，都具有「原創」的含義；所謂「美學的尊嚴」一詞，也與布魯姆「英雄所見略同」。可貴的是，學者們對布魯姆既有所呼應，更有必要的修正。如布魯姆口中的「經典」是恆久固定的，方忠卻特別指出：「經典並不是恆定不變的。由於文學觀念、審美價值取向的差異，不同的時代有不同的經典」；「經典化是一個動態的歷史過程，是不斷流動變化著的。我們在討論經典的標準並進而確認一個時代的經典之前，一方面要充分考慮到歷史的延續性，尊重前人對經典的選擇，另一方面要有獨特的時代眼光與現實立場，重新選擇和淘洗經典。」（註四三）這就說明：固然會有少量流傳百世、亙古不變的經典，但更大量我們所說的「經典」，其實與不斷發展變化中的動態脈絡緊密相關。這也決定了我們不能脫離具體的時代語境來談論「經典」。這裡所說已經帶有「脈絡化」的含義了。

布魯姆說法的可議之處還有不少。如布魯姆將「語言」列於經典要素的首位，然而世界性經典顯然面臨著跨語傳播的問題，經過翻譯，所謂「嫻熟的形象語言」的妙處，恐怕要丟失大半，像中國古典詩歌中的平仄押韻，翻譯成外文後其妙處必已蕩然無存。華文文學也許不存在這一問題，但「華人文學」（如華裔英語文學）則無法逃脫這一限制。再如，文學具有認識功能，因此將「認知能力」作爲經典評定標準之一，本來頗爲合理；然而作家認知的主要對象是社會，如果剔除了社會，只沉浸在個人內心世界，其認知是頗爲狹隘的。又如「原創性」，對於華文作者而言，只要他不局限於所謂個人內心的「孤獨」，而是如實地寫出了他對異域社會的獨到觀察，或者自己獨特的人生經歷、體驗和情感——這本來就是華文作家的優勢——這作品就具有了「原創性」。但如果依照布魯姆「審美自主性」的要求與社會、時代、道德、政治等切斷聯繫，可體現「原創性」的就只剩下「語言」、「詞彙」等項了。這樣的「原創性」必然導向對形式的偏執追求。像二十世紀五、六十年代臺灣部分現代派詩人懷著精英觀念追求創新，但內容上脫離現實而僅體現於形式上的炫奇怪異、花樣翻新。數十年過去了，這些艱深晦澀的作品有多少能夠留存下來經受一代一代讀者的閱讀而成「經典」，是令人懷疑的。

華文文學研究界有學者強調「經典化」在文學史寫作中的重要性。然而，文學史不能單由經典作品的評析連綴而成，正如《西方正典》並非文學史著作一樣。像胡適的《嘗試集》，無論就其思想內容或藝術形式，顯然都不具備「經典」所應達到的高度和精緻性，但它無疑應在中國新詩發展史上占有一席之地。《埃倫詩集》也是如此，那些刻在天使島木屋牆壁上的詩歌，無論如何也無法與李白杜甫的經典作品相提並論，但其價值和意義，顯然應由另外的標準來衡量，既有的評定古典文學的標準，對它顯然是不適用的。陳涵平〈文學經典建構的文化關係與歷史語境〉一文將天使島詩歌放到當時歷史文化語境中來談其不可抹殺的特殊價值和意義（註四四），堪稱以「脈絡化」方式將華文作品加以「經典化」的嘗試，令人激賞。筆者以爲，「文學史」畢竟是文學研究和歷史研究的結合，文學研究可以集中探討某一作品本身的思想和藝術內蘊，歷史研究卻應著重於脈絡的梳理。文學史書寫必然要將這二者結合在一起，甚且脈絡的梳理和勾勒是更爲重要的。

黃萬華是華文文學研究界最早敏銳提出「經典化」問題的學者，在議題的開闢上功不可沒；他還意識到「經典」評判標準的問題，提出要在「一定的價值體系」中，對經典作品加以「清晰的歷史呈現」（註四五）。設立「標準」既是經典汰選、認定的依據，也使它面臨諸多問題的挑戰——是誰掌握了設定標準、認定經典的「權力」？標準是普世、固定、唯一的，還是因時、因人而變化？等等。黃萬華似乎傾向於設立一個統一的評判標準或「價值體系」——「第三元」。他寫道：現實往往被「一元中心主義」所主導，被「二元對立模式」所箝制，摒棄「一元中心主義」、走出「二元對立模式」的思考，其指向正是包容並蓄的「第三元」；而海外華文文學作家在創作「第三元」文學方面具有得天獨厚的有利條件。（註四六）不過筆者以爲所謂「第三元」，其設想固然很有創意，但在實際創作和研究中要能落實和實現，會有相當的難度；或者說，所謂「第三元」並無法涵蓋大部分優秀華文文學作品的特徵。因爲想要「包容並蓄」，並非作爲「他者」，處於邊緣地位的海外華人自己所能決定的，「包容並蓄」的願景，要由身處「一元中心」或「二元對立」中強勢一方的人們願意做，才有實際意義。弱勢者也只有將其在「一元中心」、「二元對立」格局中所受痛苦呈現出來，才有可能影響強勢一方作出調整，建立包容、和諧的關係。華文作家如果漠視或逃避實際存在的諸多矛盾和對立，一廂情願地想要「告別革命」、「沒有主義」、「包容並蓄」，或者拘束於知識分子個人的象牙塔中，其作品寫得再「博大」、「均衡」、「沉潛」、「靜穆」，乃至包含了布魯姆所認定的所有「經典」素質，可能也只不過是自娛自樂，自我陶醉，既無法對海外華人的整體現實處境有所反映和幫助，也無法得到廣大讀者的喜愛和認可，也就難以成爲「經典」，最終將爲歷史所遺忘。這是因爲每個人的生活，多多少少總與社會、道德、政治等有所關聯，純粹表達個人情感而刻意隔斷與現實社會關係的作品，必然因無關於廣大讀者的生活而難以引起他們的興趣。其實黃文中所舉不少「第三元」的作家作品實例，也並非眞的就不食人間煙火。像於梨華《傳家的兒女們》等小說，何嘗沒有處理中西文化「二元對立」的主題？即如白先勇的《臺北人》，也無法完全跳脫國共之間的衝突，否則怎會有夏志清所謂《臺北人》就是一部「民國史」之類說法？而在白先勇《紐約人》系列小說中，最終走到自殺絕境的吳漢魂們的遭遇恐怕更非「第三元」所能含括。

前已述及，無論是國外或國內，在經典建構問題上始終存在著是重視文學的審美功能還是重視文學的社會功能、究竟以審美藝術性爲標準還是以作品的思想文化內涵及其與社會現實的關聯度爲主要衡量尺度等兩種觀點的長期角力。不同的標準得出的結果必然大相逕庭。筆者以爲，對於華文文學而言，既有在華文文學內部「經典化」的任務，還有放到包括中國大陸文學在內的整個中文文學的歷史脈絡中尋求定位的問題。單德興等所提倡的雙重脈絡化，指的是既要注意作品源始語言的語境脈絡，也要注意譯入語言的語境和脈絡。我們這裡可取其精神而略作變通：既要看到華文文學在海外所在地的語境和脈絡，又要看它在華文的母國——中國文學中的語境和脈絡。在整個中文文學中求得經典性定位，當然是華文文學作家應該戮力追求的。然而受作家隊伍規模、發生存在時間和現實生存環境所限，中國本土之外的華文文學的實際水平與中國本土的文學相較，還有較大差距。在這種實際情況下，前者要以純「審美」的標準來與後者一較高下，顯然是不現實的。華文文學的長處在於其社會文化功能而不在於審美藝術功能，表現華人在異域文化環境中的生存狀態及其情感和人生體驗，這才是華文文學無可替代的長處。更多地將作品放入社會文化脈絡中，以其思想價值、社會意義的特出性而不是以審美藝術形式的精緻度作爲衡量華文文學作品的標準，恐怕才是華文文學研究及其文學史書寫最爲合適的路徑。像「新移民文學」出現僅僅三、四十年，稍早臺灣的留學生文學至今也才五、六十年，要經典化，顯然時間還太短，其首要工作與其說是「經典化」，毋寧說是「脈絡化」乃至「雙重脈絡化」——凸顯作品在社會文化脈絡中呈現的思想價值和社會文化意義。主觀評判一個作品屬於「經典」而加上其未必能夠承受的讚美之語；對於另外一些作品則斷定其爲「非經典」而輕易地加以排除和遮蔽，這樣很容易因爲時間太過短暫以及文學史書寫者本身的審美趣味、思想傾向等偶然因素，而使文學史寫作出現不應有的偏頗和遺漏。

肆　結語

最後，我們或可將作爲學術取徑的「經典化」和「脈絡化」做個概括性對比：

其一，布魯姆式「經典化」要求隔斷文學作品與社會、道德、政治、意識形態等的聯繫，專注於作品本身特別是形式上的美學素質；「脈絡化」則認爲文學作品總是在一定的社會歷史文化背景下產生的，其價值和意義也只有放到此社會文化脈絡中，考究它是針對什麼問題而發，回答了什麼人們所關心的問題，才能得到充分的闡發和認知。

其二，經典化傾向於給少數「經典」作品蓋棺論定，注重對這些「經典」作品作深入闡釋；「脈絡化」認爲文學史並非只是少數「經典」作品的表演場，而應同時包括文學所由產生的時空脈絡，因此將目光轉向更大量作品及其間的相互聯繫，特別是由此形成的集體思維——文學思潮。除了「經典」作品外，它同時注意也許就其思想性和藝術性而言尚談不上「經典」，卻在社會和文學發展脈絡中有其不可替代意義的作品。

其三，「經典化」傾向於認定一個普世、固定的經典評判標準，「脈絡化」更持文化相對主義和多元主義觀念，認爲經典是變動的，它與周遭環境、社會發展脈絡緊密相關，時代、環境變了，人們對經典的認定也會發生變化。只有經過足夠時間跨度後還能得到廣大讀者喜愛的，才可成爲「經典」。從一些暫時被人們所忽略的邊緣性作品中挖掘和發現優秀作品，正是文學史家的任務。

其四，經典化更注重由特定的個人或群體——精英群體——來充當經典的評判和認定者，脈絡化則更注重在社會、歷史的脈絡中，由更多的讀者來共同決定，從而將經典認定權利留給廣大讀者特別是後代的讀者。

二者相較，對於華文文學而言，脈絡化顯然比經典化更爲合適和必需。應該說，「經典化」如果指的只是過程和目標而非結果和定論，本無可厚非；但華文文學史的寫作如果僅局限於少數被認定爲「經典」的作品的闡釋，顯然是不夠的。目前它還屬於應該發掘更多的原始資料，進行認眞的解讀、篩選，甚至等待時間和廣大讀者來擇定的階段，而不是以某個個人或群體（如專家組成的精英群體）的標準，進行「經典」的判定，而將其他更多作品——誰也無法斷言其中就一定沒有優秀的作品——先行遮蔽，任其湮沒。所以相較於經典化，當前更應該提倡的是脈絡化的學術取徑。

在偏愛於「脈絡化」的同時，筆者還要進一步強調「雙重脈絡化」乃至「多重脈絡化」。這是由華文（人）文學的跨域、跨語、跨文化特質所決定的。這「多重脈絡」包括：就文學外部而言，既包含華文文學所由產生的所在國（地區）的社會、文化、歷史脈絡，又包含華文文學作家的祖（籍）國的社會、文化、歷史脈絡；就文學內部而言，既包含所在國華文文學發展的歷史脈絡，也包含祖（籍）國在內的整個中文文學的發展脈絡。一個華文文學作品，只有放到這雙重的乃至多重的脈絡中來考察，在其中的一個脈絡或多個脈絡中，能夠發現其特殊的價值或創新性，這也許是一個「經典」確立的根據。

——原刊於《暨南學報》總第二三八期

注釋

一　陳定家：〈文學的經典化與去經典化〉，中國社會科學院文學研究所主辦「中國文學網」，網址：http://www.literature.org.cn/Article.aspx?id=27052，檢索日期：二〇一八年七月二十日。

二　（美）哈羅德・布魯姆著，江寧康譯：《西方正典》（南京市：譯林出版社，二〇〇五年四月）。

三　黃萬華：〈二十世紀視野中的文學典律構建〉，《山東大學學報》二〇〇〇年第三期。

四　方　忠：〈論文學的經典化與中國現代文學史的重構〉，《江海學刊》二〇〇五年第三期。

五　劉　俊：〈經典化的條件及可能——北美（新）移民華文文學的創作優勢分析〉，《華文文學》二〇〇六年第一期。

六　顏　敏：〈中國大陸文學期刊與「臺港澳暨海外華文文學」的大眾化、經典化及學科化〉，《暨南學報》二〇〇九年第四期。

七　任茹文：〈經典的意義與我們時代文學的病——從《西方正典：偉大作家和不朽作品》談起〉，《南方文壇》二〇一二年第五期。

八　黃萬華：〈第三元：百年海外華文文學經典化的一種視角〉，《中國現代文學研究叢刊》二〇一三年第十期。

九　黃萬華：〈典律的生成：戰後中國文學轉型的基石〉，《首都師範大學學報》二〇一四年第六期。

一〇　饒芃子：〈百年海外華文文學經典研究之思〉，《暨南學報》二〇一四年第一期。

一一　陳涵平：〈文學經典建構的文化關係與歷史語境——兼談《埃倫詩集》經典化的可能性〉，《學術研究》二〇一四年第十一期。

一二　饒芃子：〈海外華文文學經典研究之我見〉，《世界華文文學論壇》二〇一五年第一期。

一三　莊偉傑：〈論海外華文詩歌走向經典的可能性〉，《暨南學報》二〇一五年第三期。

一四　方　忠：〈論臺灣文學的經典化及其意義——以「臺灣文學經典」評選爲個案〉，《世界華文文學論壇》二〇一五年第四期。

一五　張　晶：〈中國淵源與本土訴求：從《新華文學大系》看當代新加坡華文文學的經典建構〉，《暨南學報》二〇一七年第二期。
一六　朱巧雲：〈論當代海外華人古體詩詞的經典特質與經典化研究〉，《華僑華人歷史研究》二〇一七年第四期。
一七　王德威：〈典律的生成：小說爾雅三十年〉，《聯合報》「聯合」副刊（一九九七年十二月二十五日），第四十七版。
一八　簡竹君記錄：〈「臺灣文學經典」決選會議紀實〉，《聯合報》「聯合」副刊（一九九九年二月三日），第三十七版。
一九　蔡美娟：〈「搶救臺灣文學」記者會：是誰之「經」？何人在「典」？臺灣筆會等團體發表聲明〉，《聯合報》（一九九九年三月二十日），第三版。
二〇　（美）哈羅德．布魯姆著，江寧康譯：《西方正典》，頁二十六、二十。
二一　（美）哈羅德．布魯姆著，江寧康譯：《西方正典》，頁二十三、二十七、二十八、二十二、二十一、二十二。
二二　（美）哈羅德．布魯姆著，江寧康譯：《西方正典》，頁十六、二十一、二十一、二十二、十二。
二三　（美）哈羅德．布魯姆著，江寧康譯：《西方正典》，頁二十。
二四　（美）哈羅德．布魯姆著，江寧康譯：《西方正典》，頁二十一。
二五　江寧康的〈文學經典的傳承與論爭——評哈羅德．布魯姆的《西方正典》與美國新審美批評〉，《文藝研究》二〇〇七年第五期。
二六　黃應全的〈如何構想新審美批評？——評哈羅德．布魯姆的《西方正典》（修訂本）〉，《文藝研究》二〇〇六年第三期。
二七　黃應全的〈如何構想新審美批評？——評哈羅德．布魯姆的《西方正典》（修訂本）〉，《文藝研究》二〇〇六年第三期。
二八　郝　嵐：〈重中文學經典的審美自主性——從哈羅德．布魯姆的《西方正典》說起〉，《文藝理論與批評》二〇一〇年第六期。

二九　劉悅笛：〈當代文學：去經典化還是再經典化〉，《文藝爭鳴》二〇一七年第二期。

三〇　鄭　偉：〈布魯姆的經典悲歌——解讀《西方正典》〉，《凱里學院學報》二〇〇九年第四期。

三一　童慶炳：〈文學經典建構諸因素及其關係〉，《北京大學學報》二〇〇五年第五期。

三二　顏　敏：〈中國大陸文學期刊與「臺港澳暨海外華文文學」的大眾化、經典化及學科化〉，《暨南學報》二〇〇九年第四期。

三三　王　寧：〈經典化、非經典化與經典的重構〉，《南方文壇》二〇〇六年第五期。

三四　王　寧：〈經典化、非經典化與經典的重構〉，《南方文壇》二〇〇六年第五期。

三五　王　寧：〈經典化、非經典化與經典的重構〉，《南方文壇》二〇〇六年第五期。

三六　王　寧：〈經典化、非經典化與經典的重構〉，《南方文壇》二〇〇六年第五期。

三七　單德興：《翻譯與脈絡》（北京市：清華大學出版社，二〇〇七年十二月），頁IX。

三八　單德興：《翻譯與脈絡》，頁二三七。

三九　郭　昱：〈翻譯的語境化研究——評介《翻譯與脈絡》〉，《外語教學理論與實踐》二〇〇九年第三期。

四〇　單德興：《翻譯與脈絡》，頁三十五。

四一　方　忠：〈論文學的經典化與中國現代文學史的重構〉，《江海學刊》二〇〇五年第三期。

四二　劉俊：〈經典化的條件及可能——北美（新）移民華文文學的創作優勢分析〉，《華文文學》二〇〇六年第一期。

四三　方　忠：〈論文學的經典化與中國現代文學史的重構〉。

四四　陳涵平：〈文學經典建構的文化關係與歷史語境——兼談《埃倫詩集》經典化的可能性〉，《學術研究》二〇一四年第十一期。

四五　黃萬華：〈二十世紀視野中的文學典律構建〉，《山東大學學報》二〇〇〇年第三期。

四六　黃萬華：〈第三元：百年海外華文文學經典化的一種視角〉，《中國現代文學研究叢刊》二〇一三年第十期。

「世界華文文學」定義再辨析

朱雙一

當代中國大陸文壇和學界對於大陸以外以漢字書寫之文學的較大規模介紹和研究，起於一九七九年前後，此後迅速發展，至今已是日趨成熟的專門學科。學科的名稱也幾經變易，最早簡稱「臺港文學」，稍後擴大爲「臺港澳暨海外華文文學」，再後確定爲「世界華文文學」。其間還有「華人文學」、「華裔文學」、「漢語新文學」（註一）、「世華文學」（註二），以及提倡一種新的批評範式的「華人文化詩學」（註三）等等說法，甚至爆發過一場圍繞「語種的」或「文化的」華文文學的爭論（註四）。近年來旅美華人學者史書美、王德威等提出了「華語語系文學」並引起熱議，也有大陸學者加以採用。（註五）相對而言，筆者較認同於「世界華文文學」的名稱，並曾發表〈世界華文文學：全世界以漢字書寫的具有跨境流動性的文學〉一文（註六），其題目也代表了筆者對此概念的基本定義，但深感有此問題值得在學術層面上進一步加以補充、辨析和闡明。

壹　「世界」作為動詞——歌德首倡「世界文學」的借鑑和拓新

應該說，「海外華文文學」概念所指最爲明確，但問題是，此乃以中國爲本位的概念，對於全世界不同國家或地區的廣大華文作家而言，未必十分妥適。例如，在一位已經入籍新加坡的華文作家眼裡，新加坡是其「本土」，新加坡以外的國家和地區（包括中國）反而成了「海外」。很顯然，如果本學科以建立一個全世界各國各地區的華文作家同爲平等主體的華文文學「大同世界」（註七）爲目標，「海外華文文學」這一概念並不完全妥恰。這也許是後來「海外」二字爲「世界」所取代的原因之一。

然而採用「世界華文文學」概念同樣會有值得斟酌之處，這就是它是否包括中國大陸文學在內？有不少學者認爲，顧名思義，它指的是全世界的華文文學，大陸文學也是用華文書寫的，自然應包含在「世界華文文學」之內。然而這種說法似乎有望文生義之嫌。每一個概念都有其內涵和外延，內涵代表著其本質特徵，外延則指涉其涵蓋範圍；外延的擴大，往往是以犧牲其本質特徵爲代價的。「世界華文文學」的外延如果擴大到包含整個中國文學，其自身的特點和特殊價值反倒將被淹沒而無法得到凸顯。

面對這一問題，或可參考歌德於一八二七年提出的「世界文學」概念（註八）。這一影響深遠的概念近兩百年來不斷有人加以討論和運用，衍生出諸多理論和觀點。關於其具體內涵，有論者總結出大約五種說法。一是世界文學「總體地指稱五大洲的所有文學」，如韋勒克即有類似說法。二是被縮小到專指歐洲文學，即「專門用來描述歐洲文學在本土之外的疆域被閱讀與欣賞所產生的影響」、「某些歐洲學者……在一種強勢文化的傲慢中把自己的本土文學稱之爲世界文學，自認爲他們的文學對其他國族文學有著巨大的影響，是世界性的」。三是指稱在全人類文學史上獲取世界聲譽的大師級作家之作品，亦即韋勒克所說的「種種經典著作的偉大寶庫」。四是歌德本人的一種詩性文學理想：憧憬著把各個民族、各種語言、各個國家及各種文化背景區域下的文學統一起來，整合爲一個充滿和平，沒有主流及二、三流文學之分的全人類偉大的文學綜合體，類似於中國儒家文化中的天下平等的大同主義理想。五是哈佛大學教授大衛．達姆羅什所說的「具有世界文學性質的作品一定是處在語際傳播的流動過程中，世界文學即是民族文學走出本土在語際傳播以產生影響的橢圓折射」。（註九）

要瞭解上述說法哪些更符合歌德的本意，也許得回到當時的語境中，其中有兩點值得特別注意。首先，歌德在提出「世界文學」概念時，已經廣泛閱讀了包括中國文學在內的非西方文學作品；與此同時，他自己的《浮士德》等作品，也跨越國界到達遠比國內眾多的讀者手中。這使他深感文學不必局限於本國本民族之內，而應加強全世界範圍的交流和溝通。這樣一方面可擴大創作者自身的視野，獲取來自域外的新鮮刺激和經驗；另一方面，擴大了作品的讀者範圍，有助於不同民族、國家之間的相互瞭解，在人類共有價值追求的基礎上實現包容和團結。其次，當時德國處於四分五裂之中，實力尚屬弱小，雖然地處歐洲「中心」，卻與以英法爲代表的「歐洲中心主義」乃至「西方中心主義」無緣，因此提出「世界文學」概念，實有對抗和突破歐洲中心主義的意味。瞭解了這兩點，我們就可對上述五種說法有較爲清晰的分辨了。

關於第一項「世界文學」是全世界所有文學總和的說法，顯然有望文生義之嫌，由於外延太大，反而失去其有效的內涵意旨，並不符合歌德強調民族、國家間文學流通的本意，有學者稱之爲庸俗化的集合概念和「大拼盤」（註一〇）。在第二項中世界文學被視爲歐洲乃至西方中心主義的一種具體表現，其實與歌德抗衡歐洲中心主義的本意背道而馳。近數十年來，有不少學者應用沃勒斯坦現代世界體系理論，揭示在由中心區、半邊緣區和邊緣區三個層級構成的世界體系中，「世界文學」發展的若干規律和結構性問題（註一一），可說是對歌德本意的回歸和創新發展。第三項視世界文學爲集合經典作品之寶庫的說法，本來有一定的道理，問題是經典的認定本身就存在承襲相因、難以改變的歐洲或西方中心主義的等級秩序，自然也就難以獲得普遍接受。大衛．達姆羅什宣稱「世界文學不是一套經典的文本，而是一種閱讀方式」（註一二），主張同時閱讀、比較「超經典」（已被固定化的西方老牌「主流」作家作品）和「反經典」（非西方、非主流的甚至帶有反叛性或當代的新進作家作品）的教學法（註一三），同樣帶有突破西方中心主義的企圖。第四項作爲包融不同民族、國家、語言的文學綜合體的歌德的世界文學理想，雖然常被視爲不可實現的烏托邦想像，其實洋溢著一種天下平等的大同主義理想，與中國文化中「四海之內皆兄弟」「有朋自遠方來，不亦說乎」等儒家觀念相通，不排除是歌德閱讀中國作品的產物，西方學界在討論歌德「世界文學」概念時，總是用「cosmopolitan literature」來替換，從辭源上說，「Cosmopolitanism」即是「世界大同主義」（註一四），而王潤華等早年籌畫跨國性華文文學研討會時，採用了「大同世界」這一概念，都說明歌德提出的「世界文學」與中國文化實有密切的關聯。由此可知，雖然歌德的初衷包括抗衡歐洲中心主義，但他有破也有立，有抗衡也有建設，他找到消解歐洲中心主義的途徑不是一味對抗到底，反而是以「世界文學」來包融、溝通不同民族、不同國家、不同地域的文學，也就能消解「中心」於無形。

最後來到與學科名稱關係最密切的第五項。達姆羅什除了頗具特色的「世界文學是不同民族文學的一種橢圓折射」的內涵定義——例如將英國文學與歐洲大陸、美國以及其內部各個地區之間的文學關係視爲「多個部分重疊的橢圓」，橢圓的特點在於它並非如圓形只有一個中心（圓心），而是具有不止一個的「焦點」（註一五）——之外，在其《什麼是世界文學》一書中，還對概念外延作了界定，寫道：

> 我認爲世界文學涵蓋了所有在其文化起源之外流傳的文學作品，無論是翻譯還是源語言……從最廣泛的意義上講，世界文學可以包括任何跨越出其本土的作品……一部作品只有在任何時候、任何地點，都能作爲世界文學在其原初文化之外的文學體系中積極呈現，才具有有效的生命。（註一六）

加上達姆羅什所謂「世界文學是在翻譯中獲益的書寫」、「世界文學不是文本的一種固定經典而是一種閱讀模式」（註一七）等說法，可知他心目中的「世界文學」首先並非某些固定的作家作品集合的實體，而更多地指跨國跨境流通、跨文化傳播和閱讀的「動作」、過程和方式。某位作家能否進入「世界文學」的範疇，取決於其作品是否以原文或譯文的方式跨出其原本的文化域界在更大範圍中流通，爲域界外的讀者所閱讀和接受。筆者定義「世界華文文學」時強調了「跨境流動性」，與此頗爲吻合。

既然由歌德等發端、後世學者不斷演繹和豐富的「世界文學」概念並非指世界上所有文學之集合，而是指不同國家（地區）、不同民族或不同語言之間相互交流、接受和影響的「現象」、「態度」和「行爲」（註一八），與之具有同構性的「世界華文文學」概念，也同樣並非要將全世界的華文文學都涵納在內，而應指在一種跨文化的世界性視野下，能夠跨出其固有的境域而進入其他國家或地區，與世界各地進行交流並相互影響和接受的文學。這樣世界華文文學與中國大陸文學的關係就有如兩個交叉圓——與達姆羅什所謂「部分重疊的橢圓」有一定的相似之處——中國大陸文學中具有跨境流動性的部分和「世界華文文學」相重疊，具有雙重身分，但大量的沒有跨境聯繫的部分，則仍專屬「中國文學」的範疇。一個中國大陸作家，如果其作品從未流通傳播到境外，那他並不屬於世界華文文學的作家；反之，如果有作品傳播到境外並產生一定的影響，某種意義上他就屬於交叉圓中的重疊部分，具有了「中國作家」和「世界華文文學作家」的雙重身分。至於其他國家和地區的境內文學與世界華文文學的關係，也可作如是觀。在這樣的定義下，世界華文文學的研究者就可將目光集中於其研究對象的重要本質特徵——世界範圍的跨境互動、複合互滲（註一九）或曰「跨文化」——上來，而有焦點集中、準確之效。此其一。

借鑑「世界文學」概念於「世界華文文學」，另一個重要意義在於認識自我，增強自信，以昂揚姿態挺進世界文壇。就像王寧所指出的：「在他的那本富有深刻理論洞見的著作中，戴姆拉什（即達姆羅什——引者按）詳盡地探討了非西方文學作品所具有的世界性意義」（註二〇）。這就指出了達姆羅什等，一反西方中心主義視域下的「世界文學」對於非西方文學的忽視和邊緣化，而著重於發掘非西方文學作品的「世界性意義」。這就提示我們，華文文學自有其「世界性意義」，而它必然存在於不同乃至超越於西方文學、文化之所在，如中華文化特有的包容、寬和、熱愛和平，致力於構建人類命運共同體乃至「大同世界」的追求和努力上。如何彰顯華文文學的這種「世界性意義」，顯然也是其研究者須承擔的責任。從這一角度講，學科名稱採用「世界」顯然比「海外」更爲妥適。

總而言之，正如不少中外學者指出的，應把「世界」動詞化和過程化（註二二），「世界華文文學」的「世界」並非指其無所不包，而是更多地指一種走向世界、與世界建立密切關聯、開拓世界性視野的努力和追求、行動和作爲、過程和目標。「世界華文文學」的學科名稱，能時時提醒有志於此的作家和研究者，更好地利用自己的特長，在促進全世界華人之間、華人與非華人之間的跨國、跨地區和跨文化的交往和流通，致力於構建人類命運共同體等方面，發揮一般單純的中國作家和中國文學研究者所難以企及的特殊作用。

貳　「文」比「語」的優勢——「書同文」對民族共同體形成的關鍵作用

除了「跨境流動性」外，筆者有關「世界華文文學」定義中的另一關鍵詞是「以漢字書寫」，對應於學科名稱中的「華文」二字。「華文」和「華語」雖然僅一字之差，表面看來其詞義相差也不大，其實有其特殊的重要性，作爲學科名稱，還是有細究的必要。

在漢語中，「文」一般指文字、文章，如「書同文」、文言文、白話文、《古文觀止》等；「語」一般指口頭表達的話語，如粵語、閩南語，而不會有「粵文」、「閩南文」之說。除此表層區別外，「文」在中華文化中還有其極爲重要的意義和功能。秦朝開啓的「書同文」政策，可說從語言文字層面上打下了中國發展成一個融合衆多民族、廣大地域的大一統國家的基礎。或可將中國與歐洲略作比較：歐洲爲表音文字，只要語音不同，就會有不同的拼寫文字，語言文字的不同又進一步增加了文化的分殊，最後造成了多國林立的狀態。中國的廣袤地域中，儘管存在著衆多地方話，其語音不同到了口頭無法交流的地步，卻由於具有相同的文字，仍可通過筆墨相互交流，特別是傳統的經典得以代代相傳，各地文化得以順暢流通，中華文化「多元一體」特徵得以形成。共同的文字也許還反過來使各種地方話無法形成獨立的語言，而始終是漢語的一種方言而已。因此「書同文」對於中華民族的凝聚、中國大一統國家的形成，其重要性是再怎麼強調也不會過分的。至於「大一統」對於中國及其人民福祉之不可或缺的必要性，只要回顧近代以來眾多帝國主義國家如群狼般撲向中國，欲瓜分、吞噬之，而中國人民終能克服一盤散沙、分裂內戰等頹況，萬眾一心、團結奮戰，打敗帝國主義列強，建立新中國並走向繁榮富強的經過，就可一目瞭然了。

漢字華文是中國人在文化上的安身立命之本，建立命運共同體的鏈接紐帶，同時也是國家民族全民團結、打敗外敵、永續生存和發展的文化基石，這一點，曾遭受五十年日本殖民統治的臺灣民眾有著格外深刻的體會。在日本殖民統治下，臺灣人被迫學日語但仍保持著閩南話、客家話等作爲家庭日常用語，臺灣文人用本爲唐宋古音的閩南話吟誦中國古詩古文，用漢字寫作漢詩漢文，漢字漢詩漢文成爲臺灣文人延續中華詩文、民族身分於不墜的命脈所在。因此連雅堂強調漢文不可廢：「嗚呼！中國而果無漢文……種且滅矣，國於何有？而今日能存者，則漢文之功也」（註二二）。在連雅堂心目中，漢文和歷史一樣，都是民族精神賴以不墜，即使遭受外來入侵和統治，也終有「復陽」（章太炎語）之一日的依恃。

傳統文人如此，提倡白話文的新文學作家對此也有共識。如黃朝琴認爲：世上所有民族都有其固有的族性，「我們臺灣的同胞，亦是漢民族的子孫，我們有我們的民族性，漢文若廢，我們的個性、我們的習慣、我們的言語從此消滅了！」（註二三）蔡惠如也稱：「我們臺灣人的人種，豈不是四千年來黃帝的子孫嗎？堂堂皇皇的漢民族爲什麼不懂自家的文字呢？……漢文的種子既然要斷絕了，我們數千年來的固有文化，自然亦就無從研究了。連我們自己的民族觀念都消滅了，將來世界上的人類若比較起來，我們就可以排在最劣等的裡面了。但是劣等的人類，究竟叫做甚麼東西？有人說叫做奴隸。」又說道：「趕緊想個法子，去補救漢文的一線生機。使這風燈上頭的種子，永久不滅，就是保存我們的固有文化，振興我們漢民族的觀念。」（註二四）可見，在日據時期的臺灣，「漢文」——指漢字及用漢字書寫的詩文，與「華文」同義——乃被殖民統治者強迫學日語的臺灣人保持其固有的漢民族身分和意識、傳續中華民族文化和精神的重要關鍵。

無獨有偶，在「七七事變」後日人統治下的北平，周作人也格外強調「漢文」的重要。他說道：「近年寫〈漢文學的傳統〉小文數篇，多似老生常談，而都是以中國人立場說話，尚不失爲平實。」又稱：「我所寫的關於中國文學和思想的文章，較爲重要的有這四篇。」（註二五）即收入一九四四年出版的《藥堂雜文》作爲其「第一分」的〈漢文學的傳統〉、〈中國的思想問題〉、〈中國文學上的兩種思想〉、〈漢文學的前途〉。它們的最主要內容，乃是講中國思想文化、倫理道德的特點，特別是儒家文化所造就的中國人爲人處世、面對人生的態度。另外一個醒目的亮點，則是對於漢字漢文的重視和強調，將其提高到有助於凝聚、團結整個民族的高度上來。他寫道：「漢文學是用漢字所寫的，那麼我們對於漢字不可不予以注意。」（註二六）「中國人固以漢族爲大宗，但其中也不少南蠻北狄的分子，此外又有滿蒙回各族，而加在中國人這團體裡，用漢文寫作，便自然融合在一個大潮流之中，此即是漢文學之傳統，至今沒有什麼變動。」（註二七）可說道出了中國作爲多民族國家，「書同文」的傳統有助於將各族人民融合、團結在一起的眞諦。

周作人進一步說明漢字承載民族文化信息的特有功能，寫道：「漢字這東西與天下的一切文字不同……他有所謂六書，所以有象形會意，有偏旁，有所謂四聲，所以有平仄。從這裡，必然地生出好些文章上的把戲。」除了重對偶的駢體，講腔調的古文外，還有對聯、詩鐘、燈謎……等等，「其生命同樣的建立在漢字上」（註二八）。既然漢字如此重要，周作人對其他文字形式做了明確的排它處理，寫道：「我意想中的中國文學，無論用白話哪一體，總都是用漢字所寫，這就是漢文……假如不用漢字而用別的拼音法，注音字母也好，羅馬字也好，反正那是別一件東西了……我覺得用漢字所寫的文字總多少接受著漢文學的傳統，這也就是他的特色，若是用拼音字寫下去，與這傳統便漸有遠離的可能了。」（註二九）這無形中道出了漢字漢文（即華文）承載著最大量的民族文化信息的道理——幾乎每個成語甚至許多詞彙的背後都有一段歷史的故事，承載著中華民族的倫理觀念、人生態度、價值認知乃至思維方式，如果改成用外文來寫，或者將其翻譯成外文，原有漢字華文所承載的民族文化信息，往往就被消滅，乃至消失。另一明顯的例子，中國幾乎所有的神廟祖祠、佛寺道觀，總有用漢字華文書寫的對聯、牌匾等爲其「畫龍點睛」。

上述乃外來侵略者禁壓漢語的背景下，通過漢字華文延續中華文化傳統、維持民族命脈的事例。在平時常態下，「書同文」的意義同樣不可小覷，特別對於方言區乃至境外地區而言，其重要性比起中原腹地，更有過之而無不及。一九〇七年，來自臺灣、只會閩南話和日語的林獻堂，在日本奈良會見只會粵語和北京話的梁啓超，無法口頭溝通，於是通過漢字書寫進行交談，成爲此後臺灣社會文化運動興起的重要節點。類似的情況最有可能發生在海外的華僑華人中。由於其祖籍地大多是閩、粵等省方言區，如新加坡華人多是閩南籍，舊金山華人更多來自廣東，他們平時說的往往是家鄉話，未必熟諳漢語普通話，到了僑居地或新國度，他們未必能很快掌握當地的語言，因此方音不同的華人華僑之間要想溝通交流，以及讀書識字、傳承祖國文化，都得仰仗於漢字華文，這也是各國的華人華僑在新居地都要編印華文的僑報華報，創辦僑校華校，重視「文」甚於「語」的原因。而華文文學更是他們學習漢字華文的最佳途徑，因此「華文文學」這一名稱最早是由東南亞華僑華人作家提出來、並爲他們所樂用，也就毫不奇怪了。各國華人華僑往往保留著其原籍地的漢語方音，這是史書美等提出「華語語系」以替代「華文」概念的理由之一，然而正是語音上的歧異，使華人華僑更需要仰仗其在語言上的「最大公約數」——漢字華文，所以學科名稱上採用「華文」比起「華語」顯然更符合各國華人華僑的語言現實和創作的實際需要。

除了空間的移動外，時間的流轉同樣凸顯了中國「書同文」的重要性外。語言隨著時間流動而不斷有所變化，而文字卻具有相對穩定性，特別是作爲表意文字的漢字而言，延續數千年仍保留基本的樣貌。這一點，周作人作爲新文學作家早就深有體會。他寫道：「因爲時代改變，事物與思想愈益複雜，原有文句不足應用，需要一新的文體，乃始可以傳達新的意思，其結果即爲白話文，或曰語體文，實則只是一種新式漢文……中國新文學爲求達起見利用語體文，殆毫無疑問，至其採用所謂古文與白話等的分子，如何配合，此則完全由作家個人自由規定，但有唯一的限制，即用漢字寫成者是也。」儘管對個人而言，使用漢字漢文容或有不便利處，但爲國家民族著想，卻於「時間空間上有甚大的連絡維繫之力」，因此「吾人對於此重大問題，以後還須加以注意」。其實周作人所謂語言會隨時空的變化而改變的情況古已有之，於今爲烈，隨著現代人生活空間的擴大和傳播媒介的飛快翻新，應運而生「種種跨國族、文化、政治、和語言的交流網絡」，以及「較大的地域、文化、族群、語言/語音的駁雜性和包容性」，才會出現王德威所謂的眾聲喧「華」的現象。（註三〇）然而按照周作人的思路，萬變不離其宗，只要不離加強整個「國家民族」——即「華」——的「連絡維繫之力」的初衷，最終都會回到漢字華文這一根本上來。

對於世界華文文學學科建立具有開拓之功的曾敏之先生，晚年曾在「世界華文文學回顧與展望」座談會上發表〈堅守漢文字的特殊功能〉的致詞，強調漢文字在數千年中國文化的傳承，中華民族人格、心態的陶冶，文學創作中的抒情達意，中華民族身分認同等方面的重要功能。（註三一）言簡而意賅，從一般的交流功能提升到漢字對於民族精神塑造的高度上，可說語重心長、意涵深厚。總而言之，漢字華文在時間維度上保證了中國傳統文化千百年的延續不斷，在空間維度上使廣大地域和人群連爲一體，爲國家的統一，民族命運共同體的維繫，有不可磨滅的功勞。學科名稱採用「華文」，正是基於這種特殊的功能和意義，同時也是對廣大作家堅持華文創作的提示和鼓勵。

當然，任何事情都應具體情況具體分析，不能教條式一概而論。由於漢語方言的廣泛存在，海外華人說漢語時確實存在語音上的歧異，這種歧異有時不無文化意義，如同一方言區的人聽起來，會有特殊的鄉土味、親切感。筆者以爲，一些以口頭表達而非以文字書寫爲主的文藝門類如戲劇、影視等等，用「華語」來稱呼不無道理，部分學者以「華語」而非「華文」命名其著作，如金進《冷戰與華語語系文學研究》、辛金順《密響交音：華語語系文學論集》（註三二），書中都有一定篇幅論述影視、戲劇作品，也許就是出於這種特點和需要的考慮，無可厚非。但對於以文字書寫爲主的文學而言，顯然還是用「華文」來稱呼更爲恰當。

參　「世華」、「華人」和「華文」——多種學科名稱之比較和抉擇

多年來關於本學科的名稱還有不少提法，可謂眾說紛紜、見仁見智。如大約二十年前杜國清曾提出了「世華文學」的概念，近年來他出版了《臺灣文學和世華文學》一書，仍對此加以重申。他解釋道：「世華」不單是「世界華文」的縮寫，它所蘊涵的意旨可以包括世界上任何與「華」有關的事物，不論是華語、華文、華人、華裔、華族，以及有關的一切文化屬性。（註三三）很顯然，這一概念視野開闊，涵容廣大，然而也許正因爲它的外延實在太大了，無所不包的結果，反而模糊了其內涵的本質特徵，也就減弱了可操作性。

本世紀初曾發生過一場關於「語種的」或「文化的」華文文學的論爭。（註三四）正如識者所指出的，論爭發起者表現出「概念的前後矛盾和對象的游移不定」（註三五）。例如，他們提出並加以貶責的「語種的華文文學」，由於「華文」本就是一個「語種」，概念本身就有同義重複之嫌。他們將「語種的」和「文化的」對立起來也頗令人費解，因爲語言本就承載著大量的文化信息，而文化作爲一個與政治、經濟並列的大概念，則將語言也包容在內，二者顯然相互涵容而非對立。不過他們的主旨似乎並不在概念而在於某種研究視角和創作主題的倡導。他們反對「語種的」之本意，在於不滿於只停留在形式的、審美的文本鑒賞式研究方法，而提倡擴大到思想的、文化的視角。在內容主題上，他們批評「語種的華文文學」過度集中在民族主義、集體主義以及鄉愁、尋根等主題，乃「華文文學的語言學表象與文化民族主義心理相混合」，而試圖轉到對於個人、生

命、「自身的存在」等的更多關注和關懷上，提倡「個體主義」（註三六），這就是他們所謂的「文化的華文文學」。發起者們推進華文文學研究的拳拳之心流露於字裡行間，其觀點既不乏洞見，但也有不少矛盾偏頗之處，如他們對於語言承載著最大量的文化信息這一點認識不足，認爲語言只是代表著純粹的審美形式而已。特別是「華文文學」作爲一個創作、研究領域和學科的名稱，在主題內容上應採取多元開放態度，作家們只要寫出其眞實生活並表達出眞情實感即可，而不必加以種種限制。作家要寫個體的現代生命情態固然可以，要寫民族主義、集體主義以及懷鄉戀土情結也並無不可。他們卻獨倡前者而全力否定後者，值得商榷。此後的論爭文章將討論引向深入，如劉登翰、劉小新等仔細辨析了「語種的」、「文化的」、「族性的」和「個人化的」華文文學等概念（註三七），又提出了「華人文化詩學」的研究範式（註三八），整體上推進了學科的理論建設。儘管「文化的華文文學」的提倡者反對「民族」視角和民族主義，但爲其下的定義卻是：「華文文學是海外華人生活的以生命之自由本性爲最後依據的自我表達方式」（註三九），「讓我們的華文文學研究將自己的研究對象還原到對居住或居留於世界各地的華人作家們的生命、生存和文化的原生狀態的關注上」（註四〇），這些定義都強調和突出了「華人」，顯然更像是作爲民族性或族裔性概念的「華人文學」而非以語言文字來定義的「華文文學」的概念。可見「概念的前後矛盾和對象的游移不定」的情況確實存在。

史書美等提出的「華語語系文學」成爲近年學界熱門話題，使得我們難以迴避，在此略加辨析，嘗試指出其若干要害。首先是史觀上的問題。如果說學科名稱中「華語」的取捨是一個見仁見智的學術問題，加上「語系」二字，其政治意識形態意味徒增，原因在於它乃脫胎於「英語語系」、「法語語系」、「西班牙語系」等概念，而這些概念本身就是西方殖民主義的產物，乃殖民者強迫殖民地子民放棄固有民族語言，學習和使用殖民者語言，但由於包括被殖民者的暗中抵制等種種原因，致使其語言與殖民宗主國的語言產生差距，由此產生「語系」現象。換句話說，沒有英、法、西班牙、葡萄牙等的對外侵略和殖民，就不會有相應「語系」的產生，因此所謂「華語語系」概念的建構，必然有個前提，即中國與英國等一樣，是一個不斷向外擴張、占領他國領土的「殖民帝國」。果不其然，史書美用大量筆墨試圖證明這一點。然而，卻由此顯示其對於歷史的極度無知或偏見。例如，她宣稱清朝大肆向北向西擴張而侵占了新疆、滿洲等大片土地，當今中國又繼承了這些土地，因此是「殖民者」（註四一）。然而大量考古發現和歷史資料告訴我們，新疆從兩千多年前的漢武帝時起，就已歸入中國版圖；而滿洲本就是清朝皇族的龍興之地，如何自己侵占自己的土地？顯然都是無稽之談。此外，史書美以所謂「定居殖民」的概念混淆了殖民和移民的區別，中國大陸民眾向臺灣以及東南亞的和平移民和融入也視作殖民行徑。這種說法與臺灣流行的所謂數百年來臺灣不斷遭受包括中國在內的殖民勢力統治的「臺獨史觀」（註四二）脈絡相通，荒謬至極。

要害之二，在於史書美將同樣是殖民主義之產物的「西方中心主義」加以套用和泛化，生造出「中國中心主義」、「馬來（人）中心主義」、「新加坡的華人中心主義」等概念（註四三），並以「中國中心主義」爲主要的抨擊目標。然而中國是殖民主義的受害者而非殖民者，中國文學、文化中歷來也並無「中心主義」的傳統——如李白、曹雪芹等並不因爲他們來自西域或屬於少數民族而失去他們在中國文學史中的「中心」地位——因此所謂「中國中心主義」本就是並不存在的虛幻之物。史書美的「反中」、「抗中」意旨，無形中也爲殖民主義及其特有衍生物「西方中心主義」脫罪化和免罪化。

要害之三在於其乖謬的語言觀。史書美搬用西方學者的說法，宣稱：「我們所說的標準漢語屬於華語語群，而我們誤稱『方言』的語言並不是標準漢語的變種，它們實際上是不同的語言。因此，閩南話和廣東話是臺灣國語、大陸普通話之外的不同語言。」（註四四）然而事實是，包括大陸各地方言、臺灣閩南話、港澳廣府話以及海外華人的種種紛雜歧異的方言，再有多大的「不同」，仍有一條割不斷的主線把它們緊緊地串在一起，這就是共同的書寫文字——漢字。共同的文字無可辯駁地證明了它們同出一源，也使世界各地的華人形成了可以交通無礙的「文化共同體」。

要害之四在於思維方式上。也許受西方常見的兩極對立思維方式的影響，史書美將中心和邊緣、中央和地方、主流和支流，多數和少數、離散和在地、標準規範和駁雜多元、普通話和方言等本爲相輔相成、對立統一的矛盾雙方完全對立起來，其間關係只剩下水火不容的對抗、挑戰、批判、顚覆。例如宣稱華人及其語言、文學在馬來西亞也遭受所謂「馬來中心主義」的壓迫，形成對抗關係。然而眞實情況是，出於寬厚包容、與人爲善的民族本性以及中庸哲學、大同理想等的影響，華人到了海外，與當地住民交融多於對抗，友好多於仇視，與西方殖民者的所作所爲截然兩樣。華人當中既有葉落歸根的念想，也有落地生根的企望，懷念故鄉和擁抱新土二者並不必然地水火不容，而是可以相互包容和並存。華文文學以眞實地描寫出華人在世界各地的生活狀況和內心世界爲己任，而史書美的「華語語系文學」卻熱衷於各式各樣的對抗，近乎將「對抗」當成一種絕對的價值，顯然是與中國文化精神和華人華僑的實際生活狀況相背離的。何況文學以「眞、善、美」爲自己的基本追求，在一定的環境條件下，例如在中華文化的氛圍中，文學具有楊逵再三強調的「化敵爲友」（註四五）的功能，史書美的「華語語系文學」建構可說與此背道而馳，極不可取。

多年來還有不少學者提出「華人文學」的概念，乃因他們看到許多華人在國外面對複雜環境，改用外語或用雙語創作；再者經過數代傳衍，其後代有些已經不習中文，轉而用外語寫作，但他們多多少少仍保有祖輩故國原鄉的文化記憶乃至民族認同。學者們看到了這部分華裔創作特有的文化價值以及它們與「華文文學」的關聯，因此提出「華人文學」概念以涵納海外華人無論用中文或外文創作的所有作品。這些學者的敏銳而開闊的視野值得稱許。其中錢超英、梁麗芳、劉登翰、劉小新、黎湘萍等，都有出色的理論建樹和實踐成果。如劉登翰和劉小新從加拿大華人學者梁麗芳的〈擴大視野：從海外華文文學到海外華人文學〉（註四六）論文中受到啓發，反省「語種的限定/界定顯然使大量存在的華人華裔非漢語寫作的作品及其文學現象，遠離華文文學的研究視域」，這一忽略或忽視「影響了我們對海外華人文學創作的完整認識和整體闡釋，同時也使華文文學的研究喪失了可供參考的維度，以及一系列繞有趣味的跨文化的研究課題。」（註四七）黎湘萍則指出：「華人」首先是一個「族性」的概念，泛指「炎黃子孫」的後裔，同時也是一個「文化」的概念，指的是在長期生活中「奉行相同的行爲準則、享有共同的歷史記憶、語言風俗和思想傳統的族群」；如能以超越現實政治意識形態分歧的「華人文學」概念來敘事華人在近現代的文學經驗，「有助於呈現與近現代史相互輝映的華人的心靈史」（註四八）。這些說法都是很有見地，也是深具啓發性的。

不過筆者覺得，這種將海外華人的華文和外語寫作都涵納在內的「華人文學」概念，仍有斟酌的餘地。首先，它納入華裔外語文學，表面看來擴大了本學科的研究領域，其實並不盡然，因爲會將一些並非華人卻用華文創作的作家作品排除在外，如韓國詩人許世旭。此外，外文作品翻譯爲中文後，必然會伴隨著語言而融入許多中華文化因素，特別是「意譯」作品如早年的林譯小說等。像《格列佛遊記》經中譯後在中國成爲家喻戶曉的大人國小人國故事，後者就屬於世界華文文學的研究範疇了，而作者並非「華人」，難以稱之爲「華人文學」。從這個意義上說，採用「華人文學」概念，表面上擴大了本學科的「領地」，實際上有所得卻也有所失。

「華人文學」的另外一個困難，是何謂「華人」其實是很難準確標定的。當代社會流動性極大，混血現象也頗爲多見，想要從純血緣角度來標定一位作家，越發困難。試想經過幾代混血，華人血緣往往呈遞減狀態，從二分之一而致四分之一、八分之一、十六分一……到底要多少以上才可稱爲「華人」？實難以確立標準，缺乏可操作性。世界上的通用做法，或以國籍來標定某種文學的歸屬，如美國文學、英國文學、法國文學等等，要麼以語言來標定，如英語文學、法語文學、俄語文學，再有以族裔屬性如華裔、亞裔文學等較爲鬆散的概念來稱呼，卻很少以某種「人」來進行標定的（黑人文學也許是個例外，但其產生有特殊的政治、歷史原因和作用，其他例子不必附會）。

如果說上述疑慮仍屬表層，一個更實質性的問題是：文學畢竟號稱語言的藝術，而語言往往承載著極爲豐富的歷史文化信息，甚至是特定的民族智慧、倫理觀念、價值系統和思維方式的表徵，不同的語言所造成的差異，也許更帶本質性或曰根本性。有鑒於此，筆者對並不符合學界通行規範的、無形中消解了「華文文學」學科的「華人文學」概念持保留態度，覺得與其用一個籠統的大概念將採用不同語言寫作的兩種文學生硬地統合在一起，不如「爽快」地也是實事求是地承認世界華文文學和華裔外語文學是兩個不同的學科。這樣說當然不是要絕對割裂二者，否認它們之間存在的緊密聯繫，特別是一種相互參照的比較視野的必要性，而是在認定其各自獨立的學科地位後，可以更好地認識和把握本學科的本質屬性和特徵，主旨和目標，長處和短板，從而開闢相互借鑑的空間，在更高的層次上實現跨學科的整合研究。

在這種相對獨立而又相互參照的跨學科整合視野下，各學科可以更理性審視自己的長短處而求得取長補短之效。例如，「華裔外語文學」的長處在於直接採用所在國主流語言創作，與所在國文化能有較緊密的扣合，其作品也能夠直接爲所在國讀者所閱讀和接受。但語言同時也是其短板。由於民族歷史文化的傳承並非以血緣而是以語言（特別是書面文字）爲最主要的載體，未能採用漢字華文，也就缺乏與中華文化的天然聯繫。學習華文並用華文創作是傳承中華文化的最佳手段之一。華人到了海外，即使加入它國國籍，但只要識漢字，讀華文書，乃至寫華文的作品，中華文化就必然與之緊密相隨。但如果不識漢字，不看華文書籍，寫作時用的是外國語言，他與中國文化的關係就有可能日漸疏遠，到頭來僅留存著一點遙遠的記憶，甚至以「異國情調」視之。但願這只是筆者的「杞憂」，但無疑值得華裔外語作家多加注意。

以同樣的檢視眼光反觀華文文學，儘管它與故國文化具有天然的聯繫，但也有與新居地讀者疏離隔閡的問題需要面對。曾有學者以海外華文作家缺乏直接的讀者群，只生產不消費而稱之爲「盲腸作家」。（註四九）話雖刺耳，卻道出了華文文學在境外缺乏廣泛流通性和接受度的問題。不過，這顯然不應成爲「取消」華文文學的理由，而是提示了華文文學應該補強的努力方向。如果眞有華文文學的「盲腸」現象，應承認既有供給側——作品創作——方面的原因，更有需求側——包括研究翻譯、出版推廣——方面不夠努力的原因。「盲腸」說提醒我們翻譯的重要性，這方面作爲兄弟學科的華裔外語文學作家或許能扮演重要的角色。不過翻譯也會使源語言所承載和攜帶的文化信息不同程度地丟失和減弱，所以也應探求通過源語言直接傳播的有效方式和途徑，畢竟大衛．達姆羅什在爲「世界文學」下定義時所強調的境外流通，既包括翻譯，也包括源語言作品。因此，華文文學創作在質和量上的大幅提升應是其作家和研究學者應加倍努力的方向。五十～七十年代前往歐美留學的臺灣學生數量有限，卻能使「留學生文學」輝煌一時，如今前往異域留學、經商、旅居和定居的華人幾何級數地增長，也就更沒有理由妄自菲薄，對華文文學失去信心。林幸謙堅持把華文寫作定位在抵抗失語與建構集體記憶之間（註五〇），確實，在銘刻中華民族歷史記憶、展現中華文化豐厚內涵方面，華文文學的長處是任何其他語種文學所無法比擬的。在華文文學走向世界的過程中，固然也可通過翻譯，但直接採用源語言的作品更能保持華文所攜帶的豐富本眞的中華文化。如今構建命運共同體已成大多數人類的共識和時代潮流，而學習漢語已在全球形成熱潮，我們或許更應該堅持華文文學的創作以及促進以源語言方式的全球傳播流通。既能加強華人之間以及華人對於祖國的認同，也有助於擴大與世界各地人們的交流溝通、相互瞭解，這也許正是我們極力推進「世界華文文學」創作及其研究的價值、意義之所在。

我們對於學科名稱和定義加以辨析，重點也許還不在於「海外」或「世界」，「華語」「華人」或「華文」等用詞的斟酌取捨上，而在於通過這種辨析，更好地把握其實質的內涵特質。努力拓展一種世界性的視野，著重於跨國、跨地區和跨文化的交往和流通，通過漢字華文的書寫，承載更豐富本眞的中華文化並向全世界傳播，加強華人之間以及全世界各國各地區人民的深度心靈溝通和相互瞭解，推動人類命運共同體的建立，或許才是世界華文文學的安身立命之本，不可推卸的歷史使命和根本目標。

——原刊於《華文文學》二〇二一年第一期

注釋

一　朱壽桐撰著或主編了《漢語新文學通史》二〇一〇年、《「漢語新文學」倡言》二〇一一年、《漢語新文學通論》二〇一八年、《漢語新文學與澳門文學》二〇一八年等書。黃維樑曾發表：〈學科正名論：「華語語系文學」與「漢語新文學」〉（《福建論壇》二〇一三年第一期）一文對「漢語新文學」概念表示贊同。

二　杜國清：《臺灣文學和世華文學》（臺北市：臺大出版中心，二〇一五年），頁三六六～三六七。

三　劉登翰、劉小新：〈華人文化詩學：華文文學研究的範式轉移〉，《東南學術》二〇〇四年第六期。

四　吳弈錡、彭志恆、趙順宏、劉俊峰：〈華文文學是一種獨立自足的存在〉，《文藝報》二〇〇二年二月二十六日「華馨」版，爲本次論爭的開始。

五　如金進新著即取題：《冷戰與華語語系文學研究》（上海市：復旦大學出版社，二〇一九年）。

六　朱雙一：〈世界華文文學：全世界以漢字書寫的具有跨境流動性的文學〉，《華文文學》二〇一九年第一期。

七　新加坡華文作家王潤華曾經將一九八六年七月在德國舉辦的一個國際會議名稱「International Conferenceon the Commonwealth of Chinese Literature」翻譯爲「現代華文文學的大同世界」國際學術研討會；一九八八年八月，他又在新加坡主持召開了「第二屆華文文學大同世界國際會議：東南亞華文文學」。此後又有多位學者採用類似說法，如劉登翰出版有《華文文學的大同世界》一書。本文沿用之。

八　有學者認爲在歌德之前已有人提出這一詞語，如維蘭德等，但以歌德的說法影響最大，廣受採用和生發，因此學界一般以歌德爲「世界文學」概念的提出者。參見方維規：〈起源誤識與撥正：歌德「世界文學」概念的歷史語義〉，《文藝研究》二〇二〇年第八期。

九　張瑞燕：〈「世界文學」內涵在當下的重新界定〉，榮躍明主編：《文學與文化理論前沿》第三編第二章（上海市：上海社會科學出版社，二〇一六年），頁一三〇～一三五。

一〇　季　進：〈論世界文學語境下的海外漢學研究〉，王德威、季進主編：《世界主義的人文視景》（鎮江市：江蘇大學出版社，二〇一九年），頁三九九。

一一　劉洪濤：〈世界文學觀念的嬗變及其在中國的意義〉，（美）大衛·達姆羅什、劉洪濤、尹星主編：《世界文學理論讀本》（北京市：北京大學出版社，二〇一三年），頁二八五～二八七。

一二　（美）David Damrosch. What Is World Literature, Princet on University Press, 2003, p.281。

一三　（美）大衛·丹穆若什（又譯達姆羅什）：〈後經典、超經典時代的世界文學〉，蘇源熙編，任一鳴、陳琛等譯：《全球化時代的比較文學》第二章（北京市：北京大學出版社，二〇一五年），頁五十七～六十七。

一四　張瑞燕：〈「世界文學」內涵在當下的重新界定〉，榮躍明主編：《文學與文化理論前沿》第三編第二章（上海市：上海社會科學出版社，二〇一六年），頁一三二。

一五　（美）大衛·丹穆若什：〈橢圓時代的文學研究〉，（美）查爾斯·伯恩海默編，王柏華、查明建等譯：《多元文化時代的比較文學》（北京市：北京大學出版社，二〇一五年），頁一四三。

一六　（美）David Damrosch. What Is World Literature, Princet on University Press, 2003, p. 4。

一七　（美）David Damrosch. What Is World Literature, Princet on University Press, p. 281。

一八　方維規：〈起源誤識與撥正：歌德「世界文學」概念的歷史語義〉，《文藝研究》二〇二〇年第八期。

一九　劉俊：《複合互滲的世界華文文學》（廣州市：花城出版社，二〇一四年）。

二〇　王　寧：〈「世界文學」：從烏托邦想像到審美現實〉，《比較文學、世界文學與翻譯研究》（上海市：復旦大學出版社，二〇一四年），頁二〇七。

二一　方維規：〈起源誤識與撥正：歌德「世界文學」概念的歷史語義〉，《文藝研究》二〇二〇年第八期。

二二　連雅棠：〈餘墨〉，《臺灣詩薈》第三號（一九二四年四月），頁一六二。

二三　黃朝琴：〈續漢文改革論〉，《臺灣》第四年第二號（一九二三年二月一日），頁二十六～二十七。

二四　蔡鐵生：〈祝臺灣民報創刊〉，《臺灣民報》第一號（一九二三年四月十五日），頁二。

二五　止　庵：〈關於《藥堂雜文》〉，周作人著、止庵校訂：《藥堂雜文》（石家莊市：河北教育出版社，二〇〇二年），頁三。

二六 周作人：〈新文學的傳統〉，《藥堂雜文》（北京市：新民印書館，一九四四年），頁六。

二七 周作人：〈新文學的傳統〉，《藥堂雜文》（北京市：新民印書館，一九四四年），頁一。

二八 周作人：〈新文學的傳統〉，《藥堂雜文》（北京市：新民印書館，一九四四年），頁六。

二九 周作人：〈漢文學的前途〉，《藥堂雜文》（北京市：新民印書館，一九四四年），頁二十五。

三〇 （美）王德威：〈「世界中」的中國文學〉，《南方文壇》，二〇一七年第五期；〈「根」的政治，「勢」的詩學：華語論述與中國文學〉，《揚子江評論》二〇一四年第一期。

三一 曾敏之：〈堅守漢文字的特殊功能——在「世界華文文學回顧與展望」座談會上致詞〉，《海上文譚——曾敏之選集》（廣州市：花城出版社，二〇一二年），頁五十四。

三二 金進：《冷戰與華語語系文學研究》，上海市：復旦大學出版社，二〇一九年版；辛金順：《密響交音：華語語系文學論集》（臺北市：新銳文創，二〇一二年）。

三三 杜國清：《臺灣文學和世華文學》（臺北市：臺大出版中心，二〇一五年），頁三六六～三六七。

三四 發起論爭的論文爲：吳弈錡、彭志恆、趙順宏、劉俊峰：〈華文文學是一種獨立自足的存在〉，《文藝報》二〇〇二年二月二十六日「華馨」版，又改題〈我們對華文文學研究的一點思考〉發表於《華文文學》二〇〇二年第一期。此後加入論爭的除了本文其他地方提到的之外，主要還有：陳賢茂〈評〈華文文學是一種獨立自足的存在〉〉，《世界華文文學論壇》二〇〇二年第二期；蕭成：〈浮出地表的「文化的華文文學」——關於〈我們對華文文學研究的一點思考〉的回應〉，《華文文學》二〇〇二年第二期；李亞萍：〈從「語種」到「文化」——對華文文學的幾點思考〉，《世界華文文學論壇》二〇〇二年第三期，等等。

三五 劉登翰、劉小新：〈都是「語種」惹的禍？〉，《文藝報》二〇〇二年五月十四日，又載《華文文學》二〇〇二年第三期。

三六 彭志恆、張衛東：〈語種、文化與文學——彭志恆訪談錄〉，《華文文學》二〇〇九年第一期。

三七　劉登翰、劉小新：〈關於華文文學幾個基礎性概念的學術清理〉，《文學評論》二〇〇四年第四期。

三八　劉小新：〈從華文文學批評到華人文化詩學〉，《福建論壇》二〇〇四年第十一期；劉小新、劉登翰：〈文化詩學與華文文學批評——關於「華人文化詩學」的構想〉，《江蘇大學學報》二〇〇五年第三期。

三九　彭志恆、趙順宏、劉俊峰：〈文化的華文文學的觀念及其方法論意義〉，《中國現代文學研究叢刊》二〇〇四年第一期。

四〇　吳奕綺、彭志恆、趙順宏、劉俊峰：〈我們對華文文學研究的一點思考〉，《華文文學》二〇〇二年第一期。

四一　史書美：《反離散：華語語系研究論》（臺北市：聯經出版事業公司，二〇一七年），頁六。

四二　朱雙一：〈「日本統治帶給臺灣現代化」流行論調辨析〉，《臺灣研究》二〇〇八年第六期。

四三　史書美：《反離散：華語語系研究論》（臺北市：聯經出版事業公司，二〇一七年），頁十八、六十三。

四四　史書美：《反離散：華語語系研究論》（臺北市：聯經出版事業公司，二〇一七年），頁三十九。

四五　楊　逵：〈文學可以把敵人化爲朋友〉，臺灣《聯合報》，一九八〇年一月一日；楊逵：〈文化戰士〉，寫於一九五六年十月，收入《楊逵文集．詩文卷（下）》（北京市：臺海出版社，二〇〇五年），頁三一三。

四六　梁麗芳：〈擴大視野：從海外華文文學到海外華人文學〉，《華文文學》二〇〇三年第五期。

四七　劉登翰、劉小新：〈關於華文文學幾個基礎性概念的學術清理〉，《文學評論》二〇〇四年第四期。

四八　黎湘萍：〈族群、文化身分與華人文學——以臺灣香港澳門文學史的撰述爲例〉，《華文文學》二〇〇四年第一期。

四九　轉引自劉登翰、劉小新：〈都是「語種」惹的禍？〉，《華文文學》二〇〇二年第三期。

五〇　轉引自劉登翰、劉小新：〈都是「語種」惹的禍？〉，《華文文學》二〇〇二年第三期。

海外華人文學在外國文學研究中的定位與誤區

（加拿大）鄭南川

本文對「華人文學」的概念和範圍、「華人文學」在外國文學研究中存在的意義以及研究的價值，做了詳細闡述。海外華人文學在文學區域的研究分類中，一般分爲以中文研究學科爲主的「華文文學」和以外國語研究學科爲主的「華人文學」。長期以來，由於華人作家寫作特徵的「複雜性」、多元化和身份意義上的「不確定」性。特別是雙語寫作作家的不斷出現，造成了研究學者對「華人文學」和「華裔文學」及其「華文文學」關係與概念的模糊，存在著對文學區域劃分和研究「物件」上的某些「混亂」。特別是外國語專業學科對華人文學研究存在著「定義」和「方向」上的不明確性及「誤區」，甚至存在著「忽略」的現象，也造成這一方向研究的「薄弱」情況。

壹　華人文學的定位

華人文學，通常被視爲「跨越國界」（Things that known obo undaries）的寫作，在不同文化融合下的文學現象。華人文學概念，被認爲是最具廣泛意義和爭議的說法。

關於對華人文學的定位，學術界一直有著不同的研究論點，直接影響到不同領域學者對這一研究內容和方向的確定。也關乎到對「華文文學」、「華人文學」和「華裔文學」的如何定義、不同差別和它們的相互關係。

華人文學的概念，是在「華文文學」概念出現後對更大範疇文學意義的理解。華文文學這一命名的正式提出，是一九九三年在廬山舉行的第六屆世界華文文學國際研討會上，饒芃子在回溯這一命名變化時做出的解釋：「有感於世界範圍內的『華文熱』正在加溫，華文文學日益成爲一種世界性的文學現象，華文文學同英語文學、法語文學、西班牙語文學、阿拉伯語文學一樣，在世界上已形成一個體系，經過充分醞釀，發起並成立了『中國世界華文文學學會籌委會』。」；「『世界華文文學』的命名和『籌委會』的成立，意味著一種新的學術觀念在大陸學界出現，即：要建立華文文學的整體觀。」（註一）由於事實上存在的華文文學「語種」限定所帶來的局限，特別是一九八〇年開始海外移民的大幅度增長，經過多年以後，隨著華人在自身「文化身分」認同等方面的差異變化，寫作語言的多樣性帶來了新的問題。一些研究學者提出了不同的看法，並發表論文提出了「華人文學」的新概念。加拿大漢學研究學者、作家梁麗芳長期研究華人文學寫作，在二〇〇二年美國加州大學柏克萊分校舉行的海外華人文學研討會上，提出了「從華文文學到華人文學」的明確觀點，並論證了「華人文學」存在和表達的更廣泛意義。（註二）「華人文學」論的提出，並不全盤否定語種的華文文學，而是鑒於海外華人和華裔非華語寫作的普遍存在和客觀影響，不滿語種的華文文學摒棄海外華人非華語寫作的狹隘性。如果從作爲創作主體的「華族血統」的身分出發，其種族血緣關係是認同的惟一依據。與華文文學比較，華人文學是總概念，華文文學是屬概念，或者說華文文學是華人文學的一個分支。（註三）這一命名所涉及的華文和華人文學的關係，同樣適用於華裔文學與華人文學關係的理解。這是更深刻的文化內涵和潛在的論題。這兩年新近出版的、具有學術代表性的幾部專著中，都明確地把「華人文學」概念，帶入書目的學科引導和概括性字眼，值得關注。（註四）

按照這樣的概念理解，華人文學所寫的作品範疇顯然囊括了華文和本土文的雙重性。事實上，這一概念在學術界，一直以來是被忽略和模糊的。二〇一五年出版的最具影響的《中外文學交流史》（共十七卷本），被認爲是最新近的學術著作，它雖然已經將華人文學作爲大「概念」提出來，以此概覽移民寫作的不同類型。但事實上的具體表述，仍然是以「華文文學」與「華裔文學」來劃分，作家的分類也基本定格爲「華文作家」與「華裔作家」兩類。華人寫作的雙語特徵和他們文化屬性的表述，仍然沒有明確。（註五）例如書中的一些雙語作家梁麗芳、李彥、趙廉等介紹，都基本劃爲「華裔作家」研究的欄目和範疇，她們的華文文學作品，成了提及的「附帶」部分。書中並沒有對雙語寫作的「華人文學」這一概念加以論證和解釋，指出它們的不同性質和特徵，自然留下了某些模糊的「概念」和研究上的「遺漏」。一些學者質疑外國文學研究中「華人文學」的存在和實質意義，這成了文學基本理論和研究範圍值得思考的問題。

與華人文學相比，華裔文學的概念較早獲得了解釋和共識，國內一直延續著前蘇聯的體系。在北美，以亞裔作家作爲評述專題提出並進行研究的專著——《哥倫比亞美國文學史》（一九八八）可以作爲代表，書中有設立了相關的專題章節。在亞洲和中國地區中，臺灣和香港是較早開始研究的。如《文化屬性與華裔美國文學》就是代表性的著作，有較高的學術水準和研究價值。近幾年來，國內有了更系統的學術單位和研究帶頭人，諸如中國人民大學「美國亞裔文學研究」一類的專門研究機構應運而生。華裔文學的概念，分爲兩類：一是加入他國國籍的中國作家；二是用本土語言寫作的、土生土長的中國後裔作家，它是以本土語言寫作的，而不再是華文作品。這種說法，在形式上是比較明確的。例如著名學者、作家林語堂的英文寫作，就是具有代表性的早期華裔作品的一類。在華裔文學的分支「翻譯文學」學科中，傳統上也把這類寫作，劃分爲本學科範圍，進行研究。

那麼，華人作家的文學作品具有什麼樣的文學特徵呢？簡單地說，它具有明顯的文學寫作的雙重性：即華文與本土文（外文）。這樣說來，對海外作家的寫作命名，就可分爲三種情況：即華裔作家、華人作家和華文作家。前者是用本土文（外文）寫作的；華人作家可能存在著用兩種語言的寫作；華文作家是純粹用華文寫作的。從事外國文學研究的學者，傳統的外國文學研究，一般觸及到更多的是華裔作家的作品，因爲他們作品的本土語言化，被解釋爲外國文學的部分，是非常清晰的，顯然是外國文學研究的範疇。他們在這個概念的基礎上，又劃分出「外國文學」與「翻譯學」的兩個領域。明確的事實是，大學文科教學中，外國文學研究在中文系學科中，以翻譯著作爲依據；外文系大多選用原文。因翻譯不能傳達原意，所以「原語外國文學更靠近原語文學，譯語文學更接近本土文學。」其結論是外語系的外國文學研究是「原汁原味」，中文系卻是隔靴搔癢。（註六）除了語言的基本要素，從身分的意義上來講，非本土語言寫作在外國文學研究學者看來，潛在的缺失還包含了對「本土文化」與「本土人」轉化的缺失。這樣，也加大了外國文學研究學者對這類作家的不認同感。一個明確和肯定的說法，本土文寫作的「華裔」，還承載著海外生活的經驗和身分，似乎是種族意義上的本土居民。

華人文學，被認爲是介於「華文文學」與「華裔文學」之間，一方面存在著純粹華文寫作的特徵；另一方面，又具有本土文寫作的作品。在傳統意義上的研究中，華文文學研究學者更樂於把它化爲「華文文學」範疇；外國文學研究學者情願放棄和忽略。事實上華人文學的「獨立」特質在於，他們更多地具備中華文化的生存背景，而又擁有豐富的海外本土生活的經驗。有相當部分的人，從客觀上看，是生於中國，長於海外。他們「文化身分」的認同，也常常左右他們寫作的雙重性。華人文學的「被忽略」，與傳統研究的模式有關，也和他們的「文化特徵」與「華裔作家」的不同有關。

長期以來，在文學史的教材和研究中，除了對華文作家作品和身分有清晰的表述以外，華人作家中出現的雙語寫作和本土文寫作的重疊，這樣作品的敘述是不清晰的，給研究方法的歸類也帶來不明確的問題。

貳　華人文學在外國文學中存在的「誤區」

在長期的外國文學研究的活動中，因爲「華人文學」這一概念本身存在的模糊性，加之傳統研究的一貫性，華人文學在外國文學研究中一直存在著以下誤區。

第一，在中國外國文學的基本理論體系中，「華人文學」這一板塊，在外國文學研究領域似乎不存在，潛意識中也不屬於研究的部分。外國文學的主導基礎，通俗地說，是以華裔文學作爲界定，依據對「華裔」概念來認識的。所謂華裔，可以是指華人，也可以指華人的後裔。華裔作家與評論家弗蘭克·陳（Frank-Chin）曾以美國爲例，主張惟有那些在「美國生美國長」的才是華裔作家（註七）；美國華裔文學的寫作，應該是指用「英語寫作」的作品。在加拿大，這樣的概念同樣存在。這就排除了那些用華文寫作、同時又用本土文（外文）寫作的華裔作家。這就是外國文學長期以來的研究思路，也是長期存在的研究事實。「華人文學」的研究，事實上成了架空的概念，或簡單地劃在了華文文學的領域，存在著片面研究的現象。

第二，從國內與外國文學相關的研究與教學機構來看，也存在嚴重的不合理現象。在傳統高校文科類別中，一般分作兩類：一是以「中國語言文學」學科爲主體的外國文學，屬於中文系；另一是以「外國語言文學」學科爲主體的、外語系的國別文學。這樣，一直以來就存在兩種不同的「外國文學」。一般而言，所謂國別文學，就是不以服務母語文學爲第一要義，而將對象國文學作爲客體，研究者與之保持學術距離，從外部作爲對象性地研究。它要求研究者全面掌握對象國知識，視角區別於廣義文學，國別意識重於文學意識。（註八）另一方面，研究的作家對象也應該具備這個「客體」的特徵，他們是有意識的本土「理念」，作爲本土國民一員對國家的關切，當然也是用本土文字的表達與抒發。這被認爲是外國文學研究的前提條件。華人文學只是「華文文學」和「華裔文學」形式上的稱謂分類，寫作的雙語、文化認同及文學思想的特徵，被挖空忽略。事實上，華人文學，它的本質特徵存在於在華文文學與本土文學中的徘徊，這正是「文化的華人文學」的另一類，即中華文化意識和本土生活經驗的重合。不過，在具備同樣中華文化情結的外國文學研究學者的心目中，似乎並不能劃爲外國文學研究的範疇。這樣以來，華人文學就像文學的「私生子」，客觀上受到了另眼相看。

第三，作爲外國移民史的發展，華人移民史的成長在海外僅僅百餘年。華人的「集聚」與「圈子」文化（比如中國人的「唐人街文化」等）與早期移民身分的原因，在語言、教育層次和歷史認知等方面，未形成一種認同的「作家群」氛圍。歐洲、南美和非洲國家的移民與之不同，一是移民歷史遠遠早於中國人；二是他們的語言、文化和歷史更易融合於主流社會。以主體國家精神和意識從事寫作，成爲本土國家文學的一部分。甚至主導了某些時期的「主體」文學方向（如一些移民作家獲過諾貝爾獎）。我們不否認華人文學作爲整體現象，在走向本土化的進程中，遠比「華文文學」早。有學者曾指出，華人文學在北美，二十世紀五十年代呈現了本土化，到八十年代，文學作品的本土化日趨完善。（註九）但作爲「群體現象」，一直並不明確。在華裔文學大概念的「掩蓋」下，華人文學處在一個十分「尷尬」且「蹩腳」的位置。

第四，在中國文學的大框架下，海外華人作家的寫作存在質疑。爭議的問題包括：華人文學是否應該屬於中國文學的範疇，或者是中國海外文學、中國文學的「海外部分」、「移民文學」或「世界華文文學」等。一個重要的根據是，他們的寫作更多地出自母語，即使用英文寫作，在文化意識、創作思維和方法上承載著強烈的中華文化的色彩和情結，表達著華人生活故事的「大範圍」。有學者忽略華人文學的「多樣性」，和移民幾十年生活經驗的時空概念，以「旅外文學」代之華人文學，肯定「中國大陸或臺港地區的第一代海外移民作家，屬於中國當代文學中的旅外文學，他們的寫作還沒有融入在地國的文學體系，他們用華語寫作，創作內涵是從母國帶來的生活經驗，發表作品的媒介基本上是在海峽兩岸的範圍，主要的讀者群也是來自兩岸」（註一〇）。這是一種較爲「武斷」的結論，受到了強烈的質疑。

事實上，華人文學的內涵已經悄然展示了另一種「大視角」，即文學性、不依賴於任何文化意義上的傳統和觀念而存在，具有了一定的差異性和多樣性，成爲祖地文化與本土文化環境下的文學現象。他們的作品和文學活動，在充分利用海外報刊、雜誌、媒體等，展示出獨特的「多媒體化、全球化、開放性、及時性、無中心與交互性的特點」，文字與文學思想的表達，更具有「跨界」和「文化」的特徵，重構了文學的另一類形態。（註一一）在北美移民國家，作爲多元文化的主題文學一直存在著。重要的事實是，即使從一九八〇年以後出國的移民算起，也經歷了四十年的文學歷程。這些移民多爲受過較好高等教育的學生，在接受西方文化與認知方面，都遠比最早期的移民更快速和容易。這種潛在的「文化」接受與文學創作的變化，使他們的作品具有深入到本土的融合特徵，傳統的華人文學研究學者，並非清晰的看到。傳統的中文系或外國語系學者，儘管學術研究在事實上的「交叉」進行，對華人作家的研究，似乎出現了不對等的兩個系統的關注。一方面是中文系對華文作品的研究；另一方面是外語系對本土語言作品的思考，出現對華人文學研究的人本「分離」。對作家創作思想的研究，自然也偏離了整體認識的軌跡。有一些學者質疑，這種「分離式」研究的科學性和規律，是否違背了學科研究的路子和方向。對華人文學研究的從屬歸類感到了懷疑。事實上，華人文學研究已經在基本理論問題上提出了新的整合思考。

我們必須認識到，純粹以語言寫作來劃分學科研究方向並非科學，畢竟文字是爲思想和文學服務的。對於搞外國文學研究的人來說，站在傳統的研究思路上思考，對不同語言的寫作者，產生研究「價值」和「偏離」的懷疑，輕易認爲選擇純本土語言寫作，才更符合學科方向。這種想法是具有片面性的，也偏離了「人本」文學的主體。

第五，雙語寫作的華人作家、特別是偏重本土語言（外文）寫作的，是相對的少數，寫出相當質量且具有一定影響的也是少數，這對外國文學研究的學者來說，同樣可能面臨困難。加之資料的難以獲取，學界追求名家研究效應。研究路子狹窄，一溜風研究的雷同，在某種意義上也影響了學術的價值。從研究的視野上講，外國文學中的「華人文學」的成長，具有越來越廣泛的研究領域，人們應該糾正受「文化」情緒和傳統研究觀念的影響，走出圈子，打開視野。

可以肯定，拋棄語種性和族裔性，而以跨文化、跨區域、跨時間爲特徵的華人文學，是外國文學研究的一部分，也是值得認眞關注的。

參　華人文學在外國文學研究中的意義

首先，華人文學作家的「自然」身分是屬於本土的，他們寫作的生活現狀和社會環境，也是本土的。他們的寫作「身分」確定了它的本土化特徵，即使他們的寫作存在著華文與本土文的交織。（註一二）國籍和永久居住的居民身分，在地域上確定了他們的文學歸宿。在多元文化的加拿大，包括華文寫作在內，也理所當然地被視爲本土文學的一部分。瑞士移民文學研究學者代博拉・麥德森（Deborah-Madsen），把它解釋爲「即此由彼」跨民族的雜糅體，打破血緣關係的本質神話，創建屬於自己的「第三空間」的本土文學。（註一三）按照這樣的觀念，華人文學無論如何也無法和外國文學的概念分開，是外國文學研究的組成部分。

其次，如果是用本土語言寫作，在文學交流的社會價值意義和閱讀的事實上，屬於本土所有讀者的範疇。作爲華人作家，毫無疑問，他們的文學作品是具備外國文學研究的外國文學作品，本質上和華裔作家一樣。長期以來存在的「傳統」觀念，都是以「語言寫作」被視爲確定「華文」與「華裔」文學的界限。客觀地說，早期華人的作品，從呈現華文與本土語言雙語寫作的「現象」看，確乎是極少的，沒有產生具有代表性的作品。北美有代表性的作家湯亭亭、趙建秀、李群英、崔維新等，都屬於第二代，甚至更早的華人，儘管他們也可以稱之爲「華人作家」（文化身分上講），單從生存本身和寫作的事實上，他們屬於「華裔作家」。從「華人文學」上定義，缺乏足夠的理由，這是事實。我們認爲，華人文學，即雙語寫作作家的出現，並具備一定影響力的時間，大致發生在一九八〇年以後。特別是大批留學生出國，華人雙語寫作開始出現新的情況，展示出一個新的領域。這裡還包括了部分參與本土語言文學的翻譯作家（即寫作和翻譯）。這正是後來華人文學由此被提出和產生的理由。以「華文」和「華裔」文學劃分的傳統說法，已經不能滿足外國文學研究的客觀事實。以移民人數較多的加拿大爲例，作家李彥用英文寫作的長篇小說《紅浮萍》（一九九五）、《雪百合》（二〇〇九），以及中文小說《海底》等，都顯示出不同於以往華人寫作的單一性，而具有多語言的特徵。獲得加拿大「Gabrielle Roy」（文學評論獎）的雙語作家趙廉，以出版雙語作品爲特點，她的《楓溪情》（*Maples and Stream*，一九九九）、《切膚之痛》（*More Than Skin Deep*，二〇〇四）等詩歌集，都是以雙語形式出版。（註一四）魁北克作家張芷美一直以來用多種語言寫作，包括出版的英文自傳體小說《狐仙》（一九九二）和法文的《蝶變》（二〇一九），同時在華人報業媒體《七天》，發表連載中文隨筆文章。如果說哈金也是屬於這一年代的作家，他一直用英文寫作，被視爲華裔作家。但事實上，他的作品的「文化成分」也不失雙語寫作的「華人作家」的「特徵」。（註一五）二〇一五年二月，在臺灣聯經出版事業公司出版了他的中文詩歌集《另一個空間》，儘管這可以被視爲「遲到」的華文作品。這種雙語寫作，也可視爲具有華人文學的特質。類似這樣的作家層出不窮，已經不失爲外國文學中的「華人文學作家群」。所以，作爲華人文學存在的事實，是外國文學研究的新課題，具有深遠的意義。

第三，華人作家的雙重語言寫作，是華人移民特有的創作特徵，具有海外的獨特性。我們不應該把華人作家的作品，簡單地劃爲中文系或外語系研究的不同範疇，例如，外國文學研究只關注外語寫作者的層面，忽略華人作家雙重語言作品的互補關係和所具備的文學價値。在加拿大，國家法律明確規定，多元化國家的加拿大文學，無論你用什麼語言寫作或出版，國家法律均給予認可，都屬於加拿大文學的一部分（指在加拿大正規出版的），都會被視爲國家圖書，並規定被國家檔案、圖書館登記和收藏。例如，法律明確規定：書物出版後九十天內，必須送交兩本（樣本）給國家檔案圖書館收藏（註一六）。另外，研究作品的方法也是「包容」共享的，不應該被語言嚴格分割。這幾年，一些學者在關注華人作家本土寫作的同時，也注意到他（她）華文寫作的另一方面。從作家「人物」的本身，從本土寫作和華文寫作的雙重文學作品中，找到對作家綜合評估的眞實論點。這些是外國文學研究學者理應意識到和跨越的研究「思維」。

第四，値得補充的是，雙語華人作家創作的華文寫作部分，同樣不應忽略作品中的本土化事實（本土故事）。特別是那些生活在海外多年，在潛意識中「文化身分」認同發生了變化、或更易接受本土「文化身分」認同的華文作品。它們都是外國華文文學研究的方面。

肆　對華人文學研究的反思

我們說，華人文學即存在於華文文學與華裔文學的雙重概念之中，又擴展了它們的文學範疇，成爲一個更具備雙重特徵的文學現象。對於華人文學研究的反思，有重要的文學現實意義。

華人文學的存在、進步和發展，已經得到國內學界的關注，開闢了一個新的研究領域，獲得了一定的共識。一些大學和研究機構的教授、學者，做出不少的研究成果。同時還存在著像「中國世界華文文學學會」等這樣的民間專業組織，成爲很好交流合作的紐帶。作爲跨語言、地域的文學類別，從「世界文學」意義上來講，並沒有得到足夠的重視。

在國外，本土華人文學研究，還處於一個比較空白的位置。基本基於「華裔」概念的認定。只存在於對個別作家的研究（本土文字寫作的），沒有專題的研究項目和體系。對這個群體存在的意義和文學特徵，沒有受到本土主流社會的足夠「關注」。在北美、西方國家，對華人作家的認識，同樣存在用語言寫作劃分的情況，停留在「華裔」的概念上。對近幾十年出國的「新移民作家」也如此。例如，在加拿大對當代著名作家應晨的評價，就有很大的爭論。對她的身分歸屬一直難以確定，到底屬於華裔作家、法語作家、中國作家、華人作家等，存在著不同的說法。加拿大戴爾菲娜－勒魯（Delphine-Leroux）的《加拿大百科全書》中稱她爲加拿大「新生代」小說家。（註一七）事實上，作爲一九八〇年以後出國的她，如同其他華人作家一樣，完全不同於早期「華裔作家」，並不具備他們的海外「身分」。在她身上，同樣承載著深厚的中華文化，文學作品的思想意義，根本就不可能相同於早期華裔作家，是當今「文化的」華人寫作人。儘管她本人事實上「迴避」了華文的寫作（也有出版的華文作品），仍然擺脫不了「華人作家」身分，是華人作家的一個範例。至於本土的華文文學，只是少數族別的文學，是華人圈子的「小文學」。

相比而言，國內「華人文學」作爲華文文學「部分」的另一個「方面」，有了很大的發展。這種文學寫在海外，記錄在中國，用母語書寫，講出了很多記憶中的「中國故事」。一些優秀作品，甚至進入電影和媒體，受到高度關注。例如，獲耶魯大學「查爾德·布魯哈德優秀教學獎」（The Richard B. Brudhead’ 68 Prize for Teaching Excellence, 2019）的作家蘇煒，教授於耶魯，一直堅守中文寫作，發表的長篇小說《迷谷》、《米調》及散文和詩歌集，全部用中文完成。美國的嚴歌苓、加拿大的張翎等「新移民小說家」，都有雙語寫作的經歷。但最終選擇了中文寫作，成爲在國內享有盛名的華人作家。電影《金陵十三釵》、《天浴》和《餘震》等，都是根據嚴歌苓和張翎小說改編的。

華人文學的概念，開闊了學者研究的視野。無論是對中文系的華文文學與外國文學，還是對外語系的外國文學研究，同樣都具有互補的研究「價值」，是雙重研究的對象，也是中國外國文學研究的優勢。隨著海外移民歷史的發展，華人文學的研究領域將顯示出巨大的潛力。

我們認爲，對華人文學的研究，有廣闊的認識領域和想像空間。一些文學研究學者倡導的華人文學屬於中國文學的說法，當然也有一定的說服力，應該給與理解。但是，把華人文學拉入一個固定的地域、範疇和類別，提出某些「誤導性」的觀點，我們是不苟同的。這些包括強調華人作家（甚至包括華裔作家），他們文學的「文化堅守」仍然是祖地原生的，甚至列舉像湯婷婷、趙建秀等一批華人後裔的非華文創作爲例，儘管他們身上可能存在「文化誤讀」的現象，仍具有講中國人「圈子」故事的中華特徵，並以此來解釋中國文學的跨文化的「存在性」。例如，對海外華人文學是否屬於「中國文學」的理解中，陳思和曾設定有三個理由：「首先就是語言（中文），其次是審美情感（民族性），最後是所表述的內涵。同時還有三條外在標準，即這些創作是在什麼地方發表、哪些人群閱讀，以及影響所及的主要地區。」（註一八）由此「暗示」華文文學包含著一部分華人、華裔作家的非華文寫作，顯示出了「中國文學」的概念。並把他們文學創作的價值等同來看。

我們確信，海外華人文學的存在有其自身的文化、歷史現實和本土背景，它應該屬於外國文學與中國文學研究的共同範疇。這種雙重性，以一九八〇年以後出現更多的海外雙語作家爲代表。他們在展示著一種創造性的文學活動，成爲祖地文化與本土文化相融的寫作群體。海外華人文學是一種偶然和必然的地域、文化、種族文學的交融體。世界文學史也證明了這一事實。著名法裔捷克作家米蘭．昆德拉（Milan Kundera）是一個最好的例子，他在年過六旬後才開始用法文寫作。這一壯舉反映出這位小說家的文學在祖地文化與本土文化交織中的「質變」。昆德拉從早年用捷克文撰寫著作到用法文寫作，對於他個人來說，是文學上的一個大膽冒險，說明他將法國視爲自己的故鄉。而對於研究學者來說，儘管他自認爲是法國作家，他的文學仍然被看作是「捷克文學」，這正是因爲祖地文化的不可改變性。他的文學具備「天然」的雙重性。

伍　餘論

綜合前文的論述，關於海外華人文學在外國文學研究中的定位與誤區問題，筆者有如下幾點思考：

第一，華人文學的概念具有更加廣泛的學術研究意義。它摒棄了因爲語言、地域和習慣性的傳統研究，跳出了「華文文學」、「華裔文學」和「翻譯文學」等更爲狹隘的文學概念，打開了更廣闊的視野。概括了華人移民文學的總體概念和範圍。對這一概念的認識，應該作爲文學領域、特別是外國文學研究的基礎理論加以關注和研究，並明確爲學科研究的一個方向。

第二，華人文學的雙語言寫作的海外特徵，同時存在於「華文文學」、「華裔文學」和「翻譯文學」之中，是多重文學研究的綜合體。特別是作爲外國文學研究，華人文學是重要的組成部分，不應忽略、排斥和分割。

第三，華人文學存在於華裔文學的概念中，但又是華裔文學的「擴大」和「大概念」，有別於華裔文學的全部特徵。這些包括：（一）可能的「文化身分認同」的差異（因爲並不是所有人出生於本土，或第二代本土華人）；（二）在「雙語文化」多樣狀況下的文學，即具有「大中華文化」背景下的雙語寫作特徵。這些需要研究者有足夠的認識，從而得到華裔文學研究的進一步認同。

第四，學術界和教育界在整合「漢語言文學」和「外國語言文學研究」兩個系統的關係中，需關注「外國文學研究」，在兩者之間並存的不同氛圍、內容、交叉關係和各自的學術範圍。把「華人文學」納入共同的學術範圍，理順它的文學特質，對「華人文學」的存在和意義，提出完善的研究思路。

——原刊於《燕山大學學報》（哲學社會科學版）二〇二一年第三期，頁四十四～五十。

注釋

一 劉登翰，劉小新：〈關於華文文學幾個基礎性概念的學術清理〉，《文學評論》二〇〇四年第四期，頁一四九～一五五。

二 梁麗芳：〈擴大視野從海外華文文學到海外華人文學〉，《華文文學》二〇〇三年第五期。

三 古遠清：〈二十一世紀華文文學研究的前沿理論問題〉，《甘肅社會科學》二〇〇四年第六期。

四 趙慶慶：《加拿大華人文學史論：多元和整合》（北京市：中國國際廣播出版社，二〇〇九年），〈前言〉、〈目錄〉。

五 錢林森、周寧：《中外文學交流史（中國——加拿大卷）》（濟南市：山東教育出版社，二〇一五年），〈前言〉、〈目錄〉。

六 高 玉：〈論兩種外國文學〉，《外國文學研究》二〇〇一年第四期。

七 Jeffery Paul Cham, Frank Chin, Lawson Fusao Inada, Shawn Wong. *The Big Aiiieeeee: An Anthology of Chinese American and Japanese American Literature.* (New York: Penguin Group.1990).

八　王　炎：〈外國文學該如何界定〉，《文匯報》，二〇一六年二月二五日。

九　吳　俊：〈華裔美國文學作品母題「本土化」進程之歷史探究〉，《江蘇科技大學學報》（社會科學版）二〇一五年第一期。

一〇　陳思和：〈旅外文學之我見——兼答徐學清的商榷〉，《中國比較文學》二〇一六年第三期。

十一　季亞婭：〈全媒體時代的文學價值：新的「少數人」文學〉，《中國作家網》，網址：http://www.chinawriter.com.cn/n1/2016/0709/c404052-28539880.html，發表日期：二〇一六年一月二十二日。

十二　（加拿大）鄭南川：〈論北美新移民華文文學本土化趨向及其特徵〉，《鄭南川文論集》（印象——記錄——評論）（北京：中國科學文化出版社，二〇二〇年）。

十三　（加拿大）鄭南川：〈文化身份認同與北美「新移民文學」若干問題的再思考〉，《關東學刊》二〇一七年第四期。

十四　趙慶慶：《楓語新香：加拿大華裔作家訪談錄》（第一輯）（南京市：南京大學出版社，二〇一一年）。

十五　哈金簡介可參見「百度百科」，網址：https://baike.baidu.hk/item/%E5%93%88%E9%87%91/7779。

十六　《加拿大國家檔案圖書署》條文，參見「Bibliothèque et Archives Canada (BAC)」，網址：http://www.banq.qc.ca。

十七　戴爾菲娜-勒魯：《加拿大百科全書》，網址：http://www.thecanadianencyclopedia.com/articles/ying-chen。

十八　陳思和：〈旅外文學之我見——兼答徐學清的商榷〉，《中國比較文學》二〇一六年第三期。

「文化中國」視域下的世界華文文學史料

吳秀明

提出「『文化中國』視域下的世界華文文學史料」這一命題，是基於如下考慮：儘管中國大陸以外的世界華文文學及其史料十分複雜（註一），甚至對「什麼叫中國」、「什麼叫中國文學」也有不同的聲音，但就其總體而言，它們都不妨納入「文化中國」之中，並成爲其富有意味的載體。

壹　「文化中國」內涵及提出的意義

何爲「文化中國」？據有關學者考訂，作爲固定概念的「文化中國」一詞，最初來自於二十世紀七十年代末以溫瑞安爲代表的馬來西亞「華僑生」。首次使用「文化中國」這一概念，並在隨後開始逐漸爲其他學界同人所沿用，是臺灣學者韋政通和傅偉勳。其中後者曾於八十年代五次以「文化中國與中國文化」爲主題，在中國大陸發表演講，對當時的中國大陸學界產生了頗具震撼力的影響。而美國哈佛大學杜維明則是「文化中國」論說在英語世界的宣揚者，當然也是海內外學者中用心最深、同時也是理論建樹最多的一位。自一九九〇年開始，他先後在美國夏威夷東西文化中心、普林斯頓中國學社等西方學術重鎮，圍繞「文化中國」這一話題進行過數次演講，大力宣揚「文化中國」，在英語世界引起了熱烈反響。（註二）

杜維明所說的「文化中國」，包含了這樣三個層次不同卻彼此關聯的「意義世界」：一是中國大陸、臺灣、香港、澳門、新加坡等地華人所組成的社會，也包括少數民族群體，他們都是中國文化不可分割的一部分；二是中國大陸本土和臺港澳新以外，散布並僑居於世界各地的由華人所組成的包括東亞、東南亞、南亞、太平洋地帶乃至北美、歐洲、拉美、非洲等世界各地的華人社會，也就是所謂的「離散華裔」；三是與中國既無血緣又未必有婚姻關係，但卻與中國文化結了不解之緣的世界各階層人士，包括學者、教師、新聞雜誌從業者、工業家、貿易家、企業家和作家，乃至一般讀者和聽眾，他們致力於中國文化的學習和研究，力求從思想上理解中國，並用自己國家和民族語言，將這份理解帶入各自不同語系的社會中去（註三）。杜維明有關「文化中國」的界定，相對而言，他的「第三個意義世界」的劃分比較獨特，也引起了較大的爭議。因爲他不僅將華人、華裔而且將與中華民族沒有關聯的外國人，也都統統納入到了「文化中國」的範疇，這與我們傳統有關「中國」、「中國文學」或「中國文化」的概念的確有很大的不同。

杜維明爲什麼另闢蹊徑，如此強調「文化中國」，將它當作團結和籠絡包括所有心向中華文化的中國人、外國人的最大公約數呢？這與他作爲現代新儒學第三代領軍人物的「返本開新」的新儒學理念密切相關。按照他的觀點，傳統儒學在經歷了從山東向中原的第一期（秦漢時期）、從中國向東亞的第二期（宋至明清時期）發展以後，現在正面臨並進入了由東亞走向更廣闊世界發展的第三期。而這次發展不同於以往，由於西方由啓蒙導出的價值已成爲人類社會最有影響力的強勢存在，而傳統儒學由於自身的局限及受物質主義、功利主義的影響，沒有得到有效的發掘和清理，「該繼承不能繼承，該揚棄不能揚棄」，因而造成了「文化中國不僅資源薄弱，價值領域也非常稀少」。面對這一困境，杜維明認爲，儒學要爭取第三期發展，就應該超越狹隘的地域的、種族的、語言的層面，從傳統儒學或「中國文化」之外尋找價值資源。因爲「儒學的基本價值——做人的價值，要在一個自由民主的氛圍下才能發展。假如人格不能獨立，沒有自由發言的權利，沒有集社的權利，沒有突出自我價值的權利，談什麼儒家的第三期發展？」（註四）另外，從歷史和現實的角度來看，包括儒學在內的文化中國，「長期受到國際上各種不同資源的塑造，在這一過程中，英文和日文所起的作用至少和中文相等，有時甚至更大。這是不可爭議的事實。因此文化中國也應該包括第三意義世界」（註五）。

由上可知，杜維明心目中的「文化中國」實則是一個以儒學道統爲主軸的文化，它帶有超越意識形態性和個人化的浪漫想像，就其概念內涵和外延來說顯得比較寬泛，缺乏嚴密的邏輯性。但他強調文化創造性、創新性和多元性，強調「中國文化」與其他異質文化特別是與西方文化交流互動，並從他們那裡吸取資源以豐富充實自己所作的「創建性回應」的理念，無疑是值得肯定的。這也爲世界華文文學及其史料研究工作提供了方法論的啓迪。在這個意義上，我很贊同如下的觀點：杜維明有關「第三意義世界」的理念，「雖然爲『文化中國』增加了一個較爲晦暗模糊的邊緣區域或『中間地帶』，或許會在某種程度上淡化『文化中國』的文化心理屬性，但由此也大大延伸並豐富了『文化中國』的多重內涵，有助於這一概念在國際社會產生更加廣闊的輻射力和影響力」（註六）。這應該說是比較客觀公允的，它從一個側面展現了新一代儒學開放的姿態。

順便補充一句，不但是杜維明，國內外還有不少學者，如東南亞的王賡武，美國的李歐梵、王靈智，以及復旦大學的葛兆光等。他們也在近些年提出了諸如「在地的中國性」、「遊走的中國性」、「雙重統合結構的中國性」、「宅茲中國」與「周邊看中國」等概念或主張（註七），在「文化中國」問題上，也都對杜氏作出顯隱、遠近與深淺有別的呼應和詮釋。這種呼應和詮釋，儘管彼此的立場和觀點有所不同，有的甚至不無對立，但它卻反映了在全球化語境下，人們對當代中國文化走向與構建的深度關切和深切期待。這與我們通常所說的「大中華文化」還不太一樣，它似乎顯得更開放，也更開闊。

而恰恰在這點上，竊以爲現有的世界華文文學及其史料研究工作是存在著難以掩飾的缺憾的。這就是在研究時，往往基於單一狹隘的「政治中國」視角，習慣站在中國大陸的立場，於是「大陸」理所當然地就成爲了世界華文文學及其史料的「中心」，其研究也就變成了從「中心」對海外輻射的一種研究。大陸與大陸以外，它們不是相互建構，而是我對你的單向影響，彼此之間，存在著明顯的「中心」與「邊緣」的級差。其實，世界華文文學原本就與大陸現當代文學具有內在的血緣關聯。特別是臺港文學更是如此，在抗戰時期，還與大陸文學完全處於同構的狀態。香港文學在香港淪陷前，「曾是中國戰時的文學中心之一」，那時因大陸諸多作家的湧入，各種文學爭奇鬥艷，十分活躍。「而戰後左翼文學就是在香港大展身手，完成了共和國成立之前文學運動、文學批判、文學整合的演練。」只是在新中國成立後，伴隨著冷戰思潮的興起，「才開始了新的分野」，逐漸形成了與大陸文學不同的運行軌跡（註八）。如果說一九四九年以後，大陸文學史料主要是以體制管理的方式存在的話，那麼除臺灣文學尤其是五十年代至七十年代的臺灣文學外，世界華文文學史料則更多以個體零散的形式呈現。世界華文文學史料生存於不同於大陸語境，它們彼此的差異也挺大，但就總體而言，明顯呈現了因跨區域、跨文化、跨語際帶來的異質性、邊緣性、混雜性的特點——一種既不同於大陸本土原創的中國文學，也不同於所在國家和地區的主流文學，而成爲霍米·巴巴和愛德華·W·索雅所說的「第三文化空間」文學。而要對這樣一種帶有「第三文化空間」性質的文學史料進行收集、整理和研究，光是運用傳統的「中國文化」定義就不免身支力絀，需要借助「文化中國」這個概念。因爲相對「中國文化」來講，「文化中國」自然更具彈性和包容性。借助後者這個概念，它不僅能將這些史料蘊含的帶有文化基因性質的中國元素概括出來，而且還可從中寄託對華族繼往開來，實現與人類進行文化大同的浪漫想像。而抓住了這一點，也就抓住了世界華文文學史料的特質及其本質性的文化蘊涵，不啻找到了從大陸到域外華人社會的一個最大「公約數」。

作爲中國文學（同時也是世界文學）特殊而又重要的組成部分，世界華文文學從發軔到現在已逾百年，至今已有不少的積累，現在是可以而且應該進行學科「歷史化」了；而「歷史化」則離不開史料的支撐，是需要進行「史料學」建設，這也是學科發展的一個規律。中國古代文學之所以在近十多年來出現「新展拓」，其中一個重要原因就是將史料研究的視野由過去的中國擴展到東亞乃至世界，「除出土史料、電子史料以外，域外史料，特別是域外漢籍日益受到重視」。因此東亞視野、域外漢籍與漢文化圈，不僅成爲中國古代文學與世界漢學研究的一個新路徑、新動向，而且還在諸多方面和問題給該學科研究帶來了衝擊和影響（註九）。源於中國本土及重視史料，在這方面擁有豐厚積累的古代文學尚且如此，那麼，作爲二十世紀全球化產物並與之息息相關的華文文學學科，就更應該開放視野，在這方面自覺地進行跨界越疆的史料建設了。

近年來，有人針對過於空泛的理論化研究，提出「世界視野與文化還原」的「雙構性」主張，認爲只有將「全息」作爲「還原」的重要方法或手段，才能成就「大國氣象的學術」，「實現一種有根的生成，有魂的創造」。（註一〇）我們重視大陸以外的臺港澳及海外其他國家和地區華文文學史料，從中國學術和學科建設角度來講，目的就是在此基礎上，提出新的理論命題和思考方法，打破地域、文化和語言的拘囿，建立世界眼光。實踐表明，異域史料的引進是建立世界眼光的重要條件。「用外國的、世界的東西來論證中國的情況，這對於堅守『夷夏之防』，篤信『非我族類，其心必異』的國學傳統而言，確實具有革命性的意義」（註一一）。不僅如此，而且還可從海外漢學研究那裡，借鑑和吸納爲我們所欠缺的普遍重視史料的收集、整理和彙編，匯通文史的學術理念和修爲（註一二）。也許是與整個大環境有關吧，迄今大陸有關華文文學研究「重論輕史」乃至「以論代史」的傾向也是相當突出的，且概念術語特別多。這種情況的出現雖然有其必然性和合理性，不能簡單地一概否定，但畢竟有違正常的學術之道，隨著整個學科推進和學術轉型，它的弊端和不適已日益明顯地暴露出來，現在是到了反思和調整的時候了。在環環相扣而又賡續發展的文化鏈上，我們不能只享受前人饋贈的史料成果，而且也應該爲後人留下研究這一時期世界華文文學的第一手史料，這亦是我們的一種歷史責任。

貳　世界華文文學史料存在及主要類型

嚴格地講，世界華文文學史料工作在二十世紀八十年代初該學科草創之際就啓動了，經過大陸和臺港澳及海外諸多學者的共同努力，現已取得了一定的成就。但由於在相當長的一個時期內對外處於隔絕的狀態，造成史料工作的遲緩滯後和不少歷史性的誤解，它反過來影響有關這方面的研究和學科發展。因此有必要提到學科建設的「戰略調整」給予高度重視和調整。

這裡所謂的建設，包括常規的史料搜集、彙編、鉤沉和整理，同時也包括對有關特殊史料的搶救。作爲二十世紀誕生的一個新興學科，作爲只有起點而沒有終點、正在「現在進行時」的一種現代史料形態，不少華文作家或學者本身就是一部活字典和圖書館（他們其中不少人，本身就是華文文學的參與者或見證人）。所以，在借鑑版本學、目錄學、校勘學、輯佚學、考據學等傳統史料方法進行文字史料編纂、實物史料收集的同時，如何運用訪談、錄音與錄像等現代手段，對其重要而又稍縱即逝的有關史料進行突擊性搶救，開發口述史料，這個問題就顯得不無重要和必要。而正是在這方面，中國大陸華文文學領域是存在著「歷史性的欠缺」。迄今爲止，雖然出版了一些選本、選集與叢書，如中國友誼出版公司的涵蓋諸文體的《臺港澳暨海外華文文學大系》，鷺江出版社的《東南亞華文文學大系》，作家出版社的《澳門文學叢書》，黃繼持、盧瑋鑾、鄭樹森主編的《香港文學大事年表》（一九四八～一九六九），王金城、袁勇麟主編的《中國當代文學編年史・港澳臺文學卷》（一九四九～二〇〇七），以及《世界華文文學研究年鑑・二〇一三》（註一三）等等。但毋庸諱言，總體成果是薄弱的，尤其是整體性綜合性史料的整理與編纂，更是如此。相比之下，臺港及東南亞同行，較大陸就做得要好些。他們那裡，在上世紀五、六十年代，就曾出版有新加坡的方修主編的《馬華新文學史稿》、《馬華新文學大系》，香港的盧瑋鑾整理的一九三七～一九五〇年間約三百位在港中國文化人的資料等；至於近二、三十年來則更多，規模較大或較有影響的，就有陳信元總編的《臺灣文壇大事紀要》（一九九二～一九九五），余光中總編輯、李瑞騰主編的《中華現代文學大系（臺灣一九八九～二〇〇三）》，呂姿玲主編的《臺灣文學作家年表與作品總目》（一九四五～二〇〇〇），鄭明娳總編的《當代臺灣文學評論大系》，簡政珍、林燿德主編的《臺灣新世紀詩人大系》，香港青文書屋的《香港文學書目》、鄧駿捷編的《澳門華文文學研究資料目錄初編》

（註一四）等一批。只是由於各種原因，大多尚未進入大陸。

世界華文文學史料是一個龐大的題目，至目前為止，它基本處在自發的、零散的狀態。世界華文文學學科「歷史化」及「史料學」的建設，就意味著我們需要改變過去各自為政的做法，將史料工作納入協同創新的體系當中，使之組織有序，與整體華文文學研究協調一致。這無論對個體的史料工作者還是對整體的華文文學史料來講，應該說都是利大於弊的。我們無意要求大家都去搞文學史料（這不可能，也沒必要），但從學術研究和學科建設的角度講，無疑希望起碼有部分華文文學學者轉變意識，從原來的「理論化」路徑那裡抽身退出，專心做史料搜集整理這類案頭工作。

那麼，整體意義上的世界華文文學史料到底包含哪些內容和方面？或者說，世界華文文學史料的整體性、系統性體現在哪裡？這當然是很複雜的，也可作多樣不同的分類。但按照「文化中國」的理念，就史料存在形態來看（而不是依史料文體來劃分），我以為至少包括以下七方面內容或七種類型，這也是世界華文文學史料有別於大陸現當代文學史料的重要組成部分：

一　海外移民與留學生文學史料

包括二十世紀五十年代以前的早期華人移民和留學生的文學史料，也包括於梨華、白先勇等五、六十年代從臺灣出去的一批留學生的文學史料，還包括查建英、蘇煒、曹桂林、盧新華、嚴歌苓、張翎、虹影、嚴力、北島、高行健、陳謙、陳河等改革開放後從大陸出去的新移民的文學史料。關於新移民文學，近年來已有不少論文甚至論著，研究生中以此為選題也有很多。據中國知網統計，截止二〇一三年底，大陸有關新移民文學的博士論文為三十三篇，碩士論文為二二五篇（其中以嚴歌苓為選題的為一二八篇）。但它們基本都是「理論闡釋」的一種研究，真正著眼於史料收集、整理與研究，迄今為止似尚未有之。關於臺灣留學生文學的史料，在大陸與臺灣學者的共同努力下，已有一些積累，但情況仍不夠理想。而早期華人移民和留學生的文學史料，相比之下，就極為薄弱，在「理論」與「史料」兩方面都處於失衡的狀況。但恰恰是這一部分的文學史料對於研究中國近現代文學乃至歷史政治具有深遠影響。眾所周知，肇自清朝末年開始，中國就開始了第一次移民潮和留學潮，五四新文化運動的一批大家大都具有留洋經歷，其文學思想和主張早在留學時期就已形成，其文學活動在海外留學時期就已展開。這部分文學史料的缺失，對於全面正確理解現代文學具有重要作用。需要指出，留學和移民現象伴隨著整個二十世紀的歷史進程，留學與移民之間往往有著緊密的互動，呈現階段性的特點。早期華人移民以巨大的愛國熱忱支持了中國近現代的革命運動，早期留學生大都學成歸來報效祖國，推動了中國走向現代性的進程。二十世紀中期之後，留學生中的一部分由「留學」變成「學留」，轉變爲移民身分，以他們的實際成績充實並提升了海外華文文學創作乃至海外漢學成就，成爲「中國文化」在海外的代言人。

二　海外漢學與其他有關中國文學研究的文學史料

海外漢學是一個枝蔓龐雜的系統，它遍及美、英、法、德、捷克、俄、日、韓諸國，粗略可分成「純粹」和「土俗」的兩類：前者，如高本漢、普實克、宇文所安、馬悅然、顧彬等土生土成的海外漢學；後者，如夏志清、李歐梵、劉禾、奚密等，原本是中國人，後來移居到海外，並從事漢語文學和文化研究。（註一五）按照臺灣學者陳玨的觀點，海外漢學在幾個世紀的發展中，先後經歷了由「傳教士漢學」到「學院派漢學」、由歐洲「東方學」到以美國「區域研究」的二次「典範大轉移」；再過十五到二十年，還將會從歐美返回到東亞的第三次「典範大轉移」。（註一六）現在大陸有關這方面的研究成果已有不少，以致出現了某種「虛熱」或被人所詬的「漢學心態」。但眞正扎扎實實的史料工作則還是不多，尤其是美國夏志清一脈之外的東歐布拉格學派、蘇聯以及日韓等東亞漢學——也就是杜維明所說的「第三個意義世界」史料的重要組成部分，除了張檸、董外平編選的《思想的時差．海外學者論中國當代文學》（註一七）中所收的除美國外的德國、荷蘭、丹麥、加拿大、斯洛伐克、日本、韓國等論文外，系統像樣的幾乎沒有，除了偶爾有篇什論文外，整體處於空缺狀況。這需要加大力度去收集整理，當然它對我們這幾代在封閉或半封閉語境下接受教育的學者來說，難度是不言而喻的。眞正比較合適的，當屬在開放背景下成長的年輕一代，或者像王德威這樣從臺灣到美國，頻繁地活動於海峽兩岸、東南亞和西方，有著良好的東學和西學素養並會運用雙語寫作的學者。目前似乎還沒有到時候，它更多的是一種理想的構想。

三　臺灣體制性史料

這是指國民黨遷臺以後特別是「二蔣」（蔣介石、蔣經國）時代的文學史料，情況比較特殊。它與其他世界華文文學史料不同之處在於，因爲得到臺灣制度的支撐，不僅帶有強烈的政治意識形態色彩，而且成爲所在地區主導性的史料而顯得頤指氣使，處於史料鏈的最高端。具體主要由政治化政策化的講話、文告、禁令、運動、思潮、評獎等史料組成。如臺灣二十世紀五、六十年代「二蔣」的講話、禁書令及「戰鬥文藝」思潮等，名目紛繁，儼然成爲一個體系。有必要指出，臺灣上述的這套體制、性史料早在上世紀三、四十年代的大陸就有，只不過五、六十年代更加周密更加嚴厲，它顯然包含了蔣介石總結大陸文藝統治失敗的教訓之含意，是所謂的「民國文學」及其史料在臺灣的延展。因此，其史料整理和研究，就有一個考鏡源流以及與「民國文學」的參照對比的問題。現在社會和學界不少人對此不甚瞭解，在講文學與政治關係時，往往只講大陸十七年文學「一體化」，殊不知同時期的臺灣也不例外，甚至有過之而無不及。從這個角度講，收集和整理臺灣體制性史料，不僅對評價臺灣當代文學，而且對打通和整合海峽兩岸中國當代文學，探討其內在的文化性格，也有歷史意義和參考價值。

四　文化傳媒與文學教育史料

這是海外華文文學史料不可或缺的重要組成部分，它也是對百年來置身海外華人自辦華文傳媒（主要是報紙和刊物）和華文學校，以此來堅守和傳承傳統文化血脈的一個反映和概括。有關這方面，東南亞是比較突出的，可資挖掘的史料也最多。近年來，在整體文化和學風的影響下，它也逐漸引起了人們的關注。僅國家社科基金和教育部立項的研究項目就有數項，如「東南亞漢文報刊小說文獻整理與研究」（李奎）、「華文文學的跨語境轉型研究暨史料整理」（顏敏）、「中國大陸當代小說在英語世界的譯介、傳播與接受」（王西強）、「臺灣地區當代文學在美國的譯介、傳播與研究」（張曼）等。儘管是初步的，剛剛啓動，但畢竟邁出了可喜的一步。相比之下，文學教育史料就顯得較爲薄弱。其史料編纂，以前僅靠當地華人社團、華文學校的力量，近些年來在國家有關部門的支持下，已開始開展了國際合作。此所謂的文學教育史料，涵蓋教育理念、課程體系、教科書（主是文學史、作品選等教學參考書），並與社會實踐、課外活動、社會就業、繼續深造等結合起來，還要旁涉與所在國家或地區文化教育的協調與對接。時空和行業的阻隔，要獲取這方面史料的確不易。當然，它也由此給華文文學如何進行跨文化跨學科研究，探尋文學與教育之間的內在關聯，提供了「根源性」的支撐。在這方面，筆者十年前在馬來西亞華人辦的新世紀學院教學實踐，以及與來浙大就讀的馬來西亞、新加坡等華裔學生的親身接觸和體驗，對此倍有所感。由之觀之，這些華文教育史料的發掘，它的意義已超越了文學與教育本身，而帶有深摯的民族文化認同的意味。

五　重點作家與作品、各種思潮、文體與流派、評論與評獎等史料

它既包括上述的臺港澳及海外移民與留學生文學史料，也包括作爲「他者」對中國文學評判等史料，體量是很大的。前者，如港臺梁羽生、金庸、古龍、黃易、溫瑞安等的武俠小說，瓊瑤、亦舒、岑凱倫、梁鳳儀等的言情文學，它們與報紙出版物之間的關係——像金庸的武俠小說大多先在香港《新晚報》、《明報》等報紙上連載出版的「刊本」和各種單行本，然後於一九七〇～一九八〇年間進行修改出版成書的「修訂本」，再於一九九九——二〇〇六年對「修訂本」再次修改的「新修本」；從最先在報紙上發表的作品，到後來見到的「修訂本」、「新修本」，這之間如何修改及其評價，需要借鑑版本學、校勘學和現代圖書情報學等，進行綜合研究。後者，如大家熟知的高行健、莫言有關「諾貝爾文學獎」評獎史料——我們現在沒有給予及時和客觀的翻譯：莫言獲獎的頗具政治意識形態色彩的「授獎詞」被媒體簡化平面爲對「幻想現實主義」藝術的讚賞；高行健的獲獎代表作《靈山》因所謂的「政治問題」在大陸至今沒有出版，而事實上該作不僅在藝術上別具創意（諾獎「授獎詞」在這方面特別予以推崇，稱道其「在關於文學形式與結構的方面，開創了一片新的天地」），而且在思想上也頗爲正統，至少給我的閱讀感受是這樣的。這裡，需要特別提及的是量大面廣的古體詩文史料，從臺港的臺靜農、蘇雪林、董作賓、羅家倫、張大千、饒宗頤，到新加坡的潘受、張濟川、歐美的蕭公權、蔣彝、顧毓琇、周策縱、葉嘉瑩、張充和，以及遍布世界各地的眾多詩詞社團（如馬來西亞的大馬詩社、美國的四海詩社）等，他們的創作不僅是對大陸舊體詩文的重要補充，

而且也為我們研究在全球化背景下炎黃子孫深層文化心理提供了形象的依據。因此，也應該占有一席之地。

六　專題性史料

如《蔣介石日記》，因蔣在二十世紀百年歷史上的特殊身分和地位，也因其中包含豐富複雜的歷史文化內涵，自二〇〇六年在美國公布以後，事實上已對海峽兩岸文學創作和研究（尤其是抗日戰爭文學創作和研究）產生了相當大的影響，是應該而且需要納入華文文學史料視野進行研究；儘管因各種原因，只公布了一部分，大陸也只摘錄出版了一部分。又如閻連科的《四書》、《為人民服務》、《丁莊夢》，余華的《十個詞彙裡的中國》等，因各種原因一時或無法在大陸出版，而轉向海外出版的有關作品（其中大多經修改，後來又在大陸公開出版），它們在海外的出版、發行和接受，又是如何修改的等等，均可作為史料來收集，進行比較分析和研究。甚至包括劉再復、李澤厚等移居國外的有關著述、講話與學術活動等，他們在西方文化大背景下，如何以「自由知識分子」的身分與中國文學對話，這種對話較之以前有何變化，它與外在語境包括文化交流、文學閱讀、文學生活等有何關聯，凡此種種，也不妨可作專題史料進行探討。

七　實物性史料

主要是指分散在世界各地圖書館、博物館、文學館或某某中心機構中的華文文學史料，包括手稿、錄音、錄像、遺物等。對這些館藏的實物性史料進行整理和研究，為華文文學史料建設提供實體性的場所與平臺。如臺灣的「世界華文文學資料典籍中心」，香港的「香港文學研究中心」，美國哈佛大學的「費正清中國研究中心」和斯坦福大學胡佛研究所「中國現代史檔案館」等。它們由於地緣等原因，在史料收集方面具有為大陸及其他國家和地區所沒有的獨到優勢，其中有的還具重要的史料價值，甚至可稱得上是珍稀史料。像「費正清中國研究中心」和「中國現代史檔案館」，除了《蔣介石日記》外，還收藏了不少「文革」時期小報、地下刊物等。而這，恰恰是大陸所沒有的。關於這一點，下文還要談及，此處不贅。

從以上不無粗糙的分類介紹可知，世界華文文學史料無論在文化背景、思想資源還是在生成方式、具體形態等方面，較之中國現當代文學史料都不盡相同，具有自己的特點。因此，它雖然與現當代文學史料具有血緣的關係——某種意義上，它的發展直接受孕於現當代文學，特別是從事這方面研究的大陸學者，大多是由現當代文學那裡「轉行」而來，或者至少都有現當代文學的學術背景，但我們卻不應該也沒有必要按照現當代文學史料標準對它進行分類和衡估。當然，這是就總體而言，其實世界華文文學史料內部十分複雜，其所屬的每個類型都是一個世界，往往又可分為若干個子系統。限於篇幅，我們在分類時就未及細析。另外，還有口傳文學、影像文學、網絡文學、雙語寫作，以及杜維明所說的「第三個意義世界」等其他很多史料，囿於積累，這裡也只好暫付闕如。尤其是「第三個意義世界」史料，這是杜氏「文化中國」概念中最具個性和歧義，也是世界華文文學史料工作最難、最欠缺的一部分。它的「跨語種」的搜羅、整理工作，不僅對我們現有文學史料觀念，而且對今天史料工作者的知識結構提出了挑戰。這也說明，要眞正做好「世界華文文學史料」工作，必須具備與之相適的「世界性」的思維眼光和學識。

參　關於觀念性思維和實體性機制的思考

世界華文文學史料發展到今天，實屬不易。它雖不能令人滿意，但畢竟邁出切實的一步，已開始引起了人們的關注。面對這種狀況，除了呼籲社會各界給予重視和支持外，目前我們需要做的，關鍵在於總結以往史料工作的經驗教訓，根據現實的新情況，努力探尋解決的問題、方法與路徑，儘量袪弊趨利，少走彎路。

那麼，對於現實和未來的世界華文文學史料來說，它的突破和發展之路到底在哪裡呢？最迫切需要解決的問題是什麼呢？首先，最重要的，我認為是在繼續強化史料意識的基礎上，構建並確立與華文文學存在相適的跨區域跨文化的「大史料觀」。世界華文文學史料的意義和價值在於「跨」，它的特點和魅力也在「跨」。這種「跨」，使它超越了狹隘的「政治中國」的視角，不僅為我們提供了既不同於此又不同於彼的一種新型史料形態，而且還為我們觀照和把握在全球化語境下「文化中國」的豐富存在提供了堅實的事實支撐。從這個角度講，將世界華文文學史料看成是中國現當代文學在大陸以外的拓展和延伸，是不準確、不妥當的，它帶有某種的「等級制」或「中心論」的痕跡。為什麼在過去，大陸學界往往看不起港臺及海外的通俗文學史料，除了政治意識形態因素外，都可從中找到原因：這就是沒有看到進入二十世紀以後，隨著社會文化開放與族群遷徙交流，中國文學不再像以往那樣固守原有民族地域作縱向承續，而是向橫向空間拓展落地生根，它出現了以前所少見的「雙重傳統」（「中國文學傳統」與「在地文學傳統」）構成的模糊區或間性雜色的狀態。著名歷史學家葛兆光教授近年提出了「中國文化複數性」的概念，他認為中國傳統文化經過幾千年不斷的融合、凝固與疊加，已形成了複雜性、容攝性與開放性的特徵，不宜將其簡單窄化或等同於「儒家一家之學」。（註一八）如果說「中國文化複數性」早就存在於歷史，那麼在進入二十世紀以後，隨著全球化的推進，這種「複數性」的特點就得到了更突出、更充分的表現。反映在世界華文文學領域，可以說，有多少個跨區域、跨文化的「在地性」，就有多少個文學史料的「複數性」。從這個意義上講，我認為世界華文文學及其史料研究，重心應調整到對「在地性」上來，而不能拘囿於固有的「中國文化」視域。這裡所說的「在地性」，是指華文文學由中國向世界外延被賦予的帶有「人文地理學」意義的「異域」本土文化傳統，包括其所在國家或地區的政治、經濟、歷史、教育、傳媒在內的整體文化生態，這是一個立體複雜的系統工程。

有位研究華文文學的學者在最近一次會上強調指出：現在世界華文文學史料工作，只是剛剛啓動，如再推進，就要觸及而且也應該觸及史料「所在地」的歷史文化。他以馬來西亞為例，指出在那裡，華族命運以及華文創作與當地的「馬來亞共產黨」（簡稱「馬共」）的歷史有關，要再深入一步，就須收集「馬共」的有關史料。而這，在當下無疑是極具難度也是十分重要的工作，它需要得到當地的華人作家甚至包括政府部門的積極參與和大力支持。光憑一般的史料工作者尤其是大陸的史料工作者的個人努力，是不可能，也是不現實的。為此，他認為在研究散居世界各地華文文學的「華人性」或「中國性」時，有必要引進克利福德·吉爾茲的「地方性知識」觀念和方法，並據此提出了「對不同國家、地區和個體的華人不同的『文化與生存境遇』應給予充分的理解、同情和重視」，「對文學分流及其形成分流的諸種個性化、歷史性和脈絡性因素予以充分的關照」等有關主張（註一九）。這是頗有見地的，它的確也打中了當下華文文學及其史料工作的癥結所在。

當然，這樣說絕不意味著否認或切割世界華文文學與大陸母體文化之間的血緣關係。應該說，在這個問題上，近年來是有分歧的。海外有的學者，在批評大陸學界固有封閉僵硬思想觀念時，就程度不同地表現了這種傾向。如美國的史書美，她在近年來提出的「華語語系文學」概念，不僅以充滿批判性的立場，挑戰「大陸本位」，而且還帶有某種剝離乃至「去中國性」的意味。因爲按照她的這一概念的預設，中國大陸（漢語）文學與大陸以外華語文學是對立的，並且隨著「世界華文文學研究的膨脹跟中國的全球化抱負如影隨形」，它如同當年法國對法語語系一樣，已帶有某種殖民擴張的官方觀念。因而，她就將其視爲「空洞能指」，排除於「華語語系文學」之外（註二〇）。史書美此說，隱藏著巨大的學術空間，爲我們審視世界華文文學提供了尖銳而又新穎的批評視角，（註二一）但她對「中國大陸」華文文學進行排拒，這又表露了其理論存在的捉襟見肘乃至偏狹。說實在的，如果將「中國大陸」這一最大載體的華文文學也排除於「華語語系文學」之外，這樣的理論又有多大的說服力、生命力呢？其最終結果，不僅會造成域外華文文學空間的縮小，而且也將導致其理論話語的自戕，這自然不是包括海外學者在內的世界華文學者願意看到的結果。

事實上，正如不少學者所說：由於歷史與現實的原因，在世界華文文學紛紜複雜的體系中，中國大陸文學與海外華文學雖不能也不是簡單的「中心」與「邊緣」的從屬關係，但中國大陸文學的確一直在扮演和發揮著世界華文文學「本根」和「源頭」的作用，這是無可爭辯的客觀事實。這自然與中國作爲一個大國的崛起和文化輸出意識的增強，不無相關。就拿新移民文學來說，儘管他們在題材上已突破了傳統的「中國文化」或「中國性」，亦即所描寫的生活已經由中國大陸擴展到了世界各地，但就其文化取向來看，「仍然是中國的而非西方的」，更不用說新移民小說的多數作品是以作者所經歷或瞭解到的國內生活爲創作素材，它首先是寫給國內的讀者看的，並基本都是在國內出版的，用畢光明的話來說，就是「它同中國當代文學的黏連性遠遠高於它作爲海外寫作的獨立性」。故他主張將新移民文學從海外華文文學史那裡「離析」出來，當作是大陸新時期文學的「離境寫作」，而納入「中國大陸當代文學史」的範疇（註二二）。陳思和在一九九九年出版的《中國當代文學史教程》中，就較早用專章的形式對之作了「史」的歸整（註二三）。即使是與「中國文化」較爲疏遠的海外漢學，它的外部「他者」的觀察視角，在對中國文學「有獨到發現」的同時，也存在著明顯的「隔霧看花」、「隔靴搔癢」之弊。這亦從另外一個角度說明「中國文化」的獨立存在和價値。在世界華文文學研究問題上，我很贊成張隆溪提出的打破內外、互動綜合、互爲補充的觀點：「要眞正瞭解中國，就必須從不同角度看，把看到的不同面貌綜合起來，才可能接近於眞情實貌。換言之，漢學和中國本土的學術應該互為補充，漢學家不能忽略中國學者的研究成果，中國學者也不能不瞭解漢學家的著述……只有這樣，我們才可能奠定理解中國及中國文化堅實可靠的基礎，在獲得準確的認識方面，更接近『廬山眞面目』」（註二四）。那種因強調「國際視野」，而排拒「本土性」，即所謂的「外來和尚會念經」的「漢學心態」，抑或將「文化中國」與「中國文化」截然對立的說法，同樣是不可取的。

探討現實和未來世界華文文學史料的突破和拓展，還不能不提及文獻史料收藏和管理的組織機構。這裡所說的組織機構，主要是指博物館、圖書館、文學館及某某資料中心等。世界華文文學史料比較特殊，它散布於全世界，量大面廣，且往往與居住國家和地區政治文化糾葛在一起，獲取特別艱難不易，需要憑藉居住國家或地區政府及群體的力量，方能提供一個堅實的平臺。中國大陸從一九八二年在暨南大學召開的首屆臺港文學學術研討會開始，就十分重視華文文學史料的搜集工作，並有組織有計畫地啓動了史料建設，包括有關的文學總書目、文學期刊目錄、報紙文學副刊目錄、文學活動大事記、作家辭典、研究論文索引，以及各國各地區的作品總集、各文體作品選、著名作家文集等。但由於思想觀念和經費等原因，加上渠道不通暢，除北京的中國現代文學館收有臺港澳及海外華文學史料（據統計，在中國現代文學館六十五萬件館藏中國現當代文學史料中，也有相當數量的華文文學史料，目前已建海外華人作家文庫十三個，接受捐贈文物文獻史料的海外華人作家有一百多位，海外華人文學社團及機構二十多家）（註二五），以及暨南大學、廈門大學、福建師大、汕頭大學等建有臺港澳及海外華文文學資料中心外，總體情況並不樂觀，推進也比較緩慢。許多華文文學史料不是收藏在各大圖書館，而是天女散花般流落在民間個人的手上，不能發揮它應有的作用。一位學者在回憶大陸華文文學史料曾不無感慨地說，當年「要在圖書館覓得一本境外的文學讀本，可能比自費去新、馬、泰的旅遊還要困難」，研究者的史料大多是靠境外朋友所送，以至出現「個人收藏的要超過國家圖書館」這樣一個極為弔詭的現象，他們基本就是在這樣一個知之甚少的情況下才進入研究的（註二六）。這裡，雖然講的是上世紀八十年代以前華文文學史料情形，到今天已有所改善，但卻不能說有根本性的改觀，史料的問題仍然是成為制約目前大陸館藏機構的一個「瓶頸」。豐富的館藏是從事華文史料工作的基礎。如果沒有在「實體性機制」上有根本的改觀，光是研究者「觀念性思維」的突破，顯然是不夠的，它是無法眞正擺脫「以有限史料作無限批評」的窘迫困境，更不要說將華文文學研究和學科進行歷史化、經典化了。職是之故，如何組織和聯合海內外學界同仁，通過各種行之有效的措施，特別是現代網絡開放快捷的方式、通道與路徑，很好地利用和發掘資源，共同建立一個完備的世界華文文學史料庫，使之成爲華文創作與研究的「共享平臺」，這個問題就顯得日益迫切和重要。

臺港及海外有些做法，在這方面就可資借鑑。如香港中文大學中文系於一九九九年在該校圖書館建立「香港文學資料庫」；二〇〇一年七月，還成立了「香港文學研究中心」，該中心主要工作是將日漸散佚的香港文學資料，做系統性整理和研究，並制定了九項長短期工作目標。在臺灣，近幾十年來，有關籌設文藝資料中心的呼籲一直也沒有停止過。一九九三年九月，臺灣「文建會」曾召開「現代文學資料館」第一次規畫小組會議，宣布初步的規畫及發展目標。一九九八年，臺灣世新大學「基於文史資料保存及華文文學推廣之實際需要」，還成立了「世界華文文學資料典籍中心」。據有關材料介紹，該中心初擬有四個子計畫，目前已收藏有臺灣「世界華文作家協會」捐贈的該會所有檔案、圖書及作品，還希望藉此擴大搜集全世界其他華文文學組織的檔案、資料、私人收藏的著作及作家作品，使之成爲臺灣乃至全世界收集海外華文文學史料最完備的中心（註二七）。臺港雖然沒有大陸現代文學館這樣集博物館、圖書館與檔案館爲一體，規模較大而又頗具權威性的組織管理機構，但從重視的程度及其總體情況而言，應該說是走在大陸的前面。他們提出並正在實施的有關史料建設規畫，也值得引起我們重視。

世界華文文學是根源於「中國文化」的一種跨區域、跨文化，甚至是跨語種的文學，也是與中國大陸現實國情和整體推進血肉與共的一種新型的文學。可以預期，隨著中國外部社會文化生態的變化，隨著孔子學院及漢語教學在全球的普及和推廣（註二八），世界華文文學必將在現有基礎上有進一步拓展。當然，在推進的過程中它必將會遇到許多新情況和新問題，包括「中國文化」的中國性與在地性、同質性與多樣性、文化身分與現實語境、漢語寫作與非漢語寫作關係等等。現成的答案自然是沒有的。但只要立足中國當下現實，而又秉持開放的國際視野，我們完全有理由相信，它是可以找到自己的發展路徑的。未來世界華文文學及其史料發展，也許就在對這些「關係」的動態的把握之中。

——原刊於《文藝研究》二〇一五年第七期

注釋

一　「世界華文文學」有廣義與狹義之分：廣義的「世界華文文學」是由「中國大陸文學」、「臺港澳文學」和「海外華文文學」三個板塊構成；狹義的「世界華文文學」則專指「臺港澳」和「海外」兩部分。本文基於論旨的考慮，在這裡取狹義說。

二　參見張宏敏：〈「文化中心」的概念溯源〉，《新圳大學學報》二〇一一年第三期。

三　郭齊勇、鄭文龍主編：《杜維明文集．編序》第一卷（武漢市：武漢出版社，二〇〇二年）。

四　杜維明：〈「文化中國」精神資源的開發與創建〉，《東方》一九九六年第一期。

五　杜維明：〈「文化中國」精神資源的開發與創建〉，《東方》一九九六年第一期。

六　沈慶利：〈海內外「文化中國」正當其時〉，《大眾日報》二〇一四年十一月十二日。

七　王德威：〈文學地理與國家想像：臺灣的魯迅，南洋的張愛玲〉，《揚子江評論》二〇一三年第三期。

八　張武軍：〈新史料的發掘與抗戰文學史觀之變革〉，《中國現代文學研究叢刊》二〇一〇年第二期。

九　參見張伯偉：〈中國古代文學研究的新展拓〉，《文藝理論研究》二〇一三年第四期。

一〇　參見楊義：《老子還原》（北京：中華書局，二〇一一年），頁五；楊義：〈現代中國學術方法綜論〉，《中國社會科學》二〇〇五年第三期。

一一　葉舒憲：〈人類學「三重證據法」與考據學的更新〉，《書城》一九九四年第一期。

一二　如伊藤虎丸、北岡正子的日本漢學研究，就編纂出版了《創造社資料彙編》、《摩羅詩力說材料來源考證》等，而李歐梵受費正清和史華慈等前輩的影響，像《上海摩登》等有關研究，也都貫穿和體現了文史兼備的學術路向。

一三　《大系》編輯委員會：《臺港澳暨海外華文文學大系》（北京市：中國友誼出版公司，一九九三年）；《東南亞華文文學大系》（廣州市：鷺江出版社，一九九五年）；《澳門文學叢書》（北京市：作家出版社，二〇一四年）；黃繼持、盧瑋鑾、鄭樹森主編：《香港文學大事年表》（一九四八～一九六九）（香港：香港中文大學，一九九六年）；王金城、袁勇麟主編：《中國當代文學編年史・港澳臺文學卷》（一九四九～二〇〇七）（濟南市：山東文藝出版社，二〇一二年）；《世界華文文學研究年鑑・二〇一三》，《華文文學》增刊（二〇一四年）。

一四　陳信元總編：《臺灣文壇大事紀要》（一九九二～一九九五）（臺北市：行政院文化建設委員會，一九九九年）；余光中總編輯、李瑞騰主編：《中華現代文學大系（一九八九～二〇〇三）》（臺北市：九歌出版社，二〇〇三年）；呂姿玲主編：《臺灣文學作家年表與作品總目》（一九四五～二〇〇〇），（臺北市：國家圖書館，二〇〇二年）；鄭明娳總編：《當代臺灣文學評論大系》（臺北市：正中書局，一九九三年）；簡政珍、林燿德主編：《臺灣新世紀詩人大系》（臺北市：書林出版公司，一九九〇年）；《香港文學書目》，（香港：青文書屋，一九九六年）；鄧駿捷編選：《澳門華文文學研究資料目錄初編》（澳門：澳門基金會，一九九六年）。

一五　張學昕：〈海外漢學、本土批評與中國當代小說〉，《中國現代文學研究叢刊》二〇一四年第十期。

一六　蘭　平：〈漢學「典範大轉移」與「新漢學」的來龍去脈——陳珏教授訪談錄〉，《文藝研究》二〇一四年第十期。

一七　張　檸、董外平編選：《思想的時差・海外學者論中國當代文學》（北京市：北京大學出版社，二〇一三年）。

一八　葛兆光：〈注意「中國文化的複數性和典型性」〉，《北京日報》二〇一四年九月二十二日。

一九　即指福建省社科院的劉小新研究員，這是他二〇一四年十一月二日在南京第三屆「二十一世紀世界華文文學高峰會議」上的發言，筆者當時在現場。引文見他提交的會議論文〈在大同詩學與地方知識之間〉。這裡未經他同意發表，在此向他表示歉意。

二〇　史書美：〈反離散：華語語系作爲文化生產的場域〉，《華文文學》二〇一一年第六期。

二一　王德威對「華語語系文學」作了較多的辨析，參見王德威：〈華語語系文學：邊界想像與越界建構〉，《中山大學學報》二〇〇六年第五期；王德威：〈「根」的政治，「勢」的詩學——華語論述與中國文學〉，《揚子江評論》二〇一四年第一期。

二二　畢光明：〈中國經驗與期待視野：新移民文學的入史依據〉，《南方文壇》二〇一四年第六期。

二三　詳見陳思和主編：《中國當代文學史教程》第二十一章第三節（上海市：復旦大學出版社，一九九九年），頁三五七～三五九。

二四　張隆溪：〈中國文學和文化的翻譯與傳播：問題與挑戰〉，《光明日報》二○一四年十二月十五日。

二五　據中國現代文學館有關網站顯示：迄今爲止，該館館藏的總圖書爲三九四一二二冊；另有報刊一五九一六一冊，手稿二八一五五件，信函二八四八○封，書畫一九一八幅，實物五○六一件，照片二四七二七張，特藏三○六件，影像三八二九段，錄音六三九段等。所有這些，加起來總數是六四六三九八冊（件），即六十五萬冊（件）左右。而港澳臺及海外華文文學館藏數，該館並未給出具體的統計數據。但據二○一二年六月二十九日新聞稿報導：「近年來，文學館在傾力建造『海外作家文庫』中，得到了許多海外作家的響應，他們捐款捐物，給予了極大的幫助。目前文學館已建海外華人作家文庫十三個，接受捐贈文物文獻資料的海外華人作家有一百多人，海外華人文學社團及機構有二十家。」當時文學館將已收到的捐贈資料做了陳列，展品涉及「六十多位臺港澳及海外作家，還有部分海外華人文學社團及機構捐贈的手稿與實物二百多件，圖書版本一千六百多冊」，等等。詳見網址：http://www.wxg.org.cn/gctd/cpmldq/tsml/index.shtml。

二六　參見李安東：〈流水不腐，戶樞不蠹——世界華文文學研究中若干問題討論〉，《復旦學報》二○○三年第五期。

二七　以上有關臺港華文文學史料機構部分文字描述，引自袁勇麟：〈世界華文文學史料學的回顧與展望〉，《甘肅社會科學》二○○三年第一期，特此說明，並向作者致謝。

二八　據二○一四年十二月七日召開的第九屆全球孔子學院會議發布訊息，現在大陸在全球一百二十六個國家和地區合建立起四百七十五所孔子學院、八百五十一個孔子課堂，累計註冊學員三百四十五萬人。有六十一個國家和歐盟已將漢語教學納入國民教育體系，全球漢語學習者已達一億人。參見馬躍華：〈紫氣東來再揚帆——第九屆孔子學院大會側記〉，《光明日報》（二○一四年十二月十日）。

華語語系文學

——花果飄零　靈根自植

（美國）王德威

在二十世紀文學發展史上，「中國」作爲一個地理空間的坐標，一個政治的實體、一個文學想像的界域，曾經帶來許多論述、辯證和啓發。到了二十一世紀，面對新的歷史情境，探討當代中國文學的時候，對眼前的「中國」又要做出什麼樣的詮釋？而這些詮釋又如何和變動中的閱讀與創作經驗產生對話關係？

當我們從事當代文學研究時，首先想到的研究對象可能是像莫言、蘇童、余華、王安憶這些小說家；顧城、海子、翟永明、西川這些詩人。但過去六十年來除了中國大陸以外，也有許多文學創作熱切地進行著，包括香港、臺灣地區以及馬來西亞華人的社群，還有歐美的離散作家群等。這些不同地域的中文創作蓬勃發展，以往都被稱爲「華僑文學」、「海外華人文學」或者是「世界華人文學」等。

二十一世紀，這樣的分野是否仍然有效呢？當我們談論廣義的中國文學時，要如何對待這些文學生產的現象和它們的成果呢？無可諱言，從民族主義、移民歷史的角度來看，這樣的定義其來有自。但是作爲文學研究者，如果嚴肅地思考文學和地理的關係時，我們是不是能夠善用觀察和反思能力，訴求一個不同的命題：「文學地理是否永遠必須依附在政治的或歷史的地理的麾下，形成對等或對應的關係？」這是文學「地理學」的第一層意義。

作爲一個文學從業者，我們必須善用處理文本時的虛構能量。這虛構的能量並不是無的放矢，也不是天馬行空的胡思亂想，而是激發我們面對生存境遇時的對話方法。在這個意義上，現實政治歷史不及之處，我們是不是可以利用文學這一虛構的媒介，展現對於過去和未來的批判或憧憬？當一種以虛構爲基準的文學空間介入到實際歷史情境裡，必然會產生碰撞，產生以虛擊實，或以虛寄實的對話關係。這是文學「地理學」的第二層意義。

國家文學是西方十九世紀以來隨著國族主義興起所形成的文學表徵。國家文學與國族地理之間的對等幾乎成爲約定俗成的現象。這一現象在最近的幾十年開始有了鬆動，文學研究者重新思考國家和文學之間對等關係的必然性和必要性。尤其是中國大陸之外的華語世界文學，也有精彩紛呈的表現，這些以中文寫作的文學作品，我們到底是把它們當作中國文學的一部分？還是華僑文學、世界華文文學？還是更偉大的「天下」文學的一部分呢？近年有什麼樣的新的論述方法和命名方式，可以用來作爲文學研究者介入這一問題的身分、立場、或者策略？

「華語語系文學」研究在近十年異軍突起，華語語系文學（Sinophone Literature）的重點是從「文」逐漸過渡到語言，期望以語言——華語——作爲最大公約數，作爲廣義中國與中國境外文學研究、辯論的平臺。Sinophone意思是「華夏的聲音」。簡單地說，不管我們在哪兒講中文，不管講的是什麼樣的中文，都涵蓋在此。但Sinophone向內、向外所衍生出來的辯證，還有與其他語系文學研究的對話，其實充滿了政治、歷史和各種各樣文學理念之間的緊張性。

Sinophone的興起，是相對以下的幾種有關（殖民屬性）文學或是文化的專有名詞。像英語語系文學（Anglophone Literature），意味在某一歷史階段，曾經有使用英語的政治勢力侵入世界另外一個地點，並在當地遂行以英語爲主導的語言、教育、文化、行政勢力。年久日深，英語成爲公用的溝通工具，一方面壓抑、剝奪了在地語言文化的原生性，一方面卻也正因爲在地的影響，英語也變得駁雜而「不純正」起來。如此形成的交雜現象，從發音、文法、修辭到廣義的話語運作、文化生產，都可得見。

以此類推，像法語語系文學，或者像巴西的葡萄牙語系文學，拉丁美洲的西班牙語系文學等現象都是因爲從十八、十九世紀以來，擴張主義——帝國的、經濟的或殖民的——所造成的文化後果。這些文學形式雖然使用宗主國所強加的語言，但畢竟離開那個所謂「祖國」的母體——離開英國、法國、西班牙或葡萄牙——已遠，再加上時間、風土雜糅的結果，形成了複雜的、在地的語言表徵。

這一方面提醒了我們在地文學和宗主國之間的語言/權力關係，但是另一方面也讓我們正視在地的文化從事者因地制宜，對宗主國的語言文化做出另類衍生、解釋、發明，於是有了斑駁混雜的語言結果：雜糅、戲仿，甚至是顛覆的創作。殖民者的話語當然占了上風，但也必須付出代價；被殖民者顛覆權威話語的力量永遠蓄勢待發。

華語語系文學是不是必須從後殖民主義角度理解呢？這個問題似是而非。我以爲即使是在有限的殖民或是半殖民的情況下，海外華語文學的出現，與其說是宗主國強大勢力的介入，不如說是在地居民有意無意地賡續了華族文化傳承的觀念，延伸以華語文學符號的創作形式。

比如一九四〇年代的上海，就算淪陷於日本，也很難想像有日語語系文學的產生；相對的，張愛玲還有其他作家的活動正是在這段期間風行一時。在東北被占領、成立傀儡政權的那十幾年，大宗的文學生產仍然是以中文爲主。臺灣的例子比較不同，因爲殖民時間長達五十年，三十年代日本官方傳媒籠罩島上是不爭之實。但臺灣仍有相當一部分文人以中文／漢語形式——如漢詩、白話中文、閩南、客家方言藝文——來延續他們對於廣義中國文化的傳承，並借此反射他們的抗爭心態。何況民間文化基本仍然保留相當深厚的中國傳統因素。所以，華語語系文學可以從帝國批判或者是後殖民主義的角度來理解，但這樣的理論框架卻未必全然有效。

在華語語系觀念興起之前，已有不少學者開始思考海外的中國性問題。過去二十年裡，西方（尤其是華裔）學者對於「什麼是中國」、「什麼是中國文明」、「什麼是中國文學」有許多不同聲音。杜維明教授提出了「文化中國」的觀念：不論中國歷史本身如何曲折，作爲文化薪傳者，我們必須維持一種信念，那就是一種名叫「中國」的文化傳統總是生生不息，爲華族繼往開來。這個文化的中國成爲從海內到海外華人社會的一個最大公約數。推而廣之更涵蓋所有心向中華文化的中國人、外國人。杜維明心目中的「文化」是以儒家道統爲主軸的文化，而在每一個地區都有不同表述。「文化中國」所產生的向心力是杜維明想像一個認知、情感和生存共同體的立足點。

出生於印度尼西亞的王賡武，隨雙親移居馬來西亞，之後到中國上大學，再回到馬來西亞繼續學業，並在英國獲得博士學位後返回新加坡、馬來西亞任教。如此的經歷說明了一位海外華人問學和國族認同的曲折路徑。對於王賡武而言，所謂的「中國性」必須是一種在地的、權宜的中國性。這個中國性也只有當你在某地落地生根之後，把個人所承載的各種「中國」文化信念付諸實踐，與客觀因素協商，才能展現出來。如此，王賡武強調的是在地的、實踐的「一種」中國性的可能；而不再強求那個放諸四海的、宏大敘事的「文化中國」憧憬。

第三種立場可以李歐梵作代表。他在一九九〇年代提出「遊走的中國性」，認爲作爲二十世紀末的中國人，哪怕是在天涯海角，只要覺得「我」是一個能夠傳承、辯證甚至發明「中國」理念的主體，哪怕多麼的洋化，也畢竟能把「中國性」顯現出來。兩個關鍵詞「遊走」和「中國性」，點出「中國性」出於個人面對世界、與之相遇的對話關係，以及因此形成一種策略性的位置。對個別主體的建構與解構是李教授說法的一大特色，反映他個人早年對浪漫主義的信念，以及世紀末轉向後現代主義的觀點。

面對中國性的問題，王靈智強調雙重統合結構，一方面關注離散境況裡華人應該保有中國性，一方面又強烈地意識到華人必須融入新環境，並由此建立其（少數族裔）代表性。他竭力在華/美兩種身分之間求得均衡，在多元族裔的美國性的前提下爭取自己的中國性，又在華人移民社群裡倡導認同美國性的必要。

以上四種立場，不論在邊緣、在中央；實踐的、想像的、政治的、文化的，都說明華語語系研究前有來者。再引用新儒學大師唐君毅先生的話，所謂「花果飄零，靈根自植」，二十世紀中國各種不同定義下的離散狀況有了「花果飄零」的感慨；在海外的中國人千千萬萬，不論如何定義自己的身分，只要能「靈根自植」，就對中國性作出新的定義和判斷。當然，「靈根」如何「自植」，日後就衍生出許多不同的詮釋。

相對以上資深華裔學者的立場，也有一系列強而有力的批判聲音。洪美恩（Ien Ang）出生在印度尼西亞的華裔和土著的混血家庭，在荷蘭完成教育，在澳洲任教。他們基本遵從中國的禮俗文化，但是在生活習慣、語言表達還有認同心態上，已經似是而非。洪美恩也許看起來像是中國人，但其實不會說中文，基本上算是外國人。而在西方，她也總因爲「類」中國背景被當作中國人的代表。這就引起了洪美恩兩面不討好的感嘆和反思。她的研究努力強調華裔乃至「中國」的多元性；對她而言，中文已經不是那個根柢蒂固的文化載體，而應該是多元華裔社會的（一種）溝通工具。

再看哈金。哈金是目前美國最受重視的華裔英語作家。他是個英語語系作者，但有鑒於他自覺的中國背景、小說選擇的中國題材，還有行文若隱若現的「中國腔」，我們是否也可以說，他也是個華語語系作家？雖然他以英文創作，但是「發聲」的位置是中國的。如此，他賦予華語語系文學一個極有思辨意義的例子。

大陸學者的反思中，葛兆光的《宅茲中國：重建有關「中國」的歷史論述》值得推薦。「宅茲中國」是根據一九六三年陝西寶雞所發掘的西周銅器上的銘文而來。「宅茲中國」在這裡有兩重指涉，一方面意味「宅」在家園裡，有了安身立命的憧憬；但是另一方面，「中國」又必須放回到歷史千絲萬縷的語境裡面，不斷地被重新定位、審視。葛兆光認爲「中國」作爲一種文化的實存主體，它總是「宅」駐在那裡，無法輕鬆用解構的、後殖民的、帝國批判的方法把它全部瓦解掉。因爲只要回到了中國的文化歷史脈絡裡面，「中國」的觀念總是以各種各樣的方式不斷迴盪在不同時期的文化表徵上。

目前有關華語語系文學的論述，首先應該介紹史書美的專著《視覺性與身分認同：跨太平洋華語語系表述・呈現》。該書是英語世界第一本以專著形式將華語語系形諸文字的著作。史書美提出幾種理論介入的方法。其中，她認爲作爲華語語系的主體，無需永遠沉浸在「花果飄零」情結裡，而應該落地生根。她不談離散，而談「反離散」。換句話說，與其談離鄉背井，葉落歸根，更不如尋求在所移居的地方重新開始、安身立命的可能。

耶魯大學石靜遠（Jing Tsu）的《中國離散境遇裡的聲音和書寫》關注海外華語語系社群身分認同問題。她指出在中國境內和境外的華語社會的文化差異會因時間流變而日益明顯，但她有意探索的是，在什麼立場上仍有形成語言共同體的可能。

我們也應當留意從馬來西亞到中國臺灣的黃錦樹。這些年他在馬來西亞的華文社群中引起了相當大的批評迴響。他對海外華語文學發展的看法的確引人深思。他認爲「馬華文學」既然是馬華社群在地創造的華文的成果，必須誠實面對自身的多重身分和發聲位置。馬華文學必須面對與生俱來的駁雜性。這樣的駁雜性當然是一種書寫的限制，但也可能成爲書寫的解放。兩者之間的交會和交鋒，形成馬華文學的特徵。

傳統定義馬華文學的來龍去脈，多半沿用五四論述，像郁達夫一九三八年遠走馬來西亞、印度尼西亞，或者是老舍到了新加坡寫出《小坡的生日》等等。這樣的譜系不能夠拋棄它對母體、母國的眷戀，甚至衍生無窮的「想像的鄉愁」；這「鄉愁」號稱正本清源，卻又飄泊難以定位。黃錦樹認爲馬華文學的中文已經離散了、「解放」了，其實就必須迎向各種不同試驗的可能。相對前輩作家所信仰的（中國的）現實主義，他選擇的試驗方式是現代主義。黃錦樹的觀點頗有愛深責切的意味，但他過於強勢的立場讓許多前輩難以消受，也不讓人意外。

面對以上各種論述，我以爲史書美提出華語語系多重論述，首開華語語系研究新局，必須給予最大肯定。而我們也可以思考不同的研究策略，史書美所持的後殖民主義理論框架，仍有辯論的餘地。其次，史書美對「海外」和「中國」所作的區分顯得過於僵化，今天中國與海外華語世界的互動極其頻繁，更何況歷史的演進千迴百轉，我們不能忽略這些年中國以及境外所產生的各種各樣的語境變化。我們必須正視漢語以內眾聲喧嘩的現象。換句話說，我希望把史書美對華語語系的思考層面擴大，帶回到「中文」的語境之內。也就是說，我們應該把「華語語系」的問題意識置入到廣大的中文/漢語語境裡面。用文學的例子來說，我們看蘇童的作品覺得有蘇州特色，王安憶的作品則似乎投射了上海語境，每一個地區作家的作品，就算使用的是「普通話」，其實都有地域色彩、文化訴求，更遑論個人風格。當我們正視這樣的漢語地域南腔北調的時候，就會瞭解語言合縱連橫的離心和向心力量從來如此，以及蘊含其中多音複義的現象。語言的配套、制約、流通，千百年來從未停歇。

——原刊於《文藝報》二〇一五年七月二十四日

華夷之變
——華語語系研究的新視界

（美國）王德威

壹 前言

「華夷之辨」是中國研究中一項歷久彌新的課題。有關華夷的論述可以遠溯上古；黃河中下游漢族聚落形成的農業文明自居華夏（諸夏），與周邊遊牧、狩獵文明形成「華夷」分野的觀念。這一觀念最初可能以地緣方位作爲判準，乃有「中國」與「東夷西戎、南蠻北狄」的區別，文化高下的寓意已經可見其中。華夷之辨的論述在中國歷史上層出不窮，影響所及，東亞從日本到韓國皆相互比照，作出具體而微的回響。（註一）

清末以來的中國面對世界現代化衝擊，與東洋、西洋接觸頻繁，華夷秩序因此有了新的變動。在這漫長的互動過程中，如何描述、定義現代的「中國性」成爲不斷辯證的話題。二十世紀中國歷經內憂外患，民族國家主義主導了政治思想論述，其極致甚至導向民粹極權。新世紀以來「中國崛起」，「天下」、「王霸」、「朝貢體系」等傳統理論捲土重來。與此同時，有識學者紛紛提醒重新理解、反省「何爲中國」的必要。如許倬雲教授強調華夏文明的複雜多義自古已然；當代中國之所以如是，是民族千百年來內與外、「我者」與「他者」交鋒與交流的結果。（註二）葛兆光教授則提出「從周邊看中國」的方法學，認爲欲瞭解中國，必先瞭解中國周邊諸國家地區如何想像、銘記、接觸中國。（註三）

近年華語語系研究崛起，反離散、去中國、在地化的聲浪此起彼落，甚至導致「寧夷勿華」的結論。論爭者的立場固然值得尊重，但也每每暴露理論掛帥，史觀和史識的不足。在這樣的語境裡回顧近世華夷論述消長，因此具有迫切意義。值得關心的是，如果華夷論述在二十一世紀的今天仍然有論述價值，我們應該如何提出問題，如何尋找答案？據此本文將處理四個方向：近世以來由日本、朝鮮發出的「華夷變態」論及中國的反應；現代中國「華夷共同體」的打造過程；新世紀以來，「華夷風起」的現象；以及「華夷之變」的芻議。本文前兩部分多有受教前賢之處，論述重心則放在第三、四部分。

我的論點是，近三百年來華夷論述的激烈轉換如果能夠提供我們任何省思，正是華夷之「辨」與華夷之「變」之間的辯證性。同樣面對歷史，前者隱含區分種族、文化、政治立場的「畛域化」（territorialization）設定，（註四）後者則藉「風」與「勢」的能動性，更新、甚至翻轉華夷關係的可能。我認為，華夷之「辨」與「變」的關鍵之一，就是對「文」——文字、文學、文化、文明——的梳理。也因此，當中國與周邊的關係面臨又一次洗牌的時代，人文學者對華夷論述的重新闡述，占有不可替代的位置。

貳　華夷變態

「華夷」之說濫觴於上古時期生活在黃河中下游地區的華夏族（諸夏）——漢族先民的古稱。華夏較早進入農業文明，與周邊以遊牧乃至狩獵為生的族群交往過程中，因為文明發展而產生高下，從而萌發了「華夷」分野的觀念。相對於中土、中原或中國，周邊域外即有所謂「東夷西戎、南蠻北狄」之稱。從「夷」的最初意義看，「夷」、「狄」實無明確褒貶義，但夷夏既然有別，華夏之於「夷」、「狄」，還是暗含了文化優越感。（註五）但考古學者已經一再提醒我們，早期華夏部族即已雜糅夷狄蠻戎等不同成分，因此所謂「華夷」之分並非絕對判準。（註六）

秦始皇建立了中國歷史上第一個中央集權帝國，為華夷秩序構築了最初的基礎。兩漢時期將日本列島的倭奴國，朝鮮半島的三韓諸國，以及中南半島和南洋諸小國納入這一體系。華夷秩序在唐代有了長足發展，甚至跨越中亞、與阿拉伯帝國及伊斯蘭體系爭鋒。兩宋王朝一直受到北方遼、金、西夏政權的威脅，但向東、向南的發展則繼承且超越了唐代。蒙元帝國雖然保留了華夷秩序的框架，但軍事征伐之外，卻未能延伸這一體系的文化內涵。明初鄭和率領當時世界上規模最大的艦隊七次下西洋，達到非洲東岸，一時所向披靡，以朝貢體系為準的國際關係達到巔峰。（註七）但明代後期華夷體系開始產生質變。傳教士文化、殖民勢力東來、滿清入主中原都為華夏文明帶來前所未有的衝擊。

一六四四年，滿族滅明，建立大清皇朝。漢族知識分子視此為正朔衰亡，天崩地解的時刻，而東亞諸國也莫不為之震動。

日本幕府儒官林春勝（一六一八～一六八〇）、林信篤（一六四四～一七三二）父子所編《華夷變態》一書，即記載明清易代之際中國的種種變化。（註八）林春勝在序言（一六七四）中寫道：

> 崇禎登天，弘光陷虜，唐魯才保南隅，而韃虜橫行中原。是華變於夷之態也。雲海渺茫，不詳其始末。如《剿闖小説》、《中興偉略》、《明季遺聞》等，概記而已。朱氏失鹿，當我正保年中，爾來三十年所，福漳商船，來往長崎，所傳説有達江府者，其中聞於公，件件讀進之，和解之，吾家無不與之。其草案留在反古堆，恐其亡失，故敘其次第，錄爲冊子，號《華夷變態》。頃間（聞）吳鄭檄各省，有恢復之舉。其勝敗不可知焉，若夫有爲夷變於華之態，則縱異方域，不亦快乎。（註九）

《華夷變態》的形式源於德川幕府時期的唐船風說書，（註一〇）意即通曉中文的官員對往來中國船隻所作盤查的報告，其內容不僅包括中日貿易、天主教會地下活動，也及於中國與世界形勢。林春勝所言充分反映當時日本學者對大明亡國的看法。所謂「華夏變於夷之態」，意味明清鼎革其實是華夏禮儀之邦變成蠻夷的過程。以往的華夷秩序淪爲失序狀態。隱含其下的，則是日本居高臨下、自命爲華夏正統的微妙立場。

明亡後，日本、朝鮮、越南初時皆不承認清朝。流傳東亞和東南亞的「小中華」觀念在此時變本加厲。（註一一）「小中華」一方面可以指涉海外靈根自植的期許，一方面也意味「去」中華並取而代之的野心。朝鮮、阮朝及日本都將自己視爲華夏正統的海外延伸。日本儒學者山鹿素行（一六二二～一六八五）在《中朝事實》把日本國稱爲「中華」。（註一二）朝鮮稱清帝「虜王」，阮朝自稱「中夏」，並在中南半島執行「改土歸流」、「以夏變夷」。（註一三）當時日本圖鑑、書籍仍把大明人和大清人看成兩國人。清朝鞏固多年後，日本等國才承認滿人統治華夏的事實，但是否視清朝爲華夏正統則另當別論。

早在漢代，日本即已進入雛形時期的華夷秩序，之後諸部落間通過征戰形成統一的政治共同體，向中國派遣使節，行朝貢之禮，藉中國王朝來確立權威地位。但日本天皇很早即有與中國對等的意識。西元六〇七年聖德太子派遣小野妹子使「唐」，因所持國書稱天皇爲「日出處天子」，令隋煬帝不悅，終迫使日本自承爲避居海隅的「夷人」。爾後日本建立自爲的華夷秩序，稱朝鮮爲「西藩」；大化革新後，視大唐、朝鮮半島諸國及日本列島諸部族爲「化外」。（註一四）以後千年，日本與中國的關係此消彼長，從「三國一」（中國、日本、印度）說到「神國觀」，從足利義滿被冊封爲日本國王到豐臣秀吉兩度攻打朝鮮、撼動明朝宗主國地位，可以爲例。德川時代的日本思想從朱子學，到古學，到國學，成爲明治時代意識形態之底色，再加上西潮東漸之後的「和魂洋才」，即是「華夷變態」之延續。

在朝鮮，「箕子朝鮮」說其來有自，各代均有詮釋，因十六世紀性理學（朱子學）大興而更爲發展。然而以「檀君」取代「箕子」作爲創始先祖之說後來居上。不論如何，「小中華」的思潮一直持續不輟。壬辰倭亂後，朝鮮全盤流行崇華思想和「崇明」意識，甲申之變因此帶來極大衝擊。遲至十八世紀，士人金鐘厚（一七二一～一七八〇）致信出使清帝國的洪大容（一七三一～一七八三）謂：「所思者在乎明朝後無中國耳，僕非責彼（指中國人）之不思明朝，而責其不思中國耳。」（註一五）更進一步，朝鮮對於中國，「所貴乎中華者，爲其居耶？爲其世耶？以居則虜隆亦然矣，以世則吳楚蠻戎鮮有非聖賢之後者矣」（註一六）。朴趾源（一七三七～一八〇五）雖提出「近夷狄而師之」，但更著眼經世厚生的實學立場。

我們也必須注意臺灣在近代浮出歷史地表的意義。十七、八世紀漢人大量移民臺灣前，臺灣已有來自各方的土著。這些民族雖同屬南島語系，但語言文化、社會組織繁雜。一六六一年鄭成功攻陷臺灣，驅逐荷蘭殖民者，所依據的名號正是「明招討大將軍」。以後二十三年鄭氏家族經營臺灣，率皆以海外正統自居。一六八三年鄭克塽降清，明宗室後人寧靖王朱術桂（一六二二～一六八三）自縊於臺南，島上大明香火告終。

誠如楊儒賓指出，明亡之後，儒家傳統學者勤王之舉不絕，如劉宗周之於福王；黃道周之於唐王；王夫之、方以智之於永曆帝；黃宗羲、朱舜水之於魯王，皆爲顯例。臺灣明鄭雖未必有大儒爲其後盾，「但在亡國、亡天下的雙重道德壓力下，中國東南地區的士人會隨鄭氏政權入臺，這是可以想像的事。」（註一七）然而臺灣不僅賡續由明宗室代表的中華正統，也同時促動東亞和東南亞的「華夷變態」。鄭氏家族明末橫行東亞與東南亞水域；因爲與日本的血緣與貿易關係，江戶文明頗見其影響。如日本禪宗黃檗宗開創者隱元禪師東渡，即由鄭氏水師護衛。而西班牙在菲律賓的殖民政權對鄭成功、鄭經兵力戒慎恐懼，與對馬尼拉漢人的高度鎮壓，亦可窺見深層結構因素。（註一八）

更重要的，華夷之辨發生在中國以內。滿人統領中原後，遺民志士以種種方式抗清未果，他們於是改弦易轍，強調正統興亡不再繫於一家一姓的宗室朝代，而訴諸源遠流長的禮樂道統。（註一九）遺民如顧炎武（一六一三～一六八二）、王夫之（一六一九～一六九二）等力倡亡國事小，亡天下事大。顧炎武曾有亡國、亡天下之說：「易姓改號，謂之亡國。仁義充塞，而至於率獸食人，人將相食，謂之亡天下。」（註二〇）呂留良（一六二九～一六八三）則有言：「華夷之分大於君臣之倫，華之與夷，乃人與物之分界，此乃域中第一義。」（註二一）這類討論所在多有，不再贅述。

雍正一朝對中國的統治逐漸堅固，然而批判其僭越華夏正統的聲音不絕如縷。一七二八年，漢族文人曾靜（一六七九～一七三五）、張熙受呂留良華夷之辨影響，試圖遊說川陝總督岳鍾琪反清，事發而下獄。雍正親自介入此案，合上諭、口供，以及曾靜自述《歸仁錄》等爲一書，命名《大義覺迷錄》，廣爲發行，不但對曾靜等的指責進行辯解，更爲滿清的正統地位作出強而有力的陳述。雍正宣稱清朝政權得自天命，不容「華夷之辨」否定：

> 蓋從來華夷之說，乃在晉宋六朝偏安之時，彼此地醜德齊，莫能相尚，是以北人詆南爲島夷，南人指北爲索虜，在當日之人，不務修德行仁，而徒事口舌相譏，已爲至卑至陋之見。今逆賊等於天下一統，華夷一家之時，而妄判中外，謬生忿戾，豈非逆天悖理，無父無君，蜂蟻不若之異類乎？（註二二）

雍正呼應《孟子》章句，強調「不知本朝之爲滿洲，猶中國之有籍貫。舜爲東夷之人，文王爲西夷之人，曾何損於聖德乎！」（註二三），「惟有德者可爲天下君」。（註二四）

弔詭的是，雍正以文化、德行，而不以地域、族裔、血緣，作爲判斷華夷的準繩，其實呼應的正是傳統華夷論述的理想（未必是實踐）。以其人之道還治其人之身，他對漢族正統觀作出巧妙回應。當然，夷夏之防如果真只是以聖德、明君分高下，也就不會有如此錯綜暴烈的歷史；隱藏在文化、德行之下種種動機的合縱連橫，不容小覷。以往學界多強調清帝的高壓統治，近年學者如楊念群等則指出其懷柔策略的效應。尤其江南士人經過甲申之後的激烈反抗，如何逐漸改變立場，接受清室正朔，不僅意味夷夏之防意識的艱難轉換，也意味識時務者委曲求全、甚至共謀唱和的種種考量。（註二五）

不論如何，經過明清鼎革，十七世紀的「中華」已由滿人瓜代，形成「惟有德者可爲天下君」的「大中華」觀。而海外的

「小中華」則由日本、朝鮮、越南等國所發揚光大。學者藤井倫明以十七世紀末日本山崎暗齋學派爲例，指出其所發展出的華夷論述可以三種不同方向界定：道德風俗優劣；主客自他關係；地理地形環境。第一指向我們所熟悉的文化決定論，強調種族血緣不是決定華夷之分的絕對原因；文化的積澱養成才更具有決定因素。第二則指向主體名分的自我決定論，強調政治實體必須就自身立場爲出發點，作出我者、他者之別。而第三指向環境決定論，強調地緣環境可以成爲華夷分野的因素。（註二六）白永瑞則以韓國爲例，說明東亞諸國在「去中華」、「再中華」的拉力中，將傳統「絕對的華」相對化，甚至異質化，以此創造政治的「際」，折衝其中，產生自爲的「柔軟的主體」。（註二七）

儘管立場各異，這些論述者都是從東亞周邊立場反思中華的意義，並從文化、主體、地理因素挑戰原本想當然爾的中原華夏傳統。至此華夷結構已經改變，其極致處，甚至將「中華文化」的母體中國也逐步排除在「中華」之外。十七世紀的日本對「華夷變態」的觀察，已爲日後淩駕中國的野心埋下伏筆。（註二八）「中國」或「中華」成爲不斷播散、置換的時空場域和想像共同體。「中國」不論虛實絕續，畢竟形成有如區域鏈的脈絡關係。無可諱言的是，華夷之變雖每以文化、文明爲論述要素，但政經、軍事、族群甚至環境因素始終無從規避。（註二九）

參　華夷混同

晚清時期，華夷秩序發生另一次劇變。十七世紀以來，西歐各國歷經政治、產業革命，發展出國家、資本、殖民主義爲中心的政經體系，並向全球擴展。在此背景下，自秦漢以來延續將近兩千年的華夏正統搖搖欲墜。一八四〇年林則徐（一七八五～一八五〇）等人面對西方軍事威脅，開始正視國際關係轉變。一八四二年，魏源（一七九四～一八五七）受林則徐囑託著《海國圖志》，書中提出石破天驚的立論「師夷長技以制夷」。傳統華夷論述一向以天朝上國爲主體，以四夷八荒爲從屬，由此建立的不僅是政治、文化秩序，更是倫理秩序。即使雍正、乾隆以滿族立場提倡的華夷論，也莫不以「中國」爲中心。

魏源的華夷論有兩重意義。乍看之下，「師夷長技以制夷」充滿功利主義暗示，頗有以毒攻毒的意味。一般以爲這是晚清中體西用論的濫觴，也是洋務運動的基礎。相對於衛道之士認爲西方技術不過是奇技淫巧，魏源認爲指南針制自周公，挈壺創自《周禮》，（註三〇）古代聖人「刳舟剡楫，以濟不通，弦弧剡矢，以威天下」，（註三一）難道也是形器之末？師夷長技其實符合聖人之「道」，甚至是創造性的轉化。

魏源的論述更發揮了「夷」的多重性解讀，爲晚清華夷世界圖景重新定位。魏源認爲，所謂「蠻狄羌夷之名」指的是那些居住在中國周邊、未習「王化」的少數民族，而不是來自歐美、具有高度文明的洋人。歐美外國人雖名之爲「夷」，但實際上他們與中國傳統認定的「夷」有所不同；他們「明禮行義，上通天象，下察地理，旁徹物情，貫串古今」（註三二），是天下的「奇士」、域外的「良友」，值得中國有識之士學習。

換句話說，魏源一方面爲中華和西方的夷創造了平等互惠的憧憬，一方面對傳統、廣義的「夷」作出內在價值高下的判斷，彷彿「西夷」可以淩駕中國周邊的蠻狄羌夷，成爲另類的平起平坐的禮義之邦。不僅如此，夷的高下之別，又牽涉到作爲主體的中國「善師」和「不善師」的判斷力。所謂「善師」意味善於掌握宗法、歷史、知識的夷情，洞察時機，一舉奏功。這裡所牽涉的就不只是知識技術的判定，也是外交技術的掌握：敵友之分從來沒有如此曖昧。

華夷之辨論述的微妙轉化在晚清最後七十年不斷展開。郭嵩燾（一八一八～一八九一）是晚清首位出使西方的外交人物。他在歐洲所見所聞讓他理解西洋文明已非古人理想所能包容；「古已有之」的邏輯必須翻轉：「三代以前，獨中國有教化耳，故有要服、荒服之名，一皆遠之於中國而名曰夷狄。自漢以來，中國教化日益微滅；而政教風俗，歐洲各國乃獨擅其勝，其視中國亦猶三代盛時之視夷狄也。中國士大夫知其義者尙無其人，傷哉！」（註三三）換句話說，如果判斷夷夏的標準是文化、文明之有無，則歐西各國已經超越中國，猶似三代之於夷狄。晚清的重要文人王韜（一八二八～一八九七）也重申華夷之分的浮動性：「《春秋》之法，諸侯用夷禮則夷之，夷狄之進於中國者則中國之……故吳、楚之地皆聲名文物之所，而《春秋》統謂之夷。然則華夷之辨，其不在內外，而繫於禮之有也明矣。苟有禮也，夷可進爲華；苟無禮也，華則變爲夷，豈可沾沾自喜，厚己薄人哉？」（註三四）

尤其值得注意的是譚嗣同（一八六五～一八九八）。青年時期的譚也是中體西用的追隨者，但甲午戰後他的思想發生轉變。在〈與唐鈸丞書〉中他寫道，「三十年後，新學灑然一變，前後判若兩人。三十之年，適在甲午，地球全勢忽變，嗣同學術更大變化。」（註三五）面對西方，他認爲「彼即無中國之聖人，固不乏才士也。」（註三六）聖人之道不但爲中國所有，亦爲外國所有。「道非聖人所獨有也，尤非中國所私有也。」（註三七）聖人之道既然是順天應人之學，如果中國不如西方，又何妨不以西方爲師：「聖人之道，果爲盡性至命，貫徹天人，直可彌綸罔外，放之四海爲準。」（註三八）

無論如何，從太平天國的天啓號召到義和團事變的扶清滅洋，從幼童留美的西學憧憬到戊戌變法的新政實踐，無不顯示華與夷之間從信仰、知識到政教體制的緊張性，而這一緊張性一直延伸到今天。但這只是清末華夷論述面向西洋與東洋刺激所產生的回應。中國以內的華夷秩序也同樣發生變動。就在八國聯軍席捲中國北方的同時，南方的革命勢力興起。而其號召無他，正是「驅除韃虜，復興中華」——強烈的漢族主義。（註三九）自命爲「華」的大清又被打回「夷」的位置。

葛兆光教授近年對中華與域外研究致力甚多，在〈納四裔入中華〉中他指出晚清反滿論述蘊含兩種不同動力。代表者分別爲章太炎（一八六九～一九三六）和梁啓超（一八七三～一九二九）。一九〇一年以來章太炎發表系列文章（〈正仇滿論〉（一九〇一）、〈中夏亡國二百四十二年紀念會書〉（一九〇二）、〈駁康有爲論革命書〉（一九〇三），反覆強調中國是炎黃子孫，華夏後裔，只是被蕞爾東胡「侵及關內，盜竊神器，流毒於中華」。（註四〇）在〈正仇滿論〉末，章甚至認爲對漢族而言，「日親滿疏」：「自民族言之，則滿、日皆爲黃種，而日爲同族而滿非同族」。（註四一）他在〈中華民國解〉一文中更有言，中國之所以稱「中國」，正是與「四裔」相對，（註四二）且不說滿洲，就是西藏、蒙古、回部，「三荒服則任其去來」，不必圈限在中華國界之內。相對於此，朝鮮、越南和緬甸「雖非故土」，因爲文化長期受到中國影響，反倒可以因勢利導，可以收歸域內。

但章太炎思想複雜，我們必須審慎以對。學者如林少陽點明章的民族主義「其中有廣大者」。也就是說，章的種族主義未必僅局限於漢族中心論，也含有協助解放其他弱小民族的悲願。這不僅與章氏「鼎革以文」政治文化立場有關，更必須以他得自莊子、佛學的「個體爲眞，團體爲幻」的思想爲底線。（註四三）章氏種族主義論的另一面，是他的無政府、無聚落、無人類、無眾生、無世界的「五無論」。由此形成的二律悖反關係，與現代國家民族主義機械論大相逕庭。

同爲一九〇一年，梁啓超發表〈中國史敘論〉，認定漢、苗、藏、緬、蒙古、匈奴、通古斯族都應包含在中國範疇之內。梁啓超雖然支持民族主義，但他的觀點恰與章太炎形成對照。章將華夷之辨當作是內部種族革命的動員力量，梁將華夷之辨當作是團結中國對抗西方帝國主義——西方的夷——的整合觀念。（註四四）一九〇五年，梁啓超又發表〈歷史上中國民族之觀察〉，再次強調「中華民族」，即普通所說的漢族，也並非一個血緣的單一民族，而是由多個民族混合而成的。歷史上各種民族逐漸融入，所以「現今之中華民族，自始本非一族，實由多數民族混合而成。」（註四五）。「異族」都應當包容在「中國」之內。他指出民族本身就是在歷史過程中不斷融合，漢族原本也不是單數：雖然漢族號稱黃帝子孫，但他們「果同出一祖乎？」（註四六）按照梁啓超對於「中國」的想像，雖然中國本部有十八行省，但也應包括屬部如滿洲、蒙古、回部、西藏，「中國，天然大一統之國也，人種一統，言語一統，文學一統，教義一統」（註四七）。由梁啓超所鼓吹的華族觀念歷經二十世紀初的政治文化運動，逐漸成爲國家主流論。孫中山提出的「五族共和」論，還有時至今日的五十六族共和論，與此一脈相承。（註四八）

值得注意的是，五四之後曾有一批學者勇於更新華夷看法，最著名的首推顧頡剛（一八九三～一九八〇）。一九二〇年代顧推動「古史辨」運動，重新審視以往視爲當然的三代歷史、經典和傳說。他提倡「層累地造成古史」觀，認爲所謂中華民族象徵的炎帝、黃帝，堯、舜、禹，甚至歷史本身的不斷積澱延伸，都是後之來者的神話再造。一九二三年在〈與錢玄同先生論古書〉文中，顧提出（一）推翻「非信史」，「打破民族出於一元的觀念」；（二）「打破地域向來一統的觀念」；（三）「打破古史人化的觀念」；（四）「打破古代爲黃金世界的觀念」。（註四九）顧的史觀充滿日後所謂的「後設」機鋒；華夷之分不僅被歷史化，甚至被敘事化。如此形成的中國版想像的共同體自然難以見容傳統史家，甚至引來動搖國本的撻伐。

有了顧頡剛開風氣之先，學者對古代「何爲中國」的研究此起彼落。師承王國維的徐中舒（一八九八～一九九一）一九二七年發表〈從古書中推測之殷周民族〉，一反三代同出一源的傳統說法，提出殷、周屬於不同民族。同年，蒙文通（一八九八～一九六八）的《古史甄微》提出「古史三系說」，認爲中國上古民族分爲江漢、海岱、河洛三系，其部落、姓氏、居住地域各不相同，經濟文化各具特徵。（註五〇）「三系學說」和「古史辨」學派的觀點迥然不同，唯在史識的突破上可以相提並論。一九三三年，傅斯年（一八九六～一九五〇）發表〈夷夏東西說〉，提出商代是由東夷和西夏逐步融合而成。（註五一）東西少數民族的對峙、互動、融合形成了華夏文明。這些學者師承不同，關懷各異，但對中華民族的構成卻都強調了多元分歧的特徵，這無疑反映了五四以來啓蒙精神的啓發，以及世界文明觀念的改變。

左翼方面，早在一九二二年中共上海第二次全國代表大會的〈二大宣言〉，即強調蒙古、西藏、回疆三部實行自治，成為民主自治邦；並用自由聯邦制，建立中華聯邦共和國。中共早期的民族聯邦觀頗受蘇聯民族政策影響。（註五二）但當時的「自治」與現在「自治區」的自治涵義大為不同，而更有民族自決的可能。在文化政策上，則有瞿秋白（一八九九～一九三五）等以國際共產革命的立場倡導「文化革命」，廢除漢字漢文，以拉丁化代之。按照瞿最激烈的邏輯，華與夷必須同時抹除，以為超越國家民族的無產階級世界革命鋪路。（註五三）

然而這樣眾聲喧「華」的局面在抗戰前夕戛然而止。為了團結一致抵抗日本侵略，上述學者紛紛改弦易轍，強調民族統一的必要性。華夷之辨再度由內部的族裔分梳轉為一致對外的民族大義。顧頡剛曾經強烈提倡種族歷史多元論，但在一九三九年發表了著名的〈中華民族是一個〉：「我們只有一個中華民族，而且久已有了這個中華民族！」「我們對內沒有什麼民族之分，對外只有一個中華民族！」（註五四）與此同時，中共對於民族自治的主張也改弦易轍。王柯注意到從一九三四年〈中華蘇維埃共和國憲法大章〉到一九四四年周恩來提出的「中國境內的民族自決權」民族政策的演變。中共前期民族自決論曾承認民族獨立的選項，但後期的民族自決論則否定民族獨立，轉而提倡中華國家之內平等聯合關係。（註五五）

但什麼又是「民族」呢？顧頡剛對民族的定義又引來更多論戰。顧強調中國國各「種族」原無界限，經過千百年雜糅交錯，各自分立。但在西方與日本帝國的壓迫下，必須聯合抗敵。另一方面，著名人類學家費孝通（一九一〇～二〇〇五）則強調各少數族裔的民族特徵不容抹殺，即使在團結抗戰的大纛下，也必須正視族群多元存在的事實。顧、費針鋒相對，各有所偏。顧強調法理意義上一體的民族國家（nation-state），而費側重人類學意義上多元的民族族裔。誠如胡體乾指出，如果顧頡剛將民族作出政治化的詮釋，已有國家主義傾向；另一方面費孝通則可能低估了族群之間齟齬所帶來的政治摩擦，未必能以他日後的名言「多元一體」輕易抹平。（註五六）誠如柳鏞泰教授所指出，民國時期的領土與邊疆論述一方面帶有現代國家的主權、領土、自決訴求，但另一方面仍然不脫傳統皇朝（尤其是清朝）的藩屬及朝貢國想像，以至從安南到朝鮮、從緬甸到琉球都成為籠統的中華域外延伸。（註五七）

將焦點轉向海外，近現代的「夷」搖身一變，成為中國疆域以外異族、異國的化身。華人移民或遺民初抵異地，每以華與夷、番、蠻、鬼等作為界定自身種族、文明優越性的方式。殊不知身在異地，易地而處，華人自身已經淪為（在地人眼中）的他者、外人、異族——夷。更不提年久日深，又成為與中原故土相對的他者與外人。遺民不世襲，移民也不世襲。在移民和遺民世界的彼端，是易代、是他鄉、是異國、是外族。誰是華、誰是夷，身分的標記其實游動不拘。

回顧嚴復、梁啓超、孫中山等人所代表的華夷論述，我們不難發現其中的混同成分。「漢族」、「五族」、「大中華」、「大亞洲」乃至「世界」的認同，可能發生在同一個思想家不同時期甚或同一時期裡。從康有爲到梁啓超，從孫中山到李大釗、毛澤東，都是熱烈的民族主義者，都贊同（廣義）亞洲主義，也都有世界主義情懷。他們在種族論和文明論之間擺盪，既回應傳統華夷之辨，也迎向華夷之變。如許紀霖所見，「如同古代的天下主義與夷夏之辨複雜地糾纏在一起一樣，近代中國特殊的種族論與普世的文明論也同樣互相鑲嵌，互爲理解背景框架。」（註五八）至於何者居於支配性的位置，有歷史大勢所趨，也有因時、因地、因人而異的偶然機遇。

肆　華夷風起

時至二十一世紀，華夷論述似乎捲土重來。在中國境內，自從上個世紀末「中國可以說不」、「大國崛起」以後，民族國家主義如虎添翼，成爲「新時代」的共同話語。「多元一體」、「只有一個中華民族」、「文明等級」儼然是官方及左翼學者處理民族論的金科玉律。在中國以外，「一帶一路」、「孔子學院」等政策不但確立走向世界的國際觀點，也與帝國盛世傳統遙相呼應。就本文觀點而言，兩者都是華夷秩序的當代回應。

而在海外，最受注目的論述則非華語語系研究莫屬。這個譜系至少包括如杜維明教授的「文化中國」、王賡武教授的「地方／實踐的中國性」、李歐梵教授的「遊走的中國性」、王靈智教授的「中國／異國雙重統合性」等立論；以及如周蕾教授的「反血緣中國性」、洪美恩（Ien Ang）教授的「不能言說中文的（反）中國性」、哈金教授的「流亡到英語」等反思。這些學者各據海外一方，也各有立論動機。大抵而言，前一組學者雖承認華人離散的境況，卻力求從中找出不絕如縷的文明線索，想像「花果飄零，靈根自植」的可能。後一組學者則質疑任何「承認」的政治；他們解構血緣、語言、書寫，主權作爲實踐或想像「中國」共同體的合理合法性，甚至不無連根拔起的嘗試。

當代華夷論述的兩端可以汪暉（一九五九～　）和史書美（一九六一～　）爲代表。汪暉是中國大陸新左派的領銜人物，他的《現代中國思想的興起》曾從朝貢體系角度，遙想中華帝國處理內外關係的策略與理想。汪近年向國家——民族主義靠攏，對西藏問題、朝鮮戰爭、甚至琉球歸屬都有特定見解。（註五九）他擅長從區域甚至世界史角度解釋問題，強調中國現代經驗不應被西方論述包裹，而自成反現代的現代性。以西藏爲例，他指出這一地區的複雜性不能以單一民族國家主義解釋，而必須顧及西藏獨特政教／世俗傳統、西方殖民勢力、當代經濟市場主義等彼此勾連下的有機關聯。（註六〇）更進一步，他提出「跨體系社會」說，視「不同文化、不同族群、不同區域通過交往、傳播和並存而形成了一個相互關聯的社會和文化形態。」（註六一）王銘銘的「超社會體系」的文明論對汪的影響清晰可見——但王銘銘的人類學導向使他的論述不似汪暉那樣旗幟鮮明；擺動在「國族」與「文明」之間，王不乏意在言外之處。（註六二）

汪暉的述作引經據典，論證細緻，但每有理論（甚至意識形態）先行的傾向。他的「跨體系社會」說接續他的「朝貢體系」說，其實都預設一個不言自明的中國中心論，雖然他也想像這一中心自我解構的可能：

> 作爲「一個人類社會」的國家不但涉及物質文化、地理、宗教、儀式、政治結構、倫理和宇宙觀及想像性世界等各種要素，而且還要將不同體系的物質文化、地理、宗教、儀式、政治結構、倫理和宇宙觀及想像性世界連接起來。（註六三）

事實上，朝貢——藩屬——藩地等關係並不是均質的，它總是根據參與者的特徵而產生變異。因此，儒家思想的政治性就表現在它對自身邊界的時而嚴格、時而靈活的持續性的界定之中。依據不同的形勢，華夷之辨、內外之分既是嚴峻的，又是相對的，不同時代的儒者政治家根據不同的經典及其解釋傳統，不但提出過一系列解釋，而且也將這些解釋轉化爲制度性的和禮儀性的實踐。（註六四）

論者卻已指出，不論汪暉如何強調歷史的體系複雜，中國的多元一體總是一個「超穩定結構」，過去由朝貢體系支撐，現在代之以跨社會體系。面對一元論質疑，他回應「『一個』的含義只能在『跨體系』的意義上理解，而不能在『反體系』的或『整一的』意義上理解。」（註六五）在這裡「一」也是「多」，「多」也是「一」。如此，一與多的辯證帶有他所推崇的章太炎〈齊物論釋〉中「不齊之齊」的邏輯，（註六六）卻不能掩飾「跨體系」願景裡的漏洞。如上所引述，汪暉對華夷秩序的解釋不乏模糊的描述性修辭（既是嚴峻的，又是相對的……），更規避當下國家霸權對少數族裔暴力壓制的紀錄。汪暉曾為文論朝鮮人民解放戰爭，義正詞嚴。（註六七）按照該文的革命、解放、自決論述，他理應對西藏等地區的過去與未來也持相似開放辯證態度。但西藏屬於中國，一切「維穩」至上。如此，豈不凸顯他厚彼薄此的矛盾？（註六八）

因應「大國崛起」之後的大論述，近年大陸學界對文明論重新發生興趣。論者一方面不再將中國文明的起源定於一端，轉而強調歷史發展「滿天星斗」的格局；考古學家蘇秉琦的研究因此重新受到肯定。（註六九）但另一方面，這類多元複數的文明起源論卻導向前述汪暉「一就是多」，「多就是一」的結論。以「天下論」知名的趙汀陽甚至提出將中國視為一個「政治神學」的概念——「政治神學」始作俑者施密特（Carl Schmitt）在中國魂兮歸來。趙認為，「早期中國的四方萬民為了爭奪最大物質利益和最大精神資源的博弈活動形成了以中原為核心的『漩渦』動力模式，漩渦一旦形成，就具有無法拒絕的向心力和自身強化的力量，從而使大多數參與者既難以脫身也不願意脫身，終於形成一個巨大的漩渦而定義了中國的存在規模和實質概念。」（註七〇），「中國的精神信仰就是中國本身，或者說，中國就是中國人的精神信仰，以配天為存在原則的中國就是中國的神聖信念。」（註七一）這是孟子所謂「所過者化，所存者神」的世紀新解了。

相對於汪暉等偏向國家民族論立場，史書美則從後殖民反帝國主義立場推動華語語系研究。她強調清帝國以來中國（面對藏、蒙、新疆及其他少數族裔）的「內陸殖民性」（continental colonialism）；中國海外移民在移居地充滿掠奪性的「定居殖民」（settler colonialism）行徑；以及落地應該生根的「反離散」（anti-diaspora）論。（註七二）在強烈批判中國殖民霸權的前提下，史書美將研究範圍劃定為海外華語地區以及中國大陸以內的少數民族區域。她將傳統大陸漢語地區完全排除在外，視之猶如毋庸置疑的民族一體，其實不自覺地「承認」了當代中國漢族中心主權。她認為海外華人一旦遷移海外，應該落地生根，溶入在地文化。更有甚者，她認為華人社群從臺灣到馬來西亞再到歐美，去中國化勢在必然：年久日深，「華」的身分注定日漸稀薄，自動轉化為「夷」——與「華」不再相干。

史書美的「尊夷攘華」論每每引起海外反中者的共鳴。她的理論資源包括美國學院的後殖民主義、帝國批判、多元文化論，自由派人道馬克思主義等等。的確，歷來我們談論（現代）中國，多以作為主權實體的大陸為正宗，但也衍生國家民族主義情結，正統迷思，以及文學與歷史大敘述的必然呼應。史認爲華語語系研究可以另闢蹊徑。她以南腔北調的華語爲座標點，輻射出一個駁雜廣闊的華語世界圖景。這是眾聲喧嘩的世界，也是律動頻仍的世界，恰和位居大陸、同聲一氣的中州正韻形成對比，而且漸行漸遠。隱含其下的政治拮抗姿態不言可喻。

但史的立論有其破綻。她強調理論掛帥，對中國或中華歷史的複雜性缺乏理解興趣。她的論述從後殖民主義出發，將中國各朝各代都打成殖民帝國的不同版本，對弱小民族肆行壓制。我們無須遮蔽中國朝代、國家歷史種種霸權紀錄，但籠統以殖民帝國名之，顯然以偏概全。只要對中國民族、地理史，或本文所關心的華夷秩序史稍有涉獵，即可知其謬差。中國文明的起源滿天星斗，即使漢族以內也因地域、文化、時代的差距產生許多不同結構——五胡亂華以前的南方被視爲蠻夷鴃舌之地，日後成爲華夏重心，即是一例。歷代各種漢胡交會現象，或脫胡入漢，或脫漢入胡，多元駁雜的結果一向爲史家重視，更不論所謂異族入侵以後所建立的政權。蒙元、滿清只是最明白的例子。就史的論點而言，這豈不是華語語系帝國勢力「殖民」漢族的實例？

爲了運作後殖民理論，史書美強調內陸殖民、定居殖民等現象，卻未能對海外華人歷史語境作出更細緻、深入瞭解。華語語系的理論源頭固然出自英語、法語等殖民語系研究，卻沒有必要亦步亦趨，複製西方論述。她反對海外華人葉落歸根的想法，力倡「反離散」，卻忽視華人在定居國每每受到差別待遇，可能同時是殖民和被殖民者，也有「被離散」的可能。新世紀裡個人和資訊旅行早已如此頻繁，離散所投射的（地平線版）空間、畛域的離去與復歸必須置於多次元甚至異次元空間重新思考。更何況「道不行，乘桴浮於海」，我們不能輕言放棄「再離散」內蘊的政治張力與主體自決的行動力。（註七三）

汪暉和史書美都是當代學界最值得尊敬的學者。前者苦心定義當代中國政權的合法性，後者則傾力質疑中國對海外華語社群的相關性。兩人看似難有交集，但在各言其志的過程裡，卻每有若合符節之處。當史建議海外華人應該擺脫中國影響、融入移居國的多元文化，並和其他反帝反殖的力量形成聯合陣線，豈不是和汪暉建議少數民族繼續「跨體系」、融入「一就是多」、「多就是一」的中國文明，形成五十與百步的拉鋸？汪暉的「不同文化、不同族群、不同區域通過交往、傳播和並存而形成了一個相互關聯的社會和文化形態」有了跨國升級版。更令人莞爾的是，兩人都以左派自居，彷彿在最後的革命烏托邦裡可望殊途同歸。是在他們的各趨極端理論之間，我們思考華夷論述的新視野。這一視野我以「華夷風」命名。（註七四）

伍　華夷之變

以下四點可以作爲華夷風研究的起點。首先，相對華語語系（Sinophone）研究，我提出華夷（Sinophone / Xenophone）之辨/變的方向。Sinophone或「華語語系」研究源自上個世紀末，經過史書美等的倡導成爲顯學。面對中國論述，華語語系研究有其策略優勢。但史企圖對「中國」作爲主權國家、歷史進程、文明積澱、或「想像的共同體」等各個面向作一次性出清，僅保留語言作爲（日漸消失的）公分母。史固然有其立論基礎，但操作上卻簡化爲二元政治對立。在本文所論的華夷語境裡，如果只針對人民共和國霸權而提倡「華語語系」，就算師出有名，也難免墮入非此即彼的詭圈：中國中心論和反中國中心論看似對立，卻儼然互爲表裡。

跳脫這一詭圈，我認爲不妨重新思考近年在中國大陸重受重視的華夷論述，並且以子之矛，攻子之盾。如前所述，華夏和四夷的問題古已有之，到了晚清和現代尤其複雜。但就目前論述所及，仍少碰觸「華夷變態」的種種可能。杜維明教授多年前討論「文化中國」概念時，曾指出中華文化無遠弗屆，即使文化圈外圍的「夷」，也可能被潛移默化爲「華」。（註七五）這仍是萬流歸宗的想法。從周邊看中國，我們必須正視所謂的「夷」——他者、外人、異己、異族、異國——與華互動的歷史多樣性。在「夷」的語境裡，我們且思考「潛夷」和「默華」如何回應中國：甚至「夷」也可能默化、改變那個（其實意義變動不居的）「華」。

不僅如此，「夷」存在「華」之外，更存在「華」之內。從歷史眼光來看，「夷夏東西」的內外交錯、合縱連橫自古已然。而用王明珂教授不無後現代色彩的修辭來說，「華」的確立，必先以指認「夷」爲前提（註七六）。我認爲「夷」之於「華」，與其說是被「排除在外」，更不如說是被「『包括』在外」。（註七七）「包括在外」作爲表述主權的方式，一方面可以是政法性的，一方面可以是批判性的。前者關乎威權設定和維繫，後者則逆向操作，成爲自覺或自決的抗爭方法。

當代中國文學研究對海外華文文學或視而不見，或等而次之，藉此凸顯其中心典範力量，何嘗不就是「包括在外」政法權威操作？相對於此，華夷論述翻轉內與外的秩序，提醒我們華夷「變態」的「例外狀態」每每就是歷史常態；而且更進一步，面對號稱無所不包的中華文明，寧願「被包括在外」。這就形成「承認的政治」逆反。兩種「包括在外」都充分調度空間或場所的界限，形成似外實內，或似內實外的不穩定關係。

華與夷、內與外、接納與排除的分野總是變動不已。「排除在外」是簡單的非此即彼的操作。「包括在外」才是你來我往，猶若主權者般行使的判斷——甚至決斷力——的方法。也因此白永瑞教授論「大中華」，「小中華」，「去中華」，「再中華」在近世的種種「變態」，不禁有感孟子所言，「吾聞用夏變夷者，未聞變於夷者」，（註七八）必須重作詮釋：「吾聞用夏變夷者，亦聞變於夷者。」（註七九）

第二，華夷研究以「華夷風」名之。關鍵詞是與phone諧音的「風」。莊子所謂「風吹萬竅」，「風」是氣息，也是天籟，地籟，人籟的淵源。「風」是氣流振動（風向、風勢）；是聲音、音樂、修辭（《詩經》〈國風〉）；是現象（風潮、風物，風景）；是教化、文明（風教、風俗、風土）；是節操、氣性（風範、風格）。「風以動萬物也。」華語語系的「風」來回擺蕩在中原與海外，原鄉與異域之間，啓動華夷風景。我們既然凸顯「風」的流動力量，以及無遠弗屆的方向，就該在華夷理論與歷史之間，不斷尋求新的「通風」空間。

然而「俱分進化」（註八〇），風險總是存在。天有不測風雲，何況後現代與後社會主義的政治管理無孔不入，密不通風，因此任何有關「風」的理想同時也必須關乎「風險」的蠡測。風險的極致是破壞與毀滅——任何理論無從排除的黑洞。但重點是：華夷風起，在最理想和最不理想的兩極之間，仍有廣袤流動空間。是在這一空間裡，「風」的作用和實踐成爲我們用心致力所在。

這就帶入「風」的政治性層面。我認爲，對華夷「風」的研究的同時，我們必須思考「勢」的詩學。（註八一），「勢」有位置、情勢、權力和活力的涵義；也每與權力、軍事的布署相關。如果「風」指涉一種氣息聲浪，一種現象習俗，「勢」則指涉一個空間內外，由「風」所啓動的力量的消長與推移。前者總是提醒我們一種流向和能量，後者則提醒我們一種傾向或氣性（disposition / propensity），一種動能（momentum）。這一傾向和動能又是與主體立場的設定或方位的布置息息相關，因此不乏政治意圖及效應。更重要的，「勢」總已暗示一種情懷與姿態，或進或退，或張或弛，無不通向實效發生之前或之間的力道，乃至不斷湧現的變化。

如我在〈「根」的政治，「勢」的詩學：華語論述與中國文學〉所討論，依違政治之間，「勢」有審美意涵，意味審時觀物的判斷力，以及蘊藉穿越現狀的想像力。早在《文心雕龍》〈定勢〉裡，「勢」已經被引入為文論的要項。（註八二）唐代王昌齡、皎然等文論中，「勢」被引用為詩文的「句法」問題或策略部署。（註八三）在王夫之的論述裡，「勢」被細膩處理，成為讀史觀詩的指標。（註八四）蕭馳教授更指出王夫之詩論從「取勢」到「待勢」，從「養勢」到「留勢」，無不觸及詩人運籌帷幄，靜中有動的涵養。（註八五）

「風」與「勢」不必然只帶來常態律動；歷史何嘗少見逆風狂飆、劣勢逆流的危機？由「風」與「勢」所帶動的華夷詩學因此總已經含有危機意識。聽風觀勢總已經暗示一種厚積薄發的準備，一種隨機應變的警覺。

第三，在理解華夷風研究的政治地理的同時，我們深刻體認華夷變態所投射的人間情況。汪暉與史書美的研究都從大處著眼，而且與各自的政治理念緊緊相連。汪暉勤為當下中國體制接駁出古往今來的脈絡。但他將中國作為「方法」時有過猶不及之嫌，更何況他刻意凸顯「跨社會體系」和「區域體系」的關係，和黨國「自動糾錯機制」，在在引人側目。史書美切割中國，想像海外華語區域社團可和其他中國內外弱小民族互相聯結「比較」，形成「關係」網絡。（註八六）如上所論，這是另類「跨體系社會」了。

華語語系的研究當然應該面向世界，但無從擺脫「房間裡的大象」——中國。史書美的後殖民策略殘存了二十世紀中期冷戰思維：劃分敵我，堅壁清野。在今天這樣的（實體和數位）資訊、（文化、商業、政治）資本快速流轉的時代，不免令人發思古之幽情。汪暉對於歷史的爬梳分析遠遠超過史書美。但不論早期對京都學派的依賴，之後對施密特國家主權主義的擁抱，或對毛澤東不斷革命論的鄉愁，都限制了他強大的批評能量。在伸張國家主權、畫清敵我界限時，他向施密特的「政治神學」靠攏——施密特曾支持納粹的右翼背景似乎不成問題。他所見的歷史儼然也是為理論服務。（註八七）

兩位學者對當代華夷問題的政治空間如此專注，卻似乎未對空間之內的生命和生活狀態給予更多關心。當汪暉高談朝鮮「人民」戰爭，當史書美高談落地生根，「反離散」，其實此中無「人」。而我認為「人間情境」（the human condition）（註八八）才是華夷風更可探測的場域。這並不是說兩位學者缺乏人文甚至人道關懷，而是說當他們力求強化或克服眼前以主權政治為前提的種種理念和實踐，反而見樹不見林，難以顧及生命最駁雜的一面：難以為繼的理想、始料未及的衍化、妥協和壓抑、常態和「變態」共同交織成我們存歿於斯的所在。

我對人間情境的理解，受到漢娜·阿倫特（Hannah Arendt）的影響，強調行動中的人間（*vita activa*）與思考中的人間（*vita contemplativa*）的辯證對話：行動與語言創生無限可能，而我們藉由「寬宥」過去，和「承諾」未來，形成對無限可能的制約。（註八九）這人間包括社群、地域、性別、年齡、階級、心理、社會和生態環境等，也應包括生命主體的七情六慾、甚至「後人類」想像。（註九〇）華夷研究的政治地理要如何定義？弱勢族群、NGO組織、甚至酷兒運動也必須因爲華夷之分而排除在外麼？兩位學者也許根據左派立場，指出所謂「人間情境」無非是自由主義、人文主義操弄的「普世價值」。但如果他們力圖將華夷空間「再政治化」，又怎能只顧紙上談兵，忽視人間煙火的種種「變」態？

第四，就人文學者專業領域所及，應該特別注重華夷風研究「言」與「文」與「變」的聯動意義。這不僅因爲華夷論述奠基在言說表述上，也因爲對言說所投射的想像共同體（及非共同體）將我們帶向文和「文」學因時因地而變的層面。（註九一）華夷風研究以語言的眾聲喧嘩作爲立論起點，這當然是對生命實相和想像的生動觀察。聲音/言說的政治千變萬化，語言本身所延伸的複雜問題，不能用「先見之明」的公式套牢。阿倫特對「言說」與「行動」的探討，巴赫金（Mikhail Bakhtin）對「眾聲喧嘩」的嚮往，都著眼於聲音在政治意義上的創造性。但華夷風最大的批判能量在觀察語言、言說的流動性，以及提醒我們溝通的不確定性。我們必須顧及聲音若斷若續、語焉不詳、意在言外的表述——以及因爲政治壓迫、風土變遷、時間流逝而導致聲音的喑啞，無奈的沉默，和永遠死寂。

強調語言的畛域性容易流於語音中心主義（phonocentrism）。有鑑於此，部分學者如石靜遠（Jing Tsu）、白安卓（Andrea Bachner）以西方解構主義下script（書寫）或符號來作爲與言的對應。（註九二）然而中國的「文」不必受限爲書寫、文字、文類、符號。我們不能忽略秦漢以來龐大的「書同文」的政教傳統所帶來的深遠影響。在此之外，「文」的意義始自印記、裝飾、文章、氣質、文藝、文化、終於文明。「文」是審美的創造，知識的生成，也是治道的顯現。但「文」也是錯綜、僞飾、遮蔽的技藝。換句話說，面對文學，我們不僅依循西方模擬與「再現」（representation）觀念而已，也仍然傾向將文心、文字、文化與家國、世界做出有機連鎖，而且認爲這是一個持續銘刻、解讀生命的過程，一個發源於內並在世界上尋求多樣「彰顯」（manifestation）——與遮蔽（concealment）——形式的過程。這一彰顯或遮蔽的過程體現在身體、藝術形式、社會政治乃至自然的律動上，具有強烈動態意義。

前述宮崎市定的說法值得再次引用：「『文』的有無，卻可確定『華』與『夷』的區別。換句話說，『文』只存在於『華』之中，同時，正是由於有『文』，『華』才得以成爲『華』。」以這樣定義下的「文」來思考當代華夷秩序，我們乃知「文」曾是華夷之「辨」的徵候——沒有文化或文明的地域或種族有淪爲「夷」的可能。而在我們的時代，我們理解「文」也是華夷之「變」的過程——文化與文明永遠是在不斷編碼和解碼的序列中顯現或消失。「辨」是畛域的區分，「變」指向時間進程的推衍。

回顧新世紀以來各種的論述、激情、與實踐，從「天下」到「去中」，從「通三統」到「反離散」，從「政治神學」到「靈根自植」，歸根究柢，無不可視爲種種關於華夷之「辨」與華夷之「變」的說法或文章。在此，人文學者的位置變得無比重要。這不僅是因爲我們從言說和書寫開始，將「文」從狹義文學擴及到政論、宣言、學說、運動及其他，也直接參與其中的變化。嬗變和權變、不變和多變間形成的緊張關係正是我們持續論辯的起點。

檢討當代對「文」作爲華夷秩序的追蹤和指認的痕跡，我們不能不再次回溯章太炎的案例。章氏認爲國家民族改造的根本繫於「文」：「鼎革以文」一方面指向絕對復古性，恢復「文」兀自出現於天地洪荒的文明記號；一方面指向絕對革命性，最終一切解散，歸於空無。（註九三）據此，章太炎的華夷論述劇烈擺盪在漢族中心主義和「五無論」之間，彰顯中國民族——國家現代性的兩種極端。環顧當下，華語語系去中國論者，口口聲聲清理一切，其實仍然在揮之不去的中華性裡做文章（欲潔何曾潔？）；而跨社會、超體系、大中國論者雖然誇耀「超」與「跨」的天下至大無邊，畢竟難以擺脫一時一地的意識形態羈絆（云空未必空？）。換句話說，在華夷論述的激進性上，兩者其實都不能企及章太炎那一輩的所見和所思。

陸　結語

總結本文，我強調華夷論述歷久而彌新的譜系，但不視之爲理所當然。當華夷之「辨」轉爲華夷之「變」，我們才眞正意識到批判及自我批判的潛能。這是有關「差異」的政治學，但並非一種本質化的「差異」（difference）觀點，而是強調「間距」（écart）觀。（註九四）間距不產生非此即彼的差異，而有你來我往、移步換形的脈絡。用林志明白教授所言，「那是突破自己的局限（和自身的思想產生一個間距），同時也是給予思想一個新的可能（和他人的思想產生間距）。」（註九五）

與此同時，我們持續體會、調度「文」作爲華夷之「辨」和華夷之「變」中介性的意義。「通其變，遂成天下之文。」（註九六）文學無他，就是從一個時代到另一個時代，從一個地域到另一個地域，對「文」的形式、思想和態度流變所銘記和抹消、彰顯和遮蔽的藝術。作爲方法的「華夷風」研究有其理論寄託，但面向歷史，更強調與時俱變的判斷力。（註九七）此無他，風無定向，勢有起落，我們必須聽風觀勢，因勢利導。在去中華、再中華、大中華、小中華的喧囂聲中，我們對華夷的判斷力總是離不開政治的；而既以「文」爲本，「通其變」，也總是富有審美意涵的。（註九八）

劉勰《文心雕龍》〈通變〉如是說：「變則其久，通則不乏。」（註九九）——劉勰的時代是文學生成的時代，劉勰的時代也正是一個南北紛擾，華夷多變的時代。

注釋

＊ 本文草成有賴葛兆光、劉秀美、高嘉謙教授，李浴洋、鍾秩維、張斯翔等諸位先生提供批評意見及研究資料，謹此致謝。

一 是類研究已經所在多有，本文不擬重複。最近的研究包括，黃興濤：《重塑中華：近代中國「中華民族」觀念研究》（北京市：北京師範大學出版社，二〇一七年）；姚大力：《追尋「我們」的根源：中國歷史上的民族與國家意識》（北京市：生活．讀書．新知三聯書店，二〇一八年）。

二 許倬雲：《我者與他者：中國歷史上的內外分際》（臺北市：時報出版公司，二〇〇九年），第一～三章。

三 葛兆光：《宅茲中國：重建有關中國的歷史論述》（臺北市：聯經出版事業公司，二〇一一年），第一章。另《歷史中國的內與外：有關「中國」與「周邊」概念的再澄清》（香港：香港中文大學出版社，二〇一七年）。

四 此處指涉德勒茲和瓜達利（Gilles Deleuze and Félix Guattari）在《反伊底帕斯》（*Anti-Oedipus*, 1972）裡，「畛域化」和「去畛域化」（deterritorialization）觀點。*Anti-Oedipus*, trans. Robert Hurley, Mark Seem and Helen R. Lane.（London and New York: Continuum, 2004）。儘管不少華語語系論者面對中國霸權，作出「去畛域化」的反詰，但論述的框架仍然不脫傳統政治地理的內外之分。

五　此處呼應學者如宮崎市定的說法：「『文』的有無，卻可確定『華』與『夷』的區別。換句話說，『文』只存在於『華』之中。同時，正是由於有『文』，『華』才得以成爲『華』。」見（日）宮崎市定、中國科學院歷史研究所翻譯組編譯：〈中國文化的本質〉，《宮崎市定論文選集》下卷（北京市：商務印書館，一九六五年），頁三〇四。原載於《亞細亞史研究》第二卷，爲在東方學術協會上演講。另見許紀霖的討論：《家國天下：現代中國的個人、國家與世界認同》（上海市：上海人民出版社，二〇一七年），頁五十五。

六　有關「中國」從「天下」到民族國家的論述，以及「華夷」關係變動不居的歷史，參見王柯：《中國，從天下到民族國家》增訂版（臺北市：政治大學出版社，二〇一七年）。

七　檀上寬著、王曉峰譯：《永樂帝——華夷秩序的完成》（北京市：社會科學文獻出版社，二〇一五年）。

八　《華夷變態》所收入文件起於一六四四年，止於一七二八年，所記錄資料呈顯了中華變爲夷狄的過程。一九五八年，《華夷變態》由日本東洋文庫以三大巨冊附補遺一冊的形式首次刊行於世。

九　林春勝、林信篤編，浦廉一解說：《華夷變態》（東京都：東方書店，一九八一年），頁一。孫文：《唐船風說：文獻與歷史——《華夷變態》初探》（北京市：商務印書館，二〇一一年），頁三十九～四〇。

一〇　見孫文的討論。也可參考唐通事的另一面向研究，廖肇亨：〈領水人的忠誠與反逆：十七世紀日本唐通事的知識結構與人生圖像〉，收入彭小妍主編：《翻譯與跨文化研究：知識建構、文本與文體的傳播》（臺北市：中央研究院中國文哲研究所，二〇一五年），頁三七一～四〇〇。

一一　白永瑞：〈中華與去中華的文化政治——重看「小中華」〉，收入張崑將編：《東亞視域中的「中華」意識》（臺北市：臺灣大學出版中心，二〇一七年），頁二九九～三一四。孫衛國：《大明旗號與小中華意識：朝鮮王朝尊周思明問題研究（一六三七～一八〇〇）》（北京市：北京商務印書館，二〇〇七年）。

一二　王　柯：〈從「中華」思想到「中華思想」說〉，《民族主義與近代中日關係——「民族國家」，「邊疆」歷史認識》（香港：香港中文大學出版社，二〇一五年），頁二六七～三〇〇。

一三　張崑將：〈朝鮮與越南中華意識比較〉，收入張崑將編：《東亞視域中的「中華」意識》，第八章。

一四　「化外」包括「鄰國」、「番國」、「夷狄」。「鄰國」指大唐（中國），「番國」指以新羅爲首的朝鮮半島諸國而位於日本列島南北端的蝦夷、隼人、耽羅、舍衛，以及多褹島等南島人等，則被視爲不受天皇恩澤感化的「夷狄」。華夷思想作爲一種政治思想被貫徹到了律令法體系中。

一五　葛兆光：〈從「朝天」到「燕行」——十七世紀中葉後東亞文化共同體的解體〉，《中華文史論叢》第八十一期（二〇〇六年一月），頁三十。又，對朝鮮、日本、越南與中國的文化互動與想像變遷，見葛兆光：《想像異域：讀李朝朝鮮漢文燕行文獻札記》（北京市：中華書局，二〇一四年）。

一六　葛兆光：〈從「朝天」到「燕行」——十七世紀中葉後東亞文化共同體的解體〉，《中華文史論叢》第八十一期（二〇〇六年一月），頁三十。亦參考吳政緯：《眷眷明朝：朝鮮士人的中國論述與文化心態（一六〇〇～一八〇〇）》（臺北市：秀威資訊科技公司，二〇一五年），頁十二。

一七　楊儒賓：〈明鄭亡後無中國〉，《中正漢學研究》未刊稿。

一八　楊儒賓：〈明鄭亡後無中國〉，《中正漢學研究》未刊稿。

一九　顧炎武：〈正始〉《原抄本日知錄》（臺北市：臺灣明倫書店，一九七〇年），卷十七，頁三七八～三七九。又見楊念群的討論，《何處是江南：清朝正統觀的確立與士林精神的變異》（北京市：生活・讀書・新知三聯書店，二〇一〇年），第六章。

二〇　顧炎武：〈正始〉《原抄本日知錄》，頁三七九。

二一　（清）雍正皇帝編纂：《大義覺迷錄》卷上（呼和浩特市：遠方出版社，二〇〇二年），頁一三〇～一三一。

二二　（清）雍正皇帝編纂：《大義覺迷錄》卷上（呼和浩特市：遠方出版社，二〇〇二年），頁三。

二三　（清）雍正皇帝編纂：《大義覺迷錄》卷上，頁三。孟子曰：「舜生於諸馮，遷於負夏，卒於鳴條，東夷之人也。文王生於岐周，卒於畢郢，西夷之人也。地之相去也，千有餘里；世之相後也，千有餘歲，得志行乎中國，若合符節。先聖後聖，其揆一也。」見劉曉東：〈雍乾時期清王朝的「華夷新辨」與「崇滿」〉，收入張崑將編：《東亞視域中的「中華」意識》，頁八十五～一〇一。

二四　（清）雍正皇帝編纂：《大義覺迷錄》卷上，頁一。

二五　可參考楊念群：《何處是江南：清朝正統觀的確立與士林精神的變異》。

二六　藤井倫明：〈日本山崎闇齋學派的中華意識探析〉，收入張崑將編：《東亞視域中的「中華」意識》，頁一七七～二〇七。

二七　白永瑞：〈中華與去中華的文化政治〉，頁三一四。

二八　馬場公彥：〈近代日本對中國認識中脈絡的轉換〉，《東亞視域中的「中華」意識》，頁二七一～二九五。

二九　如卜正民指出元明、明清的巨變和自然氣候轉變、環境災難都有密切關聯。見卜正民（Timothy Brook）著、廖彥博譯：《掙扎的帝國：氣候、經濟、社會與探源南海的元明史》（臺北市：麥田出版社，二〇一六年），第三、五、十章。

三〇　「挈壺氏掌挈壺以令軍井」〈夏官・挈壺氏〉，《十三經注疏・周禮》（臺北市：藝文印書館），頁四六一。

三一　魏　源：《海國圖志》（鄭州市：中洲古籍出版社，一九九九年），頁一〇三。

三二　魏　源：《海國圖志》（鄭州市：中洲古籍出版社，一九九九年），頁六三。

三三　郭嵩燾：《倫敦與巴黎日記》第四卷（長沙市：岳麓書社，一九八四年），頁四九一。

三四　王　韜：《華夷辨》《弢園文錄外編》（北京市：中華書局，一九五九年），頁二九六。「春秋之所謂夷狄中國，初非以地言，故進於中國則中國之，流於夷狄則夷狄之。惟視教化文明之進退何如耳。若以地言，則我湘楚固春秋之夷狄，而今何如也？且我國之驕又不止此，動輒詆西人無倫常，此大不可。夫無倫常矣，安得有國？使無倫常而猶能至今日之治平強盛，則治國者又何必要倫常乎？惟其萬不能少，是以西人最講究倫常，且更精而更實。即如民主、君民共主，豈非倫常中之大公者乎？」譚嗣同：〈論學者不當驕人〉《譚嗣同全集》卷一（北京市：生活・讀書・新知三聯書店，一九五一年），頁一三一。

三五　譚嗣同：〈與唐紱丞書〉，《譚嗣同全集增訂本》（上）（北京市：中華書局，一九八一年），頁二五九。

三六　譚嗣同：〈思緯壹壺短書——報貝元徵〉，《譚嗣同全集》，頁三九六。

三七　譚嗣同：〈思緯壹壺短書——報貝元徵〉《譚嗣同全集》，頁三九一。

三八　譚嗣同：〈思緯壹壺短書——報貝元徵〉《譚嗣同全集》，頁三九四。劉禾曾在《帝國的話語政治》（*Clashes of Civilizations*）指出中國古代夷字沒有貶義，而是地理政治上方位的界定。準此，她認爲在中英外交交涉過程中，英國人刻意將「夷」字英譯爲barbarian（野蠻），以此推論清廷對洋人蔑視，並據之以爲攻打中國的藉口。也因此，一八五八年天津條約中嚴禁使用「夷」字。劉對這一翻譯/外交的過程固然別有所見，但她誇大「夷」一字的謬譯，視之爲晚清中西關係巨變的樞紐，顯然以偏概全。如前所述，中國傳統裡的「夷」字固無絕對貶意，但我們只要對華夷秩序歷史稍作涉獵，即可知所謂天朝之於四夷，從居高臨下到割地和番，從來充滿變動不居的策略或成見。「夷」字的意義必須歷史化。雍正、乾隆對「華」/「夷」所作李代桃僵式的詮釋，自有其政治及文化脈絡，何須等到大英殖民帝國扭曲「夷」字「原意」，作出謬譯而翻轉歷史？劉禾原意在批判西方殖民者自我投射的野蠻本質，但識者已指出，劉的後殖民立場從未擺脫西方幽靈：過分強調英國人對夷/barbarian翻譯的權力，其實否定了中國文化政治在原生脈絡裡的能動性，間接默認，甚至強化，西方無所不在的霸權。Lydia Liu, *The Clash of Empires: The Invention of Chinain Modern World Making* (Cambridge, MA: Harvard University Press, 2006), chapter 2。

有關清朝的中華論述，見黃興濤：《重塑中華》，第一章。

三九　許紀霖：〈天下主義、夷夏之辨及其在近代的變異〉，《家國天下：現代中國的個人、國家與世界認同》，頁五十九~六十七。

四〇　章太炎：〈討滿洲檄〉，《章太炎全集》（上海市：上海人民出版社，一九八五年）第四冊，《太炎文錄初編》卷二，頁一九〇。以下對章太炎討論、資料來自葛兆光教授〈納四裔入中華〉，《思想》第二十七期（二〇一四年十二月），頁一~五十八。

四一　章太炎：〈正仇滿論〉，見張枬、王忍之編：《辛亥革命前十年間時論選集》（北京市：生活·讀書·新知三聯書店，一九七七年），第一卷上冊，頁九十八～九十九。

四二　「中國之名，別於四裔而為言」。章太炎：〈中華民國解〉，《章太炎全集》第四冊，頁二五二。

四三　林少陽：《鼎革以文：清季革命與章太炎復古的新文化運動》（上海市：上海人民出版社，二〇一八年），頁二九八。

四四　「民族主義者，世界最光明正大公平之主義也，不使他族侵我之自由，我亦毋侵他族之自由，其在於本國也，人之獨立，其在於世界也，國之獨立」，見梁啓超：〈國家思想變遷異同論〉，《飲冰室合集》「文集」之六（北京市：中華書局，一九八九年），頁二十～二十一。如葛兆光所言，雖然他看到《天演論》必然引出「權力即道理」的帝國主義，但是，他希望提倡「民族主義」以對抗「帝國主義」。

四五　梁啓超：〈歷史上中國民族之觀察〉《飲冰室合集》「文集」之四十一，頁四。如葛兆光指出，在討論歷史淵源的時候，梁啓超認為中華民族的來源，在「炎黃一派之華族」（漢族）之外，還包括了八個民族即苗蠻族、蜀族、巴氏族、徐淮族、吳越族、閩族、百粵族、百濮族。其中，除了苗族和濮族之外，都已經完全融化在「華族」之中了。《新民叢報》第五十六號（光緒三十一年二月十五日），五十七號（光緒三十一年三月初一）。

四六　梁啓超：〈中國史敘論〉《飲冰室合集》「文集」之六，頁五～七。

四七　梁啓超：〈中國地理大勢論〉，《飲冰室合集》「文集」之十，頁七十七～七十八。引自葛兆光：〈納四裔入中華〉。又見黃興濤的討論：《重塑中華》，頁六十～七十。

四八　多位學者指出，楊度為「五族共和」論的始作俑者。一九〇七年楊在自創的《中國新報》鼓吹「五族君憲政」，而有「金鐵主義」說。但他的視野中五族並非真正平等，而是有進化程度的差別。

四九　顧頡剛：〈與錢玄同先生論古史書〉，《努力》周報增刊《讀書雜誌》，第九期；顧頡剛：〈與劉胡二先生書〉（原載《讀書雜誌》第十一期，一九二三年七月一日），收入《古史辨》（上海市：上海古籍出版社重印本，一九八二年），第一冊，頁九十六～一〇二。

五〇　見葛兆光：〈納四裔入中華〉的討論。又見羅志田：〈事不孤起，必有其鄰：蒙文通先生與思想史的社會視角〉，

《四川大學學報》（哲學社會科學版）二〇〇五年第四期，頁一〇一～一一四。

五一　傅斯年：〈夷夏東西說〉，《民族與古代中國》（石家莊市：河北教育出版社，二〇〇二年），頁三～六十。

五二　王　柯：《中國，從天下到民族國家》，第十章。

五三　湛曉白：〈拼寫方言：民國時期漢字拉丁化運動與國語運動之離合〉，《學術月刊》，二〇一六年第十一期，頁一六四～一七九。早期中共其實支持民族自決，這一立場在抗戰時間改變。見王柯：《中國，從天下到民族國家》，頁二四七～二四八。

五四　顧頡剛：〈中華民族是一個〉《益世報・邊疆週刊》第九期（一九三九年二月十三日）。有關一九三九的大辯論，參見馬戎主編：《中華民族是一個：圍繞一九三九年這一議題的大討論》（北京市：社會科學文獻出版社，二〇一六年）。

五五　王　柯：《中國，從天下到民族國家》，頁二四八。

五六　費孝通：〈中華民族的多元一體格局〉，《北京大學學報》第四期，一九八九年，頁一～十九。胡體乾：〈關於中華民族是一個〉，《新動向》第二卷第十期，一九三九年六月三十日；費孝通：〈關於民族問題的討論〉，《益世報・邊疆週刊》第十九期，一九三九年五月一日。引自黃興濤：《重塑中華》，第四章，頁二七八～二七九。亦見馬戎：《中華民族是一個：圍繞一九三九年這一議題的大討論》。

五七　柳鏞泰：〈以四夷藩屬爲中華領土：民國時期中國領土的想像和東亞認識〉，收於王元周編：《中國秩序的理想、事實、與想像》（南京市：江蘇人民出版社，二〇一七年），頁一八〇～二〇四。

五八　許紀霖：《家國天下：現代中國的個人、國家與世界認同》，頁七十二。

五九　必須強調的是「民族主義」與「國家主義」並不能夠完全等同，在當下大陸黨國體制的具體語境中更是如此。汪暉與其說是一位民族主義者，不如說更是國家主義者。儘管他有〈東西之間的「西藏」問題〉等著作，但在他的論述框架中所關懷的是國家本位的。甚至在某種程度上，國家（人民共和國）是他理論建構的（歷史／價值）原點與基本單位。所以在他看來，毛時代與改革開放時期並不形成斷裂——雖然兩者的社會性質與結構已有很大不同，但在國家意識的層面上，卻並未發生任何改變，反而不斷強化。

六〇 汪暉：〈東西之間的「西藏問題」〉，《亞洲視野：中國歷史的敘述》（香港：牛津大學出版社，二〇一〇年），頁八十九～一八四。

六一 汪暉：〈如何詮釋中國及其現代〉，《亞洲視野：中國的歷史敘述》（香港：牛津大學出版社，二〇一〇年），頁x。

六二 見王銘銘：《超社會體系：文明與中國》（北京市：生活·讀書·新知三聯出版社，二〇一五年）。王銘銘的人類學訓練，還有他對中國作爲一種「文明」的檢視，勢必使他的理論在社會主義「國家——民族主義」和他所謂的「超社會體系」之間擺盪。在目前中國政治氛圍裡，他這一方面的論述難免一筆帶過，語焉不詳。「文明」的定義既可無限放大爲宏觀歷史敘述，也可量身打造爲特定國家論述藉口。

六三 汪暉：〈如何詮釋中國及其現代〉，《亞洲視野：中國的歷史敘述》，頁xiv。

六四 汪暉：〈如何詮釋中國及其現代〉，《亞洲視野：中國的歷史敘述》，頁xv。

六五 汪暉：〈如何詮釋中國及其現代〉，《亞洲視野：中國的歷史敘述》，頁xiii-xiv。

六六 這裡指的是汪暉對章太炎〈齊物論釋〉的創造性解釋，並以此作爲當代中國民族政治的理想方案。英語世界對汪暉學說最爲推崇者包括慕唯仁（Viren Murthy）。在*The Political Philosophy of Zhang Taiyan: The Resistance of Consciousness*（Amsterdam, Brill, 2011），以章太炎，魯迅，汪暉作爲現代中國政治思想三大巨人；中譯見《章太炎的政治哲學：意識之抵抗》，張春田等譯（上海市：華東師範大學出版社，二〇一八年），第六章。但不論是汪暉還是慕唯仁論章學，都面臨如何嫁接章氏唯識哲學影響下的思想與當代中國政治的兩難。如果缺乏了章太炎「破四惑」、「五無」的基礎，任何對「一就是多」的齊物論操作，難免有爲當代國家民族政策強作解人之嫌。汪暉顯然沒有章太炎絕然的「破」或「無」的政治決心或思想準備，以致使得他的章學論述顯得曖昧。

六七 汪暉：〈二十世紀中國歷史視野下的抗美援朝戰爭〉，《文化縱橫》二〇一三年第六期，頁七十八～一〇〇。

六八 汪暉的洞見和不見，參考姚新勇的評論：〈直面與迴避：評汪暉《東西之間的漢藏問題》〉，《二十一世紀》第一三二期（二〇一二年八月），頁一一〇～一一九。王柯指出，中國共產黨對少數民族政策的討論，由早期的民族「自決」、「聯邦制」，到之後的民族「自治」，其實有複雜歷史、外交，以及國家民族主義合法性考量。這一問題也牽涉清代「理藩」制度的盛衰與現當代蒙、藏、疆關係的消長。見王柯：《中國，從天下到民族國家》，第十章。無論如何，暴力因素從來深藏在統治者及被統治者之間。近現代邊疆史的種種暴動或鎮壓等不穩定因素，早已包括在「跨體系社會」之內，而非之外。統合與分離力量的博弈必須嚴肅面對，而不宜以理論「去政治化」。尤其我們必須思考傅科（Michel Foucault）所批判的藉由生命政治（bio-politics）所遂行的微型控管（micro governance）暴力。

六九 蘇秉琦著，趙汀陽、王星選編：《滿天星斗：蘇秉琦論遠古中國》（北京市：中信出版社，二〇一六年）。另外，何九盈從語言考古學立場提出「華夷語系」說：「『華』『夷』只是文化的不同，語言的不同，並非種族上的差別」。他企圖證明羌戎、苗蠻、百越、華夏四大語族的親屬關係，以及歷史上分久必合的路徑。見《重建華夷語系的理論和證據》（北京市：商務印書館，二〇一五年）。

七〇 漩渦理論因爲架構太大，以至於無所不包，儼然是趙的天下論翻版，但卻不無倒果爲因的可能。與中華文化相去較遠的蒙古、西藏如今仍在中國漩渦之內，何以與中華文化關係相近的韓國、日本，甚至越南反而在中國漩渦之外？抑或國家民族主義不是中國作爲政治神學的首要？趙汀陽：《惠此中國：作爲一個神性概念的中國》（北京市：中信出版社，二〇一六年），頁十七。

七一 趙汀陽：《惠此中國：作爲一個神性概念的中國》，頁十七。

七二 Shu-mei Shih, "The Concept of the Sinophone," *PMLA*, vol. 126, No. 3（May 2011）, pp. 709-718.

七三 史書美的理論問題在他處已有討論，見王德威：〈「根」的政治，「勢」的詩學：華語論述與中國文學〉，《中國現代文學》第二十四期（二〇一三年十二月），頁一～十八。

七四 二〇一四年夏天，我與高嘉謙教授應邀參加馬來西亞華社研究中心舉辦的第二屆華人研究國際雙年會，會後與莊華興、張錦忠教授等訪問馬六甲。馬六甲扼守馬六甲海峽，見證歐亞經貿和軍事起伏，也成爲東南亞各種文化的匯集處，華人不曾在此缺席。隨著季節貿易風向，華夷商旅移民往來絡繹南中國海，盛極一時。漫步昔日中國城老街，我們仍可遙想當年繁華。猶記其中有一店家對聯寫道：「庶室珍藏今古寶／藝壇大展華夷風」。這一對聯也許無足可觀，卻觸動我們對華語語系文化現象的思考。張錦忠教授特別提及Sinophone譯法之一可以爲「華夷風」。

七五　杜維明：《文化中國的認知與關懷》（臺北市：稻香出版社，一九九九年），頁八～十一。相關延伸討論可參考Tu Wei-Ming, *The Living Tree: The Changing Meaning of Being Chinese Today*. Stanford: Stanford University Press, 1994.

七六　王明珂：《華夏邊緣：歷史記憶與族群認同》（臺北市：允晨文化實業公司，一九九七年）。

七七　談華語語系的獨立性是一回事，但我們不能無視中國大陸政權的存在，以及其壓力的無所不在。因應的方式之一是創造「包括在外」的論述空間。「把我包括在外」語出《聯合報》副刊一九七九年二月二十六日發表的一封非常短的信——張愛玲爲婉拒《聯合報》副刊的邀請所寫的回信。她借用好萊塢製片山謬．高爾溫（Samuel Goldwyn）的名言「把我包括在外」（include emeout），翻轉約定俗成的說法（「把我包括在內」或「把你排除在外」），製造若即若離發言立場。本文使用這一詞彙則另有理論指涉。「『包括』在外」和施密特、阿甘本（Giorgio Agamben）等提出的「例外狀態」（state of exception，或譯爲緊急狀態）有關，原意味主權者在政治危急時刻有權越過法制，圈定並排除異己或異類，以彰顯自主權力位置。Giorgio Agamben，*The State of Exception*, trans. Keven Attell（Chicago: University of Chicago Press, 2005）.

七八　李學勤主編：〈滕文公上〉《孟子注疏》（臺北市：臺灣古籍出版社，二〇〇一年），頁一八二。

七九　白永瑞：〈中華與去中華的文化政治　重看「小中華」〉，頁三一四。

八〇　指涉章太炎〈俱分進化論〉的說法：善惡同時進化，成爲相生相倚的循環關係。

八一　王德威：〈根的政治，勢的詩學〉，頁十三～十八。

八二　有關《文心雕龍》「定勢論」可參考涂光社：《勢與中國藝術》（北京市：中國人民大學出版社，一九九〇年），頁一五八～一七一。

八三　相關討論參見蕭馳：《聖道與詩心》（臺北市：聯經出版事業公司，二〇一二），頁一四四～一四五。

八四　余蓮（François Jullien）特別推崇王夫之的觀點。指出因為「勢」，中國審美概念才顯示了與西方「模擬」說（mimesis）截然不同的概念基礎，將藝術活動視為一種實現（actualization），而非模擬、再現（representation），的過程。余蓮著，卓立譯：《勢：中國的效力觀》（北京市：北京大學出版，二〇〇九年），頁五十六。

八五　見蕭　馳：《聖道與詩心》，頁一四四～一四五。

八六　Shu-mei Shih, “*Comparison as Relation,” in Comparison: Theories*, Approaches, Uses, eds. Rita Felski and Susan Stanford Friedman (Baltimore: Johns Hopkins University Press, 2013), pp. 79-98.

八七　楊奎松：〈也談「去政治化」問題——對汪暉的新「歷史觀」的質疑〉，http://www.aisixiang.com/data/71721-4.html。

八八　Hannah Arendt, *The Human Condition,* 2nd ed. (Chicago: University of Chicago Press, 1958).

八九　Hannah Arendt, *The Human Condition,* 2nd ed. (Chicago: University of Chicago Press, 1958).，頁二三七～二四六。

九〇　二十一世紀中國科幻小說熱潮為後人類研究（posthumanism）提供獨特視角，即為一例。傳統「夷」所暗示的異族、異國有了新的意義：異類、異形、異次元時空。後人類研究綜論可參見 Neil Badmington, ed., *Posthumanism: Readers in Cultural Criticism*（New York: Palgrave, 2000）。

九一　林少陽教授的《鼎革以文》中，對「文」與革命的關聯性，值得思考。也參見陳雪虎的討論：《「文」的再認：章太炎文論初探》（北京市：北京大學出版社，二〇〇八年）。

九二　Jing Tsu, *Sound and Script in Chinese Diaspora* (Cambridge, MA: Harvard University Press, 2010); Andrea Bachner, *Beyond Sinology: Chinese Writing and the Scripts of Culture*（New York: Columbia University Press, 2014）.

九三　見陳雪虎的討論：《「文」的再認：章太炎文論初探》，頁七十～七十八。

九四　這是余蓮（François Jullien）的說法。余蓮（François Jullien）著、林志明譯：《功效論：在中國與西方思維之間》（臺北市：五南圖書出版，二〇一一年），頁五。類似余蓮的觀察在西方漢學界其實不乏前者從文學角度而言，見 Stephen Owen, Owen, *Readings in Chinese Literary Thought*（Cambridge, Mass: Council on East Asian Studies, Harvard

University, 1992）, pp.1-28. 從哲學角度而言，見A. C. Graham, *Disputers of Tao: Philosophical Argument in Ancient China*（La Salle, IL: Open Court, 1993）。「差異」、「間距」的觀念，自然讓我們聯想德西達（Jacques Derrida）著名的「差異」（différence）與「延異」（*différance*）。但是兩者理論背景極爲不同。最基本的，如果德西達從事的是意義的解構，余蓮詢問的是意義的效應。後者不作本質／非本質主義的分梳，而強調差異的差異——間距——作爲意義不斷湧現、形成的方法。

九五　林志明：〈如何使得間距發揮效用〉，《功效論：在中國與西方思維之間》，頁十。更有意義的是，他強調時間觀中的要素之一，「不再是以行動來作爲考量觀點，而是以（事物發展過程中的）變動來作考量觀點。」頁七。

九六　《周易》〈繫辭上〉，第九章。

九七　這不意味「文」所形成傳統這一觀念毫無邏輯脈絡。相反的，它只是說明「文」的演變沒有現成路徑可循，並且在發展的開端無法預測其結果。即便該過程可重來一遍，其中任何細微的因素都不可能被複製，因爲任何顯現的路徑都是通過無數可變的和無定形的階段而實現。我們必須「通」其變。

九八　源自阿倫特晚年論政治作爲一種審美判斷的說法。受到康德美學判斷論啓發，阿倫特強調政治判斷以特殊事件、現象反思「品味」的原型，以證成總體觀照——達到康德所言的「無目的的合目的性」。但這一判斷的公信力有賴置之度外、旁觀者清的想像力運作，與群體互相溝通匯集的共識。阿倫特未完成專著*The Life of the Mind*即逝。論者對其說的批評，可見如Andrew Norris, "Arendt, Kant, and the Politics of Common Sense," *Polity*: 29, 2（Winter, 1996）, pp. 165-191.

九九　劉　勰著、陳拱本義：《文心雕龍本義》下（臺北市：臺灣商務印書館，一九九九年），頁七二八。

韓國現當代華文文學的發展脈絡與近年動向*

（南韓）朴宰雨

壹

探討現當代韓國華文文學的時候，我們首先面臨的就是對傳統的韓國漢文學與韓國華文新文學或者韓國現當代華文文學如何區別的問題。如眾所周知，韓國古代的漢文學非常發展，培養出了崔致遠、李齊賢、李奎報、鄭若庸、許蘭雪軒、朴趾源等許多名家，而我們稱他們的作品為「韓國漢文學」。（註一）此外，到了日本帝國主義併吞韓半島的前前後後，不少接受傳統漢文教育的文人流亡到中國，圖謀生存或者參加抗日獨立運動。他們在這樣的過程當中用漢文創作詩歌或散文，表達國亡家破的痛恨與鬥爭復國的志向。這個時期處於這樣的情況的韓國知識分子眞不少，其中有名的如金澤榮、申奎植、申采浩、朴殷植等，他們在流亡地中國，或者寫漢詩《聞義兵將安報國報仇》（金澤榮）、《兒目淚》（申奎植）、《贈別期堂安泰國》（申采浩）等，或者留下《韓國獨立運動之血史》（朴殷植）等專著。但是他們的作品基本上可以說是韓國傳統漢詩或者漢文文章的延伸，不能說是用現代漢語來寫作的華文新文學作品。那麼，韓國文人或者逗留在韓國的華人文人用現代白話文來寫作的華文新文學作品，是從什麼時候開始出現？

首先，應該要界定韓國現當代韓華文學的概念吧。一些學者探討韓國華文文學時，主要以韓國華人用華文創作的文學為中心考察，（註二）而稱為「韓華華文文學」。不過，這只是指「韓國華人華文文學」而已。由於韓國的特殊情況，韓國華文文學可以把作為外國人的純粹的韓國人用現代華文撰寫的作品和文學也包括在內，而且從華文作家的知名度（如許世旭）來看，這類一直被認為是主要的部分。從現在的情況看，韓國華文文學可以包括四個類型，先簡單概括地說明如下。

第一，談談韓華文學的第一個類型。筆者曾經說過：「到了日帝強占時期以來，很少人用漢文創作，一九四五年光復以後尤其如此。值得一提的是：日帝時期三十五年裡韓國人很少有機會學習白話文，所以根本不可能有用白話文來創作文學作品的試圖。改變這個局面，是韓國人開始留學臺灣以後的事了。……許世旭一九六〇年留學臺灣，和臺灣現代主義詩人們結交，開始用中文寫詩，一九六一年四月通過臺灣《現代文學》登壇。」（註三）這句話的意思就是在韓國到了許世旭（一九三四～二〇一〇）才有現代「華文文學」可言。這確實可以說是韓國華文文學的一個來源。而近年一些研究華文文學的學者如朴宰雨與金惠俊等用華文寫作散文，發表於中國大陸與香港、美國、加拿大、馬來西亞等地的報刊裡，也可以說是繼承了這一脈絡。

近年發現日帝統治時期流亡到中國用現代漢語來撰寫文學作品之前，中文學界只是知道第一類型韓華文學的存在，沒有人提及這第二類型韓華文學。因此，其次可以談第二類型的韓華文學吧。近年學界發現，韓國人金山（本名張志樂，一九〇五～一九三八）一九一九年「三・一」運動失敗後流亡到中國參加韓國抗日獨立運動和中國革命運動時，用現代漢語寫了新詩與短篇小說。筆者也在二〇一五年發表中文論文〈通過韓國革命家金山的華文作品看其思想的變奏〉，（註四）對此進行研究了。雖然主要通過金山華文作品和金山、尼姆・威爾斯合著的英文傳記《阿里郎之歌》的對照方式探討韓國革命家金山思想的變化幅度與節奏，但是也可以說已經論證了一些流亡到中國的韓國革命文人能用現代白話文發表文學作品這一事實。這可以說也是韓國華文文學的另外一個脈絡與類型。後來從事抗日獨立運動的韓國鬥士裡一些在中國大陸出版的《韓國青年》、《光復》、《朝鮮義勇隊通信》等雜誌上發表白話新詩，也可以說屬於繼承這個脈絡的一支韓華文學了。

第三，還可以談從大韓帝國時期或者日帝時期一直在韓半島居住下來的中國華僑和他們的後裔，或者光復後來韓國定居的華僑、華人中，也有在首爾的《韓華天地》（接近中國政府立場的華僑韓晟昊主持）和《韓華通訊》（接近國民黨立場的漢城華僑協會主持，在美國通過網絡發行）等華文報刊裡發表各種散文作品。韓國著名的華僑韓晟昊是曾經做過《漢城日報》華文版（一九四九年十月作爲韓國著名的《漢城日報》的華文版創刊）的實際上的主編，一直關注華僑社會的改革，（註五）也一直關心華文媒體，後來辦《韓華天地》，他也寫了不少文章，他的散文主要登載於《韓華天地》等媒體。檀國大學中文教授許庚寅本來是華僑，後來加入韓國國籍，也在中國廣州的《羊城日報》等發表幾篇散文，有文化眼光與文采，也是在韓國華僑、華人中爲數不多的華文寫作者之一。此外，韓國華僑衣建美在《韓華通訊》與臺灣《中央日報》等發表過幾篇華文散文，從華文文學的角度也值得關注。他們雖然還沒有出版散文作品專集，似乎還不成氣候，但是他們的母語就是華語，可以說也是韓國華文文學的另一個脈絡與類型，也算是有歷史性與現實性的重要一支。對這一支類型的華文文學，梁楠進行了綜合性的研究。

稱之爲「韓國華人華文文學」。

第四，我們還可以關注中國留學生或者學者、文人在改革開放之後移住韓國的「新移民」文學的可能性。中國學生留學韓國的大學，畢業之後留下來和韓國人結婚或者在韓國工作，把韓國生活經驗與感情用漢語敘寫出來，這樣的作品如果有文學性可言，可以歸納於第四類型的華文文學了。這些留學生、學者、文人裡，也有已經成爲韓國媳婦或者女婿的。他們有的加入了韓國國籍，有的沒有加入。如果是朝鮮族出身，加入韓國國籍的估計比較自然些、容易些，也比較多。例如韓國外國語大學講師金英明曾經在夏威夷華文報《珍珠港》等華文媒體裡登載過一些散文。這一股韓國華文文學雖還不成氣候，還不容易談現實性，但是其潛在性與今後的發展可能性估計是相當大的。

最後，我們應該談談中國學者、文人來韓國旅居半年或一兩年，敘寫有關韓國、韓國人及韓國文化的內容，在韓國或中國的報刊裡發表，應該屬於中國文學還是韓國華文文學，或同時屬於兩種文學？

筆者曾經關注北京大學的語言教師暨文人魏建功一九二七年四月來日帝統治下的韓國京城帝國大學教中文一事，發現他在韓國旅居近一年半中寫了觀察韓國人情與歷史、文化的散文《僑韓瑣談》十五篇，其中十四篇連載於中國《語絲》裡，因此筆者經過研究發表了〈一九二〇年代魏建功遊記〈僑韓瑣談〉價值的探索〉等兩篇論文。（註六）但是其觀點把這些旅居韓國時的散文看作中國文人的旅韓遊記，沒有考慮算入韓國華文文學作品裡。這樣的觀點準確嗎？中國華文文學的資深專家古遠清曾經提到在某個地方起碼居住七年以上的文人作家才可以說是當地的華文作家，我們值得參考。但是，世華文學專家們對這個問題好像沒有一致的見解，判斷這個問題好像還沒有明確的標準。

一九九二年八月韓中建交之後，像魏建功那樣東渡，在韓國大學教書一年或者其以上的學者、文人很多，他們裡面相當一些在韓國旅居期間寫出散文登載於中國媒體，也有一些人回國之後出版旅韓散文集，如許道明的《木槿花的傳說》（上海市：東方出版中心，一九九九年七月）、孔慶東的《獨立韓秋》（北京市：京華出版社，二〇〇二年六月）、臺灣石曉楓的《無窮花開——我的首爾生活》（臺北市：印刻文學生活雜誌出版公司，二〇一一年七月）等。（註七）這些反映旅居韓國時觀察韓國社會、文化的感受或者敘寫韓國生活的散文作品，嚴格來講，是從身爲中國人的局外者的立場敘寫有關韓國和韓國歷史、文化的，所以可以說還屬於中國學者、文人的韓國旅居散文。

但是和上面解釋的一樣，這些文人、學者裡長期生活（比如古遠清所提的七年以上）在韓國，對韓國與韓國文化有了一定的認同感，那麼，這樣的文人、學者寫的華文作品可以看作具有韓華文學與中國文學的雙重性質的作品吧。這樣的文人、學者雖然不能說屬於韓國華文文學的核心圈，但是把它們放在韓華文學的周邊部或者外圍圈來看也無不可。這樣就和韓華文學的第四個類型類似，可以把他們歸於第四類型。

貳

我們在下面較具體地探討韓華文學的四個類型。首先探討第一個類型的作家作品。

第一個類型的文人以臺灣留學出身的許世旭爲代表。這第一個類型的學者、文人的來源在邏輯上可以追溯到韓中新文學時期開始活動的中文學者梁白華、丁來東、李陸史、金光洲、金泰俊、李明善、車相轅等許世旭的前輩，但是他們沒留下用現代白話文寫作的文學作品。因此，可以說這一類型的鼻祖就是許世旭。

許世旭從小受到韓國傳統漢學教育，對漢文的功底很深，加上在大學裡讀中文系，然後留學到臺灣，慢慢培養用現代白話文寫作的能力，和在上面所提的一樣，也跟臺灣的作家、詩人結交，過程中開始用華文寫作詩歌、散文等文學作品。可以說他本身在濃厚的傳統漢學環境中長大，當然也有其特別的文學興趣、寫作意志及天賦才能，也因和臺灣的知名作家、詩人交流，受到的啓發與幫助很大，回韓國以後在大學中文系裡長期從事教學與研究，並抽空進行創作。這些都是許世旭產生文學成就的背景與根由。

後來，經常用華文寫作散文的朴宰雨和金惠俊也屬於這一類型吧。第一個類型的文人可以說是有漢學功底的留學生出身（留學派）或者大學中文系圈子裡工作的學者或學者型文人。他們一般研究中國文學，主要做學術工作，但往往有意寫作華文文章或作品的。韓中建交之後，留學中國大陸的總數估計超過幾十萬人，不過，留學臺灣的還有相當一些，其中讀中國文史哲碩士、博士的也相當多，而這些人應該受到一定的訓練用華文寫作論文或文章。還有，韓國國內在華人中文學者的指導或幫助下學習用華文寫作的韓國學生與研究生也在增加。從潛在性以及未來可能性的角度看，這些人裡估計有一些能發展成爲華文寫作者或者華文作家的。

許世旭的文學作品與作品集相當多。他能用韓語與華語雙語創作，因此有韓文詩歌與韓文散文，也有華語詩歌與華文散文。他留學臺灣之後，從一九六一年在《現代文學》用華文發表〈名字〉與〈願〉等華文詩歌而登上臺灣文壇。他的華文作品集，在臺灣出版的就有《藏在衣櫃裡的》（詩歌、散文集，臺北市：林白出版社，一九七一年）、《雪花賦》（詩集，臺北市：聯經出版事業公司，一九八五年）、《城主與草葉》（散文集，臺北市：林白出版社，一九八八年）。在大陸出版的就有《東方之戀》（詩集，北京市：生活·讀書·新知三聯書店，一九九四年）、《移動的故鄉》（散文集，天津市：百花文藝出版社，二〇〇四年）、《一盞燈》（詩集，天津市：百花文藝出版社，二〇〇五年）。此外，還有代表性的作品選集，就是《許世旭自選集》（詩歌、散文集，臺北市：黎明文化公司，一九八一年）與《許世旭散文選》（天津市：百花出版社，一九九一年）等。

中國學者黃發有對許世旭的華文寫作如此評論：「許世旭和此前的韓國漢文作家的顯著區別是，他嫻熟地運用現代漢語而非古典漢語進行寫作，他同時運用韓語和漢語進行雙語寫作，他的漢語寫作是非母語寫作。這些嬗變表明許世旭的文體創造使韓國的華文寫作實現了從古典形態向現代形態的轉型與躍遷。」（註八）「詩人瘂弦曾在許世旭散文集《城主與草葉》的〈序〉中對許世旭的創作如下評價：『他創作時不但可使用相異的語言思考模式，更精通兩國古典現代作品，同時享受了兩種文化的精美，在兩國文化的相互交流上也是最重要的媒介者。』」（註九）許世旭不是專業作家，而且主要撰寫現代主義傾向的韓文詩歌和反映韓國傳統人情與文化的散文，至於華文小說呢，一篇也沒有發表。所以不但和上世紀七十、八十、九十年代的批判現實主義主流不符合，也沒能成爲韓國文壇的主流。不過，從華文文學創作的角度看，他可以說是韓國華文文學的一位主要代表，也是第一個類型的代表文人。

二〇一〇年七月許世旭逝世後，韓國很多作家、學者留下哀悼他的文章，而且中國大陸與臺港海外的文人、學者對他的哀悼以及追念的文章在韓國翻譯出版。但是，對他的華文文學創作的繼承或超越，談何容易？除了許世旭之外，作爲中文學者的筆者和金惠俊等往往用華文寫作散文，雖然還沒成集出版，和上面所說的一樣，也可以歸入於這個類型吧。

筆者是臺灣留學的學者出身，在臺灣大學讀碩士與博士課程時主要研究古典文學，博士論文《史記漢書傳記文比較研究》，在大陸以《史記漢書比較研究》之名出版（北京市：中國文學出版社，一九九四年）。後來研究魯迅與中國現當代文學以及韓中比較文學，近年又研究韓國與世界的華文文學，也往往寫作華文散文作品。其主要的華文作品有〈魯迅和我的初衷〉（《上海魯迅研究》，二〇〇五年冬季號，二〇〇五年十二月）、〈懷念東亞魯迅學巨人丸山昇先生〉（《魯迅研究月刊》二〇〇七年第二期，二〇〇七年二月）、〈我的香港情緣〉（《城市文藝》第四卷第八期總四十四期，二〇一一年七月）、〈我還能聽到也斯的大笑聲〉（《香港文學》第三四〇期，二〇一三年二月）、〈華文文學學會與旅遊主義〉（香港《文綜》第三十六期，二〇一六年夏季號）〈你還在咖啡飄香裡開夜車嗎？〉（《香港文學》第三八八期，二〇一六年十一月）、〈回憶賈植芳先生關於韓國的緣分〉（《史料與闡釋》第四期，二〇一六年九月）、〈從升旗山看檳城，想檳城人〉（《香港文學》第三八九號，二〇一七年五月）、〈春日普洱行〉（香港《文綜》第四十四期，二〇一八年六月，夏季號）、〈南怡島、金裕貞文學村和我的苦惱〉（《香港文學》第四一一期，二〇一九年三月）、《漢江論彥火文學，漢拿談耀明情懷》（《香港文學》第四一六號，二〇一九年八月）、〈我精神家園的來源：詩意中秋〉（《香港文學》第四三一期，二〇二〇年十一月）等，面對有緣分的中文作家和漢學者的逝世充分表達哀悼情懷，也對自己在做學術時的感受與交友、旅遊、鄉情等方面的感情表露眞情。其散文包括抒情文、哀悼文、序跋文等等。

金惠俊是香港留學的學者出身，而在高麗大學許世旭的指導下研讀文學博士。他的主要作品有〈我的恩師許世旭先生〉（《香港文學》第三〇九期，二〇一〇年九月）、〈說不清楚的味道，說不清楚的也斯〉（《香港文學》第三四〇期，二〇一三年四月）、〈記憶的香港、記憶的也斯〉（《文學評論》第二十五期，二〇一三年四月）、〈金海機場：大海與平原、高山與天空合而爲一的地方〉（《香港文學》第三五五期，二〇一四年七月）等作品，發揮他的駕馭華文的能力與才華。他的散文主要是哀悼文，但也包括抒情寫景文等。

年輕韓國學者型文人崔銀化也在《香港文學》裡發表過〈難忘的三次南怡島之旅〉（《香港文學》第四一一期，二〇一九年三月）等作品，也可以算是這類型華文文學的未來性的表現。

參

下面進一步討論第二個類型的華文文學。

我們在上面將金山（張志樂）看作第二個類型的韓國華文文學的來源。韓國相當一些讀者通過金山和尼姆・威爾斯的《Song of Ariran（阿里郎之歌）》對金山很熟悉。根據《阿里郎之歌》記載，他於一九〇五年在韓半島的平安北道出生，一九一九年年底流亡大陸，在上海參加民族主義與無政府主義抗日鬥爭。後來他轉變爲共產主義者，參加了廣州起義與海陸豐農民起義，回北京後兩次被國民黨逮捕而交給了日帝警察，兩次都受到嚴刑拷問，但是頑強而智慧地應付，終於獲釋，因此受到同志們的懷疑。一九三七年他去延安認識了尼姆・威爾斯，給他口述自己的革命生涯，就誕生了英文版《Song of Ariran（阿里郎之歌）》。

金山的華文作品，已經發現的可以舉出短篇小說〈奇怪的武器〉與詩歌〈弔韓海同志〉、〈同志啊，鬥爭吧〉、〈奇妙的武器〉裡的〈黃浦江啊〉等幾篇，從韓華文學的角度看，這些作品是非常有意義的，也是非常難能可貴的。

他的短篇小說〈奇怪的武器〉一九三〇年以炎光的筆名在《新東方》（第一卷四期）裡發表，是描述同志吳成倫、金益相和李鍾岩等人一九二二年試圖暗殺日本陸軍大將的事件，其主題思想是在讚美民族主義抵抗情緒下對日帝實施的無政府主義義烈鬥爭，是當時不容易見到的一篇小說。這篇小說第三章中收錄了一首抒情長詩，以「黃浦江呵」起首，也可以看作金山寫的另一首華文詩歌。這是金山流亡上海時的一九一九年末或一九二〇年初，在看見黃浦江後感受到民族主義的抵抗情緒和基督教的救贖情懷而寫的，可以說是最能體現金山出色的漢語駕馭能力與詩歌創作天賦的作品。（註一〇）他的華文詩歌還有〈弔韓海同志〉與〈同志啊，鬥爭吧〉，前者哀悼韓國革命同志韓海，後者體現了金山作爲革命戰士的鬥志。這些作品寫作時期不同，其思想中心也有所變化，但無疑是反映作爲韓國抗日獨立運動家或國際革命戰士的思想與情懷的，具有一定的文學價值。

流亡中國的韓國抗日獨立運動者或革命運動者中無政府主義系列和民族主義系列的抗日力量，一九三七年底合併起來結成韓國青年戰地工作隊，發行《韓國青年》。這個抗日力量於一九四一年初編入韓國光復軍，發行《光復》。另外一個力量是一九三八年成立的朝鮮義勇隊，他們前期（一九三八年十月至一九四〇年十月）主要在國統區內進行抗日宣傳工作，從一九三九年一月開始發行《朝鮮義勇隊通訊》，後期（一九四〇年十月開始）決定轉戰華北、華中解放區，並成立了華北支隊，主要在解放區進行一系列的武裝鬥爭。《韓國青年》與《光復》以及《朝鮮義勇隊通訊》都登載用華文寫作的作品，其作者有中國人，也有韓國人。在目前已發現的三十篇左右的詩歌裡，韓國人寫的有十八篇。（註一一）這十八篇裡登載於《韓國青年》的，就有〈鴨綠江〉（白痴，第一卷第一期，一九四〇年七月十五日）、〈這正是我們復興祖國的時候〉（呂田，同前）、〈北行者〉（雪原，第一卷第二期，一九四〇年十月十五日）、〈先給小明弟弟〉（毓華，第一卷第二期，一九四〇年十月十五日）、〈也別重慶〉（憶白，第一卷第三期，一九四一年六月十日）、〈憶母親〉（雲青，第一卷第四期，一九四一年九月一日）、〈光復之歌〉（陳柱，第一卷第四期，一九四一年九月一日）、〈獻給韓國青年〉（靜霞，第一卷第四期，一九四一年九月一日）等八篇。登載於《光復純漢文本》的，就有〈送光復軍同志赴敵後〉（光生，第一卷第三期，一九四一年五月二十一日）、〈起來大韓民國的國民——咱們站在同一條戰線〉（陳國治，第一卷第四期，一九四一年六月二十日）等二篇。登載於《朝鮮義勇隊通訊》的，就有〈你是義勇的戰士——給前方朝鮮·義勇的同志們〉（李斗山，第六期，一九三九年三月十一日）、〈我要回到金剛山〉（若曦，第十期，一九三九年四月二十一日）、〈獻給前線的同志們〉（爲和，第十五期，一九三九年六月十一日）、〈揚子江——敬贈中國的戰士們〉（金維，第十九、二十期合刊，一九三九年八月一日）、〈八二九〉（重光，第二十四期，一九三九年九月十一日）、〈一年來的成長〉（爲和，第二十五、二十六、二十七期合刊，一九三九年八月一日）、〈民族解放的先鋒隊〉（王輝之，第三十七期，一九四〇年九月十三日）、〈一九四一年進行曲〉（繼賢，第三十九期，一九四一年一月一日）、〈悼四將士〉（文靖珍，第四十二期，一九四一年三月一日）等九篇。這十八首華文詩歌是韓國獨立鬥士寫的華文抗戰詩歌，很多內容都很動人。他們雖然不是專業詩人，在寫作詩歌的藝術性方面有一定局限，但他們創作這樣的詩歌登載於抗戰雜誌，對抗戰起著很大的鼓舞作用。在韓國現代華文文學發展史上，這可以說是一群不能忽視的詩人與詩歌。對其具體內容與主題、文學性方面的研究，有待另文作深入分析。

除了這些抗戰華文詩歌之外，繼承金山的華文文學這一來源的，還有一九二〇年代和魯迅交往的韓國流亡革命者柳樹人。柳樹人（一九〇五～一九八〇）的本名叫柳基石，常用的筆名爲柳絮，後來和魯迅交流之後，改本名爲柳樹人。他在大陸流浪的三十年，就是參加韓國抗日獨立運動與革命運動的三十年。在此期間，他從無政府主義立場出發參加過大陸革命文學論爭，也用現代華文發表過不少評論文章。（註一二）由於娶了大陸夫人，因此解放後繼續留在中國大陸，但總是沒有歸化爲大陸人。

柳樹人從一九六〇年到一九六八年之間寫成中文回憶錄《三十年放浪記》，但是這本回憶錄沒能在大陸出版。到了二〇一〇年十一月韓國國家報勳處出版了他的華文原文和任元彬的韓譯文。從韓國華文文學的觀點看，這本回憶錄可以歸爲傳記文學中的革命回憶錄或者自傳文學，作品裡很多部分有動人的故事性，文筆也相當不錯，可讀性也高。

這一類型的華文作家與作品，還有進一步發掘的餘地，估計今後能成爲韓華文學不可缺少的一支，而這一支華文文學力量估計很有利於韓華文學體系的重新建構。

肆

下面探索第三個韓華文學類型。

這第三個類型的韓華文學的來源，始於近代從中國前來韓國的華僑。近代韓國華僑的歷史從一八八二年開始，至今已有近一百四十年歷史。在朝鮮發生壬午兵變，高宗希望清兵前來平息。當時跟著清兵一起來的中國商人有四十餘名，其中許多人後來長期留了下來，成爲華僑。據《山東僑務志》記載，一八八三年由山東進入朝鮮的華僑共二〇九人，到一八八六年激增至三六六一人。（註一三）一八九四年中日甲午戰爭爆發，清廷戰敗，中國與朝鮮的朝貢關係也廢除了，中國在韓國的社會、政治地位隨之降低，這自然不利於華僑的活動。不過，到了一九二三年，旅韓華僑的人數已達三萬多人。經過一九三一年日帝製造的萬寶山事件與韓國的排華運動、一九三七年的中日戰爭、一九四五年韓國光復與韓國戰爭（一九五〇年六月～一九五三年七月）後的隔斷的現當代曲折複雜的歷史，一九九二年八月韓中終於建立外交關係，雙方在政治、文化等諸多方面都逐漸恢復了正常關係。

那麼，在韓國近代以來一百三十多年的華僑歷史裡，有沒有著名華文作家、文人出現呢？這似乎有些難以回答。一般韓國人認爲韓國的傳統華僑大都從事餐館業，文化水平不是很高。雖然偶爾有具有相當高的文化水平的文人、學者來日帝統治下的韓國，但是幾乎沒有長期定居的。比如一九二七年四月北京大學的年輕教師魏建功應聘來首爾的京城帝國大學教現代中文，可以算是很少見的中國學者、文人。他逗留首爾一年半，體驗並觀察韓國人與韓國文化，寫了不少散文，但是一九二八年八月就回國了。從這個角度來看，只能說是他只是撰寫一系列旅韓散文而已。

從韓國華文文學的角度考察華僑近一百四十年的歷史，值得注意的應該是韓中建交以後的歷史。

韓國光復後來韓國定居的華僑，雖然需要以韓國人的名義辦報刊，但是出版的報刊卻不少。在韓國製作發行的，先後有《漢城華文報》、《僑聲月刊》、《韓中日報》、《中國天地》（後改名爲《韓華天地》），在美國製作發行的有《韓華春秋》、《韓華通訊》、《糊塗人雜誌》、《韓華思潮》、《山東鄉情》、《華城園地》、《韓華團契》、《韓華之聲》等。（註一四）按照金垠定的分析，作爲韓華文學唯一載體的華文報刊雜誌的文學內容，可以分爲四類：（一）雜文、（二）臺灣、大陸文學、（三）中國大陸遊記、（四）散文與詩詞。（註一五）可知相當一些華僑、華人、中國大陸人在這些雜誌與網站裡發表了各類作品。

對韓中建交有功而受到韓國總統勳章表彰的華僑韓晟昊在光復後不久就創辦《漢城日報》華文版（一九四九年十月創辦），用「東北風」、「東北虎」、「釣龍翁」的筆名寫了很多文章，受到「篇篇揭露華僑中國城的嫖賭毒現狀，其筆伐之矛頭直指個別僑領」，「其報導的迅速，證據之充分，揭批之深刻，文筆之利，令華僑界震撼，韓國文化界矚目」（註一六）之評。他一直關心華文媒體，後來在自己主持的《韓華天地》發表了不少文章，如大陸遊記〈中秋佳節在承德，飽嘗祖國民族情〉（《韓華天地》二〇〇〇年十月）等。

母語爲漢語的檀國大學華人教授許庚寅，基本上是中文學者，他對文學的興趣也十分濃厚。他曾在大陸《羊城日報》等發表散文。作品有〈韓國華社族國認同的心路歷程〉（《韓華學報》第三集，二〇〇四年十二月）、〈我們曾操同一鄉音——一位韓國來客愣眼看羊城〉（《羊城晚報》二〇〇五年五月二十七日）、〈垂涎嶺南美味——一位韓國來客愣眼看羊城〉（《羊城晚報》二〇〇五年六月一日）、〈我就這樣活了幾百年——一位韓國來客愣眼看羊城〉（《羊城晚報》二〇〇五年六月二日）、〈朴趾源的中國情結〉（《書城》，上海市：三聯書店，二〇〇五年六月）、〈愣眼看羊城——一個韓國來客的遐思〉

〈《韓華通訊》，漢城韓華協會，二〇〇八年二月十四日）等。他的散文包括遊記、記敘文及歷史散文等文類，既有相當的文采，也很有可讀性。

衣建美女士是臺灣系統的華僑，也用華文寫作，其作品主要有〈開懷篇〉（《讀者文摘》華文版，一九九七年四月號）、〈韓華教師成天地〉（臺北《中央日報》一九九八年八月三日）、《I.M.F時代》（臺北《中央日報》海外版，一九九八年十一月三十日）、〈心繫何處——韓國華僑社會風貌〉（美國華文報《世界日報》，一九九九年）等。從華文文學的角度看，她的作品也有一定的閱讀價值。

梁楠女士，是韓國華人中系統研究韓國華人華文文學的第一位學者，二〇一八年八月以《韓國華人華文文學研究——以華人的身分認同爲中心》在釜山大學榮獲博士學位。她的博士論文從韓國華人華文文學對韓國華人身分認同的發聲的角度，主要探討「韓國華人華文文學的創作情況」、「韓國華人華文文學的『離散』與『反離散』」、「韓國華人華文文學的跨國性」等內容。雖然沒有集中探討某些代表性作家的作品，但是對韓國華人華文文學進行全面概括，資料性也相當豐富。到了二〇二〇年七月，她在博士論文的基礎上，做些修改補充，出版了專著《韓國華人華文文學論》（註一七），在這個方面的第一部著作。

這種類型的華文寫作者都是華僑或華人，是用自己的母語來創作的。按理講，他們應該更活潑地參加華文創作活動，雖然目前還沒出現有相當知名度的華人華文作家，但其潛在性與未來性還是值得期待的。

伍

我們最後探索第四個類型的韓華作品。

一九九二年韓中建交之後爲數眾多的大陸朝鮮族或漢族以及其他少數民族人民來韓國短期或者長期居住。朝鮮族的母語是韓語，但若在朝鮮族散居地區的漢族學校讀書，朝鮮族一定會受到全面的漢語教育，他們中也有不會講朝鮮語的。在朝鮮族集聚地區裡受到教育的估計都能全面掌握韓語與一定水平的漢語。來韓國長期逗留的漢族與其他少數民族不少，他們開始時以求學、工作、事業、結婚等目的來韓國，隨後，有的在適當的時候回國，也有加入韓國國籍，長期在韓國定居的。當然，長期定居者裡面也有沒有加入韓國國籍的，包括知識分子或文人型學者。他們用華文寫出作品在華文報刊上發表，如果有一定的文學性，可以歸納於這個類型的韓華文學。

韓國外大講師金英明出身於朝鮮族，來韓國之後早就加入於韓國國籍，長期定居於韓國，曾經在韓國外大以《批判、解構、對話：以劉震雲的『故鄉』三部作爲中心》榮獲博士學位。她也算是學者型文人，其華文散文在《珍珠港》（夏威夷華文作協發行的華文報刊）等華文文學報刊裡發表，如〈獨具風格，魅力無窮的首爾〉（《珍珠港》第六十三期，二〇一〇年十一月）、〈韓國的春天〉（《珍珠港》第六十五期，二〇一一年三月）、〈雪岳山的秋天〉（《珍珠港》第六十九期，二〇一二年一月）、〈舌尖上的韓國〉（《濟州遊記》，天空出版社，二〇一九年十一月）等。可知她寫的散文大都是介紹韓國旅遊景點的敘景散文，但是文章很有吸引力，有一定的文學價值。還有朝鮮族出身的年輕學者型文人奇英也處於類似的情況，她發表了華文散文〈韓國文化的象徵Seoul Station〉（《香港文學》第三六七期，二〇一五年七月），今後可以期待了。檀國大學教授王樂出身於回族，來韓國之後求學，後來做大學外籍教授，長期定居於韓國，曾經在韓國外大以《張承志散文研究》榮獲博士學位。她也算是學者型文人，其華文散文在《明報月刊》和《澳門日報》等登載，如〈一部超越韓國的電影〉（《明報月刊》二〇二〇年三月號）、〈韓國人的國民性格——狠〉（《澳門日報》新園地，二〇二一年一月八日）、〈向死而生——《牛鈴之聲》的感悟〉（《明報月刊》二〇二一年四月號）、〈韓國國寶級女作家〉（《澳門日報》新園地，二〇二一年三月七日）、〈咖啡是如何征服韓國的〉（《澳門日報》新園地，二〇二一年五月十一日）。她的記敘文都見得到其文筆能力。水原科技大學彭朝霞出身於土家族，來韓國後求學，後來做大學外籍教授，也長期定居於韓國，她也是韓國外大的博士，曾經發表過〈濟州島的治癒午餐〉（《文綜》二〇一九年秋季號，香港）、〈浮羅山背品榴蓮〉（《檳城印象》（肆），檳城，馬來西亞，二〇二〇年）等華文散文作品，可以發現細緻的描寫能力，也有一定的吸引力。漢族出身的林雪琪，是韓國外大的在讀博士，也是學者型文人，她也曾經撰寫了〈金庸「以茶會友，以茗論道」——《天龍八部》中的茶文化〉一文。她早就呈現文學才華，二〇一一年已經發表短篇小說〈姐姐〉（文藝雙月刊《麒麟》二〇一一年第三期，總第五十一期，廣西高校文學社團專輯），二〇一七年發表散文〈我叫小歡〉（《漢語樂園同步閱讀》，北京市：北京語言大學出版社）。近年也發表了遊記散文〈「緣」自一程山水〉（《濟州遊記》，天空出版社，二〇一九年十一月），可以說呈現此一類型華文文學的潛在性與未來性。

這一類型的韓華文學也還不能說成熟，但是其初步現實性與潛在性以及未來的可能性還是相當大的。

陸

我們在上面探索了韓國華文文學的幾個來源與現狀問題。此外，還有一些問題值得我們繼續思考。

首先是在韓國這樣的國度上需不需要推動用現代華文來創作的問題。我們看來，在韓國社會裡鼓勵大眾參加華文寫作，這不需要，大眾也不會接受這樣的鼓吹。但是對中文教育領域而言，就不同了。爲了提高大學生與研究生的中文水平，估計很需要鼓吹用現代漢語創作，這是理所當然的。中文作文或華文寫作的最頂點就是有高水平的華文文學作品的出現，學習者可以把它當作華文寫作的某種模範。如果在韓國社會出現韓華作家寫的、並牽涉到韓國與韓國文化的高水平的華文文學作品，這對中文教育方面也會產生積極的影響。

還有，爲了與中國本地人和中國文化的深層溝通，是否需要韓華文學的問題，也值得思考。如果有一些精通於華文而堅持用華文寫作的韓國文人或者華人文人，有一些內心深處喜歡中國與中國文化的韓國作家或者華人作家，中國人會通過他們發現韓國文化與中國文化的異同點，也感覺到中國人和韓國人能在深層次上溝通，友誼也估計在更深的層次上展開。如此看來，可以積極評價反映韓國人的人情與韓國文化、韓國社會的韓華文學的存在吧。

曾經在韓國留學過的和現在在韓國留學的中國學生好幾十萬人，在這樣的交流與互動當中，中國也估計會出現有水平的韓文作家，也可以期待做跟韓華作家相對應的角色。這樣估計能在韓中文化交流上實現更高層次了。

全球化的世界裡，很多人能掌握多種外語，但要達到以外文來創作有水平的文學作品的地步，談何容易。不過，英文世界裡出現這樣的情況已經不少，例如印度的泰戈爾能用英文創作詩歌，且達到最高水平，獲得諾貝爾文學獎，他的文學能讓英文文學讀者深入瞭解印度的宗教與文化，同時也對英文文學的世界化做了相當大的貢獻。美國華人作家哈金用英文創作《等待》、《戰爭垃圾》等優秀作品，讓英美人對中國人的內心世界與文化有了深入的瞭解，由此，哈金得到了他們社會主流的肯定與讚美。韓國人李昌來也寫了《說母語的人》等不少作品，給英文文學讀者提供對韓國人的生活意識與文化的瞭解機會，也得到了美國不少文學獎。李昌來與哈金就對韓國與中國等東方文化與美國文化的溝通等方面大有貢獻，當然他們也對英文文學的世界化也作出了積極的貢獻。反過來說，如果韓華作家達到高水平，能給中文讀者傳達韓國人的文化與內心世界，也能表現某種普世性來，那麼，這不但對韓國文化與中國文化的深層次溝通發揮積極作用，而且也對中國文學的世界化將有所不少貢獻，其意義絕對非同小可。當然，相反的情況也可以出現吧。

世界華文學界以前只意識到第一類型的學者型文人許世旭的存在。但我們需要鼓勵更多的像許世旭這樣的學者型文人出現。這個類型的現在性與潛在性以及未來性是相當大的，需要世界華文文壇耐心關注和支持。我們又發現了金山與柳樹人以及抗日業餘詩人們等第二類型的作家與作品，這些反映抗日體驗和鼓吹抗日的作品，其價值重大，值得我們繼續發掘與研究。第三類型的華文文學歷史近一百四十年，調查各種韓國華文雜誌登載的作品數量，可知非常豐厚，不過，很可惜知名度高的這類華文作家作品尚未出現。但韓國華人也開始有自覺，可以期待今後的發展，也需要鼓勵和推動。第四類型的華文文學是剛剛出現的萌芽，雖不成氣候，但它的現在性、潛在性和未來性也絕不容忽視。

我們韓國的華文文學一些同行們早就二〇〇四年結成「韓國臺灣香港海外華文文學研究會」，組織了韓國國內外的大小不同的幾十次活動，後來從二〇一四年開始舉辦了「韓國世界華文文學論壇」，而二〇一六年正式把「韓國臺灣香港海外華文文學研究會」改成爲「韓國世界華文文學協會」，到目前爲止舉辦了共十一次的「中華名作家邀請國際文學論壇」和共五次的「韓國世界華文文學國際論壇」。這無疑地，一面對韓國的世界華文文學的研究發揮推動作用，也一面對韓華文學創作的發展，做了鼓勵作用吧。

以上對韓國現當代華文文學發展脈絡與動向的梳理與探索，希望將有助於建構韓華文學的學科框架，也有助於韓華文學的創作向更高的層次拓展。

注釋

＊ 這篇論文根據拙搞〈韓國現當代華文文學的歷史與現狀〉（白楊主編：《中華文學與華文文學的新視野——「文化傳統與漢語文學」國際學術研討會論文集》，二〇一八年）的基礎上，重新修改、補充而成。

一 中國的一些世華文學專家，將韓國、日本、越南等的傳統漢文學稱　該國華文文學中的古代文學，以區別現代的華文文學。但是從我們看來，完全由韓國人、日本人、越南人寫作的韓國、日本、越南等的漢文學，一般稱　「韓國漢文學」、「日本漢文學」、「越南漢文學」等。尤其是「韓國漢文學」不能和華人和韓國文人同樣用華文創作的「韓國華文新文學」或者「韓國現當代華文文學」混　一談。

二 見梁　楠：《韓國華人華文文學研究——以韓國華人身份認同爲中心》（首爾市：釜山大學博士論文，二〇一八年八月）；〈韓國華文文學概覽〉，《世界華文文學論壇》二〇一八年第四期（二〇一八年十二月）。

三 見拙稿：〈海外華文文學在韓國：認識、創作、翻譯、研究、定位〉，《文學評論》二〇一二年第二期（香港：香港文學評論出版社，二〇一二年四月）。

四 朴宰雨、金英明：《中國現代文學論叢》第十卷第一期（南京市：南京大學出版社，二〇一五年六月）。

五 見毛會迎：《感動韓國的中國人——韓晟昊》（濟南市：山東畫報出版社，二〇〇五年十一月），頁二十七。

六 朴宰雨：〈一九二〇年代魏建功遊記〈僑韓瑣談〉價值的探索〉，《當代韓國》二〇〇八年十二月號（北京市：社會科學文獻出版社，二〇〇八年）。朴宰雨：〈論魏建功〈僑韓瑣談〉對韓中歷史文化關係的認識〉，《香港文學》二八七號（香港市：香港文學出版社有限公司，二〇〇八年十月）。

七 參見拙稿：〈簡論中國文人旅韓遊記的發展脈絡——兼論二〇〇〇年以後孔慶東、鐵凝、詹小洪的旅韓遊記〉，張雙慶、危令敦編：《情思滿江山，天地入沉吟》（香港市：明報出版社等，二〇〇八年三月）。

八 黄　發：〈文化渡者的東方情懷：許世旭華文詩歌論〉，《黃河論壇》二〇一一年第十二期（銀川市：銀川市文學藝術界聯合會，二〇一一年）。

九　見許世旭：《城主與草葉》（臺北市：林白出版社，一九八八年）。

一〇　參見朴宰雨、金英明：〈通過韓國革命家金山的華文作品看其思想的變奏〉，《中國現代文學論叢》第十卷第一期（南京市：南京大學出版社，二〇一五年六月）。

一一　參見《現代詩：中國所藏確認作品解題〈十八首〉》，《二〇〇二年度基礎學問育成支援課題「中國所藏近代韓中知識分子的『韓國』題材作品的發掘與研究」結果報告書》別添報告書（二）（光州市：全南大學湖南文化研究所，二〇〇二年）。

一二　其具體內容，可以參考洪昔杓：《柳樹人與魯迅：〈狂人日記〉翻譯與思想上的紐帶》：《中國文學》七十七（南韓：韓國中國語文學會，二〇一三年）。

一三　引用於王淑玲：〈韓國華僑社會的形成、變遷及特徵〉，《世界民族》二〇一一年第五期。

一四　引用於金垠定：〈韓國華僑文學的文化土壤〉，《世界華文文學論壇》二〇〇二年二月。

一五　參見金垠定：〈韓國華僑文學的文化土壤〉，《世界華文文學論壇》二〇〇二年二月。

一六　毛會迎：《感動韓國的中國人——韓晟昊》（濟南市：山東畫報出版社，二〇〇五年十一月），頁二十七。

一七　梁　楠：《韓國華人華文文學論》（臺北市：秀威資訊科技公司，二〇二〇年七月一日）

學科命名的方式與意義

——關於「跨區域華文文學」之我見

陳思和

劉俊先生提出用「跨區域華文文學」的概念來取代「臺港暨海外華文文學」的概念，有許多合理性的因素，也是針對該學科在內涵與概念之間的矛盾，並提出了解決的辦法。我覺得這一概念的提出和討論有助於深化對學科內涵的辨析和梳理，所以，在認同這一概念的前提下，再作進一步的探討。

壹

「世界華文文學」已經越來越像一個獨立發展的學科了。它本來是屬於中國現當代文學或者比較文學二級學科下的三級學科，但近年，國內有很多高校都成立世界華文文學研究中心，在一級學科下自增的博士點也開始增加，似乎有向二級學科發展的趨勢。但如果考察它的來龍去脈，仍然會有很多問題引起人們的質疑。因爲從它所依附的二級學科來看，本身就包含了兩種不同性質的學科：從臺灣文學、香港文學、澳門文學與中國大陸的文學之間關係而言，它理當是屬於中國現當代文學的一部分，尤其在港澳回歸以後，單列的香港文學、澳門文學已經完成了歷史的意義；再者，國家之間的文學聯繫正在被越來越重視，如世界各國的華文文學，甚至華人、華裔的文學，這顯然屬於世界文學的範疇，就中文系的學科點而言，它屬於比較文學及世界文學的學科點。世界華文文學的範疇內同時存在著兩個學科的內涵是客觀存在的，因此，它有著跨學科的性質和意義。

劉俊先生提出了「跨區域華文文學」的新概念，建議取代原來的「臺港澳暨海外華文文學」並把它與「世界華文文學」作了分工，即如劉俊先生所說的，「『世界華文文學』是個全稱概念，按照現有的文學格局，應該包括『中國大陸文學』和『臺港（澳）暨海外華文文學』。我提出的『跨區域華文文學』，只是對應於目前的『臺港暨海外華文文學』，如果『跨區域華文文學』的概念爲學界所接受，那麼我理解的『世界華文文學』則應由『中國大陸文學』和『跨區域華文文學』兩部分組成。」對此，我有不同的想法，既然「世界華文」是應該包括中國大陸的文學（中國大陸不可能排除在「世界」的概念之外），那麼「跨區域」如何又體現出是「中國大陸」這一地區之外的區域呢？從華文創作的角度來考察研究對象，「跨區域」應該就是「世界範圍內的跨區域」的意思，也就是說，它對應的名稱不應該是「臺港澳暨海外華文文學」，而是「世界華文文學」。

「世界華文文學」這個學科的名稱從邏輯上講沒有錯誤，也不會發生什麼歧義，但從學科內涵來說，還是存在著不夠確切之處。照一般人的理解，冠名爲「世界」的，必然是指「世界上各個國家」或者「世界上大多數國家」的意思，如「世界文學」，它一定是包括了世界上所有國家的文學，至於事實上有沒有包括是另外一回事，但世界各國應有的文學在邏輯上是被包括進去的。而「世界華文文學」就有一個疑問：世界上究竟有多少國家是有華文文學的？是大多數國家呢還是少數國家？我想，第一：世界上有華僑或者華裔的國家肯定是很多的，但有華文文學創作，尤其是能夠在所在國得以承認的現象，比例上不會很多，即便在有比較成功的華文作家的國家裡，除了少數國家（如新加坡、馬來西亞等）華文創作是很難進入主流文學的。在這個意義上，用「世界華文文學」來概括這種世界性的創作現象，顯然是概念過大，有帽子大腦袋小的感覺。世界上許多國家的主流文學是用英語寫作的，但我不知道是否存在著一個「世界英語文學」的概念。一般來說，我們說「英語文學」、「德語文學」都已經包含了若干個國家的同一語種的創作，似乎並不需要再冠上「世界」的名稱。

而「世界」這個概念用在這裡，其實也不是「世界上各個國家」的意思，這個名稱是由「海外」這個概念演變而來。但「海外」的意義比「世界」要準確的是，「海外」明確不把中國大陸包括在內，甚而連臺灣、香港等地區也不包括在內，所以爲了清楚研究對象，一般學界用「臺港澳暨海外華文文學」。雖然這個名字過於冗長，同時又不得不包括性質不同的華文文學現象，但仍然能夠爲大多數人一目了然的權宜的說法。而一旦用「世界華文文學」這個詞來取代，其內涵必然發生新的變化。

於是，就把中國大陸文學涵蓋進去了。既然「世界」的華文文學，怎麼能沒有中國大陸這一主流存在呢？所以現在處於尷尬境地的不是「臺港澳暨海外華文文學」這個命名，倒是「世界華文文學」的命名。現在許多高校相繼成立的「世界華文文學研究中心」的任務和研究對象，應該說還是特指非中國大陸地區的華文文學，命名與實際的內涵就發生了矛盾衝突。

鑒於「世界華文文學」的名稱在兩個層面上含義不清晰，我建議不如統一改成劉俊先生所提議的「跨區域華文文學」爲好。關於這個名稱的確定與意義，劉俊先生已有比較充分的論述，我不多說，只是補充兩點：首先，「區域」只是指世界上的某些地區，可以包括若干國家地區，但並不一定要求大多數國家，比大而無當的「世界」概念要實在具體；其次，「跨區域」既包括國家與國家之間，也包括地區與地區之間的關係，各種關係都被涵蓋在內，非常靈活，而且「跨」本身也比較形象。

貳

但是，這樣一來似乎還是沒有解決劉俊先生最初提出的問題，他是爲了解決「臺港澳暨海外華文文學」的含義不準確，才提出這個命名，所以在這個概念裡，應該是明確不包含中國大陸在內的華文文學創作。事實上，高校建立的世界華文文學研究中心也是以非中國大陸的國家與地區的文學創作爲主要研究對象。如前所言，「跨區域華文文學」的命名仍然不能被確定是中國大陸以外的「區域」。要解決這個問題，並根據目前學科發展的新內容，我覺得有一個辦法可以解決，那就是把這個命名改爲「跨區域華人文學」，這就比較完整而準確了。第一，華人是指中國以外的有中華民族血統的人，稱作華人（或華裔），在新加坡、馬來西亞等國家有相應的一系列的以華爲主導詞的名詞，如華族、華語、華僑等概念，都與華人有關，而在中國的地區內針對其他少數民族，則是用「漢」而不會用「華」的概念，所以不會發生誤會。其次，用「華人」來取代「華文」還包含了學科的新的內涵，即許多國家的華人（或華裔）的非華語創作，如美國的湯婷婷、譚恩美、哈金等，法國的程抱一等，都是以所在國的文字語言寫作，而且也進入了所在國的文學主流，他們的創作目前也越來越引起中國學界的關注，但研究他們的創作現象的學者，有的是屬於外國文學學科，如有的學校成立了「美國的華人文學」研究中心等，顯然意屬外國文學；但更多的也是歸類於比較文學，即在世界華人文學研究範疇以內。這樣一來，從「世界華文文學」向「世界華人文學」的發展過渡顯然也是水到渠成的事。鑒於上述對「世界華文文學」概念的質疑，如果我們相應用「跨區域華人文學」的概念來取代「世界華人文學」的概念，我覺得也是很合理的事，從概念上說也更加清楚。

從理論上說，湯婷婷、譚恩美的創作應該歸於美國文學，程抱一的創作應該歸入法國文學，這也是不錯的。但在事實上不是這樣來理解。米蘭．昆德拉儘管用法語創作，人們習慣上還是認爲他是捷克作家，高行健的部分創作可能是用法文發表的，但我們通常還是承認他是中國作家，或者說是華人作家。從華人或者華裔的文學創作中我們仍然可以看到中國文化因素在他們創作裡的複雜體現，以及中國文化因素在所在國文化的巨大覆蓋下如何發生變異和保存。如果我們視中國的文學創作爲一種中華文化的直接呈現，視爲一種核心，那麼，在海外華文文學創作中可以看到的中國文化與所在國文化的撞擊與融合的呈現，可以視爲第一層外圍的存在；而世界華人（或華裔）用所在國語言的創作，則可以看作是中國文化經過了變異以後的一種隱晦的存在，可以視爲第二層外圍的存在。由此可以研究文化在世界範圍內的變遷和傳播發展。在這個意義上說，「跨區域華人文學」既是從跨區域華文文學發展而來，又延伸出新的內涵。復旦大學成立世界華人文學研究中心，正是從這一研究方向出發來確定學科的發展方向的。

但這一命名唯一的問題是能否概括臺灣、香港、澳門等屬於中國的地區文學的研究？我覺得這要從發展的角度來認識，不能拘泥於以前的研究框架。把臺灣、香港等地區從中國文學研究中劃分出去本身就是有嚴重誤區的，過去學術界對於中國現代文學和當代文學都有固定的研究角度和評價標準，一旦把同時期的臺灣文學、香港文學放進去就覺得難以把握，所以不能不分作兩個領域來討論，但這種把臺灣文學、香港文學與大陸文學割裂開來的研究思路本身就造成了很大的局限性，以至於用「中國文學」來命名的許多課題都是殘缺不全的。現在香港澳門已經回歸多年，更加沒有理由把它獨立成一個單獨的門類來研究，就如我們沒有專門的北京文學、上海文學和武漢文學，爲什麼要有專門的香港文學和澳門文學呢？臺灣的文學從日據時期的殖民地文學到一九四五年以後國民政府統治下的臺灣文學，都是中國社會政治歷史變遷的一個組成部分，既然中國現代文學史沒有把「滿洲國」文學和淪陷區文學單獨劃分出去，也沒有把國統區文學劃分出去，爲什麼同樣是殖民地文學和政黨執政下的臺灣文學，中國文學史就不能給以一個有機的整合呢？所以，我覺得「跨區域華文文學」應該是一個大學科概念，它是由「中國現當代文學」和「比較文學及世界文學」兩個學科組成，中國現當代文學下面包括中國大陸文學和臺灣文學等；而比較文學下面應包括跨區域華人文學研究，其研究對象應該是中國地區以外的華人（華裔）的文學創作，主要是華語創作，但也包括非華語創作。由於跨區域文學本身具有研究對象流動性的特點，所以還是從「跨區域華文文學」的大學科概念出發來整合其中多種關係，這樣也許會清理得比較順一些。

——原刊於南京《江蘇社會科學》二〇〇四年第四期

旅外華語文學之我見

——兼答徐學清的商榷

陳思和

本文由兩個部分組成。第一部分是我應徐學清教授之約，爲加拿大《世界日報》的文藝副刊〈華章〉（瘂弦主編）「名家談——華人文學之我見」專欄所寫的短文，（註一）主要談了我對於「世界華文文學」概念的一個看法。我認爲，來自中國大陸或者臺港的第一代海外移民作家，他們的寫作還沒有融入在地國的文學體系，他們用華語寫作，創作內涵是從母國帶來的生活經驗，發表作品的媒介基本上是在海峽兩岸的範圍，主要的讀者群也來自兩岸。這一類旅外作家的創作，應該屬於中國當代文學的一部分。徐學清接受了我的文章，同時也表示對我的觀點有所保留。聽到有不同意見我當然很高興，有感於發表在報刊專欄的文章篇幅有限，不能暢所欲言，由此可能對自己觀點闡述不夠清晰，所以我請徐學清把她的商榷意見寫出來，我可以配合她的批評思路給予回應。當時我正準備爲《中國比較文學》雜誌主持欄目，於是就與學清商量，把我們雙方的文章都發表在同期專欄，希望引起更多的學者來關注這一問題。學清很快就寫了商榷文章，而我卻因爲手邊工作雜碎，回應意見拖到現在才勉強寫出來。這就是本文的第二部分。這樣把所有的意見都放在一起發表，也許能夠更加完整地表達我和徐學清教授對這一問題的不同看法。特此說明。

壹　旅外華語文學之我見

學清教授約我談談對世界華文文學的看法，我覺得有點爲難。因爲「世界華文文學」作爲一個學科概念相當混亂。在我看來，它至少包含了兩類互不相干，甚至自相矛盾的文學：一類是從中國大陸和臺灣、香港去外國（主要是北美、歐洲）發展的作家的華語創作；另一類是東南亞國家華僑作家在自己國家裡的華語寫作。後者有點像王德威教授提出的「華語語系」的概念，即在非中國的國家或者地區的華語寫作，尤其是在地國第二代以降的華語作家的創作，其特徵在於顯現出在地國的語言、社會歷史、文化風俗等因素。這類華語寫作與中國文學構成了不同國家文化背景下使用同一語言的創作關係，研究這一類世界華文文學，在中國的學科體制內應該是屬於比較文學的範疇。而前一類作家的創作情況有點複雜，主要指活躍在北美、歐洲的華語作家，大多數是來自中國大陸或者臺港地區的第一代移民作家，他們的寫作還沒有融入在地國的文學體系，他們用華語寫作，創作的內涵是從母國帶來的生活經驗，發表的刊物和出版社基本上是在海峽兩岸的範圍，主要的讀者群也是來自兩岸。這一類旅外作家的創作，在我看來，應該屬於中國當代文學的一部分，只是他們的活動場所轉移到了海外。

但是，由於這一類作家為國籍所限制，他們在中國的身分頗為尷尬。大陸的學術界似乎很難把他們看作是中國作家，如嚴歌苓、虹影和張翎等，他們的作品在中國發表並產生影響，但是很難參與中國官方的文學評獎，茅盾獎、魯迅獎與他們無緣，中國當代文學史著作裡，他們的地位也頗為曖昧。事實上，他們被冠以「海外華文作家」的稱謂時，已經有了「內外之別」的含義，似乎他們與中國文學之間的關係不再是渾然一體了。我們討論白先勇、聶華苓的創作時，似乎並沒有把他們的創作與臺灣文學截然區分，但是，一旦涉及來自大陸的旅美作家與中國文學的關係時，國籍就變得如此敏感。

高行健的身分就是一個典型例子。高行健是中國當代作家，上世紀八十年代為中國戲劇以及現代小說理論作過重要貢獻。可是當高行健在二〇〇〇年獲得諾貝爾文學獎時，他的名字竟因為身分加入了法國國籍而變得曖昧起來，中國方面聲稱高行健是一個「法國作家」，而寧可對他為中國文學爭得的崇高榮譽保持緘默。但事實上，一個中國作家不管流亡到世界的哪個角落，只要他用華語寫作，他的作品只能是屬於中國的一部分；當蒲寧獲得諾貝爾文學獎，有人會不承認他是一個優秀的俄羅斯流亡作家嗎？辛格終生用意第緒語寫作，他獲獎了難道不是猶太人的榮譽嗎？我以為對於這類作家，與其依據他們的國籍而把他們視為某國作家，不如視為旅外作家：因為「旅」是一個動詞，它的含義是從某地到某地，不管走多遠、定居在哪裡，根子仍然在母國。

旅外華語文學還有一個鮮明特點，就是作家隊伍基本是由第一代旅居作家所構成，第二代華裔作家往往使用在地國的語言寫作，不再是華語作家。而這一類旅居華語文學的再生性與延續性，並沒有血緣的傳承關係，而是靠一代一代從中國或者臺灣香港等地出發的新移民構成的文學的特殊傳承——這種傳承，不是老一代旅居作家與新一代旅居作家之間的關係，而是每一代旅居作家與他的母國文化所構成的繼承關係。從本質上說，旅居作家構成的華語文學只是在世界交流頻繁過程中的中國當代文學的一脈支流，它是當代文學的有機構成。

文學的本質是由語言構成的美學文本，其實與作家的國籍有何干係？隨著中國在國際上的地位不斷增強，人才流通必然會越來越頻繁，人定居於哪個國家越來越不重要，而中國文學的邊界也會越來越模糊；更何況，強調「中國文學」的國籍概念的文學史寫作和文學活動（包括文學評獎），也從來沒有眞正落實過「中國」的概念，用少數民族語言文字寫作的文學，卻又偏偏歸類爲少數民族文學的學科概念。——與其無法落實眞正意義上的中國文學，還不如淡化國籍而強化語言，形成一個豐富而多元的「中國當代文學」。

貳　我對於徐學清教授商榷的回應

徐學清教授的文章與其說是與我商榷，還不如說是她藉著我提出的看法而發表她自己的見解，正面闡述了世界華文文學與中國文學的關係。這樣說起來還是有點籠統，因爲世界華文文學的概念是一個充滿混亂和矛盾的概念，在這個概念下，至少包含了四種不同性質的文學：一、中國文學（許多學者從狹義的角度出發，不承認中國文學屬於世界華文文學，但說不出具體的理由，似乎是因爲中國文學的容量和體積在世界華文文學概念裡占的比重太大，使其他區域的華文文學難以呈現其獨立的價值，只有搬掉這座「山」，才能使周邊丘陵的面貌變得清晰）；二、臺灣、香港、澳門由於歷史原因形成的不同於中國社會主義體制的文學；三、東南亞各國華僑文學（以馬來西亞、新加坡最爲盛行）；四、二十世紀以來各個歷史時期從中國大陸或港澳臺移民海外的作家用華語寫作的文學。關於「世界華文文學」概念的解說，國內很多知名學者如劉登翰、劉俊等都做過認眞的梳理，並且有專著來闡釋他們自己的見解，（註二）本文爲節省篇幅，不作詳細的討論和具體的引用。海外則有史書美、王德威用「華語語系文學」的概念來消解世界華文文學概念，（註三）他們援引了作爲世界性因素的「英語語系文學」、「法語語系文學」、「西班牙語系文學」等概念來定義「華語語系文學」，順理成章地排除了中國文學（但保留了臺灣、香港、澳門）在其範圍內的合法性。但是這個概念仍然有可被質疑之處，因爲其所援引的「英語語系文學」、「法語語系文學」、「西班牙語系文學」等概念都是基於前殖民歷史的產物。英聯邦國家、前法屬非洲國家和前西班牙殖民地的南美洲各國都經歷了長期被殖民的野蠻統治，他們自身的文化傳統被中斷，尤其是在民族語言文字被摧殘的情況下，才不得不使用了宗主國的語言文字。經過長期的發展以後，宗主國的語言文字裡也摻雜了本民族的語言和感情因素，形成了一種不標準、但更加含混和豐富的宗主國語，這種所謂的「語系」正是在與宗主國的殖民語言長期緊張對抗以後的文化結晶，因此考量「語系」國家的語言和宗主國語言的關係是研究殖民文化的重要組成部分。那麼，對照中國與周邊國家，或者被移民的國家之間，在語言上有沒有構成殖民與被殖民的關係？文學表達上是否存在一種緊張關係？華語語系國家的文學與中國的語言文學之間的關係必須重新界定，（註四）否則，不過是一種技巧性的移植外來概念，還是不能眞正地解決問題和定義概念。

接下來我們討論徐學清教授的觀點。作爲一位在加拿大高校裡開設加拿大華裔文學研究課程的學者，徐學清努力推動移民作家的華語文學在地化，努力將華語文學融入其所住國的文化主流，促使其在加拿大多元文化格局下獲得確定性的位置，我認爲這項工作對於世界華文文學在世界各國傳播和發展是極爲重要的環節，也是學清所說的「加拿大華人作家的華文小說也已經作爲加拿大華裔文學的一部分而登堂入室於加拿大多所大學」的重要意義。但我認爲，學術研究的目的之正當性與研究對象的事實狀況並不是一回事，能夠在西方高校裡開設一門華裔文學的課程，確實來之不易，而且對所在地國家的文化多元化格局的促進也是很重要的舉措，但是，這並不能說明這些文學創作在事實上已經屬於所在國文學的一部分。更何況，加拿大華人作家的華文小說能否「作爲加拿大華裔文學的一部分」還是需要去證明的，第一代移民與「族裔」的概念不一樣，華裔文學在所在國的創作是否是用「華文」呢？在美國，華裔文學的代表作家湯婷婷、譚恩美都是美國主流社會熟知的英語作家，她們的作品廣爲美國讀者所瞭解，這與第一代移民美國的作家還在用華文寫作，主要的媒介、讀者也來自華語地區（中國大陸、臺灣、香港等地）的狀況，是不是一樣呢？學清在文章裡引證的上世紀九十年代哈佛大學朗費羅學院（The Longfellow Institute）進行的一個簡稱爲LOWINUS的研究項目（Languages of WhatIs Now the United States），「旨在挑戰白人盎格魯——撒克遜以及歐洲白人經典著作一統天下的文學語言霸權，在權利不平等的話語關係中鼓勵少數民族文學在多元文化和多種語言（multilingualism）的社會環境中爭得自己的一席地位，並研究多種語言共存中的相互影響及其對跨文化、跨社會身分所起的作用」，這是後現代環境下出現的向西方主流社會的「歐洲中心」、「白人中心」傳統觀念的挑戰，但這個例子不是反過來證明了直到一九九〇年代（即二十年前）在美國文化中還存在著「白人盎格魯——撒克遜以及歐洲白人經典著作一統天下」的「權利不平等的話語關係」嗎？現在美國、加拿大的多元文化格局得到了承認，非裔、華裔、猶太裔以及南美各民族後裔作家們在美國進行創作，被認同爲美國作家而得到尊重，這個自然不錯，但他們在創作上是否都堅持用原來母國的語言呢？這好像有點不可思議吧？如果少數民族族裔作家用在地國語言進行創作、出版和與讀者交流，不管其影響大小如何，理當是屬於在地國的文學的一部分，這一點我與學清的觀點完全一致，我也尊重學清在加拿大高校裡從事的這一項有意義的工作。

但我的觀點仍然是：活躍在北美、歐洲的華語作家，大多數是來自中國大陸或者臺港的第一代移民作家，他們的寫作還沒有融入在地國的文學體系，他們用華語寫作，創作內涵是從母國帶來的生活經驗，發表作品的刊物和出版社基本上是在海峽兩岸的範圍，主要的讀者群也是來自兩岸。這一類旅外作家的創作，在我看來，應該屬於中國當代文學的一部分，只是他們的活動場所轉移到了海外。在這個意義上，我認爲中國當代文學研究者不應該忽略這樣一個創作群落，應該把他們的創作視爲中國文學在世界文學頻繁交流過程中的一脈支流，即我稱之爲旅外華語文學，是當代文學創作格局中的有機構成。在我的表述裡，我有意排除了能夠用英語創作並且已經獲得了一定市場效應的旅外作家，如哈金。文學創作使用什麼語言，可能在其他國家不成問題，從歐洲、非洲、拉美國家到美國的第一代移民作家也可能用英語創作而獲得成功，在中國二十世紀旅外作家中，如程抱一、盛澄、黎錦揚等都是在國外用外文發表文學創作，沒有人認爲他們的外語創作是屬於中國文學的部分；然而另外一種情況是：像來自臺灣的白先勇、杜國清、聶華苓、於梨華、張系國等，他們都是用中文創作，發表在臺灣或者大陸的刊物上，主要的讀者群也是來自華語地區，那麼，雖然從國家倫理上說，他們的創作算作「美國人」的文學，但是無論臺灣學界還是大陸學界，都不會那麼看重其國籍，而更加看重事實上這些創作屬於中國（臺灣）的一部分，就如林風眠的畫，我們能夠認爲這是屬於法國藝術的一部分嗎？文學藝術是一種更爲抽象的文化因素，它與物質財產不一樣，不是被帶到了某個國家或者主人的身分改變了，物質財產的屬性也隨之改變。文化藝術的意義遠大於物質屬性，能夠超越人的國籍、民族和身分，成爲一種跨越國界的人類財富。我這裡指的是這些文學創作的文化感情構成以及實際產生的影響，應該是屬於中國及臺港澳的文學的一部分。應該強調的是，我所指的「中國文學的一部分」之「中國」，不是具體的國家政權的意義，它更是象徵了一種悠久的文化傳統的傳播與延續，國藉只是一種人爲的標籤，在文化解讀上並不重要，對於文化傳統還是要有更大的包容性和模糊性的理解。

學清舉例我所尊敬的前輩痖弦先生在其編輯生涯中對世界華文文學建設的貢獻，我非常贊同，但是痖弦先生這樣的工作是站在中國文學的立場（不是中國立場）還是站在加拿大文學的立場來推動世華文學，對此我們應有充分的理解。可能痖弦先生早有論述，我孤陋寡聞無從知道，我也沒有讀過《世界日報》副刊〈華章〉上的專欄文章。先說痖弦先生在臺灣主編《聯合報》副刊的輝煌歲月，他力推海外作家黎錦揚先生的小說集《旗袍姑娘》。黎錦揚先生最初的英文小說《守舊之人》（《花鼓歌》的一部分）刊發於《紐約客》，以此引起普遍的關注。後來痖弦先生約他用中文寫小說。在《聯合報》副刊上刊發，結集爲《旗袍姑娘》，難道這是痖弦先生爲了向臺灣讀者介紹一個美國文學新秀嗎？當然不是，我覺得痖弦先生用他敏銳的眼光從美國刊物上發現了一個優秀的中國小說家，鼓勵他用中文寫小說，爲中國文學增添新的因素。痖弦先生指出，黎錦揚小說裡的一個共同主題是「美國華人在各種社會情形下如何逐漸融入在地國的主流社會」（徐學清），（註五）這樣的主題在原來中國小說裡很少得到表現，現在有了黎錦揚的《旗袍姑娘》小說集，就填補了這個空白。就像中國新文學有了郁達夫的小說，就有了留學生的題材；有了巴金的域外小說，就有了域外革命鬥爭的題材；有了老舍的《小坡的生日》，就有了世界各族人種的大同理想；有了許地山的小說，就有了描寫南亞和東南亞的異域故事一樣，這些作家同樣開拓了中國新文學的創作空間，大量中國留學生的出國和國外生活，決定了他們的創作裡含有新的視野和新的題材，並不是只有外國文學才能寫外國的故事。痖弦先生是一位視野廣闊的資深編輯，他這種有鳳來儀的編輯風格，讓我想起了另一位老編輯，香港的劉以鬯先生。他老人家當時主編《香港文學》刊物時，很早就有意識地在刊物上開設加拿大、菲律賓等國的華文文學專輯，形成了一個以《香港文學》爲中心的世界華文文學的展示平臺。這應該說是最早的世界華文文學學科的雛形。我想，痖弦先生和劉以鬯先生，都不會把介紹海外華文作家的創作看作是介紹外國文學的新品種，而一定是從豐富中國文學（其表現特徵就是世界性的華文文學）的立場出發，來看待這些香港、臺灣甚至大陸移民出去的作家的創作。

對於中國大陸旅外作家來說也是如此。這些作家的創作生涯是在中國大陸開始的，當他們移民國外時，他們的寫作只是一種生活空間轉移，他們創作的資源和對象基本上延續了在國內已經獲得的文學成果，就像北島、楊煉、嚴歌苓、劉再復、高行健、虹影等等，還有一批有了外國國籍後又經常回到大陸繼續寫作的，像嚴力、盧新華、薛海翔等，或者是到了國外以後創作上有了更大發展的，如張翎、陳河等，形態各種各樣，但是有一點，他們用中文寫作的作品，部分涉及到他們在地國的生活場景，但更多的可能還是取材於大陸國內，眞正產生的影響也是在大陸。像嚴歌苓，在早些年她寫了《扶桑》、《少女小漁》等還涉及到美國移民的生活，越到後來就越是返回到她原先最熟悉的國內題材。新世紀以來，嚴歌苓的《第九個寡婦》、《小姨多鶴》、《陸犯焉識》、《護士萬紅》等等，越來越貼近中國社會生活，在中國文學領域發揮的影響也越來越大，已經成爲中國當代文學無法忽視的一個重要組成部分。所以我覺得旅外作家是中國當代文學的重要組成部分，他們的身分國籍可能不同，但是他們所創作的精神財富，仍然是屬於中國的。

在對海外華文文學是否屬於「中國文學」的理解中，我設定有三條內在標準：首先就是語言（中文），其次是審美情感（民族性），最後是所表述的內涵。這最後一條標準其實並不重要，因爲外國作家也完全可以描寫異國材料。同時還有三條外在標準，即這些創作是在什麼地方發表、哪些人群閱讀，以及影響所及的主要地區。從這些綜合的因素來判斷，我認爲第一代移民作家（即旅外作家）的文學創作，應該屬於中國當代文學的一部分。當然，文學是屬於精神財產而不是物質財產，無所謂國界的分別，學清從加拿大的華裔文學系統來研究，自然也可以把第一代移民文學歸之於加華文學或者華裔文學的新生力量。我認爲這兩種歸屬沒有什麼根本的衝突，完全可以在不同研究領域同時存在。我站在中國當代文學研究者的立場上，之所以強調旅外作家的創作屬於中國當代文學一部分，只是爲了更加有利於旅外作家在中國的發展。

最後我想討論徐學清所說的：「海外華文文學是否因其特殊而具備獨特性以至獨立性，並以此與中國文學相對話和互動，是探究世界華文文學屬性的重要課題。」我以爲旅外文學的創作是中國當代文學研究的重要課題，現在研究得非常不夠，而且只有把他們的創作放在當代中國文學的格局下加以比照研究，才能獲得整體的印象。如果把他們與中國當下文學的境遇割裂開來，當作是一種「外國文學」去研究，他們的意義就無法完整展現出來。但是我與學清的意見相反的是，旅外作家的文學創作環境主要是在國外，作家的身分也已經變換成在地國的公民，所以實際上他們的緊張感應該是來自他們身處的海外環境，不管他們用在地國的語言還是用母語創作，也不管是華裔文學還是移民文學，他們的獨立性首先不應該是對母國而言，而是應該針對在地國的環境以及主流文化，在批判與抗爭中與在地國的主流文化進行平等對話和互動。比如在美國，就應該「挑戰白人盎格魯——撒克遜以及歐洲白人經典著作一統天下的文學語言霸權，在權利不平等的話語關係中鼓勵少數民族文學在多元文化和多種語言的社會環境中爭得自己的一席地位」；如果是馬來西亞等國家的華族文學，那就應該是參與到當地的主流社會的文化建設中，與馬來文學、泰米爾文學等一起平等地對話與互動，在抗議和批判在地主流社會的寫作中獲得生存和發展。旅外文學在世界各個國家裡形成自己特立獨行的聲音和風貌，並且在這種寫作實踐中反省、檢驗甚至批判原來的母國經驗，以求進一步達到更高層面的超越和融合，這才是中國當代文學延伸到世界平臺上的努力方向，也是新的經驗空間的開拓。

關於這一特點，用世界性因素的觀點來解讀，如果「華語語系文學」這個概念能夠成立的話，這就是它與傳統殖民前史下演繹出來的其他語種的語系文學最不一樣的地方，也是華語語系文學的獨特之處。華語語系文學與母國的主流文學之間由於抽離了殖民與被殖民的關係，所以它們之間不存在潛在對立的緊張關係。它們是從母國文學語言主流中派生出來的一個分支，外延於在地國的文化環境中進行新的對抗和融合，產生出新的文學因素。它們的特徵是在與在地國文化主流（異者）的緊張關係中進行獨立對話與互動，這個過程中，它們需要不斷從母國文化傳統中吸取資源和動力，不斷豐富自己和發展自己（旅外作家需要不斷回到中國（大陸或者臺灣），從母國的生活中尋找激發他們創作熱情的因素）；同時，它們也會用異者的眼光來審視母國文化的得失，從世界性的高度來反省中國經驗，對於中國經驗的批判也會因爲它們的特殊身分而獲得更加深刻的體會。

其他語種的語系文學都來自獨立的民族國家，它們與原來的殖民宗主國之間構成的緊張對立是必然的。而在華語語系的地區中，除了臺灣地區以外，華語創作在其生存發展的國家裡都屬於少數民族或者移民群落，他們在在地國環境裡所處的生存的緊張關係，遠遠超過與母國之間的緊張關係，所以，旅外作家在與在地國的緊張關係中尋找平等對話和互動的可能性，不能不依靠了以母國爲背景的文化資源和文化力量。在這個意義上，我們回到世界華文文學與中國文學的關係上來看問題，中國文學屬於世界華文文學的一部分或者主體的思路也並非完全不可取，雖然從中國文學爲主體的格局看其他地區的華文文學都成了邊陲文學，但是從動態的向世界開放的中國文學地圖而言，華語語系文學則成爲進駐世界各地的前沿和先鋒，它們在與世界各地文化的衝撞與交融中最擅長變化，最可能吸取新的文學因素來拓展華語文學世界，應該成爲世界華文文學範疇裡最活躍也最有生氣的部分。這一點，是需要我們研究者加以重視的。

——原刊於《中國比較文學》二〇一六年第三期

注釋

一　陳思和：〈旅外華語文學之我見〉，《世界日報・華章》第二十五期，A三版（二〇一四年十二月二十六日）。

二　參見劉登翰：《華文文學的大同世界》（臺北市：人間出版社，二〇一二年）；劉俊：《越界與交融：跨區域跨文化的世界華文文學》（北京市：人民文學出版社，二〇一四年）。

三　參見史書美：《視覺與認同：跨太平洋華語語系表述・呈現》（臺北市：聯經出版事業公司，二〇一三年）；（美）史書美、蔡建鑫、貝納德合編：《華語語系研究：批評讀本》（Shih Shu-mei, Chien-hsin Tsai and Brian Bernards, *Sinophone Studies: A. Critical Reader,Columbia* University Press, 2013]）。

四　王德威教授顯然已經注意到這個問題，他認爲：「華語語系文學是不是必須從後殖民主義角度理解呢?這個問題似是而非。我以爲即使是在有限的殖民或是半殖民的情況下，海外華語文學的出現，與其說是宗主國強大勢力的介入，不如說是在地居民有意無意地賡續了華族文化傳承的觀念，延伸以華語文學符號的創作形式。」見王德威：〈華語語系文學：花果飄零　靈根自植〉，《文藝報》二〇一五年七月二十四日。

五　單德興在文章中具體介紹了瘂弦先生邀請黎錦揚用中文爲《聯合報》副刊寫小說的經過，參見Shan Dexing: “Redefining Chinese-American Literature from a LOWINUS Perspective: Two Recent Examples.” ,Werner Sollors(EDT): *Multilingual America: Transnationalism, Ethnicity, & the Languages of American Literature*. (New York: New York University Press, 1998): 233-258。

多元文化語境中的華文文學雜糅

——與陳思和商榷

（加拿大）徐學清

我非常認同陳思和教授關於「『世界華文文學』作爲一個學科概念相當混亂」的看法（陳思和），與此相似並比較流行的還有世界華語語系文學、華人文學、新移民文學等概念，皆試圖以此來整合華人第一代移民所創作的文學。學術界試圖闡釋、界定、重新界定的努力自上世紀下半葉就開始，二十一世紀以來海內外學者對此傾注了很大關注，有針對這一課題的研討會、專文和論文集，但是直至今日仍然未能形成統一的看法。也許，這一不能形成共識的文學概念，正體現了世界華文文學這一豐富多彩、眾聲喧嘩的文學現象雜糅的本質。

本文在此與陳思和教授商榷關於他的從中國大陸或臺港地區去往北美、歐洲的第一代華語移民作家的創作「應屬於中國當代文學一部分」的論點（陳思和），旨在拋磚引玉，引起爭論，以一家之言換得百家爭鳴，期待有助於對華文文學概念的深入探討。陳教授的這一觀點見於〈旅外華語文學之我見〉一文，發表在二〇一四年年底《世界日報》的文藝副刊〈華章〉「名家談：華人文學之我見」專欄裡。本文認爲，這些作家的文學創作不應該屬於中國當代文學，並將從下面幾個方面來論述這一觀點：一、世界華文文學和中國文學；二、一元、三元和多元的關係；結尾：落葉歸根、落地生根及靈根自植。論述中本文將重點以加拿大華人中具有代表性的作家作品和創作談爲例。

壹　世界華文文學和中國文學

世界華文文學從字面上看，它理應涵蓋一切用華語書寫、創作的文學，包括中國文學。正如英語中的World Literature in English一詞，它囊括了用英語創作的文學，無論是英聯邦還是非英聯邦國家的文學。劉登翰教授的見解在國內學者中頗具代表性：「作爲世界性語種的華文文學，毫無疑問應當包括使用華語人口最多、作家隊伍最爲龐大、讀者市場最爲廣闊、歷史也最爲悠久的中國內地地區文學」。這是一種對世界華文文學廣義的理解。但是在具體實踐運用中，世界華文文學指涉的是居住在中國以外的移民或外籍作家用華語創作出來的文學，它的前身是海外華文文學或華僑文學。這一理解似乎是約定俗成的共識，也是對世界華文文學的狹義理解。然而在對狹義的世界華文文學作出定位時，它又往往被認爲是中國文學的一個部分，是中國文學向外的輻射延伸。王德威教授在分析這一現象時指出，「以往的海外文學、華僑文學往往被視爲祖國文學的延伸或附庸。時至今日，有心人代之以世界華文文學的名稱，已示尊重個別地區的創作自主性。但在羅列各地樣板人物作品之際，收編的意圖似乎大於其他」（二〇〇六）。而胡德才教授則認爲，中國文學和世界華文文學有本源上的根本聯繫，中國文學是世界華語文學的發源地和大本營。

對於狹義的世界華文文學的歸屬問題，海內外的學者顯然有著不同的觀點和認知。這就涉及到文學的歸類和劃分是視語言爲唯一標準，還是以語言與文學產生的其他因素，諸如題材、地/區域、時/空間、作者各自居住國的文化、歷史、政治的特殊性等等作綜合考量。華語語系文學研究的開拓者之一史書美教授認爲，「華語語系文化是因地制宜（place-based）的文化，它屬於產生它的所在地的文化。美國華語文化中的鄉愁/思鄉情產生於在美國的生活經驗，所以它是美國鄉愁/思鄉情的一種表現形式」。顯然，史書美教授更關注的是「境外多元的環境與作品之間的相互界定」（蔡建鑫、高家謙），雖然她把思鄉情裡想像中的原鄉文化「包括在外」（註二）（王德威，二〇〇六），但是她強調原鄉文化和異鄉文化碰撞中產生的特殊經驗，這種經驗只能在特殊的環境中產生，可以是在美國，可以是在加拿大，也可以是在澳大利亞，這也就形成了海外華文文學國內文學難以取代的特殊性。

海外華文文學是否因其特殊而具備獨特性以至獨立性，並以此與中國文學相對話和互動，是探究世界華文文學屬性的重要課題。關注並研究海外華人文學「地區的創作自主性」是著名詩人、編輯家瘂弦先生引領下《世界日報》的〈華章〉「名家談：華人文學之我見」專欄的主要宗旨之一。〈華章〉副刊由瘂弦先生主編，加拿大華人文學學會具體操作，自創刊以來，已經發表近三十篇名家談華人文學的文章，爲世界華文文學的討論提供了一個開放的、各抒己見的、建樹性的平臺。

瘂弦先生對華文文學的眞知灼見早在上個世紀九十年中期就體現在他的編輯實踐中。其時爲《聯合報》副刊總編的瘂弦先生鼓勵已經是著名美籍華人英語作家的黎錦揚用中文創作，熱情邀請他爲《聯合報》撰寫中文小說，這些小說最後結集爲《旗袍姑娘》。黎錦揚在上個世紀四十年代中期在美國學習戲劇和文學創作，後以其英語創作飲譽於美國。瘂弦先生建議黎錦揚用中文寫作之初衷，便是希望作家的作品能進入中文讀者的視界，因爲它具有題材和內容的獨特性和區域性。在爲黎錦揚小說集所寫的序言裡，瘂弦指出，小說集裡的一個共同主題是美國華人在各種社會情形下如何逐漸融入在地國的主流社會，並強調作家的靈感及其源泉來自於對唐人街華人生活的觀察和體驗。（註二）那麼，我們是否可以把黎錦揚用英語創作的文學作品歸類於美國華裔文學，而用中文創作的作品歸屬於中國文學？

當中國學者根據華文文學的語言和文化同根性把世界華文文學納入中國文學範疇之時，美國學者卻在多元文化和多種語言的大旗下囊括在美作家的文學作品，無論是用何種語言寫成。早在上個世紀九十年代哈佛大學的朗費羅學院（The Long fellow Institute）就開展了一個簡稱爲LOWI-NUS的研究項目（Languages of What Is Now the United States），旨在挑戰白人盎格魯——撒克遜以及歐洲白人經典著作一統天下的文學語言霸權，在權利不平等的話語關係中鼓勵少數民族文學在多元文化和多種語言（mul-tilingualism）的社會環境中爭得自己的一席地位，並研究多種語言共存中的相互影響及其對跨文化、跨社會身分所起的作用。加拿大華人作家的華文小說已經作爲加拿大華裔文學的一部分登堂入室於加拿大多所大學，那麼，這樣的文學究竟屬於其作者所居住國，還是屬於其語言的發源地的中國文學？還是同時屬於這兩個地區而具有雙重屬性，進而具有跨文化和跨地域的世界性？抑或兩者都不屬於，只屬於它們自己？黃萬華教授發表在瘂弦主編的〈華章〉上〈百年海外文學經典化之我見〉一文，有益於對這些問題的深入思考。

貳　壹元、參元和多元的關係

黃教授在〈華章〉的「華人文學論壇」上提出「第三元」的觀念，他認爲「『第三元』是百年海外文學經典性所在」。從旅法學者、作家程抱一對道家傳統的「三元論」的分析、闡述得到啓發，黃萬華把此觀念引用到華人文學研究中。「三元論」從〈道德經〉中的「道生一，一生二，二生三，三生萬物」的思想提煉出「第三元」。「從一元跳到三元」（黃萬華），既是對一成不變的顛覆，也是對文化原鄉/異鄉二元對立的解構。「第三元」論強調華人作家的文化根源和在地國文化現狀之間的既對立又互相調和的關係，它是「二元」之間的衝突、對話、互動以後的嬗變物或者是「超出物」（黃萬華）。因其是二元結合的衍生物，它便不再是二元的各自再現，而是超越於二元之外的有其獨特稟性的第三元。而不同地理區域的華文文學因其在地國政治、文學、歷史的特殊性和離散移居者在當地社會的個體經驗都是個性化的第三元，從而形成「三生萬物」的眾聲喧嘩、多元多姿的世界華文文學的景觀。「第三元」的論點與王靈智教授的「雙重統合結構」（the structure of dualdomination）論不謀而合，王德威教授「一方面關注離散景況裡華人應該保有中國性，一方面又強烈地意識華人必須融入新環境，並由此建立其（少數族裔）代表性」（註三）。

本文在前面述及瘂弦先生對黎錦揚作品的關注，他關注的是黎錦揚的作品與中國文學不同的特殊性，該特殊性表現在作者以特殊的角度、在特殊的地點、特殊的時間描寫特殊人物的特殊人生經歷。這種「特殊」性就源於體驗疆域跨越、文化交叉和政治碰撞時所激發出來的創作靈感。這種靈感的發生條件和場景，決定了作者所描寫的角度、知覺、闡釋的個體性。海外華人作家在這一點上有著共同性，他們共享有離散、客居、移民的經歷，經驗著在多種文化衝突的夾縫裡的彷徨和徘徊，從邊緣向中心轉移的努力，在性別、種族和階級關係之間的抗爭和斡旋，以及在抵制和被同化之間的掙扎。這種移民的心態和創作來源，國內作家是不具有的，差異是很明顯的。加之，這樣的生活經歷必然給作家帶來方法論和認識論上的變化，和從單一到多向的視角的變位。

這種變化的軌跡也反映在作家自己的表述中以及創作實踐中。加拿大華人作家張翎對自己創作的定位頗令人深思，「我從異國所書寫的故土，似乎更像是兩個國度中間的第三個國度，這個國度是我的想像世界，是真實的記憶在時空的間隔過程中所發酵衍生出來的東西。它是我個人版本的故土，雖出於無奈，我卻希望我的視角由此而不同」（陳泳蓓）。而加拿大著名華裔詩人洛夫在談到自己「二度流放」的心境時，發現自己雖然有著強烈的「自我存在」的意識，卻也感覺自己的「定位是如此的曖昧而虛浮」，「生命中認同的對象，起焦點已日漸模糊不清了」。他的經典長篇詩作《漂木》表現出來的對生命哲學的探究，對文化的反思，對精神家園的追尋，無不反映出詩人在域外漂泊生涯中產生的對自己定位的焦慮，以至於「在路上踽踽獨行的是我對詩藝的追求」（洛夫）。這種靈魂深處的感悟與張翎「個人版本」故土的想像有著異曲同工之韻：「尋找一種只有自己聽懂的語言／埋在心的最深處的／原鄉／」（洛夫，二〇〇六），即是對第三國度的文學想像。

從故土家園到居住國，進而到文學想像中的第三國，在邏輯上和黃萬華的「第三元」理論相符，也是「第三元」論在書寫實踐上得到的呼應。以加拿大華人作家陳河的小說《西尼羅河症》和其續作《猹》爲例，這兩部作品從不同的角度描寫了主人公們在逐漸融入加拿大的社會、人文環境過程中的日常生活體驗，都涉及到人與鳥和其他動物之間的關係。國內的讀者、評論家感到非常新穎、獨特，對此高度讚揚，《猹》由此而獲得二〇一三年度人民文學優秀中篇小說獎。當然作品獲獎與作者的黑色幽默和反諷技巧的精湛運用不無關係，然而，作者陳河發現國內讀者的閱讀欣賞角度和他美學創作心態並不符合，他注意到讀者認爲他「把人和動物的關係拉平了看是一種難得的高度」，然而，他在寫作時，「倒是一點沒有覺察到這是個問題」，因爲「在加拿大，人和自然的關係比較融洽，人和小動物們似乎有一種相互尊重的默契」（陳河），這是一種生活的常態。小說的要旨在於具有象徵意義的二十世紀初的「閏土」與同樣具有象徵意義的二十一世紀的「猹／浣熊」持久戰似的博弈，表面上是人獸之戰，其實是文化之相互消長。小說最亮的看點其實是在結尾處，主人公驚訝地發現報警電話號碼中的一個居然是他自己家的這一細節上。這一意味深長的細節暗示著主人公家庭內部成員在加拿大人文環境中正在完成文化觀念、意識從二元到三元的遞進，主人公意識中根深柢固的閏土形象受到法制觀念的解構，主人公自己的閏土行爲也被家人以加拿大人的行爲所消蝕。作者主觀創作意圖和國內讀者解讀的分歧，恰恰表明作品本身對二元對立的超越，成爲多元中的一個成員。

海外華文文學／華語語系文學在世界性的文化地理位置上，各自呈現文化原鄉／異鄉的雜糅，由豐富的第三元組成萬物眾生象。正如張錯教授所指出，「在同一語言底下，它們個別衍生，而成一樹多枝的多元體系，互相平衡發展，互相交錯指涉，互相影響或拒絕對方」。

參　落葉歸根、落地生根及靈根自植

世界／海外華文文學的創作者都經歷了背井離鄉、花果飄零的離散生活，從文化原鄉拔根而起，或落葉歸根或在異國他鄉落地生根似乎是移民文學的詠嘆調之一。黃萬華在他的〈百年海外文學經典化之我見〉一文中所述可以說是對很多華文作家移民心態的經典描述：「海外華人對文化多元的深切認同萌生於其自身的移民生涯中，密切聯繫著華人從『落葉歸根』的僑民心態到『落地生根』的人生選擇的轉變。」這一轉變有跡可尋地體現在加拿大知名華文作家的創作題材和作品的人物形象上。除了前面提到的張翎、陳河的經典作品，還有劉慧琴的《被遺忘的角落》、曾曉文的《蘇格蘭短裙和三葉草》和《遺返》、余曦的《多倫多市長》、笑言的《香火》、原志的《生個加拿大》等等。這些作品無不顯示出其題材和人物的在地性，以及與在地政治、文化的密切聯繫，人物不僅與主流社會的白人而且與其他有色少數民族具有互動關係。即使他們的作品同時深及中國文化和當代歷史，他們卻已不可避免地獲取了多種參照系統，能夠從多向審視角度來作反觀和比較，由此而使他們從中國當代文學中脫離出來，形成加拿大華文文學個性化的特色。

在信息、資本、經濟全球化的時代，多元文化國家中的少數民族文學和文化是在跨越和超越種族、宗教、國家界限的基礎上產生的文學和文化的雜糅，在其發展過程中，它不斷地在在地國和祖籍國的政治文化傳統中調整、斡旋。作爲加拿大少數民族文學中一員的華文文學，它的最基本的特色便是表現華人逐漸融入加拿大社會的歷史過程，以及和其他族裔共同生活的體驗。這一表現同時也常常夾雜著作者對原鄉文化在不同政治環境、文化地理中衍變的思考，和對故鄉歷史遠距離的觀照。當第一代移民在濃重的鄉情中剪不斷、理還亂時，他們的下一代卻在文化地理的跨越／穿越中靈根自植，落地開花。然而，當移民的下一二代用在地國的語言作爲文學創作的文化資本時，華語於他們已不再是深厚的文化載體，而是溝通的工具（王德威，二○一二）。（註四）因此，華文文學鮮明的在地性和強烈的時間性決定了它的不可取代的個性，使它成爲中國文學的大敘事之外的華語文學。

——原刊於《中國比較文學》二○一六年第三期

注釋

一　這裏是借用王德威的著名引句，從張愛玲的「把我包括在外」引發到將中國「包括在外」。見王德威：〈文學行旅與世界想像：華文作家在哈佛大學〉，《聯合報．聯合副刊》，二○○六年七月八～九日，頁七。

二 見單德興文："Redefining Chinese American Literature from a LOWINUS Perspective — Two Recent Examples"，文中具體介紹了瘂弦先生邀請黎錦揚用中文爲《聯合報》副刊寫小說的經過。

三 見王德威〈文學地理與國族想像：臺灣的魯迅，南洋的張愛玲〉一文對王靈智教授的「雙重統合結構」論的分析。

四 見王德威《文學地理與國族想像》一文中對洪美恩教授"On Not Speaking Chinese"論述的分析。洪教授出身於印尼華裔和土著的混血家庭，雖不能講中文，卻總被認爲是講中文的中國人，對她而言，「中文已經不是那個根深蒂固的文化載體，而應該是多元華裔社會的（一種）溝通工具」。

海外華文文學的發展與特色

——兼談有關《新編中國文學史》、《漢語文學史》的一些想法

王列耀

海外華文文學兩個最爲重要的關鍵詞是：海外與華文，是指本土之外的華人，也就是海外華人用漢語作爲工具進行的文學創作。當下的海外華文文學，以華人文學與華裔文學爲主體，屬於外國文學範疇，而不是中國文學範疇。以多種姿態與方式表現自己的「原根」與「本土」，是他們在所在國文學中獨有的「領地」和資源，不論現在與將來，也都是他們最領風騷之處。

壹　海外華文文學的發展歷程

海外華文文學大致經歷了五個主要浪潮：早期留學生文學、流亡文學、移民文學、華人文學、華裔文學。從創作主體的角度看，又可以分爲華僑文學與華人文學、華裔文學三個階段。

所謂華僑文學，是指僑居在海外而仍然保持中國國籍的中國公民的文學創作。所謂僑居在海外的中國公民，「包括四個要素：一、中華民族成分的要素。即具有廣義的中華民族血統及其民族共同特徵的人（民族成分）。」「二、僑居海外的要素。主要是以經濟、謀生爲目的的海外僑民。」「三、中國國籍繼續保持的要素。這是法的概念，是區別於外籍華人或外籍華族的根本依據。」「四、具有中華意識的要素。整體而言，華僑是一個有強烈中華民族意識的移民群體。就個體而論，」應該是具有「華僑意識的人才能稱爲華僑」。（註一）

從中國現代文學的發展歷程來看，華僑文學可以說是中國現代文學中的一部分。因爲，有不少華僑作家，尤其是中國現代文學時期的華僑作家，最終並未成爲海外華人；他們選擇了「歸根」之路。就「國民」身分而言，他們始終都還是中國人。以魯迅、郭沫若、聞一多等爲代表的早期海外留學生文學，以郁達夫、胡愈之等爲代表的抗戰時期的流亡文學，都屬於華僑文

學。而以方北方、黃運基、白先勇、嚴歌苓等爲代表的移民作家，作爲僑居在海外的中國公民時期的文學創作，應該屬於華僑文學；但是，當他們入籍當地、成爲所在國公民後的文學創作，就應該歸屬於華人文學了。

從海外華文文學的發展歷程來看，「華僑文學」又是海外華文文學的源頭及其發展過程中的一個重要階段；失去了華僑文學，海外華文文學將不完整。隨著時代的變遷，尤其是二十世紀六、七十年代之後，出於種種考慮，越來越多的海外華僑加入所在國的國籍，成爲海外華人，海外的華僑社會也開始轉型爲華人社會。與此相適應的是，大批華僑作家轉變成華人作家，華僑文學也開始轉化爲華人文學。海外許多華人作家，也都是由華僑轉變爲華人的，如方北方、黃運基、白先勇、嚴歌苓等爲代表的移民作家；他們的同一部創作，往往也許就跨越著華僑與海外華人這兩個時期，無法割裂。因此，從中國現代文學的發展歷程來看，華僑文學是中國現代文學中的一部分，是中國文學在海外的一個分支；從海外華文文學的發展歷程來看，「華僑文學」又是海外華文文學的源頭及其發展過程中的一個重要階段，失去了華僑文學，海外華文文學將不完整。

所謂華人文學，有著廣義與狹義之分，亦即指涉整體與部分之分。這是因爲海外華人這個概念，本身就具有廣義與狹義之分，指涉整體與部分之分。

從廣義上看，海外華人是泛指在海外各國的歷史與現實中，「具有廣義的中華民族成分的人」。這裡，所謂的「中華民族成分」，起碼是包括了血統因素、文化與民族認同等含義。簡單地說，就是不論是完全、部分或者少部分「具有中國血統」、認同中華文化、認同自己華人身分的人，我們都將其稱爲華人。如曹雲華指出：「怎麼樣來辨別一個人是否是華人呢？根據目前東南亞華人的具體情況，單純從外表上、血統上、語言上或宗教信仰等方面都難以確認，唯一簡單可行的辦法，就是根據這個人的民族心理，即他本人的民族認同，他認爲自己是華人，那麼，他就是華人。作爲東南亞的華人，這個提法包含了三層意思，首先，從國籍和政治認同的角度看，他是東南亞人，如泰國人、馬來西亞人、新加坡人等等；其次，從民族認同的角度看，他是華族移民的後裔，或者具有華人血統；再次，是從文化認同的角度看，他在文化方面仍然保留了華人的許多特色。」（註二）所以，廣義的海外華人，是一個整體性的概念，既包括「華僑」，也包括狹義的「華人」及其華裔。

從狹義上看，海外華人是特指二十世紀中期以後，出現在海外、尤其是在東南亞新興國家的具有中國血統的所在國國民；即「具有中國血統的外國國民」——「華人這個新概念，是用來形容第二次世界大戰以後，東南亞新興國家的華裔公民」；

「在過去幾百年中，這些華裔大多數是僑居者，但是在二十世紀下半葉，這些僑居華人變成當地公民的過程，卻是一種新穎的，也是重要的歷史現象。」所以，狹義的「海外華人」，是廣義的「海外華人」中的一部分；他們由華僑演變而來，是「取得了外國籍而喪失了中國籍的具有中華民族成分的人」(註二)。

因此，廣義的華人文學，是泛指海外「具有廣義的中華民族成分的人」——不論是完全、部分或者少部分「具有中國血統」、認同中華文化、認同自己華人身分的人的文學創作。所以，既包括「華僑文學」，也包括狹義的「華人文學」和「華裔文學」；甚至還包括由海外華人用漢語之外的語言——本地語言或者英語、法語等進行的創作。也就是說，廣義的華人文學，強調創作主體是否為廣義的海外華人。只要是廣義的海外華人的創作，不論是用中文，還是用「外語」進行創作，都應該歸為海外華人文學。

狹義的華人文學，是專指海外華文文學在發展途中因創作主體身分變化，從而「具有中國血統的外國國民」的文學創作。華裔文學則是指在居住國生長，並且擁有居住國國籍的華人的文學創作。這些海外華人的後代，不僅一出生就取得了居住國的國籍，而且在成長的過程中也較為自然地融入了當地社會。由於具有雙重的文化背景，他們在寫作之中呈現出有別於華僑文學和華人文學的鮮明特徵，從而獲得了自身的獨立性。儘管狹義的華人文學與華裔文學，開花結果在海內外，但是由於創作主體都是「具有中國血統的外國國民」，因此，就只能是歸屬於所在國文學之中了，是所在國多元民族文學中的一元——華族文學。

貳　海外華文文學的主要特點

由於各國政治、文化、民族構成等因素千差萬別，海外華文文學也經歷了複雜的發展過程，並隨所在國國情的不同而呈現出各種特點，大體上卻都經歷了由華僑文學向華人文學和華裔文學、由中國文學的分支向所在國多元文學中的少數族裔文學的轉變之路。

為了更好地生存與發展，海外華文文學的「本土化」，是一種必然的選擇和發展方向，並成為海外華人文學發展自我個性的基礎。如北美華人作家陳若曦所說，「身居海外，我不願忘懷故土，但是主張多寫新土；我願意記錄並反映同胞扎根新土的奮鬥，把對故土的緬懷化爲對新土的耕耘。」海外華人作家的創作，必須要融入所在國這個「本土」；這種融入，不僅是作家在國籍上的改變，更是作家心態要融入所在國的土壤，要充分意識到自己已經是所在國的一分子，自己的文學創作，是所在國文學的一部分，只有經過充分的「本土化」過程，海外華人文學才能在所在國站住腳、扎下根，成爲所在國文學的有機部分。

與此相適應的，是海外華文文學中家國觀念的變化。

在華僑文學階段，文學表達與隱含的是「落葉歸根」的情懷：「鄉」——「國」觀念是一體的，都是指向作者出生與成長的故鄉和母國。到了華人文學階段，文學表達與隱含的思緒，便由「落葉歸根」轉變爲「落地生根」；「鄉」——「國」觀念發生分離：鄉是出生成長的故鄉，國則成爲現今的國籍所在國。而發展至華裔文學階段，「鄉」——「國」觀念再度合一，但此鄉已非彼鄉，此國也已非彼國，二者已經共同指向著作者出生與成長的鄉與國了。對於華裔作家而言，上一代的「故鄉」已不再是他們自己的「故鄉」，而成爲了他們的「原鄉」。「原鄉」即祖輩之鄉，僅與他們的血統相關聯。與此同時，「國」的觀念也發生了變化：在華僑文學裡，「國」即中國，既是他們的「故國」，同時也是「祖國」；在華人文學裡，中國是他們的「出生成長國」，其所在國是「再成長國」；而到了華裔文學裡，「出生成長國」與「再成長國」合二爲一，「故鄉」和「祖國」也化爲一體；然而這裡的「鄉」與「國」都是指其所在國，已並非他們祖輩觀念中的故國。

與此相適應的，還有海外華文文學中文化觀念的變化。

海外華文作家，都具有或者是部分地具有中華「血統」和「文統」——都是發源於或者說是部分發源於中華血脈與中華文化，無論經歷如何獨特的演變歷程，其中仍然可見不變的「華人性」。哪怕部分具有這種不變的「華人性」，海外華文文學才能在所在國表現出獨特的生命力。因此，海外華人文學的「尋根」意願與「尋根」衝動，是不會停止的。這種對華人族群「血統」和「文統」的追尋，對自己生命之根和文化之根的追尋過程，實際上就是海外華文文學中「原根性」的重要內涵。

然而，儘管追尋的意願與追尋的努力是相同的，但是，每一個時代、每一個群體，追尋的方向、追尋的目的卻有所不同。

在華僑文學階段，僑居海外的作者，將中華文化看作爲一棵大樹，將自己視爲大樹上的一個小小分枝；因此，他們的「尋根」意願與「尋根」衝動，就是要強化自己與大樹的一體性，強調枝杈對大樹的依賴性。在華人文學階段，入籍所在國的作者，開始在「兩種身分」和「兩種文化」甚至多種文化之中艱難地尋找出路。他們的文化心態也發生著變化——將中華文化看作根，將自己的族群文化視為樹，而不再僅僅是樹上的一個小小分枝。因此，他們的「尋根」意願與「尋根」衝動，就是要強調根對樹的滋養與重要，同時也要強調樹本身應該具有的吸收與光合作用的重要性。在華裔文學階段，很多作者雖然具有華人血統，但文化觀念和思維方式上已經融入所在國之中。他們更多的是力爭站在「本土」的角度，以所在國一員的身分和心理進行創作。他們的「尋根」意願與「尋根」衝動，則是將中華文化與自己的族群文化視為樹與樹的關係。他們認為，儘管中華文化是一棵大樹，自己的族群文化是一棵小樹，而且還是從中華文化之根上生發出來的小樹；但是，這棵小樹已經獨立，已經有了自己的樹與根，也就是說，已經擁有了完全屬於自己的獨立的生命。

不論是華僑作家、華人作家，還是華裔作家，他們的寫作個性都與他們對「原根性」與「本土性」的思考有關。以多種姿態與方式表現自己的「原根」與「本土」，是他們在所在國文學中獨有的「領地」和資源；現在與將來，也都是他們最領風騷之處。

參　有關新編中國文學史、漢語文學史的一些想法

近些年來，新編中國文學史取得了令人矚目的成績。編寫思路與框架的改變，以及史料的發掘、觀念的更新，都使得新編中國文學史工作得到了持續性的推進。我們注意到，以前被遺忘或者說被疏忽的臺港文學，甚至澳門文學，也陸陸續續地進入到新編中國文學史版圖之中。由於有些編著者對臺港澳文學的研究與把握還略欠深入，在編寫中也引來一些批評。然而，這種新編意識與努力，還是值得肯定與關注的。有理由相信，經過一段時間的摸索和修訂，這種新編工作將會得到較大的改善與推進。與此同時，海外華文文學也陸續進入了新編者的視野之中；而且漢語文學史也應運而生，或者說即將應運而生。

值得注意的是，漢語文學史不同於中國文學史。

首先，漢語文學史，不應該是中國文學史與海外華文文學史的簡單疊加，更不應該將海外華文文學作為中國文學史的點綴、補丁或者穿插。只有像研究世界英語文學或者世界法語文學那樣，對世界華文文學進行一番認真、深入、細緻的研究，對

各國華文文學及其所在國的歷史與現實「語境」進行一番認眞、深入、細緻的比較，才有可能逐步建立編寫世界漢語文學史應有的思路與框架。

其二，漢語文學史，不應該是在新編中國文學史基礎上，文學版圖的簡單擴大。在我國現行的高等教育體制中，海外華人文學長期被歸屬在中國現當代文學學科之內——不論是申報科研課題，還是研究生的學科歸屬，直到本科課程的分類，海外華人文學大都是放在中國文學——中國現當代文學序列之中的。而且這種「體制性」的操作方式尚在延續；在相當長的時間內，估計還會繼續延續。這種「體制性」的操作方式，理所當然地給許多人一種先入之見：海外華人文學屬中國文學範疇，而不是外國文學的範疇。如果不能徹底扭轉這種先入之見，漢語文學史，就有可能只是在新編中國文學史基礎上，文學版圖的進一步擴大。

其三，新編中國文學史的思路與框架及其已經取得的有效經驗，很難直接沿用到漢語文學史的編寫之中。臺港澳文學，均爲中國文學的一個不可或缺的組成部分；而海外華文文學，尤其是其中的華人文學與華裔文學，分別是所在國多元文學中的一元——華人族裔文學，屬於外國文學範疇。因此，新編中國文學史的思路與框架及其已經取得的有效經驗，很難直接沿用到漢語文學史的編寫之中。例如，對於海外華文文學中家國觀念與文化觀念的變化，我們絕不能以編著中國文學史的心態和思路去理解；也不能以拓展臺港澳入史的思路與方法去分析、處理。否則，我們就有可能抹去了書寫中國文學史與書寫世界漢語文學史的區別；既無法很好地建立書寫世界漢語文學史的基本思路，還有可能對海外華文文學的繁榮發展產生某些負面作用。

總之，海外華文文學，經歷了特殊的發展歷程；當下的海外華文文學，以華人文學與華裔文學爲主體，屬於外國文學範疇，而不是中國文學範疇。只有對世界華文文學進行一番認眞的研究，對各所在國的歷史與現實「語境」進行一番深入、細緻的比較，才有可能逐步建立編寫漢語文學史應有的思路與框架。

——原刊於《廣播電視大學學報》（哲學社會科學版）二〇〇九年第四期

注釋

一　蔡蘇龍、牛秋實：〈「華僑」「華人」的概念與定義：話語的變遷〉，《雲夢學刊》（二〇〇二年），頁十一。

二　曹雲華：《變異與保持——東南亞華人的文化適應》（北京市：中國華僑出版社，二〇〇一年九月）。

「世界華文文學」學科性的三個概念

張福貴

無論怎麼界定，世界華文文學都已經成為了一個具有普遍認同性的學科概念，其差異所在只是人們對這一概念的內涵和價值作出怎樣的理解。由紛爭到共識，也標誌其正在從一個學術概念轉為一種學科概念。然而，要真正成為一種具有現代意義的學科概念，還要從學科性與學術性的角度進一步確認和辨析幾個基本問題。

壹　世界華文文學是壹個「大文化」概念

世界華文文學既是一個大中華概念，也是一個地域性概念。對於這兩個概念的認知幾乎成為一種常識性的理解，而對於兩個概念之間的關係則需要進一步辨析。

中華概念是一種文化屬性，地域概念是一種空間屬性。如果作為大陸本土文學，二者之間是一種文化種屬關係，表現為大文化與其同屬的小文化的差異。世界華文文學則包含更多的異質文化元素。在異質文化的生存境遇中，作家思想和文學作品中所表現出來的文化對抗性就更加明顯。自從世界各民族文化體系逐漸成熟之後，文化的交流與傳播就始終處於一種激烈複雜的衝突之中。同時，也正是這種衝突促成了人類文化的迅速融合與同化。在這種文化背景下生成和發展的世界華文文學便包含了特別的文化意蘊和情感傾向。應該說，在中國文學和學術領域還沒有哪個學科具有如此強烈而複雜的文化符號特徵。

無論是華人寫作還是漢語寫作，從世界範圍來體現中華文化的一統性和多樣性特點，是世界華文文學的基本內涵和重要價值。這也成為中華文化走向世界的窗口，促進了整體中國文學創作和研究的發展。同時，我們還要看到世界華文文學的文化獨特性。正如劉登翰等人所說的那樣，世界華文文學「具有不同於其他語種文學創作的文化和歷史背景，是遷移性和孤立性的存在和發展，不是中國文學的簡單延伸。應建構獨特的華文文學的詩學」。（註一）它不同於本土文學，也不同於異域文學，是一種由於空間變化而導致作家情感和文學屬性變化的文化表達。

同時，世界華文文學還應該是一個世界文化概念，世界意識、人類意識是其不可或缺的基本意識。

毫無疑問，地理空間是世界華文文學的世界性概念的一個前提，其作家作品正是以地域分布作爲基本身分特徵的。然而，世界文化概念不只是在空間上構成中國文學的世界化特點，而且在文學內容和形式上要具有世界的前沿性，特別是思想的前沿性，從而使世界華文文學成爲中華當代文學中領風氣之先的領域。世界華文文學具有先天的文化認同和文化差異特性，中國文學和文化面對世界時所具有的諸多問題和現象都首先在世界華文文學中體現出來。所以說，這是中國文學和文化現代性轉型和世界化過程的試驗場。在此之中，從個體生命體驗中提供了不同於中國的世界性生存體驗，感受到中國文化的世界性傳播與變異過程。華文文學作爲一種空間概念和主體體驗，經過當地作家通過自己的文學創作，首先成爲促進世界文化融合交流的先行者，這是其他學科所不能比擬的。

海外華文文學的世界性並不只是在於文學生產的世界性存在，更在於寫作者和文學內容的世界意識。我一直認爲中國本土文學中最爲欠缺的主題就是人類意識。階級意識、民族意識是中國文學中的傳統主題，五四新文學發生後，個人意識也有所體現。但是，只有人類意識卻是先天不足而又後天失調。而縱觀華文文學的發展過程，處於世界性存在環境之中，卻也同樣欠缺人類意識。相反，由於華人的生存境遇，我們從思鄉和懷舊中看到的是更加強烈的文化對抗意識。像一九六〇年代吉林作家鄂華的國際題材小說創作，就是在用本土政治意識來理解和表現國際問題的，把階級論擴展到了世界文學領域。最終海外華文文學也只是變成了一種域外題材，主題都是預定的，而且都是與本土文學一致的。不容否認，這種主題也是一種適應時代的理解，而如何理解和表現當下時代也是每個作家的文化權力，但這至少不是一種完整和全面的時代理解。在一種意識形態的長期灌輸下，我們習慣於向某種信仰致敬，但卻很少爲普遍人性所感動。

嚴格來說，一些海外華文作家是通過海內讀者和學界而產生和發展的，即爲國內——不一定只是讀者——寫作，成爲文學生產和消費的「出口轉內銷」，甚至成爲許多作家從事創作的主要動力和目的。因此，在寫作時，許多作家必然極力適應國內的價值尺度，成爲當代中國的文學「飛地」。這是海外華人堅持漢語寫作的一個主要原因。嚴歌苓堅稱：「我不想從屬，永遠保持這種狀態。」「作爲一個在美國生活的人，我的寫作可以不必考慮任何後果，因爲我本來就不屬於那裡的主流社會。」（註二）然而，如果不能提供超越以往和現在的常見思想和藝術形式的話，世界華文文學恰恰可能會失去國內讀者和市場。

世界華文文學是一個最傷感的審美概念。在異文化境遇中，文化衝突和文化屈辱所產生的憤激心理，成爲海外華文作家和知識分子的普遍意識。這也是出國前後諸多知識分子立場轉換的心理動因。應該從懷舊懷鄉的情緒之中提升爲一種世界意識。中國文學從來就欠缺這種意識，本來海外華文文學在西方和世界大視野下，可以彌補這一缺憾，但是由於空間的間隔，反而導致更加強烈的文化本位意識。

長期以來，我們太習慣於二元對立的族群文化立場，糾結於傳統與現代、本土與外來、東方與西方的文化困惑，對於世界華文文學創作過多採用中西文化衝突的理解模式，總是努力搜尋和讀解海外作家作品中所可能有也可能沒有的民族對抗意識。一九八〇年代王小平的小說《刮痧》發表後，文化衝突主題不僅成爲一種普遍的創作模式，也成爲一種眞實而經典的解讀和批評模式。近年來在意識形態回歸和海外後殖民主義思想的影響下，這種文化對抗意識在華文文學創作和研究中更加突出。從已經發表和出版的多數研究論著中可以看出，普遍存在著這樣一種文化意識。說到底，對抗的文化立場除了生存的境遇之外，這種理解是來自於華人作家在本土所受到的長期思想教育的結果。當每個人都具有同一種思想的時候，原因就一定不在於個人而在於環境或者體制。所以說，批評模式往往就是一種思想模式，無論面對的是多麼不同的作家作品，都可以作出同樣的理解。即使文化對抗是一種眞實的意識，但是對於體驗者來說，與其說是一種文化立場，不如說是一種審美情感，與其具體的生存狀態並不完全相關。有時候可能更多的是一種生活被同化或者主動認同之後的小感慨而已。不能把複雜的思想經過提純後變成爲一種普遍的批評模式，必須讓理論服從現實，而不是相反。否則，脫離現實的甚或違背現實的理論就成爲虛假的話語體系。

在這樣一種文化情境下，對於世界華文文學的研究和評價要淡化文化對抗和對立心理，解構固定化的批評模式，首先必須認同人類文化的普世價值。近年來對於普世價值的否定成爲了一種公開的意識形態，是一種悖人性悖現實的思想邏輯。如果沒有普世價值，馬克思主義如何成爲「放之四海而皆準的眞理」？二十一世紀如何成爲「中國的世紀」？「中國模式」又如何成爲世界模式？絕不能籠統地否定普世價值，只能說普世價值觀具有不同的民族國家立場和選擇而已。即使是對於國內的社會需要來說，沒有普世價值就沒有思想統一與社會和諧。中國當下社會的無序狀態除了制度的欠缺之外，最主要的原因就是缺少公共價值體系，是社會主流意識形態顚覆了主流意識形態本身。普世價值是建立在普遍人性的基礎上的，在堅守「越是民族的才越是世界的」同時，也必須承認「越是世界的才越是民族的」（註三）。民族意識絕不能成爲人類意識之外的甚至是與之對立的意識，不包含人類意識的民族意識不是現代的民族意識。因此，世界華文文學創作與批評不能始於文化衝突而終於文化衝突，從人類文化發展的事實來看，文化衝突的最後結果是文化融合。而從當下來看，衝突的意味明顯多於融合的意味。

貳　世界華文文學是壹個「潛政治」概念

文學總要承擔具體的政治功能。中國文學與政治的結緣是自古而然的，這一思想傳統在近百年來的文學發展過程中表現得尤爲突出。這是中國作家和知識分子的一種宿命，也是中國文學眞實的歷史存在。因此使用這種政治文學一體化的分析方法，來評價中國作家和文學是具有特別的有效性的。正如曾敏之先生所說的那樣，香港文學對於香港社會的影響，對於「人心回歸」起到了很好的作用。（註四）

從最初的闡釋開始，世界華文文學就被賦予了這樣一種潛在的政治價值。在此之中，研究者的政治意識比作家的政治意識要更加明顯。在許多研究論著中，研究者往往透射出要把華文文學發展作爲中華文化軟實力和國家發展戰略的組成部分來看待的意識，把文學作爲國家統一和民族團結的文化樣本來解讀，甚至做了「文化統戰」的聯想，而這種聯想在中國文學解讀中是具有歷史的慣性的。「文以載道」、「文章大業」、「文以治國」的價值觀與傳統的國家倫理是一脈相承的。李大釗早年提倡「聯治主義」國家觀：要從「邦聯的世界」到「世界的聯邦」，認爲政治國家形成之前，首先要成爲文化聯邦（註五）。很明顯，李大釗意在通過文化融合使民族的國家成爲世界的國家。應該說，在政治策略上，官方的與民間的，政治的與文學的差異在文化傳播中的作用和效果是不同的。

長時間以來，中國學界各個學科都在呼籲要建立某某領域的「中國學派」，似乎不如此就不能與世界相爭而獲得應有的地位。坦率地說，現在還不是暢談中國學派及其世界影響的時候。如同當下中國社會一樣，更多的是要確立和認同人類共同性的思想意識和普遍價值觀的時候。

「中國模式」或「中國道路」是當下瀰漫於中國各界的熱點話題。從中國特色到中國道路、中國模式再到世界價值，展現了當代中國民族國家意識的逐漸強化和擴張的精神歷程，來自於中國經濟總量的高速發展，來自於對於周邊世界的自我危機感，更來自於中國傳統的民族主義思想的膨脹。其實，在經濟成功的背後，人類精神層面的需求並不同步。文學的本土經驗與世界意識應該是這樣一種邏輯關係：本土經驗要以承認和表現世界意識爲前提，至少不能與人類普世價值相對抗。

本土經驗要具有世界性價值，首先要得到世界的認同。任何一個民族都有一種本土經驗，並不是所有本土經驗都「具有世界價值」（註六），即使可能具有傳播的功能。例如張藝謀的電影，對其思想和人生價值觀的認同才是接受的基礎。每一個時代的發展最終都是以同一性爲取向的，文明的發展過程都是如此。像中國二十世紀思想文化一樣，中國文學提供給世界並影響世界的精神價值是極其有限的，我們文學中多的是階級意識、本能欲望、消費娛樂、民族主義。

在世界華文文學研究中，既要承認其中所滲透的家國意識，同時又不能對「文學——文化——政治」的功能環節作普遍的和誇大的理解。例如在臺港文學研究中，往往存在著本土意識和統一意識兩種政治評價模式的糾葛，有時候甚至成爲一種批評的禁忌。其實二十世紀中國文學史對於臺港文學的最初書寫，就包含有「一個中國」的政治思考。從文學史文本的內容結構上把臺港文學的縱向發展過程作爲獨立的一章，不僅造成了文學史完整性的破壞，並且分明告訴人們：大陸文學和臺港文學分屬兩個獨立的部分，政治上的考量多於文學上的考量。在大中國文學史寫作中，無論哪一個區域的文學選擇，都應該以「融入」時代文學爲原則——這是一種結構方式，更是一種價值尺度。不管是大陸文學還是臺港文學，都以同一的價值尺度和審美標準來進行選擇，並融入相應的時代。這樣既構成了大中國文學史的完整性，又弱化了文學史寫作的政治意圖。

世界華文文學首先是人的文學、民族的文學和人類的文學，批評中應該更多地從人性和族群出發，儘量淡化政治意識形態，因爲政治的功能往往不是通過直接強化政治性來實現的，有時候恰恰是通過淡化政治本身來獲得的。政治的功效可能是短暫的片面的，而文化的功效則是整體的長久的。過於強烈和鮮明的政治性恰恰阻礙了政治目的的實現，因爲文化取勝才是最終的勝利。從五四新文化落潮至二十世紀中期，中國社會的諸多問題是因爲只解決了政治甚或政權問題，而沒有妥善解決文化問題。要知道，政治的勝利和經濟的翻身不等於文化的成功。因爲政治和經濟的效能是即刻顯現的，而文化思想的效能是滯後顯現的。

華文文學創作主體的思想傳播具有民間性，具有深刻而長期性的影響。這種傳播特性使華文文學天生地承擔起走出去的文化發展戰略的使命，並成爲「中外文化深度交流和全面合作」（註七）的有效途徑。然而，對於文學政治功能的強調不能有太直接的功利主義訴求，文學不能等同於政治，文學創作和研究不必直接進入思想判斷和國家訴求，應該在審美層面和個人感受階段多停留一會，而這個階段恰恰是最具人性共鳴和人類認同感的過程。我們的中小學語文教育和大學文學教育大多採取了政治功利主義的原則，讓文學過於直接地承擔社會功能，最後反而使人們疏離了政治，也疏離了文學。

世界華文文學承受著格外的歷史重負，本土經驗、中華意識與世界價值是其整個內涵。但是，世界華文文學作爲一個有著強烈家國意識的文學領域，不能簡單地承擔過於重大的政治主題，家國意識不能等同於國家意識。政治意識應該是潛在的，不是顯在的。政治意識越鮮明，得到普遍認同的可能性就越小。由政治概念轉化爲一個潛政治乃至文化概念，評價世界的尺度最終才能成爲世界的尺度。

參　世界華文文學是一個「真學術」概念

一個領域要成爲學術對象，不只在於其是否有學者研究，是否使用學術語言和學術方法，關鍵在於其對象和研究本身要有學術價值。中國當下有許多僞學術：預定的對象、預定的結論，學者只是一個身分，研究只是一個形式，結論或者是老百姓都已知曉的常識或者是老百姓不認同甚至嘲笑的反常識，以至於民間流傳著「絕不相信沒有經過專家否定的消息」的說法。

從世紀之交開始，中國學界對於各自學科領域的「回顧與展望」成爲一種熱潮。而包括近年來的一些爭辯在內，這種「回顧與展望」討論的許多問題都是學科的理論常識。高等教育的不斷改革說明了教育管理者們期待發展的渴望，但是「摸著石頭過河」式的改革等於無視世界大學發展的一千多年的歷史。況且我們討論的並不是人類大學教育的創新和創造，而是故意放棄和迴避已有的基本常識和成功經驗。像中國的高等教育一樣，經過了半個世紀的研究和教學，華文文學仍在討論學科的屬性甚至名稱問題，這一現象本身就表明其學科性還不夠成熟。但是，一種人類社會制度的建立，可以走現成的橋；而一個新的學科的建立和成熟，往往確實要摸著石頭過河。這表明了學科建立和發展的必然過程和一般規律。

在學科建立和完善的過程中，要注重學科的特殊性原則。

任何一種學術研究都是一種社會需求，社會需求的多樣性和一致性決定了學科的消長。沒有特殊性就沒有學科建立的存在價值。同時，更要注意學科的一般性原則，要得到學術上的認同。沒有廣泛認同，便沒有成熟的學科。中國的學科特別是人文社會科學的成長是極爲艱難和複雜的，一個新的學科成立與否，關鍵是看這個學科能否爲中國學術提供獨到的貢獻。世界華文文學包含了太多的社會的和文化的、民族的和個人的、歷史的和當下的信息，具有極大的學術空間。移民歷史、文化融合、個人傳奇、跨國婚戀等民族與個人的故事都在其中展示。這些都構成了這一學科建立和發展的基本條件。當然，學科發展和確立不是自爲的而是自在的，必要的呼籲是應該的，但是關鍵還是要看文學創作和研究的實績。

世界華文文學需要有學科自信和學術寬容的心態。對於這一領域的評價，中國學界並不是不存在學科偏見的。其實，由於學科建立的歷史和發展的實際不同，各個學科之間是存在著價值差異的。學界中流傳的「搞不了古代搞現代，搞不了現代搞當代，搞不了當代搞比較，搞不了比較搞海外，搞不了海外當領導」的笑談，表明了這種學科差異和成見。

首先，要打破學科偏見。學科發展是需要保持生態平衡的，由此才構成學科的整體性和完整性，在比較和融合的基礎上才能實現各個學科的發展。

其次，要有學科自強意識。華文文學作爲一個新興學科，本身就有著無限成長的發展空間。如何使一個普遍的學術對象成爲一個公認的學科領域，首先就要確立一個國家性和世界性的評價尺度。要利用同類比較的價值判斷方法，對世界華文文學進行必要的經典化塑造。我認爲，時間和空間的特殊性都不能成爲學術價值差異的理由，價值標準是公共的和恆定的，不能因人論文。前些年，與大陸「女作家研究熱」相一致，文壇曾風行「海外女作家創作研討會」。女作家的創作實績確實是一種事實，但是如此之熱難免還是令人存在一絲懷疑。「缺少系統完整和具有相當說服性的成果」（註八），自身理論體系的欠缺和不明確是本學科不甚成熟的根本標誌。無論學界如何評價，世界華文文學同仁要有學科自我強化意識。

再次，還要擴大研究視野。近年來，世界華文文學研究的熱點不斷。其實這一現象往往是由於過去研究範圍過於狹小所導致的。從地域分布來看，我們對於歐洲、北美華文文學的關注較多，這一方面是因爲這一地域的華文文學創作成就比較突出，另一方面也表明我們更關注「第一世界」，甚至說明學術研究存在著的政治和文化的功利性。相比之下，對於非洲、南美、東北亞、澳洲等華文文學的創作關注明顯不夠。而對於歐洲、北美華文文學「研究的重點還是在移民作家，本土華文文學被相對忽視」（註九）。從已有的創作來看，相當多的仍然是時空交錯文化衝突中的體驗敘事。

最後，要尋求研究方法的新突破，解決相關的文學史書寫問題。這一問題在前面已經有所論及。海外華文文學創作如何進入中國文學史，不能以整體移植的方式進入文學史文本的專章專節，而要「融入」中國文學史整體結構之中。以經典性為價值取向，以時間為邊界，融入大中國文學史。這不只是一個文學史寫作方式問題，更是一種文學史觀的呈現。單獨列專章論述，表面看來是重視，但是實質上是將其劃入了另類，反倒造成了全書價值標準的差異和整體文學史的割裂。

——原刊於《江漢論壇》（哲學社會科學版）二〇一三年第九期

注釋

一　劉登翰、劉小新：〈華人文化詩學：華文文學研究的範式轉移〉，《東南學術》二〇〇四年第六期。

二　轉引自王亞麗：《邊緣書寫與文化認同——論北美華文文學的跨文化寫作》，陝西師範大學博士論文，頁八。

三　張福貴：〈二十世紀中國文學中的兩種反現代意識〉，《文藝爭鳴》二〇〇一年第三期。

四　參見曾敏之在二〇一二年四月十三日上海復旦大學「世界華文文學高峰論壇」的發言稿。

五　李大釗：〈聯治主義與世界組織〉，《新潮》第一卷第二號，一九一九年二月一日。

六　高　鴻：〈海外華文文學研究的文化視野〉，《福建論壇》二〇〇二年第五期。

七　李　志：〈早期南洋華文新文學借鑑西方文學特點小議〉，《西南師範大學學報》（人文社會科學版）二〇〇三年第六期。

八　參見曾敏之在二〇一二年四月十三日上海復旦大學「世界華文文學高峰論壇」的發言稿。

九　參見潘耀明在二〇一二年四月十三日復旦大學「世界華文文學高峰論壇」的發言稿。

世界華文文學新世界

（臺灣）龔鵬程

壹　華文文學在世界

已故德國漢學家馬漢茂曾在一九六六年，於德國萊聖斯堡辦過一次「現代華文文學的大同世界」研討會。「世界華文文學的大同世界」一詞，根據王潤華解釋，是引用劉紹銘的翻譯，他把「大英共和聯邦」（British Commonwealth）中的共和聯邦一詞加以漢化，成爲「大同世界」。因爲他認爲目前許多曾爲殖民地的國家中，用英文創作的英文文學，一般就稱爲「共和聯邦文學」。同樣，世界各國使用華文創作的文學作品，譬如東南亞的馬來西亞、新加坡、香港、印尼、菲律賓、泰國、歐美各國的文學創作，也可以稱爲「華文共和聯邦文學」。

約略在此同時，即一九六四年，在臺灣的亞洲華文作家協會亦已成立。其後組織越來越擴大，目前除「亞華」有二十個分會代表外，「北美華文作家協會」（二十二個分會）、「大洋洲華文作家協會」（九個分會）、「南美洲華文作家協會」（九個分會）、「非洲華文作家協會」（九個分會）、「歐洲華文作家協會」（十七個分會）、「中美洲華文作家協會」（六個分會）等七個洲際分會，至二〇〇一年均已組成。這世界性的華文作家組合，事實上正體現著散居中國的新特徵。（註一）

也就是說，世界華文文學這種世界性「聯邦」的發展，長達四十年，目前已完成它全球化的格局。

本來在這個格局中還缺了一大塊，那就是大陸。大陸自一九四九年後對世界華文文學之發展缺乏關注。要到文革以後，改革開放，才開始注意到大陸以外的華文文學現象，並由臺灣而香港而澳門而全世界。

一九七九年，北京《當代》雜誌第一期刊登了白先勇的小說〈永遠的尹雪艷〉；同年，廣州《花城》雜誌創刊號曾敏之〈港澳與東南亞漢語文學一瞥〉介紹並呼籲關注大陸以外用漢語寫作的文學，算是大陸涉足海外華文文學之開端。此後，一九八二年暨南大學召開了臺灣香港文學學術討論會。這個會議，到二〇〇八年十月，總共舉辦了十五屆：

屆別	會議名稱	時間	地點
一	首屆臺灣香港文學學術討論	一九八二年六月十至十六日	暨南大學
二	全國第二次臺灣香港文學學術討論會	一九八四年四月二十二至二十九日	廈門大學
三	第三屆全國臺港與海外華文文學學術討論會	一九八六年十二月底	深圳大學
四	第四屆臺港暨海外華文文學學術討論會	一九八九年四月一至四日	復旦大學
五	第五屆臺港澳暨海外華文文學國際學術研討會	一九九一年七月十至十三日	廣東中山
六	第六屆世界華文文學國際研討會	一九九三年八月二十五至二十八日	江西廬山
七	第七屆世界華文文學國際學術研討會	一九九四年十一月八至十日	雲南玉溪
八	第八屆世界華文文學國際研討會	一九九六年四月二十三至二十六日	江蘇南京
九	第九屆世界華文文學國際研討會	一九九七年十一月八至十一日	北　京
十	第十屆世界華文文學國際研討會	一九九九年十月十一至十四日	華僑大學
十一	第十一屆世界華文文學國際研討會	二〇〇〇年十一月二十五至二十七日	汕頭大學
十二	第十二屆世界華文文學國際研討會	二〇〇二年十月二十七至二十九日	復旦大學
十三	第十三屆世界華文文學國際研討會	二〇〇四年九月二十一至二十四日	山東威海
十四	第十四屆世界華文文學國際研討會	二〇〇六年十一月二十四至二十六日	吉林大學
十五	第十五屆世界華文文學國際研討會	二〇〇八年十月二十六至二十八日	廣西南寧

依上表可見第一、二屆被討論對象只局限於臺灣、香港兩地；第三、四屆，加上了「海外」；到了第五屆，「臺港」後面還綴上「澳門」；到第六屆之後，會議的名稱才固定爲「世界華文文學國際研討會」。

一九八五年四月，秦牧在爲汕頭大學臺港及海外華文文學研究中心創辦《華文文學》試刊號的〈代發刊詞〉中爲華文文學釋義云：「華文文學是一個比中國文學內涵要豐富得多的概念。正像英語文學比英國文學的內涵更豐富，西班牙文學的內涵要豐富的道理一樣。」也即是說，「中國文學」只限於中國大陸、臺灣、香港、澳門地區的華文文學，而「華文文學」除包括中國的華文文學之外，還涵蓋中國以外的用華文寫作的文學。該期雜誌末尾〈編者的話〉則認爲華文文學包含三層含義：一、凡是用華文作爲表達工具的作品，都可稱爲華文文學；二、華文文學和中國文學是兩個不同概念，中國文學只指中國大陸、臺灣和香港的文學；三、華文文學和華人文學也是兩個不同概念，海外華人用華文以外的其他文字創作的作品，不能稱爲華文文學；但是，非華裔外國人用華文寫的作品卻可以稱爲華文文學。（註二）

這是對世界華文文學的界定。後來，北京《四海》雜誌在一九九四年第一期〈在京部分專家筆談「世界華文文學」的概念與定義：先定位，再正名〉，以及一九九六年四月南京會議等等，對此雖有不少爭論，但已逐漸確定了這個概念，世界華文文學這個學科也在大陸逐漸確定了。二〇〇一年，大陸在研討會的基礎上，正式組織、成立了世界華文文學學會，代表在這個領域之人力集結、學科建置均已成熟，要邁入一個新的階段了。

過去二十年來，十屆研討會的論文（僅前十一屆研討會的統計）即達四三八篇（有一屆論文集未出版），相關專著，如陳賢茂、吳奕錡、陳劍暉、趙順宏於一九九三年底推出的《海外華文文學史初編》，就有六十萬字；一九九九年八月出版的四卷本《海外華文文學史》，則有二百萬字。可見大陸起步雖晚，目前卻已成爲這個領域中軍容壯盛之一支力量了。對於世界華文文學，也逐漸擺脫了把「中國文學」和「海外華文文學」對舉分立的大中國心態，願意從世界整體格局上來研討華文文學在世界的發展。這毋寧是令人欣慰的現象。

貳　華文文學在爭論

一　離散的認同

對世界華文文學的解釋，早期傾向於把它解釋爲中國人向海外移民後形成的移民文學。由於是移民，故不論是第一代或第二、三代移民，其作品都表現爲移民懷鄉的心境，也把原居地的文學風格帶到了新居地，對中國懷有感情上的依戀與歸屬感。這種解釋，由其被稱「海外華文文學」或「僑民文學」、「華僑文學」、「移民文學」等名號，便可窺見端倪，我把它稱爲「散離認同」的解釋模型。

所謂散離的認同（identity of diaspora），diaspora一字，孟樊依唐君毅〈中華民族之花果飄零〉一文之說，譯爲「飄零」。唐氏該文指稱，上世紀始，很多中國人「移居」海外，被迫或自願改變國籍者所在多有，「如一直下去，到四五十年之後，至少將使我們之所謂華僑社會，全部解體，中國僑民之一名，亦將不復存在。此風勢之存在於當今，則表示整個中國社會政治、中國文化與中國人之人心，已失去一凝攝自固的力量，如一園中大樹之崩倒，而花果飄零，遂隨風吹散……，此不能不說是華夏子孫之大悲劇」。唐氏所說的，是中國人雖僑居海外，成爲華僑，但因不能繼續保有國籍，華僑遂將逐漸減少。宛如大樹已倒，枝葉四散，花葉亦終將逐漸萎謝一般。此稱爲飄零。

然而diaspora這個字眼，本來描述的是四散分離的猶太族群基於其共有的經驗，在文化及宗教上持續的連結；後來此詞又被擴大，用來指謂那些跨越國境的移民或離居者在文化上（類似於猶太裔）的聯繫或溯源。因此，它不是指分散者如花果萎謝飄零，而是說散離者彼此因其同根同源而形成聯繫，它們與其根源之間亦保持著聯繫，故雖若飄零，卻未萎謝也。「散離」一詞，正反合義，既是散，又是聚。散是人種族裔、聚的是文化宗教等根源性經驗。中文字彙裡，離字本來也就是這樣正反合義的，所以「離騷」之離，班固、顏師古等人均解釋爲遭遇，離別之離與罹難之罹，音義亦同。因此這個詞，我以爲似仍以譯爲離散爲妥。

目前世界上，不僅猶太人，包括亞洲人、非洲人、加勒比海人以及愛爾蘭人等等，都有這種離散的認同問題。中國人也不例外。

孟樊曾舉電影《浮生》爲例，片中導致母女、姊弟、夫妻之間相互衝突的原因，主要係由於國族認同的轉換而致身分失焦所造成。七口之家或因移民、或因婚媾、或因依親各不相同的理由，分居三地（德、澳、香港），彼此的國籍身分雖然不同，但「一家人」以及那種對於「中國」的情感依然強烈地相互維繫著。正因爲如此，異地而處的歸化問題，便嚴重打擊了每個人固有的認同觀與認同感，令人不能釋懷。

事實上，凡移民或流亡者，跨出邊界時，也即一腳踩進了另一個「歷史」，面臨一個新的認同；但原來邊界的那一邊仍頻頻不斷向他招手，令他左右爲難、進退維谷，他彷彿是個旅人。他的流動（flux）使其身分難以定位（fixing）。

對遊牧者來講，最大的痛苦莫過於各種不同的認同訴求對他身心（精神與肉體）的穿透。

再者，客觀的環境也造成遊子心理上的困境，因爲遊子客居異鄉，他對當地人來說總是外來者（exotic）。他的長相、口音、語言、飲食……乃至生活習慣，或多或少都與當地人有相異之處，被目爲「異類」或「非我族類」乃自然而然之事。故移居者想要和當地人徹底融合或歸化是不可能的，儘管他努力想達成這個目標，別人也仍將他視爲異類。這算是另一種「差異化」。就像在西方知識體系的支配之下，加勒比海黑人被建構成異類及他者（different and other），他者永遠不能等於西方人。同時，離散者總是具有相當的鄉愁感（nostalgia）。在面對當地主流族群時，他們只有認同位於遠處的「祖國」時，才會得到快樂、尊嚴以及（替代性的）歸屬感。固然那樣的歸屬感多半只是想像的認同。

然而對想像中的祖國產生認同，卻又往往是他們在居留地被邊緣化的一種徵兆。（註三）

且不說在美國或歐洲這些白人占主流的地區，會出現這種情況；就是在東南亞亦復如此。如馬來西亞在獨立建國之後，馬來人主導的政府即獨尊馬來語文與文化，又在不少政商文教領域保護馬來民族特權，將其他族群共享國家社會資源的權利排除在外，形成馬來西亞式的種族隔離（mapartheid）。馬來政府先後開除許多華社領袖，如林連玉、沈慕羽等人的公民身份，只因這些人希望將華語列爲官方語言，就被當局視爲破壞國家和諧的人物。一九六九年發生於吉隆坡的「五一三」流血暴動，更將華巫之間的語文、教育政策的衝突擴展到極致，使得此後華社推展文化的任務無法深入。若想推廣文化事業，得先顧慮當局的行政策略。一九七〇年代馬來政府甚至禁止華人在公開場合表演中國傳統活動（包括文學、戲劇、舞蹈、音樂、繪畫、書法、雕刻等），意欲將華人語文及文化邊緣化，且非常疑懼馬來華人因認同中國而會對馬來西亞不忠。

在這種情況下，華人必須不斷表示效忠馬來西亞，但對文化根源的認同，卻仍有許多人不願放棄。他們一方面體認到「離」，自己是離根移栽於異域的花朵；一方面則感受到「聚」，應以文字、文學、文化來凝聚自己這個族裔。如方北方所說：「今天有關國家的事務，固然是以國家語文處理。但是集中將近國家一半人口的華人來討論如何獻身國家和效忠政府問題時，華人還是要用中華語文的。（註四）

世界華文文學領域中要找這一類事例，可說俯拾即是。六十年代白先勇筆下的吳漢魂〈芝加哥之死〉，以死抗拒在異域的異質化命運；依萍〈安樂鄉之一日〉，在跟女兒屢起衝突中備嘗異域「安樂鄉」生活的苦果，都屬於此類。在美華文學中有一類「香蕉人」形象，形容華人失落了東方文化而又無法完全被西方文化接受。東南亞華文文學也常會寫一種「馬鈴薯」的悲哀。例如菲華作家佩瓊的小說〈油紙傘〉中的中菲混血少女李珍妮從父親那裡繼承了很好的中國文學、文化修養，卻因爲從母親那裡遺傳的膚色而被戀人文斌的華族家庭拒之門外，甚至不被整個菲華社會理解。她由此悲嘆：「我的悲哀是自己的是馬鈴薯，不管內裡怎樣黃了，外表仍是褐色的。」這些香蕉人或馬鈴薯，講的就是離散者流動的身份，以及掙扎在居住地文化和祖國文化間的痛苦。

這種痛苦，作家們有時也會用上下兩代的關係來表現。如菲華作家陳瓊華的小說〈龍子〉和美華作家莊因的小說〈夜奔〉，都描寫華人父子間的衝突，而衝突都集中在語言認同上：父親認爲「中國人永遠要說中國話」，兒子卻認爲既然已歸化了外國，就應該說「外國話」。其他的表現方式還很多，例如講異鄉生活的不適應啦、遭種族歧視的經驗啦、終於返鄉回歸啦……等等，都可以印證散離認同的分析。

一九九八年，美國華文文藝界協會還和中國瀋陽出版社合作出版了一套《美國華僑文藝叢書》，叢書的作者都是美籍華人，早已失去了「華僑」身份，但他們卻堅持自己的創作是「華僑文藝」而非「華人文藝」。叢書主編黃運基（他在美國已生活了五十餘年，早已加入了美國籍）在〈總序〉中特地解釋了其中的緣由：「就國籍而言，眞正稱得上『華僑』的，實在已爲數不多。但這裡之定名『華僑』，則是廣義的、歷史的、感情的」，「美國華僑文化有兩個特定的內涵：一是它在美洲這塊土地上孕育出來的，但它又與源遠流長的中華民族文化緊密相連；二是在這塊土地土生土長的華裔，他們受了美國的文化教育的薰陶，可沒有也不可能忘記自己是炎黃子孫……他們也在覓祖尋根」。可見散離認同歷久不衰，至今仍可找到足以與之相符應的華文文學現象。（註五）

二　本土的論述

陳賢茂在《海外華文文學不是中華文學的組成部分》中曾言及這樣一件事：一九九二年他同幾位海外華文作家對話時問道：「當你們教育子女時，是要他們認定自己是中國人呢，還是外國人？」蓉子（新加坡籍）當即回答：「新加坡人。」而趙淑俠（瑞士籍，現居美國）、趙淑莊（美國籍）則異口同聲答道：「中國人。」（註六）

但正如〈龍子〉或〈夜奔〉所顯示的，移民第一代和第二代的認同意識並不見得相同。上一代具有鄉愁、認同祖國，下一代卻未必，因此散離認同在某些情況下並不適用。

這件事，也顯示散離認同不僅在解釋某些新移民或某些移民第二、三代時不適用，在某些地區也未必適用。像蓉子就可能不能用散離認同來描述。

當然，陳賢茂問這個問題而得到不同的答案，也肇因於「中國人」這個概念本身就具有歧義性。中國人，本來就可以是個文化概念。因此趙淑俠她們固然早已入籍爲美國人、瑞士人，在文化及心理上依然可以自稱是個中國人。但「中國人」這個詞中既有「中國」，中國又是個具體的國家，所以說自己是個中國人時，往往又會與發言者所處的那個國家國籍相混淆。蓉子或許就是在這種情況下，才說要教子女認定自己是新加坡人而非中國人。當然，也可能蓉子指的就是無論在國籍或文化認同上都要教子女成爲新加坡人，要揚棄「中國性」、建構當地性。

這，一種是分裂認同，既認同所居地爲其政治身分所屬，應對它效忠，又認同文化母國爲其精神依託。另一種，是「直把異鄉做故鄉」，不再繫戀母土原鄉，而說現在所居之地就是故鄉，本土的文化就是自己文化上的依憑。

分裂認同的例子很多，如黃文斌說：「身為馬來西亞華人，我們至少面對兩種困惑：一、身為華人，我們希望能夠保留漢民族的文化、教育及生活方式；二、身為馬來西亞的國民，我們也希望與其他種族共同塑造一個共生共榮的『新興國家』」（註七）。在新加坡、馬來西亞，主持或推動華文、華教的人士，不少人採這種態度。這些人，他們在創作華文文學時，已不想「落葉歸根」，也不認為自己是飄零離散的遊子，他們知道他們屬於新加坡、馬來西亞，他們創作華文文學，只是因為要保存自己作為華人的文化特徵或滿足其文化感情。

不再認同故國，而以所居本土為新認同對象者也很多，如馬華作家林春美在〈葬〉中將上下兩代對故鄉籍貫的情感描述得很清楚：「我的祖籍福州，……記得，福州是叔伯口中的唐山。陳舊的四合院，加上幾畦圃田，便是夢裡的家園。儘管生身父母已仙逝多年，儘管同輩兄弟已所剩無幾，他們還是要回去，回去看看那一理就理出了白髮的兒時故鄉」。「而叔伯的唐山，到了我，已不再如此情長。夢裡不見福州也不會引以為憾。畢竟，福州只是中國版圖上的南方一隅，再也不再有什麼血肉相連的關係」。鍾怡雯〈我的神州〉也說：「我終於明白，金寶小鎮，就是我的神州」（註八）林、鍾二人的敘述，透露著新生代文化情感的轉移，從中國轉向馬來半島，也就是他們土生土長的地方。

她們所表現的，是蓉子所說：自覺自己是個新加坡人或馬來西亞人了。這樣的人，便不再自認是個飄零者、移居者、過境者；或者說，他們同意早先華人及中華文化是離根而散布在各地的，但既已散布於各地，各地之華人文化或文學便不再是中國的了。二〇〇二年十二月暨南大學東南亞所所辦「重寫馬華文學史學術研討會」中，張錦忠〈離散與流動：從馬華文學到新興華文文學〉一文，就表現了這樣的看法：

> 中國文學不離境，中國作家不出走，不下南洋、便沒有馬華文學的出現。馬華文學從離境開始，現在還在離境中進行。離境，其實一直都是馬華文學的象徵，更是從馬華文學到新興華文文學的寫照。
>
> 這時，散離就只是離而不是聚。因為流離了、與中國分散了，所以才有馬華文學。但稱為馬華文學，仍不免被「誤會」為那是海外的中國文學，因此他建議落實為「新興華文文學」。新興華文文學，這個稱謂，既表明了與中國的決裂，馬來西亞

華人不是中國人；也要與中國文學決裂。他說：「作爲新興華文文學的馬華文學作者，有職責去尋找出和當代中國文學語言決裂的言說方式。這決裂的大前提是：華文不是中國的語文……海外的華文，總已是一種在地化的話語，一種道地海外的語文……。換句話說，新興華文文學的華文是『異言華文』（Chinese of difference），另有一番文化符象。走的是異路、歧途，文學表現也大異其趣，這樣的新興文學才有其可觀之處」。（註九）

在與中國決裂的態勢下，他們強烈反對那些心懷中國的作品，認爲那些只能稱爲馬來西亞的中國文學，而非馬華文學，更非新興華文。例如張錦忠就建議將馬來西亞建國前的華文文學排除在馬華文學之外：「客觀地說，在馬來並脫離英國殖民統治之前，南洋華人身份不明，沒有馬華文學，只有海峽殖民地或各馬來亞聯邦的華文白話或文言文學書寫活動。這些（延異的）書寫活動，既是中國作家創作活動的延續，也是馬華文學的試寫或準備」。

切掉舊的，也成爲他們創作的方法。如張光達說：「中國性，令馬華作品失掉創造性，令馬華文學失掉主體性，成爲在馬來西亞的中國文學的附屬，成爲大中國文學中心的邊緣點綴……」。（註一〇）

總之，疏離就是要去中國性（De-Chineseness）。在這種論述中，中國文化的深厚悠久，或中國文學的博大精深，都被重新解釋爲一種文化霸權，會對本土的文學形成戕害。像黃錦樹就說：「要寫出典雅、精致、凝煉辭藻豐富的中文，無疑要向中國古典文學傳統吸取養分，深入中國古典文學，這一來同時導致文化、思想上的『中國化』，很可能會造成情感、行動上的『回流』，而認同中國……。然而設使不深入中國傳統，又會受限於白話文本身存在的體質上的虛弱。深入傳統外，還需緊緊盯著海峽兩岸『新』文學的發展，吸收白話文在這兩個中國文化區的實驗。這種『關注』本身就含有比較的成份，無疑中國文化區的文學創作是相對的優越，因此『本土的文化傳統』就會受到一定程度的忽略輕視，而無法呈現一種血緣上的連續性」。（註一一）

王潤華也有類似的話，說：「當五四新文學爲中心的文學觀成爲殖民文化的主導思潮，只有被來自中國中心的文學觀所認同的生活經驗或文學技巧形式，才能被人接受，因此不少新馬寫作人，從戰前到戰後，一直到今天，受困於模仿學習某些五四新文學的經典作品。來自中心的眞確性（authenticity）拒絕本土作家去尋找新題材、新形式，因此不少被迫去寫遠離新馬殖民地的生活經驗」。（註一二）

在這種論述下，早先被推崇說是散播文學火種去南洋，或贊美其影響沾溉甚大者，亦一反而成爲壓迫當地文學及文化發展之霸權或殖民者。如王潤華所稱：「這種文化霸權（cultural hegemony）所設置的經典作家及其作品規範，從殖民時期到今天，繼續影響著本土文學。魯迅便是這樣的一種霸權文化」（同上）。

這種本土論述的言說脈絡及大體主張，大概就是如此。本文順著陳賢茂所舉蓉子的例子來講這種論述，故所介紹集中於新馬華文文學界的情況。其實在西方後殖民理論影響下，這種情況在很多地方都存在。

三　華文文學新秩序

但本土論述雖聲勢洶洶，同樣無法普遍適用。因爲就像黃運基編「美國華僑文藝叢書」所顯示的，本土論述者固然亟思去中國性，不願再被稱爲華僑，可是仍有許多人是擁抱中國性、仍要堅稱自己是華僑的。固然有王潤華、蓉子、黃錦樹、張錦忠這些不願再做中國人的人，可是也仍有一大批仍固執認爲自己是中國人、或既是中國人也是ㄨㄨ（新加坡、馬來西亞、美國……）人的人。

由理論上說，援引後現代、後殖民以張說本土者，均努力將本土形容成一個多元文化的場域，以降低中國在此的地位。但無論怎麼說，中國畢竟是這多元中最大一元，而且大得多。要想借多元論去否定或稀釋或替換中國性，都非常困難。刻意爲之，則更顯得虛矯。縱能杜人之口，亦不足以服眾之心，反而在其發言領域激發了無窮爭辯、製造了憎恨。

何況，若欲以多元論打破一之性，以追求多元文化新境，爲何又不能容忍多元社會中有人仍願獨尊中國性或仍願認同中國這種情況呢？

再就論爭的策略說。本土論述雖廣泛援引後現代、後殖民，但其理論目標可能反而是保守或反動的。因爲它以後現代、後殖民爲說，可是某些時候竟會因要批判中國是「殖民者」而美化了另外眞正的殖民者，例如英國、日本。它以後現代、後殖民爲說，許多時候它又回來擁抱了國族論述，從而使自己陷入悖論之中。

新世紀的華文文學的多元文化論述，則應擺脫這種國族主義。這倒不是說國家已不存在或我們可以不必理會國家，而是說自居一國而與另一國（中國）對抗式的思維，可以不必沿用了。正如戴維・莫利及凱文・莫利及凱文・羅賓斯所說：

資本主義社會裡政治歸屬的根本原則，一直是透過國家認同和民族主義認同，透過單一民族國家的公民身份。現在這種忠誠正被日益削弱，儘管我們可把近來民族民粹主義理念（national-populist ideologies）的抬頭看作是對這種趨勢發出的無望取勝的回應。而且我們正目睹著既浮現出擴大了的公民概念（指整個歐洲大陸，因歐洲共同體出現而形成的文化共同體，以及相關的整體歐洲公民新概念），又浮現出有限範圍的公民概念（指地方、地區、省際）。人們正從這個「全球一地方關係」裏鍛造出新的結合、從屬、包容形式。（註一三）

在一個新的「全球——地方關係」架構中，世界華文社會公民概念和有限範圍公民概念其實是兼容的，因爲大量華人移民，早已使傳統國籍與疆界難以界定，馬來西亞作家俄而移居臺灣，俄而臺灣作家入籍北美、俄而香港作家移散於臺灣、美國、加拿大、英國，或中國作家旅於歐澳，還有許多非華裔的優秀華文作家，他們屬於那一國不易確定，也不重要（或不再那麼重要）。華文作家唯一不變的身分，只是他的華文寫作。因著華文的書寫，使得現在世上已出現一種新型的空間－地域關係，華文文學有能力越過疆界、打亂疆域，所以它們捲入到非領土化與再領土化的複雜互動中，造成邊界與空間的關係發生改變。人們不再像過去那樣容易以其邊界、國籍或疆域來界定、區分事物，因此對國籍與疆界就不能看得如以往那樣重。流動的作家，既允許對他流居的各個地方有感情、有忠誠，也必然會因他參與了整個華文文學書寫體系而有屬於世界華文文學社會的意識。

而且，就像企業傳播網已經塑造了一個全球電子信息流空間那樣，新媒介集團正在創建一個全球圖像空間，也是一個傳輸空間。它作爲一個有自己主權的新地理存在，無視權力地理、社會生活地理，而自行界定了它自己的國籍空間或是文化空間。（註一四）目前華文文學也可說已經建立了一個全球的華文書寫空間，形成了一個有自主性的領域。在這個領域中正傳播著新的空間感與體驗，是不容忽視的。

這種態度，亦並非反對民族國家或要去國族主義。本文所主張的，或許可稱爲：民族國家在全球與資訊社會中的重建。特別是在區域整合的具體空間，如歐洲聯盟；或華文文學世界這種符號領域中。這個重建方向，就體現著一種新社會秩序的產生。它希望將民族國家原有的單一中心或少數中心形式轉型爲多元中心（polycentric）形式。民族國家，之前所強調的是一種共同的同一（identity）。民族國家內部所產生的差異（difference）傾向於可以統一，但是我們現今所說的常見的多元中心內的差異卻是徘徊在可統一與不統一之間。它是一種「既是……也是……」的邏輯，矛盾或對立的同存在也是一種常見的現象。因此，秩序的新概念，就需要包括矛盾的概念，而不是一味排除矛盾，趨於同一。

也就是說，在世界華文文學社會中，不但在國家內部存在著矛盾與差異，國家與國家、區域與區域，是可以存在著差異的秩序。一如在經濟區域化的動力之下，如APEC或歐洲聯盟，那種區域互動已形成了一個既不屬於國內法律秩序、也不是國際的自然秩序之空間。在這個空間中，允許多樣性的存在，並且是一種不需要統一在單一國家法令制度之下的多樣性，是透過跨國組織與資訊網路所整體表現的新秩序。華文文學，以文字符號及文學作品組構而成的這種「超國家社會」，亦具有同樣的性質。

若依林信華在《超國家社會學》中的分析，世界華文文學這種符號社會，甚至比歐洲聯盟等經濟組合更具有全球符號互動論（global symbolic interaction ism）的特點。

所謂全球符號互動，是說在高度複雜的全球資訊社會中，一些超國家與次國家的秩序或制度正在形成，它們乃是個體或團體在符號的網絡中持續展現的。本來，社會行動或社會關係之合法秩序原本就不一定要建立在法律秩序上。在有國家制度以前，感情、價值理性、宗教、文化或者習慣約定也可以是社會關係之所以正當的基礎；國家建立後，獨尊國家律法，這些遂都遭到了壓抑或屈從於國家律法之下。同理，在國家之前，宗族、職業、地域組合也是社會關係的正當基礎；國家建立後，一樣遭到壓抑或附從於國家律法之下。但是，到了現今的全球社會中，在國家之上逐漸有了一種不同於國家的互動和法律形式。感情、宗教、價值、文化、宗族、職業、地域組合等等，依憑著這個國家之上的網絡卻獲得了新的生命、新的發展。世界性宗親組織、世界性鄉親組織、世界性宗教組織（如世界客屬聯誼會、世界潮屬聯誼會、世界舜裔聯合會、國際佛光會、國際獅子會、國際紅十字會……），其性質業已頗異於從前隸屬於國家內部的鄉親會館、宗教團體，在全世界建構了一個超國家的秩序。全球社會越發達，這些符號網路就會越暢旺，反之亦然。

也因此，這種全球符號互動關係，在各種全球化理論中幾乎均曾涉及，其相關理論結構如下表：（註一五）

特性＼代表者	米德 (H.G.Mead)	艾科 (U.Eco)	季登斯 (A.Giddens)	貝克 (U.Beck)	林信華 (H.H.Lin)
科學觀察的出發點	在具體社會肢體互動中理解所有知識、理念之行爲科學。	將大眾溝通與傳播作爲一般的符號學來觀察。	秩序的問題乃是連結時間與空間的社會系統如何形成之問題。	世界社會，是由溝通符號所系統化出來的不同領域所構成。	由符號網絡、新社會時空間中的社會互動所架構出來之區域和全球秩序。
社會互動的性質	軀體行爲所展開的符號與意義系統。	作爲傳遞訊息的任何溝通形式都是建立在符碼的運作上。	雙重詮釋性、建構性的社會互動。	無統一性的多樣性。	虛擬符號網絡、不穩定的多樣性。
社會生活與符號生活的關係	從具體的肢體到語言所體現的符號系統。	將符號生活收入社會生活中來理解。	符號結構並不單純地給予行爲者一些限制，同時是給予他們行動能力。	社會生活在不同的溝通符碼所展開的不同系統中，進入全球或世界社會。	符號系統的自我展延與不穩定性、開放性的共同生活邊界。
認同形式	社會認同中的自我認同。	認同由構成文化意義系統的符碼結構所表現。	認同乃是在社會建構的動態歷程中產生。	全球社會中的想像認同。	多元的——國家、超國家與次國家的社會和自我認同。

制度正當性	由滿足個體利益和認同的社會互動所體現，並且由諸如語言的符號系統所表現。	對於符號意義系統的開放性參與。	對於一個行爲者是正當性的，對於其他行爲者必須是行動環境中的具體特徵。	在沒有世界國家的世界社會中，制度正當性將根本上不同於民族國家。	反應個體新權利的社會互動、對各層次市民社會的參與。
權力關係	並不是一種心智狀態，而是社會符號性互動所結構出來的人際關係。	權力是一種在文化生活中的符號展現。	權力是一種關係的概念。它同時是行爲者的展現能力，也是支配性的結構性質。	世界社會中的新權力關係。	新的權力結構——行政系統、非政府組織、跨國企業之間的互動。
權利系統	不是由個體建構，而是由社會互動所表現。	由社會符碼結構所構成，並處於不斷變動的歷程。	在行爲者與結構之間的辯證歷程上系統化。	國家社會與世界社會存在不同的權利形式與內涵。	由全球社會所表現的新權利形式——超越國家形式法律的權利內涵。

由符號網絡構建出來的全球網絡，形成一個不具體的跨國界社會。這個社會中的秩序，是由其中個體依符號互動而形成的，因此它不是一種凝固的僵硬的秩序，誰一定是老大、誰一定是中心。每個個體與個體之間，具有相互主體性（inter-subjective）。互動越好，這個全球化社會就越有活力，其秩序也越多樣，每個個體也越能表現其主體性及特色。

過去，我們說「文學界」時，這個界，只是國家內部的一小塊疆域，是烽火外一處小小的、讓人心靈暫時棲憩的桃花源。現在，這個文學世界卻已形成了超越國界的「世界華文文學」新世界。在這個新世紀、新世界中，新的秩序當然還有待建立。因此我建議採用這個新的架構和思維來正視華文文學書寫已然全球化的現象，擺脫近年本土論述和散離認同之間的緊張對立關係，動態地建立我們共有的華文世界新秩序。

——原刊於《華文文學》（哲學社會科學版）二〇一〇年第一期

注釋

一　見龔鵬程：〈二十一世紀華文文學的新動向〉，第一屆新世紀文學文化研究的新動向研討會論文，收入《二十一世紀臺灣、東南亞的文化與文學》（臺北市：南洋文化學會，二〇〇二年），頁一——二十六。

二　另詳吳奕錡：〈近二十年來臺港澳及海外華文文學研究述評〉，《汕頭大學學報》（人文科學版）（二〇〇一年二月），頁八十九——九十六。

三　詳見孟樊：《後現代的認同政治》（臺北市：揚智文化事業公司，二〇〇一年），頁一三三——一四〇。

四　方北方：《馬華文學及其他》（香港：三聯書店香港分店、吉隆坡：新加坡文學書屋聯合出版，一九八七年），頁二十三——二十四。

五　另詳黃萬華：〈從美華文學看東西方海外華文文學的差異〉，《人民日報》（海外版），二〇〇〇年十一月三日。

六　陳賢茂：〈海外華文文學不是中華文學的組成部分〉，《世界華文文學》一九九九年第四期。

七　黃文斌：〈從錢穆持守舊傳統文化的意義反思馬華文化之建設〉，收錄於陳榮照：《新馬華族文史論叢》（新加坡：新社出版社，一九九三年三月）。

八　均收入鍾怡雯主編：《馬華當代散文選》（一九九〇——一九九五）（臺北市：文史哲出版社，一九九六年三月）。

九　張錦忠：〈海外存異己：馬華文學朝向「新興華文文學」理論的建立〉，見《中外文學》第二十九卷第四期（二〇〇〇年九月），頁二十六。

一〇　張光達：〈九十年代馬華文學（史）觀〉，《人文雜誌》二〇〇〇年三月號，頁一一四——一一五。

一一　黃錦樹：《馬華文學：內在中國、語言與文學史》（吉隆坡：華社資料研究中心，一九九六年），頁二十二。

一二　王潤華：《華文後殖民文學——本土多元文化的思考》（臺北市：文史哲出版社，二〇〇一年），頁一三九。

一三　〔英〕大衛．莫利、凱文．羅賓斯著，司艷譯：〈歐洲文化——通訊、空間、時間〉，《認同的空間：全球媒介、電子世界景觀與文化邊界》（南京市：南京大學出版社，二〇〇一年一月）。

一四　另參馬克．波斯特著，范靜嘩譯：〈後現代性與多元文化主義政治〉，《第二媒介時代》（南京市：南京大學出版社，二〇〇〇年）。

一五　詳見林信華：《超國家社會學：兩岸關係中的新臺灣社會》（新北市：韋伯文化國際出版公司，二〇〇三年），第一章第三節。

海外華文文學與本土經驗*

蔣述卓

壹

在全球化、網絡化的語境下，二十一世紀的海外華文文學已悄然發生著變化，這種變化是細微的而非突變的，正如古人所寫梅花之氣：「遙知不是雪，爲有暗香來」，需要我們仔細去體味。這種變化就是將本土的文化記憶和個人經驗上升到普遍性的文學世界之中，在擁抱本土的同時又力求超越，尋找進入世界文學的機遇與途徑。與二十年前的狀況相比，海外華文文學的作家已不再作一種簡單的邊緣吶喊與異域中個人奮鬥的抒寫，也不再僅僅從事被視爲「文學異類」的紀實報導，而是瞄準純文學的至高標準進行努力。越來越多的海外華文作家擺脫了過去那種自傳體式的哀怨宣洩，或是依靠「某人在某地」式的異域想像在生存的夾縫中書寫，而是站在一種更廣闊、更多元也更加審美化的視角回望故土的歷史與人物，也站在一種更加包容與開放的立場去書寫自己所在的居住國的人物、歷史與文化。邊緣、異域、離散的特徵在慢慢退化，文學的雜合性、多元性、審美性在逐漸上升。他們的作品不僅僅在海外華人文化圈中得到認同，也獲得了中國大陸及港澳臺地區讀者的認可，有的還打入中國大陸文學排行榜，或在各種華文文學獎中獲獎。有的作家採用雙語寫作，或者將自己的中文作品翻譯成居住國的語言，以尋求世界讀者的認同。

在網絡化的環境中，地理意義上的邊緣與中心的界限逐漸在消失，異域不一定就吸引讀者眼球。儘管在作家的心中，邊緣地位與尋求身分認同的狀況依然會存在，但異域會轉化成一種寫作的視角。爲誰創作的困惑以及身分的焦慮正在逐漸消退，在解決了長久居留的問題或者不將長久居留作爲定居的目的之後，來往自由的「世界公民」標識使得他們的創作進入了更加自由的領域。這時，回歸本土並以本土經驗爲基礎雜合起異域視角和異域經驗，成爲不少海外華文作家創作的新坐標。

陳河有著在阿爾巴尼亞的冒險經歷，他一度曾將自己的眼光鎖定在異域，如中篇小說《被綁架者說》、《無花果樹下的欲望》、《去斯可比之路》，寫的都是他在阿爾巴尼亞的故事與人物，在一個尚處於動亂的國家去謀求財富，一切都顯得很神奇；他寫二十世紀九十年之後的歐洲，《黑白電影裡的城市》曾獲得過國內的「郁達夫小說獎」；他寫二戰時期的東南亞，《沙撈越戰事》給他帶來了聲譽。在「講好中國故事」的驅動下，他的《甲骨時光》重回到一九二八年的中國，記敘當時震動世界的甲骨文被發現的事件，取得了意想不到的成功，並因此獲得了第三屆「中山杯」華僑華人文學獎的金獎。

從張翎的早期作品如「江南三部曲」（《望月》、《交錯的彼岸》、《郵購新娘》）來看，她的眼光總是在東西方交錯的空間穿梭中進行掃描，且伴之以相應的繁複敘事來支撐起她筆下的人物與故事，而自《餘震》與《金山》之後，她更多地體會到回望本土、回歸歷史的重要性，從而開始挖掘本土文化礦藏、加入異域視角，將個人經驗的地方性融入到普遍性的文學世界性之中。到了二〇一七年出版的《勞燕》，她已經將故鄉溫州的月湖與第二次世界大戰相聯繫。雖然書中重點塑造的依然是她所鍾情的具有無比忍耐性格的中國女性，但作者卻通過描寫將東西方人物串連在一起，開啓了另一種異域的具有世界性的人性透視和人道主義精神的書寫，從而使得她的作品越來越具有世界文學的品相。張翎的本土經驗潛藏著豐富的創作資源，她的許多作品中都帶有家鄉溫州的泥土芳香，正如沈從文的創作總離不開湘西邊城的影子、莫言的創作裡總有高密的意象一樣，溫州總會頑強地在張翎的創作中表現出來。溫州的本土經驗巧妙地與世界性的眼光融合在一起，使她的創作邁上了一個新的臺階。

馬來西亞華文作家戴小華的紀實文學《忽如歸》將一個家族的歷史與整個國家的歷史、將一個人的命運史與整個民族的命運史結合起來描述，道出了一個國家的傷痛和民族的傷痛。作者敘寫將其母親遺體從臺灣運回家鄉河北滄州，按穆斯林的傳統進行洗、穿、站、埋的喪禮細節，還有其與母親去綠島探望被國民黨關押著的大弟戴華光的情狀，只有在作者親歷之後才會有如此真實並感人的體驗性書寫。戴小華是立足於對整個國家與民族的歷史與未來的思考，來進行對個人以及家庭經驗的書寫的，從而使其作品具有豐富的歷史穿透性。

本土經驗的重要性在於它基於個人經驗，這種個人經驗是浸泡在作家的文化記憶之中的積澱物。對於海外華文作家而言，這種個人經驗經過在異域的不斷翻捲與反思，加之有距離感的「他者」觀照，形成了一種世界性視角，構成獨特的具有異質性經驗的創作特色。

張翎在談到她創作《金山》的體會時說：「放下《金山》書稿的那天，我突然意識到，上帝把我放置在這塊安靜到幾乎寂寞的土地上，也許另有目的。他讓我在回望歷史和故土的時候，有一個合宜的距離。這個距離給了我一種新的站姿和視角，讓我看見了一些我原先不曾發覺的東西，我的世界因此而豐富。」（註一）張翎的「距離」說實際上是一種「他者」的視角，經由這種視角，她獲得了一種更爲豐富的差異性感覺。她創作《金山》的想法來自一九八六年在加拿大卡爾加里城外所見的華工墓地，二〇〇三年回國采風，她去了廣東的僑鄉開平，寫作的衝動再次浮現。後又醞釀了兩年，在收集到大量資料並經過反覆思考之後，才在一張戴眼鏡的華埠青年的歷史照片的觸動下，引發她的想像，動手創作這部後來享有盛譽的《金山》，這是她的文化記憶與他者視角相互交合的產物。

嚴歌苓寫《金陵十三釵》，選擇的故事與書寫的視角都是獨特的，裡面有一種「他者」的視角（如寫妓女的人性光輝、牧師的良知等等）。《寄居者》依然如此，故事中的人物是與異國密不可分的，但故事的背景依然要放置在她能把握的上海，這便是本土經驗在發生著作用。待寫作《芳華》時，她更是調動起早年的個人經驗，以一個經歷過那個時代的「過來人」的眼光，再度審視其中的故事，就有了別樣的體驗，同時又是充滿著反思性的。從林丁丁的「他怎麼可以愛我」的話語裡，讀者會覺出時代的荒唐。

與此類似的還有陳河，他的《外蘇河之戰》選擇了少有人涉足的援越抗美的歷史，他到越南去親自觀察與感受，寫出了一個與《芳華》相類似但又有非常獨特性的戰爭與愛情的故事，也寫出了一種政治與人性的衝突。趙淮海與庫小媛的戀愛剛剛開始，就被極「左」的政工組長甄聞達破壞。從北京徒步到越南參加革命的趙淮海犧牲在戰場上，庫小媛則選擇了自殺。甄聞達出於內疚，決定到第一線部隊去任職，最後殉職於戰場，他的妻子江雪霖活在永遠的等待之中。陳河不僅是在寫一個荒誕的故事，更重要的是寫出了那種嚴酷環境中在人格「面具」下複雜多層次的而又閃光著的人性。

借助本土經驗，又要超越本土經驗，力圖站在一種跨越東西方的視角，從人類的普遍性經驗出發去思考更爲宏闊的精神世界的問題，這是海外華文作家的另一優勢。

旅荷華人作家林湄的兩部長篇小說《天望》與《天外》，扣問的就是超越家族、家庭、東西界限的精神世界的安放問題。《天望》涉及歐洲混血兒弗來得跨國婚姻的衝突，《天外》則以移居歐洲大陸的一對華人夫婦的婚姻危機爲線索，牽涉出歐洲社會在物欲誘惑中如何實現靈魂的超越與自救問題。作者巧妙地在作品中安置了一個浮士德雕像，讓其成爲主人公郝忻的參照物，並讓其發生精神性的超驗對話，以致構成一種世界性文學的普遍追問：人生的「小我」何以成爲具有超越性的「大我」？如何才能擺脫靈與肉的衝突、實現精神與理想的眞正自由？這是自歌德以來的文學就不斷探索的課題，也是林湄帶有世界性的追問，這決定了她的創作具有一種靈性的精神之履。即使是在這樣的創作中，她的本土經驗依然是其創作的基礎與源泉，如《天望》中的弗來得，祖上三代人分別具有西班牙人、英國人和印尼血統，但他娶的妻子還是中國姑娘。《天外》則講述華人移民的物質欲望與精神、肉與靈的雙重衝突。

林湄已經清醒地認識到，在一種全球化、多元化的背景下，「流離」、「邊緣」已不再是壞事，反而會「對作家的文學創作起著重大的影響，爲創作『世界文學』提供有益的『土壤』」。當然，她還主張文學要有哲學的思考，「那麼創作『世界文學』的作家，不僅心志要高、眼光要寬遠，還需要博學廣見，不計當下得失，使跨民族、跨學科、跨時空、跨地域的創作書寫，能被東西方文化背景的人所認同所接受。」（註二）林湄從一個華人的角度去思考人類生存與命運中的精神安放和超越問題，體現了她在異域的一種理性思考。主張「靈性寫作」的旅美華文作家施瑋也強調創作要關注靈魂的縱向度，「因爲小說關乎靈魂，是對生命的解讀。」她認爲，文學不僅僅是紀錄，「如何讓人看到生活記錄背後的靈魂呼喊、生命掙扎，日常生活中表象上沒有，卻在夜晚的枕上深刻地感受到的，才是文學存在的意義。『文學』這副眼鏡應該是顯微鏡、潛水鏡、凸透鏡與凹透鏡，超越了生命的單純與物質的沉重，給人以想像的空間、思想的翅膀，揭示生命的多元，讓人不被世界捆綁，而可以做靈性的飛翔，這才是重要的。」（註三）她的小說《紙愛人》、《放逐伊甸》等都具有存在主義意義上的生命追問。

在《放逐伊甸》中，戴航一出場就是一種靈肉分離的「懸浮」「狀態」：「那與肉體牢牢黏合的靈魂隨著風中飄散的頭髮，向上騰飛」，「靈魂重新回到她肉體中時，她的肉體正浮游在污濁、混沌的空氣中。」（註四）李亞從作家走到書商，精神的轉變成了一種很自然的過程。他原以爲到商場只是「以商養詩」，將來「出海」時他仍是詩人，但他卻低估了「商海」的「染缸」作用，他的價值觀念很快被暗夜裡數錢的快感衝垮了。同樣，旅美華文作家陳謙的《愛在無愛的矽谷》也直接書寫到了其中的女主人公蘇菊對「一種靈性的生活」的追求與扣問。《望斷南飛雁》中的女主人公南雁則更爲直接地喊出「人不是隨機地給掛到基因鏈上的一環，活著更不只是傳遞基因！而是要聽從自己內心的呼喚……」。（註五）

當海外華文作家調動起他們的本土經驗與文化記憶，用他們身在海外的獨有的文學眼光去解釋生活、探索生活與世界的眞相時，他們離世界文學不是越走越遠、而是越走越近了。德國學者馬蒂亞斯・弗萊澤（Matthias Freise）在討論文學的普遍性與地方性關係時指出：「一般來說，所謂普世性，只要不僅是抽象，只能存在於地方性之中。情節和語義關係需要一個地點，導入普世性並使其顯現出來。」他還舉了帕維奇（Milorad Pavic）的《哈扎爾辭典》作爲例子進行了分析，他認爲從一個系統的角度去理解世界文學時，《哈扎爾辭典》「將衝突轉化爲象徵，從而在社會和政治領域發揮整合作用。」（註六）

同樣的例子，我們還可以舉出印裔英國作家V.S.奈保爾的創作爲據。奈保爾的多部作品如《大河灣》、《重返加勒比》等，都涉及到身分焦慮和心靈飄零的問題，也涉及到文明的邊緣與中心以及地方性與普遍性的關係問題，但他既在多種文明之內又站在多種文明之上進行寫作，用獨特的文學眼光發現了生活和世界的眞相。他說：「我的主題既不是我的敏感性，也不是我內心的發展變化，而是我的內心世界以及我生活的這個世界。我的主題就是對我自己所不知道的世界做出的解釋。」（註七）奈保爾將個人的經驗、地方的經驗與對世界眞相的探索融合在一起，創造出了他獨有的又是具有世界性的文學世界，海外華文作家的創作實踐在一定程度上可以詮釋這種地方性與文學的普遍性的關係。

貳

當我們談論海外華文文學的本土經驗的時候，我們還不得不注意到，本土經驗其實還可以包含另一層涵義，那就是海外華文作家的在地經驗（居住國的經驗）。如果說祖籍國的故鄉經驗屬於記憶與回望的話，那麼居住國的在地經驗則是海外華文作家創作的現實催發力和形成其創作風格與個性的重要成因，也是他們在異域創作的重要起跳板。

張翎的「江南三部曲」就體現了這種在地經驗，不論是寫那些不斷掙扎在打工與求學困惑中的新移民如涓涓、薛東、捲簾、望月、羊羊、劉晰等，還是描寫與他們關係密切的那些人物，如安德魯牧師、多倫多的荔枝閣餐廳的黑人女招待塔米等，都引人入勝，如果作者沒有在異域的時空裡深深地浸泡過、體察過，是無法寫得這樣出神入化的。

加拿大華文作家曾曉文的短篇小說《蘇格蘭短裙和三葉草》也是這種在地經驗的成功呈現。如果說她早期的小說創作多是限於她個人經歷的書寫的話，到這個短篇的出現，則邁出了書寫在地經驗的重要一步。那個具有傷感氣息卻又難以擺脫舊愛的加拿大水手肖恩，出現在海外華文文學的人物序列中，是一個短暫但令人印象深刻的形象。曾曉文在談創作體會時說：「我作爲一個生活在非中文環境中的寫作者，或許也是被內心的渴望所驅使，努力在中西文化之間、不同族裔的人物之間展開平等對話。在早期的文學創作中，我的寫作多以『經驗』即親身經歷和釋放內心的情感爲主。隨著閱歷的積累、個人心智的成長成熟，視野變得寬廣，心態變得淡定，我轉向了『體驗』，即感悟生命。」（註八）這種尋求中西文化、不同族裔間對話的意圖，如果缺乏對在地經驗的體驗，是難以抵達的。儘管在這篇小說中，蕾與肖恩從心底「伸出手指」渴望觸摸對方而沒有成功，但這種渴望卻充滿著溫情和綻放的人性。

與此相媲美的還有美國華文作家施雨的小說《你不合我的口味》，華人女性茉莉與來自法國的男友亞當斯在美國社會環境中相遇和碰撞，他們「口味」的衝突就體現著一種文化的衝突。作者重點寫了這種衝突，但他們最後卻還是以愛情的力量超越了各自的「口味」走向了靈與肉的交融。施雨小說的結局與曾曉文小說的結局雖然不一樣，但同樣體現出了她對在地經驗的深度書寫。

這種在地經驗的呈現還體現在海外華文作家以華人的視角對居住國當地文化與歷史的深入瞭解並在其創作中加以融化。以華人的眼光向居住國的歷史與文明深處開掘，成爲海外華文作家深潛東西方歷史與文明之後的又一創作通道。張翎的《金山》就帶有這種鮮明的印記，《金山》所寫華工在北美的歷史和當時的唐人街社會狀況，如果沒有相當的資料累積和對當地社會歷史與文明的親身體驗，是很難抵達歷史深處的文化再現的。在《金山》一書的〈序〉裡，張翎一再地感謝那些爲她瞭解唐人街及華人歷史提供了幫助的教授、醫生和朋友們。

旅居比利時的華文作家謝淩潔的中篇小說《一枚長滿海苔的懷錶》和長篇小說《雙桅船》，都是難得的海洋文學，在華文文學領域別開生面，它所涉及到的歐洲歷史尤其是歐洲文明中某些貴族的歷史、宗教的歷史以及二戰歷史，對於讀者來說都是熟悉而又陌生的閱讀體驗。德國華文作家穆紫荊的長篇小說《活在納粹之後》）描寫了二戰時期猶太人與德國人、中國人之間的複雜關係，書寫了一個「跨區域（歐洲、亞洲和北美洲）、跨文化（基督教、猶太文化、儒家文化）、跨語言（德文、中文、英文）、跨歷史（二戰前、二戰後）的文學世界」。（註九）在這個文學世界裡，歷史與戰爭是人物之間構成複雜關係的經線，而愛情則是超越戰爭、超越國度的緯線。這當中，有二戰時德國排猶的歷史，有猶太人進入中國的天津、上海經商並產生情愛的故事，也有戰後德國士兵在法國做俘虜與當地女人發生情愛關係的文學再現。小說中場景與人物性格的展開鋪就在一種廣闊的歷史視野之中。

東南亞華文作家的本土經驗並不局限在祖籍國的經驗，從較早的時候起，他們就開始關注世居的熱帶雨林與赤道上國家的風土人情，他們對本土的表達與書寫則呈現出另一番欣欣向榮的景象。早在二十世紀五十年代，泰國華文文學就提倡以「此時此地」爲寫作的對象，一大批土生土長的文學生力軍成爲泰國華文文壇的主力。如莊嚴的小說主要描寫泰國山芭農村的鄉野生活，鍾情的是巴塞河畔的社會現實。他的《巴塞河畔》、《歸宿》、《路與車子》、《不祥的牛》、《絕望》等系列小說，就是二十世紀五、六十年代泰國貧困山城與鄉村生活的歷史再現。

菲律賓華文作家莊子明的小說《賣身契》寫出了當地華人面臨歸化現實所產生的複雜心理。主人公阿丁具有濃烈的華族感情，但迫於生存的需要不得不改變原來不願意加入菲籍的決定。亞藍的《那屬於海的》寫出了菲律賓中下層華人老蔡一家三代經營海鮮業的艱辛。馬來西亞華文作家吳岸的詩歌既具有中國詩的風韻，又具有鮮明的馬來西亞鄉土特徵。詩人吳天才的詩雖然也描寫雙重的鄉愁，但他「知道自己的根在於赤道邊上的熱土」。（註一〇）

馬來西亞華裔作家李永平的創作始終圍繞著他出生的婆羅洲（今加里曼丹島）展開，《婆羅洲之子》、《雨雪霏霏：婆羅洲童年記事》讓人驚艷，《大河盡頭》使他獲得極高的文學聲譽。在這部宏大的小說中，少年「永」與他的荷蘭籍的洋姑媽克絲婷沿著大河逃逸與尋找，那層層叢林、荒莽大河、陽光下的岸上風光，以及穿插在敘述中的原住民的歷史和故事，都是極有神秘性的在地經驗呈現。小說通過華人少年「永」的眼睛將豐富的婆羅洲風俗層層剝開，展現出一幅幅堪稱水墨畫的東南亞鄉村圖景。那暴雨澆灌下的大河詠嘆調，怪狀叢生，裡面翻滾著的是各種各樣的動物尸體與活體，還有上游被沖刷下來的房屋家具等等，只有眞正見過山洪爆發時的泛濫景觀才可以描寫出來。沿著大河去尋找聖山朝拜，幫助少年「永」完成了一次神聖的成人禮的象喻，這在海外華文文學中也是絕無僅有的在地表達。

對本土經驗的認識，最終應該是一種文學觀念和文學態度，而不僅僅是一種書寫技巧。在討論到文學的本土性時，評論家賀仲明指出：「本土性思想最基本的前提關係到對文學本質的基本認識。也就是說，它認爲文學應該立足於本土社會和文化環境，其基本意義也在於此。一方面，只有立足於深邃而廣袤的本土生活，文學才可能具有眞正的創新意識和深度意識；另一方面，與之相應，文學的基本功能在於爲本土社會服務。」（註一一）賀仲明所論雖然是指中國大陸的本土文學的本土思想而言，但它依然是符合世界文學的發展規律的，自然也適用於海外華文文學。

對於海外華文文學作家來說，創作最大的困惑起初都是爲了回答「我是誰」、「爲誰寫作」以及是主流還是邊緣等問題。出國移居，一出一入，雙重的人生經歷必然導致身分的分裂，跨文化之間的衝突凝結於心，總想找到一種情緒宣洩的渠道。於是，二十世紀八、九十年代的海外華文文學，在展示海外華人的生存掙扎和精神困惑方面，在表現身分焦慮和情感歸宿方面都是很豐富的。有的作品著眼於海外華人個人奮鬥史的書寫，甚至有些誇大和偏激，如旅美華文作家曹桂林的《北京人在紐約》和旅居新加坡的華文作家九丹的《烏鴉》。如何將居住國經驗和祖籍國經驗融合起來，如何將雙重人生經歷轉化爲人生的雙重思考和體驗，如何在中外文化的衝突中實現文化的雜糅與重組，這就需要作家站在文學本質的認識上去處理。而作家對文學本質的最完美抵達莫過於對人性與人生的探索。當「海外作家努力讓自己的作品進入人性深處，表現靈魂所經歷的種種磨難，並上升到悲憫情懷的高度」（註一二）時，其文學創作就得到一種境界的昇華。

然而，超越身分、超越主流與邊緣之後的移民文學創作，並非拋棄個人的文化記憶，而是在保持特有的文化身分和文化記憶的同時，對東西方文化與文明做融合性的理解與重組，並由此突出個人的創作標記。如土耳其作家帕慕克，在移居西方有了西方的文化體驗之後，其作品既具有古老東方的歷史文化傳統特性的體現，又有處於對西方文化的深度理解與融合。他的作品極有代表性地體現了當代移民作家能夠很好地處理「本土性」和「世界性」的關係以及東西方文化關係。

在海外華文作家中，嚴歌苓比較早的具有了這種意識。她在談創作體會時說：「爲什麼老是說移民文學是邊緣文學呢？文學是人學，這是句cliche。任何能讓文學家瞭解文學的環境、事件、生命形態都應被平等地看待，而不分主流、邊緣。文學從不歧視它生存的地方，文學也從不選擇它生根繁盛的土壤。有人的地方，有人之痛苦的地方，就是產生文學正宗的地方。有中國人的地方，就應該生發正宗的、主流的中國文學。」（註一三）正因爲如此，嚴歌苓的創作所形成的成就與影響力是比較大的。從這一點來看，海外華文作家能有意識地將本土性書寫上升到對文學本質認識的並不是太多，很多人還只是把本土性書寫當作故事敘述技巧，或者用以增加異域色彩，所以故事敘事中總是呈現出內外兩張皮現象，不能很好地站在一種多元融合且掌握文學的本質呈現。因此，如何將本土經驗（祖籍國的故鄉經驗與居住國的在地經驗）理解爲在世界性背景下的個人經驗與普遍性經驗的融合，依然是海外華文文學需要繼續探尋和實踐的課題。

本土經驗自然還會關涉到民族文化傳統和精神的傳承與延續的書寫。從本土經驗出發如何講好一個民族的故事，揭示出一個民族文化傳統與精神，的確是一個難題。但只要是用華文寫作，就難以避免會帶有民族的情緒與情感。在這一點上，海外華文作家與中國國內的作家是一樣的。而在如何處理好傳統與現代、故土與移居的關係上，則又關乎到海外華文作家的視點與思想。如張翎筆下的中國人形象尤其是女性形象都帶有創傷的痛楚，忍辱負重卻又深明大義讓他們具備了民族脊梁的象徵，但他們在異國他鄉的經歷，又使他們身上具備了新的質素，其故事由此而被賦予一種世界性的意義。在陳河的筆下，甚至還出現了在二戰期間加裔華人參加盟軍走上抗擊法西斯戰爭前線的形象。到了海外華文作家書寫新時代新人物如留學生、海歸工程師時，與描寫老一代華人移民有了較大的差別，但在家國情懷和民族責任擔當上卻與老一代留學生、海歸專家的家國情懷一脈相承。如孫博、曾曉文《中國芯傳奇》中海歸工程師袁焜就是華人新形象的自塑。如何在本土經驗的基礎上建立起海外華文作家獨特的審美視角和價值標準，還能與民族傳統與精神相承接，凸顯出華文作家的美學特色，具備一種獨有的民族性，是海外華文作家需要認真對待的新命題。

——原刊於《中國文學批評》二〇一九年第四期

注釋

* 本文是國家社科基金重大項目「華人學者中國文藝理論及思想文獻整理與研究」（18ZDA265）的階段性成果。

一　張翎：《金山》〈序〉（北京市：十月文藝出版社，二〇〇九年），頁六。

二　林湄：〈關於「世界文學」的思考〉，歐華文學會編：《歐華文學會首屆國際高端論壇論文集》（巴黎市：百花出版社，二〇一七年），頁一七一。

三　宋曉英：〈孤獨是生命眞實的狀態——施瑋訪談錄〉，《身分的虛設與命運的實存》（北京市：中國社會科學出版社，二〇一六年），頁二二四、一九二。

四　施瑋：《放逐伊甸》（北京市：中國電影出版社，二〇〇七年），頁三。

五　陳謙：《望斷南飛雁》（北京市：新星出版社，二〇一〇年），頁一〇四。

六　馬蒂亞斯·弗萊澤：〈世界文學的四個角度——讀者，作者，文本，系統〉，方維規主編：《思想與方法：地方性與普世性之間的世界文學》（北京市：北京大學出版社，二〇一六年），頁一八三、一八四。

七　奈保爾：《抵達之謎》，鄒海侖等譯（杭州市：浙江文藝出版社，二〇〇六年），頁一五三。

八　曾曉文：《重瓣女人花》〈後記〉，西安市：太白文藝出版社，二〇一七年。

九　劉俊：〈以愛撫平戰爭的創傷——簡論穆紫荊的長篇小說《活在納粹之後》〉，穆紫荊：《活在納粹之後》（布拉格：布拉格文藝書局，二〇一九年），頁五。

一〇　參見陳賢茂主編：《海外華文文學史》第二卷（廈門市：鷺江出版社，一九九九年），頁四八〇、二〇一、二〇五。

一一　賀仲明：〈本土性：一種亟待關注的文學品格〉，《文藝報》二〇一八年九月十二日。

一二　旅美作家呂紅語。江少川：〈彼岸夢尋：從火焰山到冰川花環——呂紅訪談錄〉，《海山蒼蒼——海外華裔作家訪談錄》（北京市：九州出版社，二〇〇四年），頁一八七。

一三　嚴歌苓：〈主流與邊緣〉，《扶桑》（上海市：上海文藝出版社，二〇〇二年），頁三。

華文文學的學科基礎問題

陳國恩

華文文學研究，到今天已經朝著一個獨立學科的方向發展了，這是華文文學研究取得的了不起成就。不過，以一個獨立學科的標準看，華文文學研究還有一些深層次的理論問題需要解決，否則它很容易與相近的學科混同起來，從而失去它作爲一個獨立學科存在的理由。我把這些問題概括爲三個「W」，即What to study，Who study，For whom to study，即是研究什麼、由誰來研究和爲誰而研究，我覺得這三個問題對於華文文學研究的進一步發展是至關重要的。

作爲一個學科的華文文學，研究的對象一般限於海外的華人用華文書寫的文學（非華人用華文寫的作品暫不考慮）。但在早期，它的研究對象主要是港臺文學，後來擴大到臺港澳文學，再後來由於有非臺港澳文學參與進來，如東南亞華文文學、北美等地的華文文學受到了關注，才對名稱作了修改，稱爲海外華文文學或世界華文文學（大陸的現當代文學除外）。從學科的這一發展過程看，當它主要研究臺港澳文學時，其實是帶著明顯的作爲中國現當代文學學科的一種補充來研究的意味，研究者也大多是一些原來從事中國現當代文學研究或比較文學研究的學者。這些學者發現，隨著中國經濟的發展和中國與世界聯繫的加強，大陸以外的臺港澳地區的文學與大陸的新文學彼此的聯繫應受到重視，並且發現它們原來都是根植於中國傳統文化土壤中的，也都受到了中國五四新文化運動和文學革命的深刻影響，甚至它們的作者也大部分是在共同的民族文化背景中成長起來的，因而保持了一種互補的關係，如果缺少其中的一個方面，中國新文學的歷史將是不完整的。因此，一些學者用研究中國現當代文學的理念和研究方法來研究臺港澳文學，從而拓展了中國現當代文學的學科，豐富了中國現當代文學研究的內容。

今天，相當一部分的華文文學研究其實還是沿著這樣的方向在進行。比如，我們研究中國新文學如何在海外的華人圈子裡流傳；研究海外的華文文學與中華民族的傳統文化的關係；研究海外華文文學的主題、修辭技巧、藝術風格；研究海外某一地區的華文文學；對海外不同區域的華文文學進行比較等等，除了研究對象換成了海外華文文學，在研究理念及研究方法上其實與研究中國現當代文學沒有兩樣。有些海外華文文學的作者是剛剛出國的，或者是不斷地來往於中國和外國的，研究他們的創作，幾乎與研究中國當代作家沒有區別。這就產生了一個問題：如果我們沒有凝煉出作爲一個獨立學科所應該具有的研究理念和研究方法，並自覺地加以運用，而僅僅是沿用研究中國現當代文學的理念和方法來研究海外華文文學，那麼這樣的研究充其量也只是擴大了中國現當代文學的版圖，對於華文文學研究作爲一個獨立學科的生成和發展是沒有什麼特別重要的意義的。我曾從一些研究中國現當代文學的學者那裡，聽到他們主張把世界範圍內用華文創作的所有作品都包括到中國現當代文學史中來，寫一部完整的中國現當代文學史。當然，我並不贊同這一主張，因爲這不僅事實上做不到，而且包含著我們自己也不曾意識到的，卻會被別的國家和民族誤解爲大國沙文主義的意念。不過，如果僅從學理上說，假如用中國現當代文學的研究理念和研究方法來研究華文文學，即把海外華文文學視爲中國現當代文學在海外的發展，前述的主張似乎也不能說沒有一點道理。

這就產生了華文文學研究的三W問題。第一個問題就是What to study，即華文文學這一學科要研究些什麼？是研究海外不同地區的華文文學中的作家作品、文學思潮和文學現象？研究中國文學，包括中國古代文學和中國現當代文學，在海外華人區的傳播與接受？研究一個區域的華文文學與所在國的政治、經濟、文化的聯繫？研究華文作家的雙重身分及敘事策略？毫無疑問，這些都需要研究，但我們必須十分清楚，我們不是爲了擴充中國現當代文學的知識譜系而來研究華文文學這些問題的，否則就無法與中國現當代文學的研究區別開來，那樣即使做得再好，也至多是向世人展示了在中國大陸的版圖外，還有臺港澳文學，而世界上還有其他一些地方存在著與中國大陸文學和臺港澳文學相似的文學，這些作品由我們的同胞創作，反映了這些同胞在異國他鄉的經歷和精神歷程，這雖然增加了我們關於中國文學的知識，但對於促進華文文學研究的獨立性不會有大的幫助。換言之，研究華文文學，不能把它當作中國文學的一部分來研究，而必須研究它獨特的東西。它的獨特東西是什麼呢？應該是它的既不同於中國文學而又介於中國文學和世界文學之間的那種身分，以及這種身分所包含的海外華人面臨中西文化衝突時如何從自身的生存經驗出發融合中西文化矛盾，從而獲得不可或缺的精神支柱的獨特經驗。海外華文作家所寫的，不外乎他們在海外居留地的人生體驗，即使寫他們記憶中的年輕時在中國大陸的生活，因爲有一個居留地的文化背景，寫出來的東西也會帶上移民文學的特點，與單純的中國大陸生活背景下的寫作有所不同。華文文學的研究範圍可以很廣，但它的核心或靈魂必須是華人跨文化書寫的經驗，以及這種經驗裡所包含的中西文化衝突和融合的問題。我們這樣界定華文文學研究的重點，事實上是把華文文學當作連接中西文化的一座橋樑，從它的橫跨中西文化的特點出發研究其各個方面，從而突現這一研究的不同於中國現當代文學研究和一般比較文學研究的獨特性來，突現它作爲一個獨立的學科所不能被取代的價值來。從這樣的獨特的規定性出發研究華文文學的主題、修辭、風格，研究它與中國傳統文化、它與所在地文化的關係，或者反過來，通過研究華文文學的主題、修辭、風格，研究它與中國傳統文化、它與所在地文化的關係，來總結中西文化的衝突和融合的經驗，這才顯出華文文學研究的獨特意義來。總之，研究華文文學不應該是在海外尋找中國文學，而是在華文文學裡發現移居海外的中國人處理中西文化衝突時的獨特經驗，這種經驗是中國現當代文學不可能提供的，更是世界其他國家的文學所不能提供的。以這樣一種理念來研究華文文學，才能充分突現華文文學研究的學科特點來。

世界各地的華文文學與所在國的經濟、政治、文化的聯繫是多種多樣的，在所在國背景中形成的華人文化圈的特點也各不相同，各地華文文學的發展前景因此也不一樣。比如上個世紀末移居美國的華人大多是懷著對美國的憧憬去的，他們與美國文化的衝突主要是身分認同的問題。他們想融入西方社會，但他們發現這很困難，就像《叢林下的冰河》中那位極其西化的現代女性的內心獨白：「大約我骨子裡企盼脫胎換骨，做個瘋癲快樂的西洋人吧。我想像自己鼻梁升高，眼睛發綠，頭髮像收穫前的麥浪一樣起伏翻湧。無奈我仍舊是用漢語想這些事情。」而同一時期移居新加坡的新移民所遇到的問題則不一樣。新加坡的老一代華僑人數很多，華語在新加坡曾是主要的通行語言。但是新加坡政府考慮到要培養國家觀念，後來規定英語是第一語言，二○○三年新加坡教育部宣布學生的母語成績不再計入大學入學成績。這使新加坡的華文作家經歷了深刻的內心危機，產生了困頓和失落的情緒。那種依附於語言的華文情結，就表現為一種文化鄉愁。這說明，不同地區的華人所遭遇的生存問題不同，華文文學所包含的處理中西文化衝突的經驗也就有所不同。華文文學研究的魅力，主要恐怕就在於能夠挖掘出華人在生存競爭中處理中西文化衝突時的那種獨特經驗，這種經驗是我們未來進一步走世界的過程中十分需要的。

不過，當我們這樣來設計華文文學學科時，實際上已經遇到了第二個「W」，即由誰來研究華文文學的問題。一個明顯的事實是，上述設計只是一個像我這樣的大陸華文文學研究者的想法。我們指望在華文文學中獲取華人在處理中西文化衝突時的經驗作為中國走向世界的借鑑，這體現了大陸學者的研究目的性，如果換成海外某一個地區或國家的華裔學者，他也許最強烈地感受到是對中華文化的依戀，他的雙重身分焦慮，他對居住國的當下生存經驗的關注和思考，他對中國古代文學和中國現當代文學的興趣等等，所以他未必會認同上述的研究目的，他的想法甚至可能會與此完全兩樣。所以華文文學研究中注定會出現不同的聲音。這不是在統一的思想框架內對華文文學的某一部具體作品或某種具體的文學現象的認知上的分歧，而是基於研究者主體的價值取向不同、動機差異而不可避免地產生的價值判斷上的差異，是對華文文學的內涵的不同理解，歸根到柢這是由不同的出發點和研究理念造成的。舉一個極端的例子，就是臺灣文學的研究。面對臺灣文學這一確定的對象，大陸學者與臺灣學者會有不少共同的語言，但也難免產生意見的分歧。即使臺灣本地的學者，由於其政治立場不同，對臺灣本地文學的文化歸屬的闡釋，對臺灣文學與大陸文學關係的理解，也會存在分歧，這種分歧有時是會非常尖銳的。這種差異乃至觀點上的對立，體現在研究對象的選擇上、體現在研究對象意義的發現和價值判斷上、體現在通過研究所要達到的根本目的上，它會在許多方面表現出不同來。

類似的問題，其實也存在於臺灣地區以外的華裔學者對華文文學的研究中。上個世紀早期移居國外的移民與上個世紀末移居國外的移民，他們的移居原因和目的是有所不同的，即使同一時期移居國外的華人，他們的移居理由和目的也不一樣。同時，這些新老移民所居住的國度各有自己的文化傳統，在這些國度生活的華裔與其居住國的文化傳統的關係是各不相同的，這造成他們對於居住國文化與中國文化認同方面的複雜情形。由這些處於不同文化背景中的華人學者來研究華文文學，彼此之間肯定是有差異的，比如側重點有別，目的性的不同，他們要通過對居住地的華文文學和其他地區的華文文學研究來表達的思想和觀點不會一樣。大致說來，中國人移居海外的可以分爲兩種類型，一種是移居海外後保持著對中國傳統文化的依戀，他們希望在中國傳統文化中得到精神撫慰；另一種是受到居留國的政治、經濟、文化的影響逐漸地與中國傳統文化拉開了距離，這往往是華裔的第三代、第四代。由前一種類型的海外華人來研究華文文學，他們會與華文文學中的中華文化情結產生共鳴，他們的研究目的或許就是發掘華文文學中的與中華文化相聯繫的方面。由後一種類型的人來研究華文文學，他們或許對華文文學中的華人處理與居住地的政治、經濟、文化的關係感興趣，要通過研究來闡述華人獲得新的族群身分的意義，闡述華人融入居住地的社會生活的必要性。這並非說他們要擺脫中國傳統文化的影響，而是說他們爲了生存必須接受居住國的文化傳統，在生存法則的制約下，他們自覺地融入居住國社會秩序，因而也就認同了居住國的文化。這時，中華文化對他們的影響變爲潛在的，而他們與居住國的社會現實和文化傳統的聯繫越來越緊密。我們顯然不能用大陸人對祖國的感情標準來要求這些移居海外的華人，也不能用移居海外的第一代華人的感受來要求他們的第二代、第三代甚至更後代的華裔。這一事實提醒我們，海外華人學者對華文文學的理解可能與我們不同，像李歐梵、王德威，他們研究華文文學，其實並沒有像大陸從事華文文學研究的學者那樣有一個學科觀念，他們是在研究香港文學、臺灣文學和大陸的中國現當代文學，從不同於大陸學者的角度發現了「華文文學」中的很多有趣的意味，提出了不少新穎的見解。我的意思是說，華文文學所包含的臺港澳及海外華人與中華文化的情感聯繫是千差萬別的，華文文學研究者的立場和他們對華文文學的理解也存在差異。既然存在這些差異，我們的問題就是應該如何面對。換句話說，不同的立場和研究理念，乃至對華文文學的不同理解，不可能自動整合到我們所理解的華文文學學科中來，所以我們的任務是找出恰當的辦法，使這些不同既可以共存，而又不會對我們所要建設的華文文學學科造成負面的影響。

要實現此一目標，我認爲第一是要堅持和而不同的原則。我們要明確我們的研究是從我們的主體立場出發的，而任何主體都有其本身的局限性，世界又是由不同的主體構成的，所以我們不能把自己的理念作爲標準強加給世界各地從事華文文學研究的學者，不能以爲自己是唯一掌握眞理的人，認爲可以承包華文文學研究。我們要對不同的立場採取包容的態度，能夠容忍不同的意見，並積極展開對話，通過對話達到相互的理解。第二，是要堅持自己的立場，這與和而不同的原則並不矛盾。對話和交流本身就是以堅持自己的立場和理念爲前提的，沒有自己的立場和理念，對話就變成了順從，就無法正常地進行下去。這也就是說，我們不必爲了「和」而隨意放棄自己的理念來屈就海外華文文學研究者的立場和理念，更不能簡單地爲了照顧海外華裔同胞的感受而只說好話，不說出自己對具體作品的眞實看法。說出眞實的意見，即使是批評性的，只要眞誠，而且是基於對文學的熱愛和對人的共同價值的尊重，也是能夠得到被批評者的理解與尊重的。如果爲了照顧對方的自尊心，不坦率地說出自己的意見，固然可以營造一團和氣的氛圍，作爲特定時期的一種權宜之計這是可以考慮的，但這種態度背後其實隱藏著自大的心態，那就是因爲你較爲弱小，我要表現得大度一點，給你一點表揚，而不指出你的弱點和缺點，這種態度算不得眞正的尊重。眞正的尊重是基於對藝術的信仰和對對方人格的尊敬，坦率地交換意見，既堅持自己的觀點，又不固執己見。一句話，要把海外同胞看作是自己的親人，在這樣的基礎上，你的意見即使尖銳，也一定是眞誠的，遲早能得到海外同胞的理解，並在理解的基礎上進行更爲深入的討論和交流，在討論和交流的基礎上增進共識，在共識的基礎上保留各自的個性。

至於海外一些華裔學者對華文文學的理解與我們從學科意義上對華文文學的期待有出入，這也不要緊：他們研究他們的，我們可以從華文文學學科發展的需要出發，堅持我們自己的觀念和態度。對於那些從臺獨的立場和理念出發來研究華文文學的學者，不管他有什麼樣的背景，我們應該表明反對的態度，並理直氣壯地堅持中華民族的正義立場。華文文學研究不可能是純客觀的，既然如此，我們就不必諱言研究的個體特性；但也正因爲如此，我們又必須做好接納別人批評的準備，通過對話和交流進行溝通，推進華文文學的研究，提高華文文學研究的水平。

這樣的原則和態度，其實已經包含了For whom to study的問題，這第三個W即是回答了爲誰研究華文文學的問題。爲誰而研究華文文學？是爲世界各地的華裔同胞研究華文文學，甚至爲他們撰寫一部他們所在國度的華文文學史，還是爲我們自己研究華文文學，爲我們的華文文學學科寫一部華文文學史，或者寫多卷本的分區域的華文文學史，比如臺港澳文學史、東南亞華文文學史、北美華文文學史、歐洲華文文學史？如果確立了和而不同的原則，實際上已經明確了我們只能寫出我們各自所理解的華文文學史，我們不可能代替世界各地的同胞寫他們心目中的華文文學史。這主要是因爲世界各地的同胞有他們自己的獨特經驗，有他們自己對於人生和文學的理想，這些經驗和理想折射出他們與中華民族文化傳統的聯繫，也包含著他們各自與所居住國的社會現實和文化的關係，我們不可能代替他們寫出他們的眞實感受，即使寫出來了也未必會得到他們的認同；因而他們完全可以而且應該寫出他們自己的華文文學史。但是，他們的華文文學史也不妨礙我們寫出我們的華文文學史，表明我們自己對人生和文學的理解，表明我們自己對世界各地同胞的理解，表明我們自己對華文文學的理解，當然也表明我們自己的對華文文學學科的理解。這種理解，顯然包含了我們對自身局限性的自覺，也即當我們表達自己意見的時候，已經認識到我們的意見僅代表我們自己，它是有局限性的，要得到普遍的認可，就需要溝通和交流，因而寬容的精神又是十分必須的。世界各地的華人，如果都持這種理解與寬容的精神，不獨斷，而是相互尊重，即以自己的個人化的理解和獨特經驗來從事華文文學的創作與研究，我認爲就一定能增進彼此在中華民族文化基礎上的共同情感，同時又能保持各自的個性，擁有一片自由的天地。這樣一種和而不同的局面，又肯定會促進我們所理解的華文文學學科的發展，增強它的學科獨立性和對世界華人的吸引力。

——原刊於《貴州社會科學》二〇〇九年第二期

從「傳播」到「交流」

——海外華文文學研究基本模式的選擇

陳國恩

海外華文文學，作爲一個學科，目前需要進一步解決好的一個基本問題，是它的學科內涵和外延的確定。換一種通俗的説法：你是把它當作中國文學來研究呢，還是當作外國文學來研究？這樣提問題，或許會遭人笑話，但並不是沒有道理的。

從提出海外華文文學學科這個概念以來，事實上沒有人把它當作外國文學看待。這不僅是因爲習慣上我們把屬於中國文學的臺港澳文學納入到了這一學科裡，而且提出這一學科概念的一個主要目的，是把世界範圍內除中國大陸以外的用漢語創作的文學整合起來，可是整合的目的並不是承認中國大陸文學的中心地位，相反是要強調世界華文文學的多中心格局。另一方面，由於華文文學的漢語載體，作者的華人身分，它與中國現當代文學有千絲萬縷的聯繫，世界不同區域的華文文學甚至都可以從中國五四新文學找到其源頭，所以現在確實有人主張把海外華文文學作爲中國現當代文學的一部分來看待，甚至主張寫一部包括海外華文文學在內的中國現當代文學史。當然，這種見解是欠妥的，因爲海外華人作家相當一部分已經加入了外國國籍，雖然有人來往於中國大陸和海外，甚至其作品也在中國大陸發表，但這些作品是與中國現當代文學不同的。它們寫華人的跨文化游走中的困惑，其矛盾的主導方面是按作者國籍選擇想融入移居地的社會和文化，作者僅僅是在融入移居地的社會和文化過程中產生了不適應，才來書寫對於原鄉的記憶和對於親人的懷念，可是這樣的帶有眷戀性質的感情是會隨著時間的流逝而逐漸淡薄的，最後會變成一種淡淡的文化鄉愁。問題還不止這些——在海外華文文學中，東南亞華文文學明顯地不同於北美及歐洲的華文文學。東南亞華文文學已經形成了自己獨立的文化傳統，它與中華文化有聯繫，但也有區別。區別的背後是東南亞國家強化國家意識的政治意圖及實施策略，也有華人族群爲適應所在國的國家意識強化戰略進行文化和國家觀念重建的考慮。因而，把東南亞華文文學納入到中國現當代文學中來，顯然不僅僅是一個尊不尊重東南亞華人主體意識的問題，而且會是一個十分敏感尖鋭的國際政治問題。

既不是外國文學，又不能算中國文學。那麼它是一種什麼樣的文學呢？它是海外華文文學。繞一個彎來回答這一問題，我的意思是要強調兩點：一是海外華文文學不能劃歸中國現當代文學，二是它懸置了文學的國別身分問題，僅僅強調其文化和文字載體的特點，就像我們討論英語文學、法語文學時避開了相關的國家主體問題一樣。避開了作家作品的國籍身分問題，作爲一個學科，它的研究重點和研究方法也就有了自己的規定性。除了可以像研究中國現當代文學和外國文學那樣來研究海外華文文學的一般問題外，它的研究重點，顯然要放在海外華文文學因爲它既非通常意義上的外國文學、又非通常意義上的中國現當代文學的那種獨特身分而具備了的獨特內容。所謂獨特內容，按我的理解，就是海外華人面臨中西文化衝突時從自身的生存體驗出發融合中西文化矛盾，從而獲得生存所不可缺少的精神支柱的經驗。這其實是把海外華文文學當作了連結中西文化的一座橋樑，試圖從文化交流的角度吸收其中對我們今天中華民族走向世界十分有用的我們同胞，在與中國不同的社會和文化環境中獲得的生存智慧，拿他們作爲一面鏡子來認識自己，認識我們中國和中國的文化。

從這樣的角度來理解海外華文文學的價值，就須提出研究的模式問題。研究模式，不是機械死板的研究套套，而是針對研究對象的內容及其屬性，基於研究目的而相應地確立起來的一套思維規則，它致力於要最有效地保證達到研究的目標，使研究的價值能夠最充分地體現出來。換種說法，它是約束思維朝向既定目標前進和深入的規則，反映在思維過程中，就表現爲思維本身體現了這些規則的理路和邏輯，而不是脫離研究對象的內容和研究目的性的外加的形式規範。外加的形式規範，只會限制思維的創造性活動，妨礙研究的深入。相反，與對象切合、與研究目的一致的研究模式，則是保證研究有效性的方法論工具。

切合海外華文文學內容及其特點、且具有有效性的研究模式，我首先想到的是「傳播」。海外華文文學，如上所言，是懸置了文學的國別身分，只著眼於文學的文化屬性和文字載體所確立的一個學科概念。它表明海外華文文學是一種跨國界、跨文化的世界性的文學現象；同時，不管你承不承認，它的根又都在中國文學和中國文化裡。所以它從一開始起，就有一個從中國向外擴散或者說是傳播的問題，而且越是早期，傳播的特性越是明顯。道理很簡單，因爲中國人移居海外，起初一般是出於謀生的需要，並不想在移居地落地生根，而是想回來的，也即通常所說的準備落葉歸根。他們在海外謀生過程中基於內心需要而創作的作品，與中國的家鄉和中國的文化緊緊地聯繫在一起，所以從中國這一面看，就是中國文學向海外的傳播。當然，我們應該對這種傳播所涉及的範圍有一個清醒的估計，它不是中國文學傳播到外國文學圈中，被外國文學所吸收，而主要是在外國的華人圈中傳播，其影響所及，早期僅限於海外的華人社會。這對於海外華人社會保持有別於居住國的華人文化傳統起了十分重要的作用，也對形成海外華人社會和華人族群發揮了重大的影響。它無形當中成了維繫海外華人社會的一條精神紐帶。

既然如此，研究海外華文文學也就可以使用「傳播」的研究模式。傳播研究的模式，與法國學派的比較文學研究方法有點相似，主要是追蹤文學的接受與影響的軌跡，比如尋找中國文學跨國旅行的過程，研究華人作家到了新的移居地後的生活體驗和內心狀況，從中發現其與中國文化和中國文學的聯繫及創造性轉化的經驗等。但是，傳播研究的學理與比較文學的研究方法還是不同的，它的有效性是建立在現代傳播學基礎上的，其目的不僅僅是比較文學所關注的文學的跨國界的旅行和影響關係，而且還包含了與傳媒理論相關的內容，比如文學傳播的途徑、傳播形式、傳播的媒介等。換言之，它要研究由誰來傳播、傳播給誰，怎樣傳播，利用了什麼媒介來傳播等問題。這些問題落實到華文文學的傳播上，有一些是不言自明的，比如它肯定是由華人來傳播，並且主要是在海外華人圈子裡傳播，被海外華人所接受，當然也會「出口轉內銷」，回頭影響到中國大陸的讀者。這些問題一旦落實到更爲具體的問題上，比如研究傳播的過程，又必然會涉及到傳播者的身分，他的價值取向，他與中國文化的聯繫等複雜的內容。很顯然，這是些很有意思的研究課題。另一些問題，則更有意思，比如是口頭傳播還是媒體傳播？口頭傳播和媒體傳播，在華文文學的傳播中是常見的兩種形式。前者通過日常生活的途徑進行傳播，往往是一些民間故事、家族軼聞等通過口口相傳在華人社區中流傳，構成了海外華人社群中的民間文化的部分。如果是媒體傳播，則主要是通過雜誌發表作品的形式來傳播。這時，雜誌的作用就突出了。雜誌的編輯方針，發行方式，出版數量，甚至版面設計、作品安排方式等，都會對作品的傳播產生重要影響，進而對華文作家的成長產生重要的影響。這些都可以成爲華文文學傳播研究中的饒有興味的課題，深入下去顯然可以取得很有價值的成果，從而拓展華文文學研究的領域。

但是，文學的傳播研究是一種定向的研究，即是從一個原點出發追尋文學作品及它所攜帶的特定文化的傳播和擴散過程，研究它如何產生了影響。對華文文學的傳播研究來說，這其實就是追尋中國文學和中國文化在海外華人社區乃至其所在國家的傳播和擴散。比如，研究五四新文學通過移居海外的華文作家在其移居地的傳播和影響，研究曹禺的話劇在東南亞華人社區中的演出及影響，研究抗戰時期在南洋過路的中國作家，像胡愈之、郁達夫、王任叔等，他們當時創作的文學作品在東南亞的傳播與影響。這樣的研究，從一開始就受到了這種研究模式所預設的思維邏輯的制約，它的結論和具體內容是可以預期的。這樣的研究，內容雖然可以十分豐富，但基本的結論一般都可以歸結到對中國文學及其所包含的中國文化所起作用的強調上，多樣的傳播方式和豐富多彩的傳播途徑，最後都會導向一個結論：海外華文文學的源頭在中國，在中國的新文學；或者說是中國文學和中國文化在海外華人社區播撒，而海外華文文學僅僅是中國文學及其所包含的中國文化在海外華人族群中所激起的回應。更重要的還在於，這樣的研究方式不容易發現對中國當前文學發展眞正有用而與中國傳統文化和中國現當代文學相異的因素。我們眞正需要的是我們傳統中所缺少甚至沒有的東西，只有新的東西才能推動文學的創新和發展。可是傳播研究的方法只能發現海外華文文學中的我們中國自己的傳統，它是對已有的東西的證明或確認，這除了能夠增強一點我們民族的自信心（或者滿足了一點虛榮心），對文學的發展其實是沒有多大意義的。因而，傳播研究的模式，有其局限性。最重要的一點，是它包含了一種話語霸權和等級觀念，採取了一種認中國文化和中國文學爲中心的姿態，缺少與海外華文文學進行平等對話的意識，缺少一種現代人，不管是現代中國人還是現代海外華人都已經十分看重的平等的主體觀念。

其實，海外華文文學雖然與中國傳統文化、中國新文學有直接的關係，可是這並不影響它在不同的所在國文化背景中形成獨立於中華母體文化的新的「文化家庭」。新家庭，遲早是要獨立於父母之家的，而且新家庭不會是在血親通婚的基礎上建立，而是要把不同血緣的成員結合在一起。我覺得這一點很像海外華文文學，即它是中華文化和中國文學與外國文化和外國文學在特定條件下結合的新生兒。在中外文化交流的背景中，即使是中國現當代文學，按照聞一多的說法，也是「中西藝術結婚後產生的寧馨兒」。海外華文文學的特別處，是它比中國現當代文學與外國文化和外國文學的關係更爲密切，它是建立在不同於現在中國人的國家認同意識基礎上的。比如東南亞華文文學，它經歷了從華僑文學到移民文學再到落地生根的新華文學、馬華文學、泰華文學等的發展過程，到後來它與中國的關係僅是一種隱秘的文化傳統上的聯繫，而它與所在國的社會和文化的聯繫則更爲直接，也更爲重要。這標誌著這些國家的華文作家已經確立了不同於華僑的、更不同於現在中國人的國家認同意識，他們認同的國家就是新、馬、泰，所以這些地方的華文文學不是中國現當代文學在海外的翻版，更不能看成是中國現當代文學的組成部分。它們是與中國傳統文化有聯繫、但又完全獨立於中國文學的新馬泰國家的文學，是這些國家文學的組成部分。從華僑文學到新馬泰華文文學的發展和轉變，折射出了這些國家強化國家意識的戰略考慮，也反映了華人在這些國家強化國家意識的過程中所經歷的內心掙扎和最後採取的明智態度。他們的態度，就是認同所在國的社會秩序和文化傳統，因爲他們明白這裡才是他們的家園，他們要在這個新的環境中生根發芽，開花結果。當然，隨著上個世紀八十年代開始的新移民的進入，這些地方的華文文學又獲得了新的中國文化與中國現當代文學的資源。但在華文文學主體性增強的歷史趨勢中，新的中國因素會被吸收在華文文學的有機體中，而不太可能把歷史趨勢扭轉過來，使華文文學朝著中國文學的方向發展。我覺得這應該是一件好事，它不是削弱了中華文化的影響力，相反表明中華文化的包容性和適應性，表明了它對世界文明發展做出了新的貢獻。

北美的華文文學，與東南亞的稍有不同。爲圖方便，關於北美華文文學的特點，我引述我在另一篇文章中寫的一段話：

> 新近移民北美的華人，大多是上個世紀七十年代末中國恢復高考後上了大學、大學畢業後移民出去的，有不少人現在都是往來於居住國與中國大陸之間。他們長年遊走於海內外文化邊緣，寫出了漂泊的心緒，也反映了移居美國和加拿大的華人的生活狀態。這其中當然包含了錯綜複雜的中國文化因素，甚至有一個中國大陸的生活背景……但我們同樣不能把這些作品算作是中國當代文學。把它們納入到中國當代文學史，雖然不至於引起把東南亞和泰國、印尼華文文學納入中國現當代文學史可能引起的那種政治問題，但也未必能被當事者接受。因爲這些人畢竟加入了外國國籍，……他們的作品反映的不是中國的社會問題，也不是中國人在中國社會生存面臨問題時所產生的感受和思考。他們對中國的懷戀主要是一種文化鄉愁，而其追求的方向則是想融入他們現在所移居的國家，建立起與居住地相聯繫的文化認同。

總而言之，海外華文文學不是中國現當代文學，它有自己的主體性，在許多地方已經形成了自己的文化傳統和文學傳統，而且它內部的各個板塊之間又是千差萬別，不能籠統簡單地歸爲一體的。

面對這樣的對象，僅僅使用「傳播」的研究模式，就無法充分揭示它與中國傳統文化和中國現當代文學的多向度的聯繫，也不能清晰地梳理出海外華文文學之間的錯綜複雜的關係，因而引進新的更爲有效的研究模式是十分必要的。

還有什麼研究模式更爲有效呢？我想到了「交流」。交流有別於傳播的根本之點在於，它不是從一個原點追尋播撒的蹤跡，也不是回過頭來從蹤跡逆向地追溯到原點上去，否則好像只是關注原點和接受者之間的關係，除此之外的內容就不易進入研究者的視野了。交流，是把相關的方面平等地看待，不做誰是中心、誰是邊緣的關係預設，也不做簡單的發展水平高下、藝術價值高低的判斷，因而就沒有了誰是原點、誰是接受者的身分派定，彼此都是平等的，相互皆爲一種在場的關係。在這樣一種平等的在場關係中，任誰都擁有獨特的主體性。我就是我，你就是你，你與我相互聯繫，有時聯繫還十分密切，但又不損害彼此的獨立性。這樣的觀念，非常符合現代人的要求自由平等權利的潮流，符合現代世界的文化多元和價值多元的發展趨勢，有利於防止話語霸權的形成，也有利於協調各方面的利益，增進世界的和諧性。

很顯然，進入這樣一種「交流」的研究模式，海外華文文學各大板塊之間的複雜聯繫，它與中國傳統文化和中國現當代文學的關係，將顯現出一種與用傳播研究的模式所能得出的圖景很不相同的新的景象，海外華文文學各大板塊的獨特性因此能夠更充分地體現出來。這既是對海外華文文學作家和他們創作的主體地位的尊重，也是對海外華文文學事實上存在著多個中心的這一現狀的確認，肯定能得到海外華文作家的廣泛認可，並且能夠鼓舞他們更努力地發揮創造才能，把自己在移居地的社會和文化環境中的生存體驗寫出來，爲華文文學貢獻新的成果。

在交流的研究模式中，海外華文學的內部關係是沒有固定的指涉方向的，它未必一定指向原鄉文化。我拜讀了一些學者關於華文文學研究的文章，發現他們經常持有一種固定的觀點，認爲華文作家與其所居住的國家一定存在著文化上的隔閡，認爲他們在與「他者」的接觸中才認識了自我，因而也就比在中國時更清楚地感受到了中國傳統文化中的那些屬於「自己」的溫馨成分。有沒有這樣的情形？有。但我敢肯定又不全是這樣的情形。因爲我們不能確定所有移居海外的華人還依然把中華文化認作是「自己」的文化，把移居地的文化認作是「他者」。「自我」與「他者」的關係，在現在一部分海外華人中可能是倒過來的。也就是說，經歷了一番打拚和磨練，他們在成功之後選擇了新的國家認同，建立了新的自我身分。在他們新的自我身分中，不可避免的存在著中華文化的成分，可他們所自覺追求的卻可能是居住國的文化價值。於是，對他們來說，中華文化反而可能成了「他者」，可是這又不一定意味著他們不熱愛中國，不熱愛中華的文化。這種現象在海外第三代、第四代的華裔中，其實並不少見。連眞正的外國人也可以熱愛中華文化，熱愛現代的中國，華裔後代爲什麼非要認同中華文化正宗才能說明自己熱愛中國，熱愛中華文化呢？

有一種關於海外華人對於中國文化之根的態度的分類，我十分欣賞。它說的是華人移居海外後對中國文化持有不同的態度，分爲「落葉歸根」、「落地生根」、「斬草除根」、「尋根問祖」、「失根族群」等。其中的「斬草除根」，說的是一小部分華人爲了避免身分衝突的焦慮，想竭力忘掉自己的華人身分。不管事實上這能不能夠做到，他們的主觀動機卻是明確的。對這樣的華人族群而言，中華文化就是「他者」（「失根族群」與此類似），我們沒有理由因此指責他們數典忘祖。中國人移居他國，除了逃避罪責，都有可以理解的理由，當然他們也要承擔自己所做選擇的後果。我們要理性地看待，不能以保守的道德主義標準，認爲移居國外就是不愛國。因爲想方設法移居國外的華人未必不愛中國，也未必不願爲中國做貢獻，只是他們有自己的利益得失的考慮。一個時期，留學國外的學生不願意回國，有許多精英留在了發達的西方國家。現在有相當一部分回來了，到中國來從事各行各業，這是他們出於自身利益考慮所做的新選擇，當然也是有利於中國發展的。可是我感興趣的是，這些海歸派絕大多數都持有西方護照，不願像上個世紀五十年代初的那批留學生那樣放棄外國的一切回到祖國。這是因爲時代同了，人的態度也就兩樣，我們對此不必過分計較。更有意思的是，有一部分新移民回到中國時總在抱怨，訴說在西方的種種不如意，比如生活不適應、文化隔閡，甚至遭遇種族歧視等等，可是他們壓根兒沒想過要回到中國來。他們抱怨歸抱怨，心中傾慕的還是發達的西方，並且以能在西方站住腳跟爲驕傲，哪怕進不了西方的上流社會，僅僅躋身在西方的平民階層，且要爲此付出常人難以想像的代價也罷。他們把僅僅站住腳跟，這樣不能算是很成功的成功，看作是成功的標誌。這可以說明海外華人社會是豐富多彩的，不能把海外華人按我們現在國內的見聞和標準想像成全都是認同中國文化的。我設想，如果產生了把中國文化當作「他者」的有分量的海外華文文學作品，反倒有可能把中國文化在當今世界上所處的眞實地位更深刻地揭示出來，把今天的中國在走向世界的過程中所面臨的各種挑戰淋漓盡致的表現出來，從而顯示出文學的深度，顯示出海外華文文學的特別價值來。寫出這樣的作品是一個很大的挑戰，它須依托於超越了中西文化某些局限的更高的文化修養，須有一種更爲犀利、更爲獨特的審視角度，需要更強大的思想力量和更深厚的藝術功底，甚至它需要對中國的更深刻的愛——總之，它是不容易的。說海外華人都認同中國的文化，把其居住地的文化認作是「他者」，恐怕只是我們大陸中國人的一廂情願的想法。這裡的原因，就在於我們是站在中華文化本位的立場上，用「傳播」的研究模式來看待海外華文作家及其創作，它正好說明我們現在需要用一種「交流」的研究模式來加以校正和補充。

「交流」所牽涉的各方是平等的，沒有文化或人的移動方向本身所標定的價值高下區別。不是回中國就是愛國，離開中國就是不愛國。相反，倒是認爲有可能是不離開中國對祖國的貢獻有限，而離開中國學到了眞正的本領，後來卻能爲中國做出更大的貢獻，而他個人也能由此獲益匪淺。這是一種現代人的人生觀念，是充分體現人之自由本質並有助於發揮人的創造潛能的一種處世態度。在這種建立在現代性的價值觀和處世態度基礎上的「交流」的思維模式中，海外華文文學因吸收了外國文化而相對於中國文化的異質性的特點就會突現出來，受到更爲充分的重視。研究者可以用求異思維的方法，重點考察海外華文文學中爲中國現當代文學所缺少甚至沒有的東西，比如作者的身分焦慮，離散經驗，邊緣感受，包括他們爲了克服種種困境所發明的方法，如確立「雙重傳統」，建立新的國家認同觀念，融入居住地社區文化等經驗；當然也可以考察他們藝術上受外國文學影響而進行的創新實踐，如嚴歌苓經常提到的，她到了西方，發現了中西文化之間的鴻溝，開始把西方文學的素質融入到自己的創作中，「試圖通過這種借鑑和融合創造一種新的漢語體」，她取得了成功，她的《扶桑》享譽海內外。《扶桑》當然有中國情調，而且嚴歌苓說過，她用中文寫作與用英文寫作時的感覺是不一樣的。用中文寫作時感情較爲內斂，用英文寫作時感情比較奔放甚至狂野。《扶桑》用中文寫成，風格是細膩的，但它的敘事方式對於中國讀者來說卻又是新穎的。敘事焦點的變換，場面的蒙太奇式的連接，造成了作品吸引人的獨特風格。這些新的東西，可能正是中國現當代文學所缺少，卻又是通常意義上的外國文學因爲存在文化上的隔閡而不容易被中國作家眞正有效地吸收的，海外華文文學因此對中國文學的發展有了特殊的意義。

「交流」的研究模式，還有兩大功能，或曰兩層重要的意義。一是海外華文文學與各自所在國的文學的關係，不僅僅是華文文學受到所在國文化和文學的影響，華文文學也影響所在國的文學和文化。海外華文文學在多元文化格局中產生，成爲它所在國家文學的一部分。它的這方面價值，在東南亞國家的文學發展中表現得尤爲明顯。因此，用「交流」模式研究海外華文文學，可以研究海外華文文學與各自所在國家的文學的關係，這無疑是一個很有意義的研究領域。二是「交流」的模式提醒我們注意，海外華文文學與中國現當代文學的關係不僅僅是從中國原點出發的單向度的關係，還有相向的或者說是相逆的關係。這裡既有從中國原點出發的對海外華文文學的影響，它常常表現爲中國文化與中國文學在異質文化環境中的創造性轉化，其間融合了海外華人的生存經驗和審美感受；但問題還有另一面，即海外華文文學也反過來對中國文學發展產生重要的影響。上個世紀八十年代後期開始出現的新移民文學，諸如《北京人在紐約》、《上海人在東京》、《美麗堅，一個中國女人的戰爭》等小說和影視作品，在中國大陸引起轟動，就是一個很好的例子，它影響了中國大陸文學的發展，其意義是不言而喻的。當然，任何影響的發生，從根本上說，只是激發了被影響者本來就具備的一種潛在可能性。新移民文學之所以會在中國大陸引起巨大反響，是因爲新移民在西方的遭遇正好被處在改革開放重要時刻的中國民眾所關心。他們既是關心新移民，關心西方，也是關心中國，關心他們自己。新移民文學中所傳達的東西，大陸的讀者和觀眾憑著天然的文化血緣太容易理解，太容易引起共鳴了，所以激起強烈的反響是在情理之中的。在此過程中，新移民文學中的新的人生體驗，新的應對挑戰的態度，也就啓發了正在關心著外面世界的中國人，影響到了中國人的思想情感和他們的審美感受，進而影響到了大陸作家的創作了。

這種從源頭出發再回過頭來發生的影響，難道不應該引起我們的重視嗎?當然，我們已經重視它了。但如果能夠從文化多元的立場出發，自覺地放棄華夏本位的觀念，用「交流」的研究模式來研究這些現象，研究文化交流過程中的多向度的關係，那無疑會形成一種新的學術景象。

——原刊於《華文文學》二〇〇九年第一期

族群、文化身分與華人文學
——以臺灣、香港、澳門文學史的撰述為例

黎湘萍

爲什麼要在這個時候談論「族群」、「文化身分」和「華人文學」的問題？它們之間相互的關係如何？這是本文希望討論的問題。我想說明的是，這不是一個追求時髦的題目，也不是一個「民族主義」的議題，而是一個或許可以用來敘述一部整合的華人文學史（an integrated history of Chinese Literature）的可能方案，因爲這個「整合的華人文學史」區別於「古典的中國文學史」的地方，就在於它的現代性是通過中國人和中國文化在近代以來的「飄零」（包括身體和精神上的漂移）來表現的。

「華人」首先是一個「族性」（ethnicity）的概念。在人種學的意義上，所謂「華人」應該泛指「炎黃子孫」的後裔，不論其目前仍在中國這個地方生活還是在世界任何地方生活；「華人」也是一個「文化」（culture）的概念。在「文化」的意義上，「華人」指的是在長期的族群生活中，共同奉行相同的行爲準則、享有共同的歷史記憶、語言風俗和思想傳統的族群。關於「文化」的概念當然有許多種定義和詮釋。但總的來說，「文化」是一個包括有思想傳統、民俗習慣和流行觀念這麼一個同心圓的多層次的概念，其中「思想傳統」是其核心部分，經過這一思想傳統的長期的薰陶、影響而外化爲民間普遍接受的習俗，這是這個同心圓的第二層，它是思想傳統「移風易俗」的結果；處於「文化」同心圓最外層的，是流行觀念或時尚，處於具體時空之中的活的且流動著的政治觀念與意識形態都在這一外層，它不太穩定的部分會隨時被淘汰，而相對穩定的部分有可能滲入「民俗」的層面，甚至有可能化爲「思想傳統」的有機組成部分。這三個層面相互影響，構成充滿活力的互動的文化內涵。具有相同文化傳統（特別是其思想傳統、民俗習慣）的華人，可以形成一個超越具體時空的政治與意識形態分歧的「族群」，因此，「文化身分」是區別「族群」的重要指標。就「華人」這一族群而言，他們內部的分歧，往往發生於這個文化同心圓的最外層，即呈現爲「流行觀念」部分的不同的政治主張、意識形態差異等（這些差異更多因現實的階級利益不同而引起），而在「習俗」與「思想傳統」這兩個層面上，則常有許多相同之處（譬如儒道釋三教合一的傳統，尊祖敬宗老老幼幼的

習俗等），也就是說，在同一族群的「文化」內部，就已經包含了相當歧異的經驗（文化同心圓的「外層」）與可以共享的傳統（思想傳統與民俗）。在「族群」的意義上，有可能把使用漢語寫作或非漢語寫作的華人作家在不同時空中的文學經驗（包括其在不同區域中的政治經驗和文化經驗）做一個整合的描述。而這個「整合」的描述，從大的方面說，恰恰可以呈現出華人文學的「流動的」、「現代性」特徵，以區別於相對穩態的「中國古典文學」；從具體作家而言，也可以合乎邏輯地描述其流動性和經驗的變異性。下面試簡論之。

壹　提出問題的原因

翻開一些比較有影響的中國現代文學史和臺灣、香港文學史，會發現一個有意思的現象：同一個作家，會出現在這幾種不同的文學史中。典型的例子如上海作家張愛玲，她是夏志清在其英文版《中國現代文學史》（一九六一年初版）中論述的重要對象，他甚至聲稱張愛玲是他的重要發現之一。而這位女作家最早出現在「臺灣文學史」中則是拜葉石濤之賜，他的《臺灣文學史綱》在第四章涉及「五十年代的臺灣文學」時，把張愛玲放在「反共作家」姜貴之後，稱「張愛玲是四十年代傑出的作家之一」，他特別評述了張愛玲的「反共小說」《秧歌》（一九五四），認爲這部作品「著重描寫農民生活的日常性，以女作家特有的細膩觀察描寫農民瑣碎的生活細節，當然也沒有口號式的誇張批判，卻反而把共產統治下的農村現實寫活了」。葉石濤是否受到夏志清的影響，我不敢妄斷（夏志清在他的小說史中，特別推崇的反共文學代表就是姜貴）。但很明顯他把張愛玲當作較好的「反共作家」來看待，以便爲「五十年代」荒蕪的臺灣文學增加一點亮色。如果這部「史綱」寫於今日，以強調「臺灣意識」著稱的葉石濤是否再把張愛玲放入他的書，是頗可質疑的。在葉石濤之後，大陸的古繼堂先生在其《臺灣小說發展史》（一九八九年初版）中，也把張愛玲放在介紹五十年代臺灣小說的章節中，不過，古先生有一個很特別的說明：

> 張愛玲本不應該算是臺灣作家，因爲她既不是出生在臺灣，雙腳也沒有踏進過臺灣的土地；既不關心臺灣的現實，也從未描繪過臺灣的生活。如果把她算作臺灣作家，或把她的小說放進臺灣小說發展史中敘述，有點不倫不類，既不符合她

的身分，也不符合事實。但是，有一點卻是任何一個研究臺灣小說學者都無法迴避的，那便是張愛玲的小說竟然成了臺灣許多作家創作的楷模。尤其是臺灣比較著名的女作家，不少人都以張愛玲為師表，自稱是張愛玲的門徒。……不管是鄉土派評論家葉石濤，或是學院派評論家齊邦媛，在他們探討臺灣小說的時候，都無一不把張愛玲囊括在臺灣作家的陣營中。如此這般表明，這個與臺灣泥土從未發生過任何緣分的張愛玲，不是她要躋身臺灣文壇，而是臺灣文壇離不開她。這種現象在文學史上可能是絕無僅有的，但卻為我們提出了一個不得不面對的問題，不得不作為特殊的特殊、例外的例外來對待的問題，那便是把一個不是臺灣的作家算作臺灣作家；把一個不屬於這個地區的作品，放在這個地區的小說史中來敘述。

這個說明透露出兩點信息：其一，古先生很可能受到葉石濤、齊邦媛的影響。明知張愛玲不是嚴格意義上的「臺灣作家」（但他說張愛玲沒有踏上過臺灣的土地卻是不正確的，張愛玲曾訪問過臺灣，王禎和即負責作她的導遊），卻仍然把她當作「特殊的特殊」、「例外的例外」來處理，他所評述的不僅包括張愛玲五十年代寫於香港的「反共」作品《秧歌》，而且把重點放在她四十年代寫於上海的作品上，如《傾城之戀》、《怨女》和《金鎖記》等。其二，如果把張愛玲這樣一個「不是臺灣的作家算作臺灣作家」來敘述，只是由於她對臺灣的作家產生過深刻的影響，那麼，我們是否可以按照這個邏輯，把曾經深刻影響過中國現代作家的外國作家放在中國文學史中加以敘述？例如果戈理等人之於魯迅，歌德之於郭沫若，狄更斯之於老舍等等。僅僅局限於「臺灣」而不是外延更大的「華人」這個視野來談論張愛玲現象，就會出現上面的問題。

除了在「臺灣文學史」中成為論述的對象，張愛玲也是「香港文學史」不可或缺的人物。譬如劉登翰先生主編的《香港文學史》（一九九七年初版）下卷第六章第二節「第三波南來作家的小說創作」中特別評述了張愛玲的《秧歌》和《赤地之戀》。把張愛玲收入香港文學史中的理由可能是最充足的，一是因為她的確有過在香港的生活經驗，並把這些經驗寫入了上海時期的小說之中；二是她在五十年代寫反映大陸土改生活的小說《秧歌》和《赤地之戀》就寫於香港。但是如果把「臺灣文學史」、「香港文學史」看作純粹「地域性」的文學史，並僅僅根據作家的出生地、生活經驗、小說所描寫的題材等方面來確定他們的歸屬，那麼，像張愛玲這樣經歷複雜的作家的身分就比較難以確定，譬如是否也可以根據她晚年在美國生活這樣的經歷而把她寫入「美華文學史」或「海外華文文學史」？按照以上幾種文學史的邏輯，當然也是可以的。

問題在於，我們究竟怎樣才能對像張愛玲這樣流動性很大、背景和身分比較複雜的現代作家作出比較恰當的定位？像她這樣的作家，在中國近代以來的文學史中，幾乎可以找到很多：例如五四時期的許地山，三、四十年代的劉吶鷗，他們的「臺灣」身分並沒有在中國現代文學史中被突出出來，而他們竟然也沒有被「臺灣文學史」所重視；林海音在北京的生活經驗實際上構成了她的整個文學世界的豐富內涵，她是典型的「京派」作家之一，然而中國當代文學史卻恰恰忽略像她那樣的作家的存在，她的創作活動因爲是在臺灣展開，所以是屬於「臺灣文學史」的；余光中、施叔青同時得到「臺灣文學史」和「香港文學史」的青睞，因爲他們在這兩個地方寫作的作品都使得這兩個地方因他們而有了榮耀。但余光中是福建永春人、生於南京、早年在大陸的廈門即有過創作的經驗等事實卻沒有使他獲得進入中國「當代史」的資格；正如陳若曦按照慣例可以同時成爲臺灣文學史和加拿大「華文文學」史敘述的對象，但她文革期間生活在南京、在香港以文革經驗寫成的小說集《尹縣長》也沒有作爲「傷痕文學」的濫觴被大陸的文學史所敘述，當然香港文學也從未對她給過青睞。

我這裡並非吹毛求疵地批評迄今爲止的文學史敘事，我只是從這些邏輯混亂的文學史敘事中提出一個問題：僅僅從「地域」的角度去撰寫「文學史」是否能完整呈現中國近現代文學史的複雜面貌？我們已經習慣使用的「華文文學」、「臺灣作家」、「香港作家」或「大陸作家」是否存在問題？（譬如日據時代的臺灣作家曾有許多人使用日語寫作，他們從未被當作「日文文學史」或「日本文學史」的研究對象，如果僅從「華文文學」這個角度去研究這些臺灣作家的作品，顯然也無法準確呈現殖民地時期的臺灣作家的複雜心態和社會環境；而像白先勇、余光中那樣的作家，能否簡單以「臺灣作家」來界定？如果是，那麼按照目前的「臺灣人」定義，則白先勇、余光中都很有可能會被彼岸的「臺灣文學史」和此岸的「當代文學史」排除在外。「臺灣」到底暗含著怎樣的政治或意識形態內涵，僅僅是「地理」的意義嗎？此外，怎麼理解把茅盾、郭沫若、許地山、蕭紅等寫入「香港文學史」？等等）如果說我們需要對中國近現代以來的文學史進行眞正「整合」的研究，那麼，目前這種被分割得很七零八落的文學史敘事，能否達到我們的目的？有沒有可能從理論上、史料上去清理這些問題？

這裡我想首先回顧一下這個領域的學者已經做過的一些有意義的工作，舉出一些例子，去說明從「理論」的層面和「史料」的層面對中國近現代以來的文學史進行「整合」研究的可能性和目前的困境。然後再重提「華人文學」及其相關概念，如

「族群」想像、「文化身分」等，用以解決以上問題的想法。

首先要舉的例子是劉登翰先生的理論想像以及他的實踐如何初步完成建構一個整合的「中國文學史」的設想；其次，是朱雙一先生的史料研究，如何使得這樣的設想具有堅持的史學基礎，而這兩者都是建立一個成熟的學科必須要做的基礎工作。

貳　改寫歷史的理論想像與史料挖掘

我首先要說明的是劉登翰先生的理論想像如何改變了臺港澳文學研究的格局。

以一九八二年在暨南大學召開的第一屆臺港文學研討會爲標誌的大陸臺港文學研究，從一開始便確立了一條非常重要的研究道路，這就是在大陸的當代文學之外，開發挖掘與大陸當時的文學品質相當不同的另外一條文學的傳統，從而使得中國文學有可能重新呈現出一個比較完整的風貌。換言之，在一九四九年以後生長發展起來的大陸當代文學，延續著近代以來以梁啓超爲代表的「政治文學」的路線，文學的現代性呈現爲強烈的社會、文化、思想批判的功能，文學被知識者當作文學啓蒙運動的重要部分，是建設現代民族國家之國民意識（「新民」）的重要工具，中國現代文學史甚至成爲建國史的一部分。而同時期發展起來的臺港文學，則更多地延續了以王國維爲代表的「審美文學」的路線，文學更多用以表現人的內在意志、情感和命運，其政治的、啓蒙的訴求相對淡化。這兩條文學路線，都是在近代以後西方文學的影響和中國文學原來的傳統的基礎上延伸出來的，這兩條文學傳統以及處於兩者之間或二者兼之的各種類型的其他文學傳統，包括通俗文學（例如張恨水式的與金庸式的），實際上構成了中國（在文化意義上）文學的相當完整的生態。偏向哪一種路線，都無法完整說明整個中國文學的發展史。從中國當代文學的研究領域「游離」出去研究「臺港文學」的一群「默默無聞」的學者，當時實際上已經改寫了中國當代文學研究的歷史。但他們對自己的行爲所具有的這個意義，開始時似乎並不很自覺。直到一九八六年，這一意義方才被當時似乎還沒有占據臺港文學研究之中心地位的劉登翰先生首先闡發了出來。他提交給第三屆「臺港暨海外華文文學國際學術研討會」的論文〈特殊心態的呈示和文學經驗的互補——從當代中國文學的整個格局看臺灣文學〉，是第一篇從「中國文學的整體格局」去考察臺灣文學的價值的論文。我以爲，這篇富於理論想像力的論文，促使中國大陸的臺港文學研究從「自爲」走向了

「自覺」，開始有了比較確定的研究方向，並爲自己找到了較爲寬廣的視野和比較明確的理論基礎。劉登翰先生此後擔綱主編的上、下兩卷《臺灣文學史》（一九九一～一九九三）、《香港文學史》（一九九七）乃至《澳門文學概觀》（一九九八），似乎就是試圖去實現在他這篇論文所提出的完整呈現中國文學的抱負。

從劉登翰先生主編的第一部《臺灣文學史》上卷（一九九一）到他主編的最後一部《澳門文學概觀》（一九九八），時間幾乎横跨整個九十年代，如果從一九八六年他的那篇傑出的論文算起，也有了十二年的時間。正是在這個長達十二年的時間裡，中國先後完成了香港、澳門的回歸，國家經歷了百餘年的分裂之後，徹底結束了被外國殖民的歷史。而這個時期，大陸的社會、政治、經濟的變革也促進了文學界、思想界的深刻變化。也就是說，劉登翰先生從提出他的研究構想到完成這一構想，花了將近十餘年的時間，這十餘年又正是中國發生了深刻變化的歷史時期，這一變化反過來也印證了他的「整合」研究中國文學版圖的設想，具有一定的前瞻性（從方法上說，劉先生的理論特色似乎也在把「文學研究」與「文化研究」結合起來，這一點顯然比許多人先走了幾步）。這一事實具有雙重意義：首先，它說明學科的建設需要洞察力、遠見和胸襟，並且需要許多人花費許多時間去踏踏實實地完成。劉先生個人的理論洞見和實現其研究構想的能力固然是非常重要的因素，但如果沒有他的許多合作者去參與，包括對資料的收集、整理、分析和最後的辛苦的寫作、修改，這一龐大的學術工程也是不可能完成的。八十年代初，臺港文學成爲「熱門」的時候，這個領域曾經擁擠著許多熱情、好奇的學人，但隨著「臺港熱」的降溫，許多人又紛紛離開了這個熱鬧的市場，由此可見劉先生及其同仁堅持其理想的可貴。其次，「文學史」的撰述是在一個變化的社會·政治·文化語境當中進行的，因爲「文學史」雖然需要有相對穩定的知識系統（包括理論與史料）作爲支撑，但並不意味著這一知識系統是「普遍的眞理」。因此，任何文學史著作都可以單獨作爲一個研究對象，被後人加以研究，並用以認識甚至部分呈現撰述當初的特殊的社會·政治·文化語境。爲此，研究總結一下「文學史」的撰述史，譬如總結一下「臺灣文學史」、「香港文學史」或「澳門文學史」這些並非單純具有「地域」意義的文學史的撰述史，既有助於我們認識它們在各自的「理論」和「史料」建設方面的特色和貢獻，也有助於我們理解在形成「文學史」觀念、方法的背後的一些具體社會、政治與文化語境（爲此本文將在第三部分對臺灣、香港、澳門的文學史的敘事過程作一點「歷史」的描述。借助這一歷史性的描述，來揭示「臺港澳」文學史形成的過程與目前面臨的困境）。

我的第二個例子是朱雙一的史料挖掘工作。朱雙一先生在一九九五年曾發表一篇重要文章〈余光中早年在廈門的若干佚詩和佚文〉（香港嶺南學院主辦的《現代中文文學評論》一九九五年六月第三期）。他是第一個通過翻查一九四八年九月～一九四九年十月廈門的《星光日報》和《江聲報》等原始資料而發現當年轉學寄讀於廈大的余光中的早年評論、詩和譯文的人。朱雙一從余光中的這些早期的佚文、佚詩，他發現了大陸時期的余光中具有相當進步的現實主義文學觀念，「這時的余光中並不特別排斥左翼的和社會主義的文學，對五四以來新文學也相當熟悉與喜愛，其文學觀念和創作方法總的說傾向於現實主義。而這是和當時大陸文壇（包括廈門文壇）的主要潮流緊密相關的」。在這篇文章之後，朱雙一還用同樣的方式發現了姚一葦在廈門時期的佚文。我以爲，朱雙一這些史料挖掘的工作，至少具有以下兩方面的意義：其一，他用最有說服力的第一手史料來補寫了被「中國現當代文學史」和「臺灣」、「香港」文學史都遺漏掉的章節，而正是這些看似不太重要的章節，說明了僅僅用「臺灣」或「香港」這樣的地域名稱來界定一個流動性很大的現代作家是不夠的。要勾畫出比較完整的中國現當代文學的版圖，已經需要更新原有的概念。其二，朱雙一用自己的辛勤勞動建立了一種應該學習與提倡的學風，這種學風對於年輕、熱鬧然而荒蕪的臺港文學研究界具有尤其重要的指導意義。大陸的臺港文學研究自七十年代末發展起來，雖然已經產生了大量的「研究」文章，甚至出現了不少的「臺灣文學史」著作，對那些在臺港文學研究界創立了一套「話語權威」的前輩來說，朱雙一大概屬於「後輩小子」。但他的這篇文章，依我看，卻使他站在了這個領域的前列，從方法上說，他甚至應該稱爲這個領域的眞正的開山祖師之一，因爲是他的史料挖掘工作，使得這門學科獲得了應有的活力和尊嚴。我們知道，大陸的臺港澳文學及海外「華文文學」研究最致命的缺陷就在史料的建設上，因爲學者們沒有條件獲得第一手資料，而導致人云亦云，以訛傳訛，使得這門學科不僅因爲「理論」的貧乏而顯得無力，而且因爲史料建設沒有到位而缺乏堅實的基礎。

我覺得，劉登翰先生的理論想像力和朱雙一先生的史料建設工作，使得他們有條件來改寫這門學科的研究歷史。「理論」與「史料」，正是使得這門學科能夠轉動起來並繼續向前奔跑的兩個輪子。如果我們需要討論本學科的未來的發展方向和動力的話，恐怕必須在這兩個方面再下一點功夫。

下面，我希望對臺灣、香港、澳門的文學史的敘事過程作一點「歷史」的描述，借助這一歷史性的描述，來揭示「臺港澳」文學史形成的過程與目前面臨的困境，並說明使用「華人文學」這個概念的範圍、應用價值和局限性。

參　臺港澳文學史的撰述歷程及其存在的問題

有關臺灣的記載，最早見於三國。自清代始有專門的臺灣地方志（臺灣府志），一八九五年甲午戰敗，臺灣被迫割讓日本，從此關於臺灣的記載有了日文版。也是從這個時候開始，對臺灣歷史的敘事，便不止是一件純粹的史學問題，而且是具有凝聚與傳承「民族精神」這一近代意義的文化政治行為。對此，最早完成了《臺灣通史》的臺灣史學家連橫有著十分清醒的認識。他在寫於一九一八年秋的《臺灣通史》〈自序〉中明確宣稱：「夫史者民族之精神，而人群之高抬貴手也。代之盛衰，俗之文野，政之得失，物之盈虛，均於是乎在。故凡文化之國，未有不重其史者也。古人有言，國可滅，而史不可滅。」因此他把臺灣無史看作「臺人之痛」。因而撰寫臺灣的歷史，對於這位中國的史學家而言，便具有一種文化抵抗的意義。此外，從他的「自序」中也可以看到，敘述臺灣自鄭成功開疆闢土三百多來的歷史，也是針對中國舊史對臺灣地位的不當忽視，暗含「罪」「舊史氏」的意義。他寫道，臺灣這塊土地，「荷人啓之，鄭氏作之，清代營之，開物成務，以立我丕基，至於今三百有餘年矣」，然而「舊志誤謬，文采不彰，其所記載，僅隸有清一朝，荷人鄭氏之事，闕而弗錄，竟以島夷海寇視之。嗚呼，此非舊史氏之罪歟！」可見，把從鄭氏開始的臺灣三百年史當作一個整體來敘述，推倒中國舊志中以「島夷」、「海寇」修辭臺灣的做法，儘管採用的依舊是中國傳統的「紀傳」體和文言文表述方式，對他卻意味著多重的現代性意義。

從「文學史」的角度看，自清代開始編纂的《臺灣府志》即已開始有「藝文志」，記載清代臺灣士人的詩文和當地土著居民的民謠。但早期的臺灣地方志，尚未把「文學」當作記載的重點。如蔣毓英《臺灣府志》甚至沒有「藝文志」，康熙三十五年高拱乾等編撰的《臺灣府志》始有「藝文」，而所記載者，主要是清代士人寫的有關臺灣的文章，如奏議、序、傳、記、詩、賦等，其中「詩」的部分，從《海澄志》選入的唐人施肩吾的《澎湖》，是唯一一首非清代的作品。到了連橫的《臺灣通史》，始把臺灣文學的起點定位在明末太僕寺卿沈光文之渡海來臺上（第二十四卷〈藝文志〉），「一時避亂之士，眷懷故國，憑弔河山，抒寫唱酬，語多激楚，君子傷焉」，明顯把臺灣文學與「故國遺民」的情懷結合起來觀察。但「通史」的「藝文志」正文只有兩頁，非常簡略地介紹了沈光文影響下臺灣詩社的興起以及入清之後在科舉考試影響下的詩文寫作情況。大部分內容則是有關臺灣方志、臺灣本土文士著述和內地宦遊人士著述的目錄，只能提供進一步研究的線索。

二十世紀的四十年代，開始出現臺灣知識者用日文撰寫的介紹「臺灣文學史」的文章。一八四二年十月（日本昭和十七年）日文版的文學雜誌《臺灣文學》第二卷第四號（冬季號）刊出黃得時的論文〈晚近臺灣文學運動史〉，主要論述一九三二年（昭和七年）以降的臺灣的文學運動和主要作家的創作活動，分析了這一時期臺灣文學崛起的四個主要原因：其一是日本內地文壇的文藝復興的刺激；其二是中國新文學運動的影響；其三是新聞媒體的勃興；其四是知識分子——流浪者對現實的逃避。文章主要介紹了留日臺灣學生創辦的文學雜誌《福爾摩沙》（一九三三年七月創刊），臺灣文藝聯盟機關刊物《臺灣文藝》（一九三四年十一月創刊）以及日本侵華戰爭爆發後問世的日人西川滿主編的《文藝臺灣》（一九四〇年一月創辦）和臺灣作家張文環主編的《臺灣文學》（一九四一年五月創刊）等文學雜誌上刊登的作家作品。一九四三年七月，《臺灣文學》第三卷第三號再次刊出黃得時的另外一篇日文文章〈臺灣文學史序說〉，第一次比較全面地考察了臺灣文學史的研究範圍和對象，把臺灣歷史劃分爲「無所屬時代」、「荷蘭時代」（共三十八年，一六二四～一六六一）、鄭氏時代（共二十二年，一六六一～一六八三）、清領時代（共二一二年，一六八三～一八九五）和日據時代（一八九五年至論文寫作時間的一八四二年共四十九年），把這三百十年間在臺灣的文人、作品作爲一個整體來研究。這篇文章分析了可能作爲臺灣文學史研究範疇和對象的五種情況：一、作者出生於臺灣，其文學活動（包括發表作品及其作品所發生的影響）都在臺灣者；二、作者非出生於臺灣，但在臺灣永久居留，其文學活動也在臺灣者；三、作者非出生於臺灣，然在臺灣生活一定時間，其文學活動也在臺灣，此後又離開臺灣者；四、作者出生於臺灣，其文學活動卻不在臺灣者；五、作者在臺灣以外出生，曾到臺灣宦遊，並寫下有關臺灣的作品，其文學活動在臺灣地區以外者。對象界定之後，作者從「種族」、「環境」和「歷史」三個方面論述了臺灣文學的獨特性。黃得時的這篇文章，給人印象比較深刻的，是藏在這些文學史序說背後的作爲「臺灣人」的情結，他試圖論證臺灣文學既區別於清朝的文學，有不同於日本的明治文學的「特色」。然後依次介紹鄭氏時代，康熙、雍正時代，乾隆、嘉慶時代，道光、咸豐時代，同治、光緒時代，以及日據時代等不同時期以上五種人的創作情況。這篇文章被葉石濤稱爲「日據時代唯一的有關此領域的重要論文」，事實上正是它對葉石濤後來的文學史敘事產生重要的影響。我這裡需要強調的是黃得時文章出現的時間，即一八四二年～一九四三年，正是太平洋戰爭爆發之後，臺灣處於日本殖民當局的戰時高壓統治之下，「皇民化」或

「皇民煉成運動」正開展得如火如荼。在這種條件下去敘事一個完整的臺灣文學史，或者有意強調臺灣文學的本土特色，是有很強的針對性的。換言之，關於「臺灣」的「主體意識」的出現，乃是源於異族統治的壓力。在這裡，儘管黃得時使用的日語這一「異族」的語言，但「族群」、「文化身分」的自我確認——黃得時借助對明鄭以來的臺灣文學史的敘事來完成這一確認——卻是他把在臺灣的「華人文學」區分於日本文學的重要策略，作爲華人的「文化身分」實際上幫助臺灣的這位知識者消解了他作爲「日本國民」的「政治身分」。臺灣光復以後，黃得時發表了〈臺灣新文學運動概論〉，這其實是對他的第一篇文章的改寫和補充。這兩篇文章大致勾勒出明末清初至二十世紀四十年代臺灣文學發展的基本輪廓。如果說這時候發表的臺灣文學史敘事有什麼特別「重要」的意義的話，那麼，很可能是針對有些官僚作派的大陸人不瞭解臺灣文學的歷史而作。黃得時的這一文學史概要序說，以及其中包含的重要觀念，深刻影響了後來的臺灣文學史敘事。葉石濤的《臺灣文學史綱》即建立在黃得時奠定的基礎之上。

葉石濤的《臺灣文學史綱》於一九八三年開始收集資料，寫於一九八四年～一九八五年間，一九八七年二月始由出版問世。葉氏著作在觀念上基本沿襲了黃得時。譬如，他一方面說明「從遙遠的年代開始，臺灣由於地緣的關係，在文化和社會形態上，承續的、主要是來自中原漢民族的傳統」，對「舊文學」方面的論述也始於明末沈光文的來臺播種，基本材料（包括滿清部分）主要參考和引用楊雲萍、黃得時兩位教授的相關論著；另一方面，他也特別強調臺灣這個「漢番雜居」的「移民社會」如何在歷史的流動中發展了自己的特色，臺灣文學也因而發展了它「強烈的自主意願，且鑄造了它獨異的臺灣性格」（見葉氏「序」）。葉石濤所謂「自主意願」或「獨異的臺灣性格」，看起來是對黃得時關於臺灣文學既區別於「清朝文學」又區別於日本的「明治文學」的論斷的「繼承」和「發展」，其實卻與黃得時的觀念有所不同，因爲他此時的潛臺詞是試圖要把「臺灣」這個地域的文學區別於所謂的「中國（大陸）文學」，他的基本根據就是臺灣的漢人在與「番人」雜居的過程中，形成了獨特的經驗。可以作爲他的論據的，是荷蘭、日本人所帶來的那些經驗。但他有意或無意地忽略了，即使在日據時期，日本的政治統治乃至文化滲透，並沒有能改變漢人民俗社會裡的基本信仰和家庭結構，而這些基本的民俗社會的結構恰是華人的文化傳統得到保存的基礎。葉石濤企圖用「地域」的差別來瓦解同一族群的「文化身分」，與黃得時用同一「族群」與同一文化身分去瓦解異族的政治同化與地域的同構企圖，有著相當大的區隔。

如果說葉石濤的「史綱」有什麼超出黃得時的地方，那就在於他所收集的材料更爲詳盡。倘說第二章「臺灣新文學運動的展開」和第三章「四十年代的臺灣文學」仍未能超出黃得時上述文章的範圍，那麼，從第四章「五十年代的臺灣文學」開始，到五章「六十年代的臺灣文學」、第六章「七十年代的臺灣文學」以及第七章即最後一章「八十年代的臺灣文學」，則基本是按照每十年一個階段的框架來安排他所掌握的新的文學史料的。我們注意到，從第三章概述「四十年代的臺灣文學」開始，葉氏在每一章下都用一些副題來突出他所理解的臺灣文學史的發展特色。譬如四十年代的副題「流淚撒種的，必歡呼收割」是對光復後的臺灣文學（一九四五～一九四九）從日文向中文轉換、知識者從日本轉向祖國大陸這一驟變過程的一種複雜的情緒感知；葉石濤復用「理想主義的挫折和頹廢」來概括五十年代的臺灣文學特色、「無根與放逐」作爲六十年代文學的關鍵詞、「鄉土乎？人性乎？」用以描述七十年代鄉土文學論戰背景下的文學生態，而「邁向更自由、寬容、多元化的途徑」則成爲八十年代臺灣文學的主題。其實，眞實的文學狀況與對這一狀況的敘事之間，並不一定完全契合。如果「臺灣」的文學史眞像葉石濤用文字所建構的那樣以十年爲一個轉折，而且恰好按照「反共文學」、「現代主義」、「鄉土文學」、「多元化」那麼層層遞進，那麼這個歷史是否太簡單了？大概是爲了彌補「史綱」過於簡略的不足，葉氏在書末附上了歷史學者林瑞明編寫的「臺灣文學史年表」，便於讀者進一步研究和查證。

這裡之所以特別介紹葉石濤的這部「開拓性」的文學史著作，不止是因爲他繼承並發展了黃得時的臺灣文學史序說所鋪墊的觀念和架構，而且也在相當程度上影響了大陸的臺灣文學史著作。大致而言，「臺灣文學史」的敘事都經歷了這樣一個類似的過程：首先是對作家作品的介紹、評論，其次又從介紹或評論文章形成各種「概觀」性的論著，最後從「概觀」性的論著，如「史綱」、「簡述」、「概要」等類著作進化爲「文學史」。葉石濤的「史綱」經歷了這樣一個轉化的過程。在大陸出版的臺灣文學史著作，也同樣經歷了這樣的過程。差不多與葉氏的「史綱」同時寫作、但出版稍晚的是大陸福建學者包恆新著的《臺灣現代文學簡述》（一九八五年九月九日完稿，一九八六年十月改定，上海社會科學院出版社一九八八年三月出版）。該書雖未以「史」爲名，卻是對一九一九年至一九四九年的臺灣現代文學的簡要的史的概述，書末附有一九一九年至一九四九年「臺灣現代文學大事記」。這本書實際上是個人寫臺灣文學「史」的較早嘗試，雖然簡要，但材料引用比較準確，對文學思潮、運動和作家作品的品評，也點到即止。在包恆新的「簡述」之後出版的，是廣州中山大學王晉民的《臺灣當代文學》（一九八六年九月，南寧市：廣西人民出版社初版）。這本書體例並不統一，但從內容上看，卻是他後來撰述的《臺灣當代文學史》（一九九四）的基礎。他也依次介紹了日據時代、五十年代、六十年代、七十年代和八十年代的作家作品，中間許多章節則用於評述他認為重要的作家。從時間上銜接了包恆新的「簡述」。

為了適應大學的教學需要（更重要的背景則是兩岸關係進一步發展的要求），從一九八七年末開始，大陸出現了集體撰述的專著。最早的成果是白少帆等人主編的《現代臺灣文學史》（一九八七年十二月初版，瀋陽市：遼寧大學出版社）。這部七十三萬字的書，是大陸最早以「史」名書的臺灣文學集體論著。從內容上說，它應該是包恆新的「臺灣現代文學簡述」和王晉民的「臺灣當代文學」的一個綜合，或者說是葉石濤《史綱》的大陸版。在「現代文學」部分（一九一九～一九四九），該書尚按「開拓期」、「發展期」、「戰爭期」來論述（這一分期與葉石濤的「搖籃期」、「成熟期」和「戰爭期」三階段說大同小異），中間插入一些作家作品作為專章評述。進入五十年代之後，轉而按「戰鬥文藝」、「鄉愁文學」、「現代主義」、「鄉土文學」等主題來敘事，其中小說占據了全書敘事的主體，詩和散文似乎只是作為點綴穿插其中。它試圖詳盡介紹現代臺灣文學發展的狀況，卻因急於介紹，匆忙點將，而顯得淩亂駁雜。由於沒有掌握第一手資料，並對之認真進行清理和思考，它在別人已經錯誤的地方也跟著錯了，但作為兩岸關係解凍初期，大陸第一部問世的現代臺灣文學史，它本身，包括其龐雜的史料和混亂的體例，都具有了不可忽視的歷史價值。

在白少帆等人的集體著作之後出現的另外一部集體著述，是劉登翰主編的《臺灣文學史》（上卷，一九九一年六月初版，下卷，一九九三年一月初版。福州市：福建海峽文藝出版社）。這部著作是海峽兩岸唯一一部囊括了古代、近代、現代和當代文學的比較完整的地域文學史，也是目前為止寫得比較好的、最富有大陸版特色的臺灣文學史。主編劉登翰在總論裡用大量的篇幅，從理論和史料兩方面論證臺灣文學在中國文學中的位置和意義、臺灣文學發展的文化基因和外來影響、中國情結和臺灣意識產生的歷史背景、臺灣文學思潮的更迭和互補、文化轉型與文學的多元構成等，從地緣、血緣、史緣和文化諸方面論述臺灣文學與中國文學不可分割的關係、臺灣文學呈現的獨特歷史經驗和審美經驗等重要問題。全書的體例和結構，雖然免不了集體著述所具有的一些弱點（如上卷四十九萬字，需要囊括自遠古神話開始至明鄭、滿清時期和日據時期的文學史，而下卷七十二萬字，只用來敘述一九四九年光復以後至一九八〇年代三十年的文學史，可謂厚今薄古；在體例上，時而以時間為序，時而以文類爲本，顯得有些隨意），但總的來說，確是一部難得的地方性文學通史著作，特別是上卷的古代、近代部分，寫得相當扎實。下卷的當代部分，也避免了「小說」一家獨大的狀況，而兼顧詩、散文、戲劇、文學批評等多種文類，顯得比較均衡。

臺灣文學史方面還值得一提的，是八十年代末問世的個人著述的專史系列。古繼堂陸續出版了《臺灣新詩發展史》（一九八九年五月，人民文學出版社出版）、《臺灣小說發展史》（一九八九年十一月，瀋陽市：遼寧教育出版社、春風文藝出版社出版）、《臺灣新文學理論批評史》（瀋陽市：春風文藝出版社，一九九三年六月）。古遠清也出版了他的《臺灣當代文學理論批評史》（一九九四年八月，武漢出版社出版）。這些個人著述從文類入手，可以避虛就實，加深讀者對某一文類在不同時期的寫作與傳播狀況的認識。在這麼短的時間內推出這麼多「史」的著作，當然說明了作者對臺灣文學的研究已經具有了相當的積累和認識，也反映了這個時期大陸學者對臺灣文學史的著述的熱忱。但現有的著述是否就是對臺灣地區文學史發展流變的準確描述？仍令人質疑。譬如在《臺灣小說發展史》中，仍能看到一個模式：日據時期的文學，依然用「萌芽期」、「初步發展期」和「發展期」來描述；五十年代以後，則以十年爲期依次敘述，分別出現了「反共小說」、「女性小說」、「鄉土小說」、「現代小說」的主題詞，而八十年代又必然是「多元」的。這些分類在邏輯上很混亂，恰恰說明人們對文學史本身究竟要描述的是什麼東西並沒有很眞切的認識。事實上，許多名爲「史」的著述，更多的還是關於「作家作品的介紹和批評」之結集和關於「批評」以及「批評的批評」這類「理論著作」的介紹，只是這類介紹恰巧按照時間的順序排列了起來罷了。

作爲中國文學的雙翼之一的香港文學，也與臺灣文學一樣，因爲其特殊的政治性而從七十年末開始引起大陸學者的關注，同時也因爲香港問題的解決而逐漸淡出學界的視野。香港文學史的著述，也是脫胎於作家作品論或各種概觀性的評述。譬如潘亞暾、汪義生先有《香港文學概況》（廈門鷺江出版社，一九九三年十二月初版），後有《香港文學史》（同上，一九九七年十月初版）。從著述的主體劃分，香港文學史的寫作最早是個人行爲。香港學者如盧瑋鑾早就從事香港文學史料的收集整理，她的《香港文學散步》（香港商務印書館，一九九一年八月初版）搜集了有關蔡元培、魯迅、戴望舒、許地山、蕭紅等現代文學作家在香港的文學活動的資料，這些都是從事文學史研究的第一手資料之一。但盧瑋鑾對撰寫文學史持非常謹慎的態度，一直在整理史料，卻不輕易動筆。大陸的學者也因此占了先機。較早以「香港文學史」問世的，當是王劍叢的《香港文學史》（一九九二年撰，南昌市：百花洲文藝出版社初版，一九九五年十一月）。該書以一九四九年爲界，把香港文學的發展劃分爲前三十年和後四十年，前三十年又分爲所謂「萌生期」（二十年代中期以前）和「拓荒期」（二十年代中期到一九四九年）；後四十年也以十年爲一個週期，被作者分別冠以「自立期」（五十年代）、「現代主義傳播期」（六十年代）、「通俗文學繁榮期」（七十年代）、「多元化文學時期」（八十年代）。從這個劃分當然存在許多問題，而作者在接下來的章節中，也不再按這些分期去敘述，而是用「第一代本土作家」、「老一代南遷作家」、「現代主義」、「寫實主義」、「學院派作家」、「新一代本土作家」、「新一代南遷作家」、「通俗文學」等邏輯混亂的分類來敘述：與臺灣文學史的敘述頗爲類似。

個人著述的香港文學史，比較好的有兩種，其一是一九九七年五月問世的古遠清的《香港當代文學批評史》（武漢市：湖北教育出版社）；其二是一九九九年三月初版的袁良駿的《香港小說史》（第一卷，深圳市：海天出版社）。前者的分期不那麼混亂，資料也收羅得比較宏富，尤其注意到香港文學批評與大陸同期文論的比較和彼此的互動互補關係，比較眞實反映了香港文論的眞實生態。後者從體例到結構，都體現了作者良好的學術訓練：沒有那種邏輯混亂的分期，而更多是實事求是的研究。它給人最深的印象就是從第一手資料出發，絕不人云亦云。譬如作者根據他親自發現的第一手資料《英華青年》（一九二七）而推翻了向來把香港新小說的產生定位在《伴侶》（一九二八）的舊說。目前出版的第一卷始於二十世紀二十年代，終於六十年代，不僅有文學史料的較爲清晰的梳理，而且對作品本文有比較細緻的品評，是同類著作中質量較高的一種。但如何把作家作品論與文學史區分開來，仍然是該書有待解決的一個問題。

由於集體撰述文學史出現不少問題，因而有學者倡導私家著述，以爲個人編撰的著作，可以避免體例駁雜、內容重複、風格不統一之類的瑕疵。其實個人著述也受到著述者史德、史識、史才等主觀條件和史料等客觀條件的限制，使得成果質量參差不齊。因而由有眼光和胸襟的學者擔綱主編，把受過良好學術訓練的學者聯合起來集體編寫文學史著作，仍不失爲一種有效方式。在這方面，尤其値得一提的是劉登翰先生。他在成功主編了《臺灣文學史》之後，又組織有關學者編寫《香港文學史》和《澳門文學概觀》，這些著作實際上體現主編意圖把「兩岸三地」的文學當作一個整體來研究的氣魄和遠見。劉登翰主編的《香港文學史》（一九九七年香港版，一九九九年四月北京版）也是「通史」性質的著述，時期跨度從香港開埠到一九九七年回歸之前；論列的作家也不限於新派，而且兼顧舊派，不止於「雅」的或「嚴肅文學」，而且涉及「俗」的或「流行文學」；論述的作品有小說（包括通俗小說、言情小說、歷史小說等）、詩歌、散文、文學批評等。雖然前後篇的體例不完全統一，基本上反映了香港文學的眞實狀況。譬如該書的近代部分，非常重視從報紙副刊、文學期刊這些直接影響著香港文學生態的媒體入手，敘述香港文學發生、發展和變遷，具有很高的史料價值。如他提到中國內地出版的第一家英文報紙《廣東記錄報》，一八二七年十一月在廣州創刊，一八三九年遷往澳門出版，一八四三年六月遷往香港後更名《香港記錄報》，一八六三年停刊。這份明確宣布爲英商服務的報紙，卻刊登大量譯自中文的中國作品，曾全文翻譯連載了《三國演義》等。如果我們無法否認近代媒體的發展與資本主義傳播的關係，那麼，這一資料，爲我們進一步研究鴉片戰爭前後港澳與廣州地區中西文化交流狀態提供有趣的線索，它至少把「現代性」論述在中國的出現推到鴉片戰爭以前。此外，在香港出版發行的大量的英文報刊，不止是瞭解當時香港地區輿論狀況的重要資料，也是瞭解英國人關於「香港」這個地方的文化想像的重要史料。如果把這些資料與葉靈鳳《香港書錄》所提及的各種英人關於香港的著述結合起來研究，例如E. J. Eitel所著《在中國的歐洲：香港自開始至一八八二年的歷史》（一八九五），G. R. Sayer所著《香港的誕生、童年和成年》（一九三七）以及十九世紀《泰晤士報》上刊登的中國通信等，我們會對「殖民者」關於殖民地的想像，殖民地的行政結構和市場體系及其對人們的深刻影響（從而對文學的影響）有更深的瞭解。再認眞研究該書提及的香港差不多同一時期的中文報刊，如《遐邇貫珍》（一八五三年八月創刊）上關於西方社會科學、自然科學以及東西方文學的介紹和論述的文字，我想，香港在十九世紀甚至到二十世紀所能提供給我們的思想資源的重要性就不言而喻了。可惜，這些史料只是被提及，未能得到深入的研究。現已被看作「香港作家」或「香港學者」的曹聚仁曾說：「一部近代文化史，從側面看去，正是一部印刷機器發達史；而一部近代中國文學史，從側面看去，又正是一部新聞事業發展史。」由於近代中文報刊發源於香港，因此，從文學生產與媒體的關係去研究香港文學發展的全部歷程，並由此研究文學的「香港性」（包括其文化性、地域性與近代性），似乎較能揭示香港文學潛在的動力和浮出地表的特徵「所以然」的原因。從這個角度看，另一部合作的香港文學史很值得一提的是施建偉、應宇力和汪義生合著的《香港文學簡史》（一九九九年十月初版，同濟大學出版）。該書的一個特點也是重視對原始文學資料的掌握，特別花不少筆墨於「文藝刊物」的生態和「文學社團」的文學活動，比較能豐滿地呈現文學史的複雜、豐富的狀態。限於篇幅，就不一一詳述了。

劉登翰主編的《澳門文學概觀》（廈門市：鷺江出版社初版，一九九八年十月）沒有以「史」名書，但這種概觀類的著作，很可能也是將來澳門文學史的基礎。該書共十章，分別由大陸學者和澳門學者撰寫。第一章「文化視野中的澳門及其文學」，理論性較強，屬於導論性質，強調從「文化視野」去研究澳門文學及其特性；第二章概述了十六世紀末至二十世紀前期澳門的文學，屬於「古代、近代文學」的範疇，側重介紹在澳門的「遺民」詩文；第三章概述澳門「新文學」的發展歷程，把這一歷程分爲三個階段，即艱難起步的三、四十年代、孤寂摸索的五十至七十年代，走向自覺、繁榮的八、九十年代。從第四章開始到第九章，分別介紹澳門的新詩、散文、小說、戲劇、舊體詩詞和文學批評。最後一章專門介紹葡裔澳門人創作的「土生文學」。從這些章節結構可知，該書確實有意爲「史」的撰寫搭起了一個初步的架構，而具體的深入的「史料」發掘和研究，則有待來日。需要指出的是，不論是臺灣文學史，還是香港、澳門地區的文學史，編撰者在結構安排、史料敘事、作品分析諸方面，都無不強調這些地區的文學發展的特殊性，同時也始終把它放在中國文學史的整體背景下進行論述，而不割裂它與中國文學傳統的血脈聯繫。

從以上簡略的回顧，可以看到文學史的敘事其實有一個發展的過程。浮在表層的內涵與隱藏在背後的另外的訴求，有著密切的關係。而不論是以「臺灣」、「香港」或「澳門」來命名，還是以「香港」或「澳門」來命名，這些文學史都貫穿著一個有時未必明言的原則：它們是當作中國文學的一部分來敘述、總結，並由此獲得其呈示「特殊經驗」的價值的。也就是說，雖然文學活動發生在不同的區域，但基本上仍然是華人在近現代所形成的特殊經驗。從文學「學術史」的角度看，作爲一種「專史」的文學史一開始便具有獨特的「任務」或目標。首先它是文學「獨立」之後的產物，它要麼爲了這一獨立而搖旗吶喊，要麼是爲了論證某一理論而問世。五四時期的胡適的《白話文學史》和鄭振鐸的《中國俗文學史》都是如此。其次，從文學史的種種類型，可以瞭解人們關注文學史的不同角度。文化上看，臺灣、香港、澳門與中國其他地區的人們並無特別的不同，但由於長期以來橫在彼此之間的「政治畛域」和相異的歷史經驗，「臺灣文學史」、「香港文學史」、「澳門文學史」的敘事顯然比其他地域性的文學史敘事有更多的意味。因此，能夠把這些區域的文學史貫穿起來的，並且有可能被大家所接受的，我以爲，可能還是「華人文學」這個概念。

最後，讓我回到本文開頭提出的問題。我們究竟有無可能用「華人文學」的概念來寫一部完整的現代文學史？我的回答是肯定的，但需要對這個概念的內涵與外延作出界定。鑒於中國的近現代史就是華人「花果凋零」的歷史，是華人在原鄉與異域，在戰亂和和平時期都承受著與其他文化、文明相衝突、融合的歷史，用超越現實的「政治畛域」和「意識形態」分歧的

「華人文學」的概念來敘事華人的在近現代的文學經驗，有助於呈現與近現代史相互輝映的華人的心靈史。譬如我們是否由此分析魯迅、周作人兄弟和郭沫若、郁達夫等人的日本經驗對於他們創作的影響？是否可以分析老舍的英國經驗對於他的作品的影響？拿張愛玲來說，作爲華人文學史的研究對象，我們可以分別對她在上海時期、香港時期和美國時期的文學經驗進行清理和描述；對許地山、白先勇、余光中、施叔青、林海音等現當代作家也是如此，可以分別清理和研究他們一生在不同時空中的生活閱歷，而分別突出他們在北京、臺灣、香港、廈門等不同區域創作的成果，把這些不同的北京經驗、臺灣經驗、香港經驗或廈門經驗納入作爲文化意義的華人的完整的現代經驗之中。對於「華人文學」與「華文文學」互相重疊的部分，把重點放在華人（以中國大陸、臺、港、澳的華人爲主，也包括海外其他地區的華人）的華文與非華文（例如日據時代臺灣作家的日文創作、當代一些重要作家的英文創作，如林語堂、譚恩美、湯婷婷、哈金等人的英文創作等）創作上，對於非華人的華文創作（如韓國許世旭的漢文作品），可以關注，但對這些非華人的華文作品的研究，其實另有其他價值（例如研究儒家文學圈內的不同族群使用華文表達的不同的現代文學經驗），與研究現代華人的現代性經驗還是有所區隔。用「華人文學」這個概念，始能比較完整對「族群」、「文化身分」等重要問題進行系統的研究，而這一研究具有多重的意義：作爲歷史研究的主要組成部分，它呈現出現代華人在文明衝突與對話時代的重要歷史經驗；作爲文化研究（包括族群研究、媒體研究、性別研究和區域研究）的對象，它們可以爲我們建立具有本民族特色的文化理論提供重要的資源；作爲反映與表現最深刻的人生體驗的文學形式，它提供了華人這一族群的特殊的審美．文學經驗，並爲建構華人的文學理論與文學史奠定基礎；作爲現實研究的對象，它可以及時表現不同地區的華人相異的政治經驗和意識形態等等。只有具備「華人文學」這一立足於「族群」的心靈建設的「文化視野」，才有可能從空間和時間上把中國近、現、當代文學與臺港澳文學（包括具有重要意義的海外華人文學）打通。這是充滿了挑戰性的課題，也是需要所有的文學研究者都來關注與參與的課題。

——二〇〇一年十月二十三日於北京

——原刊於《華文文學》二〇〇四年第一期

論澳門文學對漢語新文學的貢獻

（澳門）朱壽桐

澳門地方狹小，歷史上曾被列爲村級行政受轄於香山縣長安鄉。（註一）由並不起眼的村落發展爲國家的一個特別行政區，其間經歷過四百多年的歲月浸蝕，經歷過外族入侵的腥風血雨，經歷過回歸祖國的熱烈狂歡，其所承載的歷史，其所傳輸的故事，足以形成一種具有特別內涵和特別價值的文化，當然也足以孕育一種具有特別風貌與特別氣質的文學。澳門文學現象應可追溯到宋元之際遊歷人士的古吟，於是將文天祥的〈過零丁洋〉算作澳門文學的先聲亦無不可；明清之際，遷客騷人，鴻儒詩僧常會遇此，或吟哦紀事，或以詩會友，或結社唱酬，諸如湯顯祖、吳歷、屈大均等人關於澳門的不朽遺墨，都是澳門文學中引以自豪的古典成分。澳門長期以來華洋雜處，多族混居，彈丸之地多語種並存，包括土生葡語在內的其他語種也有文學創作，其中最不容忽視的便是葡萄牙文學巨匠賈梅士曾在澳門創作其不朽之作〈祖國頌〉，這些也都可以算是澳門文學的特有成分。

不過澳門文學的命題正式提出於一九八零年代，圍繞著這一概念的探討所參照的是中國當代文學與海外華文文學，有人甚至提議應該將這樣的澳門文學稱爲「澳門華文文學」。這樣的想法固然嚴謹，但未免太誇大澳門其他語種文學的成就與影響力了。澳門文學的絕對主流應該是漢語寫作，而且是新文學創作。應該更多地在中國現當代文學與世界華文文學，可統稱爲漢語新文學（註二）的歷史和時代格局中審視澳門文學，認知澳門文學的質量與價值。

壹　澳門文學的「生成」與漢語新文學疆域的延展

澳門本是一片文學熱土。在這片歷史悠久而地幅狹小的熱土之上，各個歷史時期幾乎皆有文人歌唱的記憶，皆有相當的文學成果積累，並且承載著澳門特定的文化背景和文學資源，從而在漢語文學世界呈現出獨特的風貌與景觀。只是，澳門文學的產生和成長的方式與其他地域有所不同，因而它的存在往往並不容易被普遍承認。

澳門地方狹小，人口不多，文學生存的空間有限，文學閱讀、交流、運作的餘地很小，加之歷史和文化的背景獨特，在傳統生活方式之下顯得相對封閉，文學文化方面對外交流途徑不夠寬闊。這都是不利於文學發生與發展的自然因素和社會因素。但澳門偏偏是一個遠離烽煙，濃於文墨的地方，乾隆年間被清王朝任命爲澳門第一任同知的印光任就是一位喜歡舞文弄墨的官員，他主導撰寫的《澳門紀略》成爲研究澳門歷史、文化的珍貴史料，成爲全面描寫澳門的第一部優秀作品。而「具有三百多年歷史的澳門望廈普濟禪院（俗稱觀音堂）的開山祖師大汕是一位富（有）民族思想的文學家」。（註三）大汕法師和印光任這兩位在澳門僧俗二界起文化開山作用的先賢，實際上也同時開啓了澳門的文脈，開闢了澳門文學的疆域，同時也預設了澳門文學的生成形態：往往是由旅澳的外人最先在這裡播撒下文學的種子，且在澳門的政界、宗教界並蒂開花。在澳門歷史上形成較大影響的文人屈大均、吳曆等，還有與澳門文脈結下不解之緣的湯顯祖、賈梅士等（註四），都與澳門產生了這樣的關係。這是一種隸屬於澳門的「僑民文學」，在相當大的意義上仍可視爲澳門文學的一種生成狀態，而且也由此構成了澳門文學的一種生成特性。進入到新文學時期，這種「僑民文學」的傳統現象在澳門同樣在繼續，有時甚至是輝煌的繼續。「抗戰勝利後，作家茅盾曾應柯麟醫生的邀請，來澳小住。作家張天翼和于逢也因病在鏡湖醫院留醫了半年。這期間，對文藝愛好者合作者作了不少有益的輔助。」（註五）

這種「僑寓文學」現象作爲澳門文學的生成特性，在新文學時代仍然有精彩而持久的呈現。按照魯迅對丹麥文學批評家勃蘭兌斯（G. Brandes）在其皇皇巨著《十九世紀文學主流》中提出的「僑民文學」概念的理解，「僑民文學」中「僑寓」的可以是作家自己，也可以是指作家寫成的作品。魯迅在論述到「鄉土文學」的時候曾經引用勃蘭兌斯的上述論斷，說「在北京用筆寫出她們的胸臆來的人們」，「從北京這方面說，則是僑寓文學的作者」，由於「僑寓的只是作者自己，卻不是這作者所寫的文章」，因而不能稱爲「僑民文學」。（註六）澳門寫作者在離岸發表的文章則屬於典型的「僑寓文學」，因爲「僑寓」的恰恰是他們所寫的文章。顯然，澳門長時間的離岸文學屬於澳門的「僑寓文學」，它仍然可以說是澳門文學的組成部分，在一定的歷史時期和一定的歷史條件下，它還是澳門文學最重要的部分。

如果說「僑寓文學」「僑寓」的可以是文學家，也可以是文學本身，那麼，聞一多那膾炙人口的〈七子之歌〉可以視爲是一次文學對於澳門的「僑寓」。這是另一種澳門文學意義上的「僑寓文學」，是文學作品在想像意義上對澳門的「僑寓」。如果將想像的作品對澳門的「僑寓」算作澳門文學的當然內容，還不應該忘記現代小說家郁達夫。

郁達夫著名小說〈過去〉清晰地描寫了一段澳門故事，這故事中包含著往事的憂傷，包含著一九二零年代澳門市井的風情，還有對與世隔絕般的賭場的遙望。澳門的文化界始終沒有關注郁達夫與澳門的關係，因爲沒有任何資料確證這位小說家來過澳門，在他的日記和書信中都沒有類似記憶的痕跡。一般來說，郁達夫屬於那種毫無保留地表露自己行動甚至心理的作家，如果不是在作品中，也會通過書信、日記體現自己的行蹤。但在一九二六年十一月初的這段無可查考也無可確證的澳門之行卻很例外，在他的文字中幾乎找不到任何記載。這可能有他自身的隱情。但細讀〈過去〉，可以非常清晰地明辨和推論，郁達夫想必來過澳門。

在小說中，他對澳門（M港）的描寫可謂具體而微，雖然那時候的澳門建築多呈「一點中古的遺意」，這也許出於想像，或者出於其他人的轉告。但他描寫的「碧油油的海灣」，「沿港的街上，有兩列很大的榕樹排列在那裡。」「在榕樹下的長椅上休息著的，無論中國人外國人，都帶有些舒服的態度。」這情形正是對當年澳門瀕臨海濱的馬路——南灣大馬路的非常精確的描寫，南灣大馬路也就是小說中的P街，因爲其葡文標示爲Avenida da Praia Grande。這裡寫出的澳門街市的成色、風貌、格調和神韻，那麼具體生動，那麼詳盡眞實，不是到過澳門的人無法作如此傳達，到過或者熟悉澳門的人都能夠通過這樣的描寫中回味出澳門的韻致，況味出澳門的精神。而且郁達夫是一個一向忠實於自己的觀察和感受的作家，不是那種善於依靠自己的想像活靈活現地憑空描畫的作家。另外，作家描寫的望海酒樓，以及望海酒樓旁邊的外國酒店旅館，包括酒樓周邊的地理關係和建築物位置等等，經查，都與那個時代的澳門地理完全吻合：「我們兩人，在日暮的街道上走，繞遠了道，避開那條P街，一直到那條M港最熱鬧的長街的中心止，不敢併著步講一句話。街上的燈火全都燦爛地在放寒冷的光，天風還是嗚嗚的吹著，街路樹的葉子，息索息索很零亂的散落下來，我們兩人走了半天，才走到望海酒樓的三樓上一間濱海的小室裡坐下。」如此精準的描寫，如此具體生動的路線圖，如此吻合於澳門歷史地理的情景再現，很難想像出於一個從未到過澳門的作家之手。

現代文豪郁達夫同古代文豪湯顯祖一樣，都不能被確證來過澳門，但從他們的作品中又都能夠分析出他們到過澳門的種種跡象，都能推論出他們對澳門風物的親目觀察和親身體驗的條條線索。他們都是中國文學對於澳門的發現者，他們都以自己不朽的筆墨，以自己特別的「僑寓」文字，將澳門帶進了中國文學和漢語新文學世界。

就澳門的新文學而言，除上述這些「僑寓文學」外，不可忽略的是容易爲人忽略但確實又別具一格的澳門本土文學成就。關於澳門本土文學，的確有些先入爲主的成見需要進一步澄清。例如，澳門新文學的起點是不是遲至九一八事變前後？現在的研究表明，澳門漢語新文學的起點實際上可以提早到一九二零年代初，那時候小小的邊緣城市澳門就漾起了新文學的漣漪。

一般認爲澳門新文學的產生遲至一九三零年代初期的「九一八事變」之後。李成俊的權威性界定便是如此：「澳門早期新文學活動應該說是『九一八』救亡運動以後逐步開展起來的。最早是愛國人士陳少陵從日本來，開設第一間供應新文藝書刊的『小小書店』。」（註七）這說的還是新文學的「活動」，而且不過是開辦新文藝書店而已，與眞正的新文學創作還有相當的距離。其實，澳門早在一九二零年就有詩人習寫並發表新詩。澳門文獻學專家鄧駿捷發現了該年度馮秋雪發表於澳門出版物上的新詩〈紙鳶〉，並斷言這是「澳門的第一首新詩」：「馮秋雪是澳門近代著名商人馮成之孫，長期在澳門生活和居住，是地地道道的澳門人，而且〈紙鳶〉又發表在澳門的文學刊物上，因此它可以當之無愧地稱爲『澳門的第一首新詩』。」發現者針對一些專家概括的五四新文學「幾乎沒有在澳門引起回應」之說，以實證材料論證道：「在新文學運動開展不到兩年的時間，澳門就出現了馮秋雪的新詩〈紙鳶〉。因此，對於新文學運動與澳門的關係，恐怕不宜再簡單地認爲『幾乎沒有在澳門引起回應』，而是要從澳門文壇的實際情況出發，重新思考澳門作家對新文學運動的接受過程，以及新文學創作的成果。」（註八）的確如此。至少在中國新文學的這個早春時節，澳門本土的新文學「活動」已經出現，新文學創作和運作也已經有跡可尋了。

馮秋雪及其弟馮印雪在澳門組織了一個以創作舊體詩爲主的社團——雪社，但他們並不是排斥新文學的守舊人物。在澳門這個素來平和的文藝平臺上，新舊文學是可以並且一直是和平共處、相得益彰的，習慣於寫舊體詩詞的詩人馮秋雪偶爾操觚嘗試新詩寫作，體現出新舊融合、包容的澳門特色，也在不經意間將澳門新文學的建設起點向前推進了十餘年時間。在新文學運動的主戰場鬧騰得劍拔弩張的新舊文學之爭，卻在澳門這個本來就波瀾不驚的地方顯得相安無事，這就是澳門文壇的重要特徵，當然也正由於新舊文學之間無須發生激烈衝突，因而新文學的登場也就不像在新文化中心地帶那樣富有激情和儀式感，這也是馮秋雪的新文學試驗之作未能引人注目的原因。應該說，馮秋雪這樣的兩棲性創作在澳門絕非一個特例，相當一段時間，對於相當一批文學寫作者來說，遊刃於新舊文學之間，穿梭於港澳文壇之間，乃是他們的一種生存常態。

雖然相當長一段時間，至少是從一九五零年代到一九八零年代中期，「澳門還沒有出版過一本公開售賣發行的文學雜誌」，（註九）然而澳門仍然存在著文學寫作和文學交流、文學閱讀活動。澳門從來就不缺少認眞的寫作者和熱忱的投稿人。相當一段時間，澳門漢語新文學創作、發表和批評、影響的基本平臺是在香港，以致形成了離岸文學現象。淩鈍搜集並出版《澳門離岸文學拾遺》，確認這個文集可以讓大家「一窺六、七十年代澳門文學作品的面貌」（註一〇），可見澳門文學事實上的存在與特定的生息狀態。

澳門離岸文學現象仍然體現著澳門文學的範疇，只不過是澳門作家讓他們的作品「僑寓」到香港等離岸地區而已。澳門文學作品之所以會「僑寓」到離岸地段，無非是澳門地方狹小，文學發表園地奇缺，文學寫作者和文學愛好者不得不另闢蹊徑，在香港等其他地方尋求發表的機會與空間。《澳門離岸文學拾遺》的編者這樣描述澳門「僑寓」離岸的文學情形：「梯亞（原名程梓翔）創作不少獨特新穎的小說，全部在香港發表。這批小說尚未結集，相信讀過的澳門讀者不多。李心言（原名李艷芳）在六十年代初期也曾投稿香港的《文藝世紀》。六、七十年代積極渡海發表作品的澳門作家還有汪浩瀚（原名汪雲峰）、江思揚（原名李江）、韓牧、劍瑩、江映瀾（原名周落霞）等人。」（註一一）除此之外，他還提到了對澳門文學貢獻甚大的陶里，點出了至明、黃潔英、東生、心剛、林逸、彩虹、慧心、楚陽、楚山孤、李思狂、李滌非、鍔未殘、游靜萍、謝草園、雪山草、隱蘭、劉思揚、劉照明、鄭章源、葉望、林冷雨、舒汶、駱南僑等等。這份名單幾乎羅列了當時能夠寫作的澳門作者的全體陣容，他們都是在香港的相關文學媒體上發表文章或成長、成熟的澳門作者，他們用自己的筆墨借助香港的《文藝世紀》、《海洋文藝》、《當代文藝》、《伴侶》等刊物，描畫出了實際屬於澳門文學的離岸文學景觀。

顯然，澳門文學作爲一種地域性文學的現象與秩序，雖然聚焦於不同的空域，雖然變換著各種形態，雖然時濃時淡，時起時伏，時冷時熱，甚至可能時斷時續，但它總是呈現於漢語文學的歷史景觀之中，向人們提供可以討論的文學文化現象。理論方面的自覺一般總會比文學現象的發展更顯遲滯，澳門文學作爲一個學術概念和文化概念，其形成的歷史相對短暫。一般認爲，韓牧在一九八四年三月二十九日舉行的「港澳作家座談會」上提出的「建立『澳門文學』的形象」的倡議，是「澳門文學」作爲學術概念和文化概念的開始。該座談會由《澳門日報》、星光書店、三聯書店和花城出版社聯合舉辦，作爲「中國當代作家書畫展」的開幕式的一項內容。韓牧除了呼籲建立「澳門文學」的形象而外，還提出了出版年度文選、評選文學獎，發展兒童文學等具體措施，認爲這些措施可以盡快抵達建立「澳門文學的形象」的文化目標。（註一二）

韓牧的呼籲具有明顯的文化意義和學術意義。在文化方面，勇敢地衝破了類似於文化沙漠的說法以及由此形成的文化自卑感，讓澳門文學和澳門文化有機會呈現在歷史的視域之中，甚至可能呈現於人們目光的聚焦之下，這對於澳門文學的文化建設起到了有效的促進作用。事實證明，只要意識到澳門文學建構的可能性和迫切性，澳門文學建設的熱忱就可能得到有效的激發。此後，澳門有關方面特別是澳門相關社團等有意識地實施澳門文學形象的建設工程，取得了相當的成就，果然在南中國海濱建成了相當醒目的澳門文學形象。各種澳門文學的作品選本和評論選本出版得相當活躍，單是韓牧所構想的澳門文學年度選本，就有澳門筆會版和澳門作家協會版兩種，而且各自都堅持相當一段時間；澳門筆會和澳門基金會主導的澳門文學獎評選已經成功舉辦十二屆，影響越來越大。除了兒童文學的倡導未能真正落實並奏效而外，澳門文學的發展已經建立了相當的規模和有序的節奏。特別是由澳門基金會主導、由作家出版社出版的「澳門文學叢書」，計畫出版一百冊，現已完成了二輯五十六種作品的出版任務。這應該視為澳門文學文化建設的重大舉措。在學術方面，「澳門文學形象」的倡導明確地提出了澳門文學概念，使得「澳門文學」以一種特定的意義浮現在歷史認知的層面，甚至成為學術討論的焦點。其實，一定的社會板塊只要有文學活動，就可能產生一定的文學現象，並且擁有一定的研究價值；一定社會板塊的文學存在不一定通過震撼人心的作品得以體現，其文學運作，哪怕是特定方式意義上的文學運作，文學行為，也就是漢語翻譯的「文學行動」（註一三），都應該視為一定社會板塊的文學，可以以這一社會板塊命名這裡的文學。澳門是一個特殊的社會、文化板塊，它歷來就有文學活動和文學行為，命名澳門文學並確認澳門文學可以說是一種歷史的必然，學術的必然和文化的必然，而這樣的必然性由「建立澳門文學的形象」這一相對穩妥的方式提出，充分體現出澳門學者和作家的審慎與低調。

然而，文學話題一般不會引發較大的社會波動和文化震動，其實有時候的審慎與低調反而能激起各種輕率的質疑。這樣的質疑有益於圍繞澳門文學概念的學術研討，有益於關於澳門文學理解的深入，雖然這樣的質疑本身實際上包含著不少的意氣因素，帶有各種各樣的心態。其中，主張澳門文學概念不成立的學者大有人在，他們往往以周邊特別是香港的文學成就及其影響力比照澳門，認為澳門其實並無文學，甚至認為澳門就是文學的「沙漠」。這樣的觀點將文學品格和規格進行高水平定位，認為稱得上文學的創作在澳門並不普遍，因而澳門基本上沒有文學。這是一種高規格嚴要求的學術認知，但也是一種較為偏激的文學理念。文學既可以指成功的甚至傑出的作品，也可以指一般性的寫作結果，同時，所有與文學相關的文化運作和文學行為皆可以認定為某一區域的文學。從這一意義上說，澳門文學早就存在，是漢語文學世界獨特的文學存在。李鵬翥在〈苦心孤詣的研究創獲——序莊文永的《澳門文學評論集》〉一文中，對這一種質疑進行了深入的論辯：「澳門有沒有文學？澳門是不是『文化沙漠』？這一類老掉了牙齒的問題」；連香港，也一度遭受過類似的質疑，諸如「香港有沒有文學」的問題也曾出現在一九七零～一九八零年代之交，（註一四）貶責香港是文化沙漠的說法常常不絕於耳。面對這一個老問題，李鵬翥顯得很有信心，這信心來自於學術界和文學界的肯定與認同：「早經來過澳門的著名作家陳殘雲、杜埃、秦牧、吳泰昌和著名學者錢谷融、饒芃子等在文章和講話中肯定澳門有文學，也並非是『文化沙漠』。」因此對「不少異地的人在不斷提出」的質疑大可以置諸不理。與此同時，李鵬翥代表澳門文學界借此也作出了深刻的自我反思：有人漠視澳門文學存在的原因，一方面可能是「澳門作家的作品還不夠多，還引不起外地研究者的注意」，另一方面，即便是在澳門的評論家和研究者，對於澳門文學也相對「缺少深入的研究和廣泛的介紹」。（註一五）

當澳門文學概念和澳門文學形象建設的議論尚未出現的時候，澳門無文學的觀點可能會被當成一種常識性的認知遭到忽略，但澳門文學概念出現之後，建構澳門文學形象的呼籲出現之後，澳門無文學的觀點往往變得陳舊不堪的老調重彈，甚至成為故作驚人之語的嘩眾取寵之論。從一定的文學標準出發，人們可以對澳門文學提出批評性的意見，但據此否認澳門文學的存在，是不顧事實的行為，而且有欠公正。其實，澳門早就有文學，這是不爭的事實，連一向謹慎的李鵬翥也從各個不同的方面論證澳門文學的歷史性存在，他在〈澳門文學的過去、現在及將來〉一文中，慢條斯理，不緊不慢，有理有據，全面獨到地闡述了澳門文學的歷史實存，從一九五零～一九六零年代的《新園地》，說到油印文學刊物《紅豆》，勾勒出了澳門文學發表園地與社團活動的基本狀況，再從澳門文學久遠的歷史弦歌，敘說到新文化先驅者的文學影跡，清晰地闡明了澳門文學歷史的悠久和內涵的豐富，接著從當代澳門文學社團、出版、獎勵、講座等等林林總總，方方面面，點染出澳門文學色彩斑斕的現實存在。問題是，為什麼澳門文學這一概念一直呼之不出，甚至無力呼之，無意呼之？一方面是因為澳門學者和文化人慣有的審慎與嚴謹，低調而謙遜；另一方面，也與某些學者和作家對澳門文學以及一個區域的文學理解上的偏差有關。當然，至於隨便以「文化沙漠」之類的蔑視性概念稱呼澳門和香港的現象，誠如李鵬翥所說，實在不值得過分理會。

一些審慎的學者質疑澳門有文學，進而質疑澳門文學的存在，這是對文學概念特別是地域文學概念作相對苛刻甚至是狹隘理解的結果。文學可以是洪鐘大呂的轟鳴，振聾發聵的推動，永恆經典的呈現，精緻輝煌的表現，但也可以是小巧細緻的描寫，恬淡瑣碎的陳設，隨心所欲的散步，粗糙眞誠的表達；如果一個區域的文學就是後一種方式和形態的呈現，怎可以說這裡就沒有文學？只要有人寫作的地方，只要有文學夢的地方，只要有文學交流和文學運作的地方，就應該有屬於那個地方的文學。將一個區域文學的優劣程度當作判定這一區域有無文學的依據，其實是一種偏見。相信正是這樣的偏見一直影響著澳門文學概念的提出。

另一種特別審愼的意見是，澳門不能隨便提「澳門文學」，因爲澳門有漢語文學，有土生葡語文學，還有葡語文學和英語文學，貿然提出「澳門文學」究竟何所指涉，這就成了問題。其實這是一個僞問題。從個人的寫作狀態而言，澳門這樣一個華洋雜處的地方肯定會有如上所說的文學類型，但不能說這些不同語種的寫作都能夠作爲澳門文學的代表。一個特定的區域特別的文學現象當作特別的學術對待，於是澳門學界確有學人對土生葡語文學展開研究並且取得成果的，但不能說這些特殊的文學現象就應該被概括爲澳門文學甚至成爲澳門文學的代表現象。早就有澳門學者非常深深地將「澳門文學」化整爲零，認爲有一種「澳門華文文學」，另外有澳門其他語種文學。（註一六）有些內地學者也認爲「廣義的澳門文學（主體爲澳門華文文學和土生葡人文學）」。（註一七）將一定區域文學中的特殊現象列爲或誇大爲區域文學的必然構成和代表性的概括，這是一種以屬種概念干擾主體概念的現象。當「澳門華文文學」這概念一出現，澳門這個特定區域的政治文化屬性都似乎發生了令人生疑的變異。土生葡語文學是非常有特色的文學現象，但要將這樣的文學列爲澳門文學結構性的組成部分，還讓眞正的澳門文學讓位爲「澳門華文文學」，其實是一種文化理解和學術把握上的偏差。完全可以將澳門文學理解爲是由在澳門或關於澳門的漢語寫作和土生葡語寫作以及其他語種文學寫作共同組成的雜合現象，但絕對沒有必要讓漢語寫作與其他語種的寫作平分秋色地共享澳門文學的文化概念和學術概念。這樣的偏差導致許多學者直至今天也不能理直氣壯地使用澳門文學概念，顯然它會影響澳門文學概念的順利生成並在一定的學術文化語境下健康生長。

澳門文學概念在澳門由澳門作家和學者自己推出，表明澳門文學文化建構和學術建構的自覺性正式形成。一九八四年韓牧充滿激情的「澳門文學形象」的倡言，帶著「爲澳門文學界爭地位爭氣和打氣」的意味，（註一八）造成了巨大的衝擊效應。這種意氣闡述在觀念倡導時期不僅是免不了的，而且是非常必要的，但觀念倡導塵埃落定之後，理性的論析變得十分重要。在這樣的情形下，李鵬翥有關澳門文學的一系列表述，以其淡定沉穩的風格和理據充分的力量，爲澳門文學作爲學術概念和文學史命題的最終確立起到了中流砥柱的作用。堪稱經典之論的，同時還潛心盡意地列舉出澳門不利於文學發展的種種制約因素，爲澳門文學應有的健康生態和發展前路進行了精心設計和呼籲。隨著韓牧的呼籲，澳門文學研究者李成俊、李鵬翥、雲惟利等積極響應，他們借助《澳門日報》，澳門大學中文系等媒體力量和學術力量，通過召集會議，組織論文，編印書籍等途徑，進行澳門文學學術建設的切實工作。同時，澳門文學研究者開始對澳門文學概念內涵和外延進行研究與論辯。「澳門華文文學」之類的謹慎而不免有些尷尬的命題正是在這種論辯性思維中產生的。在考慮澳門文學外延的時候，學者鄭煒明論述道：「發表和出版於澳門的不一定就是澳門文學。如現居外地的作者，投稿澳門的刊物而得以發表，不能簡單的說就是澳門文學，但可以考慮其對澳門文學的發展有沒有積極的影響。相反不在澳門發表和出版而仍算是澳門文學的，多有實例：懿靈的《流動島》在香港詩坊出版；筆者的另外一些土生土長的學生，剛在文壇亮相的時候，絕少在澳門發表作品，其作品卻在香港、臺灣的刊物上刊登。因此說，我看澳門文學的定義這個問題，總不能太死板。」（註一九）這樣的議論在當時具有一定的針對性，而且也爲嚴格界定澳門文學作了輿論準備，但從一定的學術實踐而言，很可能這樣的議論會導致對澳門文學理解的更加「死板」。澳門由於社會體量的限制，文學人口相對稀少，澳門文學從作家構成到作品陳列其實並不擁擠，在這種情形下，那些非澳門籍人士在澳門的寫作或者發表於澳門的作品並不一定得排除於澳門文學之外。至於澳門籍人士在外發表的作品納入澳門文學範疇的事，從來就沒有成爲一個問題。「離岸文學」的關注已經表明，澳門文學家和文學寫作者在香港及其他地區發表的作品完全可以而且已經納入澳門文學的當然範疇，澳門文學研究界從未有人質疑過類似於「離岸文學」屬於澳門文學的基本事實和基本概念的理解。

澳門文學概念的提出及相關的學術爭辯，爲澳門的文學界和文化界注進了一定的活力，也強化了他們建構澳門文學的自信與自覺。各種選本的澳門文學作品紛紛出版，文學雜誌的出版也在這一時段進入活躍期，澳門五月詩社正是在這樣的情勢下組成並產生影響，澳門文學批評也在這樣的氣候下呈某種熱鬧局面。無論是文學創作、文學批評和文學研究，在澳門文學形象的號召下都有了自身認同的快感。澳門文學的新格局實際上是以澳門文學概念認定的格局爲基準的。

一九八六年，由當時的臺灣香港文學研究會組織的「臺灣香港文學學術研討會」在中山市舉行，這次會議在籌備和召開的過程中做出了重要決定，讓澳門文學進入研討會主題之中，從此，澳門文學得到了主流學界的承認，臺港澳文學作爲世界華文文學的特殊的組成部分得到了學術的認定。這樣的學術事件發生在澳門文學概念被推出的兩年時間內，應該算是相當快捷的速度了，這一方面，清楚地表明澳門文學界努力建構自身認同的成效；另一方面，也幫助中國當代文學研究界以及世界華文文學研究界合成一體，應該被稱爲漢語新文學界，對澳門文學持有真誠的歡迎和熱忱的鼓勵態度。有意思的是，二零一零年，澳門大學在澳門基金會的支持下召開了近現代媒體與澳港臺文學經驗的學術研討會，（註二〇）首次在重要的學術活動中提出了「澳港臺」概念和排列順序，體現了對澳門文學特別是其特有的歷史文化內涵的重視。澳門是中國近代媒體的肇始之地，從媒體的角度研究中國文學當然應該將澳門置於首位。這實際上是對澳門特定的文化歷史和文化地位的一種學術肯定。

澳門文學作爲文學板塊、文化現象和學術概念的被確認，無疑有效地擴展了漢語文學的版圖與範圍，使得漢語文學特別是漢語新文學的空間結構得到了完整性的彌補。如果按照一九八零年代的研究習慣，在中國大陸以外的地區只是關注臺港文學或港臺文學，中國當代文學的版圖就非常遺憾地缺少澳門這個特別區域，相信這樣的遺憾不僅僅是文學和文化上的。澳門不僅是中國神聖的一部分，也是中國文化富有特色的一個重要板塊，其文化的歷史性和特徵性都是香港文化所無法替代的。澳門文學是澳門寫作者和澳門文學人依據澳門經驗、澳門感受共同創造出來的文學存在，它應該向漢語文學世界貢獻出獨特的澳門精神和澳門情緒，這種精神和情緒是其他地區的文學所無法提供甚至是無法複製的文學文化資源，從這一意義上說，澳門文學的獨特性是漢語新文學世界所關注並重視的對象，澳門文學在漢語新文學世界不僅應該擁有其獨特的地位，而且應該是漢語新文學世界所不可或缺的特定板塊。

澳門文學倡導者、評論者和研究者對澳門文學的呼籲與論辯，其歷史價值非常明顯，其文化效應也不言而喻。然而，在澳門文學應有品格和文化特性方面的論證並不十分有力，而且常常趨於忽略。最初提出澳門文學形象的論者，實際上並沒有意識到須認定澳門文學形象的獨特性，特別是澳門文學的文化內涵和地域風格的獨特性。澳門文學如果不是以獨特的內涵、獨有的精神氣質和特別的審美風格確立自己的形象，這樣的形象終究會湮沒在其他地域文學的模糊色之中。

貳　澳門文學的「生息」與漢語新文學內容的擴充

澳門文學具有自身特有的生息狀態，對漢語文學特別是漢語新文學做出了獨特的貢獻。的確，澳門文學沒有形成雄踞一方，稱霸一時的文學高峰現象，沒有多少經典性的文化積澱，在漢語文學歷史上甚至難以列舉出可圈可點的文學史景觀，澳門文學在漢語新文學世界一般可以被認爲是乏善可陳，因而常常被忽略。但這些都是長期以來主流文學界沒有對澳門文學予以足夠重視、給予特別關注的結果，是對澳門文學的歷史的審美的存在長期忽略而造成的一種誤解。澳門文學通過五月詩社以及相關的詩學刊物向漢語新文學世界貢獻了卓越的後現代詩篇，在後現代詩歌創作方面引領了潮流，這是漢語新詩史上值得大書特書的一筆。澳門特有的土生葡人的生存狀態和心理狀態，是中國經驗和澳門經驗的結合體，也是中國經驗和澳門經驗的一種特徵性體現，它只能訴諸於澳門文學的表現，而澳門文學特別是小說創作也確實在這一特定的經驗表現中做出了令人滿意的貢獻。澳門歷史與現實中的許多環節交織著若干民族問題的糾結和現代人精神情感的困惑，澳門戲劇創作圍繞著這些糾結和困惑展開了藝術性的演繹，取得了令人矚目的成就，同時也是對漢語戲劇文學創作做出了澳門經驗書寫的貢獻。而澳門的人生，安寧、靜好、緩慢、樸實，同時又淺顯、浮泛、平凡、庸碌，非常符合散文的表現，這是澳門體散文形成的重要的生活資源和文化資源。在安寧、緩慢中散步，同時在婉諷、嘮煩中解脫，這是澳門體散文的風格和魅力，也是它的內容和質量。

澳門是詩的熱土，從古到今。一九八三年，香港詩人何達就曾對陶里斷言：「澳門是詩的基地。」（註二一）明清兩代，多有各地詩人、畫家、詩僧遊方至此，或小住一段，或卜居於此，每每雅集酬唱，常常弦歌不斷。這樣傑出的系列中有吳歷、屈大均、丘逢甲等等，可謂燦若星辰，耀眼輝煌。新詩創作領域雖然沒有如此高尚輝煌的團隊，沒有像蓮峰詩社這樣引人入勝的故事，但也一度建立了殊勳，建構了漢語新文學領域燦爛的景觀與記憶。如果說後來發現的一九二一年由澳門文學界貢獻的新詩還是那時候如火如荼的新文學和新詩創作熱潮中的一朵微微波瀾和點點漣漪，還是瞠乎其後的一番創作行爲的結果，澳門離岸文學時期的新詩創作也常常是香港文學或其他主體文壇的一抹餘緒、一種補充和一種贊助，那麼，漢語文學的歷史和澳門文學的歷史都應該提請人們關注一九八零年代中後期，那時的澳門文壇崛起了一個重要的現代詩歌社團和新詩流派，這就是五月詩社。該社於一九八五年在澳門開始醞釀，一九八八年五月正式成立，代表人物有陶里、雲惟利、流星子、高戈、江思揚、懿靈、胡曉風、淘空了、淩楚楓、雲獨鶴等，而後來加入的年輕成員則有黃文輝、舒望、林玉鳳、葦鳴等。五月詩社出版有《五月詩侶》、《澳門現代詩刊》等書刊，大多列入「五月詩叢」。五月詩社的成立宗旨本「在於聯絡詩人交流經驗，研究詩論，推動澳門新詩的發展；並希望進一步促進中葡詩人來往，建立與外地詩會的聯繫」。（註二二）顯然，這本來是一個在澳門司空見慣的聯誼性的社團，在文學和詩歌方面並無大的企圖心。他們一開始並無文學傾向方面的倡導，用李鵬翥的話說，「詩貴乎有眞情實感，如果爲了一個簡單的模式，一個簡單的主張去扭曲地創作，又有什麼意思呢？」（註二三）眞情實感的堅持就是按照自身的感受，服從自我情緒的命令進行詩性的歌吟。

那麼，他們的自我情緒和自身的人生感受是什麼？那是與澳門特定的歷史感興聯繫在一起的一種文化氣根的漂動感、無定感和懸置感。雖然澳門絕不是一艘不繫之舟，它的根牢牢地扎在祖國的大地和傳統文化的沃壤之中，但由於長期以來外族殖民所造成的一定程度的政治阻隔和情感疏隔，讓澳門同胞不免產生一種若即若離、時斷時續的游離感，這樣的游離感如同廣粵大地常見的榕類植物高高揚起的氣根，它本是爲了吸收空氣中的水分和養分發育而成的上部根系，但在吸收空氣中說沾惹養分的同時也不免隨風飄動，無地著落，雖然有一番高揚的風神瀟灑甚至有一種眩惑的趾高氣昂，但畢竟體現的是一種不安定的靈魂的漂動感、無定感和懸置感。以前或有這樣的觀察：「一個新移民文藝家，即便是『扎根』澳門再久、再深，他們的作品也難以眞正對澳門社會文化實現『零距離』的表現。由於文化認同與心理、情感認同產生的機制不同，移民文人對於異地文化元根的表現總會有些隔膜，他們表現的文化可以描述爲文化氣根——一種與深入到泥土內部的文化元根並不一樣。文化氣根既彰明較著又相當淺顯，這是移民文學家普遍的創作現象，對於澳門新移民文學而言，這是它的部分特色。」（註二四）其實，文化氣根感興是澳門文學家、澳門文人相當長一段時間內普遍的人生感興，是特定歷史境遇下的中國人所深刻體驗的情緒與情感，這是特定區域特定歷史條件下的特定的中國經驗和澳門經驗。詩人懿靈作爲澳門人卻覺得自己還是「異鄉客」，在〈異鄉客〉一詩中表達的是這樣的「氣根」型感興：「漁夫走過的地方／泛著家鄉的風味／是海邊新街的魚香／把海水懸於屋檐下／串起珠江三角洲鹹鹹的淚……」在大海與黑夜相互勾結的時候，「腳尖下相親的淚／仍在靴筒內浪蕩／找不著依歸」，於是，只好「就讓鄉間的流傳成爲永世的流傳／如同我的身軀永遠地成爲大海的謎」。這種典型的澳門經驗表述的就是氣根的感興，充滿著飄動的辛酸，又缺少自由的享受，永遠是懸置著的感覺，用詩的語言來表述那就叫「流傳」，「流傳」實際上就是被時間處理過的懸置感。詩人陶里所體驗的生命的懸置感以及抽取了自由的無奈的無定感比年輕詩人的懿靈更爲深刻，也更爲厚重和淡定，因爲那其中融合著澳門中老年文人的人生體驗。他在〈其實沒有〉這首詩中表達了人生懸置感中的無差別境界：「其實沒有清晨和黃昏 只是／愛讀早報啃麵包 在燈下／喝濃湯聽女人嘮叨」。瑣碎的人生中「其實沒有所謂愚蠢」，也「其實沒有所謂胭脂」，「沒有所謂領帶」，「沒有醇酒與玫瑰」，甚至「其實沒有墳墓」：「只是／太多的戀愛造成太多的生命虛脫／墓園裡乾巴巴的土堆失意於雨季」，然後詩人醒悟道：「雨季不雨季　貼郵票的十八歲／寄到手杖和更年期只需剎那／其實沒有清晨和黃昏」。貼上郵票將十八歲郵寄到手杖和更年期，也就是將清晨貼上郵票寄到黃昏，原來就是那麼一個微不足道的剎那的距離，於是人生其實就實存在這種時間意義上的無差別之中，那是一種被倒立的無定感和懸置感。陶里是一位具有現代主義文學感性的詩人，他的那種將十八歲貼上郵票寄給手杖和更年期的異想帶有現代主義的荒誕意味，但他更傾向於在詩中表現瑣碎、日常與庸凡，啃麵包與聽女人嘮叨，發現「男人和女人難以成爲男人和女人」的庸常邏輯，都是他筆下常常習慣於加以表現的內容。人生的漂動感、無定感和懸置感通過現代主義的奇思異想，以及後現代主義的庸常瑣碎加以立體地呈現，這是陶里這首詩的特色，也是陶里詩歌創作的基本特色，其實更是澳門新詩對於漢語新詩所做出的重要貢獻。

一九八零年代後期，現代主義的詩歌描寫還處在緊張的實踐和激烈的論辯之中，帶有現代主義色彩的詩歌探索仍然處在猶抱琵琶的狀態而難以在詩壇高視闊步，於是後現代的詩歌創作尚未開始露出苗頭，而這時期的澳門新詩中，現代主義的表現已經成爲普遍的詩歌手段，五月詩社後來出版的詩刊更被直接命名爲《澳門現代詩刊》，明確了他們詩歌創作的現代特質。《澳門現代詩刊》中的「現代」對應的葡文是「Contemporanea」，強調的是其「當代」甚至「當下」品質，其實是對日常、瑣碎的後現代詩歌品質的一種呼喚。

當中國大陸的詩歌還在爲現代主義詩風是否可以接納、可以容忍的問題所困擾並且尚無結論性結果的惶惑、糾結時期，澳門的現代詩歌已經在五月詩社爲主體的詩人群體的運作下走向了現代注意與後現代主義的融合。當時，即便是在臺灣、香港的文學界，現代主義雖然早已經深入詩心，有了二十多年的發展和演進的歷史，推出了余光中、洛夫、羅門、劉以鬯等傑出的現代主義詩人，但詩歌創作仍然處在牢固的現代主義詩學語境之下，後現代主義的日常化、平庸化和反諷意味尚未進入主流的詩筆之下。澳門擁有特別的歷史，其現實情形也非常獨特，生活在澳門的詩人能夠從澳門人生淡淡的現代主義氛圍中同時體察到現代性與後現代性的意味，並且以一種雜合的方式加以表現，這在漢語新詩和漢語新文學的發展過程中具有相當的先鋒意義，雖然囿於澳門的地緣影響力，這樣的文學現象和詩歌現象未能在漢語新文學、漢語新詩領域起到切實的先導作用。

在漢語新詩領域，後現代的感興最先在澳門產生並在澳門文學中得以較爲普遍的表現，絕非偶然，這是與澳門經驗聯繫在一起的一種情感釋放的結果。這種後現代的詩性經驗，作爲特定時期特定環境中的中國經驗和澳門經驗，與中國人在祖國大陸所感受的來自大地深處的實在感和沉重感完全不同，儘管「雪落在中國的土地上」所造成的徹骨的寒冷和疼痛同樣會令幾代人刻骨銘心，而身處澳門的詩人，面向海洋卻無法遠航，面對故鄉卻無法回歸的漂動感，以及難以漂泊也難以安定的荒誕感，伴隨著一種刻骨銘心的不安定感，以及命運從來無力掌控的無定感，無法立定於扎實的大地同時也無法攀登上光輝的巔頂的懸置而無奈的感覺，是一種既失去自由又無法休憩，既飄忽不定又行之不遠，既領略無限又失去根性的尷尬與困惑的體驗。當年徐志摩曾這樣詩性地描述林長民的瀟灑風神：「萬種風情無地著。」對於澳門詩人和文學家而言，他們並沒有那麼幸運地領略萬種風情，但那一點點庸常的、平凡的甚至是空虛的感受和領略同樣無地可著。這從懿靈對「勞工證」的描寫可以眞切地感受到這樣的後現代感興。「截至，截至我登了岸和誕下第一個孩子/柔和的日光才在相親的胸口撫慰過/然而打從那時開始/打從人們給我一個/『有證勞工無證家屬』的名稱時/陽光只是懸在窗櫺上的一塊碎片/等待點算　等待風乾/等待和時間一同歸去」，於是她選擇了情感的放棄：「就讓鄉間的流傳成爲永世的流傳/如同我的身軀永遠地成爲大海的謎……」這首詩題爲〈異鄉客〉，表達的是一種無根的不安定的體驗，是一種在難以維繫的著力點上所作的無可奈何的感嘆與唏噓；這是一種對於澳門特定人群而言非常廣漠的悲哀和深痛的詩性感悟。這是一種頗爲典型的後現代體驗，訴諸於文學便是一種自然而粗礪的後現代表現。淩楚楓的〈青諫〉同樣表現了這種介乎於現代主義和後現代主義感興的情緒放逐或情感放棄的詩意：「將沉舟交給岸/將岸交給山」。主體的責任無力承擔，似乎也無意承擔。

這樣的中國經驗和澳門經驗，與海外華人在遠離祖國的漂泊感、無根感和悵恨感也很不一樣。由於澳門以及澳門人生一直與祖國有著千絲萬縷的聯繫，澳門中國人的情感生活和社會生活其實並沒有眞正疏離過大陸，即便是在大陸政治運動非常極端的時代，國家政治的熱溫也相當程度上傳導到了澳門，一定程度上溫熱了這片彈丸之地。相當長時間內，葡國人消極殖民政策以及某種意義上對待本澳中國人的種族文化歧視，使得在澳門的中國人天然地對祖國保持一種情感與心理上的依賴，而心理距離上的親近感也從未消失，這樣，對於大陸，對於祖國，對於民族文化的親切感較爲強烈。於是，他們對於中國文化和祖國內地，就不會產生相應的漂泊感、無根感、悵恨感，但明明根系相連，卻總是有一定的疏離感和陌生感，這是非常痛苦的體驗，這是澳門詩人和文學家真實的體驗，是典型的澳門情感和澳門經驗的寫照。

澳門後現代體驗中的漂動感、無定感、懸置感在流星子和姚風的詩歌作品中也有非常醒目的呈現，這使得他們的相關創作取得了漢語新詩領域的先鋒地位。

流星子體驗並表現的無定感是富於個我性的平凡的詩性。他的詩經常將個我理解爲或者想像爲被抽去了主體肯定性的空洞的存在物，似乎沒有重量，沒有水分，沒有生命的質感，因而也似乎沒有多少疼痛的感受；於是這個個我可以與空氣搏鬥，與長風比拚，如魯迅在《野草》中寫到過的陷入無物之陣，但是沒有分量，沒有定力，沒有可以著落的地方，沒有可以憑依的對象，於是莫名其妙地碰壁，不知所以地失敗，無可聲辯也無法抗辯，無法可奈亦無計可施，那是一種洶湧澎湃的尷尬，是一種痛心疾首的荒誕，是一種理直氣壯的失魂落魄，是一種不明就裡的嘮嘮叨叨。這一切都與特定時代和特定個體的漂動感、無定感和懸置感相通。他寫一個人面對〈窗內窗外〉的感覺：「他覺得窗外的風／正在跳著舞曲／聲音深透整個世界的血脈／他望望窗外／昨天和今天有一點不同／窗口也神秘起來／他想起該是穿皮鞋的時候了」。這裡有模糊和超越聽覺與感覺界限的感興：「聲音深透整個世界的血脈」；這裡又有模糊和超越時間與空間界限的感興，在窗內窗外的空間感中卻有「昨天和今天有一點不同」的時間混合感，正是在這種聽覺與感覺、時間與空間的模糊與超越中，詩人感受到一種可怖的不確定性：「窗口也神秘起來」了。這樣的神秘是現代主義的荒誕感和深切痛苦的情緒，然後，一句隨意的、平庸的「他想起該是穿皮鞋的時候了」，將已經拉回到後現代主義的平淡和平凡意境，從而完成了典型的澳門現代詩歌情緒的表現。

類似的表現還讓我們想起姚風的〈福爾馬林中的孩子〉一詩：

在病理室

看見你坐在福爾馬林中
冰冷，浮腫，蒼白
卻沒有腐爛的自由
嘴唇微微張開
還在呼喚第一聲啼哭
緊攢的小手
抓住的只有自己的指紋

你沒有腐爛的自由
你讓我對生活感到滿足
呵，自由，腐爛的自由
我畢竟擁有

姚風在福爾馬林藥液浸泡的嬰兒標本中仍然體驗到生命無定感的惶惑，即便是死亡也還是沒有「著地」的歸宿感，它們失去了腐爛的權利。這是一種非常痛切而深刻的生命關懷，是一種將生命的疼痛感寫到極致的詩性表達，它穿透了死亡，也同時穿透了死亡的恐懼，將生命的不確定性，生命的動盪不安令人戰慄地呈現於漫不經心的詩句之中，喚起的震撼是那樣地強烈，激發的痛楚是那樣地慘烈，擾動的警醒是那樣地豐贍；讀了這樣一種後現代感興的詩篇，人們會覺得死亡還不是厄運的頂端，生命的終結在有時候可能是一種飄動的開始，永無安定，永遠懸置，在不能歸宿處虛擬地歸宿，那是一種怎樣的痛苦與不幸！

一般而言，澳門的人生體驗屬於溫和平淡的那一類，猶如它波瀾不驚的洋面、它淺顯平緩的海濱、它平明如砥的人生、它安寧靜謐的社會，在這裡，不容易產生強烈的震撼、慘烈的痛楚、豐贍的醒悟等等黃鐘大呂式的詩性意趣，但在這首詩中這樣的效應確實生成了。這樣的感興和效應當然並不屬於詩人個人，它們仍然屬於一種群體的社會性的詩性體驗，其實與澳門這一特定地域特有的漂動感（不是漂流感）、無定感（不是無根感）、懸置感（不是懸疑感）有密切關係。澳門根系於祖國，但漂動在大陸的邊緣，獨立面對蒼茫的大海，於是有一種無定之感，既包括不安定的靈魂，也涵指不安寧的人生，沒有飄忽，但卻始終懸置無著。這種漂動的生存狀態，無定的生命感受和懸置的生活樣態，是典型的澳門經驗和澳門體驗。在詩人淘空了體驗的澳門經驗中，「太陽剃光頭從城垛跳下／軟禁的晚風假釋了」（〈晚風渡小城〉），現代感的荒誕與後現代的玩世不恭黏合在一起，表現的是失去主體承擔的荷重感。流行子的那首控訴生命失重感的詩篇，是漂動感、無定感、懸置感的寫照，而姚風這首詩雖然寫的是浸泡在福爾馬林藥液中的可憐的屍身標本，但卻準確地、深到地傳達了這樣的澳門經驗和澳門體驗，當然也是漢語文學中較集中和較熱烈的後現代體驗。

澳門文學所表現的這種漂動感、無定感和懸置感等後現代人生體驗屬於澳門經驗，是中國經驗中非常特別的一類。特定的政治背景、地理狀貌、經濟結構、人文環境與人際關係，使得澳門文學家比其他地域的詩人更迅速、更近切、更清晰地體驗到後現代的既奇特、殊異甚至荒誕，同時又平凡、平常甚至平庸的人生感興，他們將這樣的感興交付給幾乎不尚修飾的詩歌，其所呈現的後現代詩的特徵，客觀上爲中國當代後現代詩歌開闢了道路。

澳門文學的「生息」意義和重要貢獻確乎主要在呈現澳門經驗，成爲漢語新文學領域不可忽略而且也不可取代的經驗表達，實際上也體現了漢語文學的重要特性。澳門戲劇近些年在這方面頗多收穫，應該成爲漢語新文學界彌足珍重的文學成就。穆欣欣創作的京劇《鏡海魂》（註二五）講述了澳門歷史上最具震撼力的故事：沈志亮刺殺葡國總督亞馬喇。劇本沒有停留在懲罰侵略者的暴虐這樣的正義感的抒寫上，而是通過葡國人的建設理念與中國老百姓的家族情感與宗法理念之間的文化衝突，刻畫出一代歷史人物的悲劇關係。劇中的沈志亮作爲中心人物卻沒有處理爲高大全的英雄，作者對之選取了有時候仰視，有時候平視，有時候甚至俯視的多種視角，將他刻畫爲一個敢作敢爲的大英雄，勇於擔當的男子漢，耽於情感的小夥子，於是這個人物就成爲一個複雜的個體，他既能代表澳門中國人的情感，又能代表殖民統治下被壓迫者的情緒，同時還能代表一代人的正氣與素常，壯懷與情懷。劇中對於葡人以及清朝官吏的刻畫也力避簡單化的處理，而賦予他們正常的、複雜的人性，富有人性和人情味幾乎成爲《鏡海魂》中大部分葡人和官吏的人物特性，他們與沈志亮的衝突，與澳門中國居民的衝突，以及他們之間的衝突，都體現爲一種時代格局的悲劇，這樣的格局逼得幾乎每一個劇中人都面臨著人性的困境，難題與相關的批判性。這是一齣悲劇，但悲劇的造成者是特定境況下的歷史格局，在這樣的歷史格局中所有人性的檢討都蒼白無力。這部劇當然不是命運悲劇，有一點性格悲劇的意味，也不是完全意義上的社會悲劇，它不鼓勵也不通向對社會問題的反思。它是歷史格局的悲劇，包含著歷史命運的撥弄，歷史性格的狂放，是一種無法控制甚至也難以分析的悲劇形態。中國現代文學史上很少能夠找到這樣的歷史格局悲劇，澳門文學界爲漢語新文學貢獻了這樣一種審美個性獨特的悲劇。

李宇梁和澳門青年劇團貢獻了話劇《天琴傳說》，以盡可能舒緩的音樂節奏講述了兩代澳門人的浪漫故事。正像自古以來許許多多感人肺腑或令人厭膩的浪漫故事所展示的那樣，每一種浪漫都包含著無盡的悵恨。母親在少女時代錯失了美妙的邂逅，錯失了倜儻英俊的青年，卻撿來了一個迷迷糊糊的「舊飯」作爲自己孩子的父親，並且宿命地伴其終老；Ken和Florrie在經歷過一場突如其來的災難之後才懂得彼此珍惜，然而與命運主宰之間莫名的時間遊戲告訴他們，餘留給他們相親相愛的時日已經屈指可數，於是他們在慌亂的悲痛之際實踐著彼此的瞭解。兩代人的浪漫故事沒有任何交叉，從情節和情調方面而言，時代差異亦非常明顯，但愛而不得的悵恨情緒的表達使得兩代人兩個浪漫主題的故事產生了連接的可能。在老舊的浪漫敘說中，這部戲劇通過突出的音樂氛圍，還有讓都市生活久違了的星空的鋪墊，表現得既傳統又現代，鄉土氣濃郁而西洋味十足。澳門劇作家李宇梁希圖通過這種種羅曼司的演繹，以西方神話中奧菲爾與尤麗蒂斯的天琴傳說爲情感和理念的參照，進一步解析浪漫的悵恨並不是怨世的理由，由此顯現的人性的弱點在星空所代表的偉大時空映照下構不成任何有價值的呻吟。當文學告別命運悲劇（也即不再將浪漫的悲劇歸咎於天道和世情）之後，性情的抒寫同樣通向主體的解脫：他們可以通過各種方式包括神話傳說，包括自己的想像甚至於編造的謊言，寄託給浩瀚的星空抑或是無際的大海。《天琴傳說》沿著這樣的傳統路數展演著兩代人的浪漫，但在藝術構思最幽婉的曲徑處成功地拐了一彎，或者說進行了一個亮麗的轉身：在編導的筆下，大海絕不會爲這樣的悲情迸一滴眼淚，星空也不會爲這樣的悵恨改變命運的軌道，更不會爲此奉獻祝頌和承諾的繽紛花雨。浪漫連同浪漫之中必然包含的悵恨只屬於各個人自己的人生，它需要人們去了悟，然後去面對，了悟之後無可奈何的冷峻面對既勇敢而又莊嚴，甚至具有悲劇意義的崇高。手機伴隨著同時也逼促著我們的生活，浪漫正在遠離。但我們仍然看到了浪漫的故事：浪漫似乎並沒有遠離。越是沉陷於實際得令人窒息的時代，人們似乎越盼望浪漫，即便是浪漫遠離了自己，也願意傾聽浪漫的故事。前些年的好萊塢大片都是浪漫的故事，古典而美麗，幽怨而甜蜜。

澳門文學還在審美世界和經驗世界中以土生葡語的方式特別地「生息」著；土生葡語文學應該視爲澳門文學的特殊形態。

澳門土生土語話劇，所操用的雖然是特殊的小眾語言，但它兼具葡萄牙語、英語、粵語、馬來語甚至其他語言的多種文化信息和語言質素，表現出一個人種獨特、文化獨特、語言也同樣獨特的族群相對深厚的語言文化歷史，以及開放多元的語言態勢。這種生活質量濃厚，開放程度高而且具有多重適應的語言，反映著獨特的人種歷史和特定的文化元素，渴望爲包括土生葡人在內的眾多澳門人乃至整個華人社會和葡人社會的接受、理解與支持。通過土生土語話劇的演出，當然也通過演出過程中穿插的土生土語的教學性演示，土生葡人藝術家力圖表現的正是這樣一種語言要求和文化訴求，在世人面前展示土生土語的語言魅力。在這方面努力最多的便是創作力特別旺盛的編導飛文基，土生土語話劇《熊到發燒》由他編劇並執導。他作爲澳門土生協會的重要骨幹，一直想通過土生土語話劇重新喚起土生葡人對這種語言的尊重，進而喚起澳門內外的漢人和葡國人對這種特殊語言及其魅力的認知與承認。自一九九七年以來，他幾乎在每一屆澳門藝術節上都推出自編、自導甚至自演的土生土語話劇，這樣的劇作累計已經超過二十五部。作爲具有強烈的文化責任感的知識分子，飛文基非常重視土生土語中包含的文化成分和精神遺產。堅持甚至復興土生土語，是他的文化職責，也是他的藝術旨趣。《熊到發燒》顯然不是一個完美的劇本，戲劇衝突較爲平淡，圍繞著大熊貓進澳這樣一件與澳門普通商界並沒有多少關係的歷史事件，虛擬了一場商業「戰爭」，情節帶有顯得相當勉強。然而，劇作的戲劇性正在這裡：通過熊貓落戶澳門及其所需要的食物市場的「爭奪」，劇作家仿擬出各種人物關係，有商家之間的競爭，有老闆與雇員之間的角力，有公司與政府部門的遊戲，有商行與社團之間的爭持，也有雇員與市民之間的交流，還有土生葡人與本澳華人之間的對話，幾乎澳門社會的形形色色，都在這個虛擬的故事中得到廣泛的體現。這是一種典型的澳門式的後現代體驗的表現，希望通過情節、人物及其關係的仿擬性摹寫，輕鬆而便捷地反映現時澳門社會的人生狀況，澳門土生葡人的生存狀態和「神馬浮雲」時代的精神質量。這部戲中始終貫穿的乃是一個「泛」字，「泛」澳門社會，「泛」現實人生，「泛」社會話題，「泛」政治秩序，「泛」經濟活動，「泛」時代氛圍，「泛」價值，「泛」理念，一個普泛時代的普泛性嘲諷通過盡可能浮泛的仿擬手法得到了生動而有趣味的展現。

站在澳門戲劇的立場上觀察，我們不必爲這些優秀的戲劇文學走不出澳門而沮喪，因爲這些戲劇的地域性成功，特別是澳門經驗的成功表現，澳門故事的成功講述，同樣能給漢語文學、華文戲劇乃至於整個戲劇世界以豐富的甚至是深刻的理論啓迪。就土生土語話劇而言，它足以啓發我們重新思考和定位話劇與說話的關係，重新確認話劇在一種語言確立和發展過程中不同凡響的價值，也足以啓發我們再次審視什麼是戲劇性和戲劇本質的問題，確認什麼纔是有戲怎樣纔算有戲的問題。

廖子馨是一個有追求的澳門作家，她同樣關注澳門社會中土生葡人的人生，並用自己的創作之筆摹寫土生葡人故事以及他們的心理世界，取得重要成就。這是指她的小說《奧戈的幻覺世界》，以及根據此小說拍攝的電影《奧戈》。作品中的奧戈是澳門土生葡人，看起來像中國人這一點使得他混在葡人堆裡一直不自在，甚至受盡屈辱，這種不中不葡的狀況在他的心裡紐結著，他渴望自己的葡人身分得到認同，也不理解身爲中國人的祖母。「他因爲有與祖父相似的鼻子而自豪，卻因爲與祖母一樣長著中國臉而心生厭惡。」但奧戈畢竟是祖母的孫子，祖母也疼他，他和她在血緣和文化習慣，都有一種叫中國性的東西。尋求認同卻無法得到認同，即便得到有限的認同卻又是自己不願接受的認同，這就是澳門土生葡人的悲劇。這樣的悲劇來自於自我內心的不安定和懸置之感，是一種典型的澳門經驗，也是特定的澳門人最容易獲得並加以文學表現的後現代體驗。

林中英、沈尚青等人的散文也是澳門文學重要的收穫，其中也多是表現澳門體驗的後現代性，以及相應的人生批評，表達澳門特定的人生經驗，講述澳門故事，或者站在澳門視角觀察世界。這些作品的思想深度、歷史內容和時代力量都不夠充分，但畢竟爲漢語文學世界乃至整個文學界提供了澳門文學所特有的人生資源和文化資源，是漢語新文學乃至整個文學界所應該珍視的內容。

參　澳門文學的「生態」與漢語新文學理論的深化

澳門文學以自己別具一格的特色，形成了在漢語文學乃至漢語文明過程中獨特的景觀和生態，可惜這樣的「生態」缺乏。長期以來，澳門文學一無史述，二無理論，三無評論，不僅連澳門文學的概念和稱謂都長期付之闕如，便是澳門有沒有文學都成了一個疑問。對此，對澳門以及澳門文學與文化懷有深厚情感同時也懷有深切感受的論者無法坐視，倡導澳門文學概念與澳門文學形象的闡論此起彼伏，從而在一九八零年代中期形成了有關澳門文學的理論熱點。

此後澳門文學的理論探討圍繞著作家作品研究進行，澳門文藝評論家協會曾與《澳門日報》聯合，開闢了「澳門文藝評論組合」的專欄，對澳門文學作家作品的研究得以序列化、專題化。被稱爲「外地的評論者」的學者則熱衷於對澳門文學歷史的總結與概括。對於澳門文學進行學理的分析和理論性的剖析，以便使澳門文學的形象在漢語文學世界得以醒目地確立，得以清晰地突現。

作爲漢語文學世界獨特的板塊，澳門文學在學理上與香港文學、臺灣文學並列，雖然向漢語文學貢獻了諸如五月詩社的後現代詩篇，並且歷史地充任了漢語文學的先鋒，但有一個關鍵性的缺憾，就是未能向漢語文學界推出足以代表自己這個板塊文學成就進而代表所處時代的作家作品。在漢語文學界，提到臺灣文學，各個不同歷史階段都會有一批傑出的代表作家兀然凸顯，如梁實秋、余光中、瓊瑤、柏楊等，提到香港文學，也會聯想到金庸、李碧華、劉以鬯。但在非專業讀者的印象中，澳門文學無法提供這樣的名單，任何一個在澳門文學中出類拔萃的文學家都還未能在漢語文學視野中奏脫穎而出之效。所有在澳門文學範圍內得以突出顯現的文學家都是在一定的話題意義上有條件地被舉例性提及，他們並不能理直氣壯地作爲澳門文學的代表進入漢語文學共有的閱讀平臺。這是澳門文學的短板，也是澳門文學的悲哀。

但文學的呈現未必只是經過歷史的優選貢獻代表性作家作品一途，澳門文學經過長期鍛造、錘鍊，形成了特定的文學生態，儘管是弭平了文學發展高峰現象和地標人物的特定生態。這樣的文學生態不僅爲漢語文學世界作出了板塊性的貢獻，而且也對漢語文學的理論建設提供了經驗性的啓迪。

弭平了文學發展高峰現象的澳門文學生態呈現出一種文學發展的自然狀態。由於澳門社會人口受限，文學市場始終不夠發達，文學在社會生活中的影響力也沒有得到意識形態格式的誇大，因而也未納入社會管理序列進入某種調控程序，這樣，澳門文學出版發行體制處於渙散的自由的狀況，文學的發表和出版基本上處在沒有明確的「門檻」，文學發表和文學出版所需要的許可機制基本上處在隱匿狀態。這樣的創作自由和發表自由在許多地方都是稀缺資源，特別是無門檻的出版和發表許可機制所造成的發表自由，在網絡文化形成之前，幾乎成爲懷有文學夢想的人們共同期盼的境界。澳門的文學愛好者和澳門的文學夢持有人早就擁有了這樣的境界。這是澳門文學特定生態形成的基本條件之一。

自然狀態的澳門文學生態還得益於另一個基本條件，就是文學出版獎勵機制和資助機制的形成。澳門長期以來以博彩業爲主體產業，這樣的社會運行體制對於這個社會的組織者而言，不可避免地帶有一種相對於傳統倫理文明的精神負擔。作爲這種精神負擔的轉移，澳門社會組織者常常考慮以某些補償性的措施彌補博彩主業帶來的社會污名化後果，這些補償性措施包括通過各種途徑獎勵精神產品的製作與推出，於是，澳門的文學出版獎勵機制和資助體制較之其他地區更爲充分，更爲健全。就回歸以後的澳門文化格局而言，澳門的文學出版獎勵機制來自澳門基金會、澳門特區政府文化局以及一些重要的文學文化社團，它們對澳門文學寫作者的相關成果提供經常的甚至是日常的出版獎勵，並且設立各種獎項，對文學寫作的成果予以褒獎。作爲這種獎勵模式的重要補充，澳門一些政府部門，如旅遊局、教青局等，以及大量的社會團體，對澳門的文學寫作都有相應的資助措施。澳門政府部門和澳門社會團體對澳門文學寫作的獎助機制就澳門爲數並不很多的創作者隊伍而言可謂相對充足，這就形成了這樣一種情形：在澳門，一個心懷文學夢想同時又具有一定寫作能力的作者，只要掌握足夠的文學獎助信息，只要把握澳門特定的獎助途徑與程序，就可能在不太大的經濟壓力下較爲順暢地發表和出版自己的作品，從而實現自己的文學之夢。

既然文學的發表與出版可以享受相對充足的獎助機制的支持，可以在許可制度缺席的狀態下進行，就意味著幾乎所有的文學寫作都可能得到出版發行和進行文學交流的機會，幾乎所有的文學夢想都可能在這裡得以實現。於是，澳門成爲一個破不起眼的文學熱土，成爲一個暗暗地圓文學夢的地方，成爲漢語文學世界最容易激起、調動文學魔力的角落。

澳門社會形成的這種對文學寫作普遍激勵的機制，無疑激勵文學愛好者和文學寫作者的高度熱情，使澳門每年都會有數量可觀的各種類型、各種篇幅、各種設計風格的文學書籍和刊物的出版與發行，同時，澳門的報刊也保有對於文學發表的持久熱忱，正如《副刊》所揭示，這樣的熱忱對於澳門而言同樣是文學發表的一種優勢條件，它助益澳門作爲文學熱土的形成。

澳門副刊文化的勃勃生氣基於兩個重要的和直接的因素。第一是澳門報紙的繁榮與發達，第二是澳門作者休閒性的寫作方式以及澳門讀者休閒型的閱讀需要，正是這兩方面構成了多媒體時代非常難得的澳門文學熱土現象和澳門文學生態與景觀。

澳門從城市規模而言不過六十萬人的小城，卻擁有近三十種報紙，其中日報還超過二分之一，這些日報或準日報分別是《新華澳報》、《濠江日報》、《澳門日報》、《華僑報》、《市民日報》、《正報》、《大眾報》、《星報》、《現代澳門日報》、《新報今日澳門》、《華澳日報》，《澳門郵報》（英文）、《澳門每日時報》（英文）、《今日澳門》（葡文）、《句號報》（葡文）、《澳門論壇報》（葡文）等。其他尚有周報如《訊報》、《力周報》、《號角報》、《澳門早報》、《澳門脈搏》、《時事新聞》、《體育周報》、《澳門商報》、《澳門觀察報》等。儘管除《澳門日報》外，一般報紙的發行量都很小，有些還屬於免費贈送的報紙，如《濠江日報》、《正報》、《澳門脈搏》、《澳門觀察報》、《澳門商報》等，但在一個獨立的微型社會，卻創造了每一點五萬人就擁有一個報社的高密度新聞文化消費的奇跡。澳門絕大部分報紙都闢有相應的副刊。《澳門日報》、《華僑報》等重要報紙固然長期保留著傳統的副刊，並且成爲澳門文學發表的重要園地，便是《力周報》這樣篇幅較少、寫作力量較爲單薄的報紙，亦依然開設有副刊；該副刊刊載的雖然不是文學性的文字，但依然以文學隨筆爲主打。《澳門觀察報》是一份只有四版的四開小報，依然用四分之一的版面開闢副刊，副刊標有「創作坊」的欄目名稱，刊載詩歌和隨筆、散文。

報紙是多媒體時代人們閱讀生活中的文化副刊；報紙的密集出版和被普遍閱讀，體現出澳門社會仍很流行仍很普遍的副刊文化心理。

所謂副刊文化心態，並非僅僅指執著於副刊文章的閱讀，而是養成某種品味副刊的閱讀習慣和文化性情。在讀報活動中，副刊的閱讀是最休閒的，同時也是最富有文化生活感的；在現今電子閱讀時代，報紙的閱讀同樣帶有休閒性質，也最富於文化生活感；在多媒體時代，副刊文化心態就意味著對傳統閱讀習慣的堅持。報紙閱讀在澳門仍然表現得如此重要，則體現出這片文化熱土依然流行較爲傳統的副刊文化心態。

副刊文化心態決定了，生活在澳門這片文化熱土上的人們，即便是在電子閱讀時代，也非常熱衷於報紙閱讀。澳門不僅人均擁有的報社數量繁密，人們閱讀和購買報紙的熱忱也相當高漲。澳門的報紙最熱衷於副刊的經營，這是澳門副刊文化發達的重要表徵。這種對副刊的熱衷主要體現在兩個方面。首先，相當比例的報紙都意識到副刊的重要性，將副刊的編輯當作報紙發展的重要戰略；其次，代表性報紙的副刊版面和發稿量非常充足，副刊在整版報紙上占據重要比重。

澳門副刊文化與澳門文學建設緊密聯繫在一起，文學和文化副刊成爲澳門文學的主要揭載園地。《澳門日報》每天一版的「新園地」，成爲澳門文學主打文體——散文隨筆的集散地，澳門文學的創新文體——漢語新詩，是該報副刊的常備內容，此外，澳門文學的相對薄弱文體——小說，在《澳門日報》已經闢有專題副刊，在《華僑報》和《市民日報》的副刊也常有揭載。更加重要的是，《澳門日報》的「新園地」固然以澳門文學家爲骨幹作者，但從來就是想向五湖四海公開欄目的公眾園地。來自各地的華人寫作者都有機會在這塊園地上種植自己所擅長的文學果苗。一些由於各種機緣走出澳門的作家、評論家，如著名詩人陶里，還有區仲桃、穆欣欣等，都繼續在這片園地上澆灌自己的澳門夢想。澳門文學因此擁有了與澳門這個開放、包容的城市氣度相稱的格局和魅力。

如果說澳門每平方公里擁有的詩人數堪稱世界之最，那麼，這個小城每萬人每月擁有的藝術演出場次更可能是世界之最。除了澳門文化中心等爲數眾多的正式演出場所高頻度的演出安排，以及《澳門日報》等主流媒體的公開報導和評論的正規演出而外，諸如威尼斯人等娛樂場所長期不斷的商業性演出，還有各個戲劇和文化團體的組織的經常性演出活動，更有在各個公園和街道自發組織的以粵曲爲主體的自娛自樂的戲劇演藝活動，澳門可以說是戲劇狂歡的樂土，是通過活躍的戲劇演藝活動呈現的一派文化熱土。

以二零一零年爲例，這一年在主流媒體《澳門日報》上有關於演藝活動的正式報導三零五則，考慮到其中重要活動約百分之十五的重複報導率，則在正規劇場和正式媒體報導的演藝活動在二百五十場次，加上一些單位和學校組織的未加報導的正式的演藝活綜藝活動，澳門幾乎每天都能平均到一場相當正規的演出活動。這對於澳門這樣的小城來說，其頻度之高已經相當驚人。以每次演出平均四百觀眾計，這一年正式演藝活動的參與者已達十二萬人次。演藝活動畢竟只是市民的一種休閒方式，一個休閒的城市有資格享受休閒的人口約在四分之一，則選擇正式演藝活動休閒的則在十六分之一，其中約一班人選擇正規的消費式的演藝活動，這樣，澳門的演藝活動參與人口應該在百分之一，即五千人。這樣的基本人口需要每人每年參與演藝活動三十次平均每兩週一點五次。

在文學傳播的傳統意義上，澳門以高度自由的發表環境，強有力的政府或社團支持，以及文學寫作者在自然人口中所占的相對高比例，營造了一派充滿自然意味的文學生態，並造就了一方引人注目的文學熱土。除了現代網絡媒體構成的傳播空間而外，沒有其他任何一個地方的當代文學生態是這樣的活躍而自由：手段高超的文學寫作者與鋒芒初試的文學自習者經常一起出現在各種媒體，堪稱優秀的文學作品與相對粗糙的文學習作也有較多機會不期而遇。澳門顯然不乏文學才士，但對於有志於從事文學寫作的人士而言，澳門似乎有多種途徑繞過本應具有的文學門檻。沒有越過一定高度的門檻，文學的寫作常常被理解得相當容易，也相當隨便，這對文學的成就就不可能不產生負面影響。在缺少或事實上取消了發表門檻的文學環境之中，文學寫作者如果能在較高的藝術定位甚至文化定位上採取一定水平的自我期許姿態和藝術自律的措施，文學創作也同樣會出現既活躍又保持相對高水平的局面。但「澳門文學」的自我定位，或者「澳門文學」特定概念的心理暗示，非常有可能讓許多初涉文學者輕易地放棄了這樣的門檻意識：既然他們的文學寫作不過是在澳門這個極其有限的文化世界中的一次非常率性的漫遊，猶如茶餘飯後到議事亭前地作一次愜意的散步，爲什麼自我設置那些門檻？再者，在澳門的文學世界瞻前顧後，出類拔萃者固然不少，各種各樣的隨意之作也觸目皆是，這就是澳門文學的基本生態和總體情狀，任何藝術層次的文學作品都能夠在這樣的一派自然生態中融入進去，任何的精心構思、悉心打磨以及任何的苦心孤詣不僅得不到喝彩與讚賞，而且還顯得那麼悖時與傻氣。關心澳門和澳門文學的人每每爲澳門寫作中出現的精彩篇章而興高采烈，但更有機會領略到的則是遙看草色近卻無的感受，許多作品都渾然融入非常一般化的描寫和議論之中，顯不出什麼特色與風致：敘事性的作品常常缺少精彩別致的情節，缺少呼之欲出的人物，抒情性的作品常常只是俗之又俗的情愫，加上人人能及的表達功夫，較多的則是議論性的隨筆，則理趣淡薄，力道鈍滯，甚至語言也寡然乏味。沒有必要也沒有充足的理由指責這種非常一般化的文學寫作，它們畢竟構成了澳門這片文學熱土的基本熱溫，構成了澳門這片雖然不大但畢竟富有生機的文學沃壤上的基礎草色。不過，有一點可以肯定：誰都不願意以這樣的基色和基質代表澳門的文學形象。

這就是說，當提到澳門文學形象的時候，我們的視閾很自然地越過了西江水，越過了零丁洋，越過了南海白雲，而攝入了廣袤的國土和沸騰的世界。這纔是「澳門文學」概念的眞諦，是在「澳門學」的意義上闡發「澳門文學」的必由之選。從澳門學的角度來說，澳門文學的形象應該像澳門及其所擁有的世界文化遺產那樣，以一種特別的風致、蘊涵和魅力出現在世人面前，雖然不是卓然傲立，但較理想的狀態應是融入漢語新文學之林而並不遜色。這樣的誘人情形在澳門文學的歷史和現實中都有不俗的體現，不過仍需要澳門文學界付出更大的努力。

這努力的目標之一便是在觀念上排除「澳門文學」概念的牽累，讓文學寫作者用於走出澳門文學的繼承框架，在向世人展示澳門文學形象的意義上營構並展示足以代表澳門的文學成就。在這裡，文學寫作者的視閾及其相應的心態極爲關鍵。如果澳門文學概念僅僅是將人們的視線引進澳門，並局限於澳門，關起門來營造自身的特色，則澳門文學形象的建立就會歸於失敗，由此造成的牽累可能是這樣的尷尬與悖論：正是勉力打造和建構澳門文學形象的「澳門文學」概念，慫恿並鼓勵了澳門文學「足不出戶」的基色和基質：大部分寫作者滿足於在澳門寫作和爲澳門寫作，寫作心態呈現出的自呈其才，自賞其芳，以及在傳統詩文世界中常見的相互酬唱。新文學興起之初，陳獨秀等先驅者竭力否定舊文學傳統的便是這小範圍相互酬唱的寫作習慣和文學交往方式，當時蔑稱這樣的文學爲「酬唱體」。正是強調澳門和「澳門文學」這種小範圍、小世界以及小製作的心態，使得我們的當代文學創作重新撿回了「酬唱體」的文學心態，這不僅令人遺憾，而且頗覺悲涼。

「澳門文學」在澳門學總體上的學術定位有著不可否認的積極意義，澳門文學形象的提出更開啓了讓人們走出澳門放眼世界的思路與胸襟，但這一切都要在克服狹義的澳門文學視閾，進一步開闊我們的漢語新文學乃至世界文學視野的前提下才能得到有效的保障，否則，它可能就會成爲澳門文學寫作者自我設限的理論依賴，不思進取的理論藉口，越來越普遍的「酬唱體」寫作心態的逋逃淵藪。澳門文學形象的確立有賴於走出單獨概念中的澳門文學，而呼喚著在「澳門學」的整體意義上把握它的文化屬性。

澳門文學概念對於澳門文學實際最有可能的理論牽累，便是在文學的地域性特色和地域性水平上自我設限，誤認爲某種寫作水平和寫作方法、寫作習慣在澳門過得去，則就是具有了文學的資格並等待外人的承認與研究。其實我們所有的文學寫作，都是在漢語新文學的總體框架中的一個環節，它一旦成爲作品付諸一定的媒體運作，就應該成爲整個漢語新文學成就的一個方面，成爲漢語新文學新的框架結構中的一個必然成分，因而也就應該對提升漢語新文學的水平，發揮漢語新文學在世界文學之林的影響負起必要的責任。

在面對漢語新文學這樣一個宏大而具體命題的時候，澳門的文學寫作才可能眞正走出澳門相對狹隘的天地，在更遠大的抱負和更高的立意上有所取法。漢語新文學的取法將有效地遏制文學認同和文學運作中的政治化、國族化等敏感意向，保證文學沿著內在發展規律的脈絡向前推進，同時又有利於在民族文學和文化共同體的格局中提高文學的水平，提升文學的檔次。如果澳門文學的取法目標就僅僅局限於澳門本土及其自身的形象，就必然在較低的門檻和較平實的水平層次進行取用與審度，這樣，不在少數的澳門寫作者便自然放棄了文學經典化乃至文學精品化的講求與追尋，最終會影響澳門文學形象的整體提升。

澳門文學誠然是以澳門這個特殊的區域空間極其豐富的文化內涵爲其內質，這個概念的提出將有利於在學術意義上突現這樣的內質。但是，區域文化的特殊性只是一個區域文學寫作資源的體現，遠不能成爲這個區域中的文學寫作者在寫作水平和文學貢獻上自我設限的藉口。文學創作具有普遍的法則，其中，體現在文學描寫經驗層次的地方色彩和文化厚重度往往能夠決定文學的特色乃至某種特質，但絕不應該成爲文學水平設定的基本依據。文學經驗的判斷和欣賞的依據顯然需要參照濃厚的地域性和文化含量，而在學術意義上以及文學史研究層面所作的文學水平的衡量與評定，則不可能囿於這樣一種地域標準，因此，澳門文學不能成爲衡量作品水平與檔次的概念，水平與檔次的審視應該越出地域範疇，在具有普遍意義的漢語新文學視野中進行。如果說在注重培養文學人才的文化含量較低的地區對待文學創作可能採用因地制宜的標準，則作爲文化和文學熱土的澳門不應自屬於這樣的區域。

在漢語新文學的總體格局與框架中審視澳門文學，也並不意味著對澳門文學界提出了不切實際的臆想。澳門文學曾有的輝煌以及現有的成就都足以幫助，澳門的文學寫作者應該也能夠以漢語新文學的整體建設爲自己的一方責任，並且積極創造條件負起這樣的責任。一九八零年代到一九九零年代之交，澳門文學熱土上興起的現代詩歌熱，其文學成就就足以燭照相對幽暗的漢語新文學的詩歌世界，彼時內地的朦朧詩潮正在遭遇一派「pass」聲濤的潮汐，臺灣香港的現代詩在「後攝」的包圍中舉步維艱，惟有澳門這片熱土上，多元地生長著各色各樣的詩歌之株，在遠避了嘈雜的喧鬧也避開了挑戰的尷尬之外我行我素，互不相擾，那時候一批現代詩人的歌吟卓有成效地免除了漢語新詩世界的暫時寂寞。現今詩歌繁盛的景象呈現出明顯的消頽，這也同樣並不意味著澳門文學界就須在漢語新文學世界不斷延伸的發展長途上望而卻步。其實，澳門有一批作家在默默地堅守著自己文學志向的崇高，他們以不俗的成就努力躋身於漢語新文學的上乘之列，這方面的成就正在愈益明顯地爲澳門以外的漢語新文學界所關注和接受。

澳門文學界有責任，有必要也有條件走出澳門文學概念可能具有的低徊暗示，走出誤解中的澳門文學的低門檻和小格局，而勇毅地面對不斷發展中的漢語新文學，信心百倍地爲漢語新文學的總體格局作出帶有澳門經驗和地域色彩的貢獻。

——原刊於《澳門理工學院學報》二零一九年第四期，
後刊於《新華文摘》二零二零年第一期

注釋

一 南宋紹興二十二（一一五二）年，朝廷批准設立香山縣，隸屬廣州府；香山立縣初，置十個鄉，其中長安鄉包括今山場、前山、澳門、萬山、唐家、下柵一帶，澳門被畫入長安鄉。

二 漢語新文學是試圖將中國現當代文學與海外華文文學一體化的學術概念。參見朱壽桐：《漢語新文學通論》（北京市：生活．讀書．新知三聯書店，二〇一八年）。

三 李成俊：〈香港．澳門．中國現代文學〉，《澳門文學評論選》（上）（澳門：澳門基金會，一九九八年），頁二十六。

四 湯顯祖、賈梅士這兩位東西方文學巨匠，其詩文創作與澳門有著千絲萬縷的文學聯繫，但有關他們是否真的到過澳門，學術界尚有爭議。

五 李成俊：〈香港．澳門．中國現代文學〉，《澳門文學評論選》（澳門：澳門基金會，一九九八年），頁三十。

六 魯　迅：〈《中國新文學大系》小說二集序〉，《魯迅全集》（六）（北京市：人民文學出版社，一九八一年），頁二五五。

七 李成俊：〈香港．澳門．中國現代文學〉，《澳門文學評論選》（上）（澳門：澳門基金會，一九九八年），頁二十九。

八 鄧駿捷：〈澳門的第一首新詩〉，《澳門日報．鏡海》，二〇一五年十二月三十日。

九 李鵬翥：〈澳門文學的過去、現在及將來〉，《澳門文學評論選》（上）（澳門：澳門基金會，一九九八年），頁三十二。

一〇 淩　鈍：〈澳門離岸文學：代序〉，《澳門離岸文學拾遺》（澳門：澳門基金會，一九九四年），頁VI。

一一 淩　鈍：〈澳門離岸文學：代序〉，《澳門離岸文學拾遺》（澳門：澳門基金會，一九九四年），頁II。

一二 韓　牧：〈建立「澳門文學」的形象〉，李觀鼎主編：《澳門文學評論選》（澳門：澳門基金會，一九九八年）。

一三　法國Jacques Derrida提出的命題，中文翻譯爲「文學行動」，見趙興國等譯：《文學行動》（北京市：中國社會科學出版社，一九九八年）。

一四　韓　牧：〈建立「澳門文學」的形象〉，李觀鼎主編：《澳門文學評論選》（澳門：澳門基金會，一九九八年），頁二。

一五　李鵬翥：〈苦心孤詣的研究創獲——序莊文永的澳門文學評論集〉，《濠江文譚新編》（北京：中國文聯出版社，一九九九年）。

一六　鄭煒明：〈八十年代至九十年代初的澳門華文文學〉，《行政》第八冊，第二十九期（一九九五年第三期）。

一七　王　勇：〈澳門文學的文化生態學特徵及其意義〉，《文藝爭鳴》二〇一五年第二期。

一八　韓　牧：〈爲「建立『澳門文學』的形象」再發言〉，李觀鼎主編：《澳門文學評論選》（澳門：澳門基金會，一九九八年），頁九。

一九　鄭煒明：〈八十年代至九十年代初的澳門華文文學〉，《行政》第八冊，第二十九期（一九九五年第三期）。

二〇　此次研討會的論文集爲朱壽桐、黎湘萍主編的《近現當代媒體與澳港臺文學經驗》（北京市：社會科學文獻出版社，二〇一二年）。

二一　陶　里：〈五月詩侶．後記〉，《五月詩侶》（五月詩社，一九八九年），頁一六九。

二二　〈五月詩社簡介〉，《五月詩侶》封面勒口（五月詩社，一九八九年）。

二三　李鵬翥：〈祝賀五月詩社週年紀念〉，《五月詩侶》，頁II～III（五月詩社，一九八九年）。

二四　朱壽桐、許燕轉：〈文化氣根現象與新移民文學心態：兼論澳門新移民文學中的文化氣根現象〉，《華文文學》二〇〇九年第六期。

二五　二〇一六年於江蘇京劇院上映。

何謂華語語系研究？

（美國）史書美著並修改
吳建亨、劉威辰合譯

前言

華語語系研究在近十多年來得到很多學者們的關注，其在美國和臺灣的發展最受矚目。這些年來華語語系研究國際研討會在亞洲、美洲、歐洲頻頻舉行，包括二〇一五年香港大學的「華語語系香港」大會，二〇一六年哈佛大學的「華語語系研究新方向」大會，二〇一八年漢堡大學的「華語語系與法語語系的相遇」大會，到二〇一九年加州大學洛杉磯分校的大會，可謂不勝枚舉。二〇一九年，華語語系研究學社（Society of Sinophone Studies）正式成立，第一任會長爲歷史學家加州大學戴維斯分校的姜學豪。同年，加州大學出版社設立了「華語語系研究」書系（Sinophone Studies Series），由筆者擔任書系主編，編委則包括人文與社會科學界具有代表性的相關學者們。本論文集收錄的這一篇論文，原是舊作，但因爲在臺灣除了在《文山評論》發表過之外，尚未入書，故放在這本讀本裡，希望對讀者有用。

筆者在關注華語語系研究的同時，參與了「知識臺灣研究學群」的合創與相關一連串活動和出版，如《知識臺灣：臺灣理論的可能性》（二〇一五）和《臺灣理論關鍵詞》（二〇一九）。期待臺灣的讀者將筆者華語語系研究的相關著作參照臺灣研究的相關著作，以爲相輔相成。

壹　華語語系研究的學科間性

華語語系研究將其自身定位於眾多學術論述及學術領域的交會處；這些論述和領域要不是未曾被連結在一起，就是尚未被放置在相互滋生的關係之中，又或者是沒有被拿來相互比較。以下討論的順序沒有特別意義：我們首先要看的是以過去或現存殖民地之語言文化爲對象的研究，其中最爲人所知的是檢視英法兩國在亞洲、加勒比海、非洲之帝國主義遺緒的英語語系研究和法語語系研究。相對而言，在同時代與英法競逐的其他帝國（諸如美國、德國和較晚的日本）以及在此前已經達到巔峰的其他帝國（諸如西班牙和葡萄牙）比較不受到後殖民研究的重視，更不用提那些不被認爲是帝國的帝國了（特別是中國）。一直要到二〇〇〇年前左右，美國的中國史學者才開始帶動相關的研究，他們整理文獻、分析資料，將清朝（一六四四～一九一一）理論化爲內亞大陸的一個帝國，從而建立了所謂的「新清史」。他們對清朝武力征服和政治殖民鉅細靡遺的研究（尤其是對那些超越「中原」一詞所涵攝的廣袤地區譬如蒙古、新疆和西藏的研究），改變了我們對中國在近兩百年的世界史當中所扮演的角色的詮釋。幫助我們思考現代中國受害者的歷史大約一百年（所謂的「百年國恥」），但是當代中國已經不再是一個受害者，更像是一個滿清帝國的承接和延續，只是當政者由滿人換成了漢人。

這個遲來的、將中國視爲帝國的看法迫使我們開始思索爲何之前我們並不這樣想，此一思索又使得我們開始追問在中國史研究轉向之前，帝國的定義標準究竟爲何。顯而易見地，現代帝國的諸多模型大都是歐洲的和海洋的，而清朝的擴張則是非歐洲的，且又大多發生在陸地之上。所謂「歐洲」，指的不僅僅是一個地理位置，還帶有優越、理性、啓蒙的意味（歐洲似乎體現了這些價值並藉由其殖民事業將其向外傳播）。因爲中國本身的發展歷程和歐洲大異其趣，清朝帝國主義的面向就順理成章地被略過了。對於德國歷史哲學家黑格爾（Georg Wilhelm Friedrich Hegel）來說，歐洲的性格和海洋有相當大的關係，他甚至認爲「歐洲國家之所以爲歐洲，乃是基於其與海洋的關聯」（*Lectures*, 196）。黑格爾強調歐洲的海洋信念（maritime principle），認爲這是歐洲之所以能夠成就霸業和自稱超群的手段和原因；相較之下，囿於亞洲的大陸性格，「海洋（則）是微不足道的」（頁一九六）。海洋信念擁抱「變化、危險和毀滅」，正是這樣的態度，使得歐洲各國開始「發現」並建立殖民地；在這個意義上，海洋信念是歐洲殖民主義的基礎。因爲缺乏這樣的信念，亞洲的國家並沒有動機去尋找「日常生活以外的出路」，也就無法建立殖民地，成爲帝國了（Hegel, *Philosophy*, 247-249）。我們至少可以從兩方面來回應黑格爾的說法：首先，許多學者都強調中國具有漫長的航海史，這證明中國並沒有受限於其大陸性格；（註一）再者，中國的殖民有其特殊模式，我們或可稱其爲「大陸殖民」（continental colonialism），這個概念挑戰了現代帝國主義和海洋擴張的必然連結。

中國的歷史學家們自有一套說法來解釋清朝之所以到晚近才被視爲帝國的原因。他們歸咎主流派的中國史學，因爲這個派別錯誤地從清末（十九世紀中葉到二十世紀初）中國的悲慘遭遇出發，回溯性地將整個清朝塑造成爲列強壓迫下的受害者。在這個受害者敘事當中，清朝末年的積弱不振是清朝初年種下的果，所以十八世紀清朝的擴張主義是微不足道的（借用黑格爾語）。一旦清朝擴張主義隱而不揚，整個回溯性的受害者敘事就顯得更前後一致了。這個受害者敘事在革命軍起義和建立中華民國和中華人民共和國的過程裡扮演重要的角色，它合理化了中國國族主義的訴求。即便到今天，在中國躋身世界強權的時候，受害者敘事仍然占有重要的位置。就算有人用清朝帝國主義的面向來挑戰這個受害者敘事，漢族的國族主義者仍舊可以簡便地將所有的過錯推到滿人頭上，主張民國革命乃是爲保衛漢族的國家而戰。換句話說，漢族的國族主義者可以一方面安心扮演清朝末年被列強欺侮的受害者角色，一方面拒絕承認清朝中葉的帝國主義，可以自由地遊走在泛中國國族主義和漢族國族主義這兩個立場之間。在此同時，中國已然從清朝那裡繼承了過去滿清巧取豪奪來的所有領土（除了外蒙古之外）。

清朝的大陸殖民主義將「中國本土」（China proper）擴大了兩倍有餘，這個巨大的「完整領土」（territorial "integrity"）大多被後來的中華民國（一九一一～一九四九）和中華人民共和國（一九四九～）繼承。因此我們可以說，今天的中國仍然享用著清朝大陸殖民主義的遺產。此一事實促使我們必須要把那些被稱爲「中國少數民族」的被殖民者及其文化列爲華語語系研究的主要研究領域之一。由於中國的大陸性格的關係，那些無法獨立的內部殖民地無可避免地被有系統地整編進了民族國家的體系當中。也因爲這個性格，使得中國的殖民地大多位在其疆域「內部」。這和法國殖民的型態不同：法屬殖民地大多存在於法國疆域之外，無論目前已獨立的或仍依附在法國之下的都是如此。華語語系研究的研究對象之一，就是這些中國少數民族的文化、歷史、和社會。這些少數民族其語言的續存往往受到了強勢語言（也就是普通話）的威脅，中國政府在二〇〇九年廢除了新疆的雙語教育即是一顯著的例子。此爲華語語系研究的殖民背景。

華語語系研究可以與之對話的第二個對象，是所謂離散研究裡面種種帝國語言文化在世界上的傳播與分布。在開始討論之前我們必須要強調，華語語系研究對離散研究此一框架本身的局限是有所警覺的。想想在魁北克的法國人、在美國與澳大利亞的英國人、在美洲的西班牙與葡萄牙人；當我們以「離散」的概念套用在這些移民之上的時候，我們往往是在美化這些帝國的國民對當地原住民系統性而大規模的暴力。這種移民的模式很明顯地屬於定居殖民主義（settler colonialism），而不是離散。

在這個意義下，定居殖民主義即是法國、英國等等帝國的離散的黑暗面。定居殖民主義的暴力之所以常常被遺忘、被遮蔽，是因爲這些移民過程發生在很久以前，使得人們誤以爲要判斷這個國家到底是屬於誰的是很困難的事情，更何況所謂的「國家」其實是這些帝國離散者所製造出來的產物。這種對過去的遺忘（亦即失憶），是定居殖民者這類掌權者在社會心理層面上所下的第一層功夫。此外，定居殖民主義的暴力在上述魁北克、美國等地並未結束；定居殖民主義和內部殖民主義的相互加乘作用使得當前民族國家的受害者從原本的原住民族擴大到了少數族裔。這種對當下的拒認（disavowal），是掌權者在社會心理層面所下的第二層功夫。失憶和拒認的運作是一體的兩面，這兩種機制正當化了彼此，使得現狀得以維持，使得定居殖民者（西班牙、盎格魯薩克遜、漢民族等等）的最高權威可以在各殖民地被保存。

中國掌權的漢人對西藏、新疆（後者字面上的意義就是「新的疆域或管轄區」）、內蒙古和西南少數民族居住地的無間斷、大規模、背後有國家支持的大量移民或許與上述法國、英國等定居殖民主義相似，只是在中國這裡，定居兼內部殖民主義是以大陸殖民的方式達成的。這種陸上的、背後有國家支持的移民模式和離散的移民模式完全不同，這不僅僅是因爲各殖民地和殖民母國毗鄰，更是因爲漢族到「邊疆」的「離散」並沒有猶太離散那樣被強迫的性質。大部分漢族移民都是受到經濟誘因的驅動才選擇定居「邊疆」的，這樣子的定居殖民在世界各地都發生過。在這些廣袤的「邊疆」地區，漢人如果不是已經成爲多數族群，就是正要成爲多數族群，尤其是在都市裡。漢族的大量移民導致了當地人的漢化，也導致了以漢人爲中心的各式發展。這些移民不只大大地改變了當地的文化、語言、政治、經濟、宗教等風貌，更使得族群關係開始惡化。

在清朝之前，大量的漢族移民主要經由海路到達臺灣和東南亞。這些漢人在新居地定居、殖民，成了列強統治下的亞洲多重殖民境況當中的一環。事實上，當明朝遺民在十七世紀航抵臺灣的時候，臺灣就已經是荷蘭的殖民地了。從荷據時期一直到今天，臺灣的南島語系原住民總是不斷地受到可以被稱作「連續殖民主義」（serial colonialism）的大規模系統性壓迫：荷蘭人、日本人與漢人殖民者輪流接手控制殖民地，以義大利馬克思主義者葛蘭西（Antonio Gramsci）所謂的機動戰（暴力達成的武力征服和宰製）和陣地戰（意識形態與文化上的灌輸與控制）來壓迫被殖民者。即使原住民的自我意識和多元文化的價值觀逐漸受到重視，臺灣的原住民社群仍然需要面對酗酒、人口外移、經濟困難、文化流失等長久以來就存在的威脅。

定居東南亞、被當地人稱爲華人的漢族移民部分也可以被視爲是早於歐洲殖民者的定居殖民者。東南亞，或者說中國人想像中的「南洋」，自古以來就是漢人謀生、致富的地方。庫恩（Philip Kuhn）在《他者中的華人》（*Chinese Among Others*）此一研究當中即指出，居住於中國南方靠海的人們早在十五世紀初鄭和下西洋以及哥倫布抵達美洲的時候就已經開始大量且持續地移居到該地；庫恩更強調，中國移民乃是構成歐美亞全球海洋貿易體系當中重要的一環。康熙一六八四年的諭令清楚地告訴我們爲什麼他選擇在那個時候解除過去幾個世紀以來時而實施、時而廢止的海禁——他是爲了要促進海洋貿易、鼓勵與海洋貿易相關的移民活動。他不僅僅著眼於「人民生計」、「福建及廣東省的經濟繁榮」，更在乎「從商業活動當中增加稅收」（Kuhn, 21）。然而，就算移民沒有得到皇帝的允許，他們仍前仆後繼地前往東南亞，從事碼頭管理、海關驗放、都市開發、稅捐稽徵、貿易仲介等工作。在歐洲殖民者前來以後，他們也開始從事西方殖民主義「不可或缺的幫手」的工作（Kuhn, 12）。有時候他們相當成功，成功到他們的經濟能力要比歐洲殖民者或本地士紳來得更好。（註二）

其實早在歐洲殖民之前，中國移民已經開始在馬來亞和西婆羅洲擁地自重，建立自主的政權和武裝的民兵部隊（Kuhn, 56）。由來自廣東的客家人在西加里曼丹建立的「蘭芳共和國」就曾經存在超過一百年，直到被歐洲人摧毀。這種以商人、工人和逃犯爲主的移民所造成的效應相似於定居殖民主義，至少在歐洲人到來之前如此，而華人的定居殖民主義是與歐洲殖民同時的，這點可以從中國移民人數在當時達到頂峰而得到證實。事實上，正是因爲這種情況的廣泛存在及多爲人知，使得晚清重要的改革家和著名的當代中國思想巨擘梁啓超在一九〇六年道：「海以南百數十國，其民口之大部分，皆黃帝子孫。以地勢論、以歷史論，實天然我族之殖民地也」（qtd. in Kuhn, 246）。畢竟，南洋只不過是一座座「諸番」居住的「渺小不堪」的小島，（註三）無論誰到了那裡，都應該能夠把這些小島變成「天然我族之殖民地」。這段話出自梁啓超〈中國殖民八大偉人傳〉一文，在文章中，他歌頌八位殖民東南亞的華人蘇丹或君主。總的來說，中國人移民東南亞的經驗確實與西方世界不同，就算契約勞工和苦力的確參與其中。（註四）庫恩因此下了一個結論，他說，我們可以把這段歷史看作是「中國形式的海外擴張」（頁十二）。至於那些在歐洲殖民體系之下、中國裔的仲介者，則可以視爲是某種「中間人定居殖民主義」（middlemen settler colonialism）：在他們之上是據信爲擁有控制權的歐洲人，而身爲中間人的他們再把權力施加在當地人身上。

因此，把「中國人的離散」（Chinese diaspora）一詞套用在所有情況的做法大有問題。（註五）首先，「離散」一詞粉飾了定居殖民主義的暴力，從而讓失憶和拒認成爲殖民霸權統治的標準配備。臺灣和新加坡的情形一樣，一直是個以漢人爲主的定居殖民地，而對大部分的東南亞國家來說，除了馬來西亞獨立前的某些時期之外，華人一直是少數人口，即便他們也表現出定居殖民的現象。再者，「中國人的離散」這個概念仍然把臺灣和東南亞的漢人與中國「故鄉」牢牢地綁在一起，即便他們已經在中國境外住了好幾個世紀。「中國人的離散」的概念還預設了這些人對中國文化的深深依戀，即便他們在政治上已不再效忠於中國。可是事實上，在臺灣和東南亞的漢人族群並不是經常被誤譯爲 Chinese 的中國人（擁有中國國籍的公民）。華裔馬來西亞人自稱「馬華」，對說福建話的他們來說，「中華」唸成*Tionghua*，而不是中文的*Zhonghua*。（註六）

華語語系研究可以對話的第三個對象是族裔研究或是弱勢族群研究。無論漢人在幾世紀以來遷徙到哪裡（作爲苦力、契約勞工、商人、學生、移民、或是版圖橫跨多國的資本家），成爲被族裔化或種族化的華裔少數族群，他們對中國各種語言（早期主要是潮州話、福建話、和廣東話，現在則是普通話較爲普遍）和文化的保存與混雜構成了華語語系研究一個特殊的面向——研究中國以外世界各地華語圈的文化。在諸如美國、英國、德國、澳洲、加拿大等地，隨著早期移民在幾個世代以後越來越徹底的在地化，以及新移民源源不斷地給華語語系的文化生產添枝加葉，華語語系各種文化的興盛或衰落可說是歷歷在目。（註七）而東南亞各國的獨立則使得華人失勢，他們的政治和文化勢力遠遠不如他們的經濟勢力，他們爲國家厲行的種族中心主義所壓迫。但是我們必須要瞭解，華語語系文化並非僅僅是華人製造出來的文化，過去不是，現在也不是。因爲有許多族群參與其中，所以華語語系並非是以族群來界定，而是以語言來界定，即便有時候這兩者所界定出來的結果是相同的。隨著中國的崛起，一個「官方版本的華語語系」（official version of the sinophonie）定義的出現是可以預見的，在這個可能的官方版本中，中國官方定義的普通話——即漢人的語言「漢語」——就會擁有絕對價值。（註八）但是從位置、定義、產出和散播的角度來看，各個華語語系文化和社群所面對的難題和挑戰是如此地多重，以至於當談到任何一個文化實踐的時候，我們都必須要將其獨立出來，唯有把這個文化實踐置於其所屬的時空背景和情境當中來考察，我們才能理解其實在的意義。

我們在此強調華語語系研究和族裔研究兩者之間的共鳴，至少具有兩個意義。首先，華語語系文化「非離散」和「地方性」的特質因此得到凸顯；華語語系文化成了所屬民族國家多元文化主義和多語主義不可或缺的一部分。舉例來說，美國的華語語系文化是美國文化，而在美國所使用的各種華語也應該被視爲是美國的少數語言。再者，即便華裔族群對神話中的或是眞實世界中的中國具有深刻的思鄉之情，華語語系文化仍然是在地的，是屬於其所產生之處的。美國華語語系文化當中對中國的思鄉之情出自於移民在美國的生活經驗，所以是一種美國的思鄉之情。華語語系文化是一種跨國的現象，因爲我們在世界的各個地方都可以看到它，但是其具體的表現和實踐在各個地方都大不相同。所以，從構成的層面來看，華語語系文化是跨國的，但是從實踐的角度來說，華語語系文化卻是在地的。

貳　華語語系的多語主義

近幾年，當學者使用華語語系一詞的時候，多從其字面上的意思，用來指涉「說中文的」或是「以中文寫就的」。黃秀玲以其來指涉以中文而非英文寫就的華裔美國文學（頁四十八～四十九）；（註九）清史家柯嬌燕（Pamela Kyle Crossley）、羅友枝（Evelyn S. Rawski）和李普曼（Jonathan Lipman）把「使用中文溝通」的穆斯林稱爲說漢語的穆斯林（也叫作回人），藉此跟說土耳其語的維吾爾穆斯林做區別；（註一〇）Patricia Schiaffini（頁九十四）和 Lara Maconi 則區分以藏語寫作的藏族作家和以華語寫作的藏族作家。

雖然在這些人的用法當中，華語語系一詞起了標示的作用，但是他們眞正的目的則是要以命名的動作來做對比和區分：黃秀玲旨在揭露學界以英語本位定義美國文學的偏見，並呈現出美國文學多語的面向；柯嬌燕等人則強調中國的穆斯林民族中，語言、歷史與經驗的分歧性；Shiaffini 和 Maconi 則指出藏族作家使用漢語，也就是「殖民者語言」時，所遭遇到的書寫困境與身分認同和語言差異之間的糾葛（Shiaffini, 89）。筆者先前使用華語語系這個詞的時候，心裡是想著馬華文學和印華文學的，希望這個詞能夠凸顯出區分做爲少數文學（minor literature）的華語語系文學和作爲多數文學（major literature）的中國文學的必要。筆者試圖用華語語系一詞取代令人混淆的「中文文學」一詞，重新賦予那些文本一個新名字，因爲「中文文學」（literature in Chinese，在中國領土以外生產的文學）是與「中國文學」（Chinese literature，在中國領土以內生產的文學）相互比較之下所誕生。英語 literature in Chinese 和 Chinese literature 這兩個詞裡面 Chinese 的涵義太過含糊、太容易讓人以爲是同樣的東西，使得批判工作的進行受到了阻礙。（註一一）筆者當時的理論模型是大家所知的馬華文學——所謂馬華文學，字面上的意思就是華人所書寫的或者是以華語或華文書寫的馬來西亞文學。雖然馬華文學屬於馬來西亞國家文學的一部分，但是它無論在馬來西亞還是在其他地方都逃不了被邊緣化的命運。馬來西亞的華語語系文學之所以是少數文學，並不是因爲它是以多數語言寫就的小文學〔像德勒茲（Gilles Deleuze）和瓜達里（Félix Guattari）所說的那樣〕，而是因爲它是以馬來西亞這個民族國家當中的少數語言所寫出來的小文學，是努力地想要在以馬來語單一語言爲主的馬來西亞國家文學當中做出異於主流語言和主流文化表達的小文學。

以上華語語系一詞字面上各個意義的匯合，指示給我們它在不同的地方所代表的不同意義，讓我們得以將華語語系視爲相互關聯但又有所差別的種種歷史過程匯聚而成的產物，這些歷史過程包含了不同殖民形式的形成（大陸的、內部的、定居者的），包含了華人的遷徙活動，也包含了各種華語自然或是強制的散播。這些歷史過程製造出了各種位於中國邊緣的弱勢和少數文化，而所謂的邊緣，既可指涉中國政治地理疆域以內的邊緣地帶，亦可指涉那些位於中國政治地理疆域以外的世界各地區。各種華語在世界上的各個角落流通；在這些角落，具有地方色彩、和當地其他文化互動而成的華語語系文化也應運而生。因此，我們必須從不同的學科來看待這種多元在地（multi-local）的華語語系文化——例如文學、電影、人類學和歷史。於是，華語語系研究本身就是一個多學科、跨學科的研究。

「華語語系」和此前常用的形容詞「說中文的」（Chinese-speaking）兩者最主要的一個差別就在於華語語系不是單音的，而是多音的（polyphonic），就好像所謂的華語事實上包括許多語言一樣。這些聲調各異的華語被認爲屬於漢藏語系。漢藏語系是世界各語系當中最龐大的語系之一，漢藏語系的「藏」指的是四百多種的「藏緬」語，這些語言流通的地區包括中國、西藏、南亞、和東南亞的部分地區，漢藏語系的「漢」指的則是各種漢語。根據梅爾（Victor Mair）的說法，這些被認爲是中國方言的語言嚴格來說其實是不同的語言（註七）。在這種觀點之下，所謂的華語社群，應該指的是說普通話/國語、廣東話、福建話、客語、潮州語等等語言的社群的總合。因此，華語語系研究要處理的語言種類繁多，這也連帶使得華語語系文學本身成爲了一個多語的文學。華語語系社群很難是單語或是獨語的，這種多元的特質又是華語和當地語言互動、混合的結果。舉例來說，馬來西亞的華語語系作家在寫作的時候經常用到英語、馬來語、泰米爾語，而普通話、福建話和廣東話等華語的使用就更不用說了。在這個意義之下，Sinophone literature 一詞應該要翻譯成華語語系文學，而不是華語文學或是華文文學（標準中文寫成的文學），以強調這個語系當中存在多種語言的事實。

標準語言的確立是國家形成的過程當中無可避免會出現的現象，就好像是過去中國民國時代的「國語」或是當代中國的「普通話」。同樣地，在馬來西亞獨立之後，馬來西亞政府推行的國語是馬來語，而非英語、中文或泰米爾語。這告訴我們，雖然許多國家都主張自己的國語是境內唯一通用的語言，但是世界各地的語言分布事實上要更複雜一些。舉例來說，十九世紀移民美國的漢人最主要所使用的語言是廣東話，他們不叫自己中國人，而是叫自己唐人。他們變成所謂的「中國人」或是「中國佬」，是在他們抵達美國、被懷有敵意的美國人種族化之後的事。華裔馬來西亞人主要使用的語言是充滿當地韻味、經過混雜而成的潮州話、福建話和廣東話，他們自稱爲華人，而不是中國人，他們稱普通話爲華語（華人的語言），而不是漢語（漢人的語言）。臺灣最常使用的華語是閩南話，華裔韓國人說山東話，對華裔義大利人來說，則是溫州話。因爲華語包含了大約四十幾種語言，而彼此之間的差異又是如此地大，不同語言的使用者往往無法理解對方在說什麼，更不用說如果他們用來溝通的是在中國以外各地經過混合、或是正在與當地其他語言交互作用所形成的混合語了。畢竟，語言是活的。所以，華語語系是多音和多語的。

把華語口語謄成文字的時候最常使用的是標準的書寫系統，這個書寫系統是所有華語語系社群所通用的。這個情形和阿拉伯語有異曲同工之妙：不管兩個說阿拉伯話的人到底能不能以口語溝通，他們都共用阿拉伯語的字母。廣東話、臺灣話、福建話和其他的華語社群和阿拉伯語社群不同的地方，就在於這些社群常常會創造出標準書寫系統裡面沒有的文字。爲了把各式各樣的華語謄寫成文字，新的字不斷地被創造，就算是標準的中文書寫系統，也免不了要受到當地其他語言的影響。舉例來說，在華語語系臺灣文學當中常常可以看到用來表示閩南、客家、原住民語言的新字。華語語系馬來西亞文學當中亦不乏馬來語、英語和泰米爾語的文字和表達方式，這種語言混合的現象威脅了作家李永平等人所珍視的「純粹」中文。法語句法和慣用語則是不知不覺地滲透到了華語語系法國文學之中。在中國境內，我們也可以看到以華語所寫成的少數民族文學作品是如何地受到了藏語、蒙古語、泰語或阿拉伯語的深刻影響，許多詞被音譯或翻譯成普通話，大大地殊異化了中文的書寫系統。各地華語語系社群的發音和書寫都不太相同，這個情形一方面戳破了漢族中心主義的神話，讓不同的族群和語言都能夠得到重視，一方面凸顯出了所謂標準語或國語的專橫。華語語系因此不僅僅是多音的，其書寫系統也是多樣的。

我們可以借用安德生（Benedict Anderson）對民族主義的分析來思考國語政策所帶來的單一語言假象以及該制度所隱含的

三個矛盾：首先，語言政策應該符合現代生活需要，但政府卻轉向過去，藉由建立一古老的系譜來自我正當化，在這個意義上，國語制度是過時的。再者，語言被認爲是普世的，但是其具體表現卻是特殊的。最後，國語制度具有政治效力，但其背後的哲學卻是貧瘠且缺乏條理（頁五）。簡單地說，國語政策下的單一語言制度在哲學上毫無說服力，它的宿命論觀點拒斥現在與未來可能存在的語言多樣性與豐富性。相較於制度上的僵化，語言社群是開放且不斷變化的社群，成員的組成波動不定，社群裡使用的各種語言也會變形甚或消失，而且在實際使用各種語言的過程當中，每個語言本身也會產生變異。法國哲學家巴里巴（Etienne Balibar）提出了對華語語系研究相當重要的觀點，他認爲「語言社群是『存在於當下的社群』（community in the present），這個社群給人一種永恆存在的感覺，卻沒有訂下某種宿命，強迫後來的世代來依循。」語言社群還具有『奇特的可塑性』（strange plasticity），能夠把許多語言挪爲己用，能夠把自己變成另外一種形式的論述載體，以及語言變化本身的載體」（頁九十八～九十九）。華語語系研究預設的前提是華語的可塑性，沒有預設的宿命，我們甚至不排除華語語系研究有一天會因爲華語的消失而自己走到盡頭。因此我們也必須要體認到這樣的一個事實，華語語系的各種文化可能會興盛，也可能會消逝，這是自然的現象，不需要爲之歡欣或是沮喪。或許我們唯一需要知道的，是華語語系文化／社群的存在，因爲存在，所以值得被研究，如此而已。

參　歷史過程

總結一下，華語語系研究的研究對象是「中國領土之外的華語社群和文化以及中國內部那些被強迫（或是自願）學習及使用普通話的少數民族社群和文化」。從前面的討論我們可以知道，這些語言社群的形成大多涉及了三個有時交錯或重疊的歷史過程：大陸殖民、定居殖民和移民／遷徙（[im]migration）。以下分別說明：

一　大陸殖民

和西班牙、葡萄牙、英國、法國等藉由海上武力建立的殖民強權不同，中國乃是藉由陸上武力建立領土內部的殖民地和疆界以外的殖民地。蒙古、西藏和新疆（北半部之前稱爲準噶爾，南半部稱爲塔里木盆地）是清朝在十八世紀藉由一系列的殖民戰爭和廣泛且完善的殖民統治所強占的領土。最近的清史研究因爲著眼於帝國內部的族群關係而被稱爲「中國研究的族裔轉向」（the ethnic turn in Chinese Studies）。華語語系研究參與了這個族裔轉向的研究趨勢，因爲我們特別想要知道中國境內的少數民族是怎麼看待華語（尤其是標準華語／漢語）文化的。蒙古人、滿人、藏人和許多其他中國境內的民族都會說多種語言。不論是自願學習或外在強加，就他們能以漢語交談和書寫而言，這些少數民族即是華語語系社群的一份子。在西南邊界地區的少數民族也是多元語系社群，他們藉由不同的方式，在不同程度上抗拒或接受漢族的同化。

最接近這些中國內部少數華語語系社群狀況的，要算是喬治亞、烏克蘭和哈薩克斯坦等後蘇維埃俄語語系國家了。這些國家在沙皇時代和蘇維埃時代經歷過了大陸殖民主義，經歷了社會主義式的、特殊的多元文化主義的興衰。然而在內蒙古、西藏和新疆，因爲殖民還未成爲過去，所以他們文化和政治目的仍然著眼在反殖民或去殖民，這和美國境內的原住民族群的情況類似。在這個意義下，臺灣的華語語系原住民文學或許和華語語系西藏文學或維吾爾文學較爲接近。當我們在分析這些從所謂「邊疆」地帶而來的華語語系文化材料的時候，我們都必須要先分析其背後存在的大陸殖民狀態的特質，都必須要注意到所謂的「邊疆」，其實是從漢族的角度出發觀看世界的產物，是古老的「中原中心主義」在作祟。很多少數民族的作家是如何辛苦地在各種語言和文化當中折衝，才能以漢人的主要語言（也就是漢語）寫作。這些作品符合德勒茲和瓜達里所說的「少數文學」（minor literature），因爲它們是以多數語言所寫就的小文學，它具有政治性，而且還常常呈現集體的價值（頁十六）。

二　定居殖民主義

定居殖民主義此一類別適用於外來的定居者持續掌握著機構上、政治上、經濟上和文化上主要權力的國家。今天漢族移民大量湧入新疆和西藏，導致當地的人口分布朝向漢族傾斜，可以被視爲是和大陸殖民主義配合得天衣無縫的定居殖民主義。中國來的移民從十七世紀開始陸續抵達臺灣，對當地的南島民族展開殖民；在這之前是荷蘭的殖民，在這之後是日本的殖民，最後則是二次大戰之後從中國播遷來臺的新政權。在臺灣的漢人說普通話、客語和河洛語，而原住民則是說各式各樣的南島語和殖民者的語言（也就是漢語）。這是一種多層次的殖民體系，但臺灣漢人對原住民的壓迫卻是一路走來，始終如一。目前，臺灣在國際社會不斷地被邊緣化，中國的崛起又帶來了新的挑戰，有些人甚至認爲這是一個新殖民關係的開始。在某些意義上，先是被法國殖民後來又被英國帝國主義宰制的魁北克歷史和臺灣的連續、多層次的殖民狀態相似兩者都受制於定居殖民主義的影響，也受制於定居殖民主義以外的另外一層權力架構的支配。因爲身爲定居殖民地的臺灣是華語語系文學的重鎭，所以除了研究所謂漢人的多語的華語語系文學（國語、閩南語、客家話等）之外，我們也必須著重於研究原住民文學中語言之間混融的現象所揭露出來的殖民關係。

許多從中國來的、說不同種類華語的漢族移民定居在英國殖民統治之下的馬來亞；正如同前面提到的，他們擁有巨大的經濟和文化力量，無論是在英國殖民者來到之前還是之後。在華語語系的馬來西亞文學當中（特別是在受到關注的、於臺灣創作的張貴興所寫的雨林三部曲當中），我們看到了對漢人定居殖民者種種剝削土地、欺負人民的作爲的強力批判。在馬來西亞獨立之後，新加坡最終也成爲了一個獨立國家，一個政治和經濟大權都由華人掌握的現代國家，但是華語語系文化並不是主流的文化。這或許是一個歷史的反諷：相較於從殖民時期到現在從無間斷且充滿活力的華語語系馬來西亞文學創作，新加坡的華語語系創作似乎已經不需要某種迫切感。雖然新加坡的公民都享有說「母語」的權利，但是後殖民時代新加坡政府的英語政策已經讓新加坡文學成爲主要以英語寫作的文學，華語反倒不是作家發聲的首選語言了。因此，新加坡的華語語系文學總是要跟英語語系文學放在一起檢視，一方面觀察官方的多語政策，一方面觀察該城邦的國際化脈動。

三　移民／遷徙

中國的移民、遷徙和移居已經進行了數世紀之久，新的和舊的華語語系社群也在世界各地生根。庫恩的《他者中的中國人》鉅細靡遺地記錄了這個過程。這個歷史過程不僅僅影響了那些有大量華人移民的國家如馬來西亞（約占了人口的百分之二十六），也影響了像美國那樣具有一定數目華人移民的國家。在美國那樣的接待國當中，中國移民通常不占據任何主要的權力位置，因此不能說是中國定居殖民主義的一種形式。但是在馬來西亞和菲律賓，華裔的馬來西亞公民和菲律賓公民擁有可觀的經濟力量──即便不是政治力量。當我們在研究華語語系馬來西亞文化和華語語系菲律賓文化的時候，這些相對的權力狀態都必須要詳細地定位出來。他們的華語語系文學是以少數語言所寫成的小文學，因此不是德勒茲式的「少數文學」；德勒茲式的少數文學體現在臺灣的華語語系原住民創作當中，是一種以多數語言寫成的小文學。

這三個歷史過程可以重疊，可以交錯，我們在這裡所做的區分是有其助益的，但這個區分並非絕對。總地來說，我們在這裡所描繪出來的華語語系研究的輪廓是一個歷史的、以地方為主的輪廓，這顯示了華語語系本身並非一個統一的範疇，而是一個異質的構成，每一個實踐和表達都有屬於其特有的、具體的時間和地點的座標。

注釋

一　請參考由 Karl Anton Sprengard 和 Roderich Ptak 所編的《海上亞洲》（*Maritime Asia*）以及由王賡武（Wang Gungwu）和吳振強（Ng Chin-Keong）所編的《轉型中的海上中國：一七五〇～一八五〇》（*Maritime China in Transition, 1750-1850*）。這兩本書都出自「南中國和海上亞洲」（*South China and Maritime Asia.* Wiesbaden: Harrassowitz Verlag）叢書。

二　以庫恩所提的例子來說，在十八世紀末期以前中國移民在荷屬東印度所累積的財富就已經多到讓荷蘭人和印尼人都相形見絀了，而這最終也導致了荷蘭人的鎮壓（頁一五四）。

三　出自於藍鼎元一七二四年上呈清廷的文件，見 Kuhn, 88。

四　許多契約勞工和苦力其實是中國商人和管理人帶到東南亞的。至於中國移民到美國的歷史，則可參見 Ronald Takaki 的《來自別岸的陌生人：亞裔美國人史》（*Strangers from a Different Shore: A History of Asian Americans*. Boston; New York; London: Little, Brown, and Company, 1998）。亦可參考張純如（Iris Chang）的《美國的中國人：一部敘述性歷史》（*The Chinese in America: A Narrative History*. New York: Penguin, 2003）。

五　更詳細的對離散的批評可以參考收錄在《華語語系研究：批判性的讀本》（*Sinophone Studies: A Critical Reader*）裡面的史書美和洪美恩（Ien Ang）的文章。如果我們不想要把「身為中國人」等同於身為「漢人」（中國至少有五十五個官方認可的族群），也不想要把「身為華人」和身為「中國公民」混為一談（世界上各地方的華人可能具有不同的國籍），那麼我們就必須要更小心、更精確地使用中國人或是 the Chinese 一詞，也必須要瞭解華人或是華語語系使用者的各種樣態，無論他們身處臺灣、馬來西亞還是其他地方。

六　感謝莊華興先生（Chong FahHing）向筆者詳細地解釋了這些詞在馬來西亞使用上的差異。

七　讀者可以參考史書美在《華語語系研究：批判性的讀本》裡面的文章來瞭解華語語系消失的現象。

八　作為把漢語推廣到世界各地的國家組織，挾著中國在經濟發展上的優勢，「漢辦」已經用「孔子學院」（Confucius Institute）占領了美國和歐洲的主要大學。漢辦的英語全名是 Office of the Chinese Language Council International。

九　讀者亦可參見黃秀玲在《華語語系研究：批判性的讀本》裡面的文章。

一〇　參見柯嬌燕、羅友枝、和李普曼的論述，特別是李普曼在《位於邊緣的帝國：近代中國的文化、種族、和邊境》（*Empire at the Margins: Culture, Ethnicity, and Frontier in Early Modern China*. Berkeley: U of California P, 2005）中的論文，頁八十六。

一一　參見史書美在《華語語系研究：批判性的讀本》裡面〈反對離散〉（"Against Diaspora"）一文（頁二十五～四十二）。

關於民族主義和世界華文文學的若干思考

吳　俊

壹

近代以來中國社會發展過程中的一個主題，文化思潮流變中的一個中心線索，也可以說是權力政治視野中的一個關注點，就是如何調適、確認中國與世界的關係。從閉關鎖國的失敗、以夷制夷到中國的和平崛起宣示及中國文化走出去，我們用了差不多近兩百年、至少是超過一個半世紀的時間。但如何看自己、如何評價世界、如何調適自身與世界的關係，今天也還是一個值得討論的問題。之所以這個問題會長期存在，並在某些時候發酵成國內輿情湧動、國際關注的爭議現象，既有當代的傳統政治原因即國家意識形態原因，也受到不斷變化的地緣政治或經濟利益關係的牽制，而從更為內在基礎的層面看，近代以來中國的國家民族及社會文化的歷史遭遇的影響和制約，可能是最基本也是最深刻的原因。傳統中國「天下觀」的崩塌在這一個多世紀中層累地造成了我們屈辱、悲情的歷史觀、國家觀、民族觀，這影響到了我們的「世界觀」的建立方式和基本價值立場，很難說我們現在已經走出了一個多世紀前的思維，偏執極端的民粹激情仍是當代社會思潮和群體行為的主要發酵劑——若干年前反日遊行中砸日系車的瘋狂之舉猶在目前，今年所謂反思甲午的口水戰泡沫，都可堪比百多年前神魔附體的義和拳師兄師姐們，更不要說幾乎每天都能在網絡上看到流行的極端民族主義的叫囂了，有些已成常態化的民族情緒的宣洩方式甚至已經跡近、突破了反人類言論的底線，比如「殺光××人」之類的口號。但這一切都有一個正義的、正能量的信念在支撐著，這就是愛國主義。愛國主義是一個不需要任何理由和前提的正確政治。但或許很少有人會注意到，從歷史的經驗上看，愛國主義是一個只有亂世才會特別流行、特別炫酷的口號。何為亂世？國家主權遭遇嚴重侵犯，或政權統治發生深刻危機，或基層社會大範圍動蕩不定，這些症候有時同時出現，有時相繼出現，總之，國家社會有可能產生顛覆性變化、未來趨向難以把控時，亂世之兆也就以各種方式廣泛出現了。這時往往也就是愛國主義出籠的時候。愛國主義起到的是全社會動員的作用，它能夠召喚、凝聚全社會的興奮點，其中，尤其是權力政治可以借此實現駕馭和操控全社會力量走向的目的。

顯然，探討當代的民族主義現象會是一個相當複雜也是相當危險的問題，因爲其中必然橫亙著一般不能觸碰的當代政治問題，甚至是國家權力的禁忌問題。民族主義現象從來就不會是一個單純的文化問題或社會問題。不過，民族主義現象中也必然含有著重要的文化內涵和社會情緒，這同樣會影響於權力政治和民族主義自身的走向。可以回到一百多年前的文化現象來進入這個問題的探討。

前一個世紀之交出現了後來被稱爲「林譯小說」的文學現象。從翻譯上說，林譯小說足以遭到詬病，譯者幾乎拋棄了一切翻譯準則，用一種近似天馬行空般的方式不受拘束地將異域故事置換成中國小說。但這種看似破壞性的甚至還有點不著邊際的翻譯並不是別有用心的惡意之舉，相反，林譯體現出的恰是一種超越同儕和時代的對於中國和「世界」關係的別有會心的文化價值體認。

中國翻譯外國文學的用意何在？至少直到魯迅還是一種主要的回答，那就是啓蒙。啓蒙就是以外國（西方）爲師。後世所謂的西方中心論之所以在中國也被廣泛接受，其實並不奇怪，因爲五四開始的中國學人已經在參與西方中心論的世界合法性建構了，即西方的霸權（文明文化的先進性）是被我們所認可了的。但與啓蒙相伴的同時，則是對於民族主義精神的強烈激發，這同樣具有世界意義，就是所謂翻譯被壓迫的弱小民族、殖民地（國家）文學的原因。所以在此兩方面，中國現代新文學和新文化都具有鮮明的救亡圖存的現實動機，民族主義無疑就是其中最爲基本的情感和心理認同。也可以說，近代中國與（西方）世界的聯繫就是中國民族主義意識形態滋生、發育、擴散、泛濫的溫床。林譯小說當然也有此時代思潮的痕跡，他的翻譯所涉可以說幾乎覆蓋了新文學翻譯的所有領域，但他留下的更重要的遺產，我以爲並不是對於（西方）啓蒙文學的偏愛或是對於弱小民族文學的同情，而是中國對於（西方）世界的文化平等觀念、對於中國文化的理性自覺與自信。

何以言此？林譯一而再、再而三地說得很分明，西洋文學之所以有價值，那是因爲莎士比亞、狄更斯、雨果們的理念和技藝都契合了中華文化的精神，比之左氏、太史公、韓歐諸賢皆有異曲同工、相得益彰之功。如此，反過來也可以說，中國文學、中華文化中同樣有著普遍的普世的內涵，同樣有著超越時間和歷史的永恆價值。更恰當的一種理解就是，在中國和世界的大變動時代，我們最需要清醒認識到的就是如何發掘、活化中國文學、中華文化中有益於當代發展的價值潛質，使之成爲可資憑藉的現實資源和精神支撐。——翻譯西洋文學的目的，不是要爲否定和取消中國文學，而是更要清楚看到中國文學的價值和中華文化傳統對於當代的價值。在此意義上，翻譯西洋文學既是一種工具性行爲，也是一種認知世界包括進一步認知中國自身的方式。其中並不（應該）存在價值褒貶的預設。顯然，林譯的這種觀念與五四新文學的翻譯理念並不相合。

儘管林譯小說風行一時，並助孕誕生了至少第一代的新文學作家，成爲一道凝固的歷史風景，但歷史卻又沒有寬容地給出林琴南最需要證明的時間和機會。他的中西比附之論受到了毫不客氣的回擊或拋棄，且長期遭遇輕視或無視。啓蒙者當然視其爲謬論，西方的文化豈是封建愚昧的中國舊傳統可比！飽讀舊籍的魯迅公開呼籲「不要讀中國書」、「只讀外國書」，所以他年輕時坦然讀過幾乎所有的林譯小說，只不過不滿意林譯的筆法特別是不諳原文的「亂譯」，後來結伴其弟就要與林譯一較高下，出版了兩冊並不成功的《域外小說集》。至於當代的無產階級革命者在文化激進的程度上可說就是啓蒙者的後裔，雖然蘇俄偶像取代了西方，但中國傳統的被批判地位則一如既往。這段顯得極端的歷史連貫著幾近百年。也可以說這種文化的自卑已經隨著政治上的進化論或進化論的政治，成爲近代以來中國的一種痼疾。革命或反革命，凡是激進者都在不同程度或方向上助長了文化虛無傾向的蔓延。

保守者也會對類似的林譯謬論嗤之以鼻，傳統的保守論者視番邦的器物不過是中華文化所謂之奇巧淫工而已，即便無奈而須師夷之長技，也只是技術層面的形下功夫，中華文化所體現之精神文明的「高大上」境界，豈是域外諸蠻所能比擬。林譯的中外中西相得之論，實爲不倫，是對中華文化的褻瀆，或自褻——有一度林譯的作者是被目爲「新黨」的。而一般的本位文化論者的立論動機均不脫挖掘、弘揚、印證傳統固有文化之價值；有時雖不致完全否認異域文化的成就，但兩相比較，自身文化的優越感和優勢地位則是不證自明的結論。這種文化的優越感其實距民族沙文主義的優越感已經十分接近了——正是民族主義情緒和思潮泛濫的淵藪。其極端則難免走向魯迅所謂「獸性之愛國」。

爲什麼我們如此激憤？如此盲目地糾集群體的暴力在弱者或假想敵面前發洩自己的破壞欲甚至是嗜血欲？魯迅當年說中國歷史上只有兩種時代，一是做穩了奴隸的時代，一是做奴隸而不得的時代。前者即爲治世，後者便是亂世。亂世是奴隸造反，但並非爲了做人，而是只想安穩地做好奴隸。所以魯迅說，中國人從來沒有爭到過人的位置和人的價值，不過是爭奴隸的地位而已。如此一治一亂，治亂相循。乍聽起來、看起來這好像是魯迅對國人所謂哀其不幸、怒其不爭而嫉視如仇的表現，但仔細體察中國社會的實況，不能不說魯迅所言其實切中了中國社會的奴隸心理症候。魯迅曾將這種奴隸性格、奴隸文化主要歸因於政治和文化的兩重原因。顯見的是政治原因，就是歷史上數度異族統治的亡國經驗。魯迅曾歷數中國歷史朝代的更替沿革，指出其中不乏被征服的亡國歷史經驗——說到底也就是漢族喪失其國家權力的經驗。所以，魯迅才有了所謂「異族入主的中國」的概述。在這種「異族入主的中國」的時代，中國（漢族）作爲被征服者而屈從了安於做奴隸的地位。換句話說，就中國歷史而言，亡國之於中國（漢族）並非是不可接受的現實。在我看來這或許是魯迅對於中國政治特別是中國社會的政治性格的最深刻揭示。

國家政治的主要支撐在現實層面上是強權，而在歷史或文化層面上則應該是社會正統或主流文化的力量。這種力量無疑由歷史的層累積聚而形成，並在其過程中瀰散、滲透、浸染及於全體社會的每個角落，尤其是在社會的精神層面和文化性格上。所以，魯迅對於奴性的中國歷史和中國政治的針砭，已經越出了國家權力批判的政治範疇，而具有了十分鮮明的歷史文化批判的指向，即對於中國社會的主流/正統文化（儒家文化）的批判——就此也能看出魯迅的思維方式與「五四」思維的關聯。魯迅的政治批判已經很難令人接受——亡國之於中國（漢族）並非是不可接受的現實，其文化批判同樣讓人難堪——中國（漢族）的奴性文化正是正統儒家文化所養成和造就的。爲什麼中國人安於做奴隸？因爲這是儒家文化薰陶浸染的結果。在魯迅看來，做奴隸的常態歷史必與這種奴隸社會的主流文化有直接關係。在這種邏輯中，魯迅的政治批判和文化批判合二爲一。魯迅又爲什麼說「中國歷史是一部吃人的歷史」？中國政治和中國文化將中國人淪爲奴隸而不自知——喪失人的基本覺悟而不自知，這不是吃人又是什麼?!這也是強調立人首在精神的魯迅的立論邏輯。立人首在精神，而立國首在立人。這是魯迅的政治文化批判思維邏輯。

於是，我們也就能夠理解魯迅的批判思想形成的近因即義和拳之亂的刺激作用了。亂世社會的邪教，依靠迷信和暴力在全社會擴散著恐怖主義，隨之與國家權力兩相利用，而根本上就是魯迅所謂的「爲王前驅」，恐怖主義合法化，但最後卻也難逃被拋棄的下場。從「反清滅洋」到「扶清滅洋」的變化，可以看出此類愛國主義/民族主義所秉持的機會主義的政治性格及立場，當然也能看出權力政治的直接操控。奴隸政治語境中的愛國主義/民族主義，說到底只能是「獸性的愛國」和妄自尊大的自取其辱。魯迅深察到中國社會的奴隸基因，尤其是這種奴隸基因可能表現出的軟弱而暴戾、自卑又傲慢的惡習醜行。所以他對一切群體性的運動都直覺地懷有警惕。魯迅一生批判國民劣根性的努力，正與他對中國社會奴隸根性的認識直接相關，與他對於「群體的暴政」——也是一種變相的「獨夫」政治的認識直接相關。在此意義上，可以將魯迅的文學視為對於愛國主義／民族主義的祛魅的寫作和文化實踐。同時，魯迅也是在以文學的方式調適「中國」與「世界」、「中國人」與「眞的人」的現實關係。

不過，林琴南的文學愛國比附論不討喜、不被接受，魯迅的奴隸愛國批判思想同樣也被諱言。林琴南、魯迅先生當國家民族危機存亡的時代，愛國主義／民族主義可謂社會政治思潮的主流、主要驅動力，或其主要的表現方式。其間政治力量的操控使得這一現象很難簡單討論。後世的情況既有所不同，但也有相當程度上的相似性。——在中國發展過程中的重要關口，愛國主義／民族主義不僅從未退場，而且幾乎每次都擔當了社會輿論和意識形態先導的角色。顯而易見，中國文學融入世界文學的過程也不能不帶上民族主義意識形態的政治和文化烙印。

貳

一九七〇～一九八〇年代之交，中國重新開始了走向世界的征程。當年同名的《走向世界》叢書風靡一時，可謂顯證。回顧當代不同時期的「中國走向世界」姿態是很有意思的。

共和國之初，「一邊倒」既是新中國的政治和外交姿態，也是新中國的文化和文學立場。這就是說新中國的文學在歷史上的左翼、無產階級文學和延安文藝的自身經驗上，主要通過模仿、學習和移植蘇聯文學來創造自身的文學。世界（文學）的中心和主體既為蘇聯（文學），則新中國正須通過蘇聯文學來建構自身的文學主體性。對此需要強烈注意明確的是，一方面是「一邊倒」，另一方面也是為了建立新中國自身的文學主體地位。比較而言，只有後者才是眞正的目的，只有後者才能兼容中國的無產階級政治、共產主義意識形態與民族主義意識形態；而前者，隨著國際關係和利益格局的變化，隨時都可以且需要被拋棄，能夠對此提供強大支持的就是中國的民族主義社會激情，就像後來發生的事實一樣。所以，「一邊倒」之後的中蘇論戰及長期進行的對蘇修文藝的批判，代表了新中國文學的政治主體自覺和文學主體自立——新中國文學在理論上和實踐上全面回歸延安傳統，這也就意味著更加自覺地獨立自主地走向符合中國實際的馬克思主義、社會主義道路。其中顯然不難體會出國家民族主義的堅韌和自信。

在政治——文學的構架中找尋、確證了自身的動力源和動力機制的同時，新中國文學的權力意識形態也部分地通過對於魯迅和「五四」內涵的不斷闡釋，達到了曲折利用現代新文學資源爲當代文學政治有效服務的目的。——但與此直接相關的是，新中國文學與五四新文學的歷史聯通，間接地、潛在地印證、確認了中國當代文學與西方文學（包括西方資本主義、資產階級文學）的必然關聯。西方文學也確實始終沒有眞正、完全地離開過新中國文學、中國當代文學的政治思維中：連綿持續的對於西方（文學和意識形態）的批判和反對，正是警惕和恐懼於西方附身的一種證明。對此，從歷史的邏輯發展上的分析來看其實也很明顯，新中國文學事實上畢竟（部分或主要）是源自五四新文學的流變與發展，五四文學的極端性（革命性、顚覆性）與豐富性（包容性、多義性或歧義性）都在不同程度上會影響到後來的文學進程，包括新中國文學的建構。歷史不會中斷，這是一方面；另一方面，歷史流變的呈現方式和面貌在每一階段都會有所不同，後世對於歷史（經驗、傳統）的吸取都會有自身的現實根源和特定需要。說得徹底一點，任何時代的革命也是源自自身所處的歷史之中，革命需要自身歷史的資源和支持，雖然表面上看革命總是對歷史的一種否定或顚覆。就此來看當代文學的歷史或革命，新中國文學的建構及成立，也源自其與西方（文學）的多重複雜（包括對立）關係。正是在這種關係所形成的必然邏輯中，中國當代文學整體性地建構起了自身與西方——世界文學的聯繫。換言之，經由長期的意識形態的鬥爭歷史，我們能夠更加清晰地看出新中國文學、中國當代文學如何以獨特的方式進入到了世界文學的體系之中。國家意識形態、國際利益博弈、民族主義立場等都在不斷阻隔或聯結著中國——西方——世界的感應距離。如果說在我們的權力體制中一般人對於國家意識形態、國際利益博弈並不能直接感同身受的話，那麼長期以來，我們之所以能夠一直強調對於境外敵對和顚覆勢力的政治警惕與強力抵制的社會基礎，顯然建立在牢固的民族主義的情感立場中，並在其中不難獲得持續而強大的共鳴與支持。

所以，中國（文學）與西方——世界文學的關係既一言難盡，民族主義思潮在其中的作用也同樣難以簡單言表，但可以確認的是它的存在及作用應是十分的顯著。「文革」後的新時期，在權力許可或默認的程度與範圍內，一度似乎是走出了兩種顯得有點極端的方向，一是政治方向上的自覺清算，其中以對文革的清算和對毛澤東的評價爲最顯著，但一九九〇年代後的這一話題就漸成雷區了，我相信當初的傷痕文學、反思文學在今天大多是不會被發表的；二是文學觀念上的西方化，西方現代文學的啓蒙導師地位重複了五四新文學的中西文學格局，但也是到了一九九〇年代，當代中國文學漸漸走出了新時期的相對單純和明晰的背景，開始形成了多元生態的景觀，並且隨之還有了反向的如「僞現代派」文學、反思「純文學」之類的探討。不過有一點還是比較明顯的，不管是一九八〇年代還是一九九〇年代，民族主義思潮並不是中國社會的興奮點和關注點。作爲社會徵兆的《中國可以說不》雖然出版於一九九六年，並獲得了相當廣泛的關注，但在精英文化階層和知識界，該書及所代表的（出版）潮流顯然並未獲得眞正的認同，或者並不以此作爲認眞討論的嚴肅話題。一九九〇年代中期的中國大陸整體上還未走出文化蕭條的陣痛期。但一九八〇～一九九〇年代的政治變化，卻已有可能引導中國知識界和文學界開始冷靜反思當前的政治和文學，即對激進的政治訴求和啓蒙文學格局進行必要的檢討，這使得文革後的「西方」在中國的地位第一次出現了眞正的改變；也可以說是中國的現實改變了中國觀察和評價「西方」的價值視野。由此醞釀、引發、形成了後來蔚爲壯觀的全社會範圍的民族主義熱潮。

當然，意識形態的檢討並非主因。新世紀以來中國民族主義潮流的勃興，主要憑藉的還是國家力量和國際地位的顯著提升。二十～二十一世紀之交中國的最根本性改變（轉型）是什麼？一般的回答都不會出人意料。我曾經的回答就是多種政治和經濟因素在中國的制度化建立，實際指的就是傳統政治權力與市場經濟權力的制度構成及導致的重商逐利價值觀的社會主導地位。這種制度和意識形態的建立及固化，改變的是千年中國的發展主流和主體形象，所以我稱之爲中國的千年之變。與這種千年之變的宏大敘事形成對應的是中國文學的一種小敘事：「八十後」的誕生。八十後的誕生指的不僅是文學世代意義上的自然時間／代際的更生，而主要是與傳統文學／作家所截然不同的文學代際生成機制。——八十後不是傳統權力機制培養、催生或扶植起來的一代作家，其背後不再是國家機器；八十後主要得益於文學市場的選擇，得益於媒體（最早就是《萌芽》雜誌及其「新概念作文大賽」）的文學市場策畫。因此，較之於這一代作家的文學知名度、社會影響力和市場吸金力來說，他們的文學地位的認可度是最後才獲得的。就此而言，八十後的小敘事反映出的還是社會時代變遷的大趨勢——權力機制地位的改變和社會利益的再分配。延伸一點看，傳統的權力社會已經到了不得不改變的時候了。事實上，八十後也就是最後一代誕生於紙媒的作家。八十後既是傳統媒體的文學殿軍，同時又是新媒體的文學開山。這一評價與八十後迄今的文學地位並無直接關係，但八十後已經毫無疑問地獲得了不可繞過的「文獻性」的歷史地位。

八十後的顯著意義還表現在彰顯出了一種重要的啓示，即便是在文學的危機時代，中國社會中潛伏著的文學潛力之巨大仍是所有人所無法想像的。這在經濟領域後來獲得了更加矚目的確證。也就說，中國的巨大人力資源基礎，足以支持精神產品的生產力發展需求，也同樣能夠支持物質產品的生產力發展需求。人力資源、生產力的可能性、市場、社會想像（欲望的激發）一旦被新的國家權力及經濟機制所帶動，中國的高速發展就會令世界震驚了。是什麼讓我體會到世界對於中國發展的震驚？不是那些抽象的經濟數字，也不是眼花繚亂的具體物質產品，而是美國總統歐巴馬幾年前在美國國會的一次演講中說到的一句話：美國不會做第二，美國不能成爲第二。直到今天，美國還是第一，但他讓全世界相信，中國已經出現了。

中國民族主義的勃興在二十一世紀初的顯現在就容易理解了。中國當下的巨大經濟成就全面提升了國家實力及國際地位，但歷史和現實中的某些重要反差或不平衡也就隨之變得尖銳起來。在現實層面，地緣利益（如領土領海領空權益、國際或地區經貿利益等）衝突趨於頻繁，影響到國家形象和國際關係；在歷史層面，國家的現實成就和地位並沒有改變歷史書寫的中國的世界觀，相反，現實反而襯托出了必須重寫、改寫歷史上的中國世界觀的急迫性。民族主義社會思潮的孕育、誕生和流行，就此有了成熟契合的社會歷史條件。

有了歷史和現實的對照，有了新的國際和地緣利益衝突，有了豐富到不能不剩餘的人力資源（尤其是年輕人）及其社會地位的邊緣化——社會財富的兩極分化及新的社會底層階級的出現，民族主義呼之欲出，它現在幾乎就是社會情緒唯一還算安全的宣洩途徑。只要再滿足一種條件，炸彈就能安全引爆。互聯網恰逢其時提供了這種條件。

互聯網在兩種意義或層面上爲中國社會的民族主義思潮提供了勃興的必要條件。一是個人的訴求獲得傳播的可能，互聯網拆除了紙媒發表的門檻，傳統意義上的沉默的大多數瞬間獲得了在公共領域發聲的權利；二是人與人即人際、社會性的傳播（點對點、點對面）同樣變得毫無障礙，而且傳播速度之快同樣幾乎就在第一時間。所以，互聯網爲民族主義思潮在新世紀的泛濫提供了最便捷的技術支持。

現在，回頭再看百餘年來的中國民族主義思潮之所以會在新世紀早期形成社會氣候就不應再覺得詫異了。百餘年間的國家和民族屈辱史是社會民族思潮孕育的基本條件，激進的啓蒙價值觀和反西方政治殊途同歸地共同構建了民族主義立場的兩極

（極端性），當代中國社會的轉型發展最終爲民族主義的勃興提供了內容支持和條件支持。文學——尤其是對於中國文學——世界文學表現出既聯結又游離的所謂世界華文文學來說，可謂天生就處在國家／國際的民族主義潮流之中。從中國視野來看，不理解中國的民族主義流向就不能理解（世界）華文文學的眞實含義及可能的期待。這也就是本文的敘述思路。

參

在中國大陸，華文文學並非由來已久的概念。或者說，它原本只是一個簡單清晰的概念。但是到了今天，華文文學已經成爲一個遍布且彌散於全世界的集人文、政治和一般意識形態內涵的核心概念，同時它的外延也並不確定。這使得華文文學成爲一個看似單純實則複雜或曖昧得難以定義的文學概念。華文文學的背後仍潛藏著不同面目的民族主義動機。

簡單梳理起來，最初（一九八〇～一九九〇年代初）的華文文學大致指向兩個對象：一是大陸周邊地區（主要是臺港澳）的華文（漢語）文學，這是一種文學現象；二是以上述文學現象爲對象的批評和理論研究，這是一種學科專業現象，主要出現在教育和科研體制內。很快，華文文學的範疇就囊括大陸以外的海外所有地域的華文（漢語）文學現象，時稱臺港澳暨海外華文文學，後又逕直稱作世界華文文學。這一概念使用一直延續到現在。期間時有相關的概念研討，但均未形成共識的替代性概念。可以一提的是，華文文學概念的變化一直都並未將中國大陸文學包括在內，這使得世界華文文學與中國大陸文學形成事實上的兩種漢語文學現象。與此同時，海外（或世界）華文文學研究在大陸高校內的學科建設已經基本趨於完成，與其研究對象相對應的是，作爲學科專業的海外（或世界）華文文學同樣也基本上並不包括或涉及當代中國大陸的文學。這也是值得略加探討的現象——不管是作爲創作現象還是包括了理論批評現象的海外（或世界）華文文學，在中國大陸文學的視野和觀念中，即便較之於大陸的現當代文學（更勿論古代文學），也只是次一等的文學和次一等的研究對象，在學科領域，當然也就同樣只能屈居於次一等的學科專業地位了。顯然，國家——民族主義的權力中心和文化霸權乃至宗主意識在其中起著支配性的作用。

進入新世紀後，或是中國崛起的影響刺激反應，海外對於世界華文文學概念的討論有時也會表現出比較熱烈的跡象，最突出的例子便是所謂華語語系文學（Sinophone）的討論。華語語系文學的提出，當然有著明確的針對世界華文文學概念的批評動機。相比而言，較早提出並使用這一概念的史書美教授的批評言辭顯得更爲激烈，而後的王德威教授等則比較平和，更注重在學理層面的廣泛展開和深入挖掘。但不管怎樣，華語語系文學（Sinophone）應該引起我們重視的正是世界華文文學概念使用中的兩個可以討論的關聯性問題現象。

一是將大陸與海外的華文文學進行有意的分離，是否在客觀上暗含有一種認可了文學的國家權力區隔的動機？大陸文學以國家權力爲主要支配方，其他區域的華文文學則顯然沒有足夠相類似的權力後盾，這種世界華文文學的格局或就有了政治地位的差別：不在其中的中國大陸文學實際上是一股獨大，其他華文文學就只能以離散的方式存在了。換言之，將中國大陸與海外華文文學的有意切割，有可能造成世界華文文學格局中的國家（中國）中心傾向。而以特定國家爲中心的世界華文文學顯然並不利於整體性的華文文學的文學建構——一方面嚴重削弱了海外華文文學的整體利益：離散的華文文學既難以有效融入世界文學，又游離於大陸文學，世界華文文學會像是一些隨機飄零的浮島，無所依傍，失去方向感。另一方面也同樣束縛了大陸文學的世界性拓展：既與海外華文文學若即若離，又因國家權力的鮮明烙印而有可能產生意識形態隔閡，造成與世界文學的無形壁障，顯然這也並不符合大陸的文學乃至中國的國家利益。——就此弊端可以看出國家權力中心的狹隘性及其對於文學發展的政治束縛。

第二個關聯性的問題現象也與上述相關，如果國家權力有可能形成對於文學的支配性後果，而這在世界華文文學中將被視爲文學宗主國現象的話，那麼僅就文學的地位關係而言，設置了大陸文學與海外華文文學的區隔，仍有可能產生大陸文學中心的一般認識——海外華文文學只是一些邊緣化的、依附性的文學，即便這並非文學——國家的權力關聯認識，但同樣會引發文學身分的歧視後果，同樣不利於且有害於世界華文文學的整體性建構。——由此可以看出文學宗主意識即文學上的民族主義等級偏執，無助於任何一種地位的文學發展。所以就國家政治和文學兩面來說，大陸的世界華文文學的傳統觀念應該有待調整，而且調整的關鍵就在觀念背後的國家權力及民族主義動機。

但如果今天仍側重於政治敵視或對抗、出於意識形態戰爭的動機來「矯正」世界華文文學的可能弊端，也同樣會撕裂華語語系文學的整體建構，同樣會阻礙其正常融入世界文學。原先的被歧視者因爲受到歧視者的觀念統治影響，竟而不其然地認同了後者的意識形態及話語方式，這在學術上是非常不幸的。似乎仍有必要強調，在世界文學的領域和意義上討論涉及大陸文學的話題，不管是世界華文文學，還是華語語系文學，先期擱置國家和意識形態問題應該是能夠有效推進對話的一種較爲明智的處置方式。相反，我以爲任何有關中心論的觀念企圖（包括一中心即大陸、多中心或反向的去中心、無中心的設計思維）都難免會背負或牽扯上沉重的政治歷史包袱，那基本上就是一種負資產。

至於說到大陸有關華文文學的高校學科設置，其直接動機或許是非常單純的，一是爲了獲取教育資源和利益，二是爲了拓展新的學術增長點，推進學術生產力的提升及未來發展可能。這或可視作常態性的學科/學術意識形態動機。但稍作深入一點的分析，在相對單純的動機背後，仍有制度性和權力意識形態的強力因素在發生著支配影響。最顯著者之一，就是華文文學的學科地位相對曖昧。華文文學當然不可能成爲一級學科，但在二、三級學科中，它的面目和定位仍然不很清晰，關鍵就是它很難像其他二三級學科那樣，在文學史和文學理論上充分理順與中國語言文學學科的邏輯關係，看起來就像是一條人工嫁接的枝幹，與主幹總顯得不相適應。其二，即便排除了大陸文學的國家文學優越感，大陸文學的中心意識仍是學科意識形態的核心觀念。「中國」往往成爲不言自明的世界華文文學的「祖國」，大陸文學也就順理成章地成爲世界（或海外）華文文學的中心。這種學科建制背後的潛臺詞，實際也就是政治意識形態的頑強表露。

因此，一個沒有國家中心的世界華文文學概念，一個不受對立政治牽扯的世界華文文學概念，一個超越了現實利益衝突的世界華文文學概念，一個沒有等級意識和身分歧視的世界華文文學概念，一個無所謂世界華文文學還是華語語系文學之類名實之辨的全球一體的華文文學概念，就成爲華文文學的一種理想。

已被長期使用且作爲討論對象的世界華文文學及相關概念，已經附著了太多的政治和意識形態的附加物，進一步糾纏概念的具體措辭或再提出一個新的概念，遭遇的挑戰也會極相類似，並且其實早已經失去了實際意義。應該回到常識來看問題。

世界華文文學概念的語境，或提出這一概念的實際意義，有一種明顯的變化，正是在這種變化中，華文文學的世界性地位獲得了進一步的確定和彰顯。最初的華文文學主要是相對於中國大陸文學而言的，它並沒有太多自覺的世界文學意識，充其量是一種可能還顯得有點盲目的國家主義或民族主義的文學激情，帶動了文學研究的學術生產的功利需求。但隨著中國大陸文學視野中的世界文學意識的充分覺醒——極端體現就是歷年來一直被提及的「諾貝爾文學獎焦慮症」，華文文學的世界文學意識同樣被充分喚醒了，並且使它有可能超越與大陸文學的曖昧關係，進一步確證自己的獨立主體身分，參與到世界文學的整體建構過程中。

需要切入常識的是，不管是中國大陸文學、（世界）華文文學，還是任何一種國別文學、區域文學或任何一種語系文學，都在主要以兩種形態和方式參與實際的世界文學建構，一是文學呈現的原初語言形態，大多是母語形態；二是文學的翻譯語言形態。世界文學的形態如何顯現？你能想像只是英語的世界文學嗎？——顯然，語言形態與世界文學並無必然關係。那麼，糾結於漢語的文化與政治歷史，對華文文學來說也沒什麼必要。語言不應當成爲民族主義或國家權力在世界文學領域中的質押對象或挾持對象；同樣，文學研究也無必要強化語言的意識形態色彩或意識形態權力。

次則母語只是（世界）文學成立的首要條件，世界文學的現實呈現和價值實現有待於語際的廣闊旅行，也就是文學翻譯。沒有翻譯就沒有世界文學。在某種程度上，世界文學就是翻譯文學，或是由翻譯文學所主要構成的。因爲母語在提供了文學成立的首要條件後，同時也矗起了不同語言文學間的屏障，沒有翻譯的溝通，世界文學就難以想像。但重要的不僅在此。翻譯不僅溝通了語際的文學交流，而且還打破了母語的權力中心可能，削弱或拆除了母語文學可能含有的民族主義（潛意識）動機。所以說，翻譯就是一種文學政治的改造。——雖然不懂外文，但百多年前的林譯小說就已經這樣做了。世界文學就在不斷的翻譯過程中展開了自身的現實。在此意義上，翻譯幫助世界文學克服了母語文學的可能局限或偏執，最終完成了世界文學的文學世界。

再次也還是常識。如果你不能想像存在一種固定的世界文學的形態或模式，那就只能認可世界文學建構的動態性特徵。也就是說，世界文學並非一成不變，而是一直處在不斷的建構和形成過程中。就其動態性而言，世界文學就像我們身處的宇宙空間，無所謂開始，也沒有結束。停滯與封閉就是文學的死亡之期。因此，文學的生命就在於它對世界的開放和與世界文學的互動。僅限於母語國度或民族區域內的文學，還不能說是實際參與了世界文學的構成，雖然它同樣是爲世界文學的成立提供了條件。這特別有助於我們認識和判斷政治獨裁威權下的文學與世界文學的眞實距離。

最後要說到的常識是，世界文學並沒有它的中心。世界文學不是一種軸心概念，當然也就不應該存在所謂的邊緣。任何一種國家權力或民族主義的衝動，在世界文學的範疇中注定是不可能實現其目的的。世界文學是語際的文學旅行者，存在於語際的文學旅行之中。它消解、消除的是文學的權力獨裁，而首先就在於自身並非權力的化身。世界文學的使命是溝通和融合，並且它的存在使命首先就是在爲這種溝通和融合提供無障礙的通道。世界文學就是能夠全面呈現普世平等價値觀的文學。

從世界文學的願景和常識再回到世界華文文學概念的討論，如果不糾纏於措辭，我想將所有的漢語文學及所相關的翻譯和研究等文學現象，概稱之爲世界華文文學。我關注的只是語言的文學形態及其語際的傳播。有點特別的是，爲什麼將翻譯文學也歸入世界華文文學的概念範疇？原因其實很簡單，翻譯文學的世界文學身分或屬性，有賴於它的來源文字的文學；翻譯文學因其所譯母本文學而顯示自身的文學價值。漢語文學的翻譯是漢語文學作爲世界文學的一種直接證明。翻譯文學自身既是世界文學成立的一種標誌，也是特定語言文學參與建構世界文學的一種證明。消除了國家、區域、民族、文化等權力意識形態附加物的世界華文文學，將在常識層面更加全面和深入地建構、融入世界文學。——只有將世界華文文學視爲世界文學，漢語文學內部的衝突才能最大程度地消弭，漢語文學或華文文學或華語語系文學等，才不會被政治目的所裹挾。否則，再多的討論，也不脫黨派文學、國家文學、文化族群文學等的老舊套路，對華文文學的世界文學地位又有何補?!但令人悲觀的是，我們恰處一個民族主義思潮極端泛濫的時代。就在本文寫就的當天，一代手談大師吳清源在日本百歲仙逝。一個中國人而兩度「歸化」日本籍，就此引發了網上的一場「漢奸」之爭。我不知道明天會不會結束，但我知道我們沒有走出昨天。今天就仍是個問題。

——原刊於《文藝研究》二〇一五年第二期

世界華文文學的新格局

（美國）陳瑞琳

全球範圍內不斷勃興、迅疾發展的世界華文文學，正隨著地球上華裔人海的洶湧波濤而在不斷地流動。又因爲這流動，它的格局就一直處在奇妙的變化之中。

二〇一〇年三月二十一日，旅居在加拿大的著名作家瘂弦先生在美國休斯頓首次發表他關於世界華文文學的期待與展望。他在演講中表示：「以華文文學參與人口之多、中文及漢學出版之廣泛、以及中文在世界上的熱烈交流激蕩等現象來看，華文文壇大有機會在不久將來成爲全世界質量最大最可觀的文壇。」二〇一一年三月三日，瘂弦先生將他的思考整理爲〈大融合——我看華文文壇〉，正式發表在《中國藝術報》上，進一步強調了他的主張：「進入二十一世紀，世界華文文學的重大使命就是要努力建構華文文學在世界文壇之應有地位。」（註一）爲此，他登高大呼：「我期望那集納百川、融合萬匯的大行動之出現！」（註二）

由此而聯想到國內著名的學者劉登翰先生，他在〈華文文學——跨域的建構〉一文中有這樣的話：「華文文學這一概念的提出，包含著一個理想，即『華文文學的大同世界』。這個世界，有共同的文化脈絡與淵源，又因爲是跨域的，便凝聚著不同國家和地區華人生存的歷史與經驗，凝聚著不同國家和地區華文書寫的美學特徵和創造。這樣正可以形成一個可以對比的差異空間。有差異便有對話，而對話能夠使我們更深刻地認清自己，不僅是特殊性，還有彼此的共同性。」（註三）

面對世界華文文學在美歐澳亞各大洲的蓬勃崛起，中國大陸的學術研究界，正在形成一個鮮明的共識，即世界華文作家爲源遠流長的漢語文學貢獻了前所未有的新質素，並已成爲當代中國文學的一股新力量。

關於世界華文學的新貢獻，學者們普遍認爲是超越了「鄉愁」後文化視點的改變。評論家賀紹俊指出：描述當今海外華文文學的特徵，使用「離散」可能要比「鄉愁」更準確，因爲海外華人的離鄉不是一般的離鄉，他們是離開了族群，到了另一個族群中，像「散播的種子」。

這種文化視點的改變，突出地體現在歐美華文作家身上，因爲他們身處本土與異質文化矛盾的巨大漩渦中心，難以割捨的母體文化精神臍帶覆蓋在他們心靈最隱秘的深處，雙重的離散空間，雙重的經驗書寫，使他們在文化的邊緣對峙中尋找著「個體人」的「生存價值」，關注著「超越種族文化膚色地域等概念的人類共性」。

學者黃萬華教授認爲：在歐美崛起的海外新移民作家，他們有意識保持了「邊緣」與「中心」的心理距離，從而構成了一個極有張力的空間，他們迅即地消解著「原鄉」的概念，以一種文化自信的實力企圖尋找自己新的精神依托。這批作家，大多具有「學院派」背景，這使得他們在「原鄉」和「異鄉」的文化切換中更爲自覺，因而在創作中展現出有容乃大的視野和氣魄（註四）。如此的「跨文化」特徵，黃教授指出：在這些作家心中，「邊緣」都不再是一種流放，一種無奈的困境，而可能是一種獨異的文化財富，一種有價值的生命歸宿。

由此可見，海外的華文作家，一方面以自己的母文化堅持進行著失語的抵抗，防禦著異文化的壓迫與消蝕，另一方面又以所在國的異鄉文化重新辨識和書寫著自己的華族文化。正是這種多元文化的特殊架構，產生了他們有關「離散與邊緣」的美學理想追求，即在一種嶄新的跨地域、跨族群的原鄉記憶和異域書寫中，對「人性」的觀察獲得了更爲豐富的文學價值。

進入了二十一世紀的世界華文文學，不僅呈現出眾聲喧嘩的豐碩和熱鬧，而且也是一個動態的、不斷在形成著新格局的大文壇。

新格局之一：臺、港、澳，當代華語文學的檢閱場

臺、港、澳的文學，理論上不屬於海外華文文學，但卻是世界華文文學的重要發源地和集散地。臺港文學，一直就是一個特殊的存在。如今，在世界華文文學的喧嘩浪潮之中，又更具有了一種實行大檢閱的試金功能。

臺灣，在經歷過西風洗禮之後，螺旋式的上升中保存了中華文化。臺灣的這種「保存」，可貴的是具有開放精神，是面對世界的。任何一種新的文學思潮，好的作家作品，都可在臺灣來展示。近年來，在臺灣出版的各類華語作家的作品不計其數，世界範圍內的很多華語作家都是先在臺灣獲獎並聞名遐邇。

香港，在經歷了後殖民時代進入後「回歸」時代。香港文化氣場，妙就妙在它什麼都能存在。正如劉再復先生所言：它有

很大的「萬物皆備於我」的氣魄，很廣闊的兼容百家的文化情懷。近年來的香港文壇，亦如它的地理位置，面對大海，成爲一個吞吐世界的大港口，也是一個觀照世界華文學的大窗口，一個具有現實意義的檢閱場和試金地。

新格局之二：東南亞華文學的「自身造血」與「近親生長」

在海外的五千多萬華人中，東南亞占五分之三，所以從事華文創作的作家也相當壯觀。東南亞華文文學的令人可敬，主要是表現在他們所擁有的自身造血功能和努力在近親中吸取營養的品質。在相當艱苦高壓的環境下，他們一直在培養土生土長的華人作家，其貢獻卓著。

東南亞的華文作家，多表現其先祖下南洋的間接經驗，抒寫移民異國他鄉時所遭遇過的艱難困苦，帶有濃郁的「家史」特質。但由於他們缺少母語國的生活經驗，又對西方各種文學思潮比較陌生，創作的土壤局限在自己生長的原鄉，所以難免在題材上及表現手法上都具有一定的局限性。

近年來的東南亞華文學，顯然是深受臺、港及大陸文學的影響，如大馬青年作家群在臺灣旋風式的出現，使兩地的文壇互動相當頻繁，不少馬華作家往返於臺馬之間，同時參與兩個文壇的文學建設。這種「近親生長」、互通生氣的雙向交流，使得東南亞的華文壇煥發生機，創造出同其血緣卻各具風格的文學風貌。

不過，更令人期待的是，東南亞華文學的「自身造血」與「近親生長」，其胸懷與視野是否還能夠進一步向世界打開，讓國際文壇的各種新思潮吹進這一片熱浪翻滾的土地，那時的東南亞華文文學，將會生長得更加茁壯，更接近世界文壇的前沿。

新格局之三：北美華文文學的使命與挑戰

早在二〇〇五年，北美華文作協的老會長馬克任先生在紐約就特別指出了北美華文學所應該承擔的歷史使命。北美華文作家的特點，一是多屬於第一代移民，二是學養背景比較深厚。前者決定了他們有深入血脈的母國記憶，後者則決定了他們面對世界新思潮的敏感性和吸收能力。

如果說第一代的臺灣留美學生在他們所創作的「留學生文學」中所表現的是面對異國文化的「無根」痛苦，以及在「接受與抗拒」的精神掙扎中尋找自己的人生位置。那麼，來自大陸的新一代新移民作家，則減卻了漫長的痛哭蛻變過程，增進了先天的適應力與平行感。他們不僅濃縮了兩種文化的隔膜期與對抗期，且不斷給自己挑戰，期望華文文學的寫作能夠具有「全球視野」並與世界文壇接軌。

源於這種自覺的使命感，在北美華文作家的作品中，一方面是在中西文化的大背景下展開了對生命價值的探討，另一方面則探索著華文文學新的表現方式和創作技巧，具有某種實驗性和前瞻性。如哈金的「冷靜」思維、嚴歌苓的「自由」姿態、張翎現實主義的靈活性和開放性、陳謙小說的女性主義、陳河作品的福克納氣韻、張惠雯短篇小說的寓言與詩意、沙石的「黑色幽默」等，都是當代華語文壇嶄新的風景。他們在有意識地彌補中國當代文學所缺乏的某些質素，異域的文化洗禮帶來的不僅僅是思維的多重性，也包括敘事技巧和表達策略上的衝擊。

關於北美的華文文學，學者劉俊認爲：從文化的角度看，北美大陸可以說是當今世界各種文化成果的「集散地」，北美（新）移民華文文學作家置身其間，可以說在吸取世界性的文化果實方面得天獨厚，如果他們對於世界範圍內的各種文化新知（哲學——美學的、文學——藝術的、社會——歷史的）能進行有意識、有目的的汲取，並將這些新知作爲開啓自己視野、思路和藝術悟性的重要手段，通過自己的理解將之融化到自己的創作中去，相信當他們以這些新知作爲創作的「背景」，以這些新知的「高度」作爲自己創作的起點的時候，他們應該又增加了一種其他地區華文作家難以匹敵的優勢（註五）。

新格局之四：歐華文學的崛起與冷遇

進入二十一世紀，歐洲的華文文學明顯在崛起，從上世紀的「散兵游勇」進入到「騎兵縱隊」的方陣。生活在人類文明的源頭，歐華作家善於用他們的靈性之眼看世界、感知世界及表達世界。他們在寫作的題材上進行了大顛覆和大開拓，常常給人以驚艷之感。

但是，有關歐華文學的研究一直是相當的薄弱，與整個歐華文壇的創作局面完全不成比例。在歐華作家中，被譽爲半部歐洲華文文學史的趙淑俠，其創作的拓荒意義並未得到深入的挖掘，更有她近年來創作的歷史人物小說，其中所包含的情感價值以及人文主義的精神本質也都未能得到足夠的闡釋；另外，關於法國老作家，二〇〇二年當選爲法蘭西學院第一位亞裔終生院士的程抱一的小說、詩歌所蘊含的文化意義，德華老作家關愚謙先生的紀實小說，也都未能得到充分的介紹；就是英國作家虹影，其作品內在的女性主義力量也遠遠被忽視，比利時作家章平所寫的文革小說，其獨特的藝術價值也很少被提起。當代法國小說家趙寶娟的創作，其勾人心魄的絕品小說，幾乎無人問津。有關荷蘭小說家林湄的作品，其中所張揚的宗教精神在學術界也是忌諱莫深。

近年來崛起的新移民作家還有法國的山颯、匈牙利作家余澤民、德國小說家劉瑛、散文家高關中、西班牙作家張琴、瑞士作家朱文輝等，此外還有呂大明、麥勝梅、穆紫荊、郭鳳西、楊翠屏等的創作，也都非常値得關注。

由此看來，歐洲的華文文學他們已經告別了以往的孤獨傷感的文學情懷，正在踏入一個開花結果的成熟階段。

新格局之五：澳華文學的春風與整合

大陸改革開放後，除北美、歐洲之外，澳洲也很快成爲留學或移民的重地。再加上來自港臺及東南亞的華人，使居澳的華族總人口高達七十萬之眾，而其中尤以從中國大陸的留學生或移民者居多。但相比起美華與歐華文壇，澳華文學的起步還是慢了一個節拍。更由於作家身分的背景駁雜以及行蹤不定，其作品中所顯示的文化主題也就未能深入。

有關澳華文學的研究，旅澳學者何與懷博士做了大量的收集和整理。此外，評論家張奧列先生早年寫的〈澳華文壇十年觀〉，也彌足珍貴。近年來出現不少專業的研究者如莊偉傑、歐陽昱、張典姊、陳耀南、劉熙讓、陳順妍、蕭虹、劉渭平等，紛紛爲推動澳華文學的發展做出努力，實乃澳華文壇之幸。

在何與懷先生的研究中，認爲近二十年是澳華文學的爆發期，作家作品層出不窮，頗有春風野火之感。但在歡呼之時再冷靜地剖析，就會發現澳華作家的創作所表現的大多還是屬於個人的移民故事，凸顯的還是「新移民文學」中早期的獵奇題材和傳記色彩。

此外，澳華文學雖然呈現出一派熱鬧景象，唯可惜「眾聲喧嘩」之下，很多作家都成爲「曇花一現」。除了作家隊伍的不穩定，澳華作家的創作主題也需要從早期的個人傳奇故事轉化到文化尋根或人性關懷的寬廣領域。澳華文學需要整合，需要再出發，需要在堅持中提高與昇華。

新格局之六：海外女作家的壹馬當先

在世界華文文壇，一個非常獨特又醒目的現象就是海外女作家所掀起的創作熱潮。

縱觀世界文壇的發展格局，多以雄性文學引領風潮，但如果把目光投向世界華文文壇，看到的卻是女性作家的創作幾乎成爲主力軍！她們一馬當先地衝鋒在世界華文文學的陣地前沿。

海外女作家的創作，其精神氣質及情感表達，顯然是更看重「人」的本源意義，即「人」在這個世界所承擔的各種角色。在她們的筆下，最善於在紛紜複雜的情感世界中，再現「人」的衝突與力量，由此形成了一道女性文學千姿百態又自成方圓的風景線。

近年來海外女作家創作的一個新特點，就是開始走向跨國界、跨族群、跨文化的寫作方向，她們能夠自由地在「原鄉」和「異鄉」之間巧妙地切換，無論是歷史的回首還是現實的反省，無論是懷戀的尋找還是超越的兼容，不僅表現出「跨性別」的嶄新視野，而且呈現出多元化的創作格局，

當然，在海外女性作家高漲的創作熱情面前，一個嚴峻的挑戰也擺在面前，那就是女性作家的創作將如何肩負世界華文文學的大使命？如何進入到更深重的人類命運的關懷，並能夠展現出「地球人」的廣闊視野。這，顯然是海外女作家在一馬當先之後所要面臨的歷史性跳躍。

結語：世界華文文學「分」與「合」

關於世界華文文學的宏觀研究，需要參照兩個坐標系，一個是橫向分布圖，一個是縱向歷史坐標。只有站在這兩個縱橫交叉的坐標系中，才能完整地把握海外華文學發展的起伏浪潮和內在繼承的精神脈流。

作爲二十一世紀正在向全球滾動的文化大浪潮，世界華文文學的成長，對外是在東西方文化的「交戰」、「交融」中不斷發展壯大，對內則是繼承了「五四」新文化所開創的精神源流。

世界華文文學的早期特徵是由「合」而「分」。但是，進入到新世紀以來，所有的差異性都正在減小。例如在北美，來自臺港背景的作家與來自大陸背景的作家，其創作主題和創作風格都在發生著融合的趨勢。所謂的「海外文學」與「海內文學」也開始呈現出「融合」爲一盤棋的趨勢，目前居住在歐美的新移民作家，尤其是年輕一代的創作，和國內的作家已經非常相似。正可謂是「分」久必「合」。當然，這種「合」，也還是「合」中有異，異中又會有同，是雙向的刺激和雙向互補。未來的世界華文文學，更大的可能性將會是國與國之間的無差別寫作。即華文作家們從遊子思鄉、生存壓力、文化衝突的巢臼中跳躍出來，更多地關注超越地域、超越國家、超越種族的人性以及人類命運的共同未來。那時，偉大的華文作品，可以在中國出現，也可以在海外出現。

——原刊於《華夏文化論壇》第十四輯

注釋

一　瘂　弦：〈大融合——我看華文文壇〉，《中國藝術報》，二〇一一年三月三日。

二　瘂　弦：〈大融合——我看華文文壇〉，《中國藝術報》，二〇一一年三月三日。

三　劉登翰：《華文文學：跨域的建構》（福州市：福建人民出版社，二〇〇七年），頁六。

四　黃萬華：〈他們渴求對話，也執著發出自己的聲音——看華人新生代作家和新華僑華人作家的創作〉，《文藝報》，二〇〇三年十月二十八。

五　劉　俊：〈經典化的條件及可能——北美（新）移民華文文學的創作優勢分析〉，《華文文學》第十二期（二〇〇五年）。

「華語語系文學」理論建構的意義和問題

胡德才

「華語語系文學」作爲海外漢學界提出的概念，其內涵主要有兩種：一是以史書美爲代表的學者以「華語語系文學」指稱除中國大陸以外的世界各地以華文爲母語的作家用華文進行的文學創作；二是以王德威爲代表的學者認爲「華語語系文學」應該是包括中國大陸在內的世界各地所有的華文文學書寫。史書美論述在前，海外亦有異議，在大陸則少爲人知；王德威闡述在後，並努力付諸實踐，影響較大，逐步引起國內華文文學研究界的關注和探討。本文的討論亦針對王德威關於「華語語系文學」的理論建構與實踐而言。

「華語語系文學」作爲海外漢學研究領域出現的一個重要概念在大陸廣爲人知和重視大約始自二〇〇六年。當年八月，王德威的《當代小說二十家》由生活．讀書．新知三聯書店出版，並獲得當年「第五屆華語文學傳媒大獎之年度文學評論家獎」。王德威在該書序言中提出：「華語語系文學所呈現的是一個變動的網絡，充滿對話也充滿誤解，可能彼此唱和也可能毫無交集。但無論如何，原來以國家文學爲重點的文學史研究，應該因此產生重新思考的必要。（註一）該書論及中國大陸、臺港、東南亞及北美華文作家二十人，視野開闊，視角獨特，體現出作者「藉以擴充跨世紀華文文學版圖」，構建「華語語系文學」體系的企圖。與此同時，王德威在香港《明報月刊》二〇〇六年七月號、《中山大學學報》二〇〇六年第五期、《上海文學》二〇〇六年九月號分別發表了題爲〈文學行旅與世界想像〉、〈中文寫作的越界與回歸——談華語語系文學〉和〈華語語系文學：邊界想像與越界建構〉三篇內容觀點相同的文章，文中初步闡述了作者「華語語系文學」的理論構想，其目的是「希望在國家文學的界限外，另外開出理論和實踐的方向。」（註二）

以王德威爲代表的海外華人批評家所提出的「華語語系文學」概念及其理論建構與初步實踐，已引起國內學界的關注和探討。（註三）就概念所涵蓋的研究範圍而言，與「華語語系文學」最接近的在國內學術界已廣泛使用的概念是「華文文學」或者「世界華文文學」。

就「世界華文文學」和「華語語系文學」這兩個概念而言，陳思和從「世界華文文學」作爲一個學科的形成過程進行辨析，認爲從大陸學界的立場看，世界華文文學是綜合了兩個部分，「一部分是從港臺文學、海外文學慢慢發展至今、內地文學作爲其中心但並不包含其中的一個學科類別；另外一部分就是從十九世紀末開始的中國華工、再進而是華僑等移民文學延續而來的一個學科類別。」這兩部分構成了目前「世界華文文學」的學科現狀。他認爲，「如果我們僅僅從政治統戰的目的出發來推動世界華文文學的學科建設，那麼內地所代表的中華文化是當然的中心，臺灣和港澳地區是中國文學的一部分，海外各國的華文文學屬於邊緣性的分支，而以華僑文學爲源頭的東南亞各國華文文學則更偏向邊陲。」而從一個獨立學科的角度來看，「世界華文文學」概念還存在一個至今在學界未能解決的關鍵問題，那就是中國內地文學是否涵蓋在「世界華文文學」的學科之內？而國內學界主流意見是中國內地文學不宜列入「世界華文文學」。陳思和分析其原因和因此而帶來的問題時說：「如果內地文學這樣一個巨無霸占據了研究空間，其他地區的文學就無從顯示其獨立的意義。但是如果內地文學不列入其間，那麼，臺港文學也失去了列入其間的正當理由。因爲華文文學的『世界』不可能排除中國內地而列入『臺』、『港』。」正是基於「世界華文文學」學科的這種理論困境，陳思和對王德威所提出的「華語語系文學」作爲一個學科概念持肯定態度。（註四）

李鳳亮和胡平在〈「華語語系文學」與「世界華文文學」：一個待解的問題〉中認爲，近年來海外華人批評家關於「華語語系文學」的理論探討與實踐，既顯示出海外現代中國文學研究界以「邊緣」謀取美國漢學「中心」話語權的努力，又反映出他們借助反殖民、去中心化等學術理路與中國大陸爭奪學術主導話語的心態，其中隱含著濃烈的「話語政治」。「華語語系文學」與「世界華文文學」在價值立場、理論方法、研究旨歸上差異明顯，卻也爲流散文化語境下跨地域的「中國現代詩學」的形成提供了諸多學術啓示。

黃維樑在〈學科正名論：「華語語系文學」與「漢語新文學」〉中首先從學理上指出「華語語系文學」概念中的「語系」一詞不妥當，「華語語系文學」其實就是「華語文學」，也就是「華文文學」，「語系」一詞實爲多餘。而對「華語語系文學」倡導者所流露出的對抗大陸文學的思想意識則大不以爲然。認爲「假如這個世界眞有『大中國（主義）』出現，而它是以王道而非霸道的面貌出現，則『大同世界』或『華文文學的大同世界』應是全球華人人人所樂見的。」而從爲學科正名的角度看，黃維樑則對朱壽桐倡導的「漢語新文學」概念表示讚賞和認同。

筆者認爲，海外華人批評家關於「華語語系文學」的理論建構和實踐對於全球化時代華文文學創作的繁榮與研究的深入具有一定的促進和啓發意義，但其偏頗之處也需正視和討論。其意義表現在：

一、「華語語系文學」要求突破「以國家文學爲重點的文學史研究」格局的初衷，適應了全球化時代華文文學在世界各地蓬勃發展、作家流動性大、身分歸屬難辨的客觀情勢，有助於從「世界文學」的立場和高度對遍布世界各地的華文文學予以全面、客觀的關注和探討。

傳統的文學史研究主要是國別文學研究，目前以至未來很長時期內國別文學研究將依然是文學史研究的主要視角。但隨著世界歷史的發展，科技的進步、資迅的發達、地域間的差異日益縮小、國家民族間經濟文化交流滲透不斷擴大，早在一百多年前，歌德、馬克思、恩格斯就已提出「世界文學」的概念，呼喚「世界文學」時代的到來。如果說馬克思、恩格斯提出的「世界文學」概念更多地是著眼於各民族、國家文學之間的影響、交融和文學的「世界性」（相對於「民族性」）特徵日益凸顯，因而爲十九世紀末開始形成到二十世紀之後得到迅速發展的比較文學學科提供了原則性的指導。那麼，在現今經濟全球化、信息網絡化、旅行平常化、移民遷徙頻繁、國籍身分淡化、地域差異更少、世界公民日多的時代環境下，「世界文學」的內涵更加豐富複雜，國別文學研究已不能覆蓋也不能適應「世界文學」發展的複雜面貌。而隨著二十世紀後期以來中國臺港的發展和中國大陸近三十餘年改革開放局勢的影響，華文文學隨著華人社區的遍布世界各地、漢語的推廣及在華僑華裔社會的復興以及華人移民的巨增而在世界各地得到蓬勃發展。很多作家生活、居住、工作、旅行於中國大陸、臺港、東南亞、北美、歐洲等地，甚至頻繁遷移。其作品也並不寫於一地，內容也不限於一國一族，很多作品創作於海外，發表在大陸或臺港，傳播於整個華人世界。這些跨國、跨區域的文學顯然不能簡單地將其歸入中國現當代文學的版圖，列入外國文學的範疇又不盡妥當。當今世界華文文學的複雜面貌應該是「世界文學」時代到來的一個突出的例證，過去「以國家文學研究爲重點的文學史研究」確已無法應對這樣新的文學現象。也正因如此，國內自二十世紀八十年代中期開始，已有「華文文學」後有「世界華文文學」概念的提倡和闡述，就突破國別文學研究格局的局限、以應對華文文學發展的新情況而言，「世界華文文學」與「華語語系文學」的倡導者有同樣的初衷。只是由於「世界華文文學」內涵的特殊性，作爲學科建設雖已歷經三十年，但就學科歸宿來說，在我們現有的學科體系中還找不到自己的位置，至今仍是一個懸而未決的問題。

二、「華語語系文學」關於「重畫」和「擴充跨世紀華文文學的版圖」的理論探討與實踐，使我們重新審視和界定「世界華文文學」概念的內涵並進行深入的理論探討和實踐具有緊迫感和必要性。

王德威指出：「華語語系文學因此不是以往海外華文文學的翻版，它的版圖始自海外，卻理應擴及大陸中國文學，並由此形成對話。」（註五）去掉「它的版圖始自海外」的說法，那麼，王德威的「華語語系文學」概念擴充華文文學版圖及「形成對話」的觀點是很有價值的。

「世界華文文學」這一概念的內涵本來應該是清楚的，那就是包括中國在內的全世界各國各地區的華文文學。早在一九八五年汕頭大學《華文文學》雜誌創刊時，秦牧在〈代發刊詞〉中指出：「華文文學，是一個比中國文學內涵豐富得多的概念。」秦牧是把華文文學當作像英語文學一樣的跨越國家和地區的語種文學來看待的。同期雜誌的〈編者的話〉則對「華文文學」概念作了進一步的界定：一、凡是用華文作爲表達工具而創作的作品，都可稱爲華文文學。二、華文文學和中國文學是兩個不同的概念。中國文學包括中國大陸的社會主義文學，以及臺灣和香港文學。而華文文學除了中國文學之外，還包括海外華文文學。三、華文文學和華人文學也屬兩個不同的概念，華人用華文以外的其他文字創作的作品，不能稱爲華文文學，但非華裔的外國人用華文創作的作品，可以稱爲華文文學。次年二月，秦牧在北京《四海》雜誌第一期發表了題爲〈打開世界華文文學之窗〉一文，他提出，以中國爲中堅，華文文學流行範圍及於世界，我們應該打開窗口，關心世界華文文學的動向，「在世界範圍內，加強華文文學交流。」（註六）這應該是學界最早出現「世界華文文學」這一提法。在這裡，「華文文學」和「世界華文文學」的內涵是一致的，後者不過是對「華文文學」的跨地區、跨國界的全球性特徵予以了強調和突出。

大致說來，關於「世界華文文學」這一概念的內涵，有三種認識：

一是認爲「世界華文文學」包括全世界所有國家和地區的華文文學，中國大陸和臺港澳文學亦在其中。尤其是海外作家、學者尤其堅持這一認識。因爲中國文學是海外華文文學存在的背景和不可或缺的參照，沒有了中國文學，「世界華文文學」不只是殘缺不全的，簡直是不可思議的。新加坡作家黃孟文先生說：「我深深地懷疑，不包括中國大陸在內的文學，能夠適當地被稱爲『世界華文文學』嗎？『世界』二字怎麼解釋呢？是否有名不正則言不順之嫌？」在他看來，「世界華文文學」主要由兩大部分組成，一是中國（包括大陸、臺港澳）文學，一是中國以外的華文文學。（註七）這是非常有代表性的看法。但國內很多學者雖然在理論上也承認「世界華文文學」應該包含中國大陸文學，但在實踐中實際是將中國大陸文學或者整個中國文學

（包括臺港澳文學）排除在「世界華文文學」之外的。正如劉登翰先生所說：「重新命名之後的『世界華文文學研究』，實際上並未脫離原先的『臺港澳暨海外華文文學』的研究框架和軌跡，無論觀察與分析的對象、視角或方法，並沒有產生具有結構性意義的改變。」就研究對象而言，「國內的研究往往把中國大陸的文學摒除在外。」（註八）國內學者在研究實踐中所採取的這種策略當然是事出有因。劉登翰先生曾解釋說：「作爲世界性語種的華文文學，毫無疑問應當包括使用華語人口最多，作家隊伍最爲龐大、讀者市場最爲廣闊、歷史也最爲悠久的中國內地地區文學。然而在實際操作之中，由於祖國大陸文學已經有一個龐大的研究群體而自成體系，而華文文學研究範疇的形成，又有自己特定的背景和過程，它往往不把祖國大陸文學包括其中。這就使『世界華文文學』的命名失去了它的本來意義，只是狹隘地專指臺港澳和海外兩個部分。」（註九）

二是認爲「世界華文文學」主要研究「世界範圍內、中國大陸以外地區華人文化圈中的文學現象。從某一特定的意義上說，它是『二十世紀中國文學』的特殊延伸。」（註一〇）也有持這種認識的學者爲了避免「正名」的爭議，在具體操作上就沿用「臺港澳暨海外華文文學」這樣一個較長的名稱，儘管學界對這一名稱也不無異議，但好在所指明確。

三是認爲「世界華文文學」主要是研究海外華文文學。如潘亞暾先生指出：「在我們的用語裡，已經界定大陸、臺灣、港澳的文學都不屬於『華文文學』的範圍，這是學術上的權宜之稱，我們規定『華文文學』是專指域外的，按習慣統稱『海外』，兼示強調。」（註一一）還有人解釋說，「世界華文文學」有廣義和狹義之分，廣義的「世界華文文學」當然顧名思義是指全世界所有運用華文創作的文學。但中國大陸學術界通常卻是取狹義的「世界華文文學」概念，即「所謂『世界華文文學』研究的對象，常常是特指兩岸以外，以漢語華文爲創作工具的華文文學，而並不包括兩岸本身的華文文學，至少不是以兩岸本土的作品爲主要研究對象。」

筆者認爲，「世界華文文學」概念所指明確，應該名副其實，即指包括中國大陸和臺港澳在內的世界各地的華文文學。但鑒於世界各地華文文學發展的特殊性以及該學科發展的歷史特點，處於世界不同地區的研究者可以有不同的研究重點和研究視角。主要表現爲：其一，所有華文文學的創作者和研究者首先應該有世界華文文學的整體觀念。不論身在何處，只要是漢語寫作，就是整個世界華文文學的一部分；我們評說任何一個華文作家或華文作品，只有將其放在整個世界華文文學的格局中才能更好地認識其價值和意義、成就和局限。其二，對於中國大陸研究者而言，因爲大陸華文文學作家作品眾多、成就顯赫，並另有一支龐大的研究隊伍，華文文學研究者對其或多或少有相當的認識、瞭解和研究，因此在進入世界華文文學研究領域的時候，是將研究的重點放在大陸以外的臺港澳及海外華文文學創作上，大陸華文文學會成爲研究大陸以外華文文學的背景和主要的參照，在涉及到比較研究的時候，大陸華文文學也自然會成爲直接的研究對象。其三，對於臺港澳和海外各地區的研究者而言，大陸華文文學則既是主要的背景和參照，也是主要的研究對象。既可以有像王德威的《當代小說二十家》似的打通大陸、臺港、東南亞以至北美之間的界限、具有比較視野的整體的世界華文文學研究，也可以是夏志清的《中國現代小說史》似的作爲海外華人學者對大陸華文文學的專門研究。

三、「華語語系文學」作爲海外漢學研究界提出的理論命題及其所進行的探討和實踐，是海外漢學研究的新發展。傳統的海外漢學研究，就文學研究領域來講，主要是集中在中國古代文學和中國現代文學領域，並取得了顯著的成績。但整個世界範圍的華文文學尚未受到海外漢學研究界的重視。「華語語系文學」的理論探討和實踐既是隨著全球化背景下世界華文文學的日益豐富多樣而出現的，同時也將對促進世界華文文學創作與研究的發展和繁榮產生積極的影響。

四、「華語語系文學」的倡導者所追求的世界各區域華文文學平等對話的訴求對於調整華文文學研究中的中國文學至上論心理和從「離散」觀點出發的「孤兒」情結都不無裨益，它將使研究者對世界各區域的華文文學的獨特性有更多的關注和研究。正如李鳳亮、胡平所說：「華語語系文學最大的優點在於可以對各個區域的華語文學有著歷史的尊重和切實的瞭解，從而在『本土性』建構的基礎上，從地域的角度切入華語文學比較研究，重視文學與區域（國家）的微妙互動。」（註一二）

五、「華語語系文學」理論建構和實踐中所運用的理論和方法對於世界華文文學研究的深入開展具有重要的借鑑價值和啓發意義。特別是饒芃子先生特別倡導、大陸部分學者已有成功實踐的比較文學的研究視野和方法應有更多的用武之地。

筆者認爲，「華語語系文學」的理論建構和實踐也存在值得商榷和進一步探討的地方。

就「華文文學」或「世界華文文學」概念本身所應涵蓋的內容而言，如前所述，它無疑就是指包括中國在內的全世界各國各地區的華文文學。只是學術界需要加強對這一學科的理論探討，克服在「世界華文文學」的旗幟下只研究臺港澳和海外華文文學的名實不副的問題。就此而言，「世界華文文學」的版圖本身是完整的，無須「重畫」和「擴充」。因此，「華語語系文學」概念就其擴充華文文學版圖的意義而言，相對「世界華文文學」的概念，它並沒有提供新的內容。至於王德威先生認爲：

「長久以來，我們已經習慣用華文文學指稱廣義的中文書寫作品。此一用法基本指涉以大陸中國爲中心所輻射而出的域外文學的總稱。由是延伸，乃有海外華文文學、世界華文文學、臺港、星馬、離散華文文學之說。相對於中國文學，中央與邊緣、正統與延異的對比，成爲不言而明的隱喻。」（註一三）筆者認爲，首先，「華文文學」或「世界華文文學」概念本身並無「以大陸中國爲中心」和隱喻「中央與邊緣」等含義；其次，作爲華語文學的發源地和大本營，中國文學的成就和繁榮程度是世界其他各區域的華文文學難以比擬的，中國文學在整個世界華文文學中的重要性以及對中國文學研究相對深入和廣泛是必然的，也是正常的，這也無關「中央與邊緣」的問題；其三，「華語語系文學」建構中的「反中心」和「去中國化」的態度和傾向具有明顯的偏頗，倡導者對中國文學在世界華文文學中的地位和意義明顯估計不足，對海內外華文文學在本源上的根本聯繫也有所忽略。海外華文文學實則無需與中國大陸文學形成「對抗」，也根本構不成「對抗」。海外華文文學的發展和繁榮和中國大陸以及臺港澳文學會形成互補和對話，共同發展繁榮是全球華人的共同期待。至於王德威關於「華語語系文學」的版圖「始自海外，卻理應擴及大陸中國文學」的說法則更是值得商榷。

——原刊於中國世界華文文學學會編：《生命行旅與歷史敘述》，廣州市：暨南大學出版社，二〇一四年

注釋

一　王德威：〈三聯版序〉，《當代小說二十家》（北京市：生活．讀書．新知三聯書店，二〇〇六年八月版），頁三。

二　王德威：〈華語語系文學：邊界想像與越界建構〉，《中山大學學報》二〇〇六年第五期。

三　如劉斌：〈構建與缺失：華語語系文學——評王德威《當代小說二十家》〉，《華文文學》二〇〇七年第四期；李鳳亮、胡平：〈「華語語系文學」與「世界華文文學」：一個待解的問題〉，《文藝理論研究》二〇一三年第一期；黃維樑：〈學科正名論：「華語語系文學」與「漢語新文學」〉，香港《文學評論》第二十七期（二〇一三年八月）等。

四　陳思和：〈比較文學視野下的馬華文學〉，《杭州師範大學學報》二〇一二年第五期。

五　王德威：〈華語語系文學：邊界想像與越界建構〉，《中山大學學報》二〇〇六年第五期。

六　參見古遠清：〈中國十五年來世界華文文學研究的走向〉，《古遠清自選集》（馬來西亞：爝火出版社，二〇〇二年五月版），頁四五一～四五二。

七　黃孟文：〈「世界華文文學」釋名〉，《新華文學．世華文學》（雲南園雅舍出版社，二〇〇八年十一月），頁二〇五。

八　劉登翰：〈華文文學的大同世界〉，見《世界華文文學研究：理論與實踐》（香港：中國文化出版有限公司，二〇〇七年八月版），頁八～九。

九　劉登翰：〈命名、依據和學科定位——關於華文文學研究的幾點思考〉，見莊園編：《文化的華文文學》（汕頭市：汕頭大學出版社，二〇〇六年四月版），頁四十九。

一〇　曹惠民：〈「二十世紀中國文學」與世界華文文學〉，《他者的聲音》（南京市：江蘇人民出版社，二〇〇五年八月版），頁十六。

一一　潘亞暾：《海外華文文學現狀》（北京市：人民文學出版社，一九九六年版），頁三。

一二　李鳳亮、胡平：〈「華語語系文學」與「世界華文文學」：一個待解的問題〉，《文藝理論研究》二〇一三年第一期。

一三　王德威：〈華語語系文學：邊界想像與越界建構〉，《中山大學學報》二〇〇六年第五期。

世界華文文學

——跨區域跨文化存在的文學共同體

劉 俊

「世界華文文學」這一名稱的提出和確立，經歷過相當長時間的爭論和「磨合」。大陸學術界自上個世紀七十年代開始，先有「港臺文學」名稱出現，後來「港臺文學」變爲「臺港澳文學」，並擴大爲「臺港澳文學」，再從「臺港澳文學」延展至「海外華文文學」（外國文學中用華文創作的文學），最終又有了「世界華文文學」（範圍包括了「臺港澳文學」和「海外華文文學」，所以它還有一個名稱叫「臺港澳暨海外華文文學」）的名稱。

應當說，到目前爲止，「世界華文文學」這一概念還沒有獲得一個學界最終確立的「統一認識」，大致而言，大陸學界的這種看法得到了大多數大陸學者的認可，那就是，除了中國大陸文學以外的用中文（漢語、華文）創作的文學，即爲「世界華文文學」——雖然堅持把大陸現當代文學也包含在「世界華文文學」概念中的學者，始終不乏其人。

「世界華文文學」在涵蓋範圍上（究竟包不包括中國大陸現當代文學）至今尚是一個懸而未決的議題，在其內部（假使我們認可它的範圍不包括中國大陸現當代文學）也同樣存在著邊界模糊的問題。從概念和範圍上來講，「臺港澳文學」與「海外華文文學」分屬兩個不同的文學範疇，前者是中國文學的一部分而後者屬於外國文學，雖然由這兩種不同範疇的文學組成「世界華文文學」是「歷史的產物」——當初大陸學者正是通過「臺港澳文學」才發現了「海外華文文學」，並且這兩種文學本身也常有重疊和交叉的現象，但畢竟，「臺港澳文學」和「海外華文文學」應該是兩種不同性質的文學（前者屬於中國文學，後者屬於外國文學）。

然而，問題的複雜性正在於，「臺港澳文學」和「海外華文文學」雖然分屬不同的文學範疇，具有不同的文學性質和歸屬，但它們之間的歷史聯繫和文學淵源，卻不像「中國」和「外國」那樣界限分明疆域明確。對於像白先勇、聶華苓、施叔青、陳若曦、楊牧、鄭愁予、王鼎鈞、東方白、梁錫華、瘂弦、洛夫、李黎這樣在北美和臺港間不斷「旅行」居住的作家，他們到底是屬於「臺港澳文學」中的作家呢，還是「北美華文文學」中的作家？而對於像李永平、張貴興、陳大爲、鍾怡雯、黃錦樹、林幸謙、溫瑞安、方娥眞、辛金順這樣旅居臺港的馬來西亞作家，他們應該是「馬來西亞華文」作家呢，還是「臺港」作家？

如果把上個世紀改革開放後走出國門的大陸「新移民」作家也放進來考慮的話，那問題就更加複雜。對於像嚴歌苓、張翎、陳河、虹影、查建英、盧新華、北島、木心、閻眞、施雨、少君、陳瑞琳這些頻繁出入中國有些甚至已經又「海歸」回中國（香港）的作家，他們應該算是「中國」作家呢還是應該被視爲「海外華文作家」？

在全球化的今天，用國籍或地域歸屬來「界定」在世界範圍內「旅行」遊走不斷遷居的華文作家，顯然非常困難——更不用說他們的作品在發表時，那種自由流動不分畛域的「跨界」和「越位」現象（常常人在「海外」作品卻在臺港或大陸發表出版）。面對「世界華文文學」如此複雜的「生存形態」，希冀用國籍或地域概念將「世界華文文學」的組成成分（「臺港澳文學」和「海外華文文學」）分別加以約束、限定和固化，看來是件頗極爲困難的事。

與大陸學者用「臺港暨海外華文文學」、「世界華文文學」等概念來指稱大陸以外地區的漢語文學相比，海外學界有「華語語系文學」（王德威）和Sinophone（史書美）的說法。王德威的「華語語系文學」，是指包含了中國大陸文學在內的世界性的漢語語種文學——這與那些主張「世界華文文學」應涵蓋中國大陸現當代文學、臺港澳文學和海外華文文學的大陸學者，可謂「不約而同」，然而與大陸學界一般對「世界華文文學」的認識，卻有所不同——區別就在於在「世界華文文學」中，要不要包括中國大陸現當代文學。雖然王德威在用「華語語系文學」這一概念來統攝世界華文文學的時候，側重的是文學中的問題而不在涵蓋範圍上用力。

二〇〇七，在美國加州大學洛杉磯分校任教的史書美（Shu-mei Shih）在她的英文專著*Visuality and Identity: Sinophone Articulations across the Pacific*中，仿造西方學界的Anglophone, Francophone, Hispanophone等概念，提出了Sinophone的概念。史書美在這本書中，希望能用Sinophone這個概念，取代離散（Chinese diaspora）這一概念——在史書美提出Sinophone這一概念之前，西方學界常將「離散」（Diaspore）理論用之於分析流布在世界各地的中國人（以及他們的語言和文化）——具體化爲Chinese diaspora，而在史書美看來，所謂中國人的離散（Chinese diaspora）（註一）主要是指漢人的離散，對於那些非漢人的中國少數民族而言，就難以用離散的概念來說明他們（註二），並且，她認爲離散（Chinese diaspora）的概念具有本質主義之嫌，「是把分布在世界各地的華人視爲由同一個源地產生的同一種族、同一文化和同一語言的普遍性概念」（註三），而且這種離散「是與那種設定爲渴望回到祖國的『海外華人』的民族主義修辭，以及西方對於中國性的那種永遠具有外來異質性的種族化建構相共謀」的（註四），現在她提出的Sinophone概念，「包括了世界上那些在中國以外使用中文（說和寫）的地區」（註五），不同於離散概念的是，「Sinophone的前景不是人們的種族，而是他或她所使用的語言社群——無論這些語言是天然的還是雕飾的，Sinophone與生俱來的跨國性和全球性以及包含了各種中文語言，使它不再與國籍永遠捆綁在一起」（註六）。

史書美在給出Sinophone這一概念時，特別強調它的出現，是與特定的時間和地區相關聯的，並且，散居在世界各地的華人，他們使用的中文已經不再是標準的漢語，而是一種具有地方特色和混雜性質的「中文」——而在這種具有地方特色和混雜性質的中文背後，則是對「中國中心論」的去除（註七）——這又與離開故土在新的環境下生活的華人的認同有關（註八）。

史書美在書中形成和展開Sinophone這一核心概念時，主要依托於對視覺藝術產品（電影、繪畫、攝影）的分析。在書中，她也提到了文學，認爲Sinophone對於用不同中文創作的文學是非常有用的一種概念，因爲「過去對於在中國之內和中國之外用中文創作的文學區別較爲模糊，這種模糊對於在中國之外用標準漢語或其他中文創作的中文文學產生的效果是：即便不是湮沒，起碼也是或略，在英文中用『中國文學』（Chinese literature）和『華文文學』（literature in Chinese）這樣的範疇來區分這種中國之內和中國之外的文學更增添了混亂。在英文中『中國』這個單一的詞抹殺了中文（Chinese）和華文（Sinophone）之間的差別，並且容易滑入中國中心論」（註九）。

不過，史書美在運用Sinophone這一概念來說明文學的時候，她似乎沒有找到太有力的著力點——因爲雖然她將Sinophone用拼音Huawen（華文）來指稱，但她對Sinophone的分析，顯然更注重其中包含的「聲音」意味，而對Sinophone中更爲重要的「文字」層面，她卻談論不多，也就是說，在一種語言所包含的字、音、意三者間，施書美注重的是音，而不是字——這也許就是她在書中以視覺藝術爲分析的主體，而沒有把文學當作論述的重點的原因，因此，在我看來，如果要把史書美筆下的Sinophone這一概念翻譯成中文的話，與其把它翻譯成「華文」，不如把它翻譯成「漢聲」來的更加貼切。

史書美的Sinophone（漢聲）概念，在某種程度上爲我們認識和分析世界華文文學，提供了一個新的視角，也不失爲一種具有參考意義的方法，然而，由於我們談論的世界華文文學，是以中文（華文）文字爲書寫媒質，因此，由中文（華文）衍生出的各種變體（各種方言、中外混雜語、土著語等），不管它們在聲音（發音）上有怎樣的差異，也不管這些變體吸收了多少外來詞彙乃至新創了多少詞彙，在語法結構和表達方式上有什麼樣的調整和改觀，但在文字上，只要它們是用中文（華文）書寫的，它們就都同屬一種文字：中文（華文），用這種文字創作出來的文學，就是中文（華文）文學。

在這樣的認識下來論述世界華文文學的時候，就會發現，如果說Diaspore（離散）關涉的是世界華文文學的一種「外延形態」（如何從中國向世界外延——「中國性」容易被詬病爲本質主義），Sinophone（漢聲）聚焦的是世界華文文學的一種「在地分布」（如何在本土生發出新質——「在地性」自然被賦予抵抗色彩），那麼世界華文文學，在我看來，就是以中文（華文）爲書寫載體和創作媒介，在承認世界華文文學的歷史源頭是來自中國文學，同時也充分尊重遍布在世界各地的中文（華文）文學各自在地特殊性的前提下，統合中國（含臺港澳地區）之內和中國之外的所有用中文（華文）創作的文學，所形成的一種跨區域跨文化的文學共同體。在這樣的定義下，Diaspore（離散）和Sinophone（漢聲）所呈現出的，就只是世界華文文學的某種特性和生存姿態，而不是世界華文文學本身。

既然我在這裡把世界華文文學定義爲是個包括了中國大陸文學在內的跨區域跨文化的文學共同體，那麼在世界華文文學這一文學共同體中，按照目前文學生態的實際分布情況，大致可以分爲中國大陸文學、臺灣文學、香港（澳門）文學、東南亞華文文學、北美華文文學、歐洲華文文學、大洋洲華文文學等幾大文學區域，這些不同的文學區域，既各有自己的發展歷史和獨特風貌，同時彼此之間也雙邊或多邊地互有交集、重疊、滲透和影響。

中國大陸文學，自古至今，是一個有著悠久歷史和傑出成就的文學領域，它的歷史積澱、古典傳統和「五·四」所開創的現代形態，成爲世界華文文學中其他區域文學無可爭辯的源頭——世界華文文學中其他區域的文學，無論後來融入了多少新質，產生了多少新變，歷史有多獨特，形態有多複雜，追根溯源，其發祥地都是來自中國大陸文學。雖然這些文學區域在後來的歷史發展中，逐步形成了自己的地方色彩或國別屬性，但它們都是源自中國文學這一事實，不容質疑。就此而言，中國大陸文學（以及當代臺灣文學）在世界華文文學中，在某種程度上就是個核心體，其他區域的華文文學，都是從它身上生發、延伸、變異、剝離出來的。需要特別說明的是，中國文學這個核心體在其他區域的生發、延伸、變異和剝離，是伴隨著中國人自覺或不自覺（被欺騙被販賣）地向海外移民實現的，因爲近代以來中國沒有像英、法、日、西班牙等國那樣在海外殖民的歷史，因此中文（華文）在海外的「擴散」，就沒有殖民或強迫的意味，它也基本上沒有向其他族群「擴張」，而是只限於在華人社群中流傳和播撒，由是，中國（包括臺港澳）以外的華文文學，也只是屬於華人族群的華文文學。

臺灣文學作爲中國文學中的「外島文學」，其文學的源頭可以追溯到原住民的口頭文學，然而自有文字記載以來的臺灣文學，則是明代大規模漢人移民後所帶來的中國古典文學，這一文學到了二十世紀初在殖民地處境下，經由大陸「五・四」新文學運動的影響和感召，以及日本大正文學的新風吹拂，產生了具有獨特歷史軌跡和區域文學特色的臺灣現代文學——包括了二十世紀二十年代的漢語白話文學；三、四十年代短暫的現代日語文學；四十年代後期開始，五十年代以後成熟的新漢語文學——此時的漢語文學已直接移植了大陸現代文學的豐富成果（包括白話語言的圓熟、文學風格的多樣、創作技巧的發達等），在表現內容和文學風格上，則有了五十年代的反共、思鄉文學；六十年代的現代主義文學；七十年代的鄉土文學；八十年代以來的多元共生、眾聲喧嘩的文學（包括不成氣候的所謂「臺語文學」）。臺灣作爲中國的一個外島，在地理位置上原本就與大陸本土隔海相望，加上近代以來五十年的日本殖民統治（一八九五～一九四五）和半個多世紀的國共兩黨分治（一九四九～現在），從自然地理和政治環境兩方面，導致了臺灣地區的文學，自一八九五年臺灣割讓給日本成爲殖民地之後，一百多年來逐步形成了具有自己特色的外島文學歷史和外島文學風貌。

香港（澳門）文學作爲中國文學中的特區文學，在近代以來也形成了自己不同於中國大陸文學的特殊歷史和特有風貌。說香港（澳門）文學是中國文學中的特區文學，是指香港（澳門）文學是中國文學中的「特殊區域」文學，這裡的「特區」不是指政治上的「香港特區」和「澳門特區」，而是個文學概念——因特殊的地理位置和特殊的殖民地歷史所形成的「特殊區域」文學，這一「特區」文學既游離於中國主幹地區（大陸地區）文學之外卻又始終包裹在中國文學之中，它既與中國其他地區（大陸地區、臺灣地區）文學有著千絲萬縷無法割捨的聯繫，卻又有著不同於中國其他地區（大陸地區、臺灣地區）文學的本土特質。它的具體表現，就香港文學而言，是以「表現香港」與「聯繫中國」爲體現——這兩個向度可以說覆蓋了香港文學的所有方面[註一〇]；對於澳門文學而言，則以「古今雜糅」和「移民寫作」爲其基本特色——而不論是「古今雜糅」還是「移民寫作」，它們都是以一種特殊的方式，體現著它是中國「特區文學」的特性。

東南亞華文文學包括了馬來西亞華文文學、新加坡華文文學、印尼華文文學、菲律賓華文文學、越南華文文學、汶萊華文文學等，在這些國家的華文文學中，以馬來西亞華文文學和新加坡華文文學成就較爲突出。首先必須強調的是，與臺灣文學和香港澳門文學不同，無論是東南亞華文文學也好，北美華文文學也好，歐洲華文文學以及大洋洲華文文學也好，這些華文文學都已不是中國文學，而是屬於各自國家的非主導文學（新加坡或許是個例外），以在東南亞華文文學中成就較爲突出的馬來西亞華文文學和新加坡華文文學爲例，華文文學在馬來西亞和新加坡，都屬於「邊緣文學」——馬來西亞華文文學是個在受壓制的環境下堅韌而又奮力生長的「非國家文學」（註一二），新加坡華文文學雖然沒有受到政府的制度性壓迫，而且華文使用人口似乎不在少數，可是推崇英文的社會風氣，也對新加坡華文文學的發展，構成了一定的負面影響——華文文學可以說是個在人口占多數的華人圈中自娛自樂的文學，它在整個新加坡文學中，可能會形成數量上的優勢（在當今有萎縮的趨勢），卻似乎並不具有地位上的優勢。然而，即便是在如此不利於華文生存和發展的政治環境與社會環境下，馬來西亞華文文學和新加坡華文文學，還是以自己的實績，爲世界華文文學貢獻了一種獨特的風貌和不凡的成就。

儘管東南亞華文文學已經從中國現代文學中剝離出來成爲所在國文學中的華文文學，具有了自己的本土特性，但它在形成和發展過程中，深受中國文學特別是中國現代文學的影響卻是不爭的事實，不但它們的誕生，是直接受到了中國現代文學的影響，就是在後來的發展過程中，它們也與中國現代文學（以及二十世紀五十年代以後的臺灣文學）乃至中國古典文學，發生著密切的聯繫。從某種意義上講，東南亞華文文學可以被看作是中國文學特別是中國現代文學的「外國變體」——這種「變體」的基本特徵是：主要運用作爲「五四」成果的現代白話文，雜糅進當地的詞匯、語法和語言表述方式，表現本土的社會現實和思想情感，形成自己特有的文學風格。

北美華文文學包括了美國華文文學和加拿大華文文學，在世界華文文學中，北美華文文學是成就較爲突出的一個文學區域，很多在華文文學中產生了世界性影響的重要作家，如白先勇、嚴歌苓等，都歸屬這個文學範疇。北美華文文學與東南亞華文文學一樣，雖然也不是中國文學，可是它同樣是中國文學特別是中國現代文學的「外國變體」，不過它的「變體」特徵卻與東南亞華文文學不同——如果說東南亞華文文學作爲外國華文文學，它的生成歷史和生存方式，是以「移植——本土化落地生根——代有延續」的形態展開的話，那麼北美華文文學，卻是以重複「移植」的方式累積形成和並置發展的。所謂的重複「移植」，是指北美華文文學中無論是早期的木屋詩、白馬社，還是後來的留學生文學和當今的新移民文學，在北美用華文寫作的作家，都是第一代移民，他們雖然在北美長期居留甚至入籍，但他們所承載的華文文學，卻沒能以代際傳遞的方式向下延伸，而是以後續的另外第一代移民加入北美華文作家行列的方式，進行著文學中的「代」的更替，也就是說，在北美華文文學中，「對於每一個特定的『代』，華文文學的薪火卻很少能傳入自身的下一代，北美華文作家的『代』的意義似乎從來都是指的『旁系』而不是『直系』，北美華文文學中的作家幾乎都是第一代移民而極少波及第二代移民——這應該正是導致北美華文文學始終處於『移植』狀態的根本原因」（註一二）。

北美華文文學除了以「移植」的方式存在之外，作爲中國文學的「外國變體」，它的另外一個重要特徵，在於它的語言形態，很少有自己特有的詞彙、語法和語言表述方式，而基本上是沿襲和搬用「五四」以來現代白話文在中國大陸和臺灣（少量的香港）這三個文學區域所形成的獨特形貌，幾乎是將中國大陸文學語言和臺灣（少量的香港）文學語言以「寄生」的方式，「複製」到北美華文文學之中。從白先勇的文學語言中，我們看到了臺灣文學語言在北美華文文學中的遺留，而嚴歌苓的文學語言，則保留了中國大陸文學語言的特有氣質。

與東南亞華文文學植根本土，長期經營，代代相傳，生生不息的在地深耕相比，北美華文文學似乎與本土的關係相對鬆散，它以一種跨越國度遠程發表的方式和作家作品頻繁的「流動性」，造就了自身的某種「漂浮」性（註一三）。這使得北美華文文學在屬性歸屬上是外國文學，可是在存在方式上，卻常常「介入」到臺灣文學和中國大陸文學之中，與中國文學形成一種互有「交錯」和彼此「互滲」之勢——這是北美華文文學作爲中國文學「外國變體」的一個重要特點。

歐洲華文文學和大洋洲華文文學，其基本特徵與北美華文文學有相似之處——因爲本地對於華文文學的生存和發展，沒有提供較爲豐厚的土壤和廣闊的發展空間，因此它們的生存，也時常依托在與中國大陸文學、臺灣文學和香港文學的「交錯」和「互滲」之中——作品會以歐洲華文文學或大洋洲華文文學的身分，在中國大陸、臺灣或香港發表和出版。

世界華文文學作爲一個跨區域存在的漢語語種文學，它所包含的幾大文學區域，自它們的共同源頭——中國文學特別是中國現代文學中或延伸、或流變、或剝離、或再生出來之後，就各自具有了自己的發展歷史和區域特色，也各自具有了自己的文學訴求和文學風格，然而，在這些不同區域的華文文學之間，它們的邊界卻時有不盡明確之處——在中國大陸文學與臺灣文學、港澳文學之間；在中國大陸文學與北美華文文學之間；在中國大陸文學與歐洲華文文學之間；在中國大陸文學與大洋洲華文文學之間；在臺灣文學與港澳文學之間；在臺灣文學、港澳文學與北美華文文學之間；在臺灣文學、港澳文學與歐洲華文文學之間；在臺灣文學、港澳文學與東南亞華文文學之間；都有著各種形式、不同程度的你中有我，我中有你的「彼此交錯」和「複合互滲」現象，這種在世界華文文學中不同文學區域間既彼此之間有著質的規定性差別從而各自具有相異性，同時又因爲雙邊或多邊「你中有我，我中有你」的「彼此交錯」和「複合互滲」的生存形態所導致的互滲性，使得世界華文文學的跨區域性質，就不僅只是單指它涵蓋若干個不同的文學區域，而是也意味著世界華文文學不同文學區域之間的關係，也是一種「彼此交錯」和「複合互滲」的跨區域存在。

世界華文文學的跨區域性質和跨區域存在方式，自然會導致跨文化現象成爲世界華文文學中的突出特點。雖然「文化」是個相當寬泛的概念，學界對於「文化」至今尚無一個定於一尊的標準答案，而從哲學、社會學、人類學、歷史學和語言學等各種角度給「文化」下的定義據統計不下兩百種，但我們這裡所說的文化，是指與文學生產、文學接受和文學傳播相關聯的社會意識形態、思維方式、社會結構、歷史傳統與心理範式等要素綜合而成的一種社會機制，而跨文化，則主要是指兩種或兩種以上的文化（社會機制）影響著文學的生產、接受和傳播。

事實上在當今社會，很難有一種文化是極其單純極其純粹的單一文化，在某種意義上講，今天的文化都是以某種文化爲主融合了各種其他文化因素的複合文化——就此而言，可以說當今所有的文化都帶有跨文化性，然而，各種文化的融合雖然是客觀現實，但並不意味著各種文化基本形態的消散和流失，相反，在各種文化交流日益頻繁日益密切的今天，一些核心文化的特性，反而在各種文化的比較中更顯突出。如中國的儒家文化，雖然在當今時代會融入一些現代中西文化的元素，但它的基本特性，在和西方基督教文化的比較中，更能體現出它東方文化的特有內涵與認知形態——也就是說，不同的核心文化乃至於區域文化之間，還是有它相對穩定的質的規定性的，這種質的規定性不會因爲當今各種文化之間交流的頻繁和密切而消失。因此，我們在這裡所說的跨文化，就不是指一般意義上的不同文化之間的相互交流相互影響，而是指不同的核心文化，不同的區域文化，以某種「文學的」方式彼此吸納、互滲、交織、再生的一種文化形態。

當臺灣文學作爲中國文學中的外島文學形成自己獨特的文學歷史和文學傳統的時候，它的獨特性，在很大程度上就體現爲它的跨文化特徵——中國文化（以中原文化、閩南文化、客家文化、原住民文化為主）與日本文化、美國文化、東南亞南洋文化的「雜糅」，就構成了臺灣文學中特有的跨文化形態。而香港澳門文學作為中國文學中的「特區」文學，它的獨特性，則與中國文化（以中原文化、嶺南文化為主）與英國文化、葡萄牙文化的長期「嫁接」密切相關。東南亞華文文學的與眾不同之處，則顯然與中國文化（以中原文化、閩南文化、客家文化、潮汕文化為主）、東南亞本地的南洋文化，以及曾經的殖民宗主國英國文化、美國文化和荷蘭文化的「混雜」密切相關；至於北美華文文學、歐洲華文文學與大洋洲華文文學，中國文化與西方文化的全面互滲毫無疑問是形成它們獨特的區域特性特質的關鍵因素。

跨文化現象在世界華文文學範疇內不同文學區域內的廣泛存在，實際昭示出跨文化現象與跨區域現象一樣，構成了世界華文文學基本形態和總體風貌的又一重要方面，當我們要對世界華文文學進行全面認識和總體把握的時候，跨區域和跨文化這兩翼，就應當成為我們剖析世界華文文學的核心內容。

既然跨區域和跨文化是世界華文文學基本形態和總體風貌的核心兩翼，那麼因跨區域而導致的衝決文學區域邊界的越界，和因跨文化而形成的各種不同文化之間的交融，就成為世界華文文學這一文學共同體的核心樣態（註一四）。

需要特別指出的是，在世界華文文學研究中，中國中心、中國性、民族主義、殖民主義、身分認同、第三文化空間等是常被涉及的理論話題，這些理論話題，在我看來，有些可以用來對世界華文文學——作為一種跨區域跨文化存在的文學共同體——的研究產生深化和推動作用（如民族主義、殖民主義、身分認同、第三文化空間等），有些卻與更為複雜的歷史問題相纏繞（如中國中心、中國性等），雖然世界華文文學使用的是中文漢字（華文），中國文學是世界華文文學的歷史源頭——這是不爭的事實，但這並不意味著「外國」的華文文學（如馬來西亞華文文學）在使用中文漢字（華文）的時候，就自動地會連帶產生中國中心問題和中國性問題——從發生學的角度來看，中文漢字（華文）在世界各地的流布，是伴隨著華人移民在世界各地的散居而形成的，像馬來西亞這樣的國家，當初華文文學的出現與中國有著密切的聯繫（甚至可以說是對中國文學的「克隆」），因此在歷史上，曾經有過對中國的向心力和欽慕感，在文學中遺留過中國中心現象和中國性追求（僑民文學）的印跡，不過，隨著時代的變遷和歷史的發展，隨著外國華文文學的在地化，這樣的情況已發生了較大的改觀。事實上在今天，那些「外國」華文文學，都不存在中國中心和中國性的問題，因為，在中文漢字（華文）中固然附吸著內蘊著承載著中國文化的信息，但這種文化信息在傳遞給接受者時，並不具有強迫性和強制性——這與英語、法語、西班牙語、日語作爲曾經的殖民宗主國語言在殖民地的強行推廣和移植，有著本質的區別，而由於在世界各地，使用中文漢字（華文）的基本上主要是華人，因此它的傳播方式，完全是因爲接受者（華人）內在的需要而自覺主動地去選擇，而不是像殖民宗主國語言憑藉殖民者的強權對被殖民者進行逼迫接受和強制性灌輸。因此，對於「外國」使用者（主要是華人）而言，運用富含中國文化信息的中文漢字（華文），並不會必然地導致中國中心，也不會必然地在「外國」的華文文學中形成中國性——因爲隸屬於外國文學的華文文學，當它從中國文學中剝離出來，成爲一種獨立的在地華文文學之後，當它在使用中文漢字（華文）進行創作的時候，中文漢字（華文）就只與文化中國發生聯繫，而不與現實的作爲民族國家存在的中國發生聯繫——現實的作爲民族國家存在的中國，在「外國」的華文文學中，是不存在的。由是，所謂的中國中心和中國性，也就自然不存在了。

世界華文文學作爲一個跨區域跨文化存在的文學共同體，其複雜的多面性使得對它的研究，也是一個複雜的系統工程，學界目前對世界華文文學概念的不同理解和各自定義，以及海內外學者從不同的角度切入對世界華文文學（華語語系文學、Sinophone——漢聲）的研究，從某種意義上講正體現了世界華文文學無論是作爲本體還是作爲研究對象的複雜性，而正是這種複雜性，爲從各種角度和以各種方式展開對世界華文文學研究，提供了多種可能性。

——原刊於劉俊：《越界與交融：跨區域跨文化的世界華文文學》（北京市：人民文學出版社，二〇一四年）。

注釋

一　離散（Diaspore）這一概念原本是用來說明猶太人在世界各地的散布，史書美書中，將離散（Diaspore）具體化爲「中國人的離散」（Chinese diaspora），因此這裡所說的離散，如果沒有特別說明，都是指「中國人的離散」（Chinese diaspora）。

二　Shu-mei Shih: *Visuality and Identity: Sinophone Articulations across the Pacific*, University of California Press, 2007, pp.23-24.

三 Shu-mei Shih: *Visuality and Identity: Sinophone Articulations across the Pacific*, University of California Press, 2007, p.23.

四 Shu-mei Shih: *Visuality and Identity: Sinophone Articulations across the Pacific*, University of California Press, 2007, p.25.

五 Shu-mei Shih: *Visuality and Identity: Sinophone Articulations across the Pacific*, University of California Press, 2007, p.28.

六 Shu-mei Shih: *Visuality and Identity: Sinophone Articulations across the Pacific*, University of California Press, 2007, p.30.

七 參見Shu-mei Shih: *Visuality and Identity: Sinophone Articulations across the Pacific*, University of California Press, 2007, pp.34-39.

八 參見Shu-mei Shih: *Visuality and Identity: Sinophone Articulations across the Pacific*, University of California Press, 2007, pp.183-192.

九 參見Shu-mei Shih: *Visuality and Identity: Sinophone Articulations across the Pacific*, University of California Press, 2007, pp.32-33.

一〇 對於香港文學是中國文學中的特區文學的論述，請參閱劉俊：〈香港小說：中國「特區」文學中的小說形態——以《香港當代作家作品合集選‧小說卷》爲論述對象〉一文，《香港文學》二〇一二年第五期。

一一 在馬來西亞，只有馬來語文學才是「國家文學」。

一二 劉俊：《從臺港到海外——跨區域華文文學的多元審視》（廣州市：花城出版社，二〇〇四年版），頁一一八。

一三 參閱劉俊：《從臺港到海外——跨區域華文文學的多元審視》（廣州市：花城出版社，二〇〇四年版），頁一一七～一二〇。

一四 隨著網絡文學的興起，世界華文文學有了一個新的呈現跨區域跨文化特質和越界與交融樣態的新型平臺。在網絡世界，不同區域的華文文學可以共處在一個網站，展現跨文化的姿態，完成跨文化的訴求，在世界範圍內實現華文文學的無邊界交流和全方位交融。北美著名華文文學網站文心社，就是一個典型的例證。

從後殖民理論到華語語系文學

趙稀方

我們所熟悉的華文文學這個概念，近年來受到了強烈的挑戰，這個挑戰來自華語語系文學（Sinophone Literature）。華語語系文學是海外學界討論華文文學的主要論述框架，加州大學洛杉磯分校史書美教授的《視覺與認同跨太平洋華語語系表述・呈現》（Shu-Mei Shih *Visuality and Identity: Sinophone Articulations*, *across the Pacific*, California Press, 2007）是第一本討論華語語系文學的專著，也是這方面的代表性表述。華語語系文學的論述獨具一格，打破了華文文學論述的一統性，引起學界相當注意。然而，史書的華語語系文學構架大致來自於後殖民理論、少數話語、話語混雜等西方理論，在我看來，華人移民與西方移民的歷史情形並不一致，因此這種套用應該是有限度的，否則容易出問題。

壹

阿希克洛夫特等人的《逆寫帝國》（Bill Ashcroft, Gareth Griffiths and Helen Tiffin, *The Em-pire Writes Back*, Routledge, 1989）是後殖民文學的開山之作。《逆寫帝國》一書，首先從兩個方面論述了前殖民地地區「逆寫帝國」的方式，即：一是重置語言；二是重置文本。「逆寫帝國」討論在英語寫作中，地方英語對中心英語的抵抗和挪用。為區別兩種英語，將歐洲中心英語以大寫English來表示，而將地方英語以小寫english來表示。就地方英語寫作而言，後殖民寫作可分為兩個過程：一是對於中心英語特權的背棄和否定，以此抵制在書寫交流上的西方大都市的權力；二是對於中心英語的挪用和再造，這種重造意味著與殖民權力的脫離。

《逆寫帝國》提出了一些後殖民文本的挪用策略，並予以專門的分析，如「注解」、「不翻譯的詞語」、「語言混雜」語法合語碼轉換和土語摹用等。（註一）語言的挪用是後殖民寫作顯示文化差異的重要手段，但尚是初步手段，更為重要的挪用卻是寫作本身。作者將後殖民寫作的特徵歸結為三點：其一，「後殖民的聲音被帝國中心所沉默和邊緣化」；其二，「文本中對於帝國中心的取消」；其三，「對於中心文化和語言的積極挪用」。（註二）語言和文本的挪用，導致理論的論述。《逆寫帝國》接著討論後殖民地區的本土理論建構及其後殖民經驗與當代西方理論的關係，此所謂「重置理論」。《逆寫帝國》最後提出了後殖民文學關於地方英語研究及其機制的三個結論：其一，「不同的小寫英語的存在意識味著標準英語的概念已經破裂」；其二，「隨著這種去中心的進一步啓示，中心英語經典在世界地方英語的新範式中被徹底減縮」；其三「後殖民文學研究表明，所有的文本都被各種複雜性所貫穿，通常的文學研究將因此得到重生」。（註三）

史書美的華語語系文學論述，與後殖民文學的思路相接近。首先，史書美強調海外華人與中國的差異性，她批判「大一統的離散中國人概念」，批判「認爲所有僑民都想落葉歸根、重返中國原鄉」的說法，「事實上，在橫跨東南亞、非洲和南美洲的後殖民民族國家中，當地講各種華語的人早就已經在地化，並成爲當地本土的一部分了。」她由此質疑：「究竟是誰不讓這些祖先來自中國的華語語系族群完全成一個泰國人、菲律賓人、馬來西亞人、印尼人或新加坡人？以及是誰不讓他們像該國其他的公民一樣，可以具有多重語言、多元文化？」（註四）其次，她將華語語系文學與中國的關係，等同於法語語系之於法國，英語語系之於英國的關係，強調海外華語語系文學對於中國具有「反殖民、反中心」（註五）的作用。

海外華語學，與中國大陸相反，具有差異性，這是一個事實。沿此思路，史書美認爲，李安導演的電影《臥虎藏龍》運用不同的方言，「直接再現了現實生活的語言，拒絕掩蓋語言的駁雜的眞實，此足以推翻以標準語言達成統一的霸權想像」。相反，張藝謀的《英雄》則提供了一統天下的帝國想像。

關於這種差異性的對抗，還需提到另外一本知名的著作，即周蕾的《寫在家國之外》。周蕾在這本書中，分析了「不正宗的中文」所具有的策略意義。在這篇「代序」裡，周蕾回憶了自己在香港接受雙語教育，因而不斷受到「西化」和「不懂中文」的譏諷。香港文化一直以來被中國大陸貶爲過分西化，以至於不是眞正的中國文化。在周蕾看來，不正宗的香港中文，恰恰是一個反省大陸民族主義的「位置」，「這種非香港人自選，而是被歷史所建構的邊緣化位置，帶來了一種特別的觀察能力」。（註六）的確，海外文學雖然是中文寫作，然而，經過不同時空、不同文化的交融，產生了中國文學所不具備的自主性。在語言、文本讀者層面，有銘記著政治、歷史、種族、地理等不同層面的印記，疏離著中國大陸。針對中國民族國家（政治意識形態、文化制度）文學來說，不同時空的海外文學與中國文學可以構成一種異質關係，並在一定程度上，起到打破中心主義大一統的作用。

在海外華文文學的寫作中，我們常常能夠看到，我們在國內難以意識到的對於中國文化的反省。種族歧視一向被我們視作西方殖民主義的遺產，而低等種族總是互相扶持的。閱孟悟的《茉莉花茶》，我們發現其實不然。「我」將一個學習優秀的黑人同學帶回家後，卻遭到母親的猛烈斥責：「你要是再把黑鬼帶回家來，看我不打死你。」；「千萬別去那死黑鬼的家，她要是有個什麼兄弟哥哥，非把你強奸了不可。」「黑鬼」「黑瘟神」這樣的咒罵出自黃皮膚的慈祥的中國母親之口，實在令我們震驚。我們一再抵抗白種人的種族歧視，原來種族歧視也深深地扎根於我們的內心。這樣一種「碰撞」與「震驚」，是我們在國內所難以發現的。

在張翎的小說《羊》中，威爾遜和史密斯在那裡創辦學校，救濟貧困，把當地兒童長長的裹腳布一層一層地打開，讓孩子們在陽光下伸直了自己的身體。這些溫馨的場面，與我們在中國革命歷史敘事中對於與「侵略」、「殘害」等字眼相聯繫的傳教士形象顯然大相逕庭。作品賦予傳教行爲以溫情，一方面將其從「文化侵略」的歷史中救贖出來；另一方面，其實同時以世俗性改寫了冷冰冰的西方基督教。小說中的牧師並非通常想像的清心寡欲、道貌岸然以至呆板冷酷之徒，卻是溫存得近乎浪漫的紳士。《羊》這部小說，跨越時空地並置了兩個愛情故事：其一，威爾遜與中國少女邢銀好的故事；其二，威爾遜的孫子保羅與羊陽的故事。在這裡，小說專門引出了威爾遜對保羅說的話：「孩子，你知道當牧師的好處在哪裡嗎？你可以替你的朋友和敵人同時祈禱。你知道當牧師的壞處在哪裡嗎？你的朋友和敵人都同時忘了替你祈禱。」保羅由此意識到，牧師並不是永遠傾聽指教，卻也可以展開自己的心扉。敞開了心扉的美國傳教士與中國女性的情感故事，自然爲中國讀者所喜愛，中西交會的歷史，也經由這種獨特的改寫呈現於中國當代。

不過，上述以後殖民文學爲樣本的「華語語系文學」的論述，有一個較大的問題，即中文文學並非殖民地文學。史書美明確地說：「華語語系與中國的關係充滿緊張，而且問題重重，其情況與法語語系之於法國，西語語系之於西班牙及英語語系之於英國之間的關係一樣，既曖昧又複雜。」（註七）將華語文學與英語語系文學、法語語系文學相提並論，混淆了問題的界限。英語語系文學、法國語系文學都是英國和法國在世界各地開拓殖民地、推行帝國語言的結果，殖民地文學由此而來，因此，存在著殖民地英語或法國文學抵抗宗主國英語或法國文學的問題。中國近代以來，並未開拓殖民地，中國人散落四方緣於移民，過去的戰亂流落，更有當代主動向先進歐美地區移民。這些移民與中國的關係，並非被殖民者與殖民者的關係，而是平等的文化語言關係，移居歐美者甚至還有高中國大陸人一等的心態。不同地域的海外華語文學因爲歷史、地域、政治、文化等多方面的原因，肯定會發展出與中國大陸文化不同的特徵，但把兩者的關係完全描繪成殖民對抗，顯然是不合適的。

身處海外的華語文學可能的確面對的是殖民主義問題，但這種殖民主義恰恰不是中國，而是海外帝國主義。中文文學身處異國他鄉，屬於少數語言不得不面臨著宗主國的主流文化排斥。

就史書美和周蕾所討論的香港而言，情況更是這樣。香港在英國殖民統治期間，英語系官方語言，中文直至一九七四年才成官方語言。華語語係文學論者全然不注意屬於後殖民題中應有之義的英國殖民統治，卻將中國香港中文寫作的殖民矛頭對準中國文學，這是有點奇怪的。二十世紀五、六十年代，「香港詩壇三劍客」之一的葉維廉，曾對於香港文化殖民性有過分析。葉維廉認爲，香港殖民教育的本質特徵在於無法推行啓蒙主義，既不能通過教育讓人意識到人作爲自然個體的權利，也不能自覺到作爲一個中國人的處境。殖民教育只能採取「利誘、安撫、痲木」等手段，製造替殖民政府服務的工具。在葉維廉看來，「能觸及和反映在這個體制下的掙扎和蛻變（這當然包括中國意識與殖民政策的對峙、衝突、調整，有時甚至屈服而變得無意識、無覺醒到無可奈何的整個複雜過程）才算香港文學」。（註八）那麼眞正的香港文學是不是完全就沒有呢？也不是，葉維廉重點推出的詩人昆南，即「香港詩壇三劍客」的另外一位（第三位是無邪）——即是他心目中的反殖詩人。而其背後的動力，恰恰是中華民族主義，正如昆南在《現代文學美術協會宣言》中所說的：「我們年輕的一群決不能安於鴕鳥式的生活……中華民族的精魂的確已在我們耳邊呼喚著我們的責任，鞭策著我們的良知。」（註九）

香港地區的「文化與帝國主義」的問題，的確是明顯的。敘事是帝國主義策略的重要組成部分，不可小視。以自己「祖家」的經驗和意象，來命名對於他們來說未知的土地，殖民者可以克服自己的陌生感和恐懼感，延伸自己的帝國經驗。因而香港才有了大量的以英文命名的街道、建築等。更重要的是，敘事是帝國行爲的合法化的工具，借助於此，帝國主義可以將殖民地納入自己的歷史敘事之中。英國殖民者的香港敘事主要是依賴印刷媒體，如報刊、史書等來完成的。英國人占領香港後，幾乎壟斷了所有敘事文本。香港開埠之後，英國人立即創辦了大量的報刊，如*Hong Kong Gazette*（1841）、*Friend of China and Hong Kong Gazette*（1842）、*Hong Kong Register*（1843）、*China Mail*（1845）、*Daily Press Hong*、*Kong Government*

（1853）、*HongKong Telegraph*（1881），不僅這些英文報刊，如《遐邇貫珍》（一八五六）等中文報刊也是英國經營的，由華人主辦、可反映華人輿論的中文報刊只有孤立的《循環日報》（一八七三）。至於香港史的領域，可以說完全爲英國人所把持，香港的歷史敘事幾乎完全爲英國殖民者所壟斷。早在一八九五年，就有E. J. Eitel撰寫的*Europein China*這樣厚厚一大本香港史的出現，其後出現了大量的西人撰寫的香港史，如G. R. Sayer, Hong Kong 1841-1862: *Birth, Adolescence and Coming of Age;* G・R・Sayer, *Hong Kong1862-1919: the Years of Discretion*; James Pope-Hennessy, Half-Crown Clony, *A Historical Profile of Hong Kong*; G. B., Endacott, *Government and People in Hong Kong 1841-1962*; G. B., Endacott, *A History of Hong Kong*等等。

中文的香港史直至百年之後的二十世紀中葉才出現。可惜的是，熱衷香港後殖民論述的人，似乎並不追溯香港眞正的殖民歷史。當代北美華人，最早可以追溯到爺爺輩在美國修鐵路的殖民主義歷史。在劉慧琴的小說《被遺忘的角落》裡，爺爺輩的苦難命運一直延續到今天。但尼爾的爺爺是早期華人鐵路工，奶奶是印地安人。家裡苦苦掙扎，供養但尼爾，希望他出人頭人，改變命運。但尼爾也不負眾望，以優異成績獲獎學金進入大學，畢業後在象徵著繁華富貴的金融商業中心的大廈裡擁有了工作。但似乎歷史的幽靈不散，華人及土著的後代注定了不配有好的命運。但尼爾懷孕的妻子遭遇車禍，一斃雙命，他從此染上毒品，終於回到了原來就屬於他的這個城市最爲破落的街道。小說中有這樣的句子：「唐人街和印地安部落聚居的街道相鄰並列，像兩個苦難的民族相互扶持著。」這彷佛成爲西方內部移民和殖民關係的一個暗喻，呈現出從前不爲注意的歷史維度。

如果說劉慧琴注意到華人與本地印地安人的相互扶持，無獨有偶，老搖在《路口》中，則將自己與美國南方土著黑人的命運互爲映襯。老搖其實很年輕，二十世紀七十年代生人，小說的寫法也很先鋒。土著黑人對「我」並無興趣，甚至很厭惡，他們不喜歡外人打擾。他們在骯髒、粗鄙的酒吧裡打發時日，白人們認爲，是那裡是魔鬼出入的地方；他們或者彈著布魯斯流浪，布魯斯也被白人認爲：「唱了要下地獄的。」小說運用章節的交叉，寫了兩個互不相關的故事。一個是黑人的故事：羅伯特和魔鬼簽約，成爲布魯斯樂手，又終於償命；另一個是自己在美國奮鬥或者說流落的故事：美國留學，在一家電腦公司工作，又被解雇，因爲解決不了身分問題，終至於訂了回國機票。「我」和「黑人」的故事的交叉點，看起來是在「路口」。在南方，基督徒埋在教堂，而「路口」是流浪者的歸宿。「路口」是撒旦的地盤，不僅羅伯特經不住撒旦的誘惑，「我」也在路口徜徉徘徊。老搖對於土著黑人及印地安人的歷史文化的書寫，在中國文學的視野裡應該是較爲獨特的一種。

貳

史書美在論述海外華語語系文學與中國文學之間的關係時，所運用的一個理論是「少數文學」。史書美說：「少數表述（minorarticula-tions）的出現就是爲了回應作爲主要語言的標準漢語，它是去標準化、混雜化、斷片化或者完全拒絕標準語言的結果。一方面，華語語系借著挪用德勒茲（Gilles Deleuze）與瓜達里（Felix Guattari）（少數文學）（minor literature）的說法，實踐並成爲一種（少數表述），是少數的自我表達或者是少數族群利用主流語言來進行表述。在利用的過程中，爲了建構或解構的意圖，主流語言受到少數表述的挑戰與挪用。」（註一〇）海外華語文學是中文文學中的少數文學，因此，可以質疑中國主流語言文化秩序。考諸西方「少數文學」的內涵，我們發現史書美在這裡的運用有點錯位。

史書美的論述來自德勒茲（Gilles Deleuze）和加塔利（Felix Guattari）討論卡夫卡的著作《走向少數文學》（*Towarda Minor Literature*），這本書是學者論述少數話語時的潛在文本。德勒茲和加塔利在論述「少數文學」的時候，所舉的例子是身爲捷克人的卡夫卡的德語寫作。在他們看來，少數文學有以下三個特徵：第一，非地域化。少數民族在創作時運用的不是自己的語言，而是主流文化的語言，如卡夫卡運用德語，美國黑人運用德語，烏茲別克用俄語寫作，這種運用使得少數文學在語言上顯示出「非地域化」的特徵，卡夫卡對於德語的挑戰即是一例。第二，政治化。在主流文學中，社會環境僅僅作爲一個背景而存在，而在少數文學中，由於空間的狹小，個人的關注往往指向政治化。第三，集體性。少數文學並不屬於這個或那個大師，由於邊緣性，作家們共同構成一種集體行爲，文學積極擔負著集體甚至革命的角色和功能。（註一一）德勒茲和加塔利的觀點，已經成爲少數文學論述的經典，當然也乏質疑和補充。

按照德勒茲和加塔利的說法，嚴格定義的少數文學只能說是外國人在中國的漢語寫作，或者如史書美所言，是國內少數民族運用漢語進行的寫作。海外華文文學寫作，相對於中國文學來說並不是「少數文學」，如果一定要說海外華人作家的華文寫作是「少數文學」的話，那只能是針對他們所居住的所在國而言的，比如，上面提到的在美國的中文寫作，針對美國的主流英文寫作而言，是一種「少數文學」。海外華文寫作，的確可以讓我們看到諸多的西方殖民主義和帝國主義問題。

對於中國而言，海外作家運用漢語寫作，屬於母語寫作。它們並非少數文學，而恰恰是一種經由語言而達到民族歸屬感的寫作。因此，我們在華文文學的創作中不斷看到懷鄉、流離、葉落歸根，血濃於水、月是故鄉明等原型主題。不過，移民的邊緣性造成了他們與中西文化的雙重緊張，他們既與西方「他者」疏離，同時也與自己的母國疏離。離開了既有的政治社會的塑造，使他們有可能掙脫原有的民族國家及民族文化的約束，而取得一個反省的距離。

海外華文文學對於所在國而言，是一種少數文學或者少數民族文學，具有揭示所在國主流殖民話語的特徵。對於中國來說，它只是華文或漢語文學的一個部分，雖然是一個相對疏離，具有一定距離的部分。

國內的世界華文文學和海外的華語語系文學（Sinophone），是對於中文文學建構的兩種相反的方式。兩者指稱的是同樣的對象，但對其定位迥異。華文文學強調海外文學與中國文學，乃至中國文化的認同性，強調源流關係，華文文學的論述強調懷鄉、流離、葉落歸根，血濃於水、月是故鄉明等等；相反，華語語系文學強調海外文學與中國文學乃至中國文化的異質性，華語語系文學的論述強調本土性、抵抗、反中心、非正統等。筆者認爲，兩種建構不必如此各執一端。一方面應該注重海外華語文學的特殊價值，它與中國大陸的中文文學互爲補充。在國內，長期以來，中國文學／臺港澳文學／華文文學，重要性遞減，的確有等級的意味。華語語系文學的提出，扭轉了這一秩序，有其批判功能。另一方面，又不應該直接套用後殖民論述，將其截然對立起來。同是中文文學，我們可以將兩者看成是一種異質互補關係。

事實上，海外文學與中國大陸文學之間的關係，的確並不是那麼分明對立，而是流動、混雜的。這裡需要提到霍米．巴巴的相關理論。在華語語系文學中，霍米．巴巴的理論得到較多運用，「混雜」成爲描述華語文學的常見語詞。不過，何種混雜卻值得辨析。

在對於薩義德《東方主義》一書的質疑中，有人批評薩義德的東方主義論述既沒有涉及西方內部的反殖傳統，有人批評東方主義並未涉及東方。霍米．巴巴的質疑卻完全不同，在他看來，薩義德的主要問題不在於兩個方面論述得不夠，而在於沒有從殖民者／被殖民者、自我／他者關係的角度來論述殖民主義話語。霍米．巴巴所反對的是單一主體，他強調「他者」在文化身分構成中的重要作用，強調主體之間的互相作用。他的術語如下：一是「雜交」（Hybridity）：雜交指的在話語實踐上殖民者與被殖民者你中有我、我中有你的一種狀態；（註一二）二是「模擬」（Mimicry）：模擬指的是當地人對於殖民者的一種模仿，但這種模仿卻並不完全一致，而且內含著嘲弄和變形，殖民話語於此變得面目不清；三是「第三空間」（third space）：巴巴的「第三空間」不是想像中的兩種對立文化之外的第三者，或者調停兩種不同文化的中和客觀性，他所強調的是殖民者/被殖民者相互滲透的狀態。巴巴的常用術語不止於此，還有模稜兩可（ambiva-lence）等。

霍米·巴巴的混雜的第一含義是強調主體之間互相滲透的狀態，第二個含義是強調混雜中的抵抗，即經由模擬而達到變形和嘲弄。因爲將海外文學與中國文學的關係等同於英語語系和法語語系殖民地文學，華語語系論述直接運用混雜中的抵抗。筆者認爲，海外文學和中國大陸文學同爲中文文學，這裡應該強調的是混雜中的異質。這一點，可以解決兩種主體對立的問題。各地華文文學事實上並非各自爲政，而是充滿了地域流動和文化交融。白先勇先生遊走於中國臺灣和美國之間，是中國臺灣作家還是北美作家？施叔青從中國臺灣到中國香港再回中國臺灣，每個地方都留下代表性作品，她到底是中國臺灣作家、中國香港作家抑或北美作家？東南亞作家很多都在中國香港、中國臺灣或大陸發表作品？他們算哪裡的作家？北美新移民作家遊走於中國和美國之間，但作品市場主要在中國，他們是中國作家還是北美作家？這些都打破了華文文學的界限。如果將海外與大陸的作家截然隔離，強調對立或抵抗，顯然不容易。只是說，他們是獨特互補的中文文學共同體的成員。

——原刊於《北方論叢》二〇一五年第二期

注釋

一　Bill Ashcroft, Gareth Griffiths and Helen Tiffin, *The Empire Writes Back*. Routledge, pp. 58-76.

二　Bill Ashcroft, Gareth Griffiths and Helen Tiffin, *The Empire Writes Back*. Routledge, p. 82

三　Bill Ashcroft, Gareth Griffiths and Helen Tiffin, *The Empire Writes Back*. Routledge, pp. 221-222

四　Shu-mei Shih：《視覺與認同：跨太平洋華語語系表述·呈現》（臺北市：聯經出版事業公司，二〇一三年），頁四十九。

五　Shu-mei Shih：《視覺與認同：跨太平洋華語語系表述·呈現》（臺北市：聯經出版事業公司，二〇一三年），頁五十六～五十七。

六　周蕾：《寫在家國之外》（香港：牛津大學出版社，一九九五年），頁一～三十八。

七　Shu-me iShih：《視覺與認同：跨太平洋華語語系表述．呈現》（臺北市：聯經出版事業公司，二〇一三年），頁五十七。

八　葉維廉：〈自覺之旅：由裸靈到死——初論昆南（一九八八）〉，《葉維廉論文集》（合肥市：安徽教育出版社，二〇〇二年），頁二六七～二九四。

九　葉維廉：〈自覺之旅：由裸靈到死——初論昆南（一九八八）〉，《葉維廉論文集》（合肥市：安徽教育出版社，二〇〇二年），頁二六七～二九四。

一〇　Shu-mei Shih：《視覺與認同：跨太平洋華語語系表述．呈現》（臺北市：聯經出版事業公司，二〇一三年），頁五十七。

一一　Gilles Deleuze and Felix Guattari, Kafka. *Toward a Minor Literature*, trns. By dana Polan, Forawrd by Reda Ensmaia. London: The University of Minnesota Press, 1986. pp.16-27

一二　Homi K. Bhabha. Signs Taken For Wonders–questions of ambivalence and authority under a tree outside Delhi, May 1817, *The Location of Culture*. *Rouledge*, 1994. p.113

華文文學詩學研究幾組重要關鍵詞

（澳大利亞）莊偉傑

「關鍵詞」是跨世紀以來學界引人注目的顯性詞眼。爲「發現問題」和「提出問題」所需要的、且有針對性的關鍵詞，成了現當代文學批評與跨文化研究中進行有效闡釋的學科話語或重要概念。缺少了「關鍵詞」，往往很難進入某一領域知識譜系的考辯和討論。

置身在一個無論是政治、經濟、社會，還是文化和日常生活都進入巨大轉型或變化的時空，觀念形態與文化呈現方式的突變時常讓人目不暇給。同樣，人文社科中包括文學研究領域都不是靜態的，並且總是在拓延中呈現出富有動態的發展方式。在新的歷史境遇和文化語境中，借鑑新的理論資源和方法論，則爲文學研究之急需，但盲目地跟風或先入爲主地排斥，都不足取。因爲某一學術活動的起源、發展以及推進過程，往往都是從不確定逐漸走向清晰而定位的。隨著學科本身的進展，許多問題必須納入到一個認知總體結構中並把握其關鍵點，如是，方有可能進行具體的、有意義的話題討論，推動學術研究走向新的天地。

誠如每個生命體都有自身的命運一樣，每個時代也會有屬於自己的理論關鍵詞。人生如此，學問亦然。儘管關鍵詞的命運如同歷史的命運一樣，注定會是風雨飄搖，或存活，或繁殖，或流變，或再生，或默然無聲，或自生自滅，或風行一時，或擴散瀰漫，但這些詞一旦被傳達乃至流傳開來，在將自己構造成獨立世界的同時，也不得不等待更多的人去增補或解釋，用德里達的說法——等待著自身命運的「延異」（Differance）。然而，宿命是無法改變的，詞的命運與人的命運相似。無論如何，作爲一個詞的探究者，必須學會選擇責任或承擔。只有責任在肩，才能在對詞的闡釋中生發出眞知灼見，生發出來自於文化、歷史和現實的回聲。

每個學科的框架往往是由普通詞彙和特有詞彙構成了其理論話語的陳述方式，並在實際運用中形成一批關鍵詞。況且，學術領域觀念與解說方式的發生學與某些中心詞的互動或演變緊密相關，或許，這便是關鍵詞研究之所以愈來愈備受學界重視之緣由，也說明它應是海外華文文學研究的基礎性知識內涵。目前，海內外對華文文學研究正處於「青春期」階段，一些關鍵性基礎概念需要進一步認眞梳理或釐定。然而，一個有理由存在的、相對獨立自足的學科，應有屬於自身的規定性的科學概念，這是一個學科知識的重要基礎。在海外華文文學的形成、發展過程中，也有屬於自身的基本概念浮出歷史地表，其研究從初創、探索到拓展已經進入自足的發展態勢。

由於海外華文文學形態本身所具有的特殊性使然，我們盡量挑選在創作與研究中產生過或正在產生作用的關鍵詞。在這裡，如何尋求既巧妙又扎實的方法，力求系統、客觀、科學地進行整體性的探討和闡釋，盡力釐清許多至今依然顯得有些混亂的概念術語，驅動華文文學沿著健康順利、有序可循的途徑不斷地加以深化和延伸，其中存在的難度可想而知。或許，只有從跨文化視角切入，以中西方文論作爲理論依據，充分且合理地借助歷史的美學的批評理論、全球語境中的文化多元化理論、族群文化建構理論以及文化人類學理論等多種研究方法，整合爲具有學科特色的理論詞語，然後，尋找一種脈絡清晰的技術線路不斷展開，才能在既往二十多年此學科的跨越建構的基礎上，從形成與延續、發展與互動中進行考察、驗證和思辨，來實施對海外華文文學的透視和學術清理。

詞，是客觀的存在物，通過它我們常常可以窺見歷史的身影、時代的容顏、文化的風景、心靈的回聲；人，是主觀的存在物，作爲一個闡釋者，在言說過程中往往帶有明顯的主體性與個人悟。人與詞的關係正如人和世界一樣，總是隔著一層厚重的帷幕。人文社科的研究畢竟是一種學術活動的個體行爲，是個人對某一領域的介入、思考和研究，況且其提供的選擇角度應該是多樣化的，於是難以形成絕對統一的或純客觀的篩選標準。但作爲一種深入言說的起點，或以對問題的理解來帶動關鍵詞的方法，用來討論問題，卻是切實可行的。也許，這正是人與詞相互締造的一份文字因緣。因此，主觀上希望所撰寫的各個關鍵詞能盡如人意，在客觀上仍然有辭不達意的局限。語言流總是趕不上思維流，關鍵詞的考辨也總是艱難的選擇。

以下我們選擇的十六項相近或相對的關鍵詞，旨在探索這些詞與華人、與生存、與華文世界所構築的關係，以及這些詞在時空交織、知識繁殖和意義伸展過程中的功能與軌跡。需要說明的是，有些詞語（或概念）如「鄉愁」、「放逐」、「越界書寫」、「中心與邊緣」等，當屬不可忽略的重要關鍵詞，但因將在專節中有所論及，此處就予以從略；而下列的這些關鍵詞，亦會或多或少地穿行在各章節的具體敘述中。不管怎麼說，把關鍵詞納入海外華文文學知識譜系中，我們所期求的是引發一系列涉及學科研究範疇的詩學問題的開放性闡釋。

壹　華文文學／華人文學

華文文學世界作爲一個複合體，在不同的地理時空形成各自不同的板塊，並以各自的生存境遇、人文生態、表現形態和價值取向，呈現於世人面前。但由於文化情結與內在傳承性、語言載體與異質交融性、歷史演進與趨向本土性等多重因素，使它們之間一方面產生無法割裂的整體共通性，另一方面又具有自己獨特的質地和風貌，在歷史演變中逐步脫離中國文學的軌道，走上了獨立自足、自主發展的道路。此外，由於各地華文文學所具有的跨越國界和多元共存的特性，除了呈現出與中國文學一脈相承的詩學特質外，其明顯的特徵是跨文化語境中的寫作。隨著學術界和批評界對華文文學的研究逐步走向深入以及研究品格的漸次確立，華文文學創作與闡釋中應如何尋找更爲有效和合適的途徑，驅使我們有必要對其中的某些重要關鍵詞或命名進行一番考察和辨識。

一個學科的誕生和生長，仿如一個活生生的生命體，有其自己必須經歷的過程。

關於華文文學與華人文學，還有諸如華語文學、華裔文學、華族文學這些概念的命名，素來仁者見仁，智者見智。前兩者使用頻率較高也相當普遍，其實僅「文」與「人」一字之差，但這是兩個既聯繫又有區別的概念。「海外華文文學是指海外華僑、華裔、華人用華文爲表達工具而創作的作品；而華人文學的範圍要比華文文學更廣泛，它不僅包括海外華人用華文寫的作品，而且還包括他們用華文以外的其他的文學所寫的作品。比如，著名作家林語堂先生用英文寫作的《京華煙雲》（*A MOMENT IN PEKING*），不是海外華文文學，卻屬於海外華人文學範疇……」（註一）對此，學者施建偉認爲，無論是華人文學還是華文文學，它們的核心都是文化，但這裡所說的「文化」不是良莠不分地對母土文化的簡單的移植或複製，而是廣泛地汲取了異質文化的優質而在世界各地生根發芽的海外華人文化。（註二）頗有見地。恕勿贅述。

進一步說，華文文學指用華文，亦即以漢語書寫的文學作品。它首先是語言的藝術，然後才是文化的歸屬，之後才有可能進入世界的期待視野。放眼世界華文文學版圖，中國大陸爲其最大板塊（目前中國作協和地方作協擁有的會員已達兩萬人）。此外，臺、港、澳三地爲其主要組成部分。而東南亞諸國，以及美洲（美國、加拿大等）、澳洲、西歐乃至東亞（日本、韓國等）等國家和地區，目前流行的命名統稱爲「海外華文文學」。認眞盤點，泛指（廣義）的華文文學應有以上三大板塊，特指（狹義）的華文文學即「海外華文文學」，又可分成相對獨立的四至五個板塊。本文所談的乃是特指的「華文文學」，即在異質文化土壤上生長發展的華文文學。

面對著持續出現的海外華文文學、世界華文文學、華語語系文學乃至全球華語文學等之類的命名，令人莫衷一是，無所適從。而用「華人文學」來取代「華文文學」的提法，則已成爲當下引人關注的學術命題。這兩個名稱的爭議由來已久，幾乎伴隨著華文文學誕生之始。由此轉輾反覆，海內海外，相持不下。可能雙方所持的學術立場、姿態、視野以及研究的角度和方法不盡相同，論爭之聲依然，甚至成爲近年來華文文學世界聚焦的話題，在很大程度上似乎預示著華文文學學科建設的學術意識和理論建構思路，正在逐步調整中尋找更爲合理性或合法性的理想路徑。回眸前瞻，這場因命名不同而牽涉到文學場中的文學觀念、文學內涵、研究範式、學科定位乃至學科重構的爭議，究其原因在於兩個方面的「導火線」引爆的，其一是世紀之初即二〇〇二年二月，當時汕頭大學四位青年學者提出的「文化的」華文文學觀點，並直陳「語種的」華文文學所存在的弊端與局限，企冀建立在對「華人作家們的生命、生存和文化的原生態的關注上」的文化的華文文學有關；此外，海內外在一段時間內不斷有人在各種文章中提出「華人文學」的概念，海外華人學者如梁麗芳、趙毅衡、王靈智等，極力主張打破語種界限，將華文文學的研究視野擴大到華人文學，（註三）這是梁麗芳在二〇〇二年美國加州大學柏克萊分校舉辦的海外華人文學研討會上率先提出的，其論文〈擴大視野：從海外華文文學到海外華人文學〉開章明義，十分鮮明。許多大陸學者就此問題也紛紛發表自己的看法和見解，（註四）認爲「華文文學是一種代表華人文化的文學」，因而，從華文文學到華人文學是歷史的必然。其中緣由同樣來自兩個因素，一是海外尤其是美國華裔文學（非母語）在西方社會紛然崛起，出現了像湯亭亭、譚恩美、哈金、程抱一等作家相繼打入當地主流社會文化圈中，成爲海內外華人社會共同關注的特殊現象；二是在全球後殖民理論氛圍的影響下，文學文化學、流散寫作現象等批評研究範式的越界旅行，在某種程度上讓部分學者意識到應從華人的族性這個視角出發轉換研究範式。認眞盤點，「華人文學」的提法並不全盤否定語種的華文文學，而是有鑒於以上原因而涉及到兩個概念本身更爲深刻的文化內涵和諸多潛在話題。況且，華文文學與華人文學兩個命名之間並非是簡單的誰代替誰的關係，而應是彼此交叉互補、共生並存的關係。

正如黑格爾所言，每一時代都有自己的主要問題。作爲新興的一門正在形成中生長的學科，也有自己的主要問題就不足爲奇了。稱華文文學也好，用華人文學也罷，其實這兩者從根本上說都是跨越文化經驗的寫作。如下列所示：

命名／概念	界定／涵義	範圍／群體	形態
華文文學（海外）	華語或稱現代漢語寫作的文化現象	華人作家的作品（華文） 非華人作家的作品（華文）	文明逾越形態（跨文化）
華人文學（海外）	華文文學+華人用外語寫作的現象	華文書寫的作品（華人） 非華文書寫的作品（華人）	文明逾越形態（跨文化）

由是可見，海外的「華文文學」或「華人文學」並非單一的文學現象，乃是一種跨文化現象，這是兩者本身的特殊性所決定的。顯而易見，非華人作家用華文書寫的作品與華人作家用非華文書寫的作品，確切地說同屬於跨文化（文明）現象。其實，從文化學視角觀照，華文文學與華人文學並不存在任何悖謬，只要明確區別出兩者在研究中的前提因素是什麼，其他問題就可以迎刃而解了。但無論探討和對話的結果如何，對整體的華文文學學科建設都有不可忽視的作用和意義。

當代文化格局中的華文文學，在其現代化轉換的進程中，的確遭遇過不少大小事件，但只要科學而靈動地把握其中重要的若干關係，從整體性視野綜合觀察，尋找共相，理出脈絡，就能認識到其本身所具有的複合多元性，任何單一的學術思路和研究視域都無法涵蓋其豐富性。多元多樣化才是創新學術意識的覺醒。因此，無論是主張將華文文學研究範圍拓展或延伸到華人文學，還是以爲海外華人文學已從邊緣走向主流；無論是看到華人新移民文學已走出鄉愁邁向多元的發展趨勢，還是強調「華人文學」這個概念的有效性是以「文化性」和「族群性」的意義來指稱的；也無論是提出「華語文學」、「華族文學」、「華裔文學」，均可表明遍布或流散於全球各地的華文文學，不僅處於動態關聯結構之中，而且作爲一種邊緣性的跨文化風景，應在跨域建構中提供更多層面的資源和視野，不斷拓展自身的空間，隨時警惕研究視角的單一、片面與簡化，以免引起對華文文學產生誤讀的偏差。因為，華文文學作為一個複雜而豐富的文學共同體，其整體性必然有某種主導因素維繫著。總體觀之，起碼有三大主導因素：一是語言形成即漢語言文字；二是文化淵源即中華民族文化；三是發生來源即中國現代新文學。可見，語種（華語、漢語）首先支撐起華文文學這個學科的根本依據。因此，無論以什麼名稱來作為命名的理由，都無法否定語言（種）乃是華文文學的根性這個存在事實。如是的話，作為一種學科命名，或許華人文學自有其存在的合理因素，卻不能因此以犧牲華文文學為代價，用華人文學取而代之（有關這些問題，筆者在《語種的華文文學》與《文化的華文文學》等關鍵詞的梳理分析中有所闡述，可以鏈接互動和參照）。

如果說，人類有史以來，經歷了三種主要的精神創造形態：宗教信仰形態、科學理性形態、文明逾越形態，而二十世紀以來的人類社會開始選擇一種綜合的、超意識形態的形態，即文明逾越形態。那麼，在這個大格局中展開生長的海外華文文學，其本質應從文明（文化）這一人類精神創造的總體來考察，那是歷史與邏輯的結合，是文化的比較研究。它提供給我們的最重要的是一種辯證思維模式，至少可以表現為：東方傳統性與西方現代性的相互逾越，人文精神與技術理論的相互逾越、中心意識與邊緣意識的相互逾越、全球化與本土化的相互逾越、地域性與世界性的相互逾越。這些也許對開拓華文文學領域及其文化生態問題的研究富有深刻的啟示性。

貳　留學生文學／新移民文學

目前學術界在海外華文文學研究中使用頻率頗高的所謂「留學生文學」或「新移民文學」，都證明它們的存在是一種到場，是一種顯像。當然，無論從國家還是身分、社會還是個人的角度看，「留學生文學」、「新移民文學」這些稱謂都是臨時性的指認，因為「留學」、「移民」本身具有一種過渡性質，一旦這種過渡性成了一種被所有人接受的、相對穩定的模式，其特定的含義將會逐漸弱化。我無意、也擔心暫時沒有足夠的能力為「留學生文學」、「新移民文學」下定義。但至少為了討論，本文還是延續目前學術界流行的叫法。有人也對「新移民文學」重新命名，稱之為「新華人文學」或「新海外文學」（趙毅衡語）。依愚淺見，這僅是一種命名策略。因為一旦模糊了留學、移民的本質屬性，抹煞了這個族群的精神規定性和「這一個」的特徵，也就抹煞了「留學」、「移民」本身所具備的獨特性，抹煞了「留學生／新移民文學」與其他文學的界限。正如「鄉土文學」、「西部文學」、「知青文學」等一樣，留學生／新移民文學更多的時候是以題材爲主來界定的一種文學現象，指所有那些寫在留學或移民過程中並體現其特定身分和意識的文學作品。譬如，詩歌作爲文學的母體，自然是不言而喻的。當我們回到海外華文詩歌中的「留學生／新移民詩歌」這個創作主體上，我們同樣發現其具有鮮明的特性，既表現了他們豐富的情感世界、願望和追求，也描述了這個族群的生存狀態，諸如人性的淡漠、蠢蠢欲動的願望、無可奈何的喟嘆和彷徨、孤獨難耐的情緒及融聚矛盾的渴求。因此，作爲一種現象，其產生必然有特定的文化背景和歷史淵源，方有可能形成一道特殊的文學（詩歌）景觀，它不是一種人爲製造的符號，而是對一種文學現象的科學總結。我們對任何事物都可以進行歸類和概括，留學生／新移民文學所指的應是一個寫作層面。這種歸類也許與文學寫作本身並不存在因果關係。其實，這只是爲探討論述方便起見或作爲一種觀察角度，不必勉強爲流派解，更不必爲這個概念所限定而自設樊籬。（註五）

留學生文學曾經是圖書市場上一個大賣點，近些年來，隨著時代的進展和時間的推移，特別是中國對外開放與交流的步伐不斷加大，留學生文學也出現了新的發展態勢。

歷史上，留學生文學曾出現過一批優秀作品。在上世紀初有郭沫若的第一部詩集《女神》，李金髮的詩集《微雨》等。引人注目的是個別有影響的長篇小說：郁達夫的《沉淪》、錢鍾書的《圍城》等。到了二十世紀五、六十年代，臺灣作家白先勇寫出《紐約客》、《芝加哥之死》。被譽爲「留學生文學鼻祖」的於梨華寫了《又見棕櫚，又見棕櫚》、《傅家的兒女們》，還有趙淑俠的《我們的歌》、陳若曦的《紙婚》等，這些作品大多寫出僑居海外華人或留學生作爲社會「邊緣人」和「夾縫裡的人」的心態，以及「無根的一代」的精神痛苦。二十世紀八十年代之後，隨著對外開放政策的實施，打開的國門帶動了留學生文學升溫，並一度成爲上世紀九十年末期華文文學創作中一個引人注目的文化焦點。這期間出版的一些作品也在不同程度上贏得廣泛的讀者群，並在社會上引起強烈反響。如曾風靡一時的《北京人在紐約》（曹桂林著），《曼哈頓的中國女人》（周勵著）、《我的財富在澳洲》（劉觀德著），《少女小漁》、《扶桑》、《拉斯維加斯之謎》（嚴歌苓著），《叢林下的冰河》（查建英著）等作品。或以紀實性方式書寫他（她）們在異域艱辛拚搏，實現自己理想或換來夢的破滅；或以審視性眼光看待中西文化，表現出身處兩難的境況。在尋求解決留學生作爲邊緣族群的痛苦出路時，如果說六十年代之後崛起的臺灣留學生文學多以反映在東方文化中找到自己的歸宿爲主的話，那麼來自大陸的留學生作家則以審視的眼光看待東西方文化及探詢自我身分的認同。來自臺灣的作家常常表現出一種深傳於生命個體的孤寂、迷茫與失落感，在情感接受上因理想與現實的強烈反差而趨於認同自身母體文化的願望。大陸留學生作家的態度卻迥然有異，大致體現爲兩大類型：一類是文學品位和精神品位相對較低，單純講述在海外的艱辛生活和奮鬥歷程。在最初給人籠罩著一層神秘的光環，加之電視熱播與當時社會上出國熱潮掀起，曾一度成爲暢銷書，卻是不具備審美潛質的快餐式的文化消費品。另一類是與臺灣留學生文學面對兩種不同文化夾縫中的處境給予充分關注和表現，即在文化歸屬上、在東方（母體）文化與西方（異質）文化之間的兩難處境的迷失困惑與搖擺不定有共同之處外，最重要的一點是，大陸留學生文學出現了像嚴歌苓這樣有代表意義的作家，在創作留學生題材小說時，對那種二元對立的中西文化衝突模式有所超越，並以跨越文化藩籬的筆觸，揭示了東方文化的負面影響使人異化，對人性進行深入的探討和體現。嚴歌苓眞正是以跨疆越域式的即以跨文化跨種族的視野，來追蹤廣泛的人性而尋找一種通向世道人心的表現途徑。

進入新世紀以來，留學生文學的整體風貌上相對出現了較大進展。王周生的《陪讀夫人》，畢熙燕的《綠卡夢》，王小平的《刮痧》，石小克的《美國公民》、《基因之戰》，閻眞的《曾在天涯》、《滄浪之水》等皆風靡一時。這些小說堪稱各有千秋，或客觀再現華人和留學生在域外的現實生活，或表現二十世紀最後一代知識分子的心靈與生存處境，但大多數還是著力揭示東西方文化的衝突和對立（抗）來架構故事。隨著留學海外人數的增加，留學生數量的增多也在情理之中。儘管這一題材近年來有了新轉機，然而，尙需更深層次和更新角度的開發，需要有深度、有力度的經典誕生。從目前看來，留學生文學中有兩個板塊潛力頗大，有待開拓。一是隨著留學人員低齡化和生活條件相對優質化的趨勢，某些小留學生會把自己的生活記錄下來，他們本身的經歷有許多値得書寫和深思的吸引力；另一種是有海外求學、生活經歷的作者，他們可能只是把留學生身分作爲創作的背景，在此基礎上構思更爲宏深領域的內容，而非只停留於一般的記述上。

有評論家認爲，留學生文學作爲改革開放的背景下誕生的，就像一個未斷臍帶的胎兒，往往缺乏足夠的獨立性，附著有強烈的意識形態性，如把愛國精神作爲色彩加以誇張塗抹，等等，這往往是此類題材作品的一個通病。此番評價是否妥切，姑且不論。但有一點可以肯定，從留學生到新移民，身分改變的意義在於從帶有依附（國與家）性轉變爲獨立（自主自由）性。由於留學生隊伍中或學成回國，或定居所在國，或揣著綠卡往返海內外。隨之而來的是作者的寫作身分跟著改變，原來的留學生作家因定居或拿到綠卡而變成爲新移民作家。從這個層面上看，「新移民文學」與「留學生文學」這兩個概念的內涵和外延便有了交叉重疊的部分。當我們讀到那些被他們自己或他人冠之以「新移民文學」的作品時，彷彿聽到了來自另一個世界的聲音，從這種異樣的聲音裡，我們感受了他們正從人們平日習以爲常的文學領域之外帶來一種新的「文學」，這表明了另一種眞實的多樣化文學的可能性，也意味著一個有別過去的、更爲廣闊的文學空間的可能性。對於「新移民文學」這一新的命名，明顯與「留學生文學」的崛起有著內線聯繫，卻較之於「留學生文學」更爲寬泛更爲貼切和更爲合適些。「新移民」是相對於臺灣六七十年代的海外留學生老移民而言的，通常指上世紀八、九十年代從中國大陸移民海外的留學生、知識階層以及大量技術移民和投資移民等移民群體。新移民文學的主體大多由數量龐大的留學生文化人所構成。但從總體上看，其身分則更加斑駁複雜，「儘管在新移民作家們創作的作品中，難免也有前行者們的那種漂泊無根、彷徨困惑的情感流露，但由於其身分、地位的不同，決定了他們所敘寫的更多還是傾向於對生存的艱難與對不同文化不同價值觀念的衝擊碰撞所產生的震撼與排解。」（註六）顯而易見，「新移民文學」與「留學生文學」有著並行發展的共同趨勢。由是看來，具有雙重甚至多重文化背景是它們的一大特徵。對於留學生/新移民來說，無論是文化的物質外核、制度中核還是精神內核，他們的經歷首先是扎根於根深柢固且習以爲常的東方文化，然後再浸染於西方強勢文化的過程。兩大文化的交鋒或交會，對於每一生命個體而言，文化身分的歸屬感選擇往往處於兩難之中。或許，這就是「夾縫裡的人」的一種邊緣心態。具體地說，所謂「新移民文學」，是「新移民」從國內到海外雙重生存經驗互相映照和審思的一種文學書寫。它既不同於基本上是站在本土文化立場上對母國文化的解構和重建的華裔美國文學——如西方學者所說，將美國文化身分內化後來尋找和辨識自己的母國文化身分；也不同於國內作家的海外遊記類作品——從中國文化的立場和視野來攝取海外的生活片斷。新移民作家不即不離的跨域寫作，無論對國內生存經驗還是海外生存經驗，都具有一種「間性」的審思性質。國內和海外的雙重經驗，既是他們的生活現實，也是他們審視、比對和省思的文化優勢。他們既不能完全脫離中國文化來看取海外的異質文化和自己海外的異樣人生，也不能無視自己的海外文化經驗來審視和反思中國文化。新移民文學所以受到特別的關注，正是來自他們雙重文化身分的跨域寫作所呈現的文化特徵和文化優勢。（註七）

華文文學的星空如同無數星辰組成旋轉燃燒的銀河系，群星璀璨，相互輝映，熾熱的光源和良好的反射能力，使得有的地方燦如白晝，有的則彷彿流落於偏遠或邊緣，一旦放置於廣袤而神秘的夜幕，這些星子稀稀拉拉地點綴著、閃爍著，顯得有點冷清而淡然。其實在這遼遠的夜幕中，可能有更多的石頭和火焰在運行。譬如北美華文文學，無論是創作數量和人數包括影響力，堪稱在新移民群體中首屈一指。據不確定統計，北美地區目前已有華僑華人二百五十萬人，擁有了除亞洲以外的最大的華文閱讀群體，而且創作人數逐步遞增，至今已形成了一批相對穩定、規範且擁有衆多會員的華文作家群體。日益壯大的大陸新移民作家已成爲一支新生的重要力量，在薪火相傳中展示出令人刮目的新景觀。如嚴歌苓、張翎、嚴力、查建英、盧新華、沈寧、蘇煒、王性初、劉荒田、施雨、冰淩、姚園等詩人作家，堪稱是北美華文文壇的中堅力量。近三十年來，他們創作了一大批在海內外風靡一時或引人矚目的作品，如嚴歌苓的《扶桑》、《無出路咖啡館》等一系列小說，張翎的《交錯的彼岸》、《郵購新娘》，曹桂林的《北京人在紐約》，盧新華的《細節》，陳謙的《愛在無愛的矽谷》，陳霆的《漂流北美》等等。這批新移民作家還組成了許多文學社團和沙龍，其中有美華文藝界協會、中國文化學社、夏威夷華文作家協會、加拿大華裔作家協會、加拿大中國筆會、文心社、舊金山美華文協等，這些團體在集合新移民作家，活躍新移民文學創作等方面起到舉足輕重的促進作用。

新移民文學現象不僅在北美烽煙四起，在澳洲、歐洲乃至亞洲各國同樣如星星之火般燎原。譬如，澳洲的劉奥、英歌、莊偉傑、沈志敏、歐陽昱、張奥列、張勁帆、徐家禎、抗凝、王世彥、施國英、海曙紅、畢熙燕、蕭蔚、冰夫、閻立宏、洪丕柱、朱大可、李明晏、吳棣、田地等，紐西蘭的林爽等，英國的虹影等，荷蘭的林湄、池蓮子等，比利時的章平等，日本的蔣濮、田原、林祁等，他們大多具有較高學歷和文化素養，華語寫作造詣頗深，部分詩人作家出國前已經具有一定聲望和創作實力，當他們抵達一個嶄新的空間，又深受著西方文化氛圍和思潮的薰染。經過一段時間的磨合、思考和實踐，近年來在文學創作上取得頗爲豐碩的成果，也湧現出不少具有一定影響力的作品，如早期劉觀德的《我的財富在澳洲》，還有虹影的《饑餓的女兒》、林湄的《天望》、劉奥的《澳洲黃金夢》等。

參　第參文化空間／邊緣性空間

可以說，空間性和人類的存在與生俱來。尤其面對於當下世界，空間維度與人類各種生活總是構成一種相互關聯的結構。那麼，空間是眞實的存在抑或想像的建構？是主觀的還是客觀的？是文化或者自然？在二元論的思維模式中，空間性定位出現了兩種認知模式：「第一空間」形式多指具體形象的物質性，或根據經驗描述的事物；「第二空間」形式緣於人類的精神性（活動），是感受和構想出來的。有人稱「第一空間」爲眞實的地方，稱「第二空間」爲想像的地方。由是，「第三空間」乃指在眞實與想像之外，並融攝爲兩者的「差異」空間。即一種所謂「第三化」以及「他者化」的空間。或者說，「第三空間」是一種靈活地呈現空間的策略，一種超越傳統二元論認識空間的可能性。（註八）

「第三空間」（Third Space）是由霍米・巴巴（Homi K. Bhabha）和愛德華・W・索雅（Edward W. Soja）提出並運用的一個跨學科批評概念，是指在公共／私密、男人／女人、左／右等二元對立的空間之外的知識與拒抗空間。在巴巴的理論中，「第三空間」是語義翻譯的轉變空間，是殖民文化與被殖民傳統之間所產生的不對應落差空間，是在差別的時間與空間的罅隙中所產生的。索雅認爲「第三空間」具有彈性，用來思考時間與歷史性，並吸引了許多關於性別、階級、膚色、後殖民的理論，指能夠一直自我調整以適應新的理念、事件、形象、風格以及意義等的變化，特別是隨著不同族群的流動，各種風尚、服飾和生活方式對於公共空間的安排和運用，都產生了相當多元的用途。在巴巴的闡述下，「第三空間」又具有混雜性（Hybridity），因此許多邊緣化族群，雖然可以抗拒和重新組構認同與空間，但其位勢往往淪落到邊緣性的位置上，如同性戀酒吧中雖然有其「第三空間」，卻因爲這些重新發現自我的行動而受到警察與外人的監視。「第三空間」這個概念在南亞與拉丁美洲爲許多學者所運用，以提供某種另類的地理環境來創造空間、政治與混雜的認同。（註九）

「第三空間」概念的直接來源是馬克思主義理論家列斐伏爾（H. Lefebver）。這位終身漂泊的知識分子提出了人類存在的空間性、社會性和歷史性三元辯證法，解構線性時間觀和歷史主義的單一性，在物質空間性、空間想像以及空間建構力量的迷宮之中對人類生活方式展開思考。他把「他者」引入空間，注入一種創造差異的批判意識，把同質性空間分裂爲異質性空間，把靜態的眞實轉化爲流動的眞實。

「第三空間」概念的理論資源主要來自福柯。可以說，福柯與列斐伏爾平行地發現了「第三空間」，但兩者一隱一現。列斐伏爾正面地大寫「他者」，提出「空間」的差異性；福柯則將「他者的空間」隱秘地出現在自己的著作裡。在福柯的譜系學裡所展開的生命權力空間，是一個充滿差異和斷裂的空間，一個異質性構成的表示文化危機的「反面烏托邦」。福柯以一種「第三化」爲出發點來加以探索，對二元論空間想像展開批判，把人們引向「他者」，建構出「異型」地志學。（註一〇）

站在全球戰略方位的視角俯瞰，由於整個世界的科技、經濟、文化和教育愈來愈加發達，驅使人類走向「地球村」的時代成爲一種或然的必然；站在世界文化的特定視角觀察，這是一個全球作家自我放逐、流浪或行走的大時代，各種不同身分的作家正在來與去的路上，穿行喘息於故土與異鄉、熟悉與陌生的大地之間。綜觀西方文化，有多少著作的生產是出自於流亡者或移民包括難民之手。面對著這種始終處於流動性狀態的文化空間，返視當今的包括早期的華文文學，在很大程度上，更多的主要是由自我放逐者、漂洋者、流（離）散者、新移民或留（流）學生的著作所構成的。因此，「流散寫作」、「離散詩學」、「天涯美學」及「放逐詩學」等現象已成爲近年來華文文學研究界的一個個熱門話題。筆者對澳洲華文作家和華文文學曾給予這樣的命名：「邊緣族群與第三文化空間」。關於「第三文化空間」的提法，筆者是針對多元文化背景中澳洲華文文學的現狀和處境，從空間維度加以觀照和發表自己的看法，並作出如下的闡釋：

> 一方面，個人雖然希望擺脱固有的文化束縛，投入到一個以西人爲主的社會之中，但由於語言、膚色、習俗等因素，使自己不得不依賴自身文化作爲自我形象的扎根，於是，個人那種無所適從的感覺，常常使人無法適應新的環境，可能你的外語水平不錯，但也枉然。在這種有意或無意的行爲與語言上掙扎，使更多的人在雙重文化的夾縫中尋求精神上的歸宿並派生出另類文化空間，我們姑且稱之爲——「第三文化」。既不願丟棄自身的文化意識或中國形象，又必須想方設法去適應居住國主流文化的現實，這便是「第三文化」產生的主要根源。更確切地說，如果自身的文化浸潤並用母語書寫的原在性是「第一文化」，而移植於異質土壤、受西方文化氣候薰染的潛化性是「第二文化」，那麼，在兩種文化碰撞交融之中派生營造的文化景觀，即爲「第三文化」。在澳洲，類似希臘式文化、德語式文化、法語式文化等等都可看

作「第三文化」，澳洲的多元文化氣象正是由多個「第三文化」組成的。（註一一）

如果以此來概括整體的（海外）華文文學的文化生態特徵，也許未嘗不可。儘管這樣表達還存在著這樣那樣的不足和欠缺。一方面，華文文學的生態環境實際上是游離於原在文化即主中心（中國）而滋生或拓殖於異質文化土壤之上，在域外又屬於少數民族文學，但與這兩者有著先天或後天的密切關係，由是派生了「第三文化空間」的形成，它實質上是處於一種交叉的邊緣的特殊時空，卻自足自在地形成各自的中心或稱次中心，也可稱爲「邊緣性空間」。另一方面，漂流到海外的華文作家中大部分是「外來者」、「他者」，他們的生活基礎和文化涵養與域外的地理、文化並非產生直接的承傳關係，是置身於邊緣地帶的「他者的空間」、相對獨立存在於異質土壤的「另類」文學族群。

海外華文文學從肇始發端的那一天起（這可能要追溯到五四新文化運動），就在異質土壤上和特定的歷史境遇以及文化背景中篳路藍縷，一路拓荒一路曲折一路耕耘一路收穫地構築各自處於不同地域的「第三文化空間」。回巡反顧，當我們的視線停留於那些被稱之爲南洋文學、域外文學，或後來產生的「留學生文學」、「新移民文學」時，彷彿聽到了來自另一個世界的聲音，而在某種程度上，我們似乎看到另一種新的文學在大地邊緣叩響時所發出的顫音，那是「外僑與邊緣人」（賽依德語）在放逐、流浪或離散的遙遠地帶向我們展示的一種文學現象。從此，一批批頗具實力的作家群體，從各自的角落不斷湧現。其作品分別與各國本土文化相互交織融合，或描寫華人扎根當地生活或在所在國社會生活的景況，或狀寫那些漂泊無根如「野生植物」的離散者的思鄉情結，或敘述在異域爲生存而拼博奮鬥的故事等作爲主要題材，或則成爲所在國多元文化或文學的組成部分，具有自己獨特的意韻、內涵和形態。就文學體裁的品類和形式而論，堪稱琳琅滿目、五花八門，文學的現代性形態已基本具備。這些皆表明了另一種眞實的多樣化文學的可能性，也意味著一個更加廣闊的文學空間的集體性呈現。

古往今來，漂泊者或流散者都有跨國界、跨種族與跨文化的視野。「無論出於自身願意還是強逼，思想上的流亡還是眞正流亡，不管是移民、華裔（離散族群）、流亡、難民、華僑，在政治或文化上有所同，他們都是置身邊緣，拒絕被同化。在思想上流亡的作家，他們生存在中間地帶，永遠處在漂移狀態中，他們既拒絕認同新環境，又沒有完全與舊的切斷開，尷尬的困擾在半參與半游移狀態中。他們一方面懷舊傷感，另一方面又善於應變或成爲被放逐的人。游移於局內人與局外人之間，他們焦慮不安、孤獨、四處探索，無所置身。這種流亡與邊緣的作家，就像漂泊不定的旅人或客人，愛感受新奇的。當邊緣作家看世界，他以過去的與目前互相參考比較，因此他不但不把問題孤立起來看，而且，他有雙重的透視力」。（註一二）身爲詩人作家與學者、又長期生活在海外的王潤華先生如是說。這種源自於眞實而獨特的生命體驗而律動的見解，不僅具有針對性和說服力，而且是對置身於海外的華文作家的現實處境和精神世界的最佳理論闡釋。

在危機、風險和機遇並存的全球化時代，「第三文化空間」當可理解爲一種時間與空間、歷史與未來的交融狀態，一種穿越眞實與想像、中心與邊緣的心之旅程。在這個特定的空間裡，不論是喚醒故土記憶、營造地理的或文化的鄉愁，還是再現歷史故事、反思當下生活，都表現爲邊緣族群作爲「他者」的聲音世界，同時也蘊涵著生生不息的建設性潛能。

肆　流散／離散

近些年來，流散（離散、散居）一類帶有後殖民理論色彩的詞，反覆出現在華文文學研究領域裡，充分地反映了研究者對華文文學生存形態和運動方式投入極大的關注，而由此展開的相關學術對話和探討，更加清晰地顯示出華文文學研究理論視野所具有的世界性和開放性。

每個時代或歷史階段，都有其形成的特定文化語境。自二十世紀下半葉之後出現的一些能指符號（Signifiers），如後殖民、後現代、全球化、跨文化、信息時代、差異表述、文化旅行、文化翻譯等，都是在特定歷史境遇和時代語境下當代社會的知識情境。

流散（diaspora）一詞來自於希臘語diasperien，dia是「跨越」之意，而sperien則是「散播種子」的意思。希臘史學家修昔底德（Thucydides，約前四六〇年~約前四〇〇年）於《伯羅奔尼撒戰爭史》（*Peloponnesian War*）中，描述了伊琴納島在西元前四五九年被雅典攻克後，島民被驅逐到城邦外流浪的情況。雅典人認爲伊琴島島民協助斯巴達發動戰爭，因此有此天絕懲罰。伊琴納島子民歷經五十多年的離散，直至西元前四〇五年才復國。此外，《聖經．舊約》的法律書（Deuteronomy）也提及猶太人在西元前五八六年遭到巴比倫「強迫放逐」（galut）。然而，較爲正式以「漂泊」或「四散」（dispersal）來討論猶太人無以爲家的經歷，是在西元七〇年之後，即羅馬帝國征服、占領耶路撒冷，將猶太人趕出聖城之際，從此「流浪猶太人」的意象與「離散」便成爲一個特定族群的印記與創傷。猶太人之外，最常使用「漂泊」這個詞，而且以「回歸漂泊」爲其訴求的，主要是全球的非裔族群。其中以Diaspora和Transitions這兩本期刊爲主導，通過各種途徑和通過音樂、文學和宗教儀式等層面，說明相對於歐美主流傳統而言，跨大西洋的黑人族群其實形成了一種所謂的「對抗現代話語」（Counter Modern Discowse）。（註一三）由於「離散族裔」被迫出入於多元文化之間，diaspora這個詞在當今語境下，比早期涉及放逐與大規模族群被迫搬遷的那種類似流離失所的悲苦遭遇而言，在更多層面上，擁有更寬廣和多元的視角，尤其是全球化、後殖民時代。diaspora作爲一種文化/文學觀念，在重新參與文化的傳承、改造與顛覆的過程中，已具備了當代文化研究和文學研究的內質，並漸次成爲後殖民研究和文化批評中的一個重要概念。有的學者認爲「這個詞已經變成後現代的一句行語」（註一四）（菲爾・柯恩語），具有後代性的特徵；有的則以爲，這個詞在語義學的拓寬，「不僅使與任何分散的人群相關，而且使其概念化爲一種特定類型的意識，」從而「成爲二十世紀末學術對話中最流行的術語之一。」（註一五）（馬丁・鮑曼語）

二十世紀九十年，diaspora這一術語開始被引入大陸學術界。著名學者王寧曾說過，他最早接觸（diaspora）這一術語和課題是一九九四年八月在加拿大愛德蒙頓舉辦的國際比較文學協會第十四屆年會上。在海峽對岸，早在上世紀九十年之初，diaspora一詞已爲臺灣知識界和學術界所熟知，在文學批評、文化研究、人類學、社會學及文化傳媒等研究領域，經常與文化屬性、身分認同、族裔等概念相關聯。據說，許多碩、博士論文因此而從中獲得了新穎的研究視角。但對這個詞的中文譯名和界定，尚未達成共識。常見的有「離散」與「漂泊離散」兩種譯名，也有譯作「漂離」與「流亡」。同時還派生出相關的術語，如「離散美學」（diaspora aesthetic）、「散居經驗」（diaspora experience）及「中國流亡者」（Chinese diasporist）等。

相對而言，臺灣學界對此問題可能捷足先登一步，而對diaspora一詞譯名也較接近於該詞原初意思，即猶太人所指的猶太民族分散世界各地，或因離開自己的土地家園（homeland）到異鄉生活，但依然保持固有的文化特色；或因備受迫害而流放他鄉；或因移民異地卻再創自身文化。那麼，稍慢半拍的大陸學界對diaspora的中文譯名同樣存在歧義，也有多種不盡相同的譯名。較有代表性的大致有三種：

一、流散（離散、流離失所）。王寧在他的《流散寫作與中華文化的全球化特徵》中開章明義，即以醒目標題直接亮相

「流散寫作」的字眼，並指出，「流散（Diaspora）」一詞又譯做「離散」或「流離失所」，對這一現象的研究便被稱「流散研究」。（註一六）李果正在其〈芻議流散寫作中的文化身分〉（註一七）一文中同樣使用「流散」的譯名。

二、散居（散居者、族裔散居）。趙紅英一九九九年在翻譯海外學者王賡武〈單一的華人散居者?〉（A Single Chinese Diaspora?）時指出，Diaspore一詞尚無定譯，暫譯爲「散居者」；（註一八）王光林二〇〇二年在〈翻譯與華裔作家文化身分的塑造〉一文中譯爲「族裔散居」；（註一九）李戰子在〈身分策略的矛盾境地——〈論不說漢語〉中對中國人特質的評介〉一文裡譯爲「散居」；（註二〇）張沖於二〇〇六年發表的〈散居族裔批評與美國華裔文學研究〉一文中則譯成「散居族裔」。（註二一）此外，山東大學哲學系傅有德在《泛論猶太現象》中認爲，西文中的diaspora被譯爲散居，特指猶太人流亡他鄉，散居世界各地。

三、飛散。這是學者童明經過一番辨析而主張的譯法。他在二〇〇四年第六期的《外國文學》上曾以「飛散」作爲概念或術語加以詳細闡釋，後收入赴一凡等主編的《西方文論關鍵詞》（北京市：外語教學與研究出版社，二〇〇六年版）。二〇〇六年在合肥舉行的「空間·政治·文學」會議上又當主題發言之一。在他看來，「離散」、「流散」或「散居」的譯法都對，但「飛散」的譯法也許更對。說都對，是因爲diaspora語義經過重構已經回歸這個詞的本源。而「飛散」的譯法，喚醒詞源的寓意，符合重構的新意，又可借比喻和猶太歷史經驗保持關聯。他甚至以爲，「流散」或「離散」，透出猶太經驗中離鄉背井的淒涼感，而當代意義上的diaspora少了些悲苦，多了些生命繁衍的喜悅，用「飛散」更貼切。更重要的是，「離散」、「流散」、「散居」都是被動的，而「飛散」是主動的。當代意義上的飛散是主動的。（註二二）

由此可見，作爲全球化，後殖民時代的一種文化/文學觀念，diaspora在大陸學界越來越受重視，並常常與「文化認同」、「文化身分」、「文化屬性」等概念相關聯，其研究範圍更多的是指向外國文學、比較文學、文化研究、華人華裔文學、海外華文文學等層面。以上的各種譯法及其觀點皆有所不同，有所側重，都表明此話題探討的多種可能性，也有利於對問題的推進有更正確的認識。不論是有意強化了diaspora一詞的懲罰性或強制性意味，還是「延異」出與「流亡」、「流放」有關的相關用法；不論是含有自創性質的在概念使用方面帶有濃郁的後殖民的色彩，還是過於強調散居者的族群性；不論是經過重構之後依然保留了移位、家園等內涵又賦予一定新意，還是純粹作爲後殖民和全球化種種文化實踐和語境中的一種新視角……無不爲我們提供了一種啓示，即diaspora一詞並非孤立存在的概念，它是與民族、族裔、身分、文化等相互關聯，其語義應是存在於跨民族關聯（transnational networks）與跨文化語境的動態之中，是全球化和後殖民研究一個重要關鍵詞。

基於以上認識，如果讓筆者選擇，更願意傾向把diaspora這個詞譯爲「流散」，因爲「流散」這個詞的內涵相對於其他詞更爲豐富和多元，也更能深刻地傳達和闡明各種問題的實質。從此概念本身的中文字義上解，「流」與流浪、流放、流亡、流動等詞相關，「散」與離散、散居、分散、飄散等詞關聯，如是涵蓋面甚廣，既能反映了分散各地的共同體的集體性分散狀況，又能超越單一性思維層面而生成文化的意識；既能保留最初的含義或寓意，又具有當代文化和文學研究的內質，而不局囿單一的理解。況且，「流散」是一個相當中性且富有動態的詞，其內涵和外延都具備形成巨大的張力空間的多種可能性。

作爲一種特殊的生存方式和體驗，流散經驗在文化身分的形成中具有深長的意味。究其源在於流散者離開家園土地（homeland）之後，遷徙於異質的空間，無論如何想方設法去貼近和融入當地的社會生活，但對於原來（母國）的記憶總是無法忘懷。於是，這種帶有雙重生存經驗而形成的文化身分本身蘊含著混雜性或雙重性。而作爲後殖民文化理論建構起來的流散研究（Diaspora Studies）和文化批評實踐，在建立其「作爲一種跨學科的理論書寫類型」（米什拉·蘇德西語）的過程中，它「致力於與身分政治、流亡主體性認同、族群分類和雙重意識相關的問題時，」處於有利的地位。並且派生出諸如流散現象（Diaspora Phenomenon）、流散身分（Diaspora Identities）、流散經驗（Diaspora Experience）、流散行爲（Diaspora Act）、流散寫作（Diaspora Writing）、流散者（diaspora）、流散地（Diaspora Place）等等概念。總之，從文化／文學研究的視角觀照，流散意識所產生的想像、回憶、情感結構、文體風格等，可以從不同維度探討在跨民族跨文化語境中的歷史、社會、文化和美學的諸多問題。具體到文學、電影、藝術創作領域，日漸濃郁的流散意識在世界當代一批優秀作家的文本世界可以找到蹤跡，儘管每個作家筆下反映的流散寫作不盡相同。我們從奈保爾、納博科夫、庫切等具有代表性的作家身上可以讀出不同的滋味。譬如在奈保爾那裡，他的流散意識是相當明確的。這源自他對生長的特立尼達島嶼落後、貧困、閉塞環境的不滿，於是從小就對海岸線外的浩瀚世界充滿嚮往。可當他來到英國——白人世界裡，他的膚色、包括其印度裔血統曾讓他深感自卑，在英國覺得自己是一個陌生人，爾後對印度的尋訪則令人頓生了無根之感。印度是他的種屬地，已非他的家鄉。他在「印度三部曲」中的第一部命名爲《幽暗國度》（*An Area of Darkness*），流露出憂傷與失望之情。奈保爾的這種漂泊之旅，這種尷尬處境有點類似昆德拉《無知》中的約瑟夫——在新的居住地找不到歸宿感，唯有以遊客的身分回訪故里的無奈。當然，奈保爾筆下的混合型加勒比文化以及自身的多重文化色彩就具有豐富的流散意味。而在納博科夫那裡，由於經歷了三十多年的流散旅程，筆下所展示的以俄國僑民生活爲題材的小說圖景，分別寫於德、法、美等國，表現的人物形象和作家自身的處境相似，故國已漸行漸遠，原有的生活已漸被切斷，現實與夢想、希望與失望在交織中傳達出命運的殘酷，又時時爲生命的無聲而感動。這種流散，卻驅使作家用十九世紀以來的俄國文學傳統來喚醒自己的創造力，從而在歐美的旅行中再造了（re-invented）一個和歐洲緊密相連的「文化俄國」，即再造了一個自己心目中嚮往的精神家園。

在族裔美國文學中出現的流散意識同樣清晰可辨。韓裔作家李長瑞一九九五年書寫的小說《母語使用者》（*Native Speaker*）堪稱及時地爲流散式的亞裔文學和文化提供了一個有力的文本。「這本小說界定了美國文化的特性不是從美國的歐洲主流文化出發，而是從常常被邊緣化的『外國人』或新移民的視角出發。」（註二三）李長瑞的流散文化觀重新燃起了美國文化是跨民族文化的討論。對於在異域土生土長的新一代華裔（英語）作家來說，雖然他們主動認同所在國的身分，但有關身分的「迷宮」並沒有完全解透，相比於張揚本民族身分的非裔黑人作家和猶太作家而言，華裔作家對自我身分認同的反省及追溯先輩的創業史同樣充滿著「流散」氣息。這意味著他們並不完全拋棄父輩的文化傳統，西方社會後殖民的文化心態決定了其華裔身分。湯亭亭一九七六年寫的《女勇士》（*The Woman Warrior*），是一部現實與神話交織、回憶與虛構並行的小說（連獲數個美國國家級獎項並奠定其在當代美國文壇具有重要地位和影響），旨在尋找自我的身分定位。在美國主流評論界，湯亭亭不被看成美國本土作家，而被放置於「東方另類」的空間，說明美國的東方主義通過將華裔「他者化」，便稱其爲「華人女人」（Chinese Woman）。然而，事實上，湯亭亭等作家早就把自己定位在美國文化之中，他（她）們作品中書寫的中國文化並非嚴格意義上的中國文化，即其認知的中國文化是在美國語境中的中國文化，既非純粹意義上的美國文化，也非純正意義上的中國文化，而是第三種文化——美國式的華裔文化。他們筆下的關公、花木蘭、水滸人物等，已不再是中國傳統文化中真正的人物形象，而是變形了的帶有自己獨特個性的華裔美國版的人物形象。正如有評論家以湯亭亭的《唐人》（*Chinese Men*）爲例所指出的，湯亭亭重構了十九世紀美國華人移民歷史的語境，解構了宏大敘事中的「苦力」和「黃禍」，構建了華人移民之歷史層面中使用的隱喻小說的敘事策略。作爲女性作家、湯亭亭塑造的男性華人形象如此有力，以至於有美國評論家人說湯亭亭「動搖」了性別差異的概念。湯亭亭不但塑造了華人的有力形象，顛覆了美國文化和媒體中的華人臉譜化負面形象，更重要的是創建了美國文學中的華人傳統。（註二四）其實，對於同一文本，站在不同的視角和語境中都會有不同的解讀。對於長期生活在海外的華裔作家，只要我們結合後殖民理論，從跨文化角度去理解和闡釋，那麼華裔作家的身分認同、文化歸屬等問題本身所具有的流散意識，無論是對於海內外華美文學研究還是美國華文文學研究，都會獲得更清醒的認識和啓示意義。

海外華人移民，特別是其中的文化人、知識者，從到達異邦的那一天起，便開始了遙無止期的對自身歸屬和文化認同的焦慮。作爲炎黃子孫，中國或者說文化中國，乃是流散於異邦的他們生命中最重要的精神資源和文化財富。然而，在所在國主流文化面前受排擠的「他者」身分的無奈與困惑，構成了華人在海外具有文化身分的「雙向認同」的尷尬處境。穿越無聲的歲月，流散於世界各地的華人，作爲所在地的弱勢社會群體，他們特殊的人生經歷、心路歷路和精神歸屬以及面臨的巨大生存壓力，在流逝多變的曲折歲月中留下了無盡的追問。於是置身其中，海外華人中的一批華文書寫者，通過記憶、回望、想像、傳說等方式致力於用母語的表達衝破固有的牢籠，自覺地保持自身的尊嚴和母性的聲音的努力，以抗衡西方世界中存在的種族偏見和文化誤解乃至歧視。呈現在華人作家筆下的，更多是中國傳統文化和風物情思所生成的特殊文本，在反覆地加以迻譯、推演、解構和重建的過程中，既有恆定性也有可變性，有著獨立自足的內在性特質和流散性意味。

由於海外華人是當今世界上人數最爲眾多的散居共同體之一，華人流散研究（Chinese Diaspora Studies）顯得尤爲重要。無論是對於呈現流散狀態的華人族群書寫，還是對於華文文學的文情與路徑的考察，華人散居與流散寫作（Diaspora Writing）都跟一個民族的歷史、族群的生活以及作家個體生命的體驗緊密相關。對此問題，海外華人學者自有其見解和觀點。二〇〇四年秋天在山東威海舉辦的第十三屆世界華文文學國際研討會上，海內外學者曾就此話題舉行專題討論，反響甚爲強烈。部分海外知名學者則就此作了精彩的發言。張錯（美國南加州大學）的發言題目是《離散與重合：華文文學內涵探索》，他著重解釋了「用『離散』（dispersion）代替『漂離』（dispora）是有原因的」，「雖然兩者之間的流放（exile）主題在西方極其接近，但前者的對立詞爲『重合』，而後者強調卻是流放後的更遠漂離，」從這樣的學術思考點出發，他分析了華文作家寫作中「辯證式離合/重合努力的成功與失敗、希望與失望」，寫作所呈現的「離散的對立不是重合，而是不能重合」，或「互不相合」，這是「離散」的「異化」。這樣，張錯借「離散」一詞揭示了中國本土以外的華文文學的重要內涵，即在「離散」中

「重合」的幻滅。趙毅衡（英國倫敦大學）的論文報告《海外中國文學的題材自限》論及「文學中國」的多層次時也使用了「流散」一詞，他將除東南亞以外的華人留居地都視爲「眞正的流散社會」，而由此產生的「流散文學的特點，是直接面對居住國的強勢文化」，於是，「在中國文化圈內可以恣肆張揚的想像力」，在「流散文學」中，「就自動緊縮、內卷」。他討論了「流散文學」的「題材自限」，即「留居者華文小說，熱衷於寫華人生活」；「留居者外文小說，卻一面倒地寫國內生活現實的或歷史的」；「留居者後代外語文學，卻幾乎永遠不斷地談論華人的身分認同」。他認爲，這「三個環圈」上的「題材自限」，都是「流散狀態」中的「弱勢文化面對強勢文化時的自發『內省』反應」，從根本上制約了海外留居者的創作。黃錦樹（馬來西亞）的《華文少數文學：離散現代性的未竟之旅》則在「現代性」「離散」的層面上多方面揭示了「南洋」華文文學在歷史路向、現實困境和出路探求上的種種悖論存在，認爲「批判性的散居文化」應在「居留國」和「眞實抑或想像的祖國」兩者之間「保持一股創造性的張力」。（註二五）

海外著名學者王賡武一九九九年二月在澳洲國立大學中國南方散居者研究中心（CSCSD：Chinese Southern Diaspora Centre）成立儀式上發表題爲〈單一的華人散居者？〉的演說，對海外華人歷史的三個主要的學術群進行了區分：（一）中國學者和日本學者；（二）殖民地官員及其鼓勵和委任研究東南亞不同地區的華人的學者；（三）社會學家和文化人類學家等田野學者。由於長期以來在海外華人研究領域習慣使用「華僑／華裔」（Overseas Chinese：Chinese Nationals Residing Abroad／A Non-Chinese Citizne of Chinese Origin）等概念，用華人流散者／散居者是近些年的事。於是王賡武特別指出，「他們都有所保留地採用強調海外華人認同的一致性的華僑一詞，而沒有人使用散居者一詞。莫里斯·弗雷德曼是《猶太人社會學學報》的編輯，最熟諳散居者的猶太人含義，他並不認爲這個詞適用於華人，而他自己也是在與王靈智合編的論文集《華人散居》（*The Chinese Diaspora：Selected Essays*）一書中，才開始接受散居者一詞。」（註二六）隨著海內外學術界的不斷往來、交流和互動，學者們對海外華人／華文文學的認識日益重視。因此，「流散」、「散居」也好，「離散」、「分散」也罷，這些詞的反覆出現，表明研究者對華人／華文文學生存之境與存在之味的極大關注以及理論視野的不斷拓寬。著名學者劉登翰以爲，海外華人的「散居」，實際上是一種「離散的聚合」。「離散」是相對於他們的母土，而「聚合」則是相對於他們在海外的生存方式。中華文化隨著移民的攜帶而傳播世界，也成爲一種「散存」的形態。「散」是指其流播，「存」則是文化延續的存在狀態。（註二七）在他看來，海外華人移民是一個世界性的「散居族群」（這與後殖民身分認同理論中的「族裔散居」概念相似），因而「華文文學在全球的存在形態是一種『散居』。臺灣學者龔鵬程在其長篇論文《散居中國及其文學》中，以大量的史實揭示了中國從周朝開始就『由封國而羈縻而藩國』所造成的中國體制由中央直轄地逐漸向外離散和中國人在全球散居的事實」。（註二八）另一學者公仲在〈離散與文學〉中則強調離散是海外華文文學一大特色，也是一大優勢。因為海外華文文學就是在這離散中產生發展的，離散形成的距離與美感是一種美學原則，是所謂的形離神不離，身離心不散。（註二九）

其實，「任何文學都必然以某種方式來書寫一種生存體驗，現代散居經驗的獨特性催生了一種特殊的寫作類型——流散寫作（Diaspora Writing）。這種寫作因其跨文化的獨特視角而具有了一種更深刻的洞察力，並成為當代最有魅力的寫作方式之一。」（註三〇）在全球化時代，隨著技術、資本和物質財富的大規模流動，東西南北之間的人群遷移穿梭往來頻繁，流散現象以及由此而生成的「流散寫作」，則體現了全球化時代的一種獨特的文學／文化景觀。從文學批評和文化研究的角度觀照，處於中西文化交會點即跨文化語境中的流散現象及與之相關聯的流散寫作，其體現出來的現實意義和學術研究價值就不言而喻了。如此說來，作為一種跨疆越域的邊緣敘事，海外華人寫作、尤其是新移民文學的流散特色就更有意味了。例如，東南亞華文女作家黎紫書的小說《天國之門》、《山瘟》等，「以熱帶的雨水、黴濕陰沉的天氣、惡腥氣味瀰漫的橡膠廠、白蟻、木瓜樹、騎樓、舊街場等陰暗的意象，再滲透著歷史、現實、幻想、人性、宗教，巧妙的在大馬的鄉土上建構出魔幻現實小說。」（註三一）這當可視為中華文化流落到馬來亞半島熱帶雨林，與後殖民文化雜混衍生的文本，既掙脫了中國文學的許多束縛，又與後現代相遇相擁，從而形成了離散族群的邊緣書寫，其流散寫作策略給大馬小說，甚至是世界華文小說的大敘述，帶來頗有意味的挑戰。詩人洛夫的二度流放，像《漂木》一樣漂移而遠涉異國他鄉所形成的那種「天涯美學」，就可以找到更多的或現實的或理論的支持了。他的「臨老去國，遠奔天涯，割斷了兩岸的地緣和政治的過去，卻割不斷長久養育我、塑造我的人格，淬鍊我的智慧，培養我的尊嚴的中國歷史和文化」，讓我們更深刻地理解流散寫作本身所潛在的美學原則，那是作家們把母語或自身文化當成自己的生命依托，也是靈魂的皈依。如果說，「流散」指的是在外部的或散在的生活分布，與某種文化中心的疏離，是邊緣化的族群呈現的一種邊緣化處境或狀態，那麼，具有雙重文化背景、文化傳統和文化經驗的新移民文學的產生和發展，無疑的是闡釋（華人）「流散」現象最生動而鮮明的注腳。而同樣於西方主流文學之邊緣崛起的海外華裔文學，應當是一種重要的存在形式。如是，我們就不難理解旅美作家嚴歌苓以一種局外人的超然視角，關注整個中國文化，尤其是她筆下常常借助「中國人」流散於海外以後的生活故事，寫出許多鮮爲人知的事實，著力表現多元文化背景下海外華人的眞實狀態，這是一種錯位的「異國情調」中的邊緣敘事，但筆墨的聚焦點更多地指向一種深遠的歷史感以及對於普遍人性的關注。也不難理解崛起於美國主流社會的華裔美國女作家如湯亭亭、譚恩美、任璧蓮等企冀突破種族和歷史的框定而發出的屬於自己的女性聲音。

海外華人作家儘管大多身處於西方文化背景下，卻往往有著不同文化社會的經歷、感受和體驗，中西文化的雙重身分會在有意或無意中影響他們的創作，而在流散之中更能體悟到文化的差異等因素所帶來的種種思考，因而，這種書寫不僅充實了海外華人的生活，更爲東西方文化的比較提供一個相對理想的具體參照。可能「受到賽義德等後殖民理論家的啓發，一大批遠離故土流落他鄉的第三世界知識分子也從自己的流亡經歷中發掘豐富的寫作資源，從而使得『流散寫作』（Diaspora Writing）在全球化的時代方興未艾，越來越爲研究全球化和後殖民問題的學者所重視。」（註三二）

伍　自主性寫作／唐人街情結

站在不同的視角和聚焦點來透視、理解和界定海外華文文學所具有的特殊的形態、質地或蘊涵，獲得的觀點和見解往往不盡相同。從語言屬性切入，有人認爲應屬於「語種的華文文學」，因爲文學說到底是語言的藝術，而且語言是存在者的家園（海德格爾如是說），這更是漢語言文字（母語）優美的標誌；從文化歸屬觀照，有人以爲應屬於「文化的華文文學」，因爲在特定的語境中，華文文學是一種特殊的文化景觀，是一種獨立自足的（文化）存在，「是海外華人生活的以生命之自由本性爲最後依據的自我表達方式」（註三三）的文化學現象；從族群層面考慮，有人認爲應是「族性的華文文學」，因爲一個離散族群在域外貫串和延續的血脈，仍是華族意識（文化身分）在海外的擴展，這與提倡把華文文學研究擴大到華人文學的視野相呼應，並在域外獲得某種學理層面的支援；從主體性角度看，有人認爲應是「個人化的華文文學」，理由是文學寫作本身乃是一種私人性的活動，或者說是個體生命的一種體驗方式或表現方式。如此等等，莫衷一是。

如果根據筆者旅居海外多年的所見所聞所感以及個人的切身體驗，更願意把在海外書寫的華文文學（作品）理解成「邊緣性的華文文學」，或稱之爲跨疆越域的「自主性寫作」。前者是基於海外華文文學始終處於一種流動性狀態，是流散在世界各地的跨文化現象，始終處於多重的邊緣。對母（語）國來說，儼然是從域外傳來的邊緣的聲音；對所在國主流文化而言，也是一種邊緣的文化（現象）；從族群種屬來分，是屬於「外來人」的少數民族文學；從寫作者自身來說，文化身分的曖昧與含混也是一種邊緣；從文學本身的處境來看，在高度商業化時代，文學已逐漸走向邊緣。總之，無論從語種、從文化、從族性、從個體等諸方面來考察和觀照，海外華文文學都逃不出「邊緣」這個空間，並且總是在邊緣處「沿」著自身的路線在尋夢中「圓」夢，在行走中流散和遍布在世界各地。後者更多的是從作家自身的生存處境、創作心態、精神姿態等方面思考的。在海外謀生或學習或經商或從事其他活動的工作，首先面臨的第一要素是生存。無法生存，無從立足，一切都談不上，誠如馬克思曾說的，只有吃穿住解決了才能談文學藝術（大意），更甭說從事眞正意義上的文學創作。倘若說不是「自主性寫作」，而是一種自覺或自在性寫作狀態，又不盡然。因爲客觀條件不具備，主觀上也受到種種來自於生存的現實困擾，創作主體很難進入自覺舒適的狀態，難以靜下心來寫作，尤其是第一代移民者；若說是自由寫作，在法律健全的社會裡又得自律；若說是自然寫作，可能與「自然主義」創作手法相含混；假如說是自爲或者自發，似乎又欠準確貼切。在某種程度上，筆者更傾向於理解爲出於自願的，即身在邊緣，依然心甘情願由內而外生發的一種既體現獨立自主、又常常不由自主的用文字（母語）書寫來撫慰和安頓自己漂泊靈魂的生命方式。在這裡，人的自主意識最爲關鍵，其所體現的是一種主觀能動性，即自我認同的主人翁姿態。仿如自主婚姻，你看上了就自我選擇，自己作主。又如人在他鄉，必須獨立自主的道理一樣，無論是物質上或精神上。如果喪失了這種自主，或並不具備這樣的精神姿態和良好心態，是不可能產生寫作衝動和欲望而進入寫作狀態的。從「跨國」視角或跨文化視野來說，現實中的很多現象已經超出民族國家和國與國關係的框架，而且具有它們自身的自主性和特點，因此，站在人本主義的視角和作爲創作主體的角度來加以分析，我們同樣可以把在海外創作的華文文學看成是由作家個體甘願主動承載的一種生命方式，姑且稱之爲「自主性寫作」。

受西方後現代理論的影響，或基於血緣和文化等方面的天然親近感，當下有些學者似乎趨向於接受種族的維度，或受德勒茲「少數文學」理論、受詹母遜（詹明信）「民族寓言」（national allegory）理論的啓發，認爲作爲邊緣化的少數文學的海外華文（人）文學，是邊緣族群與主流社會之間的對抗敘事。這種文化研究範式，作爲一種整體性的批評視角，關注點乃是作爲集體的「民族性」身分再現。正如斯圖亞特・霍爾所言，這種文化身分是「一種共有的文化」，集體的「一個眞正的自我」。「在迄今出現的對邊緣化民族的諸多再現形式中，它繼續發揮一種強大的創造性力量。」（註三四）然而，華文文學的發展歷程在海外各地區的呈現是有所區別的，無論是文學主題的嬗變和文化互動，無論是身分認同與文學書寫之間存在的相互聯繫，也無論是地緣性因素所帶來的多樣化形態，尤其是具體到單個作家身上，個體意義上的自我書寫常常會因此而產生游離。作爲現實中的個體，在理論上常常存在著多重的社會身分，諸如語言（Language）、性別（gender）、階級（class）、宗教（religion）、民族（nation）、種族（race）、族群（ethnicity）等多重認同。但不管是從屬於何種身分，在轉換成具體敘事身分的過程中，主要取決於作爲個體的作家的自主選擇。儘管身處多元文化語境中的寫作主體，在書寫中有時可能會凸顯出某種身分，或者不斷地逃離潛在的文化身分，或迷醉於後現代書寫，但這只能看作是藝術追求呈現的分流或差異。況且，個體認同的多元化所帶來的是文學書寫的多樣化形態。於是，海外華文作家的「自主性寫作」就顯而易見了。

至於有些學者所提出的「唐人街文學」、「唐人街作家」、「唐人街寫作」或「知識分子寫作」的說法，竊以爲欠妥貼，值得商榷。如果我們是用大陸的眼光來打量，或用大陸慣用的理論術語來框定海外華文文學/作家，由是所帶來的偏差就難以更準確到位地對其進行解讀和加以闡釋。這些可能只是一種預設的理論（命名），用來探討或許有其一定的合理性，只要不出現過度的闡釋或誤讀的偏離。其實，海外作家的寫作（文化）身分是不具有固定的本質性，而是流散式的往往具有多重元素的混雜性。正因爲如此，我們這裡所說的「自主性寫作」作爲一種流散現象，如果改稱爲「唐人街寫作」，則顯得過於自閉或局囿；如果直接稱之爲「流散寫作」，則包含了某種西方殖民主義的文化霸權（culture hegemony）思想。文學畢竟是人學（是寫人的也由人來寫），這並非是唯一的眞理，卻具有相當的說服力。從某種意義來理解，既然是由作爲主體的人書寫的文學敘事，無論是用母語表達，哪怕是用所謂的國際流行語——英文從事寫作，只要是定居在海外的華人，在客觀上無疑的都起到了在全球傳播中國文化的效果。像早年林語堂的雙語寫作，還有張愛玲乃至近年來移民海外的華人作家或文化人，他（她）們自動自主地借助於文學這個媒介來表達自身的生命訴求、情感經歷和故國想像，等等。這種寫作在無形中組合成了當代世界文學進程中一道獨特的文學景觀。

由於海外華人寫作與近代以來大規模的海外華人移民現象緊密相關。因此，借助「流散」研究以及對流散文學現象的研究，便成為全球化時代的後殖民和文化研究的熱門課題，的確是值得重視的一種批評研究範式。但是，用「唐人街寫作」或「唐人街文學」這樣的命名來定位或闡釋寫作主體的身分方式與文學場中的海外華文書寫，在實際上有失偏頗，也未能為海外華文文學研究提供更為合理性的依據，儘管這只能視為一種「後設的理論概括」。（註三五）依筆者淺見，如果我們稱之為「唐人街情結」，可能會更為合理和適合。因為「唐人街是海外華人遷徙歷史的見證者。很多人離開了，更多的人正在進來。或許，唐人街最終的盛衰並不重要，重要的是它的文化意義上的存在。」（註三六）唐人街的出現首先是中國海外貿易發展的結果。華人聚集唐人街，首先是由於移民在異國他鄉時能守望相助，互通鄉情，也是當地政府為了管理方便的順勢安排。然而，唐人街的生命力如同中華民族的生命力一樣，總是能劫後重生。唐人街的生命力為何如此頑強？因為它是海外的中國文化「飛地」。（註三七）從這個意義上說，不管你來自何處何方，不管你帶著何種身分和角色，只要是龍的傳人，一旦流落於異國他鄉，唐人街這塊「飛地」可能就是你暫時的棲身地或庇護所，可能就是你用來溝通心靈的場所，可能也是你與故土聯繫的紐帶，正因為擁有這份揮之不去的「情結」，是故，作為一種流散現象的「自主性寫作」，往往既充滿了流浪的遊子對故土的一份眷戀或精神寄托，同時又在字裡行間洋溢著濃郁的異國情調。如果說唐人街乃是中華文化在海外的隱喻或象徵，那麼，作為「自主性寫作」的根性意識（情結）就有可能為自身帶來了更為廣闊的思考空間。

誠然，「隨著主體視角和參照系的改變，客觀世界也呈現著不同面貌。甚至主體對本身的新的認識也要依靠從『他者』的重新認識和互動來把握。」（註三八）因此，對於海外華文文學創作與研究來說，重要的是如何在現有的基礎上不斷地尋求更新的思維方式加以觀照，在全球多元文化語境下，充分發揮自身的文化優勢，在進行現代性轉換的進程中，主動而自覺地參與到世界多元文化的新的建構之中。或許，這正是我們亟需探討的價值意義之所在。

陸　遊牧或旅行

遊牧（Nomad），並非是空穴來風的或者單純的文學隱喻。當代哲學家德勒茲被譽為「遊牧思想家」，他與瓜塔里（另一譯名加塔利）在《反俄狄浦斯》（*Anti-Oedipus*）及後來合著的《千座高原》（*A Thous and Plateaus*）中，對此概念進一步加以闡釋。遊牧意味著由差異與重複的運動構成的、未科層化的自由裝配狀態。人們難以設定任何目的來拘囿欲望。而分裂症的本質在於欲望的自由遊牧，並呈現非確定性和多元性。遊牧也與世界範圍裡的文明遷徙中遊牧民族製造的戰爭機器有關，在差異與重複中不斷逃逸或生成新的狀態性質。

逃逸或流放所指涉的是無根的主體可以在全球化的空間中自由穿越。在後現代之後，人的主體性形成了一種文化的驅動力，它必須超脫固定且無法流動的限制而形成多元流動的主體位置，將疆界以及許多固定的定義和生活方式予以顛覆。在這種能動性爲主導的情境下，遊牧與流放的主體可以在時空中形成一種確切的運動軌跡，能以某種流動的話語來組構存在。因此，對於既定且僵化的思考論述而言，它是一股抗拒、革命與解放的新生力量，由此形成去中心（decentering）與殘缺的主體性，拒絕以整體的觀念思考。其所形成妄想的欲求，把疆界內部的限定和壓迫性的機制予以內爆，讓人從被壓抑的欲望中解放出來，能夠形成流動不居、精神活躍的欲望，使固定整合的主體及既有的疆界區分爲之而消失，並形成流動、去疆界的順暢空間（Smooth Space），能讓主體具有流動性與多元變化。它通過流動空間如網絡和無疆界的信息科技，使女人和弱勢群體也能獲得權力，從而形成抗拒和無所不在的自由逃逸的自由空間。（註三九）

移民作爲一種最爲敏感和沉潛的流動方式，能對環境做出最爲眞實的反映。他們中的大多數都是被迫遷徙或自我放逐的，無論是在場的移居國還是離場的故土，無論從哪個方面觀照，新移民的文學寫作有著另一種情狀。他們都不僅是空間上的移民，更是時間上的移民，處在人們所熟悉的環境之外，即邊緣地帶，似乎被放置於自我設計的「精神生活」之中，去書寫關於存在的要義，也注定這是一種跨疆越域式的追尋。加之政治、經濟、文化以及種族和宗教等構成的巨大差異，這樣，在異國都市就形成了一支流浪式的唐人街（華文）作家隊伍。他們更像本雅明所言的遊走者、波希米亞人和大城市的「拾荒者」，尤其是初來乍到異地，白天裡四處打工謀生，夜晚又要繼續開始已經中斷的寫作。作爲一個漂流的邊緣族群，他們不停地尋覓求索，仿如華文世界中的遊牧民族，他們的出發點是記錄和書寫邊緣族群的夢和他們對夢的尋覓，既是守夢者也是尋夢者。他們的遠方有一個眞正的家，那裡存放著他們的過去和記憶，但他們別無選擇，甚至走上了不歸路。從一個空間來到另一個空間進入到一片新大陸，既然已來之則安之。於是，在擁擠不堪的人流裡「天望」，（註四〇）「天望」決定了他們的思維方式和行爲準則。對於「天望者」的他們，已無法回到過去，未來圖景也不見得清晰可辨，他們浮於半空狀態，難以獲得安寧和沉思，生存的節奏彷彿是無數根無形的小繩在操控著。關於體驗、感受和經歷，如同張開的空間，如同萬有引力，如同絢爛的極光，折射出他們自身生命的存在方向。

在華文作家的生命與情感世界裡，遊牧的自由內涵應當是：既不被已知的定位所束縛，又不被沉重的句號所束縛；既不被故鄉與家國的邊界所束縛，又不被自己的視野領域與自我影像所束縛；既不被生活的負載與曾經擁有的風光所束縛，又不被政治權力與意識形態定義的所謂眞理所束縛。一個眞正的華文作家，要走向優秀的堅實臺階，必須側身天地，特立獨行，從定位、句號、權力話語、個體幻象乃至故鄉故土等方面自由逃逸空間，充當一個自由空間上孤旅遊思的世界牧民。如是，才有可能爲自己開闢出一條自由之路，屬於自己的可通向一切空間或理想境界的大道。

如果說德勒茲和瓜塔里的遊牧逃逸路線是試圖從歷史中逃遁的一種努力，其遊牧思想是建立在多元符號論和「過程本體論」的基礎上，並建構了一種關於文化與力量取向關係的後結構主義哲學和文化敘事的話，那麼，遊牧或旅行在某種程度上所具有的意味則啓示我們，如何從現存的生活圖景和世界中延展或開闢出一個新的思維空間，並讓自己和世界在充滿互動之中，展開一種開放性的思想遊牧。我覺得，早年的林語堂在這方面已作出踐履，儘管他生活的黃金年代離今天已相隔半個多世紀，但他那種悠然自得放牧人生的天趣、那種在東西方文化對話中向世界傳遞的聲音和展示的對於生命的通達與豁然，對於身心的自由和釋放、對於世界的看法與徹悟、對於文化的理解和姿態，在二十世紀旅居海外的華人作家中，是特別的、另類的、獨立的，能臻達此境界者甚爲鮮見。也許這就是林語堂之所以是林語堂的緣由。

旅行是什麼？或許每個人有每個人的理解和不盡相同的回答。在當代語境中，旅行（travel）是一種跨越時空間的運動，是與離開家園相關的經驗書寫。旅行的動機不外是克服空間距離及逃避工作以形成新的樂趣和經歷。在旅行的過程中，有許多「能動」與「不能動」的政治經濟。「不能動」方面指的是個人在旅行中，往往會將其他文化作刻板的再現，或以距離來重新想像，以返回自己的家園。在「不能動」經濟下，往往產生性別、權力、知識以及認同的塑造過程，因而，有許多旅行是和人的身分、資金、階級等有關的。而在「能動」的政治經濟方面，人到異地，會因外在景觀而形成時空上文化差異的感受，對於異地、異國情調及當地風土人情，產生吸收或自我改造的過程，甚而擴展爲對自己的文化產生戀舊感，或對異地以反征服的方式保留現狀，以數位相機的攝拍或通過投資於環保生態運動的方式，使當地景觀不遭破壞。許多被迫或被放逐出國的「旅行者」，往往成爲批判研究中的焦點對象。特別是背井離鄉、漂泊與疏離，都是非常重要的過程，而且旅行的過程往往牽涉到文化翻譯和對文化差異的感覺。因此，在時空能動的方式中，經常發展到流動、多元的主體位置，形成克利福德（James Clifford）所謂的「不協調的都會文化觀」。旅行者對於異地有新的感覺，會對自身的狹隘地方觀進行修正，同時產生一些觀念上的轉變。賽義德就認爲理論經過旅行到異地之後會產生轉變，如由馬克思的理論，到盧卡奇的階級與物化觀念，乃至於戈德曼的小說理論，通過宗教與階級來分析，變成十七世紀小說發展的特殊觀念，借此形容對應神的消失，這種觀念「漂流」到英國，成爲雷蒙·威廉斯所說的「情感結構」。雖有新發現，但已喪失原有的味道。總之，旅行在當代的語境中，往往與流動、中心和邊緣、知識、認同及性別的轉變相關，特別是對支配產生新的見解。後殖民理論從旅行到帝國的發展，尤其是在旅行者對外地文化的「凝視」（gaze）、商品化與物化的傾向上，常有更深入的搜集、分類、田野調查、展示他人的欲望，有所謂的「東方主義」或「帝國主義」作爲。此外，討論「旅行」對於疆界模糊的影響，與跨界所帶來的多元位勢，以及開放與對話的接觸空間等方式，使新的敏感度與文化形式得以產生。正因爲如此，在二十世紀許多文學藝術家的表現上，都能發現到「旅行」對其發展新的體裁具有相當重要影響。（註四一）加拿大華人女學者梁麗芳認爲一百多年來華人跨越太平洋，在楓葉國追求更好的生活，以及回歸（或不回歸）祖國的軌跡，提供了許多文學想像的空間。金山英雄的旅程包括了飄洋過海、尋找、回歸，這些都是英雄浪漫敘事（heroic romance）的典型情節。如是，她對加華作家書寫的兩部長篇小說：葛逸凡的《金山華工滄桑錄》和陳浩泉的《尋找伊甸園》，從旅程敘事的角度進行多方位的探討，即當成「旅程母題」來加以審視：華人遠渡重洋來到想像中的「金山」追求美好生活這個歷史事實，無疑是華人離散小說的旅程想像的基礎。無論在文本的外與內，他們的空間、時間、物質和精神（心靈）的旅程是重疊著進行的。跨越太平洋（空間），逗留金山（時間），創業（物質），從渴望到獲得（精神），或是不幸地失敗失落，都是尋索之旅。每個旅程都無可避免地包括了出發、途中、到達目的地三個階段，若果加上回歸（無論身體或心靈），便有四個階段。《金山華工滄桑錄》和《尋找伊甸園》正是體現上述旅程模式的典型文本。（註四二）

人生，其實就在旅行，或者說，是另一種形式的旅行。不管是外在的旅行，還是內在的旅行。對於華文作家而言，只有自覺地浸淫於自己心愛的世界裡，方能有足夠的時間不斷地領悟宇宙人生。文學是人學，因爲人的無比豐富多彩才造就了文學世界的無比豐富與多姿多彩。人對客體世界的認知是沒有止境的，對主體世界的認識亦然。人，始終走在路上。認識、把握並駕馭自我人生，這本身是一道永無止境和值得深思的命題。如果說意識到人是社會關係的總和，才認識到作爲個體的生命旅程的一個驛站，那麼，這種認識僅僅算是起點，而非終點。在大地上和心靈上鋪開的道路四通八達，路是沒有盡頭的，遠方的遠方還有風景。因而，世界讓你無法說盡，我們自己也無法道盡自己。爲了擁抱眞實的世界和眞實的自己，爲了讓文學煥發出眞實而感人的力量，就需要作家竭盡全部生命與熱情，哪怕是傷痕累累，也在所不辭地走在永遠的路上不斷追問、探尋和創造。

著名美學家宗白華先生把自己的美學論集命名爲《美學散步》；把法國與世界視爲「雙重的祖國」的羅曼·羅蘭書寫浮生如夢時以「內心旅程」來命名；愛默生的文集被譯者彙編後取名爲《精神的足跡》，「散步」、「足跡」、「旅程」這些詞始終都在旅行，就像是充滿自由逃逸的遊牧思想，都是永不枯竭的話題。寫作與思考不也如此嗎？不管你怎樣行走，唯有沉靜而從容，方能揚棄浮躁氣或火藥味。也只有悠然自得、輕鬆自如地漫步在旅途上，無所企求又神遊萬仞，精騖八極又無所奢望，才能在鮮花簇擁或芳草氤氳的大地上，擁有一種自由的精神漫遊……那麼，對於走在旅途中的當代華文詩人作家，重要的應是，去領略自己想領略的一切，去擁有自己想擁有的資源。更進一步說，對於他們而言，旅行應是一種放牧，一種掙脫，一種體驗，一種逍遙自在，一種自由觀光，一種不願受支配受駕馭的放飛心靈的探求，一種走近大千世界與神秘和永恆的相互呼應，一種不在乎得失只注重過程的孤絕，一種激發生命自由運行與自由創造的「天涯美學」。

作爲跨文化語境中帶有流散寫作意味的海外華文書寫，本身就是一條文學之旅、也是一條文化苦旅。在旅途漫遊，生命移植的體驗、四處浪跡的放逐和艱難闖蕩的生涯，驅使很多留學生和新移民文化人重新展開手中之筆，書寫屬於他們這一代人的新奇而特別的故事。於是，在面臨著困惑和窘境的華文文學世界裡，這批新移民作家群體如異軍突起，以迅猛非常的姿態，以自己的方式生存著、行動著、拚搏著。穿行在文化苦旅之中，寫作對於他們同樣是一種有趣而難言的生命方式，他們的在場，隨著歲月的遞增漸成氣候，漸入佳境，形成了獨立自足的文化空間和格局，備受人們關注。他們交替迭出的文學文本，正在產生越來越大的影響。在某種程度上，展示了當下華文文學的新水平和新成果，並爲華文文學世界帶來了新的生機、活力和風采。同時，在某種意義上，那是一種與中國本土文學迥然有異的文學景觀，既對中國當代文壇具有文化性的突破意義，又對中國文化未來呈現或潛在影響富有拓展性意義。在整體上，大大地豐富了當代華文文學世界的版圖。

誠然，如何通過自身特殊的經歷和感受，從邊緣地帶出發，既跨疆越域，又超越地域，超越中心，以局外人的超然姿態，在書寫中以江河不息流動的方式，從外在不斷走向內在，又從內在迴光返照外在，如此往返於眞實的自我與眞實的世界的之間，用個我性連接世界性，以特殊性匯通普遍性，自覺地在書寫過程中更多地凸顯世界性、人類性和現代性的因素，相信就能誕生一批具有大氣象大手筆的鴻篇佳構，爲華文文學走向世界文學藝術殿堂贏取沉甸甸亮閃閃的通行證。

柒　記憶或懷舊

人生中因一個「憶」字，讓夢迷離；生命裡因一個「情」字，姿彩萬千。走在旅途，面對歲月嬗遷，時光旋轉，感嘆也好，沉默也罷，我們總無法迴避「情」與「憶」的糾纏。於是，唐代「詩魔」吟嘆的名句「此情可待成追憶」從此便千古流傳，人世間也因此演繹出無數動人心魂的故事，抑或產生了許多深婉生動的傳奇。一個「情」，乃是心與青之組合，意味著綠色之心青翠欲滴方可凝成爲情；一個「忆」（繁體字爲「憶」），則是心與意之結合，所謂「記憶」，不就是言己心意嗎？所有這一切都與（自）己有關，皆源於心，源於擁有一顆青綠蔥郁的心靈。

作爲人類情感凝聚而生成的文字世界，其所傳達的情思和搖曳的記憶，常常讓人彷如置身於一處別致而奇妙的心靈空間。難怪乎，在古希臘時代，「記憶」往往和空間秩序形成一種知識上的連續體。因此，弗蘭西斯·葉芝（Francis Yates）在其重要著作《記憶的藝術》（*The Art of Memory*）中，就從古希臘開始談起「記憶」這門技藝的流變。隨著「記憶」意義在歷史長河中的變遷，早期和感官相聯結的「記憶」從空間感知到世界秩序，從音樂的韻律到身體的節奏，乃至於嗅覺與觸覺所引發的「記憶」氛圍，都慢慢爲印刷文字和視覺（Perception）文化所取代。隨著精神分析理論的興起，人們才發現「記憶」與創傷和過去所壓抑的無意識癥結息息相關，神話與原型研究理論同時被帶進「記憶」研究的領域之中。例如二十世紀六十年代，隨著多元文化的發展，榮格（Carl Jung）的「集體無意識」（Collective Unconscious）便成爲追溯不同人種的多元文化與精神傳統，如何生產不同的「記憶」與「集體無意識」，在這個層面上，「記憶」常常和「敘事」（narrative）與故事（story）有關。此外，由於不同族群與文化都會建構其不同的「集體記憶」（Collective Memory），「記憶」的建構與再現因而對「文化認同」和「民族認同」的確立與鞏固十分重要，並與弱勢族群自我構述的權力有關。如此說來，「記憶」不僅和多元文化族群中的語言、敘述、權力等有關，和儀式、圖騰、紀念碑、遺址、公共建築同樣相關。上世紀八十年代之後盛行的多元文化論特別注重於地方景觀（landscape）所構建的「記憶」。如「越戰」紀念碑，加拿大的印第安文化博物館，都夾帶著族群的深層文化與戰爭的創傷。在影視藝術中，如斯皮爾伯格（Steven Spielberg）對大屠殺記憶加以回溯與訪述的《辛德勒的名單》和《消失的一九四五》，還有斯派克·李（Spike Lee）有關黑人文化的電影，都刻意強調「記憶」和族群社區間的關聯。在都市文化與人文地理學中，對「記憶」的探究則經常伴隨著都市景觀的迅速變化；在後現代的語境中，「記憶」則是一種「歷史眾生的失落」。詹姆遜提出「對當下的懷舊」這一概念，表明「記憶」往往和音樂、唱片和老歌經典懷舊有關。在人們如此健忘甚或失憶的年代，猶太人或移民第二代的族群與世代的歷史「記憶」便成爲一個非常重要的課題。如何在失憶的世紀裡，銘記、鐫刻過往的歷史與事件，如何回溯各族群在不同時間點上備受主流文化侵襲、洗腦、壓迫與支配的創傷，這種追述「文化記憶」和「文化創傷」的歷史記錄，就成爲族群宣示其主體性並重新敘述過去歷史的重要手法。（註四三）

「懷舊」（nostalgia）是十七世紀末由奧地利的醫生提出的。在異地征戰的士兵在異鄉能看到本土的城鎮，產生了思鄉的症候（homesickness），這是離鄉之後因思鄉情切而誤把他鄉作故鄉的症狀。到了十九世紀，其所指逐漸變成遠離現在而對過去的黃金時代產生憧憬，所以它對「現代化」有所反動，將過去的記憶通過女性話語與女性形象加以美化、浪漫化與陽柔化。當代不少文化理論則利用它對「現代主義」和「現代化」形成話語對抗行爲。在後現代情境中，由於文化時尚的變遷讓人目不暇給，感覺每隔幾年時間就彷彿超越了一個世代、一個世紀，從century到age再到decade，懷舊感產生的時間量準日益縮短。驀然間，每個人對剛剛過去的流行時尚又產生懷舊感。「懷舊」是電影中的重要題材，人們往往在電影中通過懷舊的方式重回歷史現場。如伍迪·艾倫的《開羅紫玫瑰》（*The Purple Rose of Cairo*）和《那個時代》（*Radio Days*），都用「懷舊」方式來展開主題。許多科幻電影如《回到未來》（*Back to the Future*），展現了主人公如何回到過去解決未來的問題，這說明「懷舊」與現代文明之間也形成一種意欲改寫歷史的張力。（註四四）

無論是記憶或懷舊，對於植根或散落於海外的華文文學，其在不同空間的生存狀態，往往離不開母體文化的精神脈絡，而作爲自身生存經驗的文學書寫，同時又是一種個人化的記憶行爲，也是華人對自己族裔的歷史記憶與生存狀態的銘刻與呈現。建構一個族群的記憶，實際上就是建構自身的文化認同。誠然，在記錄自己獨特生存歷史與經驗的文學書寫中，每個作家的表達方式不盡相同。詩人洛夫二度流放遠赴海外，卻以自己的良知、內在品質和生命體驗，挖掘個人歷史經驗中的記憶，爲華文詩壇獻上了長詩《漂木》，這不僅是他個人創作上的一大奇觀，也將會是華文新詩史上一個重要亮點。譬如在華裔美國文學作品中，大多含有自傳性質，常常運用個人或家族的變遷爲題材，其基本模式大多從個人的記憶出發，建立一個特定的觀察歷史與文化的視角，在中西文化衝突的語境中使之寓言化或象徵化，從而使小說具有相應的文化內涵和藝術張力。這些在湯亭亭、譚恩美包括之後崛起的哈金等作家那裡都得到重視和較好的發揮。巡視新移民文學中的個人書寫，並非是那種純個人化的記憶呈現，而是一個族群集體的代碼，「個體的存在是一個『民族寓言』式的主題的一個側面。」（註四五）此外，我們從當代女性寫作的重要文本王安憶的《長恨歌》和朱天心的《古都》中，可以看出兩位女作家在處理作爲城市居住者與觀察者的雙重經驗和記憶，將歷史和文化代言者的城市記憶進行了重構，來完成對城市的想像及願景的釋放。這意味著無論是個人的、還是文化的或歷史的記憶，往往是女性寫作的敘述形態和永久資源乃至把握世界的方式。

法國著名學者金絲燕在〈世紀的烏托邦：解脫與依戀〉一文中認爲，高行健的小說空間裡，這個「我」並不拒絕記憶，也不拒絕歷史。在《靈山》（榮獲諾貝爾文學獎）裡，整個敘述的主人公是這個分裂成三個人稱的「我」，敘述時間、空間也隨著三個人稱被割裂，由內向外，由外向內，從記憶歷史到文化的記憶，從肉體到空靈，從戲劇語言到散文，從詩歌到口頭文學，都在這分裂體中完成。針對中國作家幾代人的思考都陷在詮釋的陷阱裡，詮釋成爲生命的追求和犧牲的代價，金氏提出一個新的問題叩問：人們是否會從記憶烏托邦轉到烏托邦記憶中去？即從記憶歷史轉到想像中重新構造的歷史？回到對往昔的依戀中去？在其看來，記憶歷史和湮滅歷史是文學與社會權力走的兩條相背的路。這涉及到如何建構歷史的記憶的問題。因爲正反烏托邦文學從笛福的魯賓遜開始，建構的就是這樣一個記憶。至於「回憶錄」這種模式，則在回憶中重新創造過去，重新構建自己或家人或群體的歷史，讓經歷了過去的人通過回憶又重新帶有一層理想的光輝。同時，懷舊的情緒使回憶戴上美好的色彩，儘管它「事實上極爲可怕」。於是，金絲燕指出：「過去成爲一個寄托遠離今天的理想之地，一個記憶中的烏托邦。在回憶中重新體驗烏托邦情結，是否會成爲新的傾向？」（註四六）

其實，在某種意義上，文學就是（書寫）記憶。或者說，是記憶成就文學。而懷舊，作爲現代人的一種情結，在文學中同樣有說不盡道不完的故事。

捌　故鄉或根性

不同的人、不同經歷的人、不同時代的人，「故鄉」這個詞在其意識深處，含義是不盡相同的。文學中的故鄉亦然。現實主義、古典主義筆下的故鄉，浪漫主義、超現實主義抒寫的故鄉，現代主義、後現代主義所謂的故鄉也迥然有異，或同中有異，異中有同。置身於不同的地域，「故鄉」的內涵和外延也不斷地變化著；生活在不同鄉村、城市、省份、國度，隨著視野的不斷開闊，「故鄉」都在隨之跟著變化。如此說來，故鄉可能是空間、又是時間，是土地、又是心靈，是祖國、又是家園，是詩歌、又是童話，是安慰、又是憂傷……也許，故鄉是無法詮釋的詞條。然而，故鄉的確是一個無法迴避的存在。或者說，故鄉在人的生命旅程中，永遠是一個矛盾的存在，一個浮遊著精神的泊地。

每個人都有屬於自己的生命。對於黃皮膚黑眼睛的華夏子孫，從生命孕育的那一刻起，是父親的精血與母親的臍帶凝造著，是那方堅實濃厚的地氣哺育著，是純美質樸的民俗風情或鄉土文化浸染著，是結實的生命原色和最初的清純孕育出一種難以駁離的情感。那是原初的文化「包裝」，奠定了生命之根性。每個人都有故鄉，都有屬於自己的故鄉。從故鄉出發開始遠行，我們尋覓精神的家園，我們皈依靈魂的故鄉，並意味著不僅僅是回到過去的出生地。但身軀是從故鄉走來，生命的源頭在故鄉。這是多麼複雜的情感啊！可是，我們的精神在對故鄉的依戀與逃離中，在難以割捨與大膽尋找中，又期待著新的洗禮。既有熱情的篤守，又有無定的漂泊，更有苦苦的追尋，一端連接著故鄉那方水土，一端又接通著現代文明的風情。

文學的故鄉，可以說是每個詩人作家精神之河的神秘發祥地，對它的從不自覺到自覺的感悟或依戀或回望或懷想，都關係到作家藝術生命的高低與長短。列維．斯特勞斯說，原始人把家鄉帶在自己的身邊，其實現代人也可以把故鄉帶在身邊。俄國演員卡恰洛夫說葉賽寧的詩集是他漂泊的故鄉。尼采說：「什麼祖國！哪兒是我們的『兒童國』，我們的舵便駛向哪裡。到那裡去吧，比暴風浪的海更奮勇。」福克納說故鄉像郵票那麼小，加繆說故鄉像海洋那麼大。的確，故鄉有時很大，有時很小。

能容納生命意義的過去與未來的心坎，就如同容納童年的處所，那是情感的故鄉。作爲文學，應當對著未來無數年代的知音訴說。因爲故鄉不只活在過去，故鄉也活在將來。偉大作家所展示的文本世界更充分地說明了這一點。誠如魯迅之於水鄉小鎮紹興，沈從文之於湘西的古老邊城，馬爾克斯之於拉丁美洲那個泥沼深處的叫馬孔多的小地方。而普希金則詠嘆：「無論命運會把我們抛向何方／無論幸福把我們向何處指引／我們——還是我們：整個世界都是異鄉／對我們來說，母國——只有皇村。」對於魯迅、沈從文也好，對於馬爾克斯、普希金也罷，他們筆下的「這一個」地方，無異於整個大千世界上的最亮點。因爲，那是他們獨特的文學存在方式的最佳選擇地或對應點，那是深深地烙印在他們靈魂底層的獨特空間。

在高度城市化和商業化的社會裡，文學的命運發人深思。當文學被推向邊緣地帶，自詡爲人類建造精神家園的文學，是否已迷失了故鄉，從而失去了最原始、最珍貴、最熾熱的文學創作衝動呢？流散於海外的華文文學是否也迷失了故鄉，像在異鄉的流浪漢呢？當年喬尹斯決定離開自己的祖國自我放逐，他把生命灑向歐洲大陸，在巴黎、羅馬、蘇黎世和的里雅斯特等地放開自己的眼睛，終於揮就了二十世紀舉世矚目的傑出作品——《尤利西斯》。經過流亡和創造的喬尹斯說：「要想成功就得遠走高飛。」偉大作家就其內心來說都是相似的，都是尤里西斯和浮士德，都是永遠的吉普賽人。他們不安於現狀，把視野無限延伸。或許，歷史和文學就是如此青睞著漂流的生命。

由是我想，作爲一個華文作家，無論走到哪裡，身在何處，無論是身體的漂泊還是精神的漂泊，只要擁有一顆不泯的赤子之心，就不應被理念所隔，不應被五色所迷，不應被疆域所限。因爲作爲知識分子的作家，他們的共同故鄉，應是人類歷史所積澱的知識海洋；他們的心靈和人格，不僅是民族文化所締造，也是世界文明所締造的。

上世紀九十年流亡於海外的著名學者劉再復，在其《漂流手記》、《西尋故鄉》等著作裡，對「故鄉」和「祖國」的重新定義是頗有意味的。他在文學上揚棄權力意義上的國家（故鄉），追尋情感意義上國家（故鄉）。這種經解構之後的重構，使他的散文打破了「鄉愁」的模式（這一點是海外華文作家尤應引起重視和注意的關鍵）。由於受中國文學傳統的影響，受內陸型農耕文化維繫土地的傳統文化心理以及難以擺脫的這種民族群體的歷史潛意識積澱的影響，由「思鄉」母題派生出的鄉愁、鄉戀、鄉情、鄉趣等模式，如繁星般布滿了中國文學的天穹，在海外華文作家筆下同樣俯拾皆是。誠然，表現「感時憂國」或「涕淚飄零」等主題，在特定的歷史境遇和時代語境下，的確創造了許多動人的詩篇，也很有必要。但進入全球化和人類走向

「地球村」的時代，就必須對這一文化母題進行反思了。其實，在現代人的心目中，故鄉不是一塊永遠不變的土地，故鄉或明或暗。「即使把故鄉視爲美麗而遙遠的夢幻，也應把這種夢幻視爲流動狀態才好。故鄉跟著人流動，這故鄉才是活的，而且才有更豐富的內涵」。（註四七）而對於每一個眞正的詩人作家，應該有屬於自己的精神領地，或者說有一個他所熱愛世界。這個領地、這個世界不完全屬於現實和公眾，只屬於自己。或許，這就是詩人作家的故鄉，是自己構造的理想國即精神王國。對此，劉再復如是說：

我所熱愛的那個世界是什麼？它在哪裡？它是一個國度還是一個部落？它是黃花地還是百草園？它在此岸還是在彼岸？我既說不清也無法命名。也許老子的「名可名，非常名」，在此倒可爲我辯解。你發現我在打破地理意義上的「鄉愁」模式之後彷彿又產生另一種鄉愁，另一種眷戀，這是眞的。我的眷戀就是對於「我所熱愛的那個世界」的眷戀，我的鄉愁也正是對於「我所熱愛的那個世界」的沉思、鍾情與嚮往。這一令我時時縈繞心頭的世界，就是我的良知故鄉和情感故鄉，因此，我的依稀可覺的鄉愁，可說是一種良知的鄉愁和情感的鄉愁。說到這裡，你大約已經理解，我的「西尋故鄉」，尋找的正是「我所熱愛的那個世界」。（註四八）

那麼，「根」是什麼？在《現代漢語詞典》裡，起碼有十種解釋。其原初意思應是指高等植物的營養器官，分直根和鬚根兩大類。根能夠把植物固定在土地上，吸引土壤裡的水分和溶解在水中的養分，有的根還能貯藏養料。其比喻義爲子孫後代。或指事物的本原；人的出身底細。等等。文學中的根，可能是自己心中私人化的一種精神勾連，或者可以看作是一種與精神源頭的對接，如同一支悠長邈綿的迴旋曲，能令人靜靜地回味或享受。

一種文學的產生和形成，首先應是趨於某種文化的自覺，之後才是文學的自覺。中華文化作爲海外華人文化和華人社會構成的精神底座，無遠弗屆，無時不存，其形成的向心力和凝聚力，既是一根無形的紐帶，也是華文文學發生學的前提和動力源。因此，在異質土地上用漢字（母語）書寫的文學文本，必然含蘊著濃郁的華夏文化精神內涵，並深扎於其根源之中。同時，對世界文明乳汁的吸吮和受當地文化潛移默化的浸染，從而造成自身文化的沉醒，也造成自身的苦痛。譬如東南亞華文文學，從其誕生的那一天起，就跟中國文化息息相關，包括古典文化和現代文化。東南亞華文文學所收穫的盈芳碩果，正是嫁接在中華文化這棵大樹上生長開花之後而締結的，是對華夏文化之根的眷戀、延伸和拓展，這是誰也無法否定的事實。尤其是在老一代華文作家身上，更是顯而易見。即便是新生代或所謂「斷奶」的一代，只要你用漢字書寫，都難以擺脫那層臍帶關係。對此，黃錦樹如是說：要寫出典雅、精緻、凝練、辭藻豐富的中文，無疑要向中國古典文學傳統吸取養分，深入中國古典文學（大意）。同樣的，新加坡著名學者兼作家王潤華就此問題也有一段精彩的論述：「任何有成就的文學都有它的歷史淵源，現代文學也必然有它的文學傳統。在中國本土上，自先秦以來，就有一個完整的大文學傳統。東南亞的華文文學，自然不能拋棄從先秦發展下來的那個『中國文學傳統』，沒有這一個文學傳統的根，東南亞，甚至世界其他地區的華文文學，都不能成長。然而單靠中國根，是結不了果實的，因爲海外華人多是生活在別的國家裡，自有他們的土地、人民、風俗、習慣、文化和歷史。這些作家，當他們把各地區的生活經驗及其他文學傳統吸收進去時，本身自然會形成一種『本土的文學傳統』（Native Literary Tradition）。新加坡和東南亞地區的海外文學，以我的觀察，都已融合了『新中國文學傳統』和『本土文學傳統』而發展著。」（註四九）

生活在今天的海外華文作家，儘管不一定喝著同一種水，卻流淌著共同的血脈，且用同一種文字書寫。其思想意識深處，起碼的潛藏著三種根性，除了前面所說的文化傳統之根性外，尚有語言之根和善良之根。語言是人類思維與交流的工具，也是文化精神的載體。在很大程度上說，語言是華文作家共同的家園。華人作家在異域，在非母語的國度用母語書寫來表達自身的情感文化訴求或豐富自身的精神生活，既是生存意志的體現，也是自身尊嚴的展示。儘管這是一種跨越文化經驗的邊緣性寫作，是在母國和所在國主流文化中都不被重視甚至忽略的寂寞風景，但他們卻樂此不疲。旅美作家聶華苓說：「漢語就是我的家。」新移民女性作家張翎說：「寫作就是回故鄉。」菲華作家一東的《漢字鉛寫》寫道：「我在保管的鉛字房裡，看到成堆的鉛字，我用手掌按下去，印在掌心的是，殷紅的中國字，那是我的血暢流過的緣故。」劉再復則說，我的根在《山海經》的神話世界裡。可見，通過漢語（華文）書寫，就是作家對自身的文化認同。因爲方塊形的漢字就是中華魂，是一個流散族群傳承或建構自己精神家園的根基。也只有不讓自己與生俱來的根性丟失，才能在全球化時代重塑自己的民族文化身分。正因爲如此，「尋根」、「追憶」和「返鄉」在世界移民文學中，是常常受到普遍關注和反映的母題。

善良之根，則是每位作家生命中所應具備的基本元素。仰望文學藝術的星空，許多先輩大師所迸發閃爍的眞善美之光芒，穿過時間的濃雲霧靄，依然吸引著一代代人的目光。魯迅就是其中一位。在他筆下的人物形象雖沒有什麼崇高的英雄，都是平凡生活中的小人物，卻有一種內在深沉的力量撼動讀者，讓人爲之傾倒而感嘆。究其原因在於跟作家自身的善良之根有關，更是作家自身人格魅力的展現。無可否認的是，作家的善良之根性往往決定著作品的藝術感染力。在當下，在一個複雜的「混亂」（文化）時代，重申善良之根性，就是呼喚華文文學世界要留住這善根。這是人類世代相承的永恆需要，這是文學獲得藝術魅力的內在要求。相信善良、慈善等凝成的善的力量將是新世紀人們普遍關心的話題，那是來自遼遠無垠的星空發出的莊嚴召喚……

一個從家園作爲起點出發的作家，如果能將鄉土文化、民族文化、中國文化和西方文化包括地域性或「他者」文化等多種大中小文化自如交融匯通在一起，經過慢慢發酵，逐漸催化，就有可能形成一個非常獨特的文學話語，建構屬於自己的精神文化空間，甚至誕生出與眾不同的，具有豐富思想內蘊的「寧馨兒」。誠如皮特斯曾強調的「把全球化看作一個雜交混合的過程，這個過程導致了全球化混合的出現。」（註五〇）儘管在這種混合雜交過程中，各種大小文化之間必然要發生衝突和碰撞，但衝突碰撞本身就是一種對話一種接觸。對於多元背景中的華文文學書寫來說，一方面作家身爲華裔，其根性血脈源流湧動著自身文化多樣化的特質，另一方面又要迎接全球性文化浪潮的洗禮式沖襲。在文化層面上，這是一種悖論，但這種「悖論」卻具有強大的張力和多重意義，甚至可能在相互包容中孕育出嶄新的藝術形式。這是我們所願意看到的，也是一種熱切的期待。

——選自作者未出版的博士論文

注釋

一　臺灣《中央日報》報導，一九九二年三月二日。

二　參見施建偉：〈從邊緣走向主流——海外華人文學的現狀和將來〉，《華文文學》二〇〇三年第一期。

三　梁麗芳：〈擴大視野從海外華文文學到海外華人文學〉，《華文文學》二〇〇三年第五期；王靈智：〈開花結果在海外——海外華人文學國際研討會綜述〉，《華文文學》二〇〇三年第一期；趙毅衡：〈三層繭內：華人小說的題材自限〉，《暨南學報》（哲學社會科學版）二〇〇五年第二期。

四　陳思和：〈學科命名的方式與意義——關於「跨區域華文文學」之我見〉，《江蘇社會科學》二〇〇四年第四期；施建偉、王耀輝：〈世界華文文學及其走向——差別：強勢或弱勢文化的反彈〉，《走向新世紀——第六屆世界華文文學國際研討會論文集》（公仲、江冰主編），北京市：人民文學出版社，一九九四年版。其他相關文章可參見：古遠清：〈二十一世紀華文文學研究的前沿理論問題〉，《甘肅社會科學》二〇〇四年第六期；劉登翰、劉小新：〈華人文化詩學：華文文學研究的範式轉移〉，《東南學術》二〇〇四年第六期；黎湘萍：〈族群、文化身分和華人文學〉，《華文文學》二〇〇四年第一期；劉小新：〈從華文文學批評到華人文化詩學〉，《福建論壇》（人文社會科學版）二〇〇四年第十一期；黃萬華：〈華人文學：拓展了的文化視角和空間〉，《福建師範大學學報》（哲學社會科學版）二〇〇六年第五期。

五　參見莊偉傑：〈邊緣拓殖與詩意存在——多元文化中澳華詩歌當代性觀察〉，見《華僑大學學報》（哲學社會科學版）二〇〇五年第四期。

六　吳亦錡：〈新移民文學〉，見陳賢茂主編：《海外華文文學史》第四卷第七章，廈門市：鷺江出版社，一九九九年版，頁六三八。

七　參見劉登翰：〈關於「新移民」和「新移民文學」——從成都出版社的「新移民文學大系」說起〉，見《文藝報》二〇〇七年四月七日。

八　參見汪民安主編：《文化研究關鍵詞》，南京市：江蘇人民出版社，二〇〇七年版，頁四十七～五十。

九　參見廖炳惠：《關鍵詞二〇〇：文學與批評研究的通用詞彙編》，南京市：江蘇教育出版社，二〇〇六年版，頁四十七、四十八。

一〇　參見汪民安主編：《文化研究關鍵詞》，南京市：江蘇人民出版社，二〇〇七年版，頁四十七～五十。

一一 參見莊偉傑：〈邊緣族群與「第三文化」空間——以多元文化背景中的澳洲華文文學爲參照〉，《華文文學》二〇〇三年第五期。

一二 王潤華：〈越界與跨國：世界華文文學的詮釋模式〉，《中華讀書報》二〇〇二年九月十九日。

一三 參見廖炳惠編著：《關鍵詞二〇〇：文學批評研究的通用詞彙編》（南京市：江蘇教育出版社，二〇〇六年），頁七十一、七十二。

一四 Phil Cohen, "Welcome to the Diasporama: A Cure for the Milennium Blues?" in *New Ethnicities 3*（1998）, pp.3-10

一五 Martin Banmann, "Diaspora: Genealogies of Semantics and Transcultural Comparison" in Numen: *International Review for the History of Religions*, 2000, Vol.47 Issue 3, pp.313-28.

一六 王寧一文見《中國比較文學》二〇〇四年第四期。

一七 李果正一文見《南昌大學學報》（人文社會科學版）二〇〇四年第三期。

一八 王賡武：〈單一的華人散居者？〉，趙紅英譯，見《華僑華人歷史研究》一九九九年第三期。

一九 王光林：〈翻譯與華裔作家文化身分的塑造〉，見《外國文學研究》二〇〇五年第二期。

二〇 李戰子一文見〈外國語〉，《上海外國語大學學報》二〇〇四年第五期。

二一 張沖一文見《外國文學研究》二〇〇五年第二期。

二二 參見童明：〈飛散的文化和文學〉，見《外國文學》二〇〇七年第一期。

二三 參見童明：〈飛散的文化和文學〉，見《外國文學》二〇〇七年第一期。

二四 參見徐穎果：〈解構美國的東方主義：湯亭亭中西方文學傳統之再闡釋——評《語言的鐵幕》〉，見《文藝報》二〇〇八年一月三十一日。

二五 參見黃萬華整理：〈第十三屆世界華文文學國際研討會略述〉，見《文學評論》二〇〇五年第一期。

二六 王賡武：〈單一的華人散居者？〉，趙紅英譯，見《華僑華人歷史研究》一九九九年第三期。

二七 劉登翰：〈華文文學：跨域的建構〉，見《文藝報》二〇〇七年十二月十三日。

二八　劉登翰：〈世界華文文學的存在形態與運動方式——關於「一體化」和「多中心」的辨識〉，見《華文文學：跨域的建構》，福州市：福建人民出版社，二〇〇七年版，頁三十五。

二九　參見公仲：〈離散與文學〉，見《文藝報》二〇〇七年九月十八日。

三〇　潘純琳：〈散居〉（*Diaspora*），轉自王曉路等著：《文化批評關鍵詞研究》（北京市：北京大學出版社，二〇〇七年版），頁三一五。

三一　參見王潤華：《華文後殖民文學——中國、東南亞的個案研究》（上海市：學林出版社，二〇〇一年版），頁一九七。

三二　王　寧：〈全球化時代的後殖民理論批評〉，見《文藝研究》二〇〇三年第五期。

三三　吳奕錡等：〈華文文學是一種獨立自足的存在——我們對華文文學研究的一點思考〉，見《文藝報》二〇〇二年二月二十六日。

三四　參見斯圖亞特·霍爾：〈文化身分與族裔散居〉，見羅鋼、劉象愚編譯：《文化研究讀本》（北京市：中國社會科學出版社，二〇〇〇年版），頁二〇九~二一一。

三五　參見劉登翰：〈雙重經驗的跨越書寫——美華文學研究的幾個關鍵詞〉，見《文學評論》二〇〇七年第三期。

三六　莊國土：〈唐人街：海外的中國文化「飛地」〉，見《人民日報·海外版》（《世界華人周刊》第八期），二〇〇四年三月二十四日。

三七　莊國土：〈唐人街：海外的中國文化「飛地」〉，見《人民日報·海外版》（《世界華人周刊》第八期），二〇〇四年三月二十四日。

三八　樂黛雲：〈文化衝突與文化自覺〉，見《比較文學與比較文化十講》（上海市：復旦大學出版社，二〇〇四年版），頁五十八。

三九　參見廖炳惠編著：《關鍵詞二〇〇：文學與批評研究的通用詞匯編》（南京市：江蘇教育出版社，二〇〇六年版），頁一七〇~一七一、二五四~二五六、一五五~一五七、一七一~一七二。

四〇　參見林湄：《天望》，這是旅居荷蘭女作家林湄的一部長篇力作，值得一讀。小說寫一位來自中國大陸的新移民女子微雲尚未找到生活位置，與歐洲小鎮上一年輕傳教士弗里德結爲夫妻共同生活所發生的一系列故事。「天望」，多麼意味深長的字眼。其對於生存眞義和生命價值的追問和關注，賦予這部小說深刻的哲理意蘊和人文情懷。

四一　參見廖炳惠編著：《關鍵詞二〇〇：文學與批評研究的通用詞彙編》（南京市：江蘇教育出版社，二〇〇六年版），頁一七〇～一七一、二五四～二五六、一五五～一五七、一七一～一七二。

四二　梁麗芳：〈《金山華工滄桑錄》與《尋找伊甸園》的旅程母題及其他〉，見《華文文學》二〇〇七年第五期。

四三　參見廖炳惠編著：《關鍵詞二〇〇：文學與批評研究的通用詞彙編》（南京市：江蘇教育出版社，二〇〇六年版），頁一七〇～一七一、二五四～二五六、一五五～一五七、一七一～一七二。

四四　參見廖炳惠編著：《關鍵詞二〇〇：文學與批評研究的通用詞彙編》（南京市：江蘇教育出版社，二〇〇六年版），頁一七〇～一七一、二五四～二五六、一五五～一五七、一七一～一七二。

四五　張頤武：〈穿行於雙重世界之間〉，轉自查建英：《叢林下的冰河》，長春市：時代文藝出版社，一九九五年版。

四六　參見樂黛雲等主編：《跨文化對話》第十一輯（上海市：上海文化出版社，二〇〇三年版），頁一〇〇～一〇一。

四七　劉再復、劉劍梅：《共悟人間：父女兩地書》（上海市：上海文藝出版社，二〇〇一年版），頁二、四。

四八　劉再復、劉劍梅：《共悟人間：父女兩地書》（上海市：上海文藝出版社，二〇〇一年版），頁二、四。

四九　王潤華：《華文後殖民文學：中國、東南亞的個案研究》（上海市：學林出版社，二〇〇一年版），頁一二九、一三〇。

五〇　轉自梁展：《全球化話語》（上海市：上海三聯書店，二〇〇二年版），頁一〇三。

關於世界華文文學史料學的再思考*

袁勇麟

壹

回顧中國大陸二十年來世界華文文學研究的歷程，雖然取得了一批階段性的學術成果，但在整個學科的建設中，史料的搜集、整理工作卻顯得尤爲薄弱。從一九八二年在暨南大學召開的首屆臺灣香港文學學術討論會開始，史料問題一直是大家關注的焦點。香港作家梅子當年就說過：「首屆討論會突出表明，目前的資料搜集空白太多。」他認爲「作爲一個全國性的研究會」的臺灣香港文學研究會，應該「千方百計設立資料中心」，「及時向會員提供最新的研究資料是刻不容緩的」（註一）。此後，儘管不少有識之士不停地呼籲和努力，如一九九三年六月香港嶺南學院現代中文文學研究中心與暨南大學中文系聯合在廣州召開世界華文文學研究機構聯席會議，共有大陸十七個研究機構的二十五位代表和臺港三個學術機構的四位代表參加。與會代表一致認爲，世界華文文學的蓬勃發展給我們的研究工作帶來了新機遇與新氣象，但由於資料的缺乏，更有厚度、深度的成果還不多，「今後應加強聯繫、互相溝通研究信息，還要重視資料的收集和積累」。（註二）但是，史料學的建設仍不盡如人意。直到最近一次二〇〇〇年於汕頭大學召開的第十一屆世界華文文學國際研討會上，仍有人提出，應該「加強有關資料（如華文作家、評論家小傳、作品、評論集等）的收集、整理及交流交換，逐步建立共同的資料庫」。（註三）

如果我們不是把文學史料學僅僅當成是拾遺補缺、剪刀加漿糊之類的簡單勞動，而承認它是一項宏大而複雜的系統工程，是文學史研究的前提和基礎，在世界華文文學研究的學科建設中占有舉足輕重的地位，那麼，與中國古代文學研究、現代文學研究，甚至當代文學研究相比，我們就不得不承認，迄今爲止，世界華文文學史料學的建設，還存在許多空白和不足。就以中國現代文學研究爲例，自一九七九年中國社會科學院文學研究所現代文學研究室發起編纂《中國現代文學史資料彙編》這一龐大工程以來，全國共有七十多所高校和科研機構的數百名專家參加編選了「中國現代文學運動、論爭、社團資料叢書」（三十卷）、「中國現代作家研究資料叢書」（近一百五十卷）以及《中國現代文學總書目》等大型工具書。此外，還出版了大量有組織有計畫的「史料彙編」、「文藝叢書」、「文學大系」和「作家全集」，如《一九二三～一九八三年魯迅研究學術論著資料彙編》、《上海「孤島」時期文學資料叢書》、《抗戰時期桂林文化運動史料叢書》，《抗戰文藝叢書》、《上海抗戰時期文學叢書》、《延安文藝叢書》，《中國新文學大系》、《中國新文藝大系》、《世界反法西斯文學書系》，《郭沫若全集》、《茅盾全集》、《巴金全集》，等等（註四）。正是這些文學史料系統地搜集、整理，不僅大大促進了中國現代文學史料學的建設，而且更積極地推動了中國現代文學研究的進一步深入。

在臺港和海外，已有一些先行者著手從事世界華文文學史料學的建設工作，而且，在他們那裡，「史料與史識，文學資料與文學理解，相輔相成」。（註五）眾所周知，早期的海外華文文學主要是依賴於華文報刊而存在的。由於搜集不易，長期以來未能引起研究者的注意。新加坡文學史家方修於二十世紀五十年代末期，利用萊佛士博物館捐贈一批戰前的報紙合訂本給新加坡大學圖書館的機會，花了整整一年時間，抄了百幾十本練習簿，拍了整千張照片。後來，他利用這些資料，編寫了三卷本的《馬華新文學史稿》。並在這些資料的基礎上，編輯出版了十大卷的《馬華新文學大系》，完成了「馬華文化建設的一個浩大工程」（註六），使原本默默無聞的馬華文學，一下子受到世界華文文學研究界的關注。又如被柳蘇譽爲「香港新文學史的拓荒人」的香港中文大學盧瑋鑾教授，數十年來致力於文學史料的搜集、整理工作。她利用十年時間，整理出一九三七年至一九五〇年間約三百位在港中國文化人的資料，以及《立報·言林》、《星島日報·星座》、《大公報·文藝》的目錄、索引。正如她自己所指出：「這些原始資料的整理，可爲將來香港文學史的編纂提供方便，也直接幫助釐清了許多錯誤觀念。」，「香港文學史料一天不較全面公開及整理，香港文學研究就極易犯以訛傳訛的毛病，距離事實眞相愈遠。因此，整理原始資料，是急不容緩的步驟。」（註七）二十世紀九十年以來，盧瑋鑾教授還與鄭樹森、黃繼持教授合作，選編出版了「香港文化研究叢書」（包括《香港文學大事年表（一九四八～一九六九）》、《香港文學資料冊（一九四八～一九六九）》、《香港小說選（一九四八～一九六九）》、《香港散文選（一九四八～一九六九）》和《香港新詩選（一九四八～一九六九）》五冊）、《早期香港新文學資料選》、《早期香港新文學作品選》、《國共內戰時期香港文學資料選》、《國共內戰時期香港文學作品選》等。這些珍貴資料的彙編出版，填補了香港文學史料上的一些空白，其意義自然非同尋常。

其實，大陸學人和研究機構也有不少相當重視世界華文文學史料的搜集整理工作。汕頭大學《華文文學》雜誌自一九八八年第一期不定期開闢「文學史料」專欄以來，先後刊出了新加坡林文錦的〈南洋爲何沒有偉大作品產生——回憶戰前新馬文壇的一次文藝論爭〉、陳春路和陳小民的〈泰國華文文學史料〉、泰國李少儒的〈「五四」爆開的火花——泰華新詩發展簡史〉、陳賢茂的〈新馬華文文學發展概況〉、曉剛的〈臺灣新詩研究資料索引〉、菲律賓王禮溥的〈菲華文藝六十年〉、馬來西亞孟沙的〈馬來西亞華文作家協會開展文運十八年始末記〉等文章。而且，大陸學者從事這項工作也有自己的優勢，盧瑋鑾教授就曾說過：「我能看到的只限香港大學及中文大學所藏的有限書刊。據所知，內地各大圖書館同樣藏有這些書刊，甚至比香港兩家大學更完備，例如國內就有《循環日報》、《珠江日報》。假如國內研究者能在這方面用力，所掌握的第一手資料必然比我豐富。」（註八）廈門大學朱雙一研究員一貫擅長世界華文文學史料的搜集、整理工作，他曾在尋找余光中、王夢鷗、姚一葦等人早年作品方面，取得許多重要收穫，獲得一批珍貴史料。尤其是他搶救性地發掘出姚一葦一些鮮爲人知的作品，避免了遺珠之憾。對於史料搜集工作，朱雙一研究員深有體會地說：

> 在這類史料探尋過程中，與被陳映眞譽爲「暗夜中的掌燈者」的已故姚一葦先生及其夫人李應強女士的交往，令我印象深刻，終生難忘。一九九七年初，我應臺灣聯合報系文化基金會邀請，赴臺短期學術研究。當時我有個縈繞心頭已久的疑問：姚一葦先生讀的是銀行系，後來在文學上卻有如此巨大的成就，在早年必定已有所積累和試煉。儘管我查找了幾年，還未見一絲線索，但這幾乎已經成爲我的一種信念。與他聯繫後，我開門見山地詢問這個問題，得到的是肯定的回答。姚先生並將他早年的筆名（姚宇、袁三愆等）和發表作品的報刊（永安《改進》雜誌、浙江《東南日報》、桂林《救亡日報》等）以及與施蟄存先生密切的師生關係等，告訴了我。回到廈門，我在一九四三年的《改進》上找到了署名姚宇的小說，隨即寄給姚先生。很快地，姚先生回了一封信，信中說：收到那篇小說，勾起了舊日的種種回憶，於是翻箱倒櫃，竟然找出了當年的一些作品，複印了寄來；年輕時的作品不少，其實可以出一本很大的書，只是到了臺灣後，極少向人提起當年的事。這些創作也就到了幾乎無人知曉的地步。
>
> 差不多就在我收到這封信的時候，一件令人震愕和悲傷的事發生了：姚先生因心臟病發作，於四月十一日與世長辭。痛

惜之際，看看那封信，寫於三月二十二日，僅在二十天前。這使我有一種從時間的虎口中奪出一些無價之寶的感覺。六月號《聯合文學》的紀念姚先生專輯，重刊了姚先生四篇早年小說及散文作品等。試想如再遲一步，這些作品或許就將永遠湮沒無聞，那麼是多麼的可惜！

從朱雙一研究員發掘史料的工作中，可以看出世界華文文學史料建設的重要性和緊迫感。這項工作的意義，正如黎湘萍研究員在爲《中國文學年鑑一九九五～一九九六》撰寫〈大陸的臺灣文學研究綜述〉時所指出：作爲史學研究基礎的史料發掘和甄別，「展示了一種應該學習和提倡的認眞研究眞正的學術問題的學風，這種學風在這個新興的學科中，實在太缺乏了」，這類工作「將嚴肅的史料研究方法引入了這門學科，給它注入了富於生命的學術活力」。（註九）

貳

由於世界華文文學資料相對不易搜集，因此，對於已有的材料，研究者也要避免「撿到籃子都是菜」的弊端。南京大學劉俊博士在回顧世界華文文學研究歷程時，就曾指出：「臺港暨海外華文文學這一研究對象的特殊性導致了在對它進行研究的時候首先面臨的就是研究資料的匱乏和獲取資料的不易這樣的問題。時空的阻隔、意識形態的差異、經濟實力的懸殊，使得大陸的臺港暨海外華文文學研究常常因爲獲取資料的困難而處於一種相當被動的狀態，『看菜吃飯，就米下鍋』幾乎成了早期這一研究領域的普遍現象，隨著大陸對外交流的不斷擴大以及網絡運用的日見普及，這種情形有所改善，但從根本上講，研究資料的問題仍然構成了這一研究領域的瓶頸——資料的不能充分占有常常會對研究造成傷害，而這種傷害又直接影響到研究成果的品質和誠信度。」（註一〇）

任何材料，從發掘出來到成爲準確可靠的史料，都還有一系列鑒別整理的工作。王瑤先生在談到中國現代文學研究時，就特別強調應當重視「對史料進行嚴格的鑑別」。他說，有關一些文藝運動以及文學社團或文藝期刊等方面的文字記載，常常互有出入；特別是一些當事人後來寫的回憶性質的東西，由於年代久遠或其他原因，彼此間常有互相抵牾的地方，「這就需要經過一番考證審核的功夫，而不能貿然地加以採用」。（註一一）他的這一番話對於世界華文文學研究也有借鑑意義。

被學界公認「爲學精細，長於考證」的汪毅夫研究員，在這方面取得了突出的成就。他在總結自己的治學心得時說過：「我從文獻、也從口碑，從館藏、也從民間收藏的文獻收集史料，並以冷靜的態度辨別、鑒定，發現了頗多似不起眼而很可說明問題的史料。我還收集一批實物和圖片，亦常於冷僻處發現其史料價值。」（註一二）他在〈《後蘇龕合集》札記〉一文中，對臺灣近代作家施士潔及其文學活動詳加考證，得出不少令人耳目一新的結論。如他親到施士潔祖籍地——福建省石獅市永寧鄉西岑村調查，訪得《溫陵岑江施氏族譜》，查看施氏故宅、《岑江施氏重修家廟碑》、墓葬，並收集施氏後人口碑，據此訂正了志乘中的錯誤，認爲「施氏生卒應是一八五六年而不是有關史志通常所記的一八五五年」。又如關於臺灣牡丹詩社的創立年分，傳統上有一八九一、一八九二和一八九五年三種說法。汪毅夫通過對牡丹詩社當事人施士潔和林鶴年詩文加以考證，令人信服地推衍出「牡丹詩社應創於一八九三年正月」的結論。汪毅夫的研究生導師、現代文學史家俞元桂教授十分贊賞他在學界越來越多大而無當的驕躁空疏之論的情況下，願意下功夫進行精細扎實的研究。俞元桂先生在爲汪毅夫的《臺灣近代文學叢稿》一書做序時指出：「從事文學史教學和研究的人，無不重視史料的搜集和考訂，因爲這是構築文學史殿堂的基石。不留意翔實的史料而熱心於憑主觀見解編排未經審核的史實，其法實不足取。毅夫深知這一道理，所以他對臺灣近代文學的研究還是一仍其舊。首先在作家、作品、社團及文化背景方面進行史實考訂與整理，在這基礎上再嘗試作史的編述。魯迅在〈近代世界短篇小說集·小引〉裡說：『……譬如身入大伽藍中，但見全體非常宏麗，眩人眼睛，令觀者心神飛越，而細看一雕闌一畫礎，雖然細小，所得卻更爲分明，再以此推及全體，感受遂愈加切實，因此那些終於爲人所注重了。』魯迅翁的話十分透徹地道出了『細看一雕闌一畫礎』的意義，毅夫所做的正是這一類切實的工作。」（註一三）

我在撰寫《二十世紀中國雜文史》（當代部分）時，爲了擴大學術視野，有意把臺港雜文也納入當代中國雜文研究的整體格局中。在檢索國內臺港雜文研究資料時，我特意查閱了這一學科較權威的一本學術研究指南。但是，在少得可憐的有關雜文的信息中，我還是發現了編著者對史料未能進行「嚴格地鑒別」，導致了以訛傳訛。如書中介紹到臺灣雜文家柏楊時，用了一段富有詩情畫意的文字來解釋「柏楊」這一筆名的由來：

據介紹，河南多柏樹，亦多楊樹。柏樹冰雪長青，可於世千年；白楊挺立深山幽谷，風中嘩嘩作響，頗動人心魄。這是他名字的由來，更是他性格的寫照。（註一四）

這段文字美則美矣，但卻離事實太遠。我們只要看看柏楊有關的自述文字，就知道該筆名到來自於二十世紀五十年代他橫貫臺灣中部公路之旅所經過的一個原住民村落——古柏楊。那麼上述望文生義的文字從何而來呢？原來，它的始作俑者是河南旅美記者李成，他在一篇介紹柏楊的文章中曾這麼寫道：

河南多柏樹，也多楊樹。柏樹有鱗鱗的葉子，龜裂深褐的皮色，冰雪長青，樹齡可達千年。白楊挺立在深山幽谷之中，風來時嘩嘩作響，動人心魄。這是柏楊的性格，也是他名字的由來。（註一五）

如果說上面這個例子對學術研究無大礙，情有可原的話，那麼，新近我在翻閱兩本大陸學者所著的當代散文研究專著時所發現的錯誤，則是不能原諒的。一本專著在《隔岸之花——臺港女性散文透視》這一節裡，有以下一段論述：

臺港當代文學在發展歷程中，有一個非常顯著的特徵，就是女性文學的奮起和勃興，出現一批很有影響的女性作家，她們作品的量和質都令人刮目相看，爲之震驚。如臺灣的蘇偉貞、阮秀莉、季季、淩拂、李昂、龍應台、胡台麗、廖玉蕙、瓊瑤、張秀亞、席慕蓉、三毛、簡媜等，香港的施叔青、陶然、張鳳儀、小思、亦舒等，才情勃發，感情豐富，成就斐然。（註一六）

我們姑且不論文中所列舉的作家是否都具有代表性（如香港似乎就不應該遺漏西西），「張鳳儀」恐爲「梁鳳儀」之筆誤，僅從把陶然先生強行納入巾幗之列，確實讓人啼笑皆非。而另一本專著在談到二十世紀八十年代以來大陸形成的女作家群體顯示了強大的陣容和創作實績後，緊接著寫道：「而臺灣作家張曉風、梁鳳儀、龍應台、三毛等作品又使女性文學增加了更豐富的內容。」（註一七）這下子更乾脆了，索性把梁鳳儀劃歸到臺灣作家之列。我孤陋寡聞，充棟宇、汗牛馬的書刊委實看不過來，只好弱水三千，取飲一瓢。可就在這少數過眼的圖書中，竟然發現如此淺層次的錯誤。不知這兩本書所犯的錯誤是否具有代表性，它們出版於九十年代中期，出現這樣的紕漏實屬不該。這已經不是早期資料匱乏帶來的問題，相信只要稍稍關心一下臺港文學的人，或者查閱一下目前並不難找到的有關文學史著作或作家辭典，就不至於出現張冠李戴的現象。

由此可以看出，搜集資料只是史料工作的第一步，隨後還有眾多繁重的任務，比如史料的考證，比如版本的鑒別，比如筆名的辨認，等等。就以筆名的辨認爲例，它本身其實也是一項非常複雜的工作。香港學者楊國雄在整理香港早期的文學資料時，從一九三六年八月十八日、二十五日和九月十五日的香港《工商日報》「文藝周刊」上，發現一篇署名「貝茜」的文章〈香港新文壇的演進與展望〉，這篇文章雖然不完整，但對於瞭解香港早期新文藝的發展，具有相當重要的作用。但「貝茜」是誰，卻一時無法知道。因此，楊國雄感嘆道：「研究現代文學史的人往往發現路途崎嶇，辨別筆名是一個很大的難題，其他如作家們的錯綜複雜的關係，或某一件史事的商榷，都是要花很大力量來解決。大多數研究現代文學史都不是當時的個中人，做起研究功夫來，常有產生『隔』的感覺，而當時身歷其境的作家，又因歲月悠久，缺乏文字資料的支持，所憶述的事情亦可能有遺誤。」（註一八）盧瑋鑾教授在整理選編國共內戰時期（一九四五～一九四九年）香港的文學資料時，也碰到許多類似的困難，「作者的筆名眾多」，她說，「這時候可能因爲政治關係，也可能因爲一個人寫很多文章，不方便用同一個名字發表，所以一版之內的不同名字，可能是出自同一個人之手。有些甚至連作者自己也忘記了，例如：端木蕻良曾用過很多筆名，他在晚年忽然想起，才告訴我們」。（註一九）

參

現代文學史家黃修己教授認爲：「一個發展健全的學科，應該在基礎、主體、上層建築三個層次的建設上，都達到一定的水平。」而「基礎層次」即史料，他指出：「有了豐富、完整的史料，學術研究才有堅實的根基。」（註二〇）研究臺港澳及海外華文文學，畢竟不如研究大陸當代文學那麼直接便利，突出存在的一個問題便是資料的欠缺。由於長期的隔絕，加上臺港澳及海外華文文學卷帙浩繁，給研究工作帶來相當大的難度。再加上渠道的不通暢，許多華文文學資料不是收藏在各大圖書館裡，而是天女散花般流落在民間個人手上，沒有產生應有的效益。而一些資料的「壟斷者」又秘不外傳，沒有把資料當成「天下公器」，「全面公開」，「讓更多研究者從不同角度寫成公允的評價或理論」，（註二一）更給這個學科的發展帶來了負面的影響。如福建社科院張默芸女士在談到世界華文文學研究中的酸甜苦辣和心得體會時，以自己的親身經歷爲例：「首先是找資料難。我沒有臺港及海外朋友，要弄到臺港暨海外華文作家的作品比登天還難。我出差北京，原想從北京圖書館複印此資料，可他們沒有。……幾年後一北京好友來信，說中國社會科學院文學所臺港室有許多資料，且用這些資料的也是武（漢）大（學）學子。我想從老同學處借書十拿九穩，於是又一次北上。我找到了他，他說他忙，要我自己查卡片借書。我查了近一上午卡片，好不容易找到十多本我可複印的書，資料員說這些書早被我那同學借走，我忙奔臺港室，同室的人說我同學已回家吃飯了，我問了地址，趕往他家，他竟然說沒那些書。我驚呆了。老天！他連老同學都不肯借書！他後來用他霸占的書出不少成果。但我不羨慕他。」（註二二）因此，香港作家梅子在一九八五年指出：「假如有更多的研究者，將自己擁有的資料無私地拿出來公開交流，我們就完全可以期待不久之後，在這一領域裡，國內會有更新的突破。起碼，有關的推介和研究，將可能永遠擺脫『抓到什麼，就鑽什麼』的蹇局，走上有計畫、有系統、有『點』也有『面』的坦途。」（註二三）

為了避免出現「資料壟斷」的現象，讓史料發揮最大效應，內地、臺港澳及海外學人應該聯合起來，共同建立一個完備的世界華文文學資料庫。

在香港，自二十世紀八十年代以來，香港中文大學中文系一直致力於香港文學資料的整理和研究工作。盧瑋鑾教授並且慷慨捐贈個人的剪報、目錄，於一九九九年促成藏有豐富香港文學研究資料的香港中文大學圖書館建立「香港文學資料庫」。這是目前爲止第一個系統化的香港文學資料網，收有資料六萬條，包括十六種香港報章文藝副刊作品、四十種香港文學期刊索引和六千本著作。「香港文學資料庫」除基本檢索功能外，還提供部分文藝副刊和期刊的全文影像。二〇〇一年七月，香港中文大學中文系更是成立了「香港文學研究中心」，盧瑋鑾教授擔任中心主任及召集人，成員包括中文系鄧仕梁教授、楊鍾基教授、何杏楓教授，人文學科研究所王宏志教授，中文大學圖書館馬輝洪先生等。該中心主要工作是將日漸散佚的香港文學資料，做系統性整理和研究，並制定了長短期工作目標：

短期目標

一　將散見於校內各處的香港文學資料作系統性分類、編目和分析

二　整理其他大專院校和分散全港的相關資料

三　整理舊報刊及剪存新刊資料

四　定期出版研究通訊及刊物

五　將編整所得的資料上網或製成目錄索引

六　舉辦不定期的小型活動，例如講座或展覽

長遠發展方向

一　與海內外其他機構合作，拓展資料整理和研究領域

二　申請校外研究經費，以期獲得更多資源，開展更具規模的研究計畫

三　進行專題研究、編整教材及史料訂正工作

另外，劉以鬯先生在一九九九年七月八日第三屆香港文學節研討會的演講中，也敦促香港藝展局應該資助以下幾項工作：（一）編印《香港文學大系》或《香港新文學大系》；（二）編印《香港文學叢書》，重印已絕版的重要作品；（三）建立「香港現代文學館」；（四）成立「香港文學翻譯中心」，將香港的優秀文學作品譯成外文；（五）編纂香港文學年度選集；等等。（註二四）

在臺灣，幾十年來有關籌設文藝資料中心的呼籲一直就沒有停止過。一九九二年九月《文訊》雜誌曾策畫組織「現代文學資料館紙上公聽會」專輯，吳興文、林景淵、林慶彰、秦賢次、張默、張錦郎、楊文雄、鄭明娳、隱地、龔鵬程等十位專家，就「我心目中理想的現代文學資料館」各自發表了意見。其中，林慶彰先生更是具體提出了「現代文學資料館」的四個功能：

（一）搜集現代文學圖書和期刊。廣義的文學資料，除作家的作品外，也應包括作家傳記、手稿、日記等書面資料和後人的批評論著。甚至影響作家成長、塑造作家風格的相關著作，皆應包括在內。這些資料，就大陸方面來說，有三十年代的資料，也有當代大陸作家的作品；就臺灣來說，有日據時代的資料，也有當代臺灣作家的作品，資料搜集的方法和困難度不一，但絕不可自限格局，有所偏枯。（二）搜集與現代文學相關的文物資料。這一部分包括文學活動的照片，作家個人的照片，作家使用過的文具、筆墨、印章和作家平時嗜好搜集的文物資料。這一類的資料，不但反映作家生活的部分風貌，也可以說是活的文學歷史的反映。（三）整理、編輯現代文學資料。除把現代文學資料館規畫爲一典藏圖書、文物，供人參觀利用的機構外，也應有整理、編輯文學資料的部門，這部門可整理出版作家的全集、選集，也可藉所搜集的資料編輯各種工具書，如作家年譜、作家著作目錄、作家作品評論索引、文學辭典等。（四）規畫文學活動的場所。爲推廣現代文學活動，此一文學資料館也應設有召開文學學術會議、演講的場所，甚至還應有可開班授課的教室，使這一文學資料館，不但是靜態的典藏資料的場所，也是兼有編輯、出版、開會、演講、上課等多功能的現代文學活動中心。（註二五）臺灣「文建會」也在一九九三年九月七日召開「現代文學資料館」第一次規畫小組會議，宣布初步的規畫及發展目標是：（一）現代文學資料館將擔負收集、整理、典藏、展覽文學史料及作品的功能；（二）建立本土化現代作家檔案；（三）提供從事現代文學研究工作者相關資訊；（四）規畫推動有關現代文學的翻譯、編輯及出版工作；（五）結合文學團體及研究機關教學出版；（六）建立文學資訊，增進國際交流合作。（註二六）

一九九八年，臺灣世新大學「基於文史資料保存及華文文學推廣之實際需要」，成立了「世界華文文學資料典藏中心」。據世新大學中文系主任王瓊玲博士介紹：總計畫由該校人文社會學院院長黃啓方教授主持；第一子計畫「世界華文文學資料庫與網站之建置」，由該校圖書館賴鼎銘館長負責整理規畫所有資料，由圖書資料管理學系莊道明主任規畫國際網絡；第二子計畫「東南亞地區華文文學資料搜集」，由該校英文系主任陳鵬翔教授主持，協同主持人爲鍾怡雯和陳大爲；第三子計畫「美加地區華文文學資料搜集」，由該校中文系廖玉蕙博士主持；第四子計畫「大陸地區華文文學研究資料搜集」，由王瓊玲博士主持。目前，中心已收藏有臺灣「世界華文作家協會」捐贈的該會所有檔案、圖書及作品，還希望藉此擴大搜集全世界其他華文文學組織的檔案、資料、私人收藏的著作及作家作品，成爲臺灣乃至全世界收集海外華文文學資料最完備的中心。（註二七）

在大陸，二〇〇一年十月於福建省武夷山市舉行的「第二屆世界華文文學中青年學者論壇」上，汕頭大學《華文文學》吳奕錡主編通報了汕頭大學將要建立世界華文文學網站這一訊息，表示今後不僅《華文文學》雜誌上網，各種相關資料信息也上網，以賦予世界華文文學研究新的活力。二〇〇二年五月二十九日於廣州暨南大學舉行的中國世界華文文學學會第一屆理事會第二次會議上，饒芃子會長就史料建設工作做了部署，初步擬議在福州和廈門建成臺灣文學資料中心，在廣州建成港澳文學資料中心，在汕頭建成海外華文文學資料中心。在此基礎上，有組織有計畫地著手編輯有關的文學總書目、文學期刊目錄、報紙文學副刊目錄、文學活動大事記、作家辭典、研究論文索引等一系列工具書，有選擇有側重地選編出版臺港澳暨海外華文文學叢書，包括各國、各地區作品總集、各文體作品選、著名作家文集等。

世界華文文學史料建設將是一項浩大的學術工程，不僅需要大量的人力、財力，而且更需要「甘坐冷板凳」的奉獻精神，需要大陸、臺港澳和海外的互動，作家、評論家和史料工作者的互動，研究機構與出版單位的互動，只有這樣，才能促成世界華文文學研究的健康發展。

——原刊於《香港文學》二〇〇二年十月號

注釋

* 相關研究文章有〈第三只眼看華文文學〉（《福建學刊》一九九八年第一期）、〈一項刻不容緩的工作——淺談華文文學研究的資料建設〉（《香港作家》二〇〇〇年第六期）、〈一個宏大的系統工程——世界華文文學史料學管窺〉（《世界華文文學論壇》二〇〇二年第一期、《華文文學》二〇〇二年第二期）、〈世界華文文學史料學的回顧與展望〉（《甘肅社會科學》二〇〇三年第一期）、〈創建世界華文文學史料學的思考〉（《世界華文文學研究》第一輯）等。

一　梅　子：〈參加首屆臺港文學學術討論會的印象與建議〉，見《臺灣香港文學論文選》（福州市：福建人民出版社，一九八三年十月），頁二六五。

二　黃耀華：〈研究海外華文文學的視角和方法〉，《華文文學》一九九四年第二期。

三　朱嬋清：〈同心協力，爲世界華文文學的發展建功立業〉，載《期望超越》（廣州市：花城出版社，二〇〇〇年十一月），頁三十七～三十八。

四　樊　駿：〈關於中國現代文學史料工作的總體考察〉，載《論中國現代文學研究》（上海市：上海文藝出版社，一九九二年十一月），頁二二一～二二四。

五　黃繼持：〈關於「爲香港文學寫史」引起的隨想〉，黃繼持、盧瑋鑾、鄭樹森：《追跡香港文學》（香港：牛津大學出版社，一九九八年），頁第九十。

六　杜麗秋：〈海外華文文學研究的回顧與展望〉，《華文文學》一九九〇年第二期。

七　盧瑋鑾：〈香港文學研究的幾個問題〉，黃繼持、盧瑋鑾、鄭樹森：《追跡香港文學》（香港：牛津大學出版社，一九九八年），頁六十九～七十。

八　盧瑋鑾：《香港文學研究的幾個問題》，黃繼持、盧瑋鑾、鄭樹森：《追跡香港文學》（香港：牛津大學出版社，一九九八年），頁七十三。

九　朱雙一：〈我和臺灣文學研究〉，載陳遼主編：《我與世界華文文學》（香港：昆侖製作公司，二〇〇二年三月），頁二十九～三十一。

一〇　劉　俊：〈從研究白先勇開始……〉，載陳遼主編：《我與世界華文文學》（香港：昆侖製作公司，二〇〇二年三月），頁二九七。

一一　王　瑤：〈關於現代文學研究工作的隨想〉，載《王瑤文集》第五卷（太原市：北嶽文藝出版社，一九九五年十二月），頁十八～十九。

一二　汪毅夫：〈熾熱的情感與冷靜的態度〉，載陳遼主編：《我與世界華文文學》（香港：昆侖製作公司，二〇〇二年三月），頁十九。

一三　俞元桂：〈序〉，載《臺灣近代文學叢稿》（福州市：海峽文藝出版社，一九九〇年七月），頁一。

一四　王劍叢等編著：《臺灣香港文學研究述論》（天津市：天津教育出版社，一九九一年），頁二一四。

一五　李　成：〈十年鐵窗三部書——臺灣作家柏楊印象記〉，《華文文學》一九八五年試刊號。

一六　李華珍：《中國新時期女性散文研究》（合肥市：安徽大學出版社，一九九六年十二月），頁九十。

一七　李曉虹：《中國當代散文審美建構》（深圳市：海天出版社，一九九七年十月），頁一七五。

一八　楊國雄：〈一點說明〉，《香港文學》總第十三期（一九八六年一月）。

一九　鄭樹森、黃繼持、盧瑋鑾：〈國共內戰時期（一九四五～一九四九）香港文學資料三人談〉，載《國共內戰時期香港文學資料選》（香港：天地圖書公司，一九九九年），頁五。

二〇　黃修己：〈告別史前期，走出卅二年——中國現代文學學科發展的思考〉，載《藝文述林2　現代文學卷》（上海市：上海文藝出版社，一九九七年十一月），頁一～二。

二一　盧瑋鑾：〈香港文學研究的幾個問題〉，載黃繼持、盧瑋鑾、鄭樹森：《追跡香港文學》（香港：牛津大學出版社，一九九八年），頁七十四。

二二　張默芸：〈我愛世界華文文學〉，載陳遼主編：《我與世界華文文學》（香港：昆侖製作公司，二〇〇二年三月），頁四十七～四十八。

二三　梅　子：〈建起一座橋樑：散放溫暖的鼓勵——序梁若梅選編的《一夜鄉心五處同》〉，載《香港文學識小》（香港：香江出版有限公司，一九九六年十一月），頁三二七。

二四　劉以鬯：〈香港文學的市場空間〉，載《第三屆香港文學節研討會講稿彙編》（香港：臨時市政局公共圖書館，一九九九年十一月），頁一〇五。

二五　林慶彰：〈期盼早日設立多功能的文學資料館〉，《文訊》革新第四十四期（一九九二年九月）。

二六　陳信元主編：《臺灣地區文壇大事紀要（一九九二年～一九九五年）》（臺北市：行政院文化建設委員會，一九九九年九月），頁一五五～一五六。

二七　吳穎文：〈臺灣籌建「世界華文文學典藏中心」〉，《世界華文文學論壇》二〇〇一年第三期。

新世紀日華文學的四個關鍵詞

（日本）王海藍

在世界華文文學圈，照直說，當代日華文學相比勢頭正猛的北美華文文學在整體上略遜一籌，甚至被旅日學者廖赤陽喻爲「一座漂泊的孤島」，但進入新世紀，它憑藉歷史傳承與底蘊日漸發展繁榮，一枝獨秀。在筆者看來，有四個關鍵詞可以很好地概括新世紀日華文學的發展。

關鍵詞一：日華文學筆會

新世紀二十年日華文學的第一個關鍵詞是「日華文學筆會」。這個民間文學組織誕生的意義與作用重大，是引領和促進日本華文文學繁榮發展的中堅力量。

從歷史、文化和觀念的延長線的角度來看，當代日華文學是近代日本華文文學的再傳承與再出發，日華文學相關組織可追溯到一九二一年郭沫若、郁達夫等在日本成立的「創造社」。後因國內軍閥混戰和抗日戰爭等，日華文學進入漫長的冬眠期。直到九十年後的二〇一一年十二月，在世界華文文學逐漸繁榮的大環境下，王敏、華純、林祁等作家和學者，將一批熱愛文學且有志於中文創作的旅日華人凝聚在一起，創辦了當時日本華人圈唯一的文學社團——日本華文文學筆會。目前，日華文學筆會已經成爲日本華文文學的主陣地，在促進日華文學的創作、研究與傳播以及樹立「日華文學」品牌等方面起著重要作用。作爲日華文學筆會理事會的一員，筆者雖沒參與它的誕生，但是其成長與發展的見證者之一。

當下的日華文學筆會可從四方面去瞭解。

首先，日華文學筆會有一批潛心寫作、並積極參與文學交流的會員，現有八十餘人，涉及小說、散文、隨筆、詩歌與文學評論等體裁，其中不乏專業作家。自筆會成立以來，會員作家在自主創作的情況下，已出版著作九十多部，發表小說上百篇，各種散文隨筆六百餘篇，詩歌不計其數，論文約四十篇。他們雖長期旅居海外，但對中文寫作不離不棄，除了個人的潛心寫作，還積極參與筆會的各種文學交流活動。現任會長姜建強是一位隨筆作家，哲學專業出身，他推動理事會確定了「請進來，走出去」的發展方針。如在中國駐日大使館、中國世界華文文學學會、日本千代田教育集團的支持協助下，於二〇一九年四月舉辦的「日本華文文學創作與評論國際研討會」，來自世界各地的近百名學者與作家，在東京就日華文學的傳統與現代等話題展開討論。再如，爲激勵新老作者創作，從二〇一七年起設立日本華文文學獎，現已舉辦兩屆。

筆會是非營利機構，僅靠會員會費維持基本日常項目支出。但日華文學筆會注重加強與有人文情懷的在日企業家、大學和媒體的密切聯繫，爲日華作家會員謀求到更多施展才華的機會。日華文學筆會發展離不開國內外文學界、學術界的關心與支援。作家陳永和與李長聲曾分獲第四屆華僑華人中山文學獎。復旦大學學術雜誌《史料與闡釋》在二〇一九年第六期推出「日本華文文學小輯」；《香港文學》在二〇一九年第八期推出日華專輯，包括隨筆、散文、詩歌、小說等，其中哈南的小說《諾言》曾入圍第六屆郁達夫小說獎。

關鍵詞二：知日派隨筆

筆者經常被問到目前日華文學創作哪方面最突出，縱觀新世紀前二十年，知日派隨筆的創作成就最大是毋庸置疑的。原因一是擁有歷史傳承，二是創作團隊強大。

筆者所說的知日派隨筆，是指一些旅日華人作家根據自己對日本的社會、文化等各方面的思考與理解，運用閒適、機智、詼諧等藝術手法，創作出具有個性色彩與人格精神的隨筆類文章。關於知日派隨筆的歷史傳承，主要是指從周作人那裡傳承下來的隨筆創作精神。與海外其他地區華文文學界的隨筆創作有所不同。當下知日派隨筆作家群，主要是包括李長聲、姜建強、毛丹青、張石、萬景路、唐辛子、庫索等，他們的隨筆創作包羅萬象，多數作者還成爲兩國媒體的專欄作家，爲中國讀者在知日方面做出貢獻。其中，李長聲與姜建強是標竿與引領者。

旅日三十年間，李長聲自勵「勤工觀社會，博覽著文章」，其不同階段的隨筆文章陸續在國內出版，從一九九四年的《櫻下漫讀》到二〇一九年的《日本人的畫像》和《閒日讀本》，已累積數百萬字、三十餘部專著。李長聲喜歡借助大量閱讀文學作品來比較中日之間的異同，注重知識性與趣味性，其文筆於輕鬆幽默中凸顯老到睿智。書評人止庵說：「李長聲寫日本有一種俯視的態度。」李長聲認爲，人在現實生活中視線總被遮擋，而讀日本人自己寫的東西能夠爲觀察日本提供一個高度，這種俯視態度把事物置於歷史中觀察，提高了知日的客觀性和全面性。談及日本人的日本論時，李長聲一針見血地指出「日本論的最大缺陷是無視亞洲」，他認爲「日本文化在很大程度上是通過貶低、否定、破壞中國文化來建立的」，他還揶揄日本人把《菊與刀》奉爲經典是可笑之舉，基本上打破了中國人對日本的「社會集體想像」。李長聲對日本文學及近現代作家的閱讀與思考廣泛而有趣，在臺灣出版的隨筆集《我的日本作家們》中，他梳理和點評了從明治到平成的三十七位日本作家，在國際視野與歷史視域下展示了一部有血有肉、小型而立體的「日本近現代文學史」。

另一位值得一提的日華隨筆作家是姜建強。李長聲曾評價姜建強說：「活潑的標題躍動著嚴肅的思考，瀟灑的筆調描繪出完整的現實。」在姜建強的著作題名中高頻出現的詞語是「另類」，其基本義是思想或行動跟傳統理念或方式不符，表現出獨特、個性或新意。姜建強的《另類日本文化史》、《另類日本史》、《另類日本天皇史》等著作，運用獨特的思考另闢蹊徑，爲讀者提供了新視角新文本。姜建強隨筆的顯著特點是哲理性強，他認爲日本人也講「無」的文化哲學，和歌的本質是草庵思想；茶道是在貧寒小屋裡完成了精神洗禮；花道是在去繁去豔去色的基礎上插出了原本「生花」的「清」與「貧」，等等。姜建強的隨筆還善於緊緊抓住社會現實熱點，對當下流行元素或時代信息的敏感度很強。

關鍵詞三：作家黑孩

新世紀二十年，日華文學在小說方面的成就，不外乎陳永和、亦夫、哈南、孟慶華、元山里子等幾位華文作家以及陳希我、林惠子等現已回國的日華作家，他們爲日本華文小說撐起了一片天。在平穩的創作隊伍中，近兩年重磅回歸文壇的日華女作家黑孩成爲矚目的焦點。

黑孩曾任中國青年出版社《青年文摘》、《青年文學》編輯，一九八六年開始文學創作，在國內曾出版短篇小說集《父親和他的情人》、散文集《夕陽又在西逝》以及長篇小說《秋下一心愁》。黑孩於一九九二年赴日，留學、打工、就職、結婚、育兒、再工作，她說因生活所累，停筆長達二十年。期間雖出版過幾本書，但大都是舊作的日譯本。一次日華作家聚會上「黑孩再不寫作就回不了文壇」的激將說法，促使年逾五十的黑孩下決心辭去市政廳職員工作，專心寫作。歷經二十年的沉澱與思考，黑孩厚積薄發，用心創作一年有餘的治癒系長篇小說《惠比壽花園廣場》，在《收穫》二〇一九年第六期首發，今年初由上海文藝出版社出版。中篇小說〈百分之百的痛〉發表在《山花》二〇一九年第十一期，並被《小說選刊》等刊物選載。同時，她還出版了微型小說集《傻馬駒》、散文集《故鄉在路上》。今年，她的《惠比壽花園廣場》入圍了二〇二〇年第五屆中山文學獎，其第二部二十餘萬字長篇小說已經完成。

「我想不一定是我寫得好，是大家對我重返文學所給予的重要的鼓勵。」黑孩在一篇創作談中曾這樣說，由於寫作長期中斷，在《惠比壽花園廣場》創作期間，黑孩一直戰戰兢兢，所以她說自己是「重返文學」之路，不敢奢望回歸文壇。但在不安中，她對寫作又懷著「莊重」的情懷，認爲「莊重」是通向文學的一條捷徑，惟其如此，才會給讀者眞正的感動，從而完成自我療愈和救贖——這也是黑孩重拾寫作的初衷。相較於講故事，黑孩回歸文壇最突出的特點在於文風自然、眞摯和率性，文字有一種天然的親和力，這源於她對世間萬物充滿了愛。黑孩將小說家比喻爲「用文字蓋房子的工匠」，在書寫人性時，她最大的特點是注重細節和眞實，這一是源於她深受日本文學傳統的細節主義影響，二是因爲她堅持要呈現生命的眞實。

關鍵詞四：《藍．BLUE》

《藍．BLUE》是曾在旅日華文圈風靡一時的綜合性文學雜誌，在新世紀日華文學史上留名頗深。

《藍．BLUE》是伴隨著全球化的進程與越境文學的發展應運而生的，在二〇〇〇年八月創刊於日本京都，A五版季刊，每期中文與日文作品各半共四五十萬字。《藍．BLUE》的創始人和編委成員劉曉峰、劉燕子、秦嵐、李占剛、董炳月、王琢，是一批意氣相投、志存高遠的六十後留日學生與文學同仁，他們以在日本的親身經歷、所學知識與滿腔熱忱來搭建《藍．BLUE》這樣一座中日之「橋」。之所以用海洋與天空的顏色給雜誌命名，是因爲他們的夢想是「寬容、快樂與飛翔」，這與雜誌內容所追求的「寬容的、多元的、獨立的、時代的、史料性文學」的人文關懷與價值關懷是一致的。

《藍·BLUE》是中日雙語純文學綜合刊物。主編之一劉燕子曾在香港嶺南大學做了題爲「從最小的可能性開始——《藍·BLUE》的思想與實踐的探索」的報告，她介紹說：這本雜誌是當時東亞唯一一本語言越境的雜誌，是近百年來中日交流史上唯一用中日兩國語言來刊載中日韓三國文學作品、文論與翻譯的雜誌。日華隨筆作家、媒體人楊文凱曾在二〇〇六年評論認爲：「作爲一本純文學刊物，《藍》（即《藍·BLUE》，引用者注，下同。）一起步就走在了正道上，其特點是創作與理論並舉，關注先鋒文學、地下文學和校園文學等邊緣創作群，重視中日文學對譯和跨語種的文學交流、比較，當然還有以專輯形式力推在日華人作家。《藍》的內容豐富扎實，透露出主辦者具備了強烈而自覺的文學史意識，這使《藍》區別於一般自娛自樂的同仁興趣雜誌，在很大程度上進入到華語文學史累進生成的話語系統。」在筆者看來，此評介對《藍》而言最爲中肯與到位。

《藍·BLUE》的格局較大，文章作者與讀者來自世界各地，影響面廣。鳳凰衛視曾以「藍色物語」爲題，專題推介《藍·BLUE》的創刊經歷與現有成果，該刊也曾被日本、新加坡的多家媒體報導，還得到中國文學研究專家藤井省三「日中本格文藝刊物」的推薦。《藍·BLUE》在多所世界知名學府都有收藏，被視爲有保存價值的書刊與資料。

隨著主要編輯人員陸續回國，加上刊物運作經費的日益艱難等現實問題，《藍·BLUE》在二〇〇六年第二十一期後停刊。儘管如此，相比於日華其他文學同仁刊物如《荒島》、《華人》等刊物，《藍·BLUE》在日華文學史上的地位與價值勝出一籌，希望日華文學後輩也能夠帶著興趣與使命感，將日華純文學雜誌傳統薪火相傳。

縱觀以上日華文學的四個關鍵詞，發現它們恰巧代表了一個組織，一種文體，一位作家，一本刊物。這絕非筆者刻意安排，而是在提及日華文學新世紀前二十年的成就時筆者腦海裡最先閃出的四個「點」，因爲顯眼醒目，筆者將其視爲「關鍵詞」。當然，見仁見智，畢竟日華文學的成就呈現在方方面面。

——原刊於《文藝報》二〇二〇年八月；《作品與爭鳴》二〇二〇年第十期專刊

後記

在二〇二一年五月底中南財經政法大學召開的「古遠清與世界華文文學學科建設」會議上，我自題一聯：

渺渺如煙，八十不算華誕；
蒼蒼如天，一生所幸平安。

既然「八十不算華誕」，也就是不敢倚老賣老，那就趕快做出實績，這樣才能不辜負「平安」二字。

晚年我除繼續深耕「臺灣文學」這一領域，連續在臺北萬卷樓圖書出版公司推出《戰後臺灣文學理論史》、《臺灣查禁文藝書刊史》、《臺灣百年文學制度史》、《微型臺灣文學史》、《臺灣百年文學期刊史》、《臺灣百年文學出版史》、《臺灣百年文學論爭史》等十本書外，還有一個最大的心願是爲世界華文文學這門學科的建設貢獻自己微薄的力量：一是出版《世界華文文學概論》，二是編撰《世界華文文學研究年鑑》，三是編選《「世界華文文學」新學科論文選》。前兩種均得到有關部門的資助而面世，後一種就只好自己掏腰包了。自費倒不是難事，難就難在出版後對岸的書很難寄過來，這對書中入選的作者不好交代。即使海關放行了，這種分上、下兩冊精裝的書，沒有「秘書」的我如何提得動到快遞站去。就是提得動，不少作者的外文地址（如美國、加拿大、韓國等）對我這個學俄語出身的人來說，書寫起來也非易事。有道是「船到灘頭自有路」，不管三七二十一，先出了再說吧。

當下學界，凡是退休的人，均極少做科研，就是做科研也是報課題，這樣才有經費的保障，可我不走這條路，相信學術不能命題作文，而是從興趣出發，所以我憑興趣近乎瘋狂地寫書、出書，以致被人譏爲「不會享受生活」。豈與夏蟲語冰？做「學術的常青樹」，才是我人生最大的樂趣，到對岸出版豎排的繁體字書，出後讀之更是覺得這是「妙處難以君說」的享受。

室外有人跳舞，有人打麻將，有人旅遊，而我卻以原始的爬格子方式打發時間。人各有志，不必強求一致也。

一九八八年，我出版過《文藝新學科手冊》。後來寫了《詩歌分類學》和《詩歌修辭學》，算是對建設文藝新學科的一種嘗試。到了耄耋之年，我慶幸自己仍有一種爲新學科添磚加瓦的衝動，慶幸自己追求生命的價值是如此痴迷和樂此不疲。探索新知，永不休止。著書立說，年年出新，不亦快哉！

我在外出講學時，有的學校出海報說我是博士、博導。其實我連學士都不是，文革前在武漢大學讀了五年，只拿到畢業證書。我從來沒有帶過研究生，更沒有「古門子弟」，可慶幸的是無論是海峽對岸還是此岸，我都有些粉絲，有的還是鐵粉呢。沒有臺幣或人民幣打賞，疫情下又沒有機會出去講學，由此得忍受寂寞、枯燥、單調和在有些人看來「不賺反虧」的苦痛。

我這輩子由於不在名牌大學任教，還受到一些人的歧視和不屑，但這都不要緊。要緊的是在有生之年交出漂亮的成績單，要緊的是心態平和，不埋怨當下學術環境不好，不埋怨當今臺港文學研究的論著發表和出版非常艱難。選擇「敏感」的研究課題，是我的宿命，無怨無悔。我用自己熱愛臺港文學研究，鍾情世界華文文學研究去形塑自己，完善自己。所幸的是萬卷樓圖書出版公司獨具慧眼，願意將我那一本本小書做成精裝的大書，以簇新的面貌呈現給彼岸的讀者。正因爲有「萬卷樓」做堅強的後盾，我才會不管別人對我的評價，哪怕對岸有人損我說：拙著「《臺灣當代新詩史》，送到廢品收購站還不到一公斤。」對這種惡評，我不回罵，不計較，不逃避，更不敢偷懶，不敢懈怠，以不服輸的堅守姿態，爲世界華文文學成爲一門新興學科加油、努力、奮鬥！

——原刊於天津市：《文學自由談》二〇二一年第六期。題目由編者改爲〈做學術常青樹的樂趣〉

本書作者簡介

曾敏之　一九一七～二〇一五年　香港作家聯會會長
王鼎鈞　一九二五年生　美國華文作家
饒芃子　一九三五年生　暨南大學教授
陳賢茂　一九三七年生　汕頭大學教授
許翼心　一九三七～二〇一九年　廣東社會科學院研究員
劉登翰　一九三七年生　福建社會科學院研究員
楊匡漢　一九四〇年生　中國社會科學院研究員
古遠清　一九四一年生　陝西師範大學人文社會科學高等研究院研究員
江少川　一九四一年生　華中師範大學教授
王潤華　一九四一年生　新加坡國立大學教授
曹惠民　一九四六年生　蘇州大學教授
黃維樑　一九四六年生　香港中文大學教授
陳　實　一九四八年生　廣東社會科學院研究員
黃萬華　一九四八年生　山東大學教授
張奧列　一九五一年生　澳大利亞華文作家
朱雙一　一九五二年生　廈門大學教授
鄭南川　一九五六年生　世界漢學研究會加拿大分會會長
吳秀明　一九五二年生　浙江大學教授

王德威　一九五四年生　美國哈佛大學教授
朴宰雨　一九五四年生　韓國外國語大學校教授
陳思和　一九五四年生　復旦大學教授
徐學清　？　年生　加拿大約克大學教授
王列耀　一九五五年生　暨南大學教授
張福貴　一九五五年生　吉林大學教授
蔣述卓　一九五六年生　暨南大學教授
龔鵬程　一九五六年生　臺灣佛光大學與南華大學創校校長
陳國恩　一九五六年生　武漢大學教授
黎湘萍　一九五八年生　中國社會科學院研究員
朱壽桐　一九五八年生　澳門大學教授
史書美　一九六一年生　美國加州大學洛杉磯分校東亞系、亞美文學系與比較文學系合聘教授
陳瑞琳　一九六二年生　美國華文學者
吳　俊　一九六二年生　南京大學教授
胡德才　一九六二年生　中南財經政法大學教授
劉　俊　一九六四年生　南京大學教授
程國君　一九六四年生　陝西師範大學教授
趙稀方　一九六四年生　中國社會科學院研究員
莊偉傑　一九六五年生　華僑大學教授
費　勇　一九六五年生　暨南大學教授
劉小新　一九六五年生　福建社會科學院研究員

袁勇麟　一九六七年生　福建師範大學教授

王海藍　一九七四年生　日本築波大學博士，櫻美林大學兼任講師

文學研究叢書・華文文學叢刊 0811003

世界華文文學新學科論文選

編　　著　古遠清
責任編輯　林以邠
特約校稿　林秋芬

發 行 人　林慶彰
總 經 理　梁錦興
總 編 輯　張晏瑞
編 輯 所　萬卷樓圖書股份有限公司
　地址　臺北市羅斯福路二段 41 號 6 樓之 3
　電話　(02)23216565
　傳真　(02)23218698

發　　行　萬卷樓圖書股份有限公司
　地址　臺北市羅斯福路二段 41 號 6 樓之 3
　電話　(02)23216565
　傳真　(02)23218698
　電郵　SERVICE@WANJUAN.COM.TW
香港經銷　香港聯合書刊物流有限公司
　電話　(852)21502100
　傳真　(852)23560735

ISBN 978-986-478-545-2
2022 年 4 月初版一刷
定價：新臺幣 1200 元

如何購買本書：
1. 劃撥購書，請透過以下郵政劃撥帳號：
　帳號：15624015
　戶名：萬卷樓圖書股份有限公司
2. 轉帳購書，請透過以下帳戶
　合作金庫銀行　古亭分行
　戶名：萬卷樓圖書股份有限公司
　帳號：0877717092596
3. 網路購書，請透過萬卷樓網站
　網址　WWW.WANJUAN.COM.TW
大量購書，請直接聯繫我們，將有專人為您服務。客服：(02)23216565　分機 610

如有缺頁、破損或裝訂錯誤，請寄回更換

國家圖書館出版品預行編目資料

世界華文文學新學科論文選 / 古遠清編著. -- 初版. -- 臺北市 : 萬卷樓圖書股份有限公司, 2022.4
　面； 公分. -- (文學研究叢書. 華文文學叢刊 ; 0811003)
ISBN 978-986-478-545-2(平裝)
1.CST: 海外華文文學 2.CST: 文集

850.907　　110017919